Los ETERNOS
El Código Aural

Los Eternos: El Código Aural – Libro 1
© 2014 Martha Molina
CreateSpace Independent Publishing Platform
ISBN CreateSpace No. 9781499392616
Primera Edición Papel tapa blanda 16/05/2014
Segunda Edición Papel tapa blanda: 06/01/2023

Registro de Propiedad Intelectual: No. 9929 - Caracas, Venezuela - 02/07/2012
SafeCreative: No. 1307195452058 - 19/07/2013

Portada completa:
- Mujer con maquillaje dorado: Imagen No. 31488495
  Autor: @Svetlanamiku - Deposiphoto.com
- Hombre apoyado en la puerta: Imagen obtenida de Canva.com (Premium)
- Corazón dorado con corona: Imagen No. 120143057
  Autor: Gmorv - Adobe Stock.com (Fotolia)
- Conjunto de líneas divisorias doradas: Vectores No. 3607814
  Autor: Anuwat - PNGTREE.com
- Conjunto de rectángulo floral árabe: Vectores No. 8080532
  Autor: Kalamstudio - PNGTREE.com
- Números dorados: Vectores No. 3633076
  Autor: sagarvaghni- PNGTREE.com

Fuente Portada: Photo PIXLR E
Diseño general: Martha Molina.

IMPORTANTE: Queda prohibida la reproducción total o parcial de este libro, su tratamiento informático, trasmisión de ninguna forma o por cualquier medio, ya sea electrónico, mecánico, por fotocopias, grabación u otro método, sin el permiso previo del autor.

Los ETERNOS
El Código Aural

Martha Molina

Para Allison Salge.

Prólogo

Pasado.

—¡Cuidad de que no os escape! —gritó la autoridad de la aldea.

Con la furia que alberga en los corazones de los humanos, estos se abalanzaron sobre mí como si yo fuese una criatura diabólica.

Bueno…, sí lo era.

Por ese motivo, perfilé los colmillos, tratando en vano de repeler a la turba enardecida. Los aldeanos obstruían mi camino con sus ardientes antorchas. El enorme anillo de fuego se cerraba a mi rededor sin darme escapatoria, atrapada por sus anhelos de matarme.

—¡Hay que quemarla! —el párroco ordenó a la multitud—. ¡Debemos purificar su cuerpo y liberar su alma de la abominación!

—¡Quémenla! ¡Quémenla! —la respuesta fue unánime entre los aldeanos que coreaban a viva voz.

¡No! Las fuerzas me abandonaron, para nada podía moverme, no sin antes vacilar algún paso en mi afán por huir de allí, a sabiendas de haber sido traicionada por *aquel* a quien más amaba y confiaba.

¿Por qué?

¿Por qué, amado mío? ¿Por qué tú?

Sé que no era una santa, pero no lo merecía.

No así…

El brillo de las hojas metálicas refulgía a la luz de las llamaradas como si fuesen verdugos brillantes y mortales, dispuestos en acabar con mi existencia. Me hirieron, provocando que me aovillara en la tierra; algunas espadas me arrancaban carne y sangre, mientras que otras traspasaban mis piernas, brazos y estómago, del cual ninguna perforó mi corazón.

Y no por pretender ellos prolongar mi agonía, querían acabar conmigo lo antes posible. Pero ¿qué podía hacer yo salvo proteger este magnífico órgano palpitante?

El corazón de un demonio al igual que el de los humanos, nos conecta con el mundo de los vivos. *En nosotros* siempre ha sido nuestro principal punto débil, y, para llegar a este, no es tarea fácil, emprenderla sería la muerte para el que se atreva a considerarlo.

Docenas de heridas en mi cuerpo y ninguna lograba arrebatarme la vida.

A medida que era atravesada por las espadas, mis gritos irrumpían desgarradores a través de la densa montaña. Dos humanos fuertes me arrastraron hasta un árbol de tronco grueso, donde enseguida me amarraron con los brazos tensos hacia atrás. Luego un tercero que estaba ebrio me arrojó el licor que bebía. Me cercaron con ramas secas y pusieron otro tanto por debajo de mis pies. El párroco se aproximó, desconfiando de la «servidora de Satanás», era para ellos una bestia maldita con forma de mujer; alguien que en un parpadeo les arrebataría la vida si me lo proponía. Por supuesto que lo haría, estaba herida y sedienta. Si tuviera la suficiente fuerza, bebería la sangre de todos; en especial, la de ese párroco barrigón... Apuesto a que su sangre sabe mejor al del resto de la multitud, a juzgar por su apariencia rolliza del que debe darse banquetes a expensas de los ingenuos feligreses, de rostros amarillentos y complexión enfermiza.

Este rezó un salmo en latín para invocar al que nos convirtió *en lo que somos*, luego tomó una de las antorchas de los verdugos y la alzó como si fuese un crucifijo. La expresión del párroco era de soberbia al confirmar mi ruina, lograron atraparme y conmigo impondrían un ejemplo a los Nocturnos que moraban cerca.

—Os pedimos, Dios Todopoderoso, que liberéis a esta alma de la maldición a la cual fue condenada —expresó—. Permitid que, a través del fuego, su cuerpo sea purificado y *lo que reside* en ella sea lanzado hasta los confines del Averno y más nunca sea liberado.

—¡No! —lloré. Mi suerte estaba echada—. ¡*Nooooo*!

—¡¡Callad!!

—Nos volveremos a ver… —dirigí mis fúricas palabras al humano, con el deseo de matarlo, así fuese en otra vida.

El párroco se persignó.

—¡Retornad a vuestra morada, abominación! —exclamó en su lucha interna para que su voz no sonara trémula frente a la turba.

Y, para demostrar valentía, inclinó la antorcha a la base de la hoguera para ser la mano ejecutora.

—¡NO! —Dejé de respirar por el miedo. Moriría quemada...

—¡Del averno sois y al averno volveréis!

—¡PIEDAD! —Sacudía mis pies, tratando de apagar las llamas que amenazaban con quemar el ruedo de mi destrozada vestidura.

Tosía sofocada por el humo, al principio las lenguas de fuego fueron débiles; para mi desgracia, poco a poco y de manera progresiva, cobraron vigor en la medida en que ascendían por mis enaguas que estaban a la vista hacia los costados de mi faldón. Mi piel se quemaba, removiéndome aterrorizada por la falta de compasión de los aldeanos; ¡fueron unas cuantas muertes!, ¿por qué exageraban?, no a todos les mordí el cuello... ¡Qué rencorosos!

—¡*Arrrrrghhh!* —Jamás en las dos vidas de las que viví: la humana y la demoníaca, había experimentado algo como lo que sentía en esos momentos. El dolor era lacerante, sin tregua a recomponerme; no me permitía pensar, solamente en cómo mi cuerpo se consumía por el fuego—. *¡Piedaaaaaaaaad!* —Mis gritos perforaban los tímpanos de los aldeanos; el sonido de mi voz clamaba por *aquel* que no habría de aparecer para socorrerme, lo llamaba esperanzada de verlo por última vez, sin importar la traición sufrida. Quería ver su rostro, sus bellos ojos... y expresarle que lo amaba a pesar de todo.

Sin embargo, pronto sería el fin de mi existencia.

Apesadumbrada, levanté la vista hacia la oscuridad, más allá de las cabezas y las antorchas que me rodeaban, más allá de los árboles y los animales que pernoctaban el bosque... Y, con sofocadas palabras, exclamé una última petición:

—Ni la muerte... —tosí entre llantos—. Ni... —la garganta y los ojos me ardían por el calor martirizante—. Ni la muerte podrá separarnos... —las toses impedían que hablara con claridad, pero me esforzaba por hacerlo—. Aunque fuese así, reencarnaré y volveré en cuerpo y alma, amado mío...

—¡MORID, DEMONIO! —el párroco gritó a viva voz, afanado por reducirme a cenizas.

La improvisada hoguera envolvía mi cuerpo agonizante, suponiendo que la humareda de mis restos se vería a la distancia, cuya estela de luz ardiente sería quizás apreciada por alguien, quien la observaría languidecer entre la penumbra montañosa. A parte de mis captores, el cielo y la naturaleza serían testigos mudos de la agonía de esta extraña, maligna y en extremo peligrosa servidora. Los humanos observaban absortos el repiqueteo de las llamas y, es ahí, cuando tuve el placer de contemplar antes de entregar mi alma *al encargado* de recibirla, que los mortales responsables de mi cruel destino recibirían su castigo.

—¡Oíd! —alertó un anciano a los demás.

Los aldeanos aguzaron sus oídos, mortificados por lo que escuchaban. Los gruñidos de dos seres inmortales retumbaron por el bosque, erizándole la piel hasta el más recio de los hombres. Ninguno de esos insignificantes humanos se atrevieron a pensar que, a lo lejos, en lo más profundo de la noche, la muerte se aproximaba furiosa a ellos para reclamar más de una vida.

La oscuridad se apoderó de mi conciencia. Ya no gritaba ni sentía dolor, no veía ni oía nada… Ni siquiera los gritos aterrorizados de los humanos siendo masacrados por dichos demonios, porque pronto yo sería la que recibiría Castigo Divino por mis acciones y por haber cedido al pecado.

Tal vez.

Tal vez no…

Esperé caer en un gran caldero de agua hirviente y llamarada por doquier, y nada de esto sucedió.

¿Qué pasa? ¿Dónde están las llamas que me calcinarían en la perpetuidad? ¿Dónde están las legiones de demonios para darme la bienvenida por todo el mal que hice mientras estuve viva?

Más bien, flotaba en la nada…

En un vacío que ni mis pies tocaban piso.

No entendía cómo, pero de algún modo había sido liberada y pensaba con mayor claridad, arrepintiéndome en el acto de mis errores y por no haber amado siendo humana, sino que preferí ser *lo otro*, y por eso sufrí las consecuencias. Ahora era demasiado tarde, mi alma flotaba en un lugar aturdidor del que carecía de luz celestial, pero que agradecía la paz que sentía.

Sonreí, consciente de que ha pasado mucho tiempo. No sé cuánto: ¿un siglo?, ¿dos siglos?, ¿tres siglos?

He perdido la cuenta.

Después de calcinarme, mi alma ha vagado en otra eternidad, en la que el fuego del infierno estuvo ausente, creyendo por un fútil momento en que sufriría la condena. Al parecer, Dios se apiadó de mí y no me lanzó de cabeza a saludar a los que pueblan el infierno, sorprendiéndome porque yo no la tuve por los indefensos que se cruzaron en mi camino para el consumo personal.

¡Huy!

Sentí que era tomada por la pierna y me halaban hacia abajo, hacia la nada misma...

Aun así, no temí, de algún modo sabía que me daban una segunda oportunidad y esto hizo que no ofreciera resistencia.

Quién iba a decirme que el destino me aguardaba una gran sorpresa.

Capítulo 1

Presente.

La primavera llegó cargada de tristeza y dolor. El cambio de estación supuso un cambio radical, uno del que nadie estaría preparado en afrontar. Me hallaba en mi habitación, frente al espejo, preguntándome por qué mi vida dio un vuelco tan terrible de un segundo a otro: papá murió en un vuelo procedente de Nueva York a los Ángeles, quien por razones de negocios a menudo viajaba, dueño él de una pequeña empresa de productos naturistas del que se expandía paulatino por varios estados del país. Manteníamos una estrecha relación pese a lo poco que compartíamos; nos comunicábamos a diario, un sentimiento de culpa que él albergaba por dejarme sola por mucho tiempo. Mamá murió cuando apenas yo tenía siete años, víctima de un cáncer de seno diagnosticado tarde. Papá tardó en recuperarse y lo hizo al casarse con una mujer abominable.

Las imágenes del accidente aéreo aún se repetían por la televisión, los noticieros reseñaban sobre problemas mecánicos en el avión: un desperfecto en el tren delantero fue el causante de la muerte de 155 pasajeros.

Entre ellos, papá...

Cerré los ojos y sacudí la cabeza para apartar las espantosas imágenes en mi mente. Me atormentaba pensar en la cara que él habría puesto al saber que su fin llegaría. ¿Qué habría pensado en esos momentos?, ¿pasó por algún terrible dolor?, ¿fue instantánea su muerte? De esto último oraba que haya sido así. Mi corazón palpitaba destrozado, parte de mí murió con él, huérfana a mis diecinueve años, ya grandecita, pero igual me sentía tan solitaria...

Tuve un mal presentimiento el día en que se marchó de casa para abordar el vuelo, yo tenía un nudo en la garganta y un miedo incomprensible sin saber la razón, pues me sentía abatida, impotente de ver a papá alejarse en el taxi hacia el aeropuerto, y dicha sensación no la volví a sentir en las siguientes semanas. Ahora lo entendía, era lo que sufriría después…

¿Por qué él?

Al abrir de nuevo los ojos, me vi una vez más en el espejo e hice un gesto lastimero. *Vaya pinta…* Lucía horrenda: pálida y ojerosa… Mi rostro reflejaba cansancio por las largas noches de insomnio, ocasionado por el llanto incontrolado y la amarga tristeza que invadía mi corazón.

Una sombra…

De repente mis pensamientos quedaron en blanco cuando observé que, detrás de mí, pasó una silueta de mujer.

De forma automática, volví mi rostro por sobre mi hombro y recorrí con la mirada para ver quién había entrado a la habitación, pero estaba sola.

¿Fue una sombra o alucinaba por no dormir bien?

Dudé.

La falta de horas de sueño me estaba pasando factura.

Friccioné los brazos por el súbito descenso de temperatura y tomé el suéter que tenía sobre la silla de mi escritorio, y la tercié para abrigarme mientras esbozaba lo que parecía ser una sonrisa triste de payaso porque aún quedaban vestigios del frío invernal que azotó la ciudad.

Retorné la mirada al espejo con la intención de buscar en mi propia imagen esas palabras de aliento que me costaba expresar a mí misma: «todo va a salir bien, estarás con tía». «¡No estarás sola!». Pero quedaban atoradas en la garganta porque eran tan vanas, que hasta me sentía culpable por expresarlas. Mi papá ya no estaba conmigo y todo perdió sentido.

—Se hace tarde, luego nos gana el tráfico.

Me sobresalté al escuchar la voz familiar.

—¡Ah, eras tú! —dije aliviada de comprobar que no alucinaba por insomne. Los días que vendrían serían más duros a los que ya había pasado como si hubiese sobrevivido a un maremoto: la noticia del accidente del avión, la prueba de ADN para identificar los restos de papá, el funeral, las condolencias robóticas de personas que no conocía, el falso lloriqueo de mi madrastra, las discusiones que sostenía con esta debido al estrés…, tenía los nervios desechos.

Tía esbozó un gesto de extrañeza.

—¿Y quién más creías que era? —preguntó aún parada en el umbral de la puerta. Sus manos en la cintura.

La contemplé en silencio y pensé que ahora me quedaba un familiar vivo: mi adorada tía Matilde. Fue grato volverla a ver después de tantos años, aunque fuese en momentos de duelo. Poco cambió, seguía siendo alegre y gruñona al mismo tiempo, mi segunda madre de la cual jamás fallaba en los momentos en que más la necesitaba, sin detenerla la distancia entre Nueva York y Carolina del Norte.

—¿Estarán juntos? —la voz se me quebró por el sollozo contenido.

Ella me miró curiosa.

—¿Quiénes?

—Mis padres.

—Por supuesto —sonrió a medias—. Tu padre fue un buen hombre. Xiomara debió recibirlo en las Puertas del Cielo.

Le sonreí, pero la alegría estuvo ausente en mi rostro a causa de la tristeza que sentía.

—Lo extraño tanto… —y luego rompí en llanto.

—¡Oh, cariño! —ella corrió a abrazarme para consolarme. Tal vez no fue su intención de entristecerme más, pero el hecho de pensar en que papá tuvo que morir para estar de nuevo junto a mamá, me rompía el corazón—. Tranquila —sus gruesos brazos me apretujaban con ternura—, yo también lo extraño. A los dos…

Ni quería pensar en cómo sería superar los aniversarios y fechas en que solía reunirse la familia.

Ahí sí que lloraría a mares.

—Promé… —sollocé—. Prométeme que nunca te apartarás de mi lado. Que nunca morirás. ¡Prométemelo!

Suspiró.

—No puedo prometerte algo así, aunque te aseguro que, mientras yo tenga salud, siempre contarás conmigo.

¡Claro que siempre contaba con ella! Por eso la quería tanto.

Tía Matilde nació en Venezuela, hacía sesenta y cinco años, del cual llevaba casi cinco décadas viviendo en los Estados Unidos. Es de piel morena, baja y rellenita, con arrugas que surcan su rostro sonrosado y bonachón, con hermosa cabellera corta y platinada como una aureola que la hace lucir angelical. Pero este era un ángel de carácter fuerte y altanero, de ojos negros. Se casó a los diecisiete con George Brown, un albañil de oficio que pereció al caer de un edificio de 30 pisos en construcción, dejándola viuda muy joven. Nunca tuvo hijos y no se volvió a casar. Fue mi nana después del fallecimiento de mamá, se encargó de criarme y ayudó a superar crisis existenciales debido a mi madrastra. Nunca se apartó de mí y defendió a capa y espada. Sin embargo, al cabo de los años, la vida le daría una lección del cual aprendió a las malas: la pésima relación con *la nueva señora Owens* hicieron desastres dentro del seno familiar. Dicha mujer era insoportable, con sus aires de grandeza y prepotencia.

—No debemos llorarlo más de lo debido —tía manifestó en voz baja—. No es bueno para el espíritu de tu padre, no querrás que se quede vagando entre nosotras. Debemos permitirle que se marche en paz para que pueda reencontrarse con tu madre en el cielo y permanezcan juntos por la eternidad.

Asentí entristecida y ella me apartó de su abrazo.

—Anda, termina de recoger tus cosas, que, si no nos damos prisas, llegaremos al anochecer.

Rodó la maleta que faltaba por bajar y, con esta, abandonó la habitación mientras yo suspiraba con desgana, odiando tener que abandonar la casa.

«Te largas, ahora soy la dueña y no tengo por qué lidiar con una mocosa que no es mi hija», escupió mi madrastra en nuestra última discusión.

¡Cómo odiaba a esa arpía! Era fría en sus emociones y manipuladora. Siempre se las arregló para que hiciéramos lo que ella quisiera; a todos nos trató como sus esclavos y a papá como su dispensador de dinero; al casarse con este se aseguró su estabilidad económica, valiéndole que no era tan adinerado, aun así, le complacía ciertas comodidades. Los constantes años de trabajo duro hicieron que él gozara de una decente posición social en la ciudad, y, al enviudar joven, se convirtió en un candidato apetecible para las cazafortunas.

Al principio papá se negó en casarse de nuevo, pero Diana tuvo que emplear sus artificios de coquetería, usando al límite el poder de su belleza. Al final, la añoranza por tener una compañera que lo amara y «criara» a su hija, hicieron que sucumbiera a sus encantos.

Tía Matilde la consideraba un ser repulsivo con el poco sentido práctico de una persona adulta.

Dos días bastaron para empacar mis pertenencias que constaba de un par de maletas grandes, unas cuántas cajas, mi caballete y mi mochila. Estaba por derrumbarme una vez más en la cama y llorar hasta que mi cuerpo se rindiera y mi alma viajara hasta donde mis padres se hallaban.

Me senté al borde del colchón y sollocé por la soledad que sentía, costándome superar ese amargo sentimiento que me tragaba cada vez más. Lloraba por acordarme de lo sucedido a papá: lo que debió sufrir, el terror que debió padecer... Apenas su dentadura fue lo que quedó intacto para que los antropólogos forenses lo identificaran...

—Es hora.

—Lo sé, ti... —sequé rápido las lágrimas con el dorso de la mano para evitar que se diera cuenta de que lloraba, pero callé al notar que la voz femenina que me habló era desconocida.

Miré hacia la puerta.

—¿Tía? —pregunté por si acaso era ella, pues a veces su voz enronquecía por irritarse a causa de los alérgenos ambientales.

—Es hora.

¡Mierda! Conmigo alguien más estaba en la habitación y no me había dado cuenta.

—¿Hola? —De un saltó me puse en pie, presumiendo que era alguna broma cruel—. ¿Diana?

—Es hora...

¡Huy!

—¿Quién está ahí? —Un corrientazo recorrió mi espina dorsal. La voz se escuchó dentro de la habitación y esto era raro, puesto que en casa solo se hallaba tía y mi madrastra. Ni siquiera el ama de llaves o las dos sirvientas que trabajaban para nosotras estaban presente, a raíz de la muerte trágica de papá y los líos con lo del testamento, el personal doméstico había sido despedido por Diana Callahan.

El pasado 29 de marzo el abogado de la familia: John Goodman, leyó el testamento. En la sala solo estuvimos sus tres herederas. Tía observó molesta la ansiedad de Diana, ávida esta por gastar el dinero de papá. Me preguntaba qué tanto le duraría la herencia que le dejaría, gastaba más en ropa de marca, viajes al extranjero, restaurantes costosos, joyas… Apenas le duraría para mantenerse por un año y luego buscaría al siguiente sujeto que le diera una tarjeta de crédito ilimitada.

—¡Quién está ahí! —exigí saber, pero nadie contestó. El corazón comenzó a palpitarme fuerte, a la vez en que rodaba los ojos de un extremo a otro de la habitación, atreviéndome a mirar hasta debajo de la cama—. ¡QUIÉN! —Abrí de sopetón el armario que ya estaba vacío de ropa y, aun así, me aseguré de que la mujer no estuviese aovillada en un rincón.

—Es hora.

¡Ay, mamá!

Casi me da un soponcio al escucharla de nuevo. La maldita se escondía y yo muriéndome de los nervios.

¡El cuarto de baño!

A pesar de tiritar por el descenso de temperatura, corrí al baño para atrapar a la condenada que, seguro ahí se encondía para jugarme una broma pesada; la sacaría de las greñas y le daría un par de patadas para que respetara el duelo por el que pasaba. No sufrí la pérdida de un canarito, sino del hombre más importante en mi vida.

Sin embargo, no había nadie.

Ahí me percaté que no se trataba de alguien pagado por mi madrastra para que me asustara y yo huyera despavorida y jamás volviera a la casa, o de una de las sirvientas que quería vengarse por haber sido despedida. Esto era algo peor…

—Bueno… —expresé como si nada, pero estaba cagada del susto—, ¡eso es todo! —Tercié mi mochila a mi espalda y levanté las dos cajas apiladas que faltaban por bajar, sin molestarme en dar una última mirada a la habitación. La puerta quedó abierta detrás de mí, mientras descendía los escalones hacia el vestíbulo, con la rara sensación de ser vigilada desde los barandales del segundo piso—. Adiós, vieja amargada —espeté a la rubia cuarentona con complejo de veinteañera.

—¡Grosera! —Los ojos azules de Diana relampaguearon, al gruñir enojada, cruzada de brazos a un lado de la puerta principal, quizás para asegurarse de que nos largáramos de «su casa». A tía y a mí nos lanzó una mirada despectiva mientras nosotras acomodábamos las cajas más grandes en el asiento trasero de mi auto. Ella ya no tenía la necesidad de fingir afecto delante de su marido o terceras personas, para aparentar ser una «buena madre»; ni siquiera quiso tener los propios por considerar que aún no estaba preparada para que su cuerpo pasara por las estrías; en todo caso, dejó de importarme lo que pensara o hiciera con lo heredado: papá le dejó la empresa y la casa. A mí: una buena suma de dinero que me ayudaría a pagar los estudios universitarios y a solventarme sin problemas por un par de años. Me dejó también su automóvil que tanto cuidaba y la casa de veraneo en Carolina del Norte; lo que desagradó a Diana, ya que era un inmueble al que por un tiempo le tuvo ganas para vender. A tía Matilde –su cuñada– le dejó una cantidad de dinero suficiente para su vejez, en reconocimiento por los años en que estuvo presente en mi infancia. Puede que esto papá lo hiciera en un acto de remordimiento por haberla alejado de mí por tantos años. La cara de satisfacción de Diana por deshacerse de nosotras daba hasta rabia, sintiéndome indignada, en Nueva York ya nada me quedaba.

Lo bueno, tía no albergaba rencor por no heredar la casa de veraneo; al contrario, estaba feliz de que viviéramos juntas.

—Abróchate el cinturón y maneja a moderada velocidad. No quiero accidentes.

—Sí, tía...

Emprendimos el viaje en el viejo Ford verde oscuro de papá. Nunca me gustó ese color, pero lo mantendría así para preservar su recuerdo. El auto era espacioso, lo que fue ventajoso para acomodar todo el equipaje en el maletero y el asiento trasero. Aunque el caballete tuvo que ser amarrado al techo por falta de espacio.

Tía Matilde me acompañaba en el asiento del copiloto. Encendí el motor y rodamos por la autopista hacia el suroeste. El viaje no tuvo inconvenientes, salvo que a mitad de camino cambiamos de lugar, no estaba acostumbrada a cubrir largas distancias, mi sentido de orientación era pésimo, lo que ocasionaba que a menudo tía perdiera la paciencia.

Ahora, en el asiento del copiloto, subí la ventanilla de mi puerta, debido a que comenzaba a sentir frío. Tía encendió la radio y buscó sintonizar una emisora; la dejó en una donde tocaban boleros, muy de su época, y procuró que el volumen estuviese bajo para que yo pudiera conciliar el sueño.

Le agradecí el gesto y respiré profundo, dejándome llevar por la melodía. Luchaba para no pensar que atrás quedaba la casa donde crecí, a manos de una rubia sanguijuela que, lo más probable, la vendería al mejor postor. Estaba por llorar; de hecho, una lagrimita se deslizaba por mi mejilla; la sequé rápido con las yemas de los dedos para que tía no se preocupara y cerré los ojos, concentrándome en la letra del bolero. La melodiosa canción comenzó a adormecerme, pese a que mis pensamientos no eran precisamente gratos, pero hacia el esfuerzo por nublar mis sentidos, ansiando escapar de la realidad, de la tristeza y de la misma soledad.

Me hacía tanta falta mis padres…

Capítulo 2

Sentí la brisa batirme el cabello, estaba segura de que la ventanilla la había subido, no era desagradable ni sentía frío; sin embargo, el aire me daba de lleno en la cara.

Intenté moverme, pero algo me sujetaba; me palpé y, en efecto, el cinturón de seguridad me tenía sujeta contra el asiento del copiloto. Entreabrí los ojos, ya que aún me pesaban los párpados por el cansancio, el auto seguía su marcha sin aminorar la velocidad. Esto hizo que me tallara los ojos y bostezara, pues tenía hambre y aún no sabía por cual ruta rodábamos.

Al despabilarme, reparé en varios orificios en el cristal de mi ventanilla, eran causados por impactos de bala y a través de esta entraba algo de brisa, me asusté y enseguida me volví hacia tía para alertarla.

Quedé impactada.

—Estaré bien, ya verás —dijo con voz masculina. Estaba herida en la cabeza y sonreía como si nada hubiera ocurrido.

—¡Eh! Allison… ¡Allison! —El zarandeo en mi hombro me hizo reaccionar y miré a tía, un tanto aturdida por la pesadilla—. Hemos llegado —anunció sonriente.

La observé sin comentarle lo que soñé, ella lucía sin un rasguño y, como tonta, me volví hacia mi ventanilla y comprobé que estaba intacta. Lo poco que dormí bastó para caer profunda y perderme el trayecto hasta su casa.

O, mejor dicho: *mi casa*. Era raro pensarlo.

Consulté la hora en mi reloj de pulsera, llegamos justo al atardecer, increíblemente tarde para lo que se supone deberíamos haber llegado antes, del que calculamos unas ocho horas aproximados y nos tomó cerca de doce horas, con todas las paradas a las gasolineras para ir al baño y comer en un restaurante cercano por la vía.

Reparé en la casa y tuve una sensación entre el agobio y la alegría, porque a partir de ese instante, mi vida sería diferente a cómo estaba acostumbrada.

Lo primero que hice antes de analizarla a detalle, fue bajarme del auto y dar un vistazo a mi rededor. El aire salino se percibió y el calor abrigó mis brazos, provocando que me quitara el suéter. Ya estábamos en la isla y esto me hizo sentir apartada del mundo que, si lo comentaba a tía, ella reiría. Aun así, el lugar no estaba mal, el vecindario era hermoso; las casas a lo largo de la calle eran pintorescas, en tonos pasteles y estructura parecida: rosadas, azules, amarillas, violetas y otras más que hacían un contraste multicolor, dando una sensación de hallarme en medio de un arcoíris o una paleta de colores.

Al entornar de nuevo la mirada hacia la mía, me resultaba increíble de concebir que esta sería, de ahora en adelante, mi nuevo hogar. Si bien, su estilo se asemeja a las otras del vecindario, esta resaltaba por ostentar un color fucsia que resultaba chocante a la vista. Era de tres niveles y no muy amplia, de techos triangulares verdes, con un balcón que se posa justo por encima del garaje. El marco blanco de las puertas y las ventanas contrastaba de buena manera con el estridente color de sus paredes de madera tipo cabaña, y, del que ahora comprendía porqué mi madrastra casi pega el grito al cielo por no heredarla. Nunca tuve la oportunidad de pasar una temporada y si alguna vez estuve allí, no lo recordaba y tampoco ninguno de mi familia lo comentaba. A tía nadie la visitaba, aunque ella un tiempo atrás, a nosotros sí. Jamás supe las razones por la cual la apartaron o por qué mi padre y madrastra no hablaban mucho de ella. Estaba segura de que la mano negra de Diana la tenía metida en todo aquello; de eso no cabía la menor duda.

Tía abrió el maletero de mi auto y sacó algunos equipajes de su interior. Me apresuré en ayudarla con una de las maletas que estaban muy pesadas, el corazón me palpitaba acelerado, emocionada por conocer el interior de la casa. Subí una pequeña escalinata de piedra y cemento que daban acceso al porche; este no era muy amplio, pero sí tenía espacio para albergar una banca de hierro forjado cerca de la puerta principal. Dejé sobre esta mi mochila y a los pies, la maleta, y fui por más equipaje. A mitad de camino intercepté a tía, quien cargaba una caja repleta de libros de arte y dibujo.

—Déjame ayudarte.

—Descuida —esquivó para que no se la quitara—. Más bien, ve por las otras. Tenemos mucho por hacer.

Tras buscarla, entramos enseguida.

A través de la penumbra del interior de la casa, el olor a madera y salitre se concentraba por el tiempo en que permaneció cerrada. Tía encendió la luz de la sala, y, al instante, me sentí a gusto, la división del entorno era de un ambiente, a excepción de la cocina, dividida por un muro de ladrillos terracota que servía a su vez como desayunadero.

El color de las paredes era más relajado en relación con la tonalidad del exterior. Dentro, todo estaba pintado de blanco y el mobiliario rustico armonizaba, aunque no podía decir lo mismo con el ruido que provenía de la cocina, a causa de una nevera vieja que calculaba tendría unos sesenta años, recordándome el sonido que emitían las motos acuáticas cuando la encendían.

De inmediato, tía me dio una guía rápida.

—La sala, la cocina, el comedor.

Me ayudó a subir la caja más pesada que había empacado. Hicimos un esfuerzo en la medida en que pisábamos cada escalón de las escaleras, y, del que no me pasó por alto el trabajo artesanal del pasamanos: pequeñas ondulaciones talladas con agilidad, imitando a las olas del mar y del que se alargaban en la medida en que se alzaban desde la base hacia la parte más alta del barandal. Tampoco dejé pasar los retratos de la familia que recorrían la pared a lo largo de las escaleras. La mayoría de mi infancia, junto a mis padres.

Como pudo, tía encendió la luz de la segunda planta. Un angosto pasillo separaba dos habitaciones, una frente a la otra, y, una tercera puerta se hallaba al fondo, presumiendo era el baño.

—Mi habitación, tu habitación, el baño… —señaló con la mandíbula mientras nos dirigíamos hacia la que sería la mía—. Esta habitación te gustará —dijo mientras depositábamos la caja en el piso—. Entra e inspecciona a ver qué tal.

Bajó por más equipaje y yo quedé ahí, parada, mirando hacia la puerta que tenía frente a mis ojos.

La abrí.

—¡Ay, no…! —sentí desaliento tan pronto entré.

La luz del pasillo me permitió observar a través de la penumbra, de que esta era más pequeña a mi antigua habitación, sin ventanas y de aspecto frío. Busqué el interruptor al palpar la pared a mi izquierda, al accionarlo el desaliento fue peor. Vaya gustos los de tía... La habitación contaba con una escueta cama pegada a la pared contraria, una mesita de noche y, justo colindante a esta, un armario que vaticinaba tendría problemas para guardar mi guardarropa. Diagonal a la cómoda que colinda con el armario y la puerta, se hallaba un sillón tapizado de flores, este hacía juego con las horrendas cortinas que estaban en la parte sur en relación con la ubicación de la cama. Hice un mohín, el decorado era espantoso, como de la década de los años cincuenta y del que se olvidaron de actualizar a los tiempos modernos.

Salí al pasillo y, apretando los labios, empujé la caja que pesaba casi una tonelada, dejándola a los pies de la cama. A continuación, deslicé con dificultad las puertas del armario, las correderas no funcionaban bien, le faltaba un poco de lubricación para que se deslizaran con suavidad, sin dejar de comparar con mi anterior armario que era a este tres veces más grande y en mejores condiciones.

Bajé por otra caja, tía ya venía de retorno con una de las maletas, traté de quitársela, pero ella se negó rotunda, ordenándome que fuera por la otra. Eso hice y la subí con lentitud por las escaleras para no estropear los escalones ni las rueditas de la maleta; el extenuante trabajo de subir y bajar por mis cosas produjo que me sintiera sofocada, la falta de ventanas y aire acondicionado tornó la habitación muy calurosa. No obstante, un sutil movimiento en las cortinas florales indicaba que, lo más probable, detrás de estas se hallaba una ventana. La descorrí y sonreí como si me hubiera ganado la lotería.

—¡Vaya! —exclamé alegre al contemplar que, en vez de ventana, un par de puertas largas de vidrio daban hacia el exterior. No tuve problemas para abrirlas, pues carecía de estar bajo llave, y, hacia adentro la abrí para que entrara aire—. ¡Oh, por Dios! Qué bonita vista...

Estaba alucinada, tenía ante mí al Atlántico en toda su magnificencia. Las puertas dobles dieron a un amplio balcón que compensaba lo reducido del armario y la habitación, del cual me permitiría colgar la hamaca que tía me obsequió de uno de sus viajes por los andes venezolanos y de ubicar el caballete en una de sus esquinas mientras la naturaleza marina me sirviera de inspiración.

Permanecí inmóvil por unos minutos, aspirando profundo el aire salino proveniente del océano. La brisa era estupenda y, desde lejos, escuchaba las olas romperse contra la orilla de la playa; sonido hermoso que era acompañado por el suave tintineo de un *móvil de viento*[1], de cinco tubos de bambú, colgado en un extremo del inclinado techo de madera del balcón.

El sol se ocultaba por el horizonte, brindándome el mejor de los espectáculos celestes: el ocaso dejaba una estela de manchas amarillas y naranjas entre nubes blancas y oscurecidas, reflejando sus últimos rayos solares sobre las aguas como si el océano fuese un espejo, movedizo y ondulante.

Observé que el balcón daba justo a la parte trasera de la casa. Había un patio de grama y, justo en medio, un camino de piedras planas lo serpenteaba. El patio en sí tenía dimensiones como para organizar barbacoas los fines de semana, y rodeado por un cerco blanco de metro y medio de altura, confiriéndole privacidad con respecto a las casas aledañas a poca distancia. Tenía facilidad de bajar hasta allí a través de una escalera caracol ubicada al extremo izquierdo del balcón, pero no pude hacerlo, puesto que unas rejas me mantenían dentro de la seguridad de la habitación.

Comprendí que esto era una medida que tía había implementado por alquilar las habitaciones de la tercera planta a los turistas durante las temporadas de verano. No lo hacía por estar en quiebra, sino que los lugareños solían sacar provecho a sus domicilios, en especial por las zonas costeras, representando un buen ingreso económico a las familias de clase media. Tía era buena negociante y aprovechaba la oportunidad de un dinero extra cuando se le presentaba.

Escuché que ella entraba a la habitación con otra de mis cajas; su frente perlada en sudor reflejaba el esfuerzo realizado.

—Tía, disculpa, me entretuve… —acudí rápido para ayudarla.

—No pasa nada —sonrió—, sabía que te cautivaría. ¿Te gusta la vista?

—Es estupenda, gracias por dejarme esta habitación.

—Yo solita la decoré. Bonita, ¿no?

—Eh…, sí. Muy bonita...

---

[1] Carillones de viento.

Tuve que hacer varios viajes al auto para subir el resto del equipaje, causándome serios dolores musculares, pues no deseaba que tía se pusiera también en esas faenas. Solo me ayudó a desamarrar el caballete y llevarlo juntas hasta la habitación. Abrí un par de cajas y guardé varias pertenencias en las gavetas de la mesita de noche y la cómoda. Parte de la ropa se colgó en las perchas, pero estas fueron insuficientes por ser pocas, por lo que tendría que comprar al siguiente día en algún supermercado para que mis pantalones, blusas, faldas y vestidos no permanezcan mucho tiempo en las maletas. En la cómoda, guardaría la ropa de cama, las toallas y ropa interior. Al abrir una de las cajas que estaban sobre la cama, lo primero que desenvolví fue el portarretrato de mis padres.

Lo dejé sobre la mesita, mientras me sentaba al borde de la cama.

El suspiro fue largo, llevándome la mano al pecho, donde colgaba mi relicario. En esta también tenía la misma foto del portarretrato: mis padres abrazados, conmigo en el regazo entre ellos dos, despertándome una vez más tristes recuerdos: la caída del avión, el funeral, la leída del testamento, los enfrentamientos con Diana, la partida de casa… Eran puñaladas que traspasaban mi alma.

Me recosté tras quitarme los zapatos, dejando los ojos puestos sobre *la foto más ampliada* e iluminada bajo la lámpara de la mesita de noche. ¿Por qué él tuvo que morir? Tanta gente mala y le tocó a papá marcharse de este mundo de un modo tan trágico. Murió quemado y destrozado entre los hierros retorcidos del fuselaje del avión.

Lo que más rabia me daba es el esfuerzo que él empleó para complacer los gustos caros de una esposa exigente que no lo amaba.

De no ser por esa mujer, papá estaría vivo. ¡Cómo lo extrañaba!

Golpeé la almohada que abrazaba y lloré desconsolada hasta quedarme dormida.

Al cabo de un rato que no sabría determinar qué tan largo, desperté sobresaltada por un golpe en la puerta de mi habitación. Levanté la cabeza y elevé la vista hacia allá, esperando a que tía metiera la nariz para preguntarme si deseaba cenar, pero no abrió ni hubo más toques toscos en la puerta. Consulté la hora en el móvil, reposado este al lado del portarretrato y me asombré al reparar que pasaban de las tres de la madrugada.

¡Carajo! Había caído rendida.

Bostecé, vacilando en sí continuar en desempacar las cajas o seguir durmiendo; ya era tarde y no tenía intención de hacer ruido, a esas alturas de la noche, tía debía estar roncando. Por ese motivo, opté por arroparme con la frazada que cubre la cama y dejé para otro día el desempaque.

—¡NO!
—¡TE VI!
—¡¡No era yo!!
—¡CLARO QUE SÍ!

Abrí los ojos de sopetón. ¡¿Qué estaba pasando?! Una pareja reñía afuera en el pasillo.

Me senté, preocupada. ¿Será que tía ya tenía agendada alquilar una de las habitaciones de la tercera planta? ¿O ella dejó en volumen alto la televisión?

Agucé el oído y el sonido de algún programa no se filtraba por el bordillo de la puerta.

Sería que…

—¡No me toques!
—¡¡Eres una golfa!!
—La gente sí jode… —por lo visto, turistas escandalosos.

Descorrí la frazada y me levanté enojada. ¿Cómo era posible que, desde la primera noche en que pernoctaban en casa ajena, estuviesen con esos griteríos? ¡Era mucho abuso!

Pasé por encima de las cajas y casi tropiezo con una de las maletas que estaban atravesadas, la pareja discutía frente a mi habitación como si estuviesen borrachos. Entonces, justo cuando abrí la puerta para gritarles que se callaran y se largaran a dormir…

En el pasillo no había nadie.

Miré de un extremo a otro, sin percibir siquiera el olor a licor o perfume de mujer. No escuchaba pasos ni susurros molestos. Nada. Solo oscuridad por el entorno.

—¿Se habrán ido a dormir?

Encendí la luz del pasillo y miré hacia la habitación de tía Matilde. Pegué la oreja en su puerta y de ahí dentro ni un ruido se percibía, salvo sus ronquidos. Lo de la televisión estaba descartado, la parejita escandalosa se habría equivocado de piso y discutieron por haberse perdido.

Siendo cautelosa, subí las escaleras hacia la tercera planta para cerciorarme de que, en efecto, estos para allá se dirigieron. Les daría un discurso para que aprendieran a respetar; en cuanto amaneciera, hablaría con tía para que anulara la reserva y los echara de la casa. Ese tipo de gente era mejor mantenerla alejada, causaban problemas.

La cuestión, fue que me sorprendí de mala manera al percatarme que las dos habitaciones de arriba estaban desocupadas, cuyas puertas permanecían abiertas. Esto rápido me puso en alerta, ¿habrían bajado para asaltar la nevera? Vaya huéspedes tan abusadores.

—¡Ay, pero me van a oír!

Bajé de volada las escaleras hacia la planta baja, estaba descalza y con las greñas alborotadas, pero con la bilis revuelta por la rabia. De ahora en adelante, tía debería tener cuidado a quién le alquila las habitaciones, estaría metiendo locos a la casa.

Al llegar al último escalón, me detuve *ipso facto*, abrumada por la oscuridad y el silencio reinante, como si nadie estuviese merodeando por ahí. La sala-comedor estaba en total quietud sin detectar alguna sombra que se moviera, encendí la luz, cuyo interruptor está al alcance justo al final de la escalera. Esto me permitió que, desde mi sitio, hiciera un paneo del entorno: ni una silla ni nada estaba fuera de lugar.

Tan raro...

¿Estarán escondidos?

Sin moverme, estiré el cuello y eché un vistazo hacia el juego de sillones coloniales y luego hacia el comedor de cuatro puestos, del que se podía observar que no eran buenos lugares para esconderse. Quedaba la cocina; el muro de ladrillos que dividía los dos ambientes era el más probable.

Corrí de puntillas hasta la puerta principal donde estaba el paragüero y tomé el paraguas más largo para defenderme por si atrapaba al par de pillos. El mango lo dejé hacia arriba, de modo que fuese la parte más dura que les diera en sus cabezotas; caminé sigilosa hacia la cocina y bordeé –con el alma en vilo de sufrir una emboscada– el muro de ladrillos.

La luz en esa área la encendí al instante.

—Mierda. —¿Será que lo soñé?

Sacudí la cabeza, estaba muy despierta cuando volvieron a discutir.

—¡Huy! —Sentí un repentino cosquilleo por la espalda y un súbito descenso de temperatura ambiental. La sensación era desagradable como si miles de hormigas estuvieran bajo mi piel. No quise estar ahí por más tiempo y corrí escaleras arriba, sin atreverme a apagar las luces de la planta baja. Un presentimiento me indicaba que algo no andaba bien, pero yo no era precisamente la persona más valiente para averiguarlo.

El corazón me palpitaba azorado, creo que algún fantasma burlón me había asustado.

Capítulo 3

A la mañana siguiente el ruido de unos pájaros, picoteando las puertas de vidrio, me despertaron.

Estiré el cuerpo entumecido por dormir en posición fetal debajo de la frazada; los músculos me dolieron, costándome salir de la cama; finalmente lo hice perezosa, del que me tomó media hora entre darme una ducha y vestirme con unos vaqueros y camiseta holgada que para nada me hacía lucir agraciada. Aún seguía soñolienta, necesitando de una buena taza de café para despabilar.

—Nos vemos más tarde —expresé a mis padres que me sonreían desde el portarretrato y abandoné la habitación, dejando atrás un descomunal desorden. Tenía hambre y mis tripas protestaban para que les arrojara comida. Al bajar por las escaleras hacia la planta baja, la fea sensación de ser observada volvió, sin ser consciente que me había quedado estática en el mismo escalón en que la noche anterior me dio por atrapar a «la parejita escandalosa». Me estremecí y reprendí en mi fuero interno para que no volviera a hacer algo semejante, pude haberme ganado un porrazo por parte de aquellos o tal vez un infarto…

—Hola —saludé a tía que vertía azúcar en la jarra del jugo de naranja sobre la encimera del muro de ladrillos, y me senté en una de las butacas, viéndola trabajar.

—Qué cara tienes, ¿dormiste bien? —Notó mis ojeras y yo bostecé mientras asentía sin mucha convicción—. Toda cama nueva da la lata, pero te adaptarás —agregó, asumiendo que se debía a la dureza del colchón o algo por el estilo.

Pidió que pusiera los platos en la mesa, ya tenía listo el desayuno y anunció que esa mañana iría a Morehead para atender el anticuario.

Esto me inquietó, no quería quedarme sola, me invadía el miedo, pero evité hacerlo evidente, tía solía increpar a las personas que se dejaban llevar por la ignorancia. Sin embargo, ¿cómo me explicaba lo que pasó? Las voces fueron reales, muy furiosas y acusatorias. La pareja no dejó rastro de su presencia, dando la impresión de que nosotras éramos las únicas residentes de la casa. ¿Y sí…?

¿Y si en realidad me asuntaron?

O ese par de idiotas se marchó en plena madrugada para no pagar un centavo y tía estaba avergonzada, porque de esto, no decía nada.

—¿Escuchaste la discusión de anoche? —pregunté para despejar las dudas, quizás la explicación era más simple de lo que pensaba.

—¡¿La qué…?! —Quedó a mitad de camino, mientras sujetaba del mango la sartén, para verter los huevos sobre los platos.

—Pues, la parejita que gruñó arriba en el pasillo de nuestras habitaciones. ¡Qué escandalosos!

Sus ojos se abrieron estupefactos, la sartén comenzó a temblar, cayendo algunas porciones del revoltillo al piso.

Le quité la sartén, su actitud me puso en alerta.

—¿No escuchaste nada? Tía… —Había quedado enmudecida por la impresión—. ¿Has alquilado una de las habitaciones?

Se giró sobre sus talones hacia la cocina para buscar la cesta de pan y la jarra del jugo de naranja, pálida ella como si le estuviese pidiendo cuentas de alguna deuda no saldada.

—Tía…

—Trae los vasos, están en la despensa, arriba del microondas —evadió responderme, dándose tiempo de procesar sus pensamientos.

Acaté el pedido y luego me senté a la mesa, junto con ella. La miré expectante, esto era algo que no iba a dejar pasar por alto.

—¿Qué sucedió, Allison?, ¿qué escuchaste?

Medité el hecho de que respondiera con otra pregunta, indicaba que, efectivamente la cosa era grave.

Después de morder una rebana de pan untada con margarina, le comenté:

—Anoche, a eso de las tres de la mañana, escuché a un hombre y a una mujer discutir frente a mi habitación. Salí para decirles que se callaran, pero no vi a nadie.

—Tal vez fue la televisión, suelo quedarme dormida con el volumen alto. Lo siento, cariño.

—No era la TV, porque me acerqué a tu puerta y no escuché nada. Solo tus ronquidos. Y tus ronquidos *no discuten de esa forma*.

Tía no supo qué responder. Más bien, untó de margarina una rebanada de pan y luego depositó sobre esta, un poco de los huevos revueltos para engullirlo de una sentada. Masticaba con la boca muy llena en la medida en que su mirada permanecía perdida en un punto de la sala.

—Debió ser una pesadilla —respondió escueta y yo abrí la boca para replicar, pero me interrumpió para agregar lo siguiente—: Estaba pensando que podrías trabajar para mí. Hace mucho que necesito de una ayudante, sería de lunes a sábado, medio tiempo mientras resuelves a cuál universidad piensas estudiar; ya es hora de enviar unas cuantas cartas, a ver si alguna de estas te acepta…

Sorbí el jugo, la oferta era estupenda, sería un ingreso extra que me serviría para mis gastos personales, dado que, lo que tenía planificado para mí requería de una buena tajada de dinero; lo heredado por papá lo tenía reservado para mis estudios en Italia, así que procuraba evitar malgastarlo. No obstante, al cerrar tajante el tema anterior, alimentó mi preocupación por lo que sucedió en la madrugada.

—Me parece estupendo, tía. Gracias por pensar en mí.

—Hoy te llevo para que conozcas el anticuario y así te ambientas rápido, ¿de acuerdo?

Asentí sin protestar y el resto del desayuno nos mantuvimos en silencio.

Tía engulló la comida con rapidez, esquivando la mirada, ocultándome *ese algo* que no quería revelar. Tras terminar, subí a mi habitación y tomé el móvil de la mesita de noche y luego extraje de mi mochila la billetera y el estuchito de cosméticos, metiéndolos en un bolso negro que tenía para salidas más formales. Abandonamos la casa, faltando quince minutos para las nueve de la mañana. No me apetecía conducir mi auto, estaba trasnochada por lo que era mejor viajar como acompañante en el Volkswagen de tía Matilde. Un cacharro blanco del 69 que sonaba más que la vetusta nevera de la cocina.

Pegué la frente en mi ventanilla, suspirando por el cambio: primero de abril y ya rodaba hacia mi primer día de trabajo en un pueblo que desconocía.

El trayecto a lo largo de la isla fue excitante, puesto que me había perdido el recorrido cuando llegamos durante el atardecer del día anterior. Ahora se me presentaba la oportunidad de apreciarla, claro que después tendría más ocasiones para conocer las aldeas cercanas. Tía tomó la carretera principal: la 58, manteniendo la ruta sin desviación, siempre en dirección hacia el este. Mientras rodábamos, admiraba la belleza de la Costa Atlántica, el océano se vislumbraba a lo lejos, siempre y cuando los árboles y algunas casas de estructura baja lo permitieran.

Emocionada por la vista, bajé el cristal de la ventanilla, el aire fresco me hizo sonreír, ni una pizca de *smog* amenazando con contaminarme los pulmones. El tráfico era escaso, puede que fuese por la temporada baja o porque la isla tenía la bendición de no ser tan atestada como otras ciudades del país.

Cruzamos el puente de Atlantic Beach, uno de los dos que comunican con el resto del continente y que se encuentra en cada extremo de la isla. El tablero colgado arriba de los semáforos nos indicaba la ruta que debíamos tomar. Tía giró el volante hacia la derecha, por la carretera 70 en dirección a Morehead City. Me invadió la ansiedad, aunque de buena manera. Ella fue amable en ofrecerme trabajo, pese a que recibí una generosa cantidad de dinero como herencia y la casa de veraneo en la que vivíamos. Tía lo hacía para que me adaptara y resolviera mi futuro, siendo ella una mujer independiente, dueña de una tienda de antigüedades que la ha mantenido solvente durante años.

El Volkswagen —con su ruidoso motor— anunciaba su llegaba al poblado. Noté que algunos transeúntes nos seguían con la mirada; unos sonriendo y otros frunciendo las cejas como si les causáramos desagrado. Tal vez eran esquivos o tuvieron algún impase con tía, debido a su mal carácter, pues no era una perita en dulce y solía espetar lo primero que se cruzaba por su mente cuando la enojaban; por extensión, me juzgaban del mismo modo por ser su familiar.

—¡Llegamos! —anunció con obviedad, estacionando frente a un establecimiento pintado de azul estridente, cuyo ventanal tenía estampado en grandes letras blancas:

Esplendor
Antigüedades y objetos curiosos.

Me gustó cómo bautizó la tienda, nada de nombres rocambolescos. Simple para recordarlo con facilidad.

También me hizo sonreír que tuviese una llamativa fachada; dicho color haría que tanto los turistas como los lugareños no lo pasaran por alto, resaltaba de igual modo a la casa de Isla Esmeralda, siendo lo primero que uno notaba tan pronto caíamos al pueblo. El anticuario quedaba justo en la vía principal, ente la calle 11 y 12, colindante a diversos negocios que se mantenían etéreos en sus tonalidades y fachadas de ladrillo…

El azul del anticuario se vería hasta en la luna.

Al igual que la casa fucsia.

Tuve una fea sensación al entrar a la tienda, invadiéndome un frío intenso que me caló hasta los huesos. La piel se me puso de gallina, afuera el clima era cálido y el termostato al lado de la puerta indicaba 22°C. El lugar era lúgubre y pequeño para la gran cantidad de objetos atiborrados, algunos en perfectas condiciones y otros maltrechos por el paso del tiempo. Cualquier coleccionista que se aprecie de serlo, le complacería hurgar entre los miles de objetos que allí se hallaban; por ese motivo, mis ojos se posaron en una antigua caja de música, del que tía tuvo el buen tino de etiquetarla, marcándole la fecha de su elaboración: 1935. Sonreí al ver una vitrola sobre una mesita redonda, ambas del mismo período en que salieron a la venta según las etiquetas que las identificaban. Observé candelabros de todo tipo que colgaban del techo y posaban también sobre vitrinas y mesas, junto a portarretratos de plata, bronce y hasta cerámica. Eso sí: mucho polvillo por doquier. Hacía falta una buena limpieza, presumiendo que esto se debía a las semanas en que tía estuvo ausente por lo de la tragedia familiar.

La seguí a través de una portezuela a un extremo de una larga vitrina que dividía el espacio entre la clientela y el área de caja.

En dicha parte interna se hallaba un escritorio, una computadora de última generación —de la que me sorprendió que ella la manejara por ser tan renuente con la tecnología moderna— y un cuarto pequeño atestado de estantes por las cuatro paredes.

Tía indicó lo que debía hacer: desempolvar y acomodar.

Buena parte de la mañana la empleé para organizar el desorden imperante, tía no era muy buena acomodando los objetos que vendía, casi sentía pena por los vestidos y bolsos de la década de los treinta o cuarenta, apretados en un clóset sin puertas que hacía las veces de mostrador para que las clientas apreciaran la apolillada ropa. También me dio pesar el reguero de medallas de la Segunda Guerra Mundial que tenía desordenadas dentro de las vitrinas. Fue una labor de barrer, desempolvar, reacomodar, organizar, trasladar, etiquetar…

La limpieza fue extenuante y aburrida. Extrañaba el bullicio de la ciudad, la música, la diversidad de la gente; en cambio, en el anticuario todo parecía suceder con lentitud.

Nadie entraba.

Nadie salía.

Nadie preguntaba nada de nada. Estaba por pescar un resfriado de tanto polvillo.

Mientras barría, pasé por el frente de un espejo victoriano de medio cuerpo, no pude evitar echarme un vistazo, pésima costumbre que tenía, siempre me observaba y, en esta ocasión, fue mejor no hacerlo, desaprobé la imagen que ahí se reflejaba.

Ay, mamá…

Dejé la escoba a un lado y traté de mejorar mi apariencia. No es que fuese una morenaza de largas piernas y melena negra que caía con gracia hasta la cintura; más bien, era una flacucha de metro sesenta y cinco, del cual mi espantoso pelo competía con las greñas de una bruja. Era consciente que distaba de ser una modelo de pasarela, pero mi *mezcolanza genética* no pasaba desapercibida: la piel trigueña y boca grande —heredado de mi madre— con el que le arranqué miles de besos a mis exnovios, el rostro ovalado y los ojos marrones —aporte genético de mi padre— «mejoraba» un poco mi apariencia física, y la personalidad explosiva —regalo de tía Matilde— me ayudaba a tener pocos amigos y muchos enemigos.

Sonreí desganada a la descripción que hacía de mí misma, pero en el acto, el sonido de la campanilla de la puerta me sacó del letargo.

—¡Por fin llegaste, gruñona! —exclamó sonriente un anciano desde el umbral de la puerta.

Tía se sobresaltó y se acomodó rápido su cabello platinado.

—¡Sabes muy bien que no me gusta que me llamen así! —replicó con una leve sonrisa.

—Veo que encontraste otra ayudante —dijo el desconocido entornando su mirada hacia mí. El hombre era alto, robusto y canoso.

—Es la sobrina de quién te hablé —respondió, haciendo un ademán con su mano en mi dirección—. Querida, te presento a Peter Burns: amigo entrometido y gran cocinero.

El anciano se dirigió a mí, enfocando los ojos azules detrás de sus anteojos.

—Encantado de conocerla, jovencita. Tan hermosa como su tía —me besó el dorso de la mano. Y luego con una sonrisa pícara, preguntó—: ¿Ya le dieron *la bienvenida*?

Extrañada, no supe qué contestar.

—¡Peter! —los ojos negros de tía estaban abiertos como platos.

—*Ya se la darán...* —dijo socarrón, riéndose como si hubiese dicho un chiste que solo él y tía entendían.

Esta gruñó y se cruzó de brazos, enojada.

—Allison —me llamó—, si quieres puedes dar una vuelta por Morehead para que lo conozcas. Tengo que hablar un *asuntito* en privado con este señor.

Asentí sin replicar. Era el momento indicado para caminar y respirar aire fresco.

Me tercié el bolso y crucé la puerta, no sin antes lanzar una última mirada hacia el interior. Tía estaba a punto de abrir la boca, lucía un tanto contrariada con ese sujeto, pero se contuvo de expresar lo que fuera hasta que me marchara.

Así que, como no era algo que me concernía, me fui por la acera a mi izquierda para echar un vistazo por los establecimientos cercanos, traía un poco de efectivo para comprar lo que se me antojara por ahí, pensado en unas manzanas en la tienda de abarrotes o tal vez algunos dulces.

Le sonreí a una señora; no sé por qué lo hice, no suelo sonreírles a los extraños, pero el ambiente de la pequeña ciudad portuaria me puso de buen humor. Sin embargo, la mujer recibió el gesto amable con una mirada despectiva y pasó por mi lado, refunfuñando.

A pesar de su amargura, decidí no dejarme amilanar, tenía rato de no sentirme fatal; puede que el hallarme lejos de las maquinaciones de mi madrastra y el hecho de curiosear por los alrededores me mantenía sonriente, puesto que, Morehead City era un pueblo que se había ganado bien su ubicación en la llamada Costa de Cristal. El auge económico y hermosos paisajes naturales, la hacía uno de los pueblos más atractivos para los turistas.

Pero las miradas curiosas de los lugareños me intimidaron mientras caminaba por sus calles, observándome con cierto enojo como si les estuviera invadiendo su territorio.

Incómoda, entré a un cafetín. Me aproximé a la barra para pedir una gaseosa o lo que ellos sirvieran allí; me atendió un chico de color; muy simpático él, me animó a beber una malteada, especialidad de la casa y yo no me pude negar; mientras este la preparaba, unas chicas, sentadas en una de las mesas que colinda con el ventanal del restaurante, me escanearon con desdén; esto me molestó y casi les espeto una palabrota, a ver si se ocupan de sus propios asuntos, pero recordé las malas caras de los lugareños hacia mi tía, así que me mordí la lengua.

—Ignóralas, son unas pendejas que les gusta criticar la vestimenta de los demás, y ellas se visten peor... Hola, soy Ryan Kehler —se presentó un rubio larguirucho de unos dieciocho o diecinueve años, sentado en uno de los taburetes de la barra y navegando en su móvil.

—Allison. Hola. —Ocupé el taburete al lado de este, a la espera de la malteada.

Me ojeó.

—¿Qué te trae por acá, neoyorquina?

Arqueé las cejas.

—¿Cómo sabes...?

—El acento te delata. Y *la pinta* también...

—Acabo de mudarme —respondí mientras acomodaba la camiseta y arreglaba el cabello. ¿Lo tendría desordenado? El viento era mi peor enemigo.

El larguirucho se sorprendió de lo que revelé y sonrió sincero.

—Entonces, seremos amigos —dijo un tanto amanerado—. ¿A qué parte te mudaste?

—A Isla Esmeralda. Mi casa queda frente al océano... Río.

—Son las casas que más se cotizan. Bien por ti.

—Tía Matilde dice que vivir allá es uno de los placeres más gratificantes que ha tenido en la vida.

Dejó de sonreír. Sus ojos grises casi se salen de sus cuencas.

—¿Matilde?, ¿la viuda de Brown? ¿Tu casa es de color fucsia como la de *Rosita Fresita*[2]?

—Ajá... ¿Por qué pones esa cara?, ¿qué pasa con ella?

La contrariedad de Ryan era evidente y esto me puso nerviosa.

—Ay, chica... —se lamentó—. ¿Por qué se te ocurrió mudarte con esa vieja? Hará de tu vida un infierno.

Casi le gruñó.

—«Esa vieja» es mi tía, por si no lo escuchaste —espeté, comprobando la animosidad que tía cosechó por el pueblo.

Este sonrió apenado.

—¡*Ups!*, lo siento, a veces se me va la lengua. Lo que pasa es que tu tía ha dado de que hablar...

—Imagino que por su carácter —dije a la vez en que me llevaba el pitillo a la boca para sorber de la malteada, cuando el otro la dejó sobre el tope de la barra.

Ryan y este intercambiaron miradas silenciosas, pero ninguno de los dos dijo algo al respecto.

—Más bien, porque vive en una casa embrujada —replicó y yo casi escupo la malteada. Detrás de mí, las chicas seguían con sus burlitas en voz baja; procuraba ignorarlas, pero ya me estaban colmando la paciencia. ¿Qué había en mis ropas para causar tanta crítica? No era un pecado capital estar fuera de moda.

—¿Embrujada?

—Vamos, te invito a dar una caminata —propuso sin responder a la pregunta, quizás para conversar con mayor privacidad—. ¿Ya conoces Morehead? —Cabeceé y él sonrió—. Bueno, en ese caso..., te

---

[2] Dibujo animado, llamado también *Frutillita*, en América Latina y *Tarta de Fresa* en España. En inglés: Strawberry Shortcake.

llevaré a unos lugares que son ¡para morirse! Jeremiah, te encargo el cafetín; si mamá pregunta por mí, dile que fui a cortarme el pelo, me hace falta un corte, ya lo tengo un poco largo. Ya regreso, *precioso*. ¡Deja eso!, va por cuenta de la casa —manoteó con suavidad mi billete cuando le iba a pagar la malteada al chico, siendo evidente de que el rubio era hijo de la propietaria del establecimiento.

Sorbí tres bocanadas grandes del batido para no quedarme con las ganas de haberlo probado y nos levantamos de las butacas para salir. Ryan le lanzó al empleado un beso al aire con la mano antes de cruzar la puerta y luego terció su brazo con el mío como si fuésemos novios. No me desagradó; de hecho, congeniaba muy bien con él, porque era fácil de tratar.

—¿Qué razones te llevaron a mudarte? ¿Tus padres se divorciaron? Seguro que sí: se separan y uno de ellos te arrastra al pueblo más lejano, porque no soportan ni hablarse por teléfono. Siempre pagamos los platos… Lo siento —sonrió apenado—. Soy muy hablador. ¿Decías?

Vacilé responder, sin desear revelar los verdaderos motivos. Mucho drama familiar para contar de una sentada. Además, lo de la «casa embrujada» quedó pendiente.

—Necesitaba de un cambio.

Ryan me miró incrédulo, pero no insistió en sacarme más información. Por lo menos, no del por qué me fui de Nueva York.

—¿Estás buscando trabajo? En el cafetín estamos necesitando de una mesera…

Le sonreí.

—Gracias, pero tía me ofreció trabajar como ayudante en el anticuario. Hoy comencé, estoy en mi descanso.

Palideció.

—Ay, chica, pero ¿adónde carajos te has metido? ¡Allá espantan!

Puse los ojos en blanco.

—Es ridículo —reí entre dientes—, primero la casa, ahora la tienda. ¿En qué te basas para afirmarlo? —Si bien, el chico era alarmista, lo de anoche aún me ponía la piel de gallina.

Ryan tiró de mi brazo para alejarnos del grupito que se agolpó en el ventanal de una tienda de abarrotes, al vernos pasar, y así procurar hablar sin ser escuchados por terceros.

—Dicen que una mujer fue asesinada en el anticuario hace muchos años, aunque originalmente era una casa de familia; no me acuerdo de quiénes... Lo que sí sé, es lo que se comenta: que la viuda de Brown persiste en trabajar allá y el fantasma de la mujer la atormenta para que desocupe.

—¿Y la casa de tía por qué está embrujada? ¿También espantan? —Yo había escuchado a una pareja discutir, quizás este...

—Tal vez porque tiene pertenencias que son del anticuario; digo, de la casa original. Por eso el fantasma de la mujer ronda esos dos lugares...

Preferí cambiar de tema y disfrutar de la caminata. Ryan no siguió con las preguntas, notó mi incomodidad y optó por contarme los chismes más picantes de Morehead City. Hablaba incansable, señalando con disimulo hacia los negocios, cuyos propietarios o empleados tenían alguna oscura historia en su haber; yo solo asentía y hacía una que otra expresión de incredulidad, pero era más para seguirle la corriente de modo que no notara la preocupación que me embargaba. ¿Y si era cierto todo lo que me dijo?

Cruzamos la calle para dirigirnos hacia una pequeña boutique de fachada blanca, donde exhibía en la vidriera un precioso vestido rojo de talle largo, cuando, de pronto apareció de la nada un descapotable negro que iba a máxima velocidad y, del cual, a Ryan le sacó un grito bastante afeminado por hallarnos en su camino.

¡Cielos!

El deportivo frenó a centímetros de mis rodillas, viendo estupefacta el logo de un toro embravecido pegado sobre la cubierta delantera del capó como imagen icónica de su marca comercial.

—¡Está en rojo, animal! —grité furiosa—. ¡¿Eres miope o qué?!

El conductor me miró boquiabierto a través del parabrisas. Estaba sorprendido sin lanzarnos increpaciones por nosotros habernos tardado en cruzar la calle a pesar de que el semáforo nos permitía el paso sobre *el rayado*.

En ese instante, el sujeto no reaccionaba, pero las bocinas de los otros autos que venían atrás lo despabilaron, haciendo que pusiera el suyo en marcha rápidamente. Terminé de cruzar la calle, rezongando por su imprudencia. ¡¿Qué le pasaba a la gente que no respetaba las señales de tránsito?!

—¡¿Sabes a quién le acabas de gritar?! —Ryan expresó mientras tiraba de mí hacia la acera.

—No sé, ¿a quién? —pregunté de mala gana, mirando de reojo al conductor que se alejaba de allí a muy baja velocidad.

—¡A David Colbert!

Me encogí de hombros, indiferente. Las piernas me temblaban del susto. Vaya *que la vi* cerquita...

—¿Y quién es ese? —gruñí sin dejar de sentir que el nombre me resultó conocido.

—Es el hombre más apuesto y misterioso de toda Carolina del Norte, sin contar el dinero que tiene —sus ojos grises se iluminaron emocionados como si hablara de Dios en la Tierra—. Todas las mujeres se mueren por salir con él. ¡Incluyéndome!

—No es más que un burro al volante —reanudé la caminata hacia la boutique. Ya el vestido había perdido mi interés, pero necesitaba mantenerme centrada en lo que sea para calmar la rabia. ¡El bastardo casi nos atropella!

Ryan abrió la boca, perplejo por mi comentario.

—Qué agria eres... —me siguió, igual de tembloroso que yo, pues también se llevó su susto.

Le puse los ojos en blanco y, al instante, miré por sobre mi hombro hacia la parte donde el otro se marchó.

Caramba...

Noté que el extraño hombre me seguía con la mirada desde su vehículo; o eso me pareció, dado los espejuelos de aviador que ocultaban sus ojos. A través de la gorra y los lentes oscuros que le cubrían la mitad del rostro, intuía que era guapo. Enseguida me arrepentí de mi conducta impulsiva, y más cuando me fijé que el deportivo se detuvo en un edificio justo frente a la tienda de antigüedades.

—¿Verdad que es guapo? —Ryan suspiró a mi oído.

—Eh... ¿quién? —aún seguía en mi aturdimiento.

—¡David Colbert! —exclamó impaciente.

Resoplé.

—No me gusta.

Esbozó una sonrisa pendenciera.

—*Hum*... No te pregunté si te gustaba. Te pregunté si te parecía guapo.

Parpadeé, sorprendida de mi reacción.

—Si te gustan los desaliñados... —expresé desdeñosa, pero enseguida me arrepentí. ¿Acaso tuve tiempo de ver su aspecto? Apenas le vi el rostro.

La mandíbula de Ryan se desencajó.

—¡¿Desaliñado?! ¡¿Él?! —Señaló con el pulgar hacia atrás por donde el deportivo se hallaba estacionado—. Muchacha, ¿estás loca?, ¿lo viste bien?

—Me da igual —traté de restarle importancia.

Ryan entrecerró sus ojos con suspicacia.

—¿Estás molesta?

—No, para nada —consulté la hora en mi reloj de pulsera, disimulando el enojo—. Debo volver al trabajo.

—Entonces, hablamos luego —replicó y en su expresión se reflejaba que no creía en mi excusa, pero lo dejó pasar por pura educación, ya que no valía la pena entrar en discusión con alguien que apenas él conocía y del que captó le había dicho una mentira: de tanto que hablamos le comenté que mi horario en el anticuario era de medio tiempo, y a esas alturas tenía el resto del día libre.

—¿Te parece una hamburguesa, mañana después de trabajar? Esta vez yo pago...

Esbozó una amplia sonrisa.

—¡Por supuesto! Pero que no sea en el cafetín, estoy harto de cómo las prepara el cocinero, pero no le digas nada cuando vayas allá, es muy sensible con la crítica...

Reí y me despedí de él en buenos términos, aliviada de no perderlo como nuevo amigo. Era el primero que hacía en el condado de Carteret y no pretendía crearme la fama de cascarrabias.

Retorné por donde vine y, mientras me acercaba a Esplendor, mi corazón sufrió un vuelco.

El hombre que casi *nos pone a cantar con los angelitos*, aún permanecía dentro del deportivo negro, siguiéndome con la mirada a través de sus espejuelos. Caminé deprisa, manteniendo clavada la vista en la acera, resultando embarazoso ser el punto focal de su constante observación.

Al llegar a la puerta del anticuario, sentí un cosquilleo en la espalda, teniendo la impresión de que aquel me desnudaba con sus ojos.

Giré levemente el rostro por encima de mi hombro derecho para cerciorarme que eran ideas mías, pero ahí estaba él, con sus espejuelos oscuros enfocados sobre mí.

¿Qué tanto me ve?

Me apuré en entrar rápido para no ponerme más nerviosa.

El sujeto parecía un acosador.

Capítulo 4

—¿Por qué no se marcha?

La angustia se acrecentó en cuanto eché un vistazo a través de la vidriera, sin dejarme ver detrás de unos baúles apilados.

El sujeto seguía dentro del deportivo, cuya lona del techo la tenía subida por sobre su cabeza y del que dicho vehículo era bastante impresionante a los ojos de los demás transeúntes y de esta que lo observaba con detenimiento. Pero me llamaba más la atención el conductor, quien no se preocupó de subir las ventanillas para mantenerse en el anonimato. Parecía estar allá, sufriendo, quizás por esperar tanto a «la persona» que «tardaba» en bajar del edificio donde este aparcaba. Lucía atormentado como si se debatiera en sus propios pensamientos, quitándose la gorra para pasarse los dedos por su cabellera castaña con cierta desesperación y luego masajeándose el cuello, tenso de estar detrás del volante como chofer poco remunerado en una congestión vehicular. Se volvió a poner la gorra y miró hacia mi dirección, del cual yo me agaché más para que no me pillara, espiándolo.

—Qué tipo tan raro. —Era curioso, pero me daba la impresión de haberlo visto antes, pero la gorra y los espejuelos me impedían identificarlo.

Procurando mantenerme agachada, retrocedí unos pasos y continué con mis labores. Ese sujeto no me iba a trastocar el día. Estaba sola, tía salió con el anciano que la visitó, aprovechando que yo pasaría también la tarde en la tienda, ya que no estaríamos de retorno a Isla Esmeralda hasta el atardecer, sin contar que para nada me apetecía que algún «fantasma» de malas pulgas me sacara a escobazos de la casa.

Por ese motivo, salieron a almorzar para seguir con su «charla»; no quise acompañarlos por no ser la tercera en discordia, se los veía bien juntos, como si se gustaran. Además, tía prometió traerme algo de comida en cuanto terminaran de almorzar y buscar unos libros que un cliente le había ofrecido tras enterarse de que ella había llegado al pueblo.

Por mi parte, no tenía afán por comer, estaba inapetente, la malteada me pegó en el estómago y las tripas las tenía revueltas debido al sujeto que esperaba quién sabe *a quién*, en su deportivo.

Me concentré en ordenar la sección de estatuillas autóctonas y máscaras de diversas culturas, colgadas en la pared oeste. Aún faltaba mucha limpieza por efectuar; con razón tía necesitó de una asistente para que la ayudara a mantener los objetos pulcros, las capas de polvillo y telarañas daban un aspecto de abandono al anticuario.

El plumero se deslizaba despacio sobre un candelabro de bronce y un reloj de mesa bastante feo; el mobiliario atravesado por la tienda hacía que me movilizara con precaución para no tumbar nada con mis codos o el mismo plumero, y luego tía me restara el valor de dicha pérdida de mi sueldo. Estornudaba por aspirar las moléculas de polvillo que flotaban en el aire cada vez que desempolvaba; a menudo visitaba el baño —al fondo del cuartito que servía de depósito— para sonarme la nariz.

Al cabo de un rato, la campanilla de la puerta sonó. No advertí quién había entrado, estaba de espaldas acomodando una máscara de los Diablos de Yare[3] que tía trajo de Venezuela cuando visitaba a unos familiares y del que me había tocado bajarla para limpiarla con mayor minuciosidad. No pesaba por ser elaborada en cartón y papel maché, pero merecía que le dieran su mimo.

—Enseguida lo atiendo —procuré bajarme con cuidado de la silla de la cual estaba montada sin reparar en el recién llegado.

Y, en cuanto mis pies se posaron en la seguridad del piso, elevé la vista para atender a mi primer cliente.

Oh, oh...

---

[3] Danzantes de festividad religiosa que se celebra el día de Corpus Christi en San Francisco de Yare, estado Miranda, Venezuela.
Más información: Google.

Agrandé los ojos y mi corazón latió con fuerza al fijarme en el hombre que acababa de entrar.

¡¿Y ese que hacía en la tienda?!

Es un acosador. ¡Es un acosador!

—¿En qué *pu-puedo* ayudarle? —tartamudeé por la impresión, sintiéndome desamparada.

Retrocedí, procurando mantener distancia con ese sujeto, pero al no fijarme por donde me metía, casi tropiezo con la pata de una mesita y me volví de inmediato, aventando las manos hacia la escultura religiosa que sobre esta reposaba para evitar que se cayera. Consideré tomarla como medida de defensa, se la aventaría a la cabeza si su intención era atacarme, me las arreglaría después con tía para responderle por el daño causado, lo importante era que el otro no me saltara encima.

El tal David Colbert estaba en medio de la tienda; seguía con sus lentes puestos y la gorra como si intentara ocultar su identidad ante alguna cámara de vigilancia para que después la policía no lo atrapara por cometer fechorías; lo que enseguida medité la posibilidad de que hubiese alguna de estas filmándonos desde el área de los clientes o del área de la registradora.

Permaneció inmóvil por unos segundos, para luego empezar a moverse por entre las antigüedades, supuestamente interesado en algún objeto.

—Busco... —lo pensó un poco mientras observaba el lugar— una caja de música. —Su voz era suave con acento extranjero.

—¿Para obsequiársela a su novia? —*¡Huich, ¿por qué preguntaste eso?!, ¡es muy personal!* Me reprendí para mis adentros de haberla formulado.

—No —respondió sin detenerse a mirar los portarretratos de plata que se hallaban por donde él pasaba.

—¿Y la que está allá? —Sin moverme del sitio, señalé hacia la cajita que data de los años treinta.

El tal David siguió el trayecto que apuntaba mi dedo y esbozó una sutil sonrisa que me hizo tragar saliva por lo sexy que se vio.

Empuñé la mano y la bajé en el acto por mis estúpidos pensamientos.

¡Concéntrate, chica! ¡Acosador! ¡¡Acosador!!

La caja de música que reposaba entre los portarretratos no fue lo suficiente bonita para llamar su atención, pasó de largo sin molestarse siquiera en consultar el precio marcado en la etiqueta, se volvió hacia mí como si esperara que le mostrase otra que fuese digna de su gusto personal.

—Creo que en el depósito hay otra…

Con el corazón desbocado, bordeé la vitrina que divide el espacio de la tienda y hurgué entre las estanterías del depósito, pensando que algo debíamos tener que le gustara. Causé un poco de desorden, lo que aumentaría el trabajo para más tarde, pero quería que se marchara como un cliente satisfecho; uno que quizás volvería otro día…

¡¿Volver?!

Sacudí la cabeza, estaba muy cansada para ser racional.

Por fin hallé un pequeño cofre de principios del Siglo 20 en perfectas condiciones. Me percaté que mis manos temblaban; las apreté y sacudí varias veces tratando de controlar el nerviosismo, el sujeto me tenía caminando por el valle del sufrimiento con su imponencia y por mantener sus rasgos ocultos como un delincuente.

Respiré hondo y fui hacia el mostrador.

—Señor… —lo llamé. David había cruzado la tienda para observar la máscara que minutos atrás yo había colgado en la pared tras limpiarla. No podía apreciar su ojo crítico, pero sí su traje elegante que acentuaba bien sus anchos hombros y la línea central de su espalda. Tenía muy buen porte y trasero.

Ese pantalón le quedaba *requetebién*.

—T-*tengo* esta que quizás le pueda interesar —indiqué posando sobre el mostrador la antigua cajita.

David se dio la vuelta y me miró.

Ay, mamá… Se había quitado los lentes oscuros.

Pasé saliva. No sé ni cómo reaccioné y espero que no haya sido evidente. *¡Dios, qué sujeto tan guapo!* Jamás tuve la fortuna de toparme con un hombre de su estirpe, y eso que crecí en Nueva York donde abundaban por miles.

De forma inconsciente me arreglé la maraña de pelos que tenía por cabellera, lamentándome de no haberme maquillado por la mañana. ¡Tenía que ser precisamente ese día que me dio por descuidar mi apariencia! La desaliñada era yo…

Tuve que morderme los labios para no babear. *Caramba*... Ahora me daba cuenta por qué Ryan suspiraba por ese sujeto: tenía un rostro de ángel por el que cualquier modelo masculino mataría. Sus ojos azules me hipnotizaron, apenas posados sobre los míos, los tenía rodeados por espesas pestañas y enmarcados por un par de cejas muy pobladas. Su nariz recta era perfecta para esas facciones tan varoniles y sus labios... *Mmmm*, sus labios carnosos aparentaban ser la perdición de la población femenina.

Caminó hacia mí. A medida que avanzaba, sentía una fuerte atracción, una energía que me envolvía y me hacía querer ir rápido a su encuentro. Y eso me sorprendió.

—Es muy hermosa —expresó, mirándome directo a los ojos y yo como tonta sosteniendo la caja musical sin que él le prestara la mínima atención.

Por poco y me derrito. Los deslumbrantes ojos azules de ese hombre me miraban desde lo alto. Debía medir un metro ochenta y cinco de estatura, o tal vez un poco más. Me veía tan pequeñita frente a él que tenía que alzar la vista para encontrarme con su mirada.

No sé si su apariencia me idiotizó, quería disculparme por mi actitud frente al semáforo, pero por alguna razón no me atrevía a hacerlo.

—La... La cajita es de mil novecientos...

—Diez —interrumpió mientras guardaba sus espejuelos en el bolsillo interno de su chaqueta sastre y luego se quitó la gorra beisbolista que desentonaba con su traje que, sin temor a equivocarme, pagaría una semana de alquiler de algún apartamento costoso.

Dejó la gorra sobre el mostrador y se pasó la mano por el cabello con una elegancia que me hizo recordar los comerciales de televisión que trasmitían a cámara lenta para dejarnos embobadas por el chico que promocionaba un champú determinado.

Este sería muy cotizado por las grandes empresas.

—¿Cómo...? —Me quedé sin voz y tuve que carraspear, odiándome por tener que hacerlo—. ¿Cómo lo sabe?

Tomó la cajita con ambas manos y la analizó con cierto desdén.

—He visto algunas parecidas a esta en los museos y anticuarios. Es muy común. —Al hablar más, me daba cuenta de que su acento era británico.

—¿Es usted algún coleccionista o algo por el estilo? —Noté el impresionante anillo de oro en su mano izquierda.

Negó con la cabeza y esbozó esa sonrisa matadora.

—Me gusta coleccionar esculturas traídas de mis viajes, pero no cajas de música. —La que sostenía la dejó en su sitio.

Clavó de nuevo sus ojos sobre los míos.

Por favor, Cupido, vete a otra parte. No me hagas esto...

Mi corazón latía de tal modo, que llegué a pensar que saltaría por encima de la blusa, al buen estilo de las comiquitas, cuando el personaje en cuestión se enamoraba. *¡Pum!, ¡pum!, ¡pum!* David tenía un porte majestuoso, parecía de la realeza. Su sola presencia era intimidante. No aparentaba ser ese tipo de gente que suele frecuentar un pequeño anticuario en un pueblo recóndito del país. Su aroma me atontaba de buena manera, un olor muy particular y familiar que había percibido en el pasado; quizás de mi infancia, no recordaba con claridad, pero todo lo que provenía de él era inquietante. Tenía la impresión de que ya lo conocía, pero no sabía con exactitud de cuándo y dónde...

—Ah... eh... ¡Discúlpeme! —No me había percatado que lo miraba con fijeza y que él se dio cuenta—. Es que usted me parece tan familiar... —sentí las mejillas arder por la vergüenza.

David arqueó las cejas.

—Tal vez... —sus ojos azules resplandecieron por mi comentario.

—¿Es usted actor? —No sé cómo tuve el valor, por sobre mi timidez, le solté la pregunta de sopetón.

Y esto a él le arrancó una risotada.

—No.

—¿Ah no? —Para nada tenía idea de dónde lo conocía—. ¿Cantante? —Rápido hice memoria de los artistas famosos que brillaban en el mundo del espectáculo: rock, pop, balada, blues, jazz... Ni era capaz de definir el género musical que en apariencia lo representara.

Aunque la clásica daba la impresión de ser su estilo.

—No —sonrió.

—¿Modelo? —tenía pinta.

—No.

—*Hum...* —lo observé con atención—. ¿Algún deportista famoso? —Tenis, esgrima, equitación, polo... Algún deporte de élite.

Negó con la cabeza, sonriéndome entre dientes.

A ver, a ver, a ver…

—¡Ya sé! —Sentí que di en el clavo—. Usted tiene un programa de televisión, ¿verdad?

David se carcajeó.

—No.

—¿De dónde rayos te conozco? —formulé la pregunta en voz alta sin importarme que se riera de mí—. Porque sé que te he visto en alguna parte. ¡Estoy segura de ello!

No respondió de inmediato, sino que, con cierta curiosidad, David Colbert observaba en silencio mis facciones y mi pelo, como si algo en mi aspecto le llamara la atención.

Alisé rápido las greñas por si acaso las tenía alborotadas y me pasé las yemas de los dedos por las comisuras de los labios, mortificada de tener algún rastro de la malteada. *¡Ay, ¿qué carajos es lo que está viendo en mí?!* Yo, preguntándole de dónde lo conocía y él observando alguna suciedad en mi cara.

Se reclinó sobre el mostrador y me habló en voz baja:

—Tal vez de otra vida.

Agrandé los ojos.

¿De otra qué…?

—Sí, tal vez...

Sentí una oleada de calor cuando se fijó en mi pecho y esto provocó que dejara de respirar. ¡¿Me estaba viendo las tetas?!

Sin embargo, mis uñas rastrillaban la tela de mi camiseta, en una aparente «piquiña» por algo que me «picó», recordando que dicha indumentaria carecía de escote. ¿Qué era lo que me veía? Mis senos no tenían el tamaño como para que este se las quedara mirando como un pervertido, eran dos limoncillos que a duras penas se alzaban bajo la camiseta.

—Bonito relicario.

Parpadeé y de inmediato me llevé la mano al collar y sonreí aliviada de comprobar que no era un baboso de los que se quedan viendo los pechos a las mujeres cuando les hablan.

—Ah... Gracias, es un regalo de mi madre.

—Parece antiguo.

—Lo es —sonreí tímida—. Ha estado en mi familia por muchos años. Prometí que nunca me lo quitaría.

Él no dejaba de mirarlo. Estaba fascinado.

—Es una joya hermosa. ¿Puedo? —Levantó la mano para tocarlo. El relicario caía sobre mi camiseta casi a la altura de mis senos.

Observé su mano aguardar con paciencia.

—Seguro. —Sin quitármelo, alcé el relicario hacia él para que lo apreciara mejor.

David se inclinó más hacia mí, lo que casi me provoca que inhalara profundo, pues su perfume era atrayente. Mi corazón se aceleró, haciendo que mi nerviosismo fuera evidente. Él mantenía las cejas fruncidas, detallando el labrado del relicario de plata y nácar, como si estuviera observando una pieza única por la que un coleccionista daría obscenas cantidades de dinero para adquirirla.

—¿Significa algo la rosa blanca para ti? —inquirió mientras soltaba el colgante con delicadeza, sin apartarse de mí.

Sentí que el relicario ardía como llamas.

—No. La verdad... —lo toqué—, no lo sé. Quizás sea un simple adorno. —La rosa era una serie de minúsculos fragmentos de ópalo blanco que daban la forma de dicha flor y, la base, era de plata labrada donde guardaba la foto de mis padres.

David hizo un gesto que indicaba estar en desacuerdo.

—Yo diría que es más que eso.

—¿Alguna idea? —Sentía su cercanía embriagante.

—La rosa blanca es símbolo de pureza —dijo—. La mujer que lo porte es una persona especial.

Sacudí la cabeza.

—No me creo especial.

—En eso te equivocas... —expresó enronquecido, regalándome una sonrisa que por poco me quita el aliento.

Nos miramos a los ojos y su magnetismo hacía que perdiera toda voluntad por contenerme. Él no se apartaba, me robaba espacio y hasta oxígeno, y a mí no me importaba. Sus dos irises me tenían atrapada, la mortificación de ser acosada por un sujeto peligroso pasó al olvido, al quedar por él tan cautivada. Tal vez yo pecaba de superficial por bajar la guardia, debido a su físico, pero ese hombre veinteañero era digno de conocerle sin temores de por medio.

Aun así, bajé la mirada, tratando de desviar la atención hacia otra parte.

—Tiene un soberbio anillo —comenté con voz temblorosa—. ¿Es de alguna universidad?

David empuñó la mano para mirarlo y rio ante mis indagaciones.

—Solo es una reliquia.

—Ah... Ya veo. —Eché un vistazo hacia el anillo de oro: dentro del medallón, del tamaño de una moneda de veinticinco centavos, tenía repujado el perfil de un león rampante. La típica imagen que se asocia con la realeza—. Pues, parece una insignia de hermandad.

Negó con la cabeza.

—Es el blasón de mi... familia —explicó.

—¡Vaya! —sonreí—. El único «blasón» que tenemos en la mía es el que está colgado en el baño para las toallas —manifesté con ridiculez.

Al parecer, David encontró en mi comentario un buen chiste, porque se carcajeó por largo rato.

Cuando puso ambas manos sobre el mostrador, advertí en una mancha en forma de estrella que tenía en el dorso de la derecha. Su coloración rojiza resaltaba del bronceado de su piel y estaba ubicada entre el dedo pulgar y el índice.

—¿De nacimiento? —la señalé, para nada parecía ser un tatuaje o cicatriz.

—Eh... sí. —Bajó la mano en el acto, mostrándose incómodo.

Sonreí.

—No te avergüences, es hermosa.

—Tú eres la hermosa —replicó de vuelta y sus ojos llamearon.

Sentí que moría y volvía a nacer. ¡Ese hombre me estaba coqueteando!

Por desgracia, la campanilla de la puerta sonó de nuevo. Tía entraba sosteniendo una pila de libros entre los brazos, haciendo maromas para no tropezar con los candelabros y esculturas que hallaba a su paso. La presencia de esta me distrajo por una fracción de segundo y, al volver los ojos sobre David Colbert, no supe en qué momento se había marchado.

Vaya...

Mucho coqueteo y el maldito ni se despidió.

Sin embargo, ni tuve tiempo de lamentarme, Ryan entró al anticuario, visiblemente alterado.

—¡Dime qué quería! —gritó eufórico casi llevándose por delante a mi tía—. ¡Dime, dime!

—¡*Ssshhhhh*! ¡Qué son esos gritos! —ella lo reprendió molesta mientras dejaba los libros sobre el mostrador.

Ryan se disculpó y luego me repitió la pregunta en voz baja:

—¡Dime qué quería!

—¿Quién? —pregunté aturdida, se tomaba muchas atribuciones para el poco tiempo que teníamos conociéndonos.

—¡David Colbert, tarada! —exclamó elevando la voz, impaciente por saber a qué había entrado aquel a mi lugar de trabajo.

Tía gruñó, ya sentada ella detrás del escritorio.

—Lo siento, señora Brown —Ryan se avergonzó y luego se dirigió a mí—. Estaba parado en la puerta del cafetín, cuando lo vi entrar al anticuario. ¡¿Qué le dijiste?!, parecía perturbado…

Tuve que parpadear para poderle contestar.

—No dije nada como para que se largara molesto. —*¿Será que sí?*, medité consternada. Él ni me dijo adiós…, hasta la gorra se llevó al desaparecer de esa manera. Más bien, la perturbada fui yo, no entendía cómo ese extraño me trastornó al punto de sentirme abrumada por su sola presencia.

Desdichada pensé en que esa sería la primera y última ocasión en que hablaría con David Colbert, segura de que me cambiaría el resto de la vida.

—¿A qué vino? —Ryan moría por saber, inclinado sobre el mostrador, justo en la misma parte en que David se había parado para apreciar el relicario.

La pregunta del rubio era buena: ¿Para qué había venido? Ya dudaba de que fuese a comprar una caja musical.

—Creo que buscaba algo para alguien… —o no era exactamente «algo» lo que buscaba.

—Qué curioso —meditó—. Siempre lo he visto por el condado, pero nunca se detiene a comprar en ninguna parte.

—¿Nunca? —esto me asombró.

—¡Nunca! ¿Te he dicho que es muy misterioso?

Tía alzó los ojos por encima del monitor, entornándolos recelosos hacia nosotros. Tecleaba, pero paraba la oreja.

—¿A qué te refieres? —sentí el pinchazo de la curiosidad.

Él suspiró.

—Hace unos años, David Colbert se estableció en las afueras de Beaufort. ¿Sabes dónde queda Beaufort?

—No.

—Queda cerca de Morehead City. Es la capital de Carteret. —Hizo una pausa para que yo asimilara la información—. Su presencia causó revuelo en todo el condado —continuó—. ¡Las mujeres se volvieron locas! Es como si una estrella de cine súper sexy hubiese llegado. ¡Pero no salía con ninguna de ellas!, parece que le gustan extranjeras... —hizo una mueca desaprobatoria—. Todas hermosas, sin importar la edad.

Qué decepción.

—Solo es un mujeriego.

—No es por eso...

—Entonces, ¿por qué? —pregunté cansina.

Ryan echó un vistazo hacia tía, quien simulaba escribir en el computador, y luego susurró:

—Prométeme que no te reirás.

—Está bien..., lo prometo —cansaba tanto misterio.

Se inclinó un poco más hacia mí, para expresar lo siguiente:

—Su conducta es de lo más extraña: no se relaciona con la gente, vive apartado de los demás, no le gusta que le tomen fotos, ni da entrevistas televisivas, y poco se sabe de su pasado. Creo que eso de ser famoso se le subió a la cabeza, ¿no crees?

Fruncí las cejas.

—¿Cómo que «famoso»? —Mi intuición fue acertada cuando presentí que lo había visto en alguna parte. Por eso le preguntaba si era actor o cantante.

Ryan explayó sus ojos grises con mucha sorpresa.

—¡¿No lo conoces?! —Se sorprendió—. ¡No lo puedo creer! Pero ¡¿de qué pueblito saliste tú para ser tan ignorante?!

—¡Soy neoyorquina! Y respétame que sé más que tú —dudaba que ese larguirucho leyera.

Lanzó una risa sarcástica.

—Eres de Nueva York..., la tierra que abre las puertas a los artistas plásticos, ¡¿y no conoces quién es David Colbert?!

Su comentario quedó resonando en mi cabeza como un eco: «*artista plástico*», «*artista plástico*», «*artista plástico...*».
¡*Oh, oh!*
—¡Ay, mi Dios! —ahogué un grito.
—¿Ya sabes quién es? —preguntó al ver mi conmoción.
Asentí impactada.

Capítulo 5

Pensar que han pasado dos semanas desde que él entró al anticuario y sostuvimos una pequeña charla.

Todavía no concebía la idea de haberlo conocido. David W. Colbert alcanzó el reconocimiento y la fama mundial desde la adolescencia, sus pinturas y esculturas son cotizadas y han estado en las más prestigiosas galerías del mundo desde hace diez años. Su estilo es macabro, le rinde culto a la muerte, precedida por la sangre y la violencia extrema. Por él fue que me dio por interesarme en las Bellas Artes, aunque de «bello» nada había en su arte; lo catalogaban de distante, misterioso y extravagante, esto último refiriéndose a la negativa constante de no permitir fotógrafos ni camarógrafos durante sus apariciones, pese a que sus fotos aparecían con frecuencia en las portadas de las principales revistas del país. Jamás se mostraba en público; nadie sabía dónde vivía ni con quiénes se relacionaba. Poco se conocía de su vida personal: inglés y huérfano de ambos padres desde niño. Lo criaron sus tíos paternos de los cuales él ni una vez de ellos habló. Tiene una fortuna que lo haría jubilarse antes de los treinta. Vivió un tiempo en Nueva York y después desapareció, para luego incrementar ese halo misterioso con el que la gente a menudo lo envuelve.

Bajé del auto, hurgando en el bolso las llaves del anticuario, a la vez en que me lamentaba por no haber aprovechado de intercambiar opiniones con alguien que compartía el mismo amor por el arte, y esa oportunidad jamás se me volvería a presentar.

Di con las llaves, y, en el preciso momento en que me disponía a abrir la puerta…, el descapotable negro se aproximaba como si lo hubiera invocado.

Permanecí estática contemplando la magnificencia que ejercía la potente máquina sobre los demás automóviles estacionados cerca. Era fenomenal, un Lamborghini de líneas perfiladas y aerodinámicas que, a mis ojos, el auto de Batman —en la trilogía de Christopher Nolan— se había quedado en pañales.

Se estacionó a las puertas del Delta, el edificio de tres pisos que estaba justo enfrente al anticuario.

—¡Hola! —saludé emocionada a David, tras este bajarse del auto. Pero mi sonrisa se desvaneció y la mano quedó congelada en el aire al advertir que no me devolvía el saludo. Lo peor fue que desde el asiento del copiloto se bajaba una mujer elegante y muy rubia. Tan rubia que sus cabellos eran casi blancos.

Quedé paralizada de verlos alejarse hacia el edificio. «La rubia platinada» lo abrazaba con cariño, como cualquier mujer a su hombre cuando está enamorada, aunque me fijé —para mi dicha— que él no correspondió a su abrazo.

Furiosa por su indiferencia y sintiéndome como una tonta, me apresuré en abrir la puerta. No volteé el letrero de «Abierto» ni encendí las luces internas y fui hasta el fondo de la tienda a rumiar la rabia.

En penumbras, permanecí pensativa, conteniendo las ganas de llorar por considerarme patética. *¡Eso te pasa por boba!,* me reproché apesadumbrada, sentada en la silla del escritorio de tía Matilde, creyendo que él se iba a enamorar de mí como en las películas: me vio y quedó flechado...

¡Ja! Pobre idiota.

Ni me determinó.

*****

Mientras transcurría la tarde, mi curiosidad por saber de David aumentaba. Era la primera vez que me obsesionaba con alguien, queriendo saber todo de él: ¿Dónde residía? ¿Tenía amigos en el condado? ¿En Morehead City? ¿Beaufort? ¿Isla Esmeralda? Y si no..., ¿qué hacía para divertirse?, aparte de entretenerse con las mujeres, claro. ¿Tenía pasatiempos?, ¿cómo cuáles?

Estuve sola durante el día. Tía Matilde hacía diligencias importantes fuera del pueblo; entre tanto, yo mantenía la mente ocupada en el computador, revisando las redes sociales, pues evitaba en lo posible de navegar por el móvil por causarme migraña, costándome leer las diminutas letras escritas en los *post* y comentarios de las publicaciones de mis amigos.

Estaba tan abstraída que no escuché la campanilla de la puerta ni me percaté de la persona que estaba detrás del mostrador aguardando por mi atención.

Era David.

Me sobresalté, alucinada. Lo último que hubiera imaginado era verlo de nuevo en el anticuario y menos cuando dio la impresión de haberme ignorado en la mañana.

—Hola. ¿Me recuerdas? —sonrió un tanto tímido.

Casi jadeo.

¡¿Que si lo recuerdo?! Me costaba sacármelo de la cabeza.

Asentí detrás del monitor, y, con torpeza, me levanté de la silla.

—Sí, claro... ¡Cómo olvidarlo! —Me ruboricé—. ¿Viene por la caja musical?

—La verdad... —medio sonrió—, no estoy interesado en comprarla —dijo sin quitarme la mirada de encima, igual de elegante a la anterior ocasión, cuyo traje resaltaba su buena solvencia económica. Esta vez no usaba la gorra, pero sus lentes oscuros los tenía en la mano como si se los hubiese recién quitado.

Por mi parte, ni me movía, mis pies seguían detrás del escritorio y con el corazón desenfrenado.

—Entonces, ¿en qué está interesado?

—Bueno...

Cuando estuvo a punto de responder; para mi desconsuelo, la campanilla sonó y esta vez me percaté de la persona que entraba.

—¡Aquí estás! —exclamó la mujer de cabello platinado en la medida en que cruzaba la tienda, con cierto desdén, como si rozar algún objeto que se exhibía le fuese a causar sarpullido en los brazos—. ¿Qué haces aquí, David?, creí que me seguías... —llevó sus huesudas manos sobre el pecho de él, siendo una mujer muy hermosa, casi tan alta como el galán que ahí se hallaba soberbio, con unos fríos ojos azules capaces de matar a cualquiera con solo mirarlos.

Supuse que era la posesiva esposa, aunque enseguida me fijé en la ausencia de argolla matrimonial y que, por suerte, tampoco tenía uno de compromiso. Concluí de que se trataba de otra conquista más del famoso artista plástico.

—Curioseaba —respondió él con parquedad y yo ya había notado la reacción de este al percatarse de su compañera, serio como si no le hubiese hecho gracia que ella lo siguiera.

La rubia fingió sorpresa y despectiva miró a su rededor.

—¿Desde cuándo te gustan los trastos viejos? —inquirió jactanciosa sin preocuparse de ofender a la persona que atendía en el establecimiento.

La sangre me hirvió.

—No son «trastos viejos», señora —casi le grité—. Son objetos antiguos y de valor.

—Señora, no: ¡señorita! —corrigió enojada por haberle anexado más años de los que «aparentaba» según su «juventud». Luego se volvió hacia David, cambiando su áspera voz a una melodiosa—. *Amor*, recuerda que hay muchos estafadores por ahí…

Vieja, hija de…

—Disculpa, «señorita» —repliqué contenida—, pero somos miembro de la Asociación Nacional de Coleccionistas y Anticuarios, y no vendemos «trastos viejos» como dice usted. —Bastante que tía me puso al tanto de lo que se vendía en el anticuario. Puede que, durante un tiempo Esplendor permaneció desordenado y con un ambiente que daba grima, pero el inventario existente en este tenía un origen comprobable, categorizado según cómo fue preservado.

A David casi se le escapa una sonrisa, en cambio a la mujer le cambiaron los colores del rostro.

—¿Acaso eres experta? —Me miró con hostilidad, siendo ella una mujer de unos cuarenta años y yo una chiquilla de diecinueve.

—Lo suficiente —dije sin dejarme amedrentar—. Y puedo garantizarle que los objetos que vendemos son legítimos: cada uno de estos tiene un documento que avala su procedencia y antigüedad.

—De veras… —expresó con pedantería, dudando de mi palabra.

—Basta, Ilva —David intervino para zanjar la discusión entre las dos—. Todos los objetos son antiguos. Si te lo digo yo…

Esta se cruzó de brazos, airada, mirándome con una ceja alzada, del cual me daba a entender que ella le había dado varias veces la vuelta al mundo, mientras que yo apenas salía del cascarón.

Se marchó hacia la puerta, retumbando sus tacones de aguja para indicarnos, tanto a David como a mí, de que estaba cabreada. Lo que después repercutiría en un problema para él por hacerla quedar mal frente a una empleada de anticuario de pueblo.

Tras cerrar con rudeza la puerta de la tienda, el otro me miró con una intensidad que casi provoca que mi corazón explotara de la emoción, porque se lo veía avergonzado por el impase que tuve con su compañera, quedando rezagado sin saber qué decirme por lo acabado de suceder.

Aun así, un «lo siento» me expresó sin sonido de voz y del que moduló de lo más sincero. No necesitaba pedir disculpas a una chiquilla respondona, pero fue amable en hacerlo.

Luego se marchó detrás de la odiosa que no merecía dieran la cara por ella y yo quedé ahí, suspirando por él, pese al mal rato con la rubia de cabello tinturado.

*****

—No puedo creer la hora… —el reloj marcaba las tres de la madrugada, costándome dormir, debido a que los intensos ojos de David Colbert revoloteaban en mi cabeza. Era aturdidor repasar en mi mente, una y otra vez, la forma en cómo él me miró, sonrió y se disculpó.

Pero, al pensar en *dicha mujer*, una punzada aguijoneó mi corazón, porque él no estuvo a solas conmigo, sino que estuvo acompañado por *la lagartija* con aires de superioridad. Apreté los dientes, enojada conmigo misma. ¿Qué me pasaba? ¿Por qué me afectaba tanto? David solo fue a curiosear o a buscar un regalo para alguien, o para *aquella*, y no encontró nada.

Cansada de dar vueltas en la cama, salí de esta, buscando qué hacer para pasar el tiempo. Tomé un libro y me senté en el sillón floral, para distraerme. Leí durante media hora, pero no lograba concentrarme, él estaba en cada párrafo, en cada línea y palabra escrita en el texto.

Lo tenía en la cabeza.

David, David, David...

Imaginaba que él pintaba algún cuadro macabro, con las cejas fruncidas y sus manos manchadas de óleo, dando pinceladas por aquí y por allá de forma magistral. Inspirándose en su musa, de la cual yo daría lo que fuera, hasta un brazo, por ser esa deidad que le diera el ímpetu para desbordar todo el talento en sus obras de arte.

También fantaseaba en que estaba tendido en su cama…

Descansando luego de un arduo día de trabajo; con el pecho desnudo, bocarriba, y, con una expresión de completa serenidad en el rostro. Me acercaba a él y lo acariciaba. David no sentía mi tacto, pues yo me «materialicé» como un «espíritu» que decidió escapar de su cuerpo para volar hacia su presencia. Me aprovechaba de ese «estado astral», para palmar cada fibra de su musculosa anatomía, aspirando su aroma, besándolo con *mis labios invisibles* sin dejar un espacio libre, y haciéndolo vibrar por las posibles imágenes sensuales que lograron proyectarse hasta su mente onírica.

¡Oh!

Suspiré apesadumbrada.

—Ni siquiera conoce mi nombre —cerré el libro de golpe, enojada por la suerte de otras en comparación a la mía que daba lástima. Mis «ex» fueron apenas tres chicos adolescentes con acné y del que duraba con estos un par de meses por sus hormonas alocadas. Ni les habían salido los primeros pelitos en la cara y ya estaban planificando quitarme el virgo en el asiento trasero del auto de sus respectivos padres.

Sintiéndome pésima por mis estúpidas fantasías, dejé el libro sobre el asiento del sillón y bajé a la cocina para buscar algo que me hiciera conciliar el sueño. Solo yo perdía el tiempo con un hombre que había acabado de conocer, pero qué sabía de él a través de las redes y la televisión como buena admiradora de su desconcertante arte.

Bajé en penumbras las escaleras, hacia la planta baja, sumergida en mis propios pensamientos: él volvió al anticuario, él me sonrió, él se disculpó.

Él volvió…

Qué lástima que *aquella maldita* echó a perder mi segunda plática con ese ser tan estupendo.

Al llegar a la cocina, no encendí la bombilla del techo, sino que fui directo a la nevera para hurgar su contenido.

La luz del interior me dio de lleno en el rostro, en cuanto la abrí, teniendo que entrecerrar los ojos para que mis pupilas se acostumbraran a dicha claridad. Saqué el garrafón de leche y serví un poco en un vaso de vidrio; meses atrás no era habitual que padeciera de insomnio; por lo general, caía rendida apenas posaba la cabeza sobre la almohada. Pero empeoró las pocas horas de sueño que lograba conciliar a causa de la depresión atravesaba por lo de mi padre y la mudanza, convirtiéndome en un búho que se lamenta en la penumbra.

Dejé el garrafón en su sitio, y, aún envuelta en la luz de la nevera, sorbí la leche servida, pensativa por ese hombre de sonrisa varonil y mirada cautivadora.

De un momento a otro, me estremecí.

¡Caramba! Mis brazos se erizaron por estar recibiendo la gelidez de la nevera; no obstante, por algún motivo sentí que la ansiedad oprimió mi pecho y motivó a que quisiera marcharme rápido de la cocina, como si alguien me estuviese vigilando. Lo vivido noches atrás y el creciente miedo comenzó a martirizarme, estaba en medio de la oscuridad, habiéndome aventurado en bajar sin compañía y sin tomar la previsión de iluminar cada área de la casa.

Desde mi sitio, eché un vistazo hacia el fondo, donde se hallaba el comedor y la sala desde el otro lado del muro de ladrillos, a la espera de que cruzara por allá alguna sombra fugaz y yo saliera pitada hacia mi habitación por tarada. Mantenía los ojos abiertos sin parpadear, mientras tomaba otro sorbo de mi vaso, considerando terminar de beberlo arriba pese a estar todo en calma.

Tan silencioso que hasta era pavoroso.

La planta baja se tornó demasiado amplia y yo me sentí pequeñita como una hormiguita a punto de aplastar.

—Cálmate, no te dejes dominar por la imaginación —maldito Ryan con sus historias de fantasmas, lo que escuché *aquella vez*, fue la televisión de mi tía. Tal vez ella la programó para que a cierta hora de la noche se apagara. Y eso fue lo que en realidad sucedió y yo sacando conclusiones erradas. Mis temores carecían de fundamento.

Aun así, la sensación era abrumadora, pero no por ello me iba a dejar dominar. Traté de restarle importancia y bebí de la leche con rapidez. Cada trago era abundante, mientras que mis ojos rodaban por la oscuridad sin saber qué buscar.

Entonces…

Sentí una brisa helada que me estremeció.

—Es la nevera. —La cerré, convenciéndome de que esa era la causa de aquel descenso climático. Pero mis ojos giraron hacia la izquierda sin comprender por qué lo hacía y me arrepentí de haberlo hecho.

Los vidrios de las ventanas de la cocina se empañaban poco a poco; parecía que el invierno luchaba con la primavera para prolongarse por más tiempo.

—¡*Huy!* —El deseo de salir corriendo fue apremiante, no era normal tanto miedo. La respiración se hizo insoportable y los latidos de mi corazón los sentía en el estómago.

Y, antes de pretender mover los pies para largarme de la cocina, vi algo aterrador…

Una joven vestida con ropas antiguas.

—¡Debes irte! ¡Corres peligro! —exclamó como una mensajera mortificada del más allá.

Quería llorar y no fui capaz.

Intenté gritar, pero estaba muda de terror.

Deseé correr y mis piernas no respondieron por estar paralizada ante aquel espectro.

Mi mano derecha perdió toda fuerza, soltando el vaso que se estrellaba contra el piso, esparciendo los fragmentos de vidrio por todas partes. Mi corazón latía con fuerza, pero mi sangre había dejado de circular por las venas.

Horrorizada, observé al fantasma levitar cerca del piso, sus pies no eran visibles. Era rubia, con un rostro pálido y profundas ojeras. En sus ojos azules se reflejaba el temor, tal vez el mismo que experimentó antes de morir de forma trágica.

Según Ryan, ella fue asesinada.

—Él vendrá por ti… —manifestó con voz de ultratumba—. Pronto, vete… ¡No tendrás oportunidad ante él!

¡¿Acaso sería otro fantasma?!

Mi corazón palpitaba con violencia en la medida en que respiraba más fuerte. Quería preguntarle quién era la persona que vendría por mí y por qué motivo, pero cada vez que intentaba hablar, salía un leve sonido como si me estuviese asfixiando.

Luego el fantasma de la muchacha se desvaneció y yo no supe por cuánto tiempo permanecí paralizada en la cocina, temblando de miedo.

Hasta que pude reaccionar.

—¡TÍAAAAAAA! —grité despavorida mientras subía a toda carrera las escaleras. Por suerte, los vidrios en el piso no cortaron la planta de mis pies—. ¡FANTASMAAAAAS!

Tía ya había saltado fuera de la cama, con escopeta en mano. Me tropecé con ella, justo en el pasillo, gritando sin cesar como si la casa se estuviera incendiando, pero esto era peor, ¡mucho peor!, había visto una aparición.

—¡Cálmate!, ¿qué te sucede? —Rápido me introdujo a su habitación.

—Un... Un... *fffa-fantasma* en la *sa-sala*... —apenas podía hablar, ardiéndome la garganta de tanto gritar.

Tía encendió la luz.

—¿Qué dijiste?

—¡Un fantasma! —dije con voz ahogada.

—Ah... —sus inexpresivos ojos negros se perdieron detrás de mí.

—No me... ¿No me crees?

—¡Oh, sí! —susurró—. Se trata del fantasma de Ros...

La miré estupefacta.

—¿Quién?

—Rosangela, una chica que murió hace muchos años.

Me costaba creer lo que estaba escuchando, fue como si me hubiera soltado una bomba.

—¡¿Sabías que un fantasma rondaba la casa desde hace tiempo y no dijiste nada?! —Me molesté—. ¡¿Por qué no me advertiste?! —Todo parecía una locura.

Se encogió de hombros.

—¿Para qué asustarte? Pensamos que se había marchado.

«*¿Pensamos?*».

—¿Quiénes? —recordé el comentario del señor Burns en el anticuario: la supuesta «bienvenida».

Tía botó el aire de sus pulmones como si estuviese resignada de tener que responder a mi pregunta y luego me indicó con una mano a que me sentara en su cama.

—Peter y yo buscamos ayuda para sacarla de la casa —reveló a continuación mientras dejaba la escopeta dentro del armario. Su bata blanca trasparentaba un poco sus anchas bragas y su cabello alborotado le confería un aspecto más duro a su expresión envejecida.

—¿Cómo un *cazafantasmas* o algo por el estilo?

—Sí —corroboró y tomó el albornoz a los pies de la cama para terciárselo—. Fue bastante resistente al principio —dijo—, pero se marchó.

—No fue muy efectivo que digamos… —increpé mordaz. Si yo le hubiese pagado a ese sujeto para *echar* de la casa al fantasma, le habría exigido que me devolviera el dinero.

Tía volvió a encogerse de hombros.

—El exorcismo se hizo hace dos años, y, desde entonces, no ha vuelto a aparecerse —frunció las cejas—. Me pregunto ¿qué la trajo de nuevo?

Me miró.

—Ella me hizo una advertencia —la mirada de tía era bastante inquietante.

—¡¿La escuchaste?!

—¡Te estoy diciendo que me hizo una advertencia! —exclamé impaciente, el estrés sacaba lo peor de mí.

—Sorprendente… —musitó pensativa—. Nadie ha podido escucharla, hasta ahora tú. Siempre que se manifestaba, observábamos sus labios moverse, pero solo eso, ya que ella no decía ni *pío*. ¿Qué te dijo?

Semejante revelación me impactó. ¿Por qué tenía que ser yo la única que había escuchado al condenado fantasma?

—Bueno… —tomé un respiro—, dijo que «debía irme porque alguien vendría por mí».

—¿Quién? —inquirió, removiéndose en su sitio, siendo notable su preocupación.

Ahora era yo la que se encogía de hombros.

—No lo sé, ella se esfumó. ¿Crees que se vuelva a aparecer? —Esto causaba una seria aprensión porque, si lo revelado por Ryan, sobre las reliquias que podrían estar en la casa y el enojo de la joven asesinada, ni paz tendría en el anticuario cuando yo fuese a trabajar.

Tía asintió y mis ojos se desplazaron de un lado a otro por la habitación.

—¿Qué sabes de ella?, de Rosangela.

—Solo sabemos que la mató su novio hace cien años.

—¿Y lo atraparon?

Negó con la cabeza, motivo por el cual indicaba que, debido a ello, la chica estaba penando. Tenía un asunto pendiente por resolver. La justicia.

—¡No te preocupes, Allison! —Sonrió—. Es solo un fantasma que necesita ayuda para cruzar *al otro lado*. —Pero antes de que le formulara otra pregunta, ella miró el reloj de la mesita de noche y asombrada exclamó—: ¡Las cinco de la mañana! Deberíamos dormir un poco, nos espera un largo día.

—¿Puedo dormir contigo?

—No seas boba, ella no te hará daño, es solo un fantasma fastidioso.

Sí, claro...

—Me da miedo.

—Acostúmbrate, no sabemos si se vuelve a aparecer.

—Con mayor razón, *por fis*, ¿sí? —miedosa, rogué—. Déjame dormir contigo por hoy, no me siento capaz de pasar la noche sola en mi habitación.

—Ya va a amanecer.

—¡*Por fis*!, ¡*por fis*!

Puso los ojos en blanco.

—Qué niña... ¡Está bien! —cedió—. Por esta noche; si la vuelves a ver, no me vas a rogar de que te acompañe a dormir. Tienes que aprender a lidiar con esto.

Sería para otra ocasión; de momento, no quería.

Me acomodé en la cama y eché encima la frazada mientras que tía reprobaba mi cobardía. Pero no me importaba, aguardaría a que la luz del día iluminara cada rincón de la casa, ya que para nada me apetecía cerrar los ojos y descansar del susto sufrido, temía que esa entidad atravesara la puerta de la habitación y se posara delante de mí para observarme mientras dormía.

Esto era mucho para soportar en lo poco que tenía viviendo en la Isla. Vaya herencia la mía...

Una casa embrujada.

Capítulo 6

El sonido del motor de un auto bastante ruidoso me sacó de las pesadillas.

El fantasma de Ros volvió a advertirme de que me marchara de la casa, porque el peligro me acechaba; no sin antes pedirme que sacara la basura que apestaba en la cocina.

Me estiré en la cama y reparé en que había despertado en la habitación de tía Matilde; miré hacia el reloj despertador para consultar la hora, pero un papel doblado tapaba la parte frontal, cuya nota manuscrita se leía a primera vista. Bostecé y, perezosa, lo tomé para leer lo que tía había escrito:

> *Estaré en Raleigh para ver unas reliquias. Las llaves del anticuario están sobre la mesa del comedor. Abre y organiza las estanterías del depósito, ¡están muy desordenadas!*
>
> *Si te da hambre, almuerza por la isla o en Morehead, toma dinero de la registradora, por si necesitas, y anota lo que extrajiste en el libro de gastos.*
>
> *Retornaré a media tarde.*
>
> *Matilde.*

—¡Ay, no! —la iba a matar. ¡Me dejó sola en la casa!

Salté fuera de la cama y abandoné la habitación para entrar enseguida al mío, dándome prisas por quitarme el pijama y ducharme en una exhalación; ya estaban por dar las ocho de la mañana y llegaría tarde a trabajar, pese a que tía me dejó a cargo. Aun así, ni pretendía permanecer un minuto más en la casa, me parecía escuchar pisadas por el pasillo y hasta risas de mujer.

En un dos por tres me atavié en unos vaqueros desteñidos y un camisón que me llegaba a mitad de muslo; el cabello lo recogí en una coleta baja, sin molestarme en mirarme en el espejo por si me quedó bien o tendría algunas hebras amontonadas en la coronilla, asumía que debía lucir horrenda por mis ojos adormilados y profundas ojeras. Los ruidos escuchados, así fuesen muy insignificantes me sobresaltaban, temerosa de volver a ver al fantasma.

Bajé con sigilo las escaleras hacia la planta baja y atravesé la estancia, tomando con rapidez las llaves que tía dejó sobre la mesa. La puerta principal la cerré detrás de mí, lamentándome de no asaltar la nevera para desayunar, pese a que mis habilidades culinarias dejaban mucho que desear, pero lo de anoche me tenía con los nervios alterados y, si presenciaba otra aparición fantasmal, me daba un infarto. Así que lo dejaría para después. Mi auto estaba estacionado frente al garaje, agradeciendo en mi fuero interno no haberlo guardado, porque esto me haría estar más tiempo allí adentro.

—¿Y si la vendo? —ponderé la posibilidad de ofertar la casa para librarme de toda esa locura. Pero luego pensé en papá, quien me la dio como herencia, y yo de malagradecida me desharía de esta por no poder lidiar con una maldita chica que murió hacía cien años.

Rodé hacia Morehead y, durante el recorrido, hice una parada en una de las aldeas de la isla, para comprar algo de comida. No quise que fuese en el cafetín de la mamá de Ryan, mi estómago no estaba para malteadas de chocolate espeso ni hamburguesas de doble anillo de carne, sino que me había apetecido probar un desayuno ligero en uno de los restaurantes que se hallaban por la vía.

Al llegar al pueblo, comencé con las labores encomendadas por tía; la mañana en el anticuario resultó como siempre: monótona.

Limpiar, barrer, organizar…

Uno que otro cliente entraba a la tienda para adquirir un juego de tasas de los años treinta y una colección de monedas de plata, del que uno de estos pagó una buena cantidad de dinero.

Los relojes que funcionaban en la tienda comenzaron a sonar a la vez, anunciando que debía salir a comer. Tía solía girar las manecillas de cada reloj para que la maquinaria estuviese a tono y puntal, de modo que el cliente que se interesara por estos comprobase que marcaba bien la hora.

Me crucé el bolso y giré el letrero de «Abierto» para «Cerrado», había acordado almorzar con Ryan en el cafetín, no estaba animada a comer allá, pero él no podía abandonar su puesto de trabajo, ya que, al igual que yo, también le habían encomendado hacerse cargo de la administración del negocio familiar. Por lo tanto, tendría que soportar otra ronda más de comida rápida.

Durante el camino hacia Cocoa Rock, no manejé mi auto, la distancia a recorrer era corta, un par de manzanas y estaría en ese lugar sin haberme cansado por ir a pie. Evitaba mirar hacia las vidrieras de los demás establecimientos para no toparme con las hoscas miradas de los empleados o propietarios. A ningún lugareño saludaba, ni siquiera a los que pasaban por mi lado y del que cada día me los encontraba; al ser un pueblo pequeño, todos se conocían y el trato era amistoso entre ellos, a excepción hacia nosotras, cuyas personas eran muy desagradables al cuestionarnos sobre cosas que se nos escapaban de las manos.

Me valía un carajo si les caía como *patada en el culo*, al menos contaba con un amigo en el pueblo. Ryan era agradable, a veces impertinente, pero mejor persona a los que nos despreciaban.

Antes de quedarnos dormidas, casi al amanecer, tía me comentó que una vez sacó a trompadas a un sujeto que se atrevió a sugerirle que quemara todo lo que vendía en el anticuario por considerarlos que estaban malditos y, por ese motivo, atraía espectros. En el caso de Rosangela, su *novio asesino* causó que ella estuviese retenida entre los vivos y los muertos, sin poder descansar en paz.

Estando pensativa por ese hecho y, faltando escasos metros para llegar al cafetín, vislumbré a lo lejos el deslumbrante Lamborghini, del cual venía en mi dirección.

Oh, por Dios…

Las piernas comenzaron a flaquearme.

Traté de caminar a un ritmo acompasado, respirando hondo para tranquilizarme. Los destellos de los rayos solares de la una de la tarde incidían sobre el *superdeportivo*, era como un gran sol que refulgía en el pavimento. Un sol metálico negro que me encandilaba.

Quedé paralizada cuando el Lamborghini se detuvo cerca; por un momento pensé feliz que se bajaría y me saludaría, pero no fue así.

Pobre ilusa.

Mi decepción fue tal, al advertir que una rubia de ojos azules se bajaba por la parte del copiloto. No era la «platinada» que había visto el día anterior, esta era una rubia natural o así parecía ser, llena de juventud y más hermosa a la odiosa que me miró con desdén. Tuve que alzar la vista, apenas la chica se irguió sobre la acera. Era demasiado alta. ¿Cuánto medía? ¡¿Un metro noventa?! Su belleza era absurda y yo me deprimí. ¿Cómo competir con ella? Era comparar a una diosa con una insignificante mortal. Simplemente: absurdo. Ahora entendía por qué David no se mostró cariñoso con esa tal «Ilva», puede que aquella fuese alguna amiga que se tomaba atribuciones que solo la confianza le concedía, y la altísima chica era su novia.

Traté de ver a David, sin éxito. El descapotable tenía puesto el techo de lona y las ventanillas estaban subidas y polarizadas. Emprendí la marcha, reprendiéndome para mis adentros por ser tan tonta, me había hecho ilusiones como una *fan* enamorada de su artista favorito, solo porque este fue amable al tratarla.

Pero, al pasar por el lado de la rubia, justo antes de que ella cerrara la puerta del auto, me pareció que quizás, solo quizás..., por una ínfima fracción de segundo...

David me vio de refilón.

Tal vez era producto de mi imaginación, pero en el fondo deseaba que fuese así.

Empuñé las manos a los costados, conteniendo la rabia y los celos que me carcomían sin razón aparente, puesto que con David nada había. Un hombre tan atractivo como él no perdería el tiempo con alguien como yo, tan gris y del montón, cuando a su lado tenía a una de las mujeres más despampanantes que jamás haya visto.

Arrastré los pies, con desaliento y continué mi marcha hacia el cafetín. El nudo en la garganta lo tenía tenso y dolía, contener las ganas de llorar era insoportable, queriendo dar la vuelta y correr hacia Esplendor para llorar por largo rato, lejos de la mirada de los curiosos que seguro disfrutarían de sacar conjeturas equivocadas. No obstante, implicaba que tendría que pasar de nuevo por el lado de esa chica, quien admiraba una prenda de vestir en la vitrina de la boutique de fachada blanca en la que yo antes «miraba» el vestido rojo –que ya no exhibían– después de casi ser atropellada por el deportivo. David se había marchado, dejando sola a su novia de turno. Lo que provocó aversión hacia esa mujer, debido a que no me apetecía volver a entristecerme al compararme con ella.

Así que continué por mi camino hacia el cafetín.

Al entrar, abracé cariñoso a Ryan, simulando mi desconsuelo. Pedí una hamburguesa y me senté junto con él en la primera mesa desocupada; por fortuna, ubicada lejos del ventanal, debido a que no tenía ganas de ver a «la jirafa» pasar por el frente. Ryan habló por espacio de quince minutos mientras yo me comía con desgana la hamburguesa, habiendo perdido el apetito por la desilusión de saber que a David le gustaba hacerse acompañar de impactantes rubias.

—Estás muy callada. ¿Me puedes decir qué es lo que estás pensando? —Ryan se percató de mi tristeza, después de haber él engullido una buena ración de sus papas fritas.

Me encogí de hombros, siendo esta una manera de responder sin hablar de lo que me pasaba. ¿Qué le iba a decir: que era un cero a la izquierda en comparación a esa mujer?

—*Huy*, esa cara indica que en realidad te pasa algo —analizó certero—. Escupe que ya me tienes intrigado.

—Nada —musité avergonzada de revelarle que mis fantasías con David se fueron por el desagüe. ¡Qué se va a fijar en mí!, si sale con mujeres de alta categoría del que todo hombre les pondría una alfombra en el piso para que las suelas de sus sandalias no se estropearan con la suciedad de la calle, con la intención de llevarlas a la cama.

—Ah... —pensativo, sorbió de su Coca-Cola mientras me miraba por encima de su vaso—. Entonces, debo suponer que mis conversaciones son aburridas.

Tomé el último sorbo de mi gaseosa y le contesté:

—Son muy entretenidas. —No era sarcasmo por estar enojada, sino que Ryan tenía la particularidad de hacerme reír o rabiar según el tema que abordáramos. Era muy sincero al igual que mi tía.

Asintió complacido.

—Bien... —continuó con la charla que antes sosteníamos, exprimiendo la última cotilla local. Pero antes de terminar, notó que yo seguía ensimismada—. ¿Vas a decirme qué carajos te pasa?

Vacilé.

¿Será que le contaba?

Tenía que desahogarme.

—Hoy... —Tomé un respiro y me animé en revelar lo que me entristecía—. Hoy me siento fea. —Era un alivio sacar la toxicidad de mi sistema, teniendo siempre que reservar mis pensamientos solo para mí por no confiar mis sentimientos en nadie para no salir lastimada.

Sin embargo, al expresarlo en voz alta me di cuenta en lo ridículo que sonó mi lamento, arrepintiéndome al instante de haberle dicho por actuar tan acomplejada.

Y fue peor cuando la risa de Ryan retumbó en el cafetín, provocando que los clientes se volvieran curiosos hacia nosotros.

—¿Y eso por qué? —preguntó sin dejar de reír, tomando mi revelación como si hubiese sido un chiste.

—Así me siento...

—*Hum*... —entrecerró los ojos, escudriñando mi apariencia—. Tal vez si dejaras de usar esa fea coleta, te maquillaras y mejoraras el vestuario... ¿Qué traes puesto? —Con las yemas de sus dedos analizó la tela de la manga de mi camisón—, ¡qué feo es!, parece bata de vieja.

—¡Hey!

Rio de nuevo y luego puso los ojos en blanco, sin apiadarse de mi aflicción.

—Bromeaba, ¡qué delicada! Mira... —bajó la voz—, solo tú debes cambiar *si así lo crees necesario* para sentirte bien. Pero no lo hagas por habladurías de terceros; de mí han criticado hasta mi modo de respirar. Antes me preocupaba y lloraba por esas pendejadas; ahora, fíjate: todo me resbala. Si quiero usar el pelo decolorado o usar falda con tacones de punta, *me importa un pepino* si a otros les ofende, ya no me aflige si soy flaco o poco agraciado, ¡que los demás se jodan! Desde que me acepté, tal como soy, vivo más feliz. ¿Es eso lo que te pasa? ¿Se han burlado de ti? No me digas que las mismas pendejas de siempre... —lanzó la mirada por el establecimiento para buscar a las chicas que la anterior vez me escanearon con desdén la ropa que usaba.

Le sonreí, agradecida por inyectarme fortaleza, él había acabado de demostrarme que sería un buen amigo con el que contaría para revelarle mis pesares. No todo sería bromas y chismes, también compartir experiencias sufridas.

—Allison, ¿por qué sigues aquí?

¿Eh?

Descorrí un poco la silla y giré mi torso para mirar hacia atrás. Un hombre me había hablado, justo detrás de mí, en un tono demandante como si fuese algún familiar o cliente enojado.

Pero, al reparar de quién se trataba, no había nadie.

Rodé los ojos de un comensal a otro, aguardando airada a que dicha persona cruzara mirada conmigo y repitiera lo que me había increpado.

Toda la clientela aparentaba charlar entre ellos como si nada.

—¿Qué pasa?

—Creí que me llamaron —respondí a Ryan mientras me volvía hacia la mesa y acomodaba la silla para terminar de almorzar. Al parecer, debí escuchar mal.

Ryan sorbió un tanto ruidoso el pitillo de su bebida para ayudarse a tragar la mascada de su hamburguesa. Era muy ordinario cuando se trataba de comer, solía zamparse sus alimentos como si otros aguardaran el menor descuido para arrebatárselos.

—Deberías marcharte.

Mi hamburguesa quedó a mitad de camino antes de hincarle los dientes, en cuanto la increpante voz del hombre sonó como si este estuviese parado detrás de mí.

Me volví para espetarle que no era asunto de él, yo comía donde me diera la gana.

Pero solo hallé a las personas sentadas en sus respectivas mesas, sumergidos en lo que ordenaron a la mesonera y en sus propias conversaciones.

¿Quién será el maldito…?

Esperé molesta a ver si alguno de estos sería el chistosito que me estaba fastidiando, pero Ryan tocó mi hombro para llamar mi atención.

—Es de mala educación mirar a la gente de esa manera.

—Creí… ¿Escuchaste que alguien me llamaba?

—No.

—¿Seguro? Estaba parado detrás de mí.

—No vi a nadie. Tal vez te pareció.

Quedé pensativa.

—Sí, tal vez… —mis tripas comenzaron a retorcerse ante una sensación de agobio que experimentaba.

—¡Allison, debes marcharte!

—*Coño*, pero ¿qué…? —Me levanté de inmediato para confrontar al sujeto y esto ocasionó que todas las miradas se posaran en mí, pues no había razón para mi agresiva actitud.

—Ay, chica, ¡ya me estás preocupando!

Miré a Ryan.

—¿Me estás jugando una broma? —sospeché de él sin tener pruebas concretas. El cafetín era su entorno laboral y las personas que allí se hallaban eran sus conocidos.

¿Qué era yo?

Una recién llegada al pueblo.

—No soy de hacer ese tipo de bromas; ya me las hicieron bastante en el pasado —manifestó tajante—. Siéntate que todos te están mirando como si estuvieses loca.

¡Ay, no!

¿Y sí…?

Las paredes del cafetín comenzaron a darme vueltas.

Me desplomé en la silla y crucé los brazos sobre la mesa para que mi rostro reposara sobre estos, me estaba sintiendo mal.

—¡¿Qué tienes?! ¿Vas a vomitar?, ¿te cayó mal la hamburguesa?

—Estoy un poco mareada… —dije, aunque en realidad lo que tenía era miedo y preocupación. Padecía las mismas sensaciones de la vez en que entré por primera vez al anticuario y cuando vi al fantasma de Ros en mi casa.

—¿Quieres agua con azúcar? A mi mamá le pasa seguido, ¿sufres de hipoglicemia? —preguntó y yo cabeceé sin alzar la mirada. En mi familia no sufríamos de ese tipo de enfermedad hereditaria.

—Agüita está bien…

—¡Daphne! —Ryan llamó a la mesonera recién contratada—. Tráele un vaso con agua, que se nos va a desmayar la muchacha.

Me erguí en mi puesto mientras le ponía los ojos en blanco al *tontorrón* por dicho comentario socarrón. Ya lo vería algún día cuando estuviese enfermo: se las iba a cobrar todas.

La mesonera arqueó una ceja desdeñosa al mirarme de refilón.

¡*Bffff*!, ¿y esta qué pensó: qué estaba embarazada?

—¿Algo más?

—Solo eso, puedes irte —Ryan abanicó la mano para despedirla. Luego levantó la vista por encima de mí, hacia el fondo—. ¿Y aquellos qué tanto miran?

Seguí la trayectoria de su mirada y observé a un grupo de chicos pegados en el ventanal, admirando algo que había afuera.

—¡Qué mujerona! —exclamó un chico de voz chillona, casi con la nariz pegada en el vidrio.

—Son unos idiotas —espeté tan pronto aquel exclamó su babosada, volviéndome en el acto hacia mi mesa. Faltaban minutos para que se terminara mi hora de descanso.

—Mírale las piernas, se necesitará de una escalera para llegar hasta su rostro —replicó otro en un tono excitado por la mujer que se hallaba desde el otro lado del ventanal.

—Yo lo que le veo son las te… —el primero que habló quedó enmudecido en cuanto unos pasos acelerados se acercaron hasta ellos. Estos pasos debieron llevar cierta velocidad, porque enseguida escuché un golpe seco contra el vidrio—. ¡*Auch*, idiota, ten cuidado!

—Sí que está buena.

—Buena, no, ¡*buenísssssima*!

No me volví hacia ellos. La verdad es que no me interesada los comentarios lujuriosos de adolescentes.

—Nunca han visto a una mujer —murmuré indiferente y Ryan le restó importancia con una sonrisa desdeñosa.

—¿Será de por aquí? —los idiotas seguían hablando.

—Lo dudo —contestó *el de voz chillona* a uno de sus compañeros.

—¿Tendrá novio?

—No seas tarado, Alan, mira hacia donde se dirige. *Ese suertudo…* —masculló con la envidia latiendo en su pecho—. Si yo tuviera dinero saldría con mujeres tan hermosas como ella y no con esperpentos como las que están por acá…

¡¿*Esperpentos?!*

El comentario del chico me ofendió.

—Sí, *muchísimo* dinero —acentuó otro con sarcasmo—. Habrá que ser millonario para tener ese carrazo y pagar por esa mujer…

Al ver la cara de ensoñación de Ryan, me pregunté si mi amigo era bisexual, pero él enseguida leyó mi mirada y, en voz baja, manifestó lo siguiente:

—Cien por ciento homosexual, querida.

—¿Y por qué babeas de esa manera?

Señaló hacia afuera.

Al girarme y estirar el cuello para ver mejor desde mi silla, me sobrecogí. El auto deportivo de David, aguardaba por la mujer que caminaba con pasos sensuales hacia él y que tanto tenían embelesados a los jóvenes que la miraban desde el ventanal del cafetín.

—Tal parece que es su nueva conquista —Ryan comentó igual de curioso que yo.

—¿Quién es? —lo miré sin hacer visible mi enojo. Ya era bastante depresivo que mis fantasías se esfumaran una por una por culpa de aquella maldita de largas piernas, sino que, aunado a esto, tenía que soportar el desdén de esos morbosos.

—Ni idea, es la primera vez que la veo —contestó Ryan—. Aunque... —se rascó la mejilla, pensativo—, su rostro me parece familiar. ¿Dónde la he visto? Dónde...

—Es muy hermosa.

—Así es —replicó—. David Colbert es muy selectivo, le gusta rodearse de mujeres bellas. Sobre todo, rubias...

Si antes la presencia de la mujer y los comentarios de los chicos, casi destruyeron mi autoestima, la observación de mi amigo la hizo añicos.

Esto ocasionó que me lamentara. Yo no era tan agraciada como para ser considerada rival de cualquiera de las amantes rubias de ojos azules, del gran pintor inglés. Era una enana de ojos marrones y cabello negro bastante erizado.

Ryan reparó en mi animosidad hacia la chica.

—¡Ay, por favor!, ¡no me digas que estás celosa! Serás tarada... —expresó casi burlón y yo lo miré echando fuego por los ojos—. *¡Uf!* Si las miradas mataran... —rio entre dientes—. Pero no te culpo, ¿quién no estaría celoso? *Los bellos están con los bellos y los feos están...* —calló en cuanto le lancé una mirada fulminante—. Bueno, qué se le va a hacer: así es la vida.

—Sí, «así es la vida».

Ryan sonrió condescendiente al notar mi tristeza.

—Allison, no pierdas el tiempo pensando en él: *los de su tipo* no se fijan en alguien como nosotros. Los dioses no andan con mortales.

—Lo sé —concordé, él había atinado con dicha comparación. Estaba muy lejos de tener la oportunidad de que un hombre como David Colbert se fijara en mí.

Palmeó con suavidad el dorso de mi mano que yacía empuñada sobre la mesa.

—¿Sabes qué...? —Sonrió—. Deberíamos hacer una pequeña visita al centro comercial. ¿Qué dices, te animas?

—No sé...

—¡Oh, vamos! Bien nos vendrá un cambio de ambiente en estos momentos.

—Estás a cargo de Cocoa...

—Jeremiah es bueno cubriendo mi turno. ¿verdad, Jeremiah? —le guiñó el ojo y este hizo una expresión de no quedarle más alternativa que cubrirle las espaldas al hijo de la propietaria.

Suspiré. Tal vez era eso lo que necesitaba, respirar otros aires para alejarme por esa vez de la verdad que mi amigo había expresado sin el ánimo de herirme: yo era un patito feo que se ilusionó de un hermoso cisne que no tenía ojos sino para los de su misma especie.

Capítulo 7

Varias horas después…

Nos hallábamos en la *Boutique de Beatrice*, Ryan miraba algunos vaqueros ajustados, en cambio, yo batallaba con una blusa de corte cruzado que tenía atorada entre mis brazos. ¡No me la podía quitar!

—Ay, pero ¡qué difícil es ponerse esto! —chillé desde el fondo del vestier.

—Déjame que te ayude. —Ni alcancé a negarme, cuando lo tuve a mi lado, luchando por quitarme la blusa—. Te la pusiste al revés: el cuello va para arriba.

—¡Fuera!

—¿Qué?

—¡Vete! —trataba de ocultarme con la cortina.

Ryan rio.

—Para que lo sepas: no me gustan las mujeres. Te lo dije: «cien por ciento…».

—Es primera vez que me ven así… Tú sabes: en sujetador…

—Qué tonta eres —me arrojó la blusa a la cabeza—. Vístete, no quiero excitarme por ver *tus senitos*.

Le mostré el dedo del medio.

Al salir para apreciarme mejor, reparé en un enorme afiche que colgaba cerca de una columna. La imagen de la publicidad me impactó, correspondía a la chica que había visto con David, cuando se bajó del auto. Lucía espectacular en ropa interior, su cuerpo era perfecto sin un gramo de grasa.

—Mira quién está allá.

Ryan se volvió hacia donde señalaba y jadeó por la sorpresa.

—Pero si es Natalie Shepard, la supermodelo. ¡¿Cómo no la reconocí antes?!

—Es tan perfecta... —expresé, sintiéndome miserable. Adiós oportunidad de ligar con el otro, tendría que conformarme con los que pululan el mundo de los mortales.

Ryan puso las manos en su cintura y esbozó una mirada escrutadora hacia el enorme afiche de la columna.

—No te confíes —dijo—, a la mayoría les retocan las fotos.

—¿Acaso no la viste?, ¡ella es perfecta! —El rostro me ardía por la maldita envidia.

—Es un saco de huesos...

—Seamos sinceros: la modelo tiene lo suyo: es muy hermosa. —Natalie Shepard tenía un par de años brillando en las pasarelas y las portadas de revista de moda; todo lo que ella hacía era comentado en las redes, del cual muchas *influencers* copiaban su estilo para destacar de igual forma. A la modelo le faltaba mucho para que su carrera terminara y se dedicara a otros asuntos, apenas tenía veintidós años, habiendo sido descubierta en una discoteca, bailando con su vestidito ultracorto y tacones altos.

—Qué se le va a hacer...

No repliqué, sino que me observé en el espejo del vestier. La blusa la deseché por no ser capaz de usarla como es debido, meditando que, *en aquella*, seguro le quedaría mil veces mejor. En mí lució como trapo de cocina, envuelto en mi torso. Me parecía a *Dobby*: el elfo doméstico de Harry Potter. Por enésima vez mi apariencia me acomplejaba, sintiéndome el patito feo del cuento, con la diferencia de que no me convertiría en un cisne de hermoso plumaje, sino que tendría que conformarme sin remedio en lo que era: alguien común y corriente, sin encanto y gracia.

Ryan notó que seguía triste y posó sus estilizadas manos sobre mis hombros.

—No dejes que esto te atormente —dijo en voz baja—. Eres atractiva; así que tienes más oportunidad que muchas mujeres que sufren en silencio por su físico. —Me besó en la mejilla—. No lo olvides.

Tras lo del afiche, dejé las compras para otro día por haber anochecido y yo sin darme cuenta.

Ahora estacionaba el auto frente al garaje. Tía Matilde ya me esperaba en la puerta principal, su rostro severo y dedos tamborileando entre sus brazos cruzados, indicándome de estar enojada.

—¿Dónde estabas?

—Disculpa, salí con Ryan… —respondí mientras entraba a la casa, aprensiva de que me diera un pescozón por tomarme la tarde libre sin esperar a que ella retornara del otro pueblo.

—Te agradecería, jovencita, de que me avises para la próxima. ¡Estaba preocupada!

Pues, te lo mereces por dejarme sola en la casa.

—Perdí la noción del tiempo. Comprábamos ropa.

—No veo que hayas comprado algo.

—Yo, no: Ryan.

—Te llamé varias veces a tu móvil, ¿por qué no contestaste? —arremetió con su increpación en la medida en que me seguía hacia la cocina.

—No lo escuché, debió descargarse. —Dejé el bolso sobre el muro de ladrillos, para dirigirme en abrir la nevera y tomar un poco de agua. Tía observaba ceñuda mis movimientos, estando ella ubicada cerca de las butacas.

—Tu cena está en el horno. ¿Vas a comer?

—Comí algo en el centro comercial —Ryan me animó a zamparme un capuchino, unos *burritos* y tamales mexicanos, un granizado de limón y un helado con sirope de moras. Mi panza estaba que reventaba por la llenura.

Subí las escaleras como si mis piernas pesaran toneladas, tal vez, porque llevaba sobre mis hombros la tristeza contenida hasta el momento. *Sí... exageraba.* Era consciente de mi enamoramiento instantáneo y de mis complejos. No obstante, aquel día cuando conocí a David Colbert en Esplendor, la soledad dejó de lastimarme. No me importó ni lo medité. Al verlo a él, por primera vez –tan magnífico y perfecto– sentí que hallé a mi alma gemela.

Por desgracia, *aquella exuberante* mujer me hizo poner los pies en la tierra. Él estaba fuera de mi alcance.

Abrí la puerta de mi habitación y, tan pronto entré, una brisa helada me atravesó.

¡Brrrrr!

Me abracé a mí misma mientras comprobaba que las puertas dobles del balcón estaban abiertas.

—Creí que las había dejado… —dudé de mi descuido y crucé la habitación con apenas la luz que provenía del pasillo, al dejar la puerta de la habitación entreabierta. Las cortinas estaban descorridas y yo tenía la plena seguridad de haberlas extendido después de pasar la llave por el cerrojo de las puertas de vidrio.

Así que, las cerré y luego proseguí con las cortinas para brindarme mayor privacidad; costumbre adquirida en Nueva York, debido a los mirones de otros edificios cuando les daban por espiar con sus telescopios a los vecinos.

Enseguida hubo un descenso de temperatura que me asustó, pues ni tenía ventilador y ni hacia tanto frío como para calarme hasta los huesos. Palpé la pared colindante a las cortinas, para accionar el interruptor de la luz del techo, pero daba la impresión de que «la brisa» me seguía como si tuviera voluntad propia, ocasionando que se me erizara la piel.

Lo raro de todo esto, es la impresión de «agrandamiento» de los espacios, no hallaba el interruptor, parecía que yo estuviera lejos de la puerta de la habitación y las del balcón, como si me hallara a altas horas de la noche en medio de un campo de fútbol abandonado.

Era de nuevo una hormiguita en medio de la oscuridad.

—¡Ay, no! —corrí hacia la puerta para largarme de allí, guiada por la luz del pasillo. Estaba muerta de los nervios, ya sabía lo que ocurría, tenía compañía y no era de mi agrado.

—Allison…

¡Ay, no! ¡¿Por qué me pasaban esas cosas?!

La voz espectral me congeló el corazón, siendo la misma que había escuchado la noche anterior.

Permanecí inmóvil, con un grito atorado en la garganta. Se me hacía que la puerta estaba a kilómetros de donde me hallaba.

—¿Qui…? ¿Quién está ahí? —dolió mucho forzar las cuerdas vocales para hablar.

No hubo respuesta y el frío se acrecentó a mi espalda.

Di media vuelta en dirección hacia ese espectro merodeador, tratando de alejarme sobre mis pasos hacia la puerta que permanecía entreabierta, pero esta se cerró de golpe.

Aterrorizada me giré sobre los talones.

No vi a nadie.

«La brisa» se trasladó hacia el frente, golpeándome con bocanadas de aire gélido.

—Allison —el fantasma pronunció de nuevo mi nombre—. Vete… —ordenó sin sonar amenazante.

No tuve fuerzas para gritar ni huir, la conmoción me tenía paralizada, temblando de la cabeza a los pies. La joven asesinada era una voz que flotaba en la penumbra, queriendo que me largara.

—¿Por qué? —pregunté y la presencia no respondió. Así que me llené de valor y grité a todo pulmón—: ¡¿POR QUÉ?!

—Él vendrá por ti.

La valentía se esfumó.

—¿Qui…? ¿Qui…? ¿Quién? —sollocé, harta de tanto miedo. ¿Por cuánto tiempo tendría que soportar sus apariciones? Consideré seriamente vender la casa.

«La brisa» cruzó la habitación y se detuvo justo bajo un halo de luz eléctrica proveniente del balcón y del que se colaba a través de la cortina floral que no logré cerrar bien.

Bastó solo unos segundos para ver su rubia cabellera y toda su espectral fisonomía.

Suficiente para fijarme en las heridas de su cuello.

¡Oh, Dios!

En mi mente se cruzó una inquietante pregunta:

¿Cómo ella murió?

Deseaba formularla en voz alta, pero no me atrevía porque las ensordecedoras palpitaciones de mi corazón indicaban que huyera despavorida de la habitación.

—Allison, ¿qué sucede? —Tía inquiría desde el fondo de las escaleras y yo, ahí, muda por la impresión—. ¡Allison! —su voz amortiguada demandaba respuesta.

—Tí… Tí… —trataba de llamarla, pero la proximidad del fantasma me impedía hablar—. Tía… ¡Tía! ¡TÍA! ¡¡TÍA!!

Pasos rápidos, escaleras arriba.

Abrió la puerta como un huracán y me halló con los ojos desorbitados y temblando de terror en plena oscuridad.

—Ros… Ros…

—¿Se volvió a aparecer? —Me envolvió en su abrazo y yo comencé a llorar desconsolada—. ¿Qué te dijo esta vez?

—Lo mismo —chillé—: que me vaya de la casa. Tengo miedo…

—¡Ay, cariño, no temas por ella! Nunca ha causado daño, excepto uno que otro *patatús*…

Pues, a mí me iba a dar si la volvía a ver.

—No es solo eso lo que temo —repliqué llorosa—, sino *al que vendrá por mí*. ¿Será cierto lo que dijo: de que alguien quiere hacerme daño?

—Tonterías.

—Pero ella dijo…

—No te dejes sugestionar por un fantasma trastornado, quizás piense que su asesino volverá por ella. Recuerda que ha pasado un siglo desde su asesinato, así que *este* debe estar muertito y enterrado. —Me apartó para mirarme a los ojos—. Mañana hablaré con Peter sobre esto: hallaremos la forma de devolverla a *su hueco*. Anda… —me dio un beso en la frente—. Trata de dormir.

Abrí la boca para pedirle pasar la noche en su habitación, pero ella agregó:

—Duerme sola, así te acostumbrarás.

Lo dudaba.

—No soy capaz.

—Sí lo harás, yo lo hice durante años. Ten el valor de enfrentar tus temores.

Hice un mohín sin rezongar, debido a que me estaba vendiendo un cuento chino. Hasta requirió de un exorcista para que la dejara en paz.

Se volvió para marcharse de la habitación y, justo antes de cruzar el umbral de la puerta, me preguntó:

—¿Por qué estabas triste cuando llegaste?

Tuve que procesar lo que preguntó para responderle convincente.

—Por nada.

Me escaneó.

—Nadie entristece «por nada», ¿qué te sucedió? ¿Discutiste con Ryan? Dime qué te dijo y yo le halo las orejas.

Medio sonreí.

—Nada, tía, todo bien. Estaba cansada: esa fue la expresión que viste. Lo malinterpretaste.

La expresión de ella fue de escepticismo.

—Prométeme que, cuando te sientas preparada para hablar de lo que sea que te afectó, me contarás. ¿De acuerdo?

—De acuerdo.

Y, yo quedé ahí, mirando la puerta cerrarse detrás de ella.

Pasaría una pésima noche al estar en vela por culpa de un espectro fastidioso.

Capítulo 8

La noche fue inquieta y para nada reparadora.

Tía salió temprano, por lo que me tocó prepararme el desayuno; si bien, ella sugirió que descansara, yo necesitaba poner distancia con el fantasma, estando aún angustiada de su advertencia. Pero tía pretendía que afrontara mis temores como toda una Owens, por lo que, con el corazón desbocado, serví un tazón de cereal de trigo, leche y miel, suficiente para calmarme el hambre y no incendiar la cocina con mis desastres culinarios.

Entre cucharada y cucharada, rodaba los ojos por la planta baja y hacia las escaleras, por si acaso al espectro le daba por bajar por ahí bien campante. Tragaba con rapidez, manteniéndome alerta al menor movimiento; escuchaba los ruidos como si mi sentido de la audición se hubiese maximizado para captar hasta las pisadas de una araña. Aunque esto era motivado por los nervios que me atosigaban, provocando que me sobresaltara cuando las paredes crujían y los vidrios de las ventanas vibraban como si la casa respirara.

—Tranquila, Allison, es producto de tu imaginación: vives en un lugar viejo —expresé dándome valor, siendo desagradable comer con el miedo atenazándome a toda hora. El fantasma de Ros se percibía, pese a que esta no efectuaba su acto de aparición; aun así, resultaba sofocante estar allí, las malas vibras se apoderaban de los espacios; ya no quería estar mirando por encima de mi hombro, aprensiva de hallar a esa chica con su cuello ensangrentado por la mordida de algún animal salvaje.

Pero si creía que mis temores me hacían una mala jugada, no estaba preparada para lo que estaba por ver.

La chica rubia –y traslúcida– gritaba mientras corría escaleras arriba, huyendo de quién sabe qué.

¡Ay, mi madre!

Otra vez...

Solté la cuchara en el tazón del cereal y me levanté de inmediato de la silla. El corazón me palpitaba azorado, temblando por la aparición del fantasma, esta gritaba a todo pulmón desde alguna de las habitaciones de la segunda planta como si estuviese luchando con alguien; se escuchaban muebles caerse, golpes contra las paredes, puertas azotarse, pasos acelerados que iban de un sitio a otro, gritos y más gritos desgarradores.

Ni supe en qué momento tomé el bolso que dejé la noche anterior en el muro y salí pitada de la casa.

En una exhalación estaba detrás del volante, chirriando los neumáticos del Ford, rumbo al anticuario.

—¡La voy a vender! —exclamé decidida, al carajo si mi tía se enojaba o mi padre desde el más allá se lamentaba. Ya no soportaba pasar un día más en esa casa, padeciendo sustos, pues dejó de ser cálida y la belleza natural que la rodeaba perdió su atractivo. Disponía de dinero, alquilaría un apartamento pequeño en una de las aldeas del condado, mientras un agente inmobiliario se encargaría de venderla.

Con una mano masajeé la sien a causa de la migraña, el susto despabiló mi sueño, pero agravaba mi salud, doliéndome medio cráneo y costándome respirar por las fuertes palpitaciones en mi pecho.

—¡¿Por qué yo?! —Sin mirar atrás, aumentaba la velocidad del auto para llegar rápido, quejándome en voz alta mientras conducía por la vía. Qué rabia sentía, se suponía que al mudarme a Isla Esmeralda dejaba mis rollos mentales atrás y comenzaba una nueva etapa en mi vida, en la que cambiaba mi entorno familiar y de amistad, vislumbrando así un futuro prometedor. Pero ¡no!, había heredado una casa embrujada, cuyo fantasma merodeador se dedicaba a aterrorizarme cada vez que le daba la gana—. ¡La voy a vender! —repetí enojada, perdiendo todo atisbo de consideración hacia mis dos seres queridos; ya no aguantaba tanto susto, le pondría a esto remedio.

Sin embargo, parecía que Rosangela me hubiese perseguido desde la casa, porque, de repente ya no me hallaba manejando el auto, sino que yo atacaba a una mujer.

Sacudía la cabeza para borrar dichas imágenes y parpadeé en mi intento de mantenerme concentrada en la vía, sorprendida de lo que sea que invadió mi mente. ¿Qué rayos estaba pasando?! ¿Fue una visión o alucinaba por el susto del maldito fantasma?

Ni tuve tiempo de preguntarme por qué agredía a esa chica, cuando fui una vez más sumergida.

Ahí noté que no era yo quien la atacaba, sino una figura masculina de brazos gruesos y velludos que la tenía aferrada para no dejarla escapar y, del cual, daba la impresión de que yo estuviese dentro del cuerpo de este como una posesión fantasmal. La mujer de piel broncínea pedía auxilio en un lugar que, al parecer, estaba oscuro y solitario; nadie acudía en su ayuda ni de lejos alguno amenazaba con llamar a la policía para que el sujeto la liberase, gritaba mortificada, aruñaba los brazos de este en su desesperado intento de lastimarlo y así salvar su vida de las perversas intenciones de su captor.

El sujeto le tapó la boca con un trapo para ahogar sus gritos. Lo tenía impregnado con un líquido bastante penetrante que provocó que la chica se debilitara, y cuyos «efectos», hasta me marearon y provocaron náuseas.

Al tenerla dominada, este enseguida la arrastró hacia los matorrales, alejándose de la vía donde había montado su trampa para atrapar a sus víctimas, eufórico por hacerse de una chica que lo excitaba.

Un fuerte bocinazo me trajo a la realidad y por poco me estrello contra un camión, por estar conduciendo en sentido contrario. Giré el volante a la derecha para volver a mi carril y salí del camino para recuperarme del susto. *¡¿Qué rayos fue eso?!*

Con manos temblorosas, abrí la puerta y me incliné hacia afuera para vomitar, habiéndose revuelto mi estómago por el fuerte líquido que hedía a éter dentro del automóvil.

Vomitaba y lloraba abrumada por lo que había «visto». *¡¿Qué fue eso?! ¡¿Qué fue lo que vi?!*

No hallaba explicación. Parecía ser…

—Yo no soy *eso*… —dije luego de cerrar la puerta del auto y limpiarme las comisuras de mis labios con la manga de mi camisa, a la vez en que me formulaba la misma pregunta, una y otra vez. ¿Qué fue eso? ¿Una visión? Pero, si yo no era…

Recosté la cabeza en el respaldo de la silla, agotada por esas terribles imágenes que pasaron a la velocidad de la luz y por vomitar lo poco ingerido del desayuno.

—¿Qué es todo esto? —Evitaba expresar de los dientes para afuera lo que pensaba, incrédula de haber percibido el ataque sexual a una chica desconocida.

Aun así, me negué en aceptar la posibilidad que se filtraba por los rincones cerrados de mi raciocinio, existiendo a todo esto una lógica explicación.

Quizás la leche del cereal estaba contaminada con alguna sustancia alucinógena, del que tía debió agregarla como «medicina alternativa», ya que era de las que no pisaban el consultorio de un doctor y optaban por «remedios caseros» para curar sus dolencias físicas. Sin embargo, desde antes yo había escuchado voces de personas que otros no escuchaban y hasta lo que expresaba un fantasma «mudo», desechando al instante la conjetura.

A menos que ella me estuviese drogando desde hacía tiempo.

«¿Por qué se te ocurrió mudarte con esa vieja?, hará de tu vida un infierno», lo expresado por Ryan retumbaba en mi cabeza. La gente desconfiaba de ella, considerándola una demente que actuaba según sus iracundos impulsos.

Mi estómago volvió a contraerse y el olor fuerte parecía estar más intenso en el auto.

—¿Qué es ese olor? —Contuve la respiración mientras buscaba por mi rededor lo que causaba dicha fetidez—. ¿Y si...? —Jadeé ante la posibilidad de estar drogada por inhalación y no por mi tía que alteró los alimentos que consumía. El Ford de papá había sido llevado a un lava-autos antes de marcharnos de Nueva York. Lo que presumía de que uno de los empleados tuvo que haber dejado alguna botella de pulimento para dar brillo a los materiales de cuero o la carrocería. El encierro en el auto debió *concentrar* los químicos del cual el líquido de limpieza motriz fue elaborado, y, las veces en que yo lo manejaba con las ventanillas subidas, no era consciente de lo que respiraba.

Por ese motivo, del lado de mi puerta, bajé de forma automática todas las ventanillas para que el interior se ventilara.

A continuación, revisé la guantera para hallar «la botella del limpiador», eché un vistazo hacia los asientos posteriores y mandé la mano por debajo de mi asiento y la del copiloto, a ver si por ahí quedó olvidado y con «la tapa destapada», provocando la pestilencia que me mareaba y ocasionaba que tuviese alucinaciones.

Conduje a baja velocidad hasta estacionar frente a Esplendor. Aproveché que llegué temprano al casco central del pueblo para echar una revisada exhaustiva sin que otros me estuviesen observando desdeñosos. Abrí el capó y estudié detenidamente el motor y cada recoveco de la maquinaria del auto, luego abrí el portaequipajes y saqué el tapete que lo cubría sin hallar nada que señalara el motivo de *mis desvaríos* mentales.

Cerré la puerta del auto y, con dolorosas punzadas en mi cabeza, me dirigí al anticuario. Tendría que analizar la leche y la comida guardada en la nevera, y llevarla a analizar a un laboratorio, a ver si en realidad tía me drogaba. De ser así, pediría ayuda a las autoridades competentes.

Ese proceder no sería normal.

¡Ay, pero Dios!

Antes de introducir la llave en la cerradura, tuve una segunda visión que apenas duró un segundo.

Los ojos amarillos y rayados de un animal felino acechaban entre la maleza por la próxima víctima.

Sacudí la cabeza para apartar la imagen.

¡¿Fue otra visión?! Pero ¿una visión de qué…?

Mortificada, abrí la puerta del anticuario, sin voltear el letrero para que los clientes entraran a comprar; las luces de la tienda permanecían apagadas para que nadie me observara desde fuera. No obstante, al estar allí, en medio de la penumbra y la cantidad de objetos antiguos que me rodeaban, las náuseas y la migraña empeoraron, y la sensación de ser observada, oprimió mi pecho.

¡Mierda! Retrocedí, casi pegándome a la puerta.

Una entidad estaba allí.

Sin explicarme por qué tenía esa certeza, hui de la tienda sin la intención de quedarme para confrontarlo. Se lo dejaría a los cazafantasmas o al párroco del pueblo, yo pondría pies en polvorosa lo más lejos posible.

No subí al auto, previniendo un accidente automovilístico, caminé por la avenida para despejar la mente. Estaría toda la mañana con Ryan o hasta que vislumbrara a tía en su Volkswagen blanco, retornando de su «diligencia», y esto me hacía pensar si mis sospechas eran infundadas. ¿Será que ella me drogaba?

—Lo más probable... —musité sumida en mi aflicción. De hallarse sustancias raras en los alimentos, tía tendría que lucir un traje a rayas que modelaría en la cárcel o una camisa de fuerza que protestaría por usarla en el psiquiátrico.

De repente, tropecé y casi me doy de bruces en el piso. La cabeza me daba vueltas y tambaleaba mareada como si me hubiese tomado una caja de cerveza en pocos minutos; parecía embriagada, teniendo que extender los brazos a los lados para hacer equilibrio. Ni sentía las pisadas que daba como si flotara en una densa bruma, los sentidos los tenía entumecidos: la vista borrosa, la audición minimizada, no podía hablar para pedir ayuda a las personas que pasaban por mi lado y del que me miraban curiosas sin molestarse en preguntar si me pasaba algo.

Solo criticaban.

—¿Qué le pasa a esa chica? —inquirió una señora, arrugando las cejas.

—Está ebria —dijo otra en tono de censura, haciendo señas con la mano a modo de bebedora.

Debilitada, me desplomé en la acera, frente a una tienda de víveres, luchando por no perder el sentido; todo me daba vueltas y las náuseas eran insoportables. Estaba por desmayarme y sin nadie que me ayudara. Así que, embotada, saqué con dificultad el móvil de mi bolso y llamé a Ryan para que viniera a rescatarme, confiaba en él, sabría qué hacer al respecto; tenía complicaciones para respirar y una seria taquicardia que temía desencadenara un infarto por tanto estrés acumulado.

Por desgracia, la contestadora se activó y yo tuve que dejarle un audio.

Pensé en marcarle a tía, pero temí que esta, lejos de brindarme ayuda, hiciera la contrario.

Respiré hondo y esperé a que mi amigo llegara.

Dos señoras se detuvieron a observarme.

—Es la sobrina de *la loca de Matilde* —espetó la más regordeta—. Creo que la locura es hereditaria.

En mi mente contemplé en la piel *de esa mujer, lamentarse de su sobrepeso mientras se subía a la balanza, y,* a la que caminaba a su lado, *ser golpeada por su esposo, del que por instinto mis manos se elevaron para protegerme del golpe.*

—¿Estás bien? —preguntó el encargado de la tienda de víveres, levemente inclinado hacia mí. Un señor de unos setenta años.

—Estoy un poco mareada…

—Pediré agua para que se te pase el malestar.

Tras decirlo, una señora latina fue diligente en traer lo ofrecido por su jefe. La mujer me ayudó a sostener el vaso, no tenía fuerzas para beber del agua por mí misma, las manos las tenía debilitadas y temblorosas, siendo un manojo de nervios por lo presenciado en la casa y por las aluci…

Lo que sea que pasaba por mi mente.

—¿Deseas que llame a tu tía?

—Gracias, señor Henderson, ya le dejé un mensaje de voz… —mentí y oraba en mi fuero interno para que Ryan se diera prisas.

—Deberías de esperar adentro a que tu tía pase por ti.

—No se preocupe, la espero aquí —si entraba, el olor a comida me haría vomitar de nuevo, y me daba pena por el anciano que se comportaba amable conmigo.

—¿Segura?

—Sí, señor —esbocé una sonrisa para tranquilizarlo y él me devolvió el gesto un tanto aprensivo.

Luego el anciano ingresó a su establecimiento, comentándole a la señora latina de que, lo más probable, yo estaba embarazada.

Cerré los ojos, justo cuando era invadida por más visiones, aunque parecían mostrarme el pasado.

En una de estas, el encargado tenía el cabello gris y no blanco como lo lucía en la actualidad. Llamaba a alguien para que lo socorrieran del infarto que sufría sentado frente al televisor y se topó con el reflejo de su rostro en el espejo colgado en un extremo de la sala.

Lo mismo percibí en la latina como si fuese yo la que cruzaba la frontera, al atravesar un río que la llevaría a tierras estadounidenses para mejorar su condición económica y ayudar a su familia de escasos recursos.

Sollocé.

Qué eran estas: ¿alucinaciones o visiones?

No parecía ser lo primero…

El malestar empeoraba, teniendo constantes «imágenes en movimiento» de las personas que pasaban cerca:

Una de las señoras malencaradas era azotada por un hombre más joven y esta lo disfrutaba, otra mujer —que cargaba una bebita— pujaba para que esta naciera mediante parto natural. ¡Era como si yo estuviese pariendo! Muy raro eso… También contemplé a una chica —reconociendo la pulsera que usaba al sostenerse del borde del inodoro— provocarse el vómito con la intención de mantener su figura esbelta y esto casi ocasiona que yo dejara en el piso el resto de lo que tenía en el estómago, pues era como si en realidad estuviese vomitando...

Todas ellas mirándome como si estuviera loca.

Y yo con una certeza: no eran alucinaciones. Porque, de serlo, sería incomprensible lo visto.

—Levántate, Allison, *¡él pronto vendrá!*

Lloré. La voz del «bromista» en el cafetín me increpaba una vez más. Él estaba ahí…

Furiosa de escucharlo, pasé la vista por cada rostro que me observaba con desdén, ninguna de las personas que se agolpaban pertenecía a la de un hombre, al menos, no de cerca, algunos de estos se hallaban asomados desde las puertas de sus respectivos negocios; el sujeto que me había hablado se mantenía oculto, cuidándose de ser descubierto.

—*¡Argh!* —Masajeaba las sienes ante el insoportable dolor, los oídos me zumbaban cual antenas receptoras, escuchando voces en mi cabeza y también el de las personas que —de manera desacertada— comentaban entre ellos aspectos de mi vida personal.

No obstante, la voz de tía Matilde se alzó entre los murmullos.

—¿Allison? —Sacudió mi hombro con suavidad y no pude reaccionar—. Allison, querida, ¿estás bien? —Yo era incapaz de contestar, las imágenes inconexas atosigaban mi cerebro—. Allison, Allison. ¡ALLISON! —Esta vez me gritó, zarandeándome el hombro.

Reaccioné al sacudón.

—Tía, ¿qué me está pasando?

—¿A qué te refieres? —se desconcertó, acuclillada a mi lado. Sus anteojos rectangulares caían sobre la punta de su nariz, mirándome ella por encima de estos sin comprender a qué me refería.

—¡Tú sabes! —Lloré por la severa migraña y por la certeza de que no era drogada por una anciana trastornada con ideas radicales, sino que, lo que esta me dijera, era lo que definiría en adelante mi futuro.

—¡¿Saber qué?!

—Las visiones... —respondí lo más bajito posible para que solo ella me escuchara.

Quedó estática y luego echó un vistazo por encima de su hombro hacia la gente curiosa de mi extraño comportamiento.

—Hablamos luego —dijo visiblemente tensa. Algunas mujeres reían por lo bajo, disfrutando del cotilleo.

—Par de locas...

El comentario displicente de una señora de estatura baja hizo que tía se volviera hacia esta, con la rabia reflejada en su rostro.

—Pero no cotilleras. ¡Largo, cacatúas!

Estas se dispersaron molestas por la ruda exclamación, siendo tía amenazada por la vecina que atendía una pequeña librería, vociferándole en que se encargaría de que nadie nos volviera a comprar en el anticuario, por ser unas «brujas» que atraían la maldad al convivir con fantasmas.

Todo lo malo que sucedía en el pueblo a nosotras nos lo atribuían.

—Vamos, cariño. —Me ayudó a ponerme en pie, rodeando mis hombros con su brazo para facilitarme caminar sin tambalearme, y luego me introdujo en su Volkswagen aparcado en plena calle ante una evidente frenada abrupta que tía debió realizar al verme sentada en el piso con toda esa gente indolente.

Manejó el trayecto de una manzana y estacionó detrás del Ford, a continuación, bordeó de inmediato el auto, previniendo que yo no me fuese a caer al bajarme del asiento del copiloto. Le agradecí el solícito brazo que me ofreció como apoyo y me llevó a paso lento hacia el anticuario.

Justo antes de entrar, tuve la sensación de que estábamos siendo observadas.

Era extraño. Esta vez no se trataba de un fantasma escondido entre las antigüedades de mi tía, sino de uno que estaba *vivito* y *coleando* desde la calle.

Sin avanzar al interior de la tienda, observé el entorno, comprobando de esta manera que no era ninguna de las personas que curioseaban cerca. Estas no emanaban esa energía que percibía, era más intensa, más atrayente...

Luego me fijé en el deportivo de David, aparcado enfrente, sorprendida de no haberme dado cuenta cuando llegué.

A causa de esto, sentí el vertiginoso impulso de mirar hacia los pisos superiores del Delta, donde una ventana de la tercera planta llamó mi atención.

¡Carajo!

No sabría cómo explicarlo… Justo allá arriba, detrás del oscuro vidrio de la ventana…, se hallaba David Colbert.

Tragué en seco. ¿Cómo era capaz de saberlo?

Las ventanas recubiertas por una capa que repelía la luz solar impedían que las miradas curiosas de la gente se filtraran a su interior. En cambio, yo sí podía «ver», aunque no como si tuviera una visión de rayos X que atravesaba las láminas que daban privacidad a las edificaciones; más bien, mi visión era normal al resto de los humanos, sin jactarme de tener *ojo de águila* que ve a largas distancias. Lo único que me diferenciaba de los demás era que «sabía», y, a pesar de no *ver con mis ojos* imperfectos, la visión de mi mente indicaba que allá se hallaba David Colbert, mirándome preocupado y con la mano apoyada sobre el vidrio de la ventana oscurecida, queriendo traspasarla y tocarme de alguna manera.

Hice un gesto lastimero, del cual tía interpretó que me sentía mal. Pero yo lo que más padecía era vergüenza. ¿Estaría pensando en que estaba borracha? O drogada…

—Mi cabeza… —Ahora era consciente de este dolor, en cuanto traspasamos el umbral de la puerta de la tienda.

Tía me llevó hasta su escritorio, preocupada de que me desmayara. Me posó con cuidado en su silla e indicó que me recostara contra el respaldo para descansar la vista. A continuación, hurgó en el botiquín de primeros auxilios del baño y me dio dos pastillas para la migraña, junto con un vaso de agua extraída de la llave del lavamanos. Luego buscó una silla y se sentó cerca de mí, permaneciendo en silencio a la espera de que me sintiera mejor. Pasaban los minutos sin abordarme con mil preguntas, se mordisqueaba las uñas, cosa rara que lo hiciera, puesto que era un hábito que solía criticarme cuando estaba nerviosa, y hoy ella actuaba de la misma forma.

En cuanto advirtió mi semblante mejorar y el dolor de cabeza aminorar, preguntó lo siguiente:

—¿Has tenido visiones, Allison?

Esto me causó sorpresa, esperaba un interrogatorio digno de la policía:

«¿Desayunaste?».

«¿Por qué no?».

«¿Desde cuándo has estado así de enferma?».

O, la dichosa pregunta que —en la mayoría de las veces— las matriarcas solían formular demandantes a sus hijas con un «¿estás preñada, niña?», por habérseles ido a estas *las luces*.

—Sí.

—¿Desde cuándo? —tía se removió inquieta en su silla.

—Desde esta mañana.

—¿Y en días pasados has tenido visiones?

Fruncí las cejas. ¿Por qué preguntaba eso?

—Hoy ha sido la primera vez —dije.

—¿Solo una visión?

Fue inevitable expresar curiosidad.

¿Qué sabía ella que no me decía?

—Varias. ¿Por qué lo preguntas?

—Con exactitud, ¿qué es lo que ves? —formuló una pregunta a cambio, ignorando responderme, y esto me preocupó.

—Pues… —*Bueno, a ver, ¿cómo te explico? Pesadillas, voces inexplicables, apariciones, sombras… Porque poniendo las cosas claras, el día que nos marchamos de Nueva York, esa silueta de mujer que vi en mi habitación era un fantasma. Nada de preocuparse, tía. ¡Ah! ¡Voces! ¿Te he dicho que escucho voces como los locos?*—. Cosas privadas de la gente.

—Ah…

La observé.

¿Qué me estaba ocultado?

—¿Vas a decirme qué me está sucediendo?

Ella vaciló como si hubiese temido siempre ese momento.

Respiró hondo y guardó silencio por unos segundos, quizás, cavilaba las palabras apropiadas para decirme. Sin embargo, se encogió de hombros y respondió:

—Solo quería saber.

Entrecerré los ojos, con suspicacia, ella no era de las personas que preguntaban por preguntar. Era muy observadora e intuitiva, y si estaba interesada en saber sobre las visiones, por algo será.

—Tía, sé que soy muy joven e inexperta en muchas cosas, pero no me veas la cara de tonta. Esas visiones que he tenido no se dan con todo el mundo, a menos que yo tenga serios problemas mentales, o… —jadeé. ¿Acaso, yo…?

Ella suspiró derrotada.

—Tus primeras visiones se dieron cuando tenías tres años —reveló—. Eran esporádicas y no te atormentaban, por lo que no eran motivo de preocupaciones. Pensábamos que solo jugabas con «amigos imaginarios» y dejamos pasar los años.

Casi me caigo de la silla.

¡¿Qué fue lo que dijo?!

—Pero, tras la muerte de tu mamá… —continuó—, sufrías de ataques de ansiedad. No querías dormir sola y temías a la oscuridad. Había días en que estabas bien, en cambio, en otros enfermabas. Eso sucedía cuando entidades malignas te visitaban.

¡¿*Quéééé?!*

Tuve que apoyar mis brazos en el escritorio para sostenerme o caía patas arriba en el piso.

Esto me llevaba al límite del entendimiento.

—¡Para! —Necesitaba comprobar que mis oídos no me engañaban—. Dijiste «¡¿entidades?!». ¿Así como el fantasma de Ros…?

Tía se enjugó una lágrima.

—Ellos buscaban captar tu atención —agregó con voz rota—. Solían maltratarte, frustrados porque tú los ignorabas; así que buscaban la forma de captar tu atención, aunque fuese a las malas. Y, para agravar la situación, los niños de tu escuela se burlaban de ti y te golpeaban por considerarte rara, no tenías amigos, salvo Amy. Siempre andabas en tu mundo, jugabas y hablabas a solas con ella.

—Al menos tuve una amiga.

Sacudió la cabeza.

—Investigamos, fue una niña que murió cuando tenía seis años, de fiebre amarilla en 1898. La casa de Nueva York fue antes su casa.

Mil ochocientos… No podía creer lo que escuchaba.

—¡¿Veía fantasmas desde entonces?! —Inconcebible—. ¿Acaso es una broma?

—Por desgracia, no, querida. Esto te causó muchos problemas: tus compañeritos a menudo te golpeaban y los profesores no comprendían los traumas que sufrías a causa de la muerte de tu madre.

Masajeé las sienes, aturdida por la revelación de tía Matilde.

—Pero nunca he tenido premoniciones ni nada por el estilo...

—Las tuviste —dijo lúgubre—, pero eras muy pequeña para recordar. Además, tu padre contactó a un psiquiatra especializado en desordenes del comportamiento infantil. El doctor McCarthy te diagnosticó estrés postraumático y recomendó que tomaras pastillas para la ansiedad y la hiperactividad. Te trató por varios meses y realizó una serie de experimentos psicológicos, reprogramando tu cerebro con hipnosis. Nunca estuve de acuerdo con ese sujeto, era muy incrédulo en los asuntos del espiritismo y pensó que mi presencia te influenciaba de forma negativa: habló con tu padre para que me alejaran de ti. —Lanzó una risa displicente—. Esa fue la excusa perfecta para que tu madrastra me echara de la casa.

Con razón se había alejado por tantos años.

Fue por mi causa.

Impactada, tomé un sorbo de agua y lo pasé mientras meditaba que todo parecía sacado de una triste película de terror en donde yo era la protagonista.

—¿Por qué tú eras una mala influencia para mí?

—Porque pedía ayuda a personas con tus mismas facultades. Los metía a la casa sin que nadie se diese cuenta, para que te orientaran de cómo lidiar con las entidades. Descubrieron que tres espíritus te rondaban: tu amiga Amy, la madre de esta y un sujeto, cuya energía resultaba tóxica y te hacía enfermar. Ese desgraciado buscaba luz para absorber, y, tú, *mi pequeño farolito*, eras una niña dulce cuya capacidad psíquica los atraía como a un imán.

Genial... De un día para otro pasé de ser una chica común a una que los fantasmas fastidiaban.

—No comprendo, ¿después de tantos años, por qué este «don» o lo que sea que tengo, vuelve?

Se encogió de hombros.

—Quizás el cambio de ambiente o la muerte de tu padre te haya «activado».

Hice un mohín, lo que me pasaba no sería para nada temporal. Esto me perseguiría hasta la muerte.

—¡No me gusta, no lo quiero tener!

—Es algo que tienes que afrontar, aunque te disguste.

Ni loca estaría dispuesta a padecer horribles visiones por el resto de mis días; una vez me lo quitaron y podrían volver a hacerlo.

—Buscaré la forma de «desactivarlo».

Tía se lamentó.

—Entonces, los dones vendrán con más fuerza, están ahí implícitos en ti, esperando salir —advirtió—. Conozco gente que te puede ayudar a canalizar esa energía que percibes.

—¿Quién, el señor Burns?

—Él conoce gente...

Debí imaginarlo.

—¡NO QUIERO GENTE RARA HURGÁNDOME LA MENTE! —grité con todo mi ser, temiendo que un grupo de *fumaporros* estuviesen sacudiendo sonajeras e invocando mantras para espantar espíritus.

—Pero ¡necesitas ayuda!

—¡¡No!! —Estrellé el puño contra el tope del escritorio y el agua vibró dentro del vaso de vidrio—. ¡No me interesa aprender a «canalizar»! ¡Quiero que esto desaparezca! —lloré desahogando el malestar.

—Déjame que hable *con ellos*.

—No.

—Confía en mí, Allison —se deslizó hasta el borde de su silla para acariciar el dorso de mi mano—. ¿Crees que no deseo lo mejor para ti?

—Acepto si *esa gente* me ayuda a bloquear las visiones y las voces fantasmales.

—No funciona de esa manera...

—Funcionó la primera vez —expresé desesperada, moviendo la silla con rudeza para levantarme.

Tía hizo lo mismo.

—¡Y mira lo que te está sucediendo!

—Ese doctor que me trató: McCarthy... ¿Cómo es su nombre completo?

—Solo sé su apellido.

—¡Ay, tía, por favor!, lo sabes y no me quieres decir.

—De nada te servirá.

Frustrada, corrí hacia la vidriera de la tienda con la intención de escapar de las mentiras de mi tía, mientras mis ojos se perdían a través del cristal hacia el exterior. El auto de David ya no estaba aparcado frente al edificio Delta; en su lugar, se hallaba una camioneta roja de dos puertas.

—Tienes que afrontarlo —trataba de convencerme en la medida en que se acercaba.

—¡No!

—Allison, déjate ayudar.

—Lo único que quiero es la dirección de ese doctor, no de un charlatán.

—No lo es.

—La dirección, tía… —insistí sin mirarla, mis ojos en todo momento posados en la vidriera.

—No la sé.

Sí, claro…

Tendría que emprender la búsqueda sin su ayuda. Y recurriría al único medio electrónico capaz de resolver el inconveniente.

La Internet.

Volví al escritorio y me senté frente al computador, decidida a someterme a tratamientos médicos con tal de quitarme las visiones.

Pero, antes de teclear el nombre del psiquiatra…, Ryan cruzó la puerta del anticuario, con la preocupación reflejada en sus ojos grises. Por lo visto, había escuchado el audio dejado en su móvil cuando yo sufrí de la aparente «locura» en la calle.

Capítulo 9

Tía se disgustó por marcharme a Cocoa Rock para pasar el día.

Intentó detenerme, pero me hice la de oídos sordos, queriendo olvidar la mala suerte que tenía. Ella insistía en que lo «más saludable» era en aceptar *mi condición* y dejarme «guiar» por los consejos de unos sujetos que iban en contra de la ciencia. Hasta el momento, lo que mejor ha funcionado para no volver a ser atormentada, era en ponerme en manos de aquel médico que, gracias a este, en los últimos años tuve una vida relativamente normal.

En el cafetín desahogué mis frustraciones con Ryan; por desgracia, a base de mentiras. No podía contarle lo que en realidad me pasaba y lo que tía y yo discutimos. Solo que no concordábamos en algunos «asuntos» y que ella era muy «dominante» con respecto a mis propias decisiones. Él me daba ánimos y se ponía de mi lado, sintiéndome pésima por no revelarle nada; aunque sí tuve que responder a algunas de sus preguntas, de cómo me iba en la casa y si allá asustaban.

—Habladurías de viejas desocupadas —contesté con más mentiras y él no parecía convencido.

Almorzamos juntos y estuvimos en el cafetín hasta el atardecer; de ahí partimos cada uno en nuestros respectivos autos hacia su casa para cenar y luego ver una película. Tía había cerrado temprano Esplendor, por lo que, no salió para increparme por abandonar mi puesto de trabajo por tantas horas ni haberla llamado por mi tardanza. Tal vez no se preocupaba porque yo estaba en compañía de Ryan, y ella aprovechó esto para hablar con el señor Burns, al que yo comenzaba a tenerle inquina, presumiendo que estarían los dos maquinando de cómo hacer para convencerme de *dejar volar la psiquis* y contactarme con los *putos* espectros que por ahí merodeaban.

Ryan y yo condujimos por la carretera 24 hacia el Bulevar Cedar Point. Él encabezaba la pequeña caravana, guiándome hasta llegar a una senda boscosa. Esa área se dividía en dos caminos mediante un islote, avanzó un par de metros y nos encontramos con una reja que impedía el paso hacia un conjunto cerrado de fabulosas casas de dos plantas; esperamos a que el vigilante nos abriera, previamente yo haberme identificado, tras Ryan informar al hombre uniformado de que era una amiga de la familia.

Luego rodamos un trayecto corto, del cual el Hyundai azul metalizado de Ryan, se detuvo frente a una bonita casa naranja y de un tono bastante relajado. Y yo hice lo mismo al ubicarme detrás de su vehículo.

Nos bajamos al mismo tiempo, él se apuró en llegar rápido a mi lado, aún preocupado de mis «bajas de azúcar». Había sugerido llevarme en su auto, pero me negué, puesto que el malestar se me había pasado por la misma rabia. Solo deseaba disfrutar de un rato diferente, mirar otros rostros… Por ese motivo, Ryan no estaba al tanto del verdadero motivo de la discusión sostenida con mi tía Matilde; quizás asumía al igual que los demás de que se debía a serios problemas familiares.

—Te va a gustar la película —dijo al pasar su brazo por sobre mi hombro en actitud socarrona—: ¡Blade Runner es fenomenal! ¿La has visto?

—No.

—¡Es genial! —exclamó en la medida en que pisábamos los escalones que dan acceso hacia la puerta principal—. Fue filmada a principios de los 80´s. El protagonista es Harrison Ford, él hace de policía en el futuro y se encarga de cazar a unos *replicantes* muy parecidos a los humanos, pero que no son aceptados por ser violentos y, entonces…

—Ryan, ¡no me cuentes la película!

A pesar de ser interesante la trama, no logró atrapar mi atención. En todo momento un estremecimiento de miedo me acosaba. La sensación era aplastante, sintiéndome estar en el banquillo de los acusados. Las sombras en la sala se movían de un lado a otro como si tuvieran vida propia o alguien por ahí se hallaba escondido, jugándonos una broma.

No obstante, Ryan no parecía ser cómplice con algún integrante de esa casa, él ni parpadeaba, atento a las escenas de acción entre el héroe y el villano de la película futurista. Se zampaba las palomitas de maíz, preparadas por la señora del servicio, quien atendió de inmediato el pedido del muchacho para tener aperitivos mientras, él y yo, estuviésemos tendidos en el sofá frente a la televisión de pantalla gigante.

Las palomitas las dejé en la mesita a mi izquierda, junto a la gaseosa que también la mujer nos había servido, y eché un vistazo por el entorno, hallándonos iluminados apenas con el destello de las imágenes de la pantalla. Ryan reía porque Harrison Ford le daba al *androide-humano-replicante-lo-que-sea-ese-sujeto-debía-ser*, su merecido, y yo tensa por las sombras que se deslizaban por las paredes y los rincones de la sala.

Estaba acompañada, pero me sentía sola y atemorizada por esa fea sensación que presionaba constantemente mi pecho. Todo aparentaba estar «tranquilo», no existía un motivo aparente para temer, la señora Kehler descansaba en su habitación de la segunda planta y la señora del servicio se hallaba en la cocina, mirando el resumen de noticias transcurridos durante el día. En una de mis idas que hice hacia allá para buscar un poco más de gaseosa y otra ración de palomitas de maíz, a pesar de haber devorado el pollo horneado que me sirvieron en la cena, escuché que el presentador del noticiero local informaba de la desaparición de una chica oriunda de Beaufort. Esta había salido de su trabajo, después de las diez de la noche, del cual trabajaba como mesonera en un restaurante de marisquería que funciona hasta después de la medianoche. No llegó a su casa ni telefoneó a nadie de los planes que haría, pues de esta nada se sabía desde hacía una semana, era una chica que no salía de su rutina y, dicha alteración, causaba preocupación en sus familiares y amigos cercanos.

El presentador mostró la foto de la desaparecida y a mí me dio por mirar hacia la pequeña televisión ubicada sobre la encimera, y casi me da un soponcio. La chica era la misma que yo ataqué. O, mejor dicho: la que atacó aquel extraño de brazos peludos.

Esto me desconcertó, ratificando así en que las visiones que tenía no eran producto de mi imaginación u ocasionadas por alucinaciones de una esquizofrénica, sino que, como había dicho mi tía, yo era un radar que atraía entidades que absorbían la energía de una psíquica para estos adquirir fuerza y seguir en el plano de los vivos.

Pero la chica y el sujeto no eran fantasmas, eran personas reales en una situación dantesca.

Continuaba viendo la película sin prestarle atención, meditando que, *lo que captaba de la gente,* eran sucesos del pasado. La chica había desaparecido hacía días y yo apenas hoy por la tarde tuve dicha visión.

Sentí náuseas. Estuve en la mente de un violador.

Con la excusa de un dolor de cabeza, logré escabullirme de la casa de Ryan. Ya eran pasadas las once de la noche y tenía el móvil apagado. Motivo por el cual, tía Matilde ya debía de estar llamando a la policía.

La temperatura de la noche descendía y gracias a Dios que llevaba puesta la chaqueta.

Mientras conducía por la urbanización para salir de esa área privada y retornar a Isla Esmeralda para aguantar las increpaciones de la otra, divisé el Lamborghini frente a una residencia ubicada casi en la salida de la vía.

¿Sería la casa de David Colbert o estaría visitando alguien?

—Seguro que visitando a esa tal Ilva…

O a Natalie Shepard, la modelo de pasarela.

Los celos me carcomían.

Retomé la carretera 24 y manejé un kilómetro aproximado, cuando un ruido seguido por una sacudida me alertó al instante. El auto se desbalanceó, motivado por el pinchazo de uno de los neumáticos de la parte trasera.

—Genial, lo que faltaba… —masculé molesta mientras estacionaba a un lado de la carretera, previniendo que algún vehículo me fuese a chocar, y bajé para estudiar qué tan desinflado estaba el neumático—. ¡Rayos! —Ni podría rodar hasta la próxima estación de gasolina para que me sacaran *las patas del barro.*

Alcé la mirada hacia ambos lados de la lejanía de la carretera, con un creciente temor por hallarme allí sola y *pinchada,* recordando lo que el presentador del noticiero advirtió a los ciudadanos; sobre todo, a las mujeres de evitar andar por ahí sin compañía y en horas nocturnas, puesto que *la chica* no era la primera que desaparecía por el condado.

Tomé el bolso que se hallaba sobre el tope del salpicadero y extraje el móvil para hacer dos llamadas: una a la grúa y otra a Ryan para que estuviese conmigo mientras la ayuda viniera en camino.

Lo encendí a la vez en que lanzaba el bolso al interior del auto; marqué enseguida para solicitar el servicio, recostaba contra la puerta del piloto, lanzando increpaciones en mi fuero interno por mi estúpida rebeldía de mantenerme alejada de mi tía.

Debí volver al anticuario cuando cayó el sol.

Las yemas de mis dedos estaban por marcar el número de la aplicación que tenía grabado en mi móvil para casos de emergencia, pero quedaron estáticos cuando, de pronto, los faros de una camioneta me iluminaron.

Fruncí las cejas y llevé la mano a la frente para protegerme los ojos por la fuerte iluminación. Un buen samaritano estacionaba su vehículo a medio metro detrás del mío.

Respiré aliviada por haberse detenido, así no estaría sola en esa carretera solitaria y oscura hasta que llegara la grúa, puesto que carecía de un neumático de repuesto, por «mi genial idea» de sacarlo del portaequipajes para hacer espacio a mis maletas.

El sujeto descendió con una sonrisita que me puso en alerta, dando la impresión de ser alguien peligroso.

—¿Necesitas ayuda, *dulzura*? —preguntó con voz grotesca, poniéndose por delante de los faros de su camioneta para evitar que su rostro sea iluminado. El volumen de su cuerpo indicaba que estaba pasado de peso y el timbre carrasposo de su voz lo identificaba como un hombre que oscilaba entre los treinta y cuarenta años.

—Se pinchó un neumático —respondí nerviosa, midiéndolo con la mirada. Oraba a todos los santos que conocía para que me equivocara en mis conjeturas y el hombre fuese alguien de buenos sentimientos.

—Puedo ayudarte —se arremangó su chaqueta de mezclilla y se acercó al maletero, ahí las luces de los faros dieron de pleno en su rostro: era treintañero, de nariz prominente y cabello rubio al rape, del cual expelía un fétido olor a través del sudor y de sus ropas sucias y grasientas como si nunca hubiese pasado por el proceso del aseo personal—. *Hum…*, veo que no tienes uno de repuesto —sonrió lascivo y me asqueé de su aparente «alegría»—. ¿Qué te parece si te llevo a la estación más cercana y pides ayuda?

Un «ni por todo el oro del mundo» se cruzó en mi mente. Era una advertencia silente de mi voz interna.

—Gracias, pero la ayuda ya viene en camino —mentí y alcé móvil para darle a entender de que la había solicitado.

El hombre gordo miró de un extremo a otro de la carretera, como si estuviese meditando una acción que debía hacer.

—Tardarán —me hizo ver—. Te puedo llevar a donde quieras; una chica tan linda como tú no debe estar sola por estos parajes de noche. Nunca se sabe con quién te puedas encontrar…

Negué con la cabeza. El corazón me palpitaba fuerte.

—¿Cuál es el problema? —cuestionó mi aprensión, dando un sigiloso paso en mi dirección—. ¡Vamos, móntate!

—No, gracias —retrocedí nerviosa, dándome mala espina.

Echó otro vistazo a su rededor y luego clavó los ojos con malicia sobre mi relicario que sobresalía por encima del escote de mi camisa.

—Me darán buen dinero por eso… —lo arrancó con rudeza.

Quedé paralizada, me había robado.

—¡Devuélvemelo! —Aventé las manos hacia él para recuperarlo, pero el sujeto metió rápido el relicario en el bolsillo delantero de su inmundo pantalón—. ¡Qué me lo devuelvas!

—¡Quieta, puta! —Interceptó mis manos cuando traté de quitárselo, sujetándome con fuerza, lo que ocasionó que mi móvil cayera al pavimento y yo me quedara observando sus brazos velludos—. ¿Sabes, *cariño*? Hace mucho tiempo que he estado *solito* y un poco de tu compañía me hará bien.

Lo miré aterrada, los gritos de la chica resonaban en mi mente. Ese fue el hombre que la había atacado, reconocía esos brazos gordos y peludos que la arrastraron hacia los matorrales para cometer sus fechorías.

—¡SUÉLTAME! —Logré deshacerme de su agarre, tendría que ser yo la que hiciera todo por salvarme a mí misma. Por la carretera ni un auto pasaba, fui tonta de haberme quedado hasta tarde en casa de Ryan.

—No te enojes, solo quiero charlar un *poquito* contigo —expresó haciéndose el inocente.

Retrocedí, mi corazón palpitaba mortificado. ¡¿Cómo me libraría de ese sujeto?!

—A… Aléjese —dije con voz estrangulada, sopesando huir a toda carrera de allí, pese a hallarme a kilómetros de una zona urbanizada. Solo los árboles flanqueaban la vía hacia Morehead y Cedar Point.

—¡Vamos, no seas tan aburrida! —Se acercó más sin importarle mi negativa, decidido a llevarme con él—. Divirtámonos un rato.

Olí su aliento a licor.

—¡Qué te alejes! —Mi corazón a punto de estallar. A la chica nadie la ayudó en aquella ocasión y ahora yo pasaría por lo mismo.

Todo ocurrió rápido.

El hombre se arrojó sobre mí, como una fiera al acecho.

—¡SUÉLTAME! —grité horrorizada, el maldito pretendía llevarme a la fuerza hacia su camioneta. Hice todo lo que pude para defenderme, mordiéndolo en el brazo derecho.

—¡*Aaaagggghhh...!* —Se quejó adolorido, le había clavado fuerte los dientes—. ¡Me la pagarás, puta! —Me dio un golpe de revés y la sangre en mi boca enseguida apareció—. Ya verás lo que te haré... —gruñó mientras me arrastraba por los cabellos hacia la camioneta.

—¡SUÉLTEME! —Hacía lo posible por patearlo, pero él era tan corpulento que me dominaba con facilidad.

Me alzó sobre sus hombros mientras yo pataleaba y luego me arrojó al interior de la cabina. Usó todo el peso de su cuerpo para inmovilizarme. Me tenía aplastada. En la guantera buscó algo con rapidez y noté de que era un trapo humedecido en éter.

¡Me quería dopar!

Lloré, estaba perdida, *lo que le hizo* a la chica desaparecida lo haría conmigo, y esto me espantaba porque él me violaría y luego me mataría, para enterrarme después en lo profundo del bosque.

—¡Quédate quieta!

—¡AUXILIO! ¡¡AUXILIO!! —Pretendía taparme la nariz con la tela andrajosa mientras yo gritaba y luchaba con todas mis fuerzas para quitármelo de encima.

Entonces, pasó algo insólito.

Divisé una figura masculina detrás del asqueroso violador, quien lo agarraba del cuello de la chaqueta para sacarlo con violencia de la camioneta.

—¡*Ergh!* —Cayó patas arriba en el pavimento.

Luego *mi salvador* se volvió hacia mí, acercándose con cautela, como si se estuviese posando sobre mí.

Jadeé. Ese hombre lo que quería era ser el primero en disfrutar un momento de placer.

—¡NO! ¡Déjame! —Le di dos golpes en la cabeza, defendiéndome para no permitirle semejante enajenación.

—¡Tranquila, no te haré daño! ¡¡No te haré daño!! —Sujetó mis muñecas para inmovilizarlas de un modo tan fácil y sin ejercer fuerza, que me sentí muy débil ante él.

Pero las exclamaciones «tranquilizadoras» de ese hombre provocaron que los pelitos de mi nuca y la piel de mis brazos se erizaran. Su voz era familiar, habiéndola escuchado antes, no hace mucho en el anticuario…

Entorné la mirada hacia esa persona que se hallaba a escasos centímetros de mi rostro.

—¡¿Tú?! —Quedé impactada, dándome cuenta de que se trataba de David Colbert.

—¿Estás bien? —Me soltó las muñecas, su voz se matizó casi aterciopelada.

—S-sí.

Me ayudó a bajar de la camioneta y yo lo hice bastante torpe, aferrada a él, pues las piernas me temblaban como si fuesen gelatina, logrando estabilizarme al posar una mano en la puerta del copiloto que permanecía abierta.

—¿Puedes caminar? —preguntó sin dejar de sostenerme para evitar que me cayera al suelo.

Negué con la cabeza, estando mareada. Ni tenía fuerzas para sostenerme.

David se dispuso a levantarme en brazos, pero advertí que el otro se abalanzaba con un cuchillo sobre nosotros.

—¡CUIDADO! —No hubo tiempo para reaccionar, al girarse David, el hombre le clavó el cuchillo en el estómago—. ¡Oh, Dios! —grité mortificada, él cayó al suelo, adolorido y con las piernas flexionadas.

El sujeto sonrió y decidió arremeter para matarlo.

Sin embargo, cuál sería su sorpresa, incluso la mía, al ver a David incorporarse con el cuchillo aún incrustado en su cuerpo.

—*¡Aaaagggghhh!* —El hombre aulló de dolor, sin que ambos comprendiésemos cómo David sacó fuerzas para levantarse.

En un instante lo inmovilizó, retorciéndole el brazo hasta fracturarlo. Luego lo levantó con rudeza y arrojó al sujeto contra un árbol, donde este se desplomó tras quebrarse la espalda.

David –en actitud asesina– caminó hacia él, emitiendo gruñidos como de animal salvaje. No tendría piedad, con ambas manos tomó la cabeza ensangrentada del sujeto con la intención de partirle el cuello...

—¡NO! —grité a todo pulmón, presenciaría un asesinato, pese a que me estaba protegiendo. Pero, para la ley, sería justicia aplicada por su propia cuenta.

Podrían encarcelarlo por causa de un depredador sexual.

—¿Qué quieres que haga con él?

—No lo mates. La policía se encargará.

David sonrió displicente, aún con ganas de matarlo. El sujeto estaba inconsciente y seriamente herido, pero él lo estaba más.

O eso aparentaba.

—Estás... Estás... —debía llamar rápido a una ambulancia para que lo llevaran de urgencias al hospital.

—Estaré bien, ya verás —dijo y yo quedé impactada por el *déjà vu* que me hizo sentir. La expresión la había escuchado en la pesadilla que había tenido al llegar por primera vez a Isla Esmeralda.

Le iba a comentar que pediría ayuda, pero enmudecí en cuanto él se quitó el cuchillo del estómago, arrojándolo con rabia hacia los matorrales como si no sufriera dolor.

Agrandé los ojos. La sangre que emanaba a través de su camisa blanca era clara, lo que me sorprendió, parecía *aguada* y no la *densa y roja* como la que circula por mis venas. Esto me causó conmoción al ser testigo de un acto tan inverosímil, aturdida y sin saber qué hacer al respecto. David estaba malherido, una puñalada en el estómago no le auguraba un final feliz.

Se quitó el cuchillo de forma inconsciente, tal vez movido por la adrenalina, pero esto causaría que él se desangrara. Tenía minutos de vida.

—¿Qué te pasa? —preguntó él y yo no pude responderle por el repentino mareo que me envolvía.

Las luces que provenían de los faros de ambos vehículos empezaron a desvanecerse, envolviendo todo en sombras. La naturaleza perdió su color transformándose en un gran borrón. Me sentí débil. Todo daba vueltas de manera vertiginosa, incapaz de permanecer en pie por más tiempo.

De pronto, todo se oscureció.

Capítulo 10

Desperté dentro de la penumbra de un auto que rodaba por la vía, aún embotada por la pesadez de haber perdido la conciencia.

Al moverme, noté que me hallaba sentada en el asiento del copiloto y sujeta al cinturón de seguridad que me mantenía inmovilizada. En seguida, parpadeé para salir del aturdimiento, mareada, con picazón en las mejillas y un bendito dolor en mi cabeza. Trataba de recordar lo que motivó para que me diera de bruces contra el suelo, pero mi mente estaba en blanco por el malestar que padecía; solo pensaba en que dejaran de taladrarme las neuronas, me dolía hasta detrás de los ojos, como si alguien me hubiera golpeado con un martillo.

—*Aaaagh...* —de mis labios brotó una queja lastimera apenas audible mientras debilitada me rascaba el pómulo. ¿Qué fue lo que pasó para yo estar ahí en esas preocupantes condiciones? ¿Me había estrellado?

Miré hacia mi ventanilla, solo veía borrones de luces que se movían a gran velocidad, lastimando mis pupilas sin identificar nada de lo que había desde el otro lado del cristal. Los postes encendido ubicados a un lado de la carretera quedaban rezagados en la medida en que el auto avanzaba hacia un punto del cual no sabía hacia dónde se dirigía.

Cerré los parpados para proteger los ojos de esa luminosidad, y, tras hacerlo, una dulce voz extrajera se escuchó al instante:

—¿Estás bien?

Sueño.

Disfrutaba el más increíble de los sueños.

Sonreí y respiré plácida sobre el asiento o «mi cama» que la sentía incómoda. Agradecía esos fantásticos minutos oníricos, era la primera vez en que soñaba con él.

—¿Te duele? —Sentí un cálido roce en la mejilla por estar acariciándome. El sueño era de lo más real, tanto así que hasta percibía la suavidad de sus dedos en mi rostro; en los sueños perdíamos el sentido del tacto y el olfato, o eso creemos, porque era capaz de percibir con mucha precisión el calor y el olor de su piel, irradiando como una estela iridiscente que me envolvía y absorbía. Si así era soñar con él, yo no quería despertar jamás—. Vamos, pequeña, dime algo. —Fue una petición ansiosa.

Un escalofrío recorrió mi cuerpo.

¿Por qué se preocupaba si el sueño era maravilloso? Nos hallábamos solos, acobijados por la noche y mecidos por el ronroneo del motor de su deportivo.

A menos que... no estuviese soñando.

Abrí los ojos con pesadez y los entorné en dirección de aquella voz que adoraba. Bastó un segundo para comprender que era real.

David manejaba su flamante Lamborghini.

—Oh, por Dios... —el tono de mi voz grave expresaba sorpresa. ¡Estaba con David Colbert! Me impactaba tenerlo ahí, sentado detrás del volante, con una tranquilidad desconcertante.

—¿Estás bien? —se preocupó, oscilando su mirada al frente y luego hacia mí, aprensivo de que, quizás, le fuese a vomitar la tapicería de su vehículo.

Asentí a la vez en que me rascaba la mejilla.

—S-sí —tartamudeé obligándome a responder debido a que me costaba creer en dónde me hallaba sentada. Si le comentaba esto a Ryan me tomaría por mentirosa.

David sonrió aliviado.

—Me diste un buen susto.

¿Susto? ¿Y eso por qué?

Fue como si de repente recuperara la memoria, todo llegó a mí con mucha violencia: las visiones, las revelaciones de tía, Ryan llegando al anticuario, la película, el asqueroso gordo, mi relicario, el chuchillo...

—*Te hirió*... Él te hirió...

David se tensó sobre el volante.

—No lo hizo.

—Sí, lo hizo: ¡te hirió! —exclamé sorprendida y sin dejar pasar por alto que de pronto el labio inferior me dolía—. ¡Vi cuando *él* te apuñaló!

Ante esto, me quité rápido el cinturón de seguridad y me lancé sobre David para separarle la chaqueta y verle la herida en el estómago, segura de tener él la camisa llena de sangre. ¡¿Cómo es que tenía tanta resistencia para soportar el dolor de la herida infligida mientras manejaba?! Hasta tuvo que alzarme en brazos al desmayarme y luego acomodarme en el asiento.

Pero me agarró la mano con fuerza, ocasionando que tuviera una súbita visión que me paralizó, estando casi encima de él.

En una fracción de segundo miraba directo a unos *ojos gatunos*.

Los mismos que percibí antes de entrar al anticuario.

—Lo intercepté a tiempo —explicó en un tono de voz que sonaba con cierta inquietud a la vez en que me liberaba de su rudo agarre.

Sin replicar, volví a mi asiento, masajeándome la mano por haber quedado mis dedos entumecidos. El condenado era fuerte como si a menudo practicara con mancuernas de *abrir y cerrar* puño para intimidar a los demás hombres con un apretón de manos al saludar o ganar una lucha de pulso.

David me miró de reojo y yo me rasqué la cara, avergonzada de mi impulsividad. Por eso los problemas me buscaban: no medía las consecuencias.

—Lo siento, me tomaste por sorpresa —esbozó una sonrisa apenada—. No estoy herido —recalcó lo antes dicho—, sino magullado por los golpes.

—¿Te golpeó? —Hacia memoria, pero no recordaba que aquel sujeto lograra asestarle un puñetazo.

—Sí, me sacó el aire.

Incrédula, clavé la vista en su estómago, insegura de la herida que tendría ahí, la oscuridad dentro del auto y su chaqueta que tenía la abotonadura cerrada impedían que yo confirmara la veracidad de lo que él expresaba.

Mi mente retrocedió unos minutos.

«*¡CUIDADO!*», el sujeto le había enterrado el puñal en su estómago y yo gritaba aterrada por lo sucedido. «*¡Oh, Dios!*», chillé. David caía de rodillas al piso, gravemente herido.

—Te apuñaló, vi la sangre —aun así, cuestionaba lo que, en apariencia, debió haber sucedido.

—Te equivocas. —Las luces de la calle traspasaban el cristal del parabrisas, dejándome ver que fruncía las cejas como si mi insistencia lo molestara.

—¡Caíste de dolor! —exclamé pese a su negativa. Algo me decía que no creyera en sus palabras, sino que me aferrara a las pruebas. La camisa –bajo su chaqueta sastre– lo confirmaría.

¿Cómo hacía para abrirla sin que me agarrara de mala manera durante el proceso?

—Fingí para ganar tiempo: una patada en su entrepierna bastó para desarmarlo —explicó en una sonrisa jactanciosa y eso fue todo para dudar de mis recuerdos.

—Ah... Pues sí que tienes buenos reflejos...

Dirigí la mirada hacia mi ventanilla por ser tan estúpida: solo yo sacaba conclusiones apresuradas sin meditarlas. David, de estar herido, no estaría manejando su deportivo negro, sino tirado en el suelo, desangrándose por culpa de un despreciable criminal.

Volví mis ojos hacia él y este ya estaba mirándome como la vez en que entró a Esplendor, en el que le llamaba la atención mis manos, mi cara y cabellera. Esto hizo que de inmediato me arreglara las greñas, sin ser capaz de sostenerle la mirada, por lo que tuve que concentrarme en el paisaje nocturno a través de mi ventanilla. Cerré los ojos y me rasqué la mejilla, tomando un respiro para controlar los temblores en mi cuerpo, abrumada de tenerlo tan cerca como si fuese una chiquilla encandilada por su presencia.

Era un hombre intimidante.

Al instante recordé la inverosímil forma en cómo me había defendido.

Lo miré asombrada.

—Tú... —costaba respirar al recordarlo—. Tú le... Tú le fracturaste el brazo y de un aventón lo estrellaste contra un árbol. —David negó con la cabeza, se veía preocupado—. ¡El tipo prácticamente voló por los aires! Vaya que eres fuerte...

—¿Qué? —rio como si estuviese drogada—. Creo que alucinabas.

—No trates de confundirme, sé lo que vi.

David enfocó la vista sobre la carretera.

—Ese sujeto intentó doparte con cloroformo y ese químico crea períodos de confusión y aturdimiento —explicó—. Las personas que han estado bajo sus efectos experimentan alucinaciones.

¡¿Cloroformo?!

—Apenas me cubrió la boca con el trapo... —mis réplicas se hacían trizas por sus explicaciones. La comezón que sentía en el mentón y las mejillas empeoraba, me ardía la piel, pero no le daba la debida atención por el enojo que me consumía. ¿Dónde carajos aquel gordo desgraciado adquirió ese compuesto químico para utilizarlo en sus violaciones? Dudaba que lo vendieran en las farmacias o por ahí con facilidad. Era un arma letal contra las mujeres en estado vulnerable.

—Con oler un poco es suficiente para aturdir a cualquiera —argumentó convincente.

—¿Qué pasó con él?

—Escapó.

—¿No se partió la espalda contra el árbol?

—No. Escapó —repitió con una tranquilidad desconcertante.

—Ah... —asentí un tanto insegura, pese a que ningún humano tenía una fuerza tan descomunal.

«¿Qué quieres que haga con él?».

«No lo mates. La policía se encargará».

Había dado la impresión de que David lo tenía dominado, pero el maldito depredador logró escapar de la justicia.

Entonces, noté que nos acercábamos a Morehead City por una ruta diferente a la que yo solía tomar para ir a casa.

—¿Adónde vamos? —pregunté, removiéndome inquieta en el asiento.

—Al hospital.

—¡No es necesario, estoy bien! —Sonreí preocupada y esto acrecentó el picor en las mejillas, provocando que me rascara azorada—. Mejor llévame a casa.

Frunció las cejas.

—No creo que sea buena idea, te desmayaste.

—¡No exageres! Estoy bien, ¿no me ves?

David me escaneó en silencio y, haciendo caso omiso a lo que dije, apretó el acelerador.

—Necesitas un médico, no sé qué tanto te habrá lastimado —sonó sobreprotector y eso me agradó. Mis labios se curvaron hacia arriba en una leve sonrisa.

—Me encuentro bien, solo que sigo un poco nerviosa.

Lejos de reflejar entereza, estaba por romper en llanto, sumida por la rabia y el impacto de todo lo que pasó. Tuve que posar la mirada a través del vidrio polarizado de mi ventanilla, para que David no se diera cuenta de mis ojos humedecidos por las lágrimas, pensando en que logré salvarme de milagro de aquel sujeto que tuvo la suerte de escapar, tras quién sabe a cuántas mujeres habría atacado para satisfacer sus perversiones.

—Iba a atacarme —comenté con voz rota—. Él iba... Él... —callé a punto de llorar; recordar el intento de violación fue demasiado para mí, sintiéndome terrible por no sufrir lo que la chica en mis visiones padeció por culpa de un ser malvado.

David soltó la mano derecha del volante y la posó con delicadeza sobre la mía que yacía empuñada en mis muslos.

Quedé estática ante la calidez que él me brindaba. No esperé esa muestra de afecto, disfrutando de las descargas eléctricas provenientes de su piel, de ese modo silente me expresaba «estoy contigo».

Obedeciendo a la voz interna en mi cabeza, de aprovechar ese momento, lentamente abrí la palma de mi mano, dejando que sus dedos se entrelazaran firmes con los míos. El corazón se me disparó. ¡Claro que estaba conmigo! Me había salvado...

—De no ser por ti, yo estaría... —lo miré entristecida y él apretó mi mano para reconfortarme—. Te debo la vida.

La poca iluminación que provenía de la carretera me permitía ver que la sonrisa tenue de David Colbert no concordaba con sus ojos, manifestaban cierta frustración, tornándose estos sombríos y llenos de rencor. No apartó su mano de la mía como si fuésemos novios que disfrutan de un paseo bajo el reflejo de la luna llena. El Lamborghini era el rey de los automóviles, deslizándose magnífico sobre el pavimento; una que otra mirada de los conductores del sentido contrario se posaban sobre el deportivo negro, las luces de los postes de la carretera se reflejaban en su pulida carrocería, brillando con todo su fulgor, esta vez no era *un sol metálico* que encandilaba por la vía, sino una poderosa estrella de cuatro ruedas.

Al observar manejar a David, tenía la sensación de que algo me faltaba, y, aunque no sabría con exactitud qué, tenía esa sensación de que era importante.

Él me obsequiaba una sonrisa afable, también dándose cuenta de que aún seguíamos con los dedos entrelazados; los apretó un poco más, indicándome que le gustaba estar así, tan unidos... Movía el volante con su mano izquierda en una soberbia pose del que yo no sé si babeaba, solo lo observaba fascinada, ¡qué hombre tan sexy!, era muy elegante en sus ademanes y hasta en su forma de hablar, no actuaba como esos sujetos adinerados con el ego inflado por ostentar el lujo que otros no podían a causa de su pobreza, restregándoles con la mirada un «admiren lo que poseo, tengo más dinero que ustedes». David se daba sus gustos, pero estaba tan acostumbrado a estar en la cima del mundo, que ya ni le importaba si los demás quedaban con la boca abierta cuando manejaba su espectacular deportivo.

Sonreí para mis adentros.

El mío era un cacharro en comparación al suyo.

Mis ojos se agrandaron.

El mío...

¡*Huy!*

Ya sé por qué sentía la sensación de olvido.

—¡Mi auto! —Solté su mano rápidamente, apabullada de mi pésima memoria.

¡Ay, mi madre, qué noche! Me golpean, casi violan, me robaron el relicario, y, para colmo de males, dejo abandonado el auto de mi padre.

Esto sí que le iba a encantar a mi tía. Me retorcería las orejas por pendeja.

—No te preocupes, llamé una grúa para que lo recogiera. Por la mañana te lo envían a tu casa —aseguró al instante.

—En ese caso: gracias. —La mano me picaba, lamentando no volver a estrechar la suya. Ya extrañaba su contacto.

Entonces, reparé que el hospital comenzaba a vislumbrarse y yo a inquietarme porque David aún estaba empecinado en que me revisara un médico. Y, si eso llegaba a suceder, los chismosos del pueblo harían que mi tía se enterara de lo que me sucedió en la carretera, y el discurso que ella me daría duraría hasta el final de los tiempos.

—No creo que sea buena idea que me lleves a emergencias.

—¿Por qué no?

—Tía me matará —revelé apenada de que supiera el motivo para que no insistiera tanto.

David sonrió.

—Ella entenderá.

—No lo hará. Mira la hora: ya es medianoche —comenté y volví a rascarme el mentón y la nariz—. Llévame de vuelta a casa, no quiero que me vean en estas condiciones.

—¿Segura que estás bien? —No dejaba de observarme.

Miré de refilón hacia su ventanilla, dándome cuenta de que pasábamos de largo el hospital.

—Sí —asentí al tiempo en que me rascaba la mejilla. El ardor y la picazón que sentía en la cara era bastante incómodo. ¡Picaba mucho!—. ¿Puedes encender la luz, por favor? Necesito comprobar algo —le pedí. No era normal que me estuviese rascando a cada instante. Algo raro sucedía conmigo.

David así lo hizo.

Debido a que no cargaba mi bolso para sacar la polvera –que jamás usaba– del estuchito de cosméticos, moví el espejo del parabrisas para ver qué era lo que tanto me molestaba.

Lo que vi, me impactó.

—¡Por Dios! —exclamé mortificada. Tenía medio rostro enrojecido, con una herida en el labio inferior y la mejilla izquierda amoratada—. ¡Tía se asustará cuando me vea! —lamenté—. ¡¿Qué le voy a decir?!

David me miró con cierta preocupación. Luego entornó la vista hacia el parabrisas, hablándome despacio.

—Si quieres, hablo con ella: le diré lo que pasó.

—¡No! Si llego con un extraño a mi casa, narrándole el asalto, se volverá loca. Su paranoia aumentará y contratará a un guardaespaldas para mi seguridad. —David soltó una risotada—. ¡No te rías que es serio! —le pedí con un poco de rudeza. La verdad es que me encantaba que se soltara conmigo de esa manera.

Me complació, pero sus labios no dejaban de tener esa tonta curvatura socarrona. Había quedado pensativo y, por su expresión maquiavélica, indicaba que fraguaba otra salida.

—Dile que te resbalaste al bajar del auto y te golpeaste contra el pavimento cuando ibas a inspeccionar el neumático. Eso explicará el golpe en tu rostro y tu apariencia.

¿Mi apariencia?

Me eché un vistazo y jadeé. Tenía la chaqueta desgarrada por el hombro, los vaqueros sucios por la tierra, y, mi cabellera... *¡Ay, mi cabellera!* Hecha una maraña; todo un desastre.

—Sí, puede que me crea... —musité.

David apagó la luz al terminar de arreglarme el pelo.

—¿Dónde vives?

—En Isla Esmeralda.

Era increíble, que tan solo unos días atrás, una hermosa mujer ocupara el mismo asiento en el que yo ahora estaba sentada. Observé con atención el interior del Lamborghini. Era exótico y sofisticado, teniendo bajo mis piernas la potencia de cientos de caballos de fuerza, y no se requería de ser conocedora de autos para saber que era uno de los descapotables más veloces del mundo. Dos únicos asientos eran separados por la consola central e iluminados por las luces del salpicadero que se salía de lo tradicional. También me percaté que tenía puesto el techo de lona, lo que agradecí, ya que así no estaría expuesta a las miradas curiosas y malpensadas de los lugareños.

A medida que avanzábamos por la ruta 70, la proximidad de David era embriagadora, provocando que recordara las preguntas que yo antes me había formulado.

En especial una.

—¿Qué? —preguntó él con una sonrisa al tiempo que doblaba a la derecha, hacia el puente Atlantic Beach para tomar la 58. Le divertía que me hubiese quedado viéndolo como una tonta.

Carraspeé y me rasqué la mejilla por millonésima vez.

—Hay algo que... —bajé la mirada a mis manos— te quiero preguntar.

—Dime —me estudió mientras manejaba.

Vacilé un momento y levanté el rostro.

—La primera vez en que entraste al anticuario no fuiste a comprar nada, ¿verdad? —Esperé unos segundos a que respondiera y él asintió manteniendo esa sonrisa socarrona—. ¿A qué fuiste? —Mi corazón comenzó a golpearme el pecho.

Me miró con intensidad.

—Sentía curiosidad.

¡Wow!

—¿En serio? —*¡Pum! ¡Pum! ¡Pum!* Mi corazón desaforado—. O sea que... *f-fingiste* estar interesado en comprar algo, cuando en realidad querías... ¿conocerme? —Él asintió mirando hacia la carretera y yo quedé con la boca abierta—. ¿Por qué no me saludaste? ¡No muerdo!

Me miró de una manera que me erizó la piel.

—Pensé que solo era un «animal» para ti.

Golpe bajo.

Aquellas palabras fueron agua fría en mi rostro, porque eso fue lo que le espeté cuando él casi nos atropella a Ryan y a mí, por él estar manejando a exceso de velocidad.

Gracias a Dios que la noche nos envolvía y él no podía ver la vergüenza que sentía. Jamás en la vida me arrepentí de mis arrebatos de furia; siempre solía decir lo primero que se cruzaba por mi mente cuando estaba enojada y casi nunca me disculpaba por ese hecho.

Lo lamenté y deseé retroceder el tiempo para cambiar el momento justo en que lo vi por primera vez.

—Lo siento. Yo... eh... Lo siento.

David rio entre dientes.

—Descuida, Allison. Siempre insultan mi manera de conducir.

¿Cómo es que...?

Me estremecí cuando escuché mi nombre. Nunca llegué a imaginar que no le era del todo indiferente.

—¿*Có-cómo* sabes mi nombre?

David pareció sorprendido, pero lo disimuló bien, al posar su mirada inexpugnable sobre el camino.

—Morehead City es un lugar pequeño —explicó—. Por cierto, mi nombre es David Colbert. —Extendió la mano para que se la estrechara a modo de saludo cuando se hacen las presentaciones, y yo con gusto la tomé.

—Sí, lo sé... —musité nerviosa, sintiendo de nuevo las descargas eléctricas que se manifestaban entre los dos.

Me dedicó una mirada curiosa.

—¿Y tú cómo sabes? —Sus ojos resplandecieron ante el hecho de que su nombre también estuvo bailoteando en mis labios.

—Eh… —solté su mano—. *Mo-Morehead* City es un lugar pequeño… —respondí utilizando sus mismas palabras y enseguida me reprendí en mi fuero interno por no ser del todo sincera. —*¡Pedazo de tonta! ¿por qué no le dijiste que te acordaste de quien era él después de haberse marchado del anticuario y que adoras su arte?*

Hubo un breve silencio, aunque no incómodo. Me fijé que David reía en silencio mientras negaba con la cabeza, como si algo le hiciera gracia.

—¿De qué te ríes? —pregunté deseando internamente que no fuese de mí.

—Pensaba en las vueltas que da la vida.

Sí, era de mí.

—¿Por qué lo dices?

—Porque pensé que nunca iba a encontrar el momento oportuno para hablar contigo.

Para… ¡¿hablar?! ¿Y desde cuándo?, si yo apenas tenía menos de veinticuatro horas de haber llegado al condado.

Cerré la boca por haberse caído mi mandíbula a causa de la sorpresa, pero luego me negué abordar falsas esperanzas. ¿Acaso era una tomadura el pelo?

¿O no?

Sonreí nerviosa, él parecía estar rondándome.

—Pues, aquí estoy.

Me miró con ternura.

—Sí, *aquí* estás…

Por un instante nos observamos directo a los ojos, mientras el auto seguía su curso hacia lo interno de la isla. David me atrapó con sus ojazos pese a la oscuridad que reinaba en la cabina; de no ser por el montículo de controles que nos separaba, yo le hubiera saltado encima, embelesada por su cercanía y por su aroma que me resultaba familiar, y, del cual, me desconcertada. Era una locura desear que el tiempo se detuviera para prolongar ese preciso momento por siempre.

Por desgracia, no fue así.

Las luces del carril contrario, al aproximarse otro vehículo en nuestra dirección, hizo que David enfocara rápido la vista de retorno hacia el parabrisas, para dar un volantazo.

Oprimió el pedal, provocando que casi me orinara del susto, pues como un lunático aceleró el Lamborghini, adelantando en segundos a ocho vehículos que también iban volando por la vía.

—¡Oye! —le grité pegada al respaldo del asiento—. Pero ¡¿qué *coños* te pasa, te crees inmortal?! —Crucé el cinturón de seguridad que anteriormente me había soltado y aferré una mano a la manija de la puerta y la otra, enterrando las uñas en el cojín donde me hallaba sentada.

A David mi comentario le hizo gracia y aminoró la velocidad.

—Lo siento —se disculpó, aún él riéndose entre dientes—. Te dije que suelen insultarme por mi manera de conducir.

—Un día de estos vas a matar a alguien o vas a matarte tú —lo increpé enojada por su poco juicio al manejar. Se me habían quitado las ganas de un «segundo paseo» en su deportivo. Ni pagándome un millón de dólares me volvería a montar.

—No creo que eso suceda —replicó jactancioso como si fuese algún piloto de Fórmula Uno que ha ganado múltiples trofeos por sus alocadas carreras.

—¿Ah no? —Echaba chispas por los ojos—. ¿Y eso por qué?

Con una sonrisa en los labios, respondió:

—Soy bueno al volante.

—Seguro... —masculló, cruzándome de brazos, airada por el susto que me hizo pasar.

David rio por un rato como si fuese un chiquillo que hizo una travesura, manejando ahora dentro de los límites permitidos. Me miraba y yo enfurruñada en mi asiento, con la vista clavada hacia el frente por divertirse a expensa mía.

No obstante, durante el trayecto hacia mi casa, él cambió.

Sin saber a qué se debía, de repente adoptó una ceñuda actitud, tal vez por considerar que era una amargada que no aceptaba sus bromas; permanecía en silencio, limitándose a manejar, y esto ocasionó que me inquietara, lo menos que deseaba era su animosidad. Por este motivo, procuré entablar conversación para darle a entender de que no era una malagradecida por haberme salvado la vida, más bien, quería su amistad del cual valoraría por siempre.

Pero era muy difícil lograr su atención.

Yo era la que mantenía a flote cualquier comentario como la trama de la película que había visto con Ryan —que por cierto la expliqué pésimo— o al trillado tema que los desesperados suelen recurrir cuando no saben de qué hablar: el clima. Todo eso con la sencilla razón de tratar de suavizar la tensión que de pronto se ciñó sobre nosotros. David lucía pensativo como si algo le preocupara, no sabía qué era y tampoco me atrevía a preguntar.

Luego de haber avanzado buena parte de Isla Esmeralda, habló solo para preguntar por mi dirección. A medida que avanzaba, parecía más contrariado y no dije nada para no pecar de paranoica, esperando a que explicara su comportamiento, pero seguía hermético.

—¿Qué te pasa? —finalmente exterioricé mi inquietud. Vaya hombre tan delicado: si no río con él, se molesta.

—Nada.

—¿Te preocupa algo?

—No.

—¿Seguro?

Asintió y tuve la impresión de que se aburrió de mi compañía. Debí imaginarlo: semejante patito feo sentado a su lado.

—Gira a la izquierda. —Estábamos llegando y mi aflicción aumentaba porque no sabía qué pasaba por su cabeza—. ¿Estás molesto conmigo, David? —inquirí con aprensión, el hecho de haberle gritado cuando excedió los límites de velocidad, quizás lo ofendió.

Él me miró perplejo.

—Jamás podrás molestarme.

Todos mis temores se borraron de un plumazo.

—Mi casa es aquella... —señalé con el dedo—, la fucsia. —David frenó y sus ojos se clavaron estupefactos hacia la casa—. Sí, el color es bastante extravagante —comenté, pero al parecer eso no era lo que le llamaba la atención.

—Tu tía es... ¿Matilde Brown?

—Sí, ¿la conoces? —Solté el cinturón de seguridad sin apartar de él la vista.

—No personalmente. —Sin embargo, en el fondo, yo sentía que algo se reservaba.

Noté la silueta de tía, moviéndose intranquila por la sala.

Conociéndola, sería mejor que me despidiera de David antes de que ella hiciera una escena por llegar a medianoche sin avisar.

—Gracias por salvarme de aquel depravado. Te debo mi vida —dije con el corazón en la mano, sintiendo pesar por tener que bajarme del auto, ya que implicaba que sería la última vez en que hablaríamos.

—Siempre a la orden —esbozó una media sonrisa.

—Bueno, en ese caso... —procedí en abrir la puerta del deportivo, pero David me sujetó el brazo para detenerme.

—¿Nadie te enseñó de que los hombres son los que abren la puerta?

Sonreí.

—Sí, los del siglo 18.

David puso los ojos en blanco.

—La modernidad ha acabado con la caballerosidad...

—Y tú eres de los pocos, por lo que veo —declaré socarrona, aliviada de no estar de mí enojado.

Me regaló una grandiosa sonrisa y se bajó del auto para abrirme la puerta como todo un caballero.

Esto me impactó por la forma poco común en cómo la puerta del Lamborghini se abrió. Pena es lo que yo habría pasado si no hubiera permitido a David comportarse tan espléndido. La puerta se desplazó hacia arriba, *tipo tijera*, quedando inclinadas en un ángulo casi de 90 grados.

Extendió la mano para ayudarme a bajar.

—Gracias.

—Te acompaño hasta tu casa.

Tragué en seco.

—Mejor, no, David —expresé a la vez en que me soltaba de su tibio tacto—. Estoy llegando tarde y con un hombre desconocido... Tía no lo va a tomar bien. La versión del *pinchazo* y el taxi es lo más apropiado para evitar meterme en líos.

—Lo apropiado es que te acompañe hasta la puerta.

Lo miré mortificada.

—Para ti está bien, porque eres caballeroso, pero esto ocasionará que después me estén midiendo los pasos a donde vaya. ¿Entiendes lo que digo? —Asintió—. Entonces, déjame llegar sola, ya hiciste bastante por mí.

Se inclinó hacia mí para tomar mi mano.

—Aún falta mucho para hacer por ti —expresó con un matiz seductor en su voz y luego besó el dorso de mi mano sin apartar sus ojos azules de los mío.

Carraspeé. Ese hombre realmente trastocaba mis sentidos.

—Ha sido un placer *co-conversar* contigo, David. Y... agradezco de nuevo que te hayas arriesgado para salvarme. —Me descontrolaba sentir el contacto de su piel, pues aún no soltaba mi mano—. Espero que... *a-algún* día pases por el anticuario a saludarme —dije esperanzada—. Aunque no estás obligado, claro.

Su resplandeciente sonrisa no se hizo esperar.

—Tomaré tu palabra —expresó con voz aterciopelada y, una vez más, besó el dorso de mi mano—. Nos vemos... —sonrió y yo casi me desmayo.

Se subió al auto y aceleró, mientras yo quedé ahí, embobada, observando cómo él se perdía en el cruce de la calle.

Suspiré.

Por lo visto, Ryan no creería nada de lo que le diría al siguiente día: David Colbert me había salvado la vida y pactado de volvernos a ver.

Vaya noche la mía...

Capítulo 11

Antes de entrar, tuve la previsión de quitarme la chaqueta y doblarla sobre mi brazo para que tía no notara que fue desgarrada.

Eché un vistazo a mi cabello en la ventana del área de la sala –cuyas cortinas evitaban mirar hacia el interior– y observé que la coleta que lo sujetaba había desaparecido. Lo alisé con los dedos y sacudí la tierra que tenía pegada en el cuero cabelludo y hasta en las ropas, procurando mejorar mi aspecto y así cuidarme de un implacable interrogatorio.

Al entrar, tía asomó la cara desde la cocina, vaticinando desde allí que habría discusión por llegar a medianoche.

—¡Dios, niña! ¡¿Dónde estabas?! —exclamó furiosa, yendo a mi encuentro en dos zancadas—. ¡Llamé a tu amigo y me dijo que hace mucho te marchaste de su casa! ¿Me puedes decir por qué te demoraste tanto?

Me obligué a no perder la calma, siendo imperativo que disimulara, a pesar de que tenía una buena excusa por mi tardanza.

—Tuve un percance con el auto —lancé rápido mi cabello a un lado para cubrir la mitad del rostro que daba en dirección a ella para que no observara los moretones.

—Jovencita, te llamé al móvil y no respondiste —reprendió plantada frente a mí como una mamá cabreada de lidiar con su alocada hija que hacía lo que le diera la gana.

—Lo siento, lo apagué antes de salir —mentí en parte, mirando de refilón el espacio libre que había por el pasillo, para escapar por ahí y subir de volada las escaleras. Un minuto más y notaba que ni traía bolso. Este quedó dentro de mi auto y mi móvil…

En la carretera.

Sin embargo, no pude escapar de ella, su semblante analítico cambió al observar que ocultaba mi rostro e interceptó mi camino.

—¿Estás bien? —Escudriñó mi apariencia, quizás intuyendo de estar ebria.

—Sí. —Bajé la mirada, el cabello siendo mi barrera infranqueable.

—¿Qué pasó?

—Fue un pinchazo…

—¿Y por qué estás tan sucia?

—Por tratar de cambiar el neumático —mentí para librarme de su regañina, alejando de mi mente la sonrisa asquerosa de aquel sujeto miserable que intentó propasarse conmigo.

—¡¿Cambiarlo?! ¡¿Tú?! Ni siquiera tienes uno de repuesto —cuestionó, también recordando para mi predicamento de haberlo sacado del portaequipajes antes de la mudanza.

—Resbalé al bajarme del auto... —contesté y luego traté de escabullirme, pero fui interceptada por segunda vez. Estaría allí hasta que ella considerase que, todo lo que dije, era cierto.

—¿Segura que estás bien? —Retiró la pared de cabello que nos separaba—. ¡Allison, tu rostro! —gritó al verme la mejilla y el labio inferior, lastimados.

—Me golpeé al caerme, no es nada.

—¿Estás segura? —Se preocupó—. Parece que alguien te hubiera golpeado. ¿Qué te pasó?

Reí nerviosa.

—¡Nada!, me caí, no seas alarmista…

—¿Y esos enrojecimientos alrededor de tus labios? Dime en realidad qué fue lo que te pasó.

Solté el aire de los pulmones.

—Fue por el pollo picante que los Kehler sirvieron en la cena: me produjo alergia, no estoy acostumbrada a comer eso…

Ella no parecía convenida.

—¿Y por qué parece que mientes?

—No lo hago, estoy bien, ¡no te preocupes! —repetí cansina, aprovechando su estupefacción para dirigirme a la planta alta—. Ya sabes cómo soy de cabezota, se me había olvidado de que lo había sacado; creí que iba a ser capaz de montarlo, pero casi dejo mis dientes en el pavimento. Pisé grasa y patiné.

Me escaneó de arriba abajo, buscando evidencia que me delatara y se enfocó en el costado derecho de mi pantalón. Menos mal que ahí tenía manchas negruzcas que lo confirmaba.

—Bueno, como no tengo nada más por explicar, me voy a mi...

Tía —que no era nada tonta— se plantó en el primer escalón de las escaleras, con los brazos cruzados como guardián cabreado, entrecerrando los ojos por dudar de mis palabras.

Entonces, hizo algo por el cual yo no estaba preparada.

Se percató de la ausencia de mi relicario.

—Allison... ¿Dónde está tu collar? —Antes de interceptarla, ya hurgaba la parte interna del collarín trasero de mi camisa por si estaba oculta, teniendo buen ojo para detectar que algo no andaba bien.

De forma automática había llevado la mano al pecho, recordando el momento exacto en que ese sujeto me lo arrancó del cuello.

«Me darán buen dinero por eso...».

«¡Devuélvemelo! ¡Qué me lo devuelvas!».

—Lo perdí cuando me caí...

—¡¿Qué?! —Sus ojos se abrieron como platos—. ¡¿Perdiste el relicario?! ¿En qué parte?

—Si supiera, no lo habría perdido.

Tía me zarandeó los hombros.

—Lo que quiero decir es: ¿dónde fue el lugar en que te pinchaste?

—Por Cedar Point, justo a la salida del vecindario de Ryan.

Me soltó para luego lanzarme una bomba:

—Mañana a primera hora lo iremos a buscar.

¡Ay, mamá, de esa no me libraba nadie!

—Perderíamos el tiempo —dije un tanto apesadumbrada sin revelarle de haber sido robado—, ya alguien lo habrá encontrado...

Negó con la cabeza.

—Lo dudo. Si cayó por la carretera, puede que siga allá.

Mi corazón se encogió de solo pensar a qué manos iría a parar el relicario. Ese gordo asqueroso escapó con lo único que me conectaba directamente con mi madre. Después de que ella murió, sus pertenencias fueron donadas a organizaciones benéficas y otras desaparecieron —como las joyas— cuando mi madrastra se casó con mi padre. Ni las fotos se salvaron, muchas fueron quemadas después del accidente aéreo del cual, muy oportuno, este había enviudado.

—No puedo creer que lo hayas perdido —continuó con su queja, llevándose las manos a la cabeza—. ¿Sabes desde cuándo ha estado entre nosotras? ¿Lo sabes?

—Sí, desde...

—¡1850! —gritó al interrumpirme.

—Lo siento.

—¡¿Lo sientes?! ¡Allison, por tu torpeza perdiste una reliquia familiar!

—¡LO SÉ! —rompí en llanto—. Lo sé y lo siento tanto... —las lágrimas que mantuve contenidas en el auto de David de inmediato bañaron mi rostro. No hacía falta que me recordara dicha pérdida, ya me sentía fatal por ese hecho, el relicario era una pieza invaluable para mí, habiéndolo tenido desde que era una niña. Le había prometido a mamá cuidarlo más que a mis muñecas más preciadas.

Tía se apiadó al cambiar su hosca aptitud a una comprensiva.

—Ya, ya, cariño. Lo importante es que estás bien —expresó, abrazándome con ternura—. Ya veremos mañana si lo encontramos; quizás tengamos suerte.

Hice un mohín, pegado mi rostro a su hombro. Imaginaba a ese tipejo con mi relicario en el bolsillo de su inmundo pantalón.

—Me siento tan mal de haberlo perdido. —Los remordimientos me aguijoneaban por mentirle, ella no se merecía que le ocultara la verdad, pero ¿qué podía hacer yo? Decirle lo empeoraría.

—Está bien, descuida. Ve a descansar —besó mi frente—. Mañana será otro día.

Le di la espalda y subí con pisadas lentas las escaleras. La mortificación se había alojado en la boca de mi estómago, ¿cómo lo tomaría después cuando comprobara que el relicario se perdió para siempre? No fue motivado por una «caída», sino perpetrado por alguien perverso que gozaba de causar daño a otros.

La tempestad estaba pasando cuando tía se percató de algo más.

—Allison...

—¿Sí? —Volteé a mirarla desde el descanso de las escaleras, a ver qué quería.

—¿Dónde está tu auto?

Tragué en seco.

¡Oh, no! Ahí venía de nuevo la tempestad.

—Te dije que se pinchó un neumático.

—Sí, pero... —deprisa abrió la puerta principal para echar un vistazo al exterior—. ¿Dónde está?

Bajé las escaleras, dirigiéndome hasta ella.

—Se lo llevó la grúa, mañana lo traen para acá. —Bueno, del todo no era mentiras, David me había asegurado de que eso pasaría.

Tía frunció las cejas.

—¿Y cómo llegaste?

—En taxi.

Fue como si le hubiera espetado una palabrota, porque enseguida sus ojos se clavaron severos sobre mí.

—¡No es cierto! —gritó—. Alcancé a ver un auto deportivo. ¿Por qué mientes?

Boqueé sin saber qué decir, me había atrapado en la mentira.

Contuve el aliento.

—Pedí un aventón —comenté y acto seguido me arrepentí.

Enrojeció furiosa.

—¿Qué te he dicho de los extraños, niña?

—¡Estoy bien!

—¡NO TE ATREVAS A DECIR QUE...!

Dejó de gruñir tan pronto reparé en que una tercera persona se hallaba presente entre nosotras.

Era un chico de piel muy bronceada, de unos veintipocos años, sentado en un sillón de la sala, y, del cual, aparentaba estar avergonzado de escuchar nuestra discusión.

Sorprendida de no haberlo pillado antes, le lancé a tía una mirada interrogativa para que me informara quién era y qué hacía allí a esas horas de la noche, de modo que este no se diera cuenta de que hablábamos de él.

—Lo llamé para que me ayudara a buscarte —dijo en voz baja, con una expresión silenciosa de «¿viste a lo que me obligaste a hacer por desconsiderada?».

Esto me dejó perpleja.

—¿A buscarme? —Mi corazón se aceleró—. ¡¿Acaso es un policía?!

—¡Cómo se te ocurre! La policía solo sirve para ocasionar problemas.

Respiré aliviada.

—Entonces, si no es uno de ellos: ¿por qué lo llamaste? —Me valía un carajo que este escuchara mi animosidad.

—Por estar muerta de los nervios y él me iba a ayudar a localizarte. Te marchaste muy tarde de casa de Ryan y nada que llegabas, tenía un mal presentimiento de que te pasó algo malo.

Y no estaba mal encaminada: lo que presintió fue certero.

A pesar de esto, meditaba que tía tomaba medidas extremas cuando las preocupaciones la azotaban.

—¿Cómo se supone *me iba* a localizar? —inquirí de inmediato—. Mi móvil lo tenía apagado y no conozco a nadie más en el condado. ¿Cómo iba a hacerlo? A menos que tú me hayas puesto un dispositivo rastreador en el auto, ¿eh?

Ella se inquietó.

—Tiene sus métodos...

Me crucé de brazos y eché una mirada de refilón hacia el chico, sentado al fondo de la sala. Lucía como cadete recién egresado de la Academia de Policía.

—¿Cómo: por telepatía?

Mi comentario la sobresaltó y luego recompuso rápido su postura. Hizo un mohín para restarle importancia al asunto y me tomó del brazo para llevarme hasta él.

El muchacho se puso en pie, al aproximarnos, y yo de inmediato me fijé en lo alto que era y en el buen aspecto físico que tenía. Su cabello castaño lo llevaba corto y sus ojos azul oscuro eran muy penetrantes.

—Te presento a Donovan Baldassari —tía lo presentó, pese a que su voz aún tenía el tono serio por el disgusto.

—Hola —saludé aprensiva.

—Encantado, *signorina* —extendió su mano para saludarme, su sonrisa se ensanchó sin importar que lo mirara con desconfianza.

—¿Eres italiano? —indagué ante lo obvio, mientras correspondía al saludo un tanto cohibida por su formalismo. Aunque bien podría tratarse de un idiota que utilizaba palabras extranjeras y actuaba como si fuese un «adulto de modales refinados» para impresionar a las chicas.

—Sí, de Brescia —corroboró con su amplia sonrisa.

—¿Sabes...? —tía se dirigió a él, ahora en un tono alegre—. Allison está planificando un viaje para estudiar arte en Italia, le vendría bien unas clases de italiano, ¿no crees? —Le guiñó el ojo al tiempo que lo invitaba de nuevo a sentarse.

—¡Tía! —Mi cara ardía de la vergüenza.

—Será un placer —respondió el otro, sonriente.

—Querida, este joven suele ayudarme con el inventario de Esplendor. ¡Es un primor! —comentó a la vez en que le sujetaba la barbilla al pobre—. Donovan se encargará de, eh... enseñarte todo lo referente a los programas contables, así no tendré que molestarlo tanto.

¿Programas?

Desde mi sillón lo estudié simulando la desconfianza que me despertaba, tenía un aspecto desenfadado y al que correspondía a un chico que se lo pasa detrás de un computador, enseñando a abuelitas.

—Está bien —acepté «la ayuda» que tendría con respecto a la contabilidad del anticuario, sin objetar que intuía la mentira. Pero como yo carecía de moral para recriminarles, preferí reservarme mi opinión, ya vería cuando llegara el momento de estar frente a la computadora e introducir los primeros bloques contables, gozaría de lo lindo al formularle mil preguntas por ser «incapaz» de teclear una cifra.

Tía se levantó a buscar hielo para mis moretones. Donovan me sonrió y yo me incomodé al estar a solas con él; no lo conocía, presenciando este un momento de discusión familiar un poco desagradable.

Se acomodó en su sillón, levemente inclinado hacia adelante, y su pierna, al igual que la mía, comenzó a moverse convulsiva. Enfocábamos la vista hacia todos lados, menos hacia nosotros, evitando mirarnos por sentirnos incómodos.

—Fue un buen golpe —comentó señalando su pómulo para indicarme a lo que se refería: el que yo tenía estampado como si «mi novio iracundo» me hubiese pegado.

—Ajá... —apenada, me toqué la mejilla y fingí arreglarme un mechón para cubrirme de su inquisitiva mirada.

Me lamenté para mis adentros, no dejaba de preguntarme si todo aquello que vi en la carretera ocurrió, o, como había dicho David: que fue una alucinación producida por los efectos del «cloroformo».

En todo caso... fue demasiado real.

Capítulo 12

Los endemoniados ojos me atemorizaban desde el mundo de los sueños.

Estos eran aterradores, traspasándome hasta el alma, no me dejaban en paz y yo no entendía qué querrían de mí, pues de manera constante y silenciosa me llamaban a que acudiera a ellos, estando obsesionados conmigo.

Me levanté sudorosa, con el pijama pegado al cuerpo. Me di una larga ducha y cubrí las heridas del rostro con la base de corrector que había dejado en el baño. Bajé a la cocina sin muchos ánimos de entablar conversación con nadie, aún consternada de lo cerca que estuve de ser violada por un degenerado; cinco minutos más y hubiera vivido el infierno. Lo que más lamentaba fue que ese sujeto se robó mi relicario que por tantos años permaneció en mi familia.

Observaba el área de la planta baja, esperando que, de un momento a otro, Rosangela apareciera para darme un susto. Si lo hacía, me desmayaba, los oídos me seguían taladrando por su voz de ultratumba que me advirtieron de una posible amenaza; de solo recordar se me ponía la piel de gallina. ¡Tenía que ser yo la única persona que la había escuchado! Aunque, si lo meditaba mejor, ya el peligro pasó. El hombre del que ella tanto procuró advertirme fue el que me atacó. ¡Claro que tenía que ser él!, sino ¿quién más? No eran delirios producidos por su extraña muerte; más bien, los hechos coincidieron con su mortificación: *«Él vendrá por ti. ¡Vete!»*. El sujeto aquel apareció de la nada, yendo a mi encuentro para supuesto ayudarme con el neumático de mi auto, pero sus intenciones distaban de ser un buen samaritano, pretendiendo aprovechar la oscuridad de una carretera solitaria para saltarme encima.

De la que me había salvado…

Busqué qué preparar para comer y enseguida reparé en una nota pegada en el microondas.

La tomé y leí:

«Querida, el desayuno está guardado en el microondas. Donovan y yo salimos hacia Cedar Point a buscar el relicario. Volvemos en unas horas».

—*¡¿Quééééé...?!* —Estupefacta, arrugué el papel. El estómago se me revolvió y el deseo de comer desapareció al instante, si tía descubría mi mentira, me mataría.

Y, sin darme oportunidad para calmarme, unas voces se escucharon desde la puerta principal.

Aprensiva, me dirigí hacia allá, ellos estaban de retorno más rápido de lo imaginado. La expresión de tía indicaba molestia, en cambio, la de Donovan era inexpresiva.

Quedé parada en medio del recibidor esperando la regañada.

—No tuvimos éxito —tía gruñó antes de dirigirse escaleras arriba. Pasó por mi lado sin mirarme y yo no me atreví a decir nada, pues para nada deseaba enzarzar otra discusión con ella.

Donovan me observó, parado cerca de la mesa del comedor.

—Lamento que te hayan arrastrado tan temprano a buscar el relicario y en domingo —expresé avergonzada por él tener que andar por ahí para hallar algo que ya no estaba donde yo había informado, en vez de descansar en su casa hasta bien tarde por la mañana.

—Descuida —sonrió como si estuviese acostumbrado a los arranques de mi tía.

Le devolví la sonrisa bastante apenada.

—Es muy necia, le dije que perdería el tiempo.

Donovan desvió la mirada mientras asentía de un modo como si no creyera en mis mentiras, su agradable expresión se endureció un poco debido a su ceño fruncido, en una actitud que daba a entender que él y tía estuvieron hablando mal de mí.

—Bueno, se hizo el intento... Nos vemos —se despidió con la mano y me dio la espalda para marcharse sin esperar a que yo también me despidiera.

Ya él estaba abriendo la puerta principal, cuando la preocupación de lo que opinara de mí, me embargó enseguida.

—¿No me crees? —Si Donovan no me creía, tía menos.

Se detuvo.

—Te atacaron, ¿verdad?

Lo miré perpleja. Intuyó de manera certera lo que me pasó la noche anterior.

—¡Por favor, no digas nada! —supliqué sin el ánimo de enfrentarme de nuevo a los reproches de mi tía. Ella era muy severa en estos casos, le había mentido por guardar las apariencias para que después no me atosigara con su sobreprotección y medidas extremas que enloquecía a cualquiera.

Donovan dio un paso hacia mí, estudiándome el rostro.

—¿Te hicieron daño? Digo... te... te...

Entendía lo que querían decir esos encantadores ojos azules.

—¡No! Gracias a Dios, fue un susto.

Frunció las cejas.

—Pero te robaron, ¿no?

Suspiré con pesar.

—Sí.

—¿Por qué no le dices la verdad a Matilde?

—¡Se pondrá histérica!

Resopló.

—Lo hará cuando se entere de que le mentiste —sus palabras sonaron duras.

Explayé los ojos, mortificada de ser delatada por *el programador de computadoras*, que apenas atiné en mirar por encima de mi hombro hacia la segunda planta, aguardando aprensiva por si mi tía se asomaba por el barandal por haberlo escuchado.

—No irás a decirle... —susurré, de vuelta mis ojos sobre el grandulón que allí se hallaba.

—Por supuesto que no —sonrió y yo respiré aliviada al ver que no me delataría.

—¿Cómo te diste cuenta? —Me acerqué más a él para hablar en voz baja, teniendo cuidado de que los oídos agudos de tía Matilde no sintonizaran nuestras voces.

—Por tu rostro —dijo—. Esos moretones que tienes cubiertos con *crema* no son por una caída, sino causados por otra persona.

Me llevé la mano a la cara, agradeciendo en mi fuero interno de que ese chico de largas piernas que apenas tenía menos de veinticuatro horas conociéndolo, se comportara como un buen amigo.

—¿Sabías que el relicario fue robado antes de que se fueran a Cedar Point a buscarlo? —pregunté ante ese hecho, si él lo conjeturó y no pecó de impertinente, entonces era una persona que sería digna de confianza. A nadie acusaba de buenas a primeras.

Se encogió de hombros.

—No estaba seguro.

—Pero, no dijiste nada, ¿por qué? —Me impactó que fuese tan reservado.

—No me correspondía decirlo.

—Y fingiste buscarlo.

—Te dije que no estaba seguro.

Agradecida por no delatarme, le tomé las manos. Puede que, de momento, se haya cuidado de caer en medio de una discusión familiar que a él no le concernía, pero si observaba que tenía el deber moral de hablar, lo haría.

—Prométeme que guardarás el secreto —pedí azorada, exigiéndole más de lo que debía—. ¡Por favor!

Donovan dio la impresión de haberse estremecido por mi contacto y yo lo solté por abusar de la confianza. A veces había personas que no les gustaba que gente fuera de su entorno los tocara.

—Está bien, lo prometo.

—¡Gracias! —Me sentí tan aliviada de que se tragara lo que descubrió de mí, que lo abracé, olvidando su incomodidad por mi cercanía—. Te lo agradezco de corazón.

—Allison... —quedó estático—. No sé si esto sea lo correcto —deshizo el abrazo, separándome de él con suavidad—. Tengo la impresión de que todo pronto se descubrirá.

Negué con la cabeza.

—No te preocupes —sonreí—. Ese hombre debe estar lejos de Carteret.

Donovan asintió, con un «sí, puede ser. Vamos a ver...», cuyos ojos los mantenía esquivos, pensativo de si en realidad aquel sujeto se habría largado del condado.

Luego los retorno en mi dirección, estando aún los dos muy cerca, como si nos fuésemos a besar o a abrazar una vez más, el silencio nos envolvió al mirarnos a los ojos, aunque yo aguardaba a que él exteriorizara lo que meditaba, pero carraspeó y esquivó la mirada con notable incomodidad.

—Es tarde —consultó su reloj de pulsera para explotar la burbuja confidencial que de pronto nos envolvió a los dos—. Quedé con unos amigos. Será mejor que me marche.

—Disculpa si te importunamos.

Él torció los labios, seductor. Su semblante serio se relajó.

—Para ti, estoy siempre a la orden.

Antes de que se marchara, retrocedió para lanzarme una mirada interrogante.

—El que te trajo anoche: ¿fue David Colbert?

Arqueé las cejas.

—¿Lo conoces? —la pregunta fue estúpida, pero igual la formulé.

Su rostro se endureció.

—Tiene mala fama.

«*Su presencia causó revuelo en todo el condado. ¡Las mujeres se volvieron locas! Es como si una estrella de cine súper sexy hubiese llegado. ¡Pero no salía con ninguna de ellas!, parece que le gustan extranjeras... Todas hermosas, sin importar la edad*», recordé lo que Ryan expresó horas después cuando David entró al anticuario.

«*Su conducta es de lo más extraña* —agregó en voz baja—: *no se relaciona con la gente, vive apartado de los demás, no le gusta que le tomen fotos, ni da entrevistas televisivas, y poco se sabe de su pasado. Creo que eso de ser famoso se le subió a la cabeza, ¿no crees?*».

—Sí, he escuchado algo al respecto —tal vez ese era el motivo de que la gente hablara pestes de él. Era muy misterioso.

—¿Piensan volver a salir? —Donovan me abordó posesivo.

—¿Con él? —Pensé en la invitación que dejé abierta a David—. No. Solo me acercó...

La respuesta que le di no pareció satisfacer a Donovan, quien, sin decir más, se marchó como si lo hubiese ofendido.

Iba a seguirlo para averiguar por qué se marchaba de esa manera, pero tía bajaba las escaleras y en su mano derecha sujetaba una hoja blanca.

—Toma —me la entregó con brusquedad.

Al abrirla, no comprendí lo que leía.

—No entiendo, ¿qué es esto?

—Es una lista de nombres y lugares a donde te vas a dirigir.

—¿Para qué?

Clavó sus ojos negros sobre mí.

—Cómo que, «¿para qué?». ¡Para ofrecer una recompensa por aquel que encuentre el relicario!

Bendito Dios.

Se volvió loca.

En la lista había nombres de estaciones de radio, televisión y prensa local, así como también un aviso por la página *Web* del anticuario para aquellos coleccionistas que lo llegaran a comprar a manos de terceras personas. Tía delegó en mí toda la responsabilidad de la búsqueda. Pensó que sería el justo castigo por haber extraviado el relicario.

—¿De cuánto será la recompensa? —imaginaba que habría dinero de por medio para que la gente lo devolviera en caso de tenerlo en su poder.

—Ochocientos dólares.

—¡¿QUÉ?! —¡Caramba! Una recibía el golpe y a la otra se le atrofiaba el cerebro.

—El relicario lo vale y no pienso darme por vencida —replicó—. De que aparece: aparece.

La sensación de arrepentimiento fue inminente, porque era como una bola de nieve que creía y crecía mientras descendía vertiginosa por una colina del cual se dirigía directo hacia mí para aplastarme.

Una gran bola de mentiras.

—Tía, hay algo que no te he dicho... Yo... —reuní la suficiente valentía para contarle la verdad.

—Después —interrumpió tajante—. Quiero que te pongas sobre esto lo más pronto posible.

—No puedo hacerlo —dije con un hilo de voz, ya mis piernas temblaban.

Frunció las cejas.

—¿Y eso por qué? —inquirió disgustada.

—Porque... —tragué saliva y confesé— el relicario no se perdió. Me lo robaron.

Su rostro permaneció inexpresivo unos segundos y luego sus arrugados labios se estiraron para formular una incrédula pregunta:

—¿Escuché bien?

—Perdóname, no te quería mentir. —Mi corazón comenzó a bombear con fuerza.

La respiración de tía se alteró.

—Entonces, ¿no sufriste una caída? ¿Y por eso tu rostro está así de magullado: el ladrón te golpeó?

—Así es.

Me abofeteó y enseguida se arrepintió de haberlo hecho. Ella nunca me había levantado la mano para golpearme.

—Allison...

No dije nada. Acepté la bofetada, mereciéndola por haber causado tanto inconveniente, pero su violenta reacción me lastimó y abrió una brecha entre las dos para distanciarnos. Subí de volada las escaleras, recordando las veces en que mi madrastra me castigaba con severidad por desobedecerla. Solía amenazarme con mandarme a un internado de niños problemáticos para que me «enderezaran» a fuetazos; le tenía tanto pavor que ni a papá le comentaba.

—¡Allison! —tía me perseguía unos pasos atrás, llamándome para que me detuviera. Fui más rápida y me encerré en la habitación, pasando después el cerrojo para que ella no entrara—. Allison, por favor, abre la puerta. Vamos a hablar.

—¡NO! —Ahogué mi llanto sobre la almohada—. ¡VETE!

—Perdóname, cariño, por haberte golpeado —se lamentó—. Todo esto me superó...

—¡Ahórratelo y déjame en paz!

No volví a escucharla detrás de la puerta hasta que el Volkswagen la alejó de la casa, suponiendo que a lloriquear con algunas de sus amigas o con el señor Burns.

Pasé el día, recostada en la cama, sopesando lo que aconteció la noche anterior. Si no hubiese sido por David Colbert, que se convirtió en mi ángel salvador, yo estaría engrosando las estadísticas negras del país.

Consulté el reloj despertador y me asombré de la hora.

5:30 de la tarde.

Vaya…, había caído en una espiral depresiva.

Esto me hizo pasar la vista por la habitación, cuyas paredes cada vez más se hacían estrechas. Era una cárcel en donde yo misma eché llave al cerrojo para no dejar entrar al mundo y así aislarme y protegerme de los que me rodeaban, culpando de manera injusta a los vecinos, mis amigos, a mi tía, a Diana, incluso a Dios por todo lo que me pasaba. Necesitaba sentirme liberada, con las imperiosas ganas de caminar por la playa y despojarme de los malos pensamientos. Así que, salté fuera de la cama a la vez en que me secaba las lágrimas, no permitiría que el miedo me dominara, era absurdo, debía ser valiente; lo más probable, aquel sujeto ya estaría lejos de Carolina del Norte, esperando que, ojalá, cayera sobre él la Justicia Divina.

Me acerqué hasta las puertas del balcón y moví un poco las cortinas para echar un vistazo afuera. Hacía buen clima, lo que sería estupendo para estirar las piernas. Esto motivó en que me animara a abrir las puertas de par en par y aspirar profundo el aire salino para que me revitalizara.

Bajé descalza por la escalera caracol del balcón y luego crucé la portezuela del cerco que rodea el patio de grama de cara a la playa, deseosa de que el paisaje me inyectara una buena dosis de paz a mi alma. Las playas de Isla Bogue Banks era una de las más hermosas del condado de Carteret, en especial, las de Isla Esmeralda, cuya arena blanquecina irradiaba maravillosamente los rayos solares. Resultaba gratificante caminar por la orilla del océano, jugando con las pequeñas olas que chocaban a mis pies, mientras mi mente se transportaba a los años en que papá y mamá estaban vivos. ¡Cuántas ganas tenía de que todo fuese motivado por una pesadilla, de la cual fui incapaz de librarme durante años y del que por fin había logrado despertarme! Solo tendría que correr hasta ellos para besarlos y abrazarlos y decirles cuánto los amaba.

No obstante, la brisa marina acarició mis mejillas, trayéndome a la realidad: mis padres estaban muertos y yo, ahí, sin ellos en un lugar que no era mi hogar y del que me resultaba tan ajeno y distante.

Los extrañaba y maldecía mi mala fortuna por haberlos perdido. La tristeza fue tan grande que mis ojos desbordaron las lágrimas contenidas.

Tanta gente mala en el mundo y morían ellos...

El sol empezaba a ocultarse por el horizonte, de un rojizo majestuoso que le daba ciertos matices al cielo. Era la vista más espectacular jamás apreciada en mi vida, provocando que me detuviera un rato para contemplarla. *¡Válgame!* Sonreí. La Madre Naturaleza tenía la facultad de hacer que enfrentara mis demonios personales, insuflándome valor para superarlos. Todo era cuestión de voluntad. Meditar los problemas y hallar la solución más apropiada para sobrellevarlos. No era una máquina descompuesta que solo requería de ajustar las tuercas y aceitar los engranajes, era una chica que maduraba a la fuerza.

Tenía varios minutos abstraída en mis pensamientos, cuando divisé a lo lejos a un joven que caminaba en mi dirección.

Lo observé un rato, con una opresión en mi pecho sin saber a qué se debía. No lo veía bien; desde esa distancia era difícil apreciar su rostro. Me fijé que algunas chicas, que tomaban sol, se sentaban rápidamente cuando él pasaba frente a ellas. Me intrigó el efecto que este causaba en las mujeres; hasta algunos hombres volteaban a mirarlo.

La incertidumbre aumentaba y, en la medida en que él se divisaba mejor, mi corazón se aceleraba cada vez más.

Jadeé ante lo que estaba viendo.

Pero si es... No, no es...

¿O sí? Es... es...

¡David Colbert!

Enseguida miré mi atuendo.

¡Ay, pero ¿qué estaba usando?!

Por tarada me dio por ataviarme un espantoso vestido estampado hasta las rodillas y de tiritas. Traté de arreglarme el cabello a toda prisa, pero el condenado viento no lo permitía; una y otra vez me tapaba el rostro de forma desordenada. ¿Por qué no me lo recogí?

Incrédula de lo que contemplaba por ser demasiado bello para ser cierto, mis ojos se explayaban como si se fuesen a salir de sus cuencas. David se paseaba por ahí, movido por la casualidad del destino y con la extraordinaria suerte de ser yo la que se hallaba en su camino.

—Hola, Allison. Me da gusto verte de nuevo —expresó con voz suave mientras se acercaba.

Estaba soñando.

—Ho-hola —tartamudeé y me odié por hacerlo. Acto seguido, traté de recomponerme, al mirarme a través de sus lentes oscuros, dándome cuenta de que lucía como una tonta.

—¿Sueles caminar con frecuencia por acá? —preguntó manteniendo su sutil sonrisa que tanto cautivaba.

Carraspeé, había perdido el habla por la impresión.

—Lo hago a menudo, en especial al atardecer. ¿Tú también lo haces? —pregunté expectante, deseando que fuese así. ¡No me perdería una puesta de sol en compañía de ese hombre!

Me dio una magnifica sonrisa y a mí casi se me cae la mandíbula.

Cielos...

—No, es la primera vez que camino por la zona —respondió con su aterciopelada voz—. De pronto me sentí interesado por recorrer estas playas.

—Qué... ¡Qué bien! —Menos mal que los latidos de mi corazón no podían ser escuchados, porque si no estarían ensordeciéndonos. *¡PUM! ¡PUM! ¡PUM!*

¡Cuánta dicha! No me cambiaría por nadie, ni por aquellas chicas de escultural cuerpo, que debían tener a los hombres a sus pies por su belleza; mi suerte era mejor a la de estas, David se había detenido en su caminata para saludarme y esto era más que suficiente para mí. Me hallaba flotando en el aire, ¡estábamos hablando de nuevo! Ya no era una ilusión de volvernos a ver, ¡era una realidad palpable!

¡Ah!, pero sucede que, la brisa que provenía del océano me removió el cabello, tapándome por completo el rostro de un modo demasiado cómico.

Chillé para mis adentros por el corte de nota que la Madre Naturaleza que, hasta hacía un instante me reconfortaba, ahora me hacía rabiar. ¡Tenía que pasarme eso a mí! Mis greñas parecían un remolino loco difícil de dominar.

—Permítame. —En un acto involuntario, David me ayudó a acomodarlo.

¡Oh, por Dios!

El gesto provocó que mi piel se erizara.

Sin embargo, fue desafortunado que no lo apreciara, puesto que sucedió algo inesperado.

A la velocidad de la luz..., una impertinente visión llegó a mi mente.

La lucha entre dos hombres se desataba a muerte.

Yo estaba dentro del cuerpo de uno de los contendientes.

El que tenía al frente –mi oponente– era poderoso y maligno, poseía largos colmillos y extraños ojos amarillos, semejante al de un gato que ve durante la noche. Traté de golpearlo, aunque no era yo, sino *el sujeto que poseía* como si fuese una entidad, pero el otro me evadió por ser veloz, siendo capaz de hasta treparse por las paredes y dar saltos muy altos del cual no hallaba explicación. *Mi cuerpo masculino* no se quedaba atrás, igualándolo en fuerza y destreza. Sus gruñidos... Sí, gruñidos, porque ambos gruñían como animales salvajes, explotando sus gargantas de manera ensordecedora. La brutal pelea se desataba sanguinaria. A mi rededor, un grupo de personas –con los mismos ojos amarillentos– alentaban a que los contendientes se mataran entre sí. Estos se desgarraban la piel a zarpazos y mordiscos, pero dichas heridas ocasionadas no los afectaban; al contrario, los enardecía, sus fuerzas no disminuían ni aparentaban estar cansados por la lucha, la sangre diluida los volvía cada vez más violentos, observando en sus feroces expresiones que uno de ellos moriría destrozado. Eran dos hombres, pero no humanos...

—¿Estás bien? —David me sacudió suave los hombros, sacándome en el acto de la visión.

Parpadeé para recuperarme del aturdimiento y asentí sin la mínima intención de revelarle lo percibido.

¡¿Qué diablos había sido eso?!

—¿Eh? Sí, sí. Es... una pequeña jaqueca —los oídos zumbaban y la cabeza me daba vueltas por el súbito mareo que sentía.

David frunció el ceño, observándome en silencio. Bajo sus espejuelos sus ojos aparentaban estar crípticos, tal vez preguntándose si yo tenía algún tornillo suelto.

Luego miró hacia mi pecho y su ceño se frunció más. Notó que algo, a la altura de mi corazón, brillaba por su ausencia.

—No cumples tus promesas —expresó con cierto reproche y esto provocó que en el acto me llevara la mano al pecho, sin entender por qué se molestaba.

—Me lo robó ese sujeto... —expliqué entristecida. Recordarlo me daban ganas de llorar.

David comprendió de a quién me refería.

Entristeció.

—Lo siento, no me di cuenta. Pude habérselo quitado cuando tuve la oportunidad...

Sonreí.

—¿Y arriesgarte a otra puñalada? Esa sí que *te habría atinado* y no valía la pena.

—De todos modos, lo lamento —dijo avergonzado de su descuido y yo me encogí de hombros para restarle importancia, aunque en el fondo me entristecía.

—Olvídalo, qué se le va a hacer...

—Lo recuperarás —expresó con total seguridad como si tuviese conexiones con la policía para dar con el paradero del sujeto.

Esbocé una sonrisa incrédula.

—Ni modo, tengo que resignarme.

—No lo hagas, lo tendrás de vuelta. —Fue una afirmación que me estremeció, David estaba seguro de que el relicario retornaría a mis manos, sin él comprender cómo funciona el mundo: rastrear un collar era casi imposible, ya debía de estar sumergido en el mercado negro, cotizándose por debajo de su valor real.

Caminamos uno al lado del otro a lo largo de la playa, David estuvo haciéndome preguntas sobre mi niñez: dónde estudié, en qué parte de Nueva York viví y cuál fue la razón para mudarme hasta el condado de Carteret. Aunque tuvo la delicadeza de no ahondar en el tema de mis padres, tal vez por la sencilla razón de que mi voz se quebraba al nombrarlos.

Mientras hablábamos, me lo comía con los ojos.

¿Habrá otro hombre tan perfecto como él?

Lo dudaba.

Era muy apuesto, con la piel bronceada sin parecer una langosta chamuscada por el sol. Tenía ese aire de actor de alto calibre. Vestía todo de blanco, el pantalón lo tenía arremangado hasta las pantorrillas, al igual que las mangas de la camisa hasta los codos. A través de la línea desabotonada apreciaba –para mi deleite– parte de su torneado pecho. El sol se reflejaba en su cabello castaño, tornándolo más claro; lo llevaba corto y rebelde, como expresando en silencio que era un hombre indomable. Me dieron ganas de acariciar sus hebras y perderme en la inmensidad de esos ojos azulados, protegidos por los oscuros lentes.

A pesar del buen rato que teníamos conversando, desconocía su vida personal. Por supuesto, sabía todo desde el punto de vista de los medios de comunicación, pero insuficiente para mi creciente curiosidad. No obstante, deseaba que él me contara aspectos íntimos del que nadie más conocía.

—¿Dónde vives? —Necesitaba saciar mi curiosidad.

—En The Black Cat —respondió sin dilación.

—¿Dónde queda?

—En Beaufort, saliendo de Lenoxville. Hacia Bahía Davis.

Reí sin querer.

—¿Qué pasó, se equivocaron al registrar el nombre?

David puso los ojos en blanco por mi socarronería, aunque no estaba molesto.

—Muy chistosa.

—Lo siento, es muy parecido a tu nombre.

Se llevó la mano a la cabeza para alborotarse el cabello y regalarme una seductora sonrisa.

Sublime.

¿Puede un hombre estar bendecido por los dioses?

—Sí, fue una coincidencia —contestó un poco apenado, y eso me sacó del embelesamiento.

—¿Siempre has vivido allá? —Tal vez ese era el motivo por el cual nunca daban con él. Se refugiaba en un lugar muy apartado del bullicio citadino.

—Desde hace siete años.

—¿Solo? —Esperaba un sí por respuesta.

—Sí.

¡Aleluya! Al no tener compañera no existía un compromiso serio.

Me sentía sofocada al tenerlo tan cerca, por lo que me concentré en hacerle otra pregunta que me permitiera conocerlo mejor sin tener que ponerme en evidencia.

—¿Qué edad tenías cuando perdiste a tus padres? —Parecía reportera novata del periódico de la escuela secundaria.

No pude evitar observar «la marca de nacimiento» en su mano derecha. Era roja y lo representaba a la perfección: una estrella, sin lugar a duda.

David hizo una breve pausa, su mirada melancólica se perdió a través del horizonte marino, quizás por todos los recuerdos que llegaban a su mente en ese instante.

—Era muy joven cuando eso... —bajó el rostro observando las olas arremolinarse en sus pies.

Suspiré.

—¿Tus tíos fueron buenos contigo? —Tenía que haber algo oscuro en su vida para que el arte macabro formara parte de él.

—Sí —sonrió—. Ellos... —volvió a sonreír— hicieron que me interesara en...

—La pintura y la escultura, lo sé. —*La cuestión David, es si ellos te maltrataron en tu infancia.*

Se quitó los lentes, mirándome sorprendido.

—¡¿Conoces mi trabajo?!

¡Listo! Descubierta.

Asentí con el rostro enrojecido. En nuestras presentaciones yo había dejado como excusa de saber su nombre por el cotilleo de los pobladores. Ahora tenía que decirle que lo había reconocido después de haberse marchado del anticuario.

—Eh... eh... ¡Por supuesto! ¿Quién no...? *Si-siempre* quise tener una de tus pinturas, pero son costosas. Son... muy... cotizadas.

Sonrió y dejó sus espejuelos sobre su cabeza. Aun así, su sonrisa encerraba algo indescifrable, como si le costara creer que alguien como yo tuviera gustos por el arte macabro.

—Ahora sabes de dónde me conoces. —Su cándida risa emergió para deslumbrarme.

Me ruboricé.

—Discúlpame por no haberte reconocido cuando debía...

—No. Yo soy el que se debe disculpar: debí presentarme cuando me lo preguntaste. —Me pareció ver un leve rubor en sus mejillas, pero rápido se volvió hacia las olas, dejando su mirada perdida sobre el océano—. Me da gusto saber que te agradan mis pinturas... —agregó complacido, esforzándose por sonar relajado.

—¿Por qué dejaste Nueva York?

Frunció el ceño y respondió:

—Quería apartarme del mundo por unos años y este condado me brindaba toda la tranquilidad que necesitaba.

Procuré respirar un par de veces para encontrar las palabras que de pronto se me escaparon de los labios.

—¿En tu país no hay lugares hermosos?

David inclinó su rostro una pulgada como si se estuviera enfocando en mis labios.

—Digamos que estaba en búsqueda de algo maravilloso.

Parpadeé al sentir que mi respiración iba en aumento. La gente que caminaba cerca nos miraba curiosos. Yo alcanzaba a ver que a algunas chicas les corroía la envidia.

—Y ¿*lo-lo* encontraste?

Sus ojos azules se trabaron con los míos.

—Sí.

Estábamos tan cerca, uno del otro, que mi cabellera le rozaba el pecho por el batir de la brisa marina. Sonreí para mis adentros. Era la única forma de sentirlo. Mi cabello actuaba como tentáculos que querían envolverlo y atraerlo rápidamente hacia mí. David no hizo ningún movimiento por apartarlo, no le molestaba y parecía que lo disfrutaba al igual que yo; más bien, observaba abstraído el batir de mis mechones hacia él, como si algo en mi pelo le llamara la atención, ya me había dado cuenta antes de este hecho, no sé si por lo greñudo o por ser de color negro.

«(...) *David Colbert es muy selectivo, le gusta rodearse de mujeres bellas. Sobre todo, rubias...*».

Lo comentado por Ryan en el cafetín, cuando me sentía un patito feo, me hizo meditar: David salía con un tipo específico de mujer. Le gustaba las esculturales modelos de cabellos rubios y ojos azules.

Y yo era todo lo contrario.

Tuve que hacer un esfuerzo para reaccionar y no reflejar el pesar.

—Quiero agradecerte una vez más por haberme salvado de ese sujeto. No sé qué hubiera pasado si tú no... —guardé silencio por unos segundos, desviando la vista hacia un grupo de jóvenes que jugaban un partido de voleibol playero—. He tenido pesadillas...

David me tomó el mentón haciéndolo girar suavemente en su dirección. Me sentí mareada, resultando increíble lo que su proximidad provocaba en mi salud mental.

—Es normal lo que te pasa —dijo en voz baja—. Fue una experiencia traumática. Se me eriza la piel de pensar que te pudo haber lastimado si yo no hubiese llegado a tiempo.

Me observó el rostro y frunció el ceño con abatimiento. Miró la cortada en mi labio y puso énfasis en la mejilla en la que no debía notarse el golpe gracias al corrector. Me acarició con suavidad el moretón y yo cerré los ojos para disfrutar el roce, causándome descargas eléctricas, como lo hizo cuando me agarró la mano en el auto. Sus dedos se deslizaban hasta mi mentón y su pulgar bordeaba la línea de mi labio inferior con mucha delicadeza. ¡Qué formidable sensación! Una vez más me brindaba su calidez.

David dejó de acariciarme y yo abrí los ojos muy a mi pesar. Fue entonces cuando nuestras miradas se trabaron de nuevo, haciéndome imposible mantener la compostura. Deseaba saltarle encima y besarle esos labios tan carnosos hasta que me dolieran los míos; sin embargo, quedé estática perdiéndome en sus orbes que me miraban llenos de ternura.

—Te golpeó fuerte —susurró con cierto enojo en su voz.

Lo miré sin pestañear, sintiendo el escalofrío recorrer mi cuerpo. Tuve que retroceder unos pasos para recuperar un poco del control que perdí en su presencia, entornando después la mirada alrededor de la playa, lo que me impactó, pues ni me percaté que había anochecido. Las horas pasaron volando, justo cuando empezaba a sentir con él una fuerte conexión.

—Debo irme, es tarde —lamenté tener que ponerle fin a ese encuentro tan fabuloso, para evitar una confrontación verbal con mi tía por llegar a inadecuadas horas nocturnas. Yo aún seguía sensible por el bofetón que ella me propinó.

—Te acompaño hasta tu casa.

Mi corazón volvió a reanimarse con fuerza.

—Descuida, vivo cerca, ¿recuerdas? —Sin embargo, en el fondo deseaba que me acompañara.
—Insisto.
Caminamos a paso lento hasta que se vislumbró la casa. Me hubiera gustado vivir más lejos para así tener que pasar un rato más largo con él. Por desgracia, no era así.
—Gracias por acompañarme —expresé ante la inminente despedida, temblorosa de la brisa nocturna y de su cercanía.
Como David prácticamente me coqueteó, le dediqué una mirada seductora, de la que el viento se encargó de borrar al desordenarme el cabello. Avergonzada, luché por arreglarlo echando mil maldiciones para mis adentros. David rio por lo bajo y me ayudó enseguida colocando unos mechones detrás de las orejas, y gracias a Dios no tuve otra visión. Mi rostro enrojeció, y, sin esperarlo, me besó en la mejilla. Su fragancia me envolvió y mareó de buena manera, y esto provocó que el corazón se disparara y una ola de calor me atacara al instante. La mejilla comenzó a arderme cuando él retiró sus labios unos milímetros para aspirar después el aroma de la piel de mi cuello. Fue delicioso cómo lo hizo: su nariz recorrió casi rozándome sin temor a que yo me molestara. Poco le importó que él tardara en percibir mi aroma, encontrando muy placentera esta atrevida acción, del cual emitía sonidos bajos con su garganta.
Sonidos muy guturales.
De animal...
Antes de yo recordar respirar, David susurró a mi oído, haciéndome cosquillas con su aliento.
—Quiero verte de nuevo.
¡Síííííííííí!
—*S-seguro* —tartamudeé, borrando de un plumazo lo que conjeturaba sobre sus gemidos, emocionada de concertar una cita con él—. Ya sabes dónde encontrarme.
Asintió, atravesándome con su mirada.
—Te llamaré —expresó muy seguro de sí mismo y esto me hizo recordar que el móvil se me había caído en la carretera cuando traté de recuperar el relicario robado del maldito depredador.
—No tengo móvil. Lo perdí cuando aquel hombre me...
David torció su sonrisa, un poco malévola.

—Lo recuperé —lo sacó del bolsillo del pantalón—. Tienes fotos muy bonitas —dijo mientras me lo entregaba.

Mi boca se desencajó.

¿Acaso lo de la caminata por la playa había sido una excusa para acercarse sin levantar sospechas en mi tía o no aparentar ser un acosador?

Bien que pudo tocar el timbre de la casa y comentar que lo encontró en medio de la carretera, lo encendió y vio de quién…

¡Oh, Dios!

¿Dijo que tenía fotos bonitas?

¡Mierda!

Recordé las fotos que tomé con unas amigas un mes antes del accidente de mi padre.

En estas hacia muecas divertidas como si fuese una payasa.

Capítulo 13

Al día siguiente, sonreía sin motivo aparente.

Cantaba alegre por el anticuario, limpiando lámparas y relojes cubiertos de polvo. Tía y yo nos reconciliamos, sin disculpas ni lamentos, dejando que todo volviera a su cauce. Un «preparé panqueques como a ti te gustan», por parte de ella, bastó para que mis rencores se disiparan y me sentara a la mesa a engullirlo todo. La depresión de ayer me quitó el apetito, pero hoy había amanecido con el hambre voraz.

—¿Por qué mantienes los labios estirados de esa manera? —preguntó sonriente detrás del computador.

Dejé de desempolvar.

—¿Yo?

—Le pregunto a la lámpara que tienes entre las manos.

—Por nada —respondí, encogiéndome de hombros y haciéndome la desentendida—. Estoy de buen humor.

Tía entrecerró los ojos, con suspicacia, alineados estos por encima del monitor para analizarme con mayor detenimiento por no estar convencida.

—¿Quién te tiene así? —No estaba enojada, pero sí curiosa.

Arqueé las cejas, era demasiado evidente el desbordante humor de un día para otro, lo que motivó en que me aventurara a compartir parte de esa alegría o mi pecho estallaría. Tenía un admirador.

—Conocí a un chico el otro día y hemos estado charlando.

Tía dejó de teclear.

—¿Ah sí? —Se levantó y se acercó, bordeando el mostrador—. ¿Y cómo se llama?

—David Colbert —sonreí como si saboreara la miel en mis labios al pronunciar su nombre.

—¡¿El pintor?! —Su entrecejo se frunció.

—¿Lo conoces? —De todas las personas en Carteret, tía era el último ser que me hubiera imaginado que sabía de su existencia. En cierto modo era una necedad de mi parte pensar que alguien como él pasaría inadvertido cuando, con frecuencia, suele estacionar el Lamborghini justo enfrente del anticuario. ¡Claro que lo conocía!

—¡Por supuesto! —exclamó con resquemor—. Y no me gusta que salgas con él, Allison. No es el apropiado para ti.

—¿Por qué no? —inquirí a la vez en que pasaba el plumero de mala gana por la pequeña lámpara de mesa que sostenía. La reacción de ella me molestó.

—¡Porque es mujeriego y es mayor que tú!

La miré a punto de espetarle que no era así; no obstante, me mordí la lengua, al parecer, la mala reputación de David lo perseguía a todas partes.

—No es tan mayor… —repliqué a su advertencia—. Tiene veinticinco años y yo diecinueve. ¿Ves? La diferencia no es mucha. Además, eso de ser «mujeriego» lo dejó atrás.

Tía negó con la cabeza, entristecida, pues hasta yo me di cuenta de mi respuesta idiota. ¿En realidad él lo manifestó?

—Ni tan atrás... —comentó en tono serio—. Hace unos días fue visto con una extranjera en su descapotable.

No supe qué decir, también lo había visto con semejante mujer.

Suponiendo que se trataba de la modelo, porque estaba *la odiosa de greñas platinadas*. Y estas dos eran las que yo conocía. Ryan mencionó que David salía con muchas sin importar la edad.

—Bueno, apenas nos estamos conociendo —dije para defender nuestra amistad—. No es nada serio.

Ella suspiró, sintiendo lástima por mí.

—Eso es lo que temo: para él «nada es serio», poco le importa los sentimientos ajenos. No quiero que te lastime.

Enojada, planté sobre la mesa la lámpara, dispuesta a refutarle lo que dijo, pero el sonido de la campanilla hizo que ambas mirásemos hacia la puerta.

Hablando del rey de Roma…

Sonreí de oreja a oreja al ver a David entrar a la tienda.

—Hola, Allison —saludó animado, ataviado en su elegante traje y bajo sus espejuelos que enseguida se quitó para obsequiarme una matadora sonrisa. Portaba algo envuelto, pero yo no le presté atención, puesto que solo me enfocaba en sus dos irises incandescentes que se aproximaban.

Rápido me acomodé el cabello y escondí el plumero entre las antigüedades, evaluando con disimulo si mi blusa estaba sucia por el polvillo o desarreglada.

—¡Hola! —De inmediato mis ojos rodaron hacia tía que lo miraba con cara de pocos amigos. Él se acercó y me besó en la mejilla, lo que me encantó, ya que se hacía un hábito bastante placentero—. Ah... eh... David, *t-te* presento a tía Matilde.

David guardó sus espejuelos en el bolsillo interno de su chaqueta y extendió la mano para saludarla. Tía era un poco más alta que yo, pero igual se veía diminuta ante él.

—Un placer conocerla, señora.

—Encantada —expresó con parquedad y estrechando su mano sin entusiasmo.

Ahí fue en que reparé en la envoltura que él llevaba bajo su brazo izquierdo.

—¿Qué es eso?

Sonrió y la colocó sobre el mostrador.

—Dijiste que siempre deseaste una de mis pinturas. Bueno..., te traje una. Espero te guste.

Grité de júbilo para mis adentros al comprobar que cada día que pasaba nos hacíamos más cercanos.

—¡Qué dices! ¡Tus pinturas son fantásticas! —Tiré con delicadeza de una cinta del mismo color de la tela que ataba a modo de cruz, y deshice el lazo del cual fue fácil de desatar. Luego retiré la tela como si fuese un pergamino encontrado en alguna tumba antiquísima para no estropear la obra que envolvía con tanto celo y jadeé impresionada al ver semejante belleza.

Cielos...

¡Era un hecho insólito!

Lo que pintó no era macabro, aunque si un tanto oscuro.

La pintura estaba escasamente iluminada por estrellas que se perdían hasta el horizonte, dando inicio al negro mar con olas espumosas que morían en la playa. Una joven era el centro de atención. Parecía un árbol plantado en la arena, con gruesas raíces retorcidas en vez de pies, y, las que sobresalían, se extendían hasta hundirse en las aguas marinas. La joven se veía maravillosa, única y sobrenatural. Me percaté en su rostro. ¡Era mi rostro! Se ocultaba un poco bajo la desastrosa cabellera, asemejándose a medusa que, en vez de serpientes en la cabeza, tenía manos en las puntas de cada ondulante mechón, del que sus palmas abiertas trataban, quizás, de atrapar algo que no estaba a su alcance.

Me ruboricé al fijarme que sus partes íntimas se trasparentaban a través de la fina tela del vestido floreado.

Eso me hizo pensar: ¿El sol transparentó mi vestido?

¡Huich!

Evité mirar a David y a tía, que resopló un tanto molesta. Sin embargo, me gustó cómo él me representó: una ninfa marina. A más de un admirador de su arte bizarro, le daría un síncope si vieran que plasmó la sensibilidad surrealista, en vez de la tenebrosidad en las pinturas.

—Es hermosa, David, gracias. —Fue la excusa perfecta para abrazarlo y besarle la mejilla. Olía delicioso.

Tía observó la pintura con mala cara.

—¿Dónde la pondrás, Allison? —preguntó con rudeza como si lo que David pintó fuese algo pornográfico.

—En mi dormitorio. ¡Obvio! —No dejaba de sonreír por el obsequio, tenía algo tangible del hombre de mis sueños. David se había tomado el tiempo para crear una pintura hermosa, llena de encanto y sensualidad.

Le dediqué una mirada a él, más de deseo que de agradecimiento. Y, del cual, David captó mi estado de ánimo, mirándome de igual modo.

—¿Cuál es su verdadera intensión con mi sobrina, señor Colbert? —inquirió sobreprotectora y casi muero de la vergüenza. Ella solía expresar sus opiniones cuando algo le desagradaba. En este caso, escupió la pregunta sin tener cuidado de ofenderlo. La pintura fue la alarma que se disparó en su cabeza: David me imaginó desnuda.

—¡Tía! —exclamé con los ojos desorbitados por su rudeza.

Pero David distaba de haberse ofendido, su sonrisa encantadora para nada había aminorado.

—La mejor, señora Brown —manifestó sin que le temblara la voz, luciendo imponente.

Tía arqueó una ceja, incrédula.

—¿Ah sí? Hasta que se canse de ella, ¿verdad? —replicó con inquina, poco dispuesta a dejarse embaucar por mi pretendiente.

—Estás avergonzándome... —la recriminé entre dientes, lo más bajito posible para que el otro no escuchara. La quería, pero en ese instante deseaba que ella estuviese lejos del anticuario.

—No esta vez, se lo aseguro —David respondió sin dejarse intimidar por una anciana que hacía llorar hasta un general bravucón.

Ella tapó la pintura de mala gana y se fue hacia el escritorio, mascullando palabras ininteligibles, del cual yo estaba segura era un aluvión de improperios.

—Veremos... —dijo mientras se ocultaba detrás del monitor, desafiando de ese modo al famoso pintor; curtida de lidiar con mentirosos, pese a que David merecía el voto de confianza. Si supiera que él fue el que me salvó la vida, lo trataría mejor.

—¡Tía, ya basta! —¡¿Por qué actuaba así?! No lo comprendía.

—Lo siento, querida —entornó sus ojos severos sobre mí—. El señor Colbert debe saber que no estás sola y que tienes gente que te protege.

Escucharla decir: «señor», sonó bastante raro por ser David una persona joven.

—¿Protegerme de qué? ¡Tía, por favor! —Deseaba que me tragara la tierra.

David me tomó de un hombro y lo apretó con suavidad.

—Está bien, Allison, descuida —dijo en voz baja—. Tu tía tiene razón en estar a la defensiva conmigo, me he ganado la mala fama a pulso. —Después dirigió su mirada hacia ella—. Señora Brown, mis intenciones con Allison son las mejores y no haré nada por lastimarla. Ella es muy importante para mí, no tiene idea lo que significa que su sobrina haya entrado en mi vida.

Me impactó, al igual que a tía, escuchar cómo él defendía nuestra... digamos... *amistad*, decidido a luchar por mí.

Por desgracia, eso no permitió que ella se impresionara.

—No estoy segura —discrepó—, pero confío en el buen juicio de Allison: si ella dice que eres buena gente, entonces le creeré. Pero, si por alguna razón usted la llega a lastimar... —entrecerró los ojos como los de una serpiente lista para atacar—, lo perseguiré y lo despellejaré vivo.

—¡Tía! —enrojecí avergonzada de su amenaza. Por fin conocía a un joven que me gustaba, y viene ella y lo acorrala con sus sospechas como si fuese un pervertido sexual.

—Entendido —él acordó sin molestarse.

Aproveché que tía volvió a esconderse detrás del monitor, para buscar mi bolso y llevar a David lejos de la desagradable situación en la que nos hallábamos.

—¿Te gustaría tomar un café? —Lo miré con ojos explayados para que me diera una respuesta afirmativa.

Él sonrió captando la idea.

—Por supuesto.

Tía giró los ojos por encima del monitor.

—Ya terminé mi trabajo por el día de hoy —dije categórica mientras le lanzaba una mirada fulminante para que ni se le ocurriera ponerse intransigente. Ya olía sus intenciones de retenerme en el anticuario por más tiempo: «¡No te puedes marchar, aún falta mobiliario por sacudirle el polvo!».

Que recordara que trabajaba media jornada.

—Ha sido un placer conocerla, señora Brown —David fue educado en despedirse de ella.

Aunque tía, no. Permaneció en silencio, tecleando fuerte para evitar responderle. A veces era tan grosera que ni parecía de mi familia.

Tomé del brazo a David y tiré de él hacia la calle. Su deportivo estaba estacionado frente al anticuario, aplastando en belleza y en potencia a mi pobre vehículo que se hallaba detrás. Una pantera joven intimidando a una tortuga vieja. *¡Vaya!* Las diferencias que el dinero ocasionaba...

David se dirigió al deportivo para abrirme la puerta del copiloto, pero su mano quedó sosteniendo la manija, sin hacer mucha presión, deteniéndose para formular una pregunta:

—¿Adónde quieres ir?

—A Cocoa Rock, queda a un par de manzanas de aquí. Podemos ir caminando, si no te importa. —Lo llevaría a un ambiente en el que me sentiría más relajada. Ryan era excelente en sus atenciones.

David sonrió, aceptando mi petición.

—Por cierto, gracias por lo del auto… —expresé apenada a la vez en que señalaba con mi pulgar hacia atrás. Por estar lamentándome de mi vida, en mi habitación, no supe en qué momento dejaron el auto —encerado y con los cuatro neumáticos nuevos— frente a mi casa. Lo supe esta mañana cuando bajé a desayunar. Tía se complació del buen servicio del taller mecánico al cual la grúa lo llevó, que hasta le hicieron mantenimiento. Aunque le extrañó que la persona que lo dejó allí no tocó a la puerta para avisarnos o, debido a los acontecimientos entre tía y yo, el día anterior, no hubo quien atendiera a la puerta para recibir la llave.

Esta quedó conectada a la suichera y mi bolso con mis pertenencias en el asiento del copiloto.

—Fue un placer —esbozó una amplia sonrisa y yo tuve una sensación de que él…

¡Nah!

—De todos modos: gracias —expresé mientras advertía que éramos blanco de las miradas curiosas de los lugareños en la medida en que nos acercábamos al cafetín, pero trataba de ignorarlos—. Haces mucho por mí, no mereciste el trato que recibiste, disculpa la actitud de mi tía. Hoy la asesinaré.

Rio.

—Me agradó.

—¡¿De veras?! —Lo miré perpleja—. ¿No lo dices por ser amable?

Negó con la cabeza.

—Me gustó que te defendiera. Es una mujer fuerte.

—Sí, ella es así… —concedí. Por encima de sus defectos, sus sentimientos eran sinceros.

Al entrar juntos al cafetín, la sorpresa enmudeció a más de uno. Nos miraban como si fuésemos algo fuera de lo común; al menos eso se aplicaba a David que era perfecto, cual dios griego acompañado por una insignificante mortal, porque, en cuanto a mí…, me escaneaban con desdén.

Quedé pegada al piso, sin atreverme a mover las piernas para dar un paso adelante.

De manera fugaz, recorrí con la vista para hallar a Ryan, pero al parecer, él no estaba allí para presentarle a mi «nuevo amigo» y así me diera apoyo moral para no sentirme tan apabullada. No obstante, el mismo David fue el encargado de brindármelo.

Tomó mi mano y me llevó hasta una mesa desocupada.

El cosquilleo que recorría mi espalda me estremecía en la medida en que avanzábamos; nos sentamos en la parte central sin que los demás dejaran de mirarnos. Puse el bolso en el respaldo de la silla; David seguía sonriente mientras que yo me sentía minimizada, los murmullos no se hicieron esperar, y, de vez en cuando, escuchaba nuestros nombres entre los clientes.

Daphne –la mesonera– se arregló nerviosa el uniforme, apurando el paso para acercarse a nosotros con una amplia sonrisa.

—¿Podemos ordenar más tarde? —pedí antes de dejarla hablar y la pobre hizo un gesto, asintiendo decepcionada.

David me miró expectante y yo le respondí:

—La verdad es que no me apetece nada, solo quería sacarte del anticuario. ¿Vas a pedir algo?

—No.

La gente sentada a nuestro rededor nos seguía observando sin reparos. Otra mesonera que no había visto antes de las veces en que estuve en el cafetín, lanzó un suspiro bastante audible. Una señora dejó su taza de café, sostenida a la altura de su boca, con sus ojos clavados en David sin dar crédito a lo que veía, y esto me molestaba, porque ellos me miraran como si fuese Quasimodo que se sacó la lotería y que no merecía salir con semejante adonis.

—Te agradezco por la pintura, es muy hermosa —trataba de mantenerme tranquila, sin darles el gusto a esas personas indiscretas de indisponerme.

A David no le intimidaba que nos observaran con detenimiento, a leguas se notaba que todo le resbalaba.

—Me alegro de que te haya gustado. La pinté anoche.

Me asombré.

—¡¿Pasaste la noche pintándola?! —Era obvio que sí.

—Un poco —sonrió tímido—. Fuiste de mucha inspiración.

Me sentí halagada y a la vez avergonzada. David anoche estuvo plasmando sobre el lienzo cada línea de mis facciones. Al imaginarlo mi corazón saltó alegre, pues eso indicaba que mi rostro bien que se lo tenía grabado en su memoria.

—¡Qué dices, esa pintura te tomó tus buenas horas!

David bajó la mirada, sintiéndose atrapado en esa tierna mentira.

—Está bien, me tomó toda la noche... —admitió dándole vueltas a su anillo de oro. Por lo visto, él estaba en las mismas condiciones en las que yo me hallaba: nervioso.

Aun así, me encantaba la charla, comenzábamos a romper el hielo, al sentirnos relajados uno con el otro.

—¿Qué te hizo interesar en lo macabro? ¡Y no me digas que por tus tíos!

—La vida misma... —expresó al encogerse de hombros.

Lo observé en silencio, él mantenía la vista clavada sobre la mesa por yo haber sido impertinente al tocar una fibra sensible que, quizás, le afectó en el pasado.

—Eres muy evasivo —pero quería saber todo de él.

David levantó la mirada hacia mí, limitándose a sonreír a medias, y me inquieté sin saber si lo había ofendido de alguna manera.

—Eres única, Allison.

Los latidos fuertes casi me quitan la respiración. ¡¿Qué fue lo que acabó de decir?!

—*Hum*... Se me hace que lo dices a menudo a tus conquistas, ¿verdad? —No quería darme falsas esperanzas. ¡Era un mujeriego!

—No tienes idea de lo especial que eres —puntualizó en voz baja mientras sus ojos los tenía enfocados sobre mí, siguiendo la curvatura de cada mechón que caía sobre mi pecho, como si la tonalidad negra de mi cabello le llamara la atención.

Un tanto inquieta de su observación, procuré con los dedos acomodar un mechón detrás de mi oreja, por si tenía las greñas desordenadas. Se me hacía inconcebible que él me apreciara de esa manera, siendo consciente que era especial, pero de otro tipo.

Lancé un lamento para mis adentros. Si le revelaba lo que me juré mantener en secreto, él saldría huyendo del cafetín. ¿Quién querría salir con una chica que «ve fantasmas»?

Me tomaría por esquizofrénica.

A riesgo de que «la voz masculina» que en la anterior ocasión me increpó por seguir ahí, volviese a exclamar enojado a mi oído, quería aprovechar para aclarar si David estaba libre de compromisos en lo referente, por supuesto, a sus múltiples novias. No me apetecía formar parte de la lista larga de rubias; si él pretendía iniciar otra con «morenas» lo mandaría a la porra.

Así que, estando a punto de preguntarle, él se llevó la mano al entrecejo con expresión adolorida.

—¿Dolor de cabeza? —el repentino malestar que lo aquejaba me preocupó.

—Un poco.

—¿Quieres que nos marchemos?

—Descuida, es una pequeña jaqueca.

Resoplé.

—Claro, como no vas a tener dolor de cabeza, si te pasaste toda la noche pintando. Deberías descansar.

Negó sin dejar de masajear el entrecejo. Lucía desmejorado.

—Estoy acostumbrado a trasnocharme.

Seguro...

Imaginaba que sería por estar dedicándole *atención* a una mujer por noche. Los medios disfrutaban de reseñar sobre él, de lo que hacía, a quién se follaba y a cuáles les rompió el corazón. Ni un amigo se le conocía del cual otros entrevistaran para sacarles información del misterioso pintor inglés.

—¿Por qué nunca interactúas con la gente? —pregunté sin anestesia, y luego reparé en el grupo de chicas inclinadas sobre su respectiva mesa, observándonos con atención. Vaya chismosas...

—¿A qué te refieres? —levantó el rostro con aprensión.

—A que nunca te detienes en ningún lado, salvo en el Delta.

Sus ojos se clavaron sobre mí con intensidad.

—Nada me interesaba hasta ahora... —estudiaba con un sutil detenimiento mi cabellera y yo estaba por preguntarle qué era lo que le llamaba la atención, debido a que para nada lucía bonito o sedoso, como para levantar admiración. ¡Vamos!, que hasta lo recogía en una coleta para no pasar rabia por lo rebelde.

Tragué saliva.

—¿Está allá tu o-oficina? —En vez de preguntarle lo otro, mantuve el hilo de la conversación. Me hubiera tomado por estúpida si me interesaba más saber del porqué miraba tanto mi cabello que su vida personal.

—¿Oficina? —Sonrió socarrón—. ¿Olvidas que soy pintor?

—¿El estudio? —mi rostro enrojeció.

—No. Lo tengo en mi casa.

Esto causó curiosidad. Para ser alguien que evade el contacto con las personas, se relacionaba frecuente *con quién sea* que estuviese trabajando en dicho edificio.

—Entonces ¿a quién visitas tanto? —imaginaba a cierta rubia platinada que juzgaba a las personas sin conocerlas.

David entrecerró los ojos con picardía, yo me había expuesto ante él con ciertos celos que denotaban inseguridad.

Evité mirarlo, estando ruborizada. Tuve la urgente necesidad de salir corriendo del cafetín, avergonzada por ser tan preguntona.

—A mi representante —dijo conteniendo la risa—. Es mi enlace con las galerías y los publicistas en Nueva York.

Claro..., «su enlace».

—¿Por qué no te informa en tu casa?

—A veces lo hace, pero hay días en que necesito salir al mundo. El trabajo de un pintor suele ser un poco claustrofóbico si pasas el día encerrado en el estudio.

Noté que desviaba la mirada hacia su anillo mientras me hablaba, quizás ocultando la verdadera razón de sus frecuentes visitas.

—Así que la vida misma te llevó a pintar cosas macabras, ¿por qué?

Su rostro se ensombreció.

—He visto la maldad de la gente...

Puse los ojos en blanco, ese David no quería hablar. Así que, sin pensarlo, le disparé otra pregunta:

—¿Alguna vez te has enamorado?

Sus ojos llamearon.

—Hace mucho.

—¿Te lastimó? —Me impresionó escuchar la tristeza infligida en sus palabras. Tal vez era por eso por lo que se comportaba con tanta desfachatez frente a las mujeres. Le habían roto el corazón.

—Sí.

—¿Te fue infiel? —Me costaba creer que existiera una mujer en este mundo capaz de despreciar semejante galán.

Respondió sin mirarme:

—Ella murió.

—Lo siento —sentí pesar. David no había sido lastimado por un desamor, sino que perdió a un ser amado por alguna circunstancia nefasta.

Apenas sonrió.

—Fue hace mucho.

—¿Cómo murió? —pregunté, pero él no contestó. Se veía que le costaba revivir esos recuerdos tan dolorosos—. Discúlpame, no tienes que hablar de ello.

David giró su rostro hacia las chicas que se babeaban sobre sus hamburguesas y lo observaban sin pestañear. La que bebía la gaseosa, por poco y se atraganta al darse cuenta de que él posó un instante los ojos sobre ella.

—La asesinaron —volvió la vista hacia su anillo.

—Por Dios... —Me dieron unas ganas enormes de abrazarlo—. ¿Cómo?

David decidió no seguir hablando sobre esos malos momentos. Permaneció en silencio.

Suspiré para mis adentros.

—Comprendo lo que se siente al perder a un ser querido, en especial cuando la tragedia está de por medio —expresé con el corazón en la mano—. Lo que te dije de mi padre, me revolvió la vida. Apenas superaba lo del cáncer de seno de mamá, y ya él moría a causa de un accidente aéreo.

Levantó la mirada.

—Lo siento, Allison —susurró buscando mi mano. La calidez que sentía al estar en contacto con su piel era estremecedora. Sin embargo, me tomó desprevenida.

Una nueva visión de los «ojos gatunos».

En esta ocasión, aquellos ojos insondables eran los mismos de David: tan severos y mortales que se rasgaban cambiando de color. Tan intensos y fieros, con el sonido de la bestia gruñéndome al oído.

Retiré con brusquedad la mano, escondiéndola bajo la mesa.

Mi actitud tan extraña pareció confundirlo.

—¿Qué pasa?

—Lo siento, debo irme. —Las neuronas me palpitaban.

—¿Por qué? —Ignoraba el hecho de que las veces que tenía dicha visión con los ojos felinos, el nerviosismo me embargaba—. ¿Qué hice o dije para que te molestaras? —se inquietó.

Me esforcé en sonreír.

—No hiciste nada. Lo que pasa es que... —callé a mitad de frase, meditando que no sería buena idea de contarle todo, porque odiaría que él me viera diferente—. Olvídalo, David. —Tomé el bolso y me levanté de la silla.

Él me siguió.

Las mesoneras parecían decepcionadas por la repentina salida de David del lugar. *La nueva* suspiró en alto y Daphne sacudió la mano para despedirlo. Alcancé a escuchar a una de las chicas de la mesa, comentar a sus compañeras de lo bueno que estaba él y de la mala pareja que hacíamos los dos.

Salí molesta del cafetín para ir directo a Esplendor.

—¿Por qué te vas así? ¿Te ofendí? —David me pisaba los talones sin comprender qué era lo que me pasaba.

—No, es solo que... —*tuve una visión rara de ti*—. Es hora de que vuelva, creo que se me bajó la glicemia...

Resulta que el anticuario estaba cerrado.

Quedé plantada frente a la fachada azul estridente, observando el letrero en la puerta que indicaba que, por ese día, ya no vendería reliquias. Tía otra vez se había marchado temprano; las persianas cerradas y las luces apagadas, también así lo indicaban. No estaba segura si la pintura permanecía en el interior, tenía copias de las llaves, pero no era bueno que ingresara allí con un David insistiendo en saber lo que me pasaba.

—Permítame que te lleve a casa —ofreció él pese a mi grosero comportamiento, permaneciendo dos pasos atrás mientras que yo seguía viendo hacia la puerta de la tienda.

—Traje mi auto —contesté. *El cacharro verde que el tuyo eclipsa.*

—No es prudente que manejes en esas condiciones —se preocupó y yo le esbocé una sonrisa acartonada para disimular mi aturdimiento. Debía estar pálida por la forma en cómo me miraba.

—Descuida, estoy bien. —De inmediato me apresuré a buscar en el bolso las llaves del Ford. Lo que menos quería era estar cerca de él, temiendo que otra visión delatara mis «dones psíquicos» que no servían para nada, sino para confundir la realidad. ¿Qué eran esos ojos?, ¿Los de un animal o un humano?

David me tomó de los brazos e hizo que me volviera hacia él.

—¿Vas a decirme qué es lo que te molesta? —Se enfocó sobre mí de manera demandante. En sus irises se reflejaba la mortificación.

Suspiré. ¿Sería prudente contarle?

—No me creerás.

—Cuéntame.

—Huirás…

—¿Por qué?

No respondí; en vez de eso, entré rápido al auto mientras David me veía desconcertado como si yo hubiese enloquecido sin motivo aparente. Aun así, tocó el cristal de la ventanilla para que yo la bajara, lo que enseguida hice tras haber accionado el motor, aprensiva de lo que él me fuese a increpar.

Apoyó los brazos en la base de la ventanilla y dejó sus impresionantes ojos azules a la altura de los míos.

—¿Qué es lo que ocultas, Allison? —inquirió visiblemente preocupado de mis incoherencias.

Desvié la mirada para que no me sacara la verdad con solo verme.

—Cuando esté lista, te contaré todo.

—¿Contarme qué? —Sus dos zafiros centellearon y yo me acobardé, manteniéndome aferrada sobre el volante. Aún no era capaz de revelarle nada. Preferí callar—. Entiendo —dijo apesadumbrado, mi silencio era más que suficiente, quizás pensando que seguía afectada por el ataque sufrido—. Esperaré hasta que quieras desahogarte, cuentas conmigo sin importar dónde y cuándo. Si me necesitas… —extrajo una tarjeta del bolsillo interno de la chaqueta y me la entregó—, no dudes en llamar.

Le sonreí recibiendo la tarjeta y guardándola en el bolso. David mostraba una faceta que nadie conocía: la de un buen amigo. Me gustó en parte, porque él demostraba preocupación por mi bienestar, pero no estaba segura si estuviese interesado en una relación sentimental que fuese duradera.

Arranqué el auto, sin decir más palabras. Lo miré por el espejo de mi puerta y él aún seguía estático, su atlética figura disminuía mientras me observaba alejar. Manejé directo hacia Isla Esmeralda. Estaba abrumada por la visión tan absurda y sinsentido. ¿Qué significado tendría aquellos ojos carniceros? ¿Acaso representaban la verdadera naturaleza de David Colbert? ¿Era un peligro para mí?

La posibilidad de que fuese el tipo de hombre que solo desea satisfacerse sin importarle nada ni nadie, me afligía, puesto que, al igual que un animal al acecho, cazaba a sus víctimas por placer.

Pero ¿era así en realidad? ¿Disfrutaba engatusar a las mujeres para luego desecharlas como objetos sin valor?

Daba la impresión de ser diferente, o eso creía. Entonces… ¿por qué siempre estando cerca de él, y, en especial cuando me tocaba, aquellas visiones volvían una y otra vez para atormentarme?

Suspiré y me concentré en manejar.

A medida en que me adentraba por mi calle, divisé una patrulla estacionada frente a la casa.

Estacioné el auto y bajé a toda prisa, preguntándome qué habría ocurrido para que ellos estuviesen allí.

Entré tropezándome con un uniformado que bloqueaba la puerta principal. Tía se hallaba sentada en un sillón de la sala, acompañada por un oficial anciano que permanecía de pie a su lado. Tenía el rostro desencajado y se limpiaba las lágrimas con un pañuelo. Corrí a su lado, temerosa de que algo malo le hubiese sucedido, ella no era de las mujeres que suelen llorar por tonterías; si se encontraba así era porque sufrió algún hecho delictivo.

—Tía, ¿qué sucede?

—Allison, siéntate. El comisario Rosenberg necesita hacerte unas preguntas —informó mientras doblaba con nerviosismo el pañuelo sobre su regazo.

No alcancé a sentarme cuando el comisario me abordó:

—¿Dónde estaba usted, el pasado sábado, entre las nueve y las doce de la noche?

—Viendo una película en casa de un amigo —respondí con la intriga reflejada en el rostro.

—¿Cómo se llama su amigo?

—Ryan Kehler.

El comisario tomó nota. Su poblado bigote blanco ocultaba parte de su labio superior, endureciendo sus facciones.

—¿La vieron por la televisión?

—¿Es importante? —tía gruñó malhumorada por considerar que la pregunta era irrelevante.

—Sí, Matilde.

—La trasmitieron por la TV... —contesté sin pasarme por alto que el anciano la tuteó como si se conocieran desde hace tiempo.

—¿Qué película vieron?

Fruncí las cejas y, extrañada, alterné la vista en ellos dos y en el uniformado que se hallaba custodiando la puerta.

—*Blade*... No recuerdo el título, fue una con Harrison Ford.

—¿Blade Runner? —indagó en seguida.

—Sí —*como que él también la vio.*

—¿Qué está pasando? —Me aferré inquieta a la mano de tía, porque dicha situación antecedía algo que nos helaría la sangre.

—¿Luego qué hizo usted? —preguntó a cambio, ignorando la que le formulé.

—Regresé a casa, pero tuve un inconveniente con el auto.

—¿A qué hora fue eso?

—Como a las once...

Me observó.

—¿Qué tipo de inconveniente?

Miré a tía Matilde, buscando una aclaratoria; sin embargo, ella seguía sollozando sin prestar atención a mi desconcierto.

—Se me pinchó uno de los neumáticos.

—¿Dónde?

—En la parte trasera...

—¡No! —Se impacientó—. ¿En qué lugar te pinchaste?

—¡Ah! En la carretera 24.

—¿A qué altura?

—Por el Boulevard Cedar Point. ¿Por qué tantas preguntas? ¿A qué se debe esto?

Esta vez el comisario, respondió:

—Usted es sospechosa de asesinato.

—¡¿Qué?! —tía y yo gritamos al mismo tiempo.

—¿Es su relicario? —Sacó el collar de una bolsa de evidencias y yo me estremecí porque eso indicaba que al sujeto que me atacó, algo muy, pero que *muy malo* le sucedió.

A parte de esto... ¿Cómo identificaron que era mío?, ¿por medio de las huellas dactilares? Y ¿cómo las cotejaron si carecía de antecedentes penales?

—¡Mi relicario! ¿Dónde lo encontró?

—En una camioneta robada.

—¿Y eso la hace sospechosa? —tía replicó con aspereza. Después de todo, ¿qué determinaba de que fuese así? El relicario era un accesorio, nada más, no tenía un número telefónico ni identificación que me señalara como culpable.

Pero ya había dicho que era mío y estaba en un serio aprieto.

El comisario, manteniéndose de pie, se cruzó de brazos para responderle:

—La camioneta fue conducida por un hombre, que fue mordido y asesinado a golpes. La encontraron en el Bosque Croatan, a unas millas de donde se pinchó la señorita Owens.

Me impactó tal información.

¿Qué fue lo que dijo: «mordido y asesinado a golpes»?

Bueno, yo lo mordí, ¡pero no era para tanto!

—¿Le afectó la noticia, señorita Owens? —inquirió sagaz.

—¿Qué esperaba? ¡No es para menos! —tía se enfureció.

Pero este no se apiadó de mí.

—¿Cómo fue a parar su collar a esa camioneta?

—Me lo robaron la noche que se pinchó el neumático. —Pensé que el collar tuvo que habérsele salido del bolsillo del pantalón de aquel sujeto mientras intentaba abusar de mí.

—¿Vio al sujeto?

—Sí.

—¿Puede describirlo?

Quedé pensativa, costándome rememorar esa noche.

—Era gordo —dije—, como de treinta. Más bajo que usted, de pelo al rape y rubio, narizón y cejas pobladas. Sus ojos eran verdes...

El comisario Rosenberg extrajo unas fotografías de un sobre de manila que reposaba sobre la mesita central de la sala, del cual debió dejarlo allí minutos antes de yo haber llegado a casa.

—Se llamaba Vincent Foster —señaló las fotos del cadáver, al entregármelas—. Tenía varios cargos por asalto sexual en tres estados del país.

Dejé de respirar al observar las fotos: dedos arrancados, perforaciones en el cuello, hematomas gigantes, fracturas en las extremidades, y la mordida que yo le estampé en el brazo derecho.

—Diga, señorita Owens, ¿qué sucedió esa noche? —preguntó con brusquedad y tía se removió en su asiento, enojada.

—¡¿Qué está insinuando, Henry?! ¿Que mi sobrina tuvo algo que ver con la muerte de ese hombre? —replicó echando chispas por los ojos como si fuese mi abogada defensora, siendo ya evidente el grado de confianza entre esos dos.

—Tía, por favor, déjame hablar con el comisario. —No era conveniente irnos por el camino de la discusión, eso sería como predisponer mi culpabilidad.

Ella negó con la cabeza, y, cuando abrió la boca para protestar, el comisario la interrumpió:

—Es aquí o en la comisaría. Usted decide dónde quiere que hablemos —amenazó dirigiendo sus endurecidos ojos sobre mí.

Ahí tuve que revelar que aquel hombre intentó violarme y David llegó a tiempo para rescatarme. Por supuesto, omitiendo detalles importantes, los mismos que yo aún no podía comprender.

—Necesitamos hablar con su amigo.

—¿Con David?

—¿Alguien más estuvo con ustedes?

—No señor. —Me preocupaba que a él lo convocaran para declarar—. *P-pero* no tengo su número telefónico —tartamudeé al mentir, puesto que en mi bolso se hallaba guardada su tarjeta de presentación.

—Sabemos dónde vive —advirtió sin creerme—. Pronto estaremos en contacto con *su amigo*, señorita Owens. —Se encaminó hacia la puerta principal, donde el uniformado que permanecía ahí se hizo a un lado para permitirle el paso. Y, antes de cruzar el umbral, el anciano se volvió hacia mi tía—. Siento que hayamos tenido que hablar bajo estas circunstancias, Matilde. Pero cumplo con mi deber; nos estamos viendo.

Tía no le contestó, dolida por la acusación.

Capítulo 14

La noticia se esparció por todo el condado de Carteret.

Cada negocio por muy pequeño o grande que fuese, o cada casa por muy alejada que estuviese, comentaban la valentía de David por haberse enfrentado a un individuo peligroso, salvándome de una violación segura.

Me removí en la cama sin poder conciliar el sueño. Tenía la lamparita de la mesa de noche, encendida a media luz, evitando que la habitación se sumiera en las penumbras. Desde que David me obsequió la pintura, tomé por costumbre acostarme en sentido contrario de la cama, para que, *lo pintado por él*, fuese lo último que viera antes de quedarme dormida. Resultaba relajante dejarme envolver en sus oscuras tonalidades que me transportaban a un mundo donde nadie era capaz de hacerme daño, pasando horas recostada, contemplando a la Ninfa Marina, aún sin creerme de tener algo de él, aquí conmigo. Cada vez que observaba esas maravillosas pinceladas, arriba de la cabecera de mi cama, la felicidad se apoderaba de mí. Cerré los ojos y enseguida lo imaginaba pintando sobre el lienzo, concentrado, delineando el contorno de mis labios con sus pinceles, dándole color a una faceta diferente de mi vida, en la que mis brazos están abiertos para recibirlo y amarlo con devoción, sin temores ocultos ni complejos absurdos que me cohíban de estar con él como Dios manda.

Me preguntaba, ¿qué habría pasado por su cabeza cuando me pintó?, de eso, ya hacía un mes. ¿Habría pensado en aquella horrible noche o en nuestro encuentro en la playa?

¿Me extrañará como yo lo extrañaba a él?

Sentí la imperiosa necesidad de marcar a su móvil, pero estaba harta de que él no devolviera mis llamadas.

Al día siguiente de mi interrogatorio con la policía, tuve que aguantar innumerables visitas de personas y reporteros que buscaban satisfacer su morbosa curiosidad. ¡Fue noticia nacional! «¡David Colbert salvó a una pueblerina!». Esto provocó que quisiera desaparecer, o, mejor dicho, hacerme invisible y pasar desapercibida entre la gente. David se llevó la peor parte cuando docenas de fanáticas se aglomeraron frente a su casa, la televisión mostraba esa locura, en especial, cuando el ama de llaves las espantaba con la escoba. La policía resguardó la propiedad de las chicas enloquecidas y los medios de comunicación se dieron banquete con las noticias acaecidas en los últimos días. Los reporteros buscaban al afamado pintor *hasta por debajo de las piedras*; no lo dejaban en paz, especulando ellos por qué me rescató y qué era yo para este, hablaban de un triángulo amoroso; asesinato por celos, sin faltar el que siempre daba su opinión errada o exagerada al respecto. Se vendieron millones de periódicos en todo el mundo, la Internet colapsó y los noticieros televisivos tuvieron las mejores sintonías.

Una locura.

Las imágenes de las fotos de mi agresor rondaban por mi cabeza, costándome olvidarlas por más que lo intentara. Qué horrendas fueron… La mirada de terror, los hematomas, las heridas, las extremidades fracturadas, las mordeduras…

Estas últimas provocaron que me removiera inquieta en el colchón. ¿Y si no fue una alucinación, sino una realidad que rayaba en lo sobrenatural? Las visiones que he tenido siempre muestran a una criatura que me pone los pelos de punta; esos ojos amarillos no eran normales para ser los de un felino, más bien, eran algo más, algo que nadie sabría explicar.

Solo David.

Él estuvo ahí conmigo.

Lo presenció todo.

Me defendió…

—¿Qué habrá pasado después de haberme desmayado? —Él me recogió del pavimento y se alejó de allí a exceso de velocidad como si me estuviese muriendo, cuando *el herido* era otro—. Porque estuvo herido —medité—. Él fue herido… ¡Yo lo vi! No fue alucinación.

¿Por qué mentiría al respecto? Trató de confundirme.

—Tal vez fue una herida leve y no quiso levantar habladurías. —Por extensión, ni quería saber de mi existencia.

O él lo mató a los golpes...

Si lo hizo, fue defendiéndome. Eso lo entendía y hasta la policía. Pero ¿cómo explicar las mordeduras? ¿Cuál sería su justificación? ¿Fue algún animal que atacó al hombre?

Existía un factor más resaltante: aquel bastardo apareció en medio del bosque al igual que su camioneta.

—Puede ser... —ni los nudillos de David presentaron laceraciones que revelaran los golpes que le propinó.

Nada lo inculpaba.

Hasta cierto punto, él tenía razón: la teoría que más se barajaba era que el sujeto trató de huir, escondiéndose en el bosque y, al ser incapaz de adentrarse más debido a los estrechos caminos, decidió caminar, teniendo el desafortunado encuentro con un animal salvaje.

De otro modo...

¿Qué otras causas justificarían extrañas circunstancias?

David evitaba a las personas que se acercaban hasta su casa; incluso, conmigo. El ama de llaves –que no sabía su nombre– atendía las llamadas telefónicas. ¿Por qué se negaba? ¿Tan terrible resultaba todo para él?

O se arrepintió de haberme salvado.

Un extraño presentimiento me abrumaba...

¿David tendría que ver con la muerte de ese sujeto?

—No lo creo... —manifesté insegura. ¿Entonces, qué haría: tener por siempre esta duda?

El cuchillo perforando su estómago.

La fuerza al lanzar a mi atacante contra los árboles.

Los gruñidos...

—Cloroformo. Alucinabas, idiota. —¿*Y si no?*—. ¡Claro que no, déjate de sandeces!

Lo único cierto es que David me evitaba.

—¿Por qué no responde a mis llamadas? —Él manifestó que yo tenía la libertad de llamarlo sin importar dónde y cuándo. ¿Acaso, mintió?, ¿se divertía a mis expensas?, ¿fue un juego? ¿Una apuesta con alguien?—. Él me salvó... —¿Para qué arriesgarse si luego me trataría indiferente?

Al pensar en el comisario, interrogándome como si yo fuese la causante de la muerte de Vincent Foster, me hizo sentir culpable. Fue intimidante su mirada escrutadora, su timbre de voz amenazador y su postura dominante. Puede que sean estrategias para amilanar a los sospechosos de cualquier crimen y así conseguir sus confesiones. Aun así, fue injusto. Lo que me motivó a pensar: ¿David habría sido tratado peor? ¿Será que por eso no me hablaba, sintiéndose ofendido? Pero ¿a quién le gusta ser interrogado por la policía como sospechoso?

Seguía pensando en las fotos tomadas al cadáver, Dios santo… El dolor que habrá sufrido ese hombre por la brutal golpiza y el instante en que su vida acababa tras las mordidas. Sé que pedí Justicia Divina por sus crímenes, pero no deseé que sufriera de esa manera.

Tía manifestó estar decepcionada por haberle mentido sobre lo que realmente ocurrió aquella noche. Ahora su paranoia se disparó y yo no tenía modo de quejarme.

Bostecé.

El sueño por fin logró nublar mis sentidos.

Apagué la luz de la lamparita y, con la almohada hacia los pies de la cama, me aovillé bajo la cobija. Mi mente se nublaba de sopor, sumiéndome en el cansancio. Ya no razonaba, dejé que mis ojos se cerraran, cortando la fantástica visión de un lienzo que perdió los colores a causa de la falta de iluminación dentro de la habitación, muy consciente de que esta seguía ahí, delante de mí.

Bostecé por segunda vez, sucumbiendo sin resistencia a las celdas de mis párpados, llevándome sin dilación a un sueño profundo.

Temblaba sola en la neblina mientras buscaba a David. Extendía los brazos hacia adelante en un desespero por alcanzarlo, mis dedos trataban de aferrarse a sus ropas para atraparlo. Gritaba su nombre sin que este me respondiera; aun así, no me daba por vencida, corría cada vez más rápido hacia adelante, en un trayecto recto del que no tenía fin ni presentaba obstáculos que me hicieran caer, debido a que nada se vislumbraba más allá de la extensión de mis brazos. Sabía que él se hallaba allí en la densa bruma, unos pasos más adelante de los míos. Podía sentirlo…, lo llamaba, todo mi ser percibía su cercanía, se ocultaba prolongando mi agonía. ¿Por qué no se aproximaba? Tenía la certeza de que me observaba desde el lugar en que se escondía.

Pronto di con él.

—¡David! —lo llamé, estaba de espaldas e inmóvil.
Enseguida lo tomé del brazo, para girarlo hacia mí, pero lo que vi me aterrorizó.
Sus ojos.
Su rostro...
Era otra cosa. Algo espeluznante, diabólico.

El sonido del móvil me despertó de la típica pesadilla que tanto interpretan en las películas.

Parpadeé y bostecé, atontada, mientras me incorporaba en la cama, insegura de si había amanecido o aún faltaban horas de descanso. La alarma que alertaba de una llamada entrante repicaba y repicaba sin cesar, esto motivo a que saliera del sopor y estirara la mano para tomar el móvil que se hallaba sobre la mesita de noche.

La lucecilla de la pantalla iluminó mi rostro.

Sensible por las pupilas dilatadas a causa de la oscuridad, entrecerré los ojos para leer el nombre de la persona que me había llamado.

El corazón dio un vuelco.

—¡David! —exclamé tan pronto oprimí el botón para contestar, sorprendida de que tuviese mi número, puesto que en ningún momento se lo había dado. Aunque he de suponer que debió guardarlo de la cantidad de veces en que lo llamé.

—*¿Puedes bajar?*

—¡¿Estás aquí?! —Agrande los ojos a la vez en que consultaba la hora en el despertador. Era pasada la medianoche.

—*Sí. Necesitamos hablar* —confirmó con soterrada molestia.

—Espera un momento.

Sin encender la luz, me quité el pijama a toda prisa y tomé del sillón floreado, la ropa que había usado durante el día. «Necesitamos hablar...», pensaba mientras me enfundaba los vaqueros. Eso había sonado tan...

Sacudí la cabeza, evitando preocuparme por su aparente enfado. Temblaba por el entusiasmo de sentirlo a mi lado, después de tanto tiempo sin saber de él, nerviosa y desconcertada de que estuviese esperando a que yo saliera a verlo; muchos asuntos pendientes nos aprisionaban el corazón.

Bajé por la escalera del balcón, evitando que tía se percatara de mi escapada; ella mantenía sentimientos encontrados hacia David, sin tomar en cuenta el hecho de haberme salvado la vida. No obstante, prefería que él se mantuviera alejado por ser considerado sospechoso de asesinato, lo que me parecía injusto, él arriesgó su vida para salvarme y ahora lo cuestionaban.

Bordeé la casa hasta el porche.

David estaba parado al lado del Lamborghini, cuyo techo de lona cubría la cabina. Corrí aprensiva hasta el deportivo, sintiendo mi corazón latir cada vez con mayor fuerza; no lo saludé cuando se me acercó para abrirme la puerta, su rostro ceñudo y ojos esquivos, me preocupó, ya que el semblante socarrón que él solía gastar para ruborizarme no lo apreciaba.

David subió al auto y esperé a que iniciara la conversación; aun así, permanecía taciturno, provocando que el ambiente entre los dos se tornara incómodo.

Así que, llenándome de valor para acabar con esa sofocante aprensión de que se haya fastidiado de mí, me arriesgaría a que lo dijera de una vez.

—¿Qué es lo que *necesitamos hablar* con tanta urgencia, David? —pregunté con un nudo en el estómago, evitando recriminarle que nunca atendió a mis llamadas ni se preocupó de que yo estuviese bien por el acoso de la gente.

—Aquí, no —respondió monocorde, y, a continuación, giró la llave para poner el auto en marcha. Dio vuelta por una de las calles aledañas hasta llegar a la principal. Avanzó en dirección hacia la ruta Guardia Costera. El trayecto fue recto, sin desvíos, llegando al estacionamiento de una tienda de víveres un tanto retirada y poco iluminada, otorgándole un aire romántico para los varios vehículos y camionetas apostadas por el perímetro.

No me pasó por alto que uno de estos se ladeara con suavidad, clara evidencia de que sus ocupantes adentro follaban, provocando que me ruborizara avergonzada. ¿Acaso esos idiotas no pudieron pagar un cuarto de hotel?

David estacionó en el punto más alejado del estacionamiento, procurando evitar vecinos inoportunos.

El frío era despiadado, colándose por los resquicios del auto, valiéndole al clima un carajo que el techo de lona nos cubriera y las ventanillas estuvieran en alto. Por las prisas, olvidé ponerme un suéter sobre mi blusa, temblando como pollito mojado, lo contrario a David que permanecía impávido, la camiseta de algodón que usaba –y del que torneaba magistral su pecho– apenas le abrigaba.

Permanecía en silencio, golpeando con suavidad el anillo contra el volante como si buscara en su fuero interno las palabras adecuadas que expresaría.

—¿Qué pasa?, ¿por qué has estado tan distante? —interrumpí el silencio que nos envolvía, pero él no respondió a mi angustia, sino que se mantenía estático sobre su asiento—. ¿Te arrepientes de haberme salvado?

David giró la cabeza. Sus ojos azules se posaron sobre los míos, muy penetrantes.

—No me arrepiento de lo que haya hecho *esa noche* —dijo—. De repetirse…, volvería a hacerlo.

—Entonces ¿por qué…?

—Necesitaba estar solo —fue rudo al decirlo.

—¿Por qué?

David rodeó el volante con sus brazos, posando su mirada hacia el parabrisas. Su rostro manifestaba que se hallaba en el peor estado anímico y esto hizo que yo olfateara entre la penumbra en busca de alguna botella en la cabina que me indicara que él estuvo bebiendo.

—Te he extrañado, pero no podía permitir… —guardó silencio, procurando mantener una máscara de dureza, del cual no le duró mucho tiempo, su voz delató el temor que le embargaba.

—¿Qué, David? *No podías,* ¿qué…? ¿Ser afectado por ese circo mediático?

Negó con la cabeza y yo evité exteriorizar mis sentimientos.

—No te entiendo. ¿Qué me quieres decir?

Él suspiró y entornó los ojos de nuevo hacia mí, para expresar:

—La gente suele tener secretos que guardan con mucho celo, temerosos de afectar a las personas que aman.

Fruncí el ceño. Sus palabras no eran precisamente lo que ansiaba escuchar, ni las comprendía.

—¿Estás molesto conmigo?

Se incorporó contra el respaldo del asiento.

—Jamás lo haría.

—Entonces, ¡¿por qué estás así?!

Mortificada, observé la consola central que nos separaba. No era muy alta ni representaba una muralla imposible de derribar. Era batalladora y unos cuantos dispositivos anexados no serían la excusa que nos mantendría separados. Debía hacer algo para llamar su atención; si me buscó para hablar de algo importante, entonces aprovecharía la situación y enfrentaría con valentía mis sentimientos.

Así que, me acerqué un poco a él y tomé su rostro, girándolo con lentitud hacia mí. David dejó que mis manos se adueñaran de su voluntad. Sus ojos se abrieron por la sorpresa de que yo fuese la que propiciara el acercamiento; si bien, tuve miedo de ser rechazada, él no lo hizo, más bien, humedeció sus labios sin dejar de mirar los míos. Mi corazón luchó por salirse del pecho, desaforado y palpitando tan fuerte, que bien David sería capaz de sentirlo contra su cuerpo. Su respiración se agitó y lanzó su aliento directo a mi boca. Entreabrí mis labios para sumergirme en su esencia y a él se le escapó un leve jadeo que me hizo sentir poderosa.

—Dime… —susurré, rozándole sus atrayentes labios.

Lo pensó un segundo mientras posaba sus manos en mi cintura, y abrió sus labios para hablar, pero quedaron paralizados sin dejar escapar palabra alguna.

—Lo siento —enmudeció y se separó.

El encanto se desvaneció, sintiendo un gélido frío recorrer mis manos. Ya no acunaba su rostro, se alejó marcando distancia, escondiéndose de nuevo en esa máscara que ocultaba sus verdaderas emociones. Volví a mi asiento y él miró desde su ventanilla hacia el auto que se mecía ante los vaivenes que las caderas de los amantes ejercían en un coito apasionado. Al menos ellos la pasaban mejor que nosotros.

David esbozó una triste sonrisa cuando encausó sus hermosos zafiros hacia mí.

—Quiero que sepas —agregó—, que me agradó tenerte como amiga.

Mi corazón dejó de latir.

«¡¿*Agradó*?!».

—¿Ya no lo somos? —Costaba horrores ocultar la tristeza y más cuando David no respondió—. Pensé que te... —callé sin atreverme a exteriorizar lo que sentía. Era factible que sus gustos por las féminas exuberantes no cambiarían de la noche a la mañana. Aun así, estaba dispuesta a demostrarle que era innecesario romper nuestra floreciente amistad—. También me agradó tenerte *co-como* amigo —manifesté con dolor, esas palabras no eran las que quería expresar—. No deseo que, por culpa de los medios, tú y yo perdamos...

—No.

En mi garganta se formó un nudo. David zanjaba todo tipo de relación.

—¿Tanto te pesa nuestra amistad?

—Los tabloides... —semejante respuesta me dio.

Me hirvió la sangre.

—¡Pues, discúlpame por haberte traído problemas con los tabloides! —exclamé molesta mientras intentaba abrir la puerta del copiloto. Debí suponer que era un cretino: solo piensa en él, en su trabajo artístico y en el qué dirán.

—¡Espera! —Se lanzó sobre mí, atajándome la mano y retirándola de la manija para que no escapara, y yo quedé estática al sentir su rostro rozar el mío.

Nuestras miradas se trabaron, rodeados de un absoluto silencio.

Dejé de respirar, pensando que me iba a besar; sin embargo, me desilusioné en cuanto se alejó rápido como si fuese intolerante mi cercanía.

—No puedo...

—¿Qué o *quién* te lo impide? —Sus inacabadas palabras llegaron como puñales filosos que se clavaron en mi corazón.

—Nadie —respondió tajante. Su mirada se desvió a un lado y se sumió en un mutismo que parecía que ocultaba la verdad.

¿Acaso mentía?

Tomé su rostro y lo giré hacia mí para que me encarara.

Él no hizo amago por moverse ni quería hacerlo, o quizás por caballerosidad lo permitía. Pero, si de algo tenía la plena seguridad era que un final se vislumbraba para los dos, uno doloroso y tal vez cruel, pese a no iniciar una relación, sentía que terminaba abrupto.

David no habló y yo contemplaba sus enigmáticos ojos azules, tan llenos de misterio y dolor. Al menos estos expresaban lo que sus labios callaban.

Juntamos nuestras frentes en silencio, sopesando la reacción de uno y del otro. Sin mediar palabra, intenté besarlo; por desgracia, él se apartó, haciéndome retroceder con delicadeza.

—Lo siento, Allison. No puedo.

Si bien, me rompía en mil pedazos, entendía que necesitaba separarse por motivos que lo afectaban; aun así, yo no los aceptaba.

—¿Por qué no? —pregunté devastada, a la vez en que meditaba el hecho de que nunca pensé que un rechazo así fuese tan doloroso.

Tardó segundos en responder:

—Te pondría en riesgo.

Me dejó perpleja. ¿Qué quiso decir con eso?

Sin embargo, no se lo iba a dejar tan fácil.

—¿Cómo podrías, David?

—No quiero herir tus sentimientos.

Solté una risa sarcástica y me crucé de brazos, airada.

—Ya lo has hecho.

—Lo siento.

—Parece que en el fondo no quisieras que tú y yo... —ni siquiera tenía las fuerzas para expresar lo que sentía.

Me tomó del mentón para buscar mi mirada. Sus penetrantes orbes se trabaron con las mías.

—¿Fuésemos amigos? —concluyó por mí.

—Ajá. —Luchaba para no soltar una lágrima. David me lastimaba sin proponérselo o yo era demasiado delicada.

Su mano se alejó de mi mentón y se posó de retorno sobre el volante. Dejó de mirarme para clavar sus ojos sombríos sobre el parabrisas. Extrañaba su actitud pícara, desafiando al mundo con su desenvoltura. Ahora se hallaba hermético, sin dar rienda suelta a lo que tendría oprimido en su corazón, temiéndole a algo del cual yo no comprendía, y me enojaba que él se dejara llevar por ello; observaba todo desde una perspectiva tenebrosa: cualquiera diría que era un hombre de armas tomar, que a nada ni a nadie temía, y, al parecer, estaba equivocada.

—Mi vida es complicada.

Nada dije en los próximos segundos.

Su frío comentario hizo que pensara más de la cuenta: ¿Acaso me detuve en analizar lo que a él le importaba?

—¿Te he traído inconvenientes? —pregunté con pesar.

Esbozó una sonrisa languidecida.

—Más o menos… —respondió sin mirarme.

—Lo sabía —enojada, miré hacia mi ventanilla—. Soy la causante de tus problemas.

—Allison, no. Es solo que…, que…

—¿QUÉ? —pregunté cansada de escuchar excusas sinsentido.

—Olvídalo. —Arrancó el auto.

Permanecí inmóvil, mirando por mi ventanilla para evitar que me viera llorar, luchando con todas mis fuerzas para que las lágrimas no salieran a flote y se extendieran a lo largo de mis mejillas. David era indiferente a mi dolor. ¡Qué ser tan superficial! No era de los que dan la batalla para ganar el amor, le gustaba que todo se le sirviera en bandeja de plata; ese era su mundo: un desfile eterno de hipocresía e indiferencia. Me dio rabia ser la única afectada, vaya que seré tonta, siempre era la que quedaba en desventaja y con el corazón roto.

Ambos permanecimos en silencio durante el trayecto de regreso a mi casa. Ninguno hacía el esfuerzo por mediar la situación, enojados y sumergidos en nuestros propios pensamientos; el asesinato de Vincent Foster rompió con nuestra frágil relación.

Me bajé del auto, sin cerrar la puerta-tijera. No me despedí de él, ¿qué le iba a decir?: «¡Hasta luego, David, gracias por tus malditas palabras!». No estábamos para despedidas, ya nos dijimos todo, y, lo que no se dijo, quedaría para el olvido.

Corrí hasta la escalera caracol del balcón y subí mientras desahogaba el llanto que ya no soportaba retener, siendo grato que nadie me viera llorar.

Entré en la habitación, cerrando de inmediato las puertas del balcón y las cortinas para que la luz de las bombillas de la parte trasera de la casa no iluminase el interior. Todo se sumió en la oscuridad; daba igual si mantenía los ojos abiertos o cerrados, estaba afligida, sintiendo mi alma hecha pedazos al ser lanzada a un pozo sin fondo por ser rechazada.

Tropecé con el sillón que estaba atravesado, provocando que me fuese de bruces contra su respaldo. Lo palmeé con suavidad, buscando el lado correcto para sentarme y acurrucarme en posición fetal, y dejar mi cabeza descansar sobre los mullidos reposabrazos. No entendía por qué David asumió una actitud tan cobarde, ni sabía los motivos para que actuara de esa manera. Tal vez, una persona de su posición le disgustaba perder el tiempo con alguien de poca importancia como yo, y menos cuando lo implicaron en un escándalo por asesinato.

Tan concentrada estaba en mi dolor, que ni reparé en la «presencia» que se hallaba en la habitación.

Tocó mi hombro y yo me sobresalté.

Al principio pensé que tía se había despertado por mi llanto, luego creí que era el fantasma de Rosangela que se apiadó de mi sufrimiento, sin tener idea de si los fantasmas se percibían a través del tacto.

Entonces, la voz de la «presencia», aclaró mis dudas.

—Allison, perdóname.

Mi corazón explotó y me incorporé rápido sobre el asiento, buscando su rostro del cual tanteaba en la oscuridad, pero David me atrapó las manos en el aire y enseguida me ahorró el predicamento.

—¡¿Qué haces aquí?! —susurré impactada—. ¡Si tía te descubre, te dispara!

—No quiero que estés enojada conmigo —expresó entristecido, sintiendo su aliento cerca. Y yo asentí sin que él me pudiera ver—. Te hice llorar…

—No estoy llorando —odiaba que se diera cuenta.

Sus dedos se posaron sobre mis mejillas, limpiándome las lágrimas.

—Mentirosa…

Y me abrazó enseguida.

No luché por soltarme de sus brazos fuertes; al contrario, le rodeé el cuello, estrechándome más a él.

—David, no quiero perder tu amistad. —Ya que no tenía su amor, por lo menos me conformaba con ser parte de su grupo de amigos.

Afianzó su abrazo en mí.

—Tampoco lo deseo.

Aun así, deseaba alejarse.

—Seamos amigos —propuse esperanzada—. Te prometo que no te causaré líos.

Su sonrisa fue sutil.

—Podríamos intentarlo —sopesó, haciéndose a la idea.

¡Sí, sí!

—Seremos buenos amigos, ya verás… —aceptaría lo que me ofreciera.

—¿Los mejores?

—¡Los mejores!

—Está bien —su voz delataba esa inconformidad cuando algo no era de su agrado.

Seguimos abrazados. Mi olfato se inundaba con su maravilloso perfume. Me tranquilizaba haber sido capaz de salvar la escasa relación entre los dos; al menos estuvo de acuerdo en que fuésemos más que simples amigos; era mil veces mejor a tener que conformarme a verlo en las revistas y suspirar por lo que pudo ser.

—Tendrás que tolerar mi ritmo de vida —interrumpió nuestro silencio para lanzarme esa advertencia que yo consideraba era una nimiedad para lo que antes creía que de él nada obtendría.

—No me importa.

—No me conoces.

—Te conozco lo suficiente.

—No a fondo.

En esa oscuridad levanté el rostro para manifestarle que lo aceptaba con todos sus defectos. ¡Ni modo!, me quedaría con las ganas de ser su novia, otros no hablarían de mí por ser su posible conquista, era claro en lo que él manifestaba: solo una distante amistad.

En mi intento de palparle la mejilla para brindarle mi cariño, le toqué sin querer los labios.

David se estremeció.

¡Ups!

—Disculpa —el rubor hizo que me ardieran hasta las orejas. Moví los dedos fuera de la zona carnosa, dirigiéndolos con tristeza hacia el lugar donde originalmente debieron estar.

David no habló ni se movió.

—Nunca nadie me inspiró tanta confianza y seguridad como tú lo has hecho, David —declaré sin tapujos—. También *tu entrada a mi vida* significa mucho para mí —retomé en parte las palabras expresadas por él a mi tía en el anticuario.

Movió su rostro, buscando que mis dedos lo acariciaran.

—David... —mi corazón se agitó.

—¿Por qué es tan difícil? —preguntó entristecido.

—¿Nuestra amistad? —No comprendí a qué se refería.

—Olvido por qué lo hago cuando estoy cerca de ti...

¡Carajo! ¿Sería posible que le gustara a él?

No sé qué hacía David que ocasionaba que perdiera la compostura, aferrándome a esas palabras sugerentes que se le escaparon.

Busqué sus labios. Por desgracia, me rechazó una vez más, soltándome tan rápido como me abrazó con anterioridad.

—Lo siento —su voz se escuchó lejos de mí.

Me levanté, buscándolo en la oscuridad. David ya no estaba arrodillado a mi lado, sino cerca de las puertas del balcón. Un hilo de luz eléctrica logró colarse a través de las cortinas para iluminar su rostro. Traté de caminar con las palmas hacia adelante, tanteando los obstáculos que me impedían llegar a él.

David agarró una de mis manos y tiró de mí hacia él. La acción hizo que me tropezara sin rudeza contra su cuerpo. Me tomó por la cintura, estrechándome con fuerza.

Volví a buscar sus labios, explorando con mis manos la piel de su rostro. David no se movió, sino que inclinó su cabeza de modo que nuestros labios quedaran lo más cerca posible, dando la impresión de querer corresponderme; por desgracia, la ilusión duró poco, ya que decidió marcharse sin dar explicaciones.

—¡David! —La angustia se apoderó de mí, sintiéndome impotente sin saber qué hacer. Lloré hasta muy tarde, lamentando de haberme enamorado de él, no era correspondida de la misma forma que hubiera querido. Me costaba entender su cambio de actitud, muy segura de que no se debía a las constantes persecuciones de las chicas que deseaban ser «salvadas» por el famoso inglés, ni por las sospechas de la policía o por las inclemencias de los tabloides. Entonces, ¿por qué? ¿Por ser fea?

Suspiré.

—Es por algo más...

A pesar de todo, contaba con su amistad, aunque fuese una tortura no expresarle mis verdaderos sentimientos. Él falló en su promesa de no lastimarme nunca, siendo lo primero que hizo:

Romperme el corazón.

Capítulo 15

Por fortuna las pocas horas que quedaron de la noche, las dormí sin pesadillas que me sobresaltaran o visiones que me abrumaran.

El fantasma de Rosangela no le dio por asustarme y lo agradecía por ser considerada en no aparecerse y atormentarme con sus advertencias, teniendo semanas sin saber de ella, y no es que la extrañara, pero si no volvía a manifestarse mejor para mí.

Me arreglé poco, sin ganas de verme bonita y bajé con un libro en la mano, con el pretexto de estar «leyendo». Tía preparaba el desayuno mientras tarareaba una de sus canciones favoritas; no se dejaba afectar por comentarios malintencionados de terceros, su temperamento era fuerte y resistente, y la admiraba por ello.

—Es muy temprano para que comiences con la lectura, ¿no crees? —comentó al mirarme de refilón. La cocina estaba olorosa a tocineta, humeando lo que ella preparaba en la sartén.

—El libro es interesante —mentí.

Entrecerró los ojos, observándome mejor.

—¿Leíste hasta tarde? Anoche escuché ruidos en tu habitación.

Me inquieté, la furtiva entrada de David no pasó desapercibida.

—Leía. —Si decía algo más, me pillaba la mentira.

—Pues, te vas a quedar ciega si sigues leyendo de esa manera —increpó sin estar enojada y yo sonreí agradecida para mis adentros de que no se hubiese dado cuenta. Dejé el libro en la mesa y tomé asiento mientras ella me servía el desayuno—. Más bien, deberías salir hoy —aconsejó cuando el último trozo de tocineta cayó sobre mi plato.

Hice un mohín y ella se preocupó por mi desánimo.

—¿Qué piensas hacer?

—Me quedaré leyendo —di unas palmaditas al libro de tapa dura para patentar que era eso lo que haría.

Tía suspiró y luego reparó en mi libro: era de romance, primer tomo de una trilogía y con un separador de página justo a la mitad. Lo reconoció enseguida, siendo uno de los tantos que pertenecieron a mi mamá y del que papá tanto atesoró. Tía casi le dio un par de trompadas a Diana por haber botado la mayoría de los libros a la basura.

—Tarde o temprano deberás salir y enfrentar al mundo. ¿Por qué no comenzar ahora?

—Lo digo en serio: no me siento preparada.

No me presionó; en vez de esto, permanecimos en silencio devorando el desayuno que muy delicioso le había quedado. Comíamos tranquilas, ella sobre su plato y yo en el mío, ambas en nuestros propios pensamientos. Sorbí un poco del jugo de naranja, mientras rumiaba la actitud de David: quería, pero no quería mi amistad...

—¿Aún estás interesada de estudiar en Italia?

Fruncí las cejas por la repentina pregunta, esperando alguna noticia desagradable. Tal vez las investigaciones por el asesinato de Vincent Foster iban a tardar más tiempo de lo previsto, impidiendo que saliera del país si lo tenía planeado para un futuro cercano. Sin embargo, dichos planes los dejé postergado hasta nuevo aviso por todo lo acontecido hasta ahora, pero los llevaría a cabo.

—Sí. ¿Por qué lo preguntas? —Dejé de comer, posando los cubiertos en la mesa.

—Porque Donovan podría enseñarte italiano. ¿Qué te parece?, ¿estás interesada?

La propuesta fue de gran alivio, ya que no estaría implicada en todo aquello hasta que lo dispusiera el comisario, aunque sí estaba insegura de si las clases particulares eran buena idea.

—No sé si él esté interesado.

—¡Por supuesto que sí! —exclamó sonriente y luego pinchó sus huevos revueltos, del que tragó enseguida—. No te diste cuenta *lo interesado* que estuvo cuando se lo planteé.

Recordé la intensidad de sus ojos azul oscuro.

—Sí me di cuenta. —*Ya creo que sí.*

—¿Entonces...? —preguntó expectante mientras se zampaba un trozo de pan. Su apetito era como la de un camionero: ¡voraz!

—De acuerdo.

Engulló su mascada, esbozando una amplia sonrisa.

—¿Cuándo quieres comenzar?

—No sé... —me encogí de hombros—. Supongo, cuando él lo disponga.

—¿Qué te parece mañana?

—¡¿Mañana?! —La miré atónita—. ¿Ya se lo comentaste?

—Él parece entusiasmado por enseñarte. ¿Qué dices: te animas?

—Está bien. —*Qué más da...* No tenía más opción.

—A las siete de la noche: será una hora diaria.

—¿Cuánto cobrará?

—Nada.

—Como que «nada». —Ni siquiera volví a tomar los cubiertos por el sutil compromiso al que fui empujada. Aún procesaba la bipolaridad de David, con su «no puedo», «no te quiero lastimar», y, ahí estaba: presente y lastimándome.

—No quiere cobrarnos, lo hace por gusto.

—Eso es abusar.

—Dije lo mismo y se negó rotundo —sorbió de su jugo y luego continuó—: En la única forma en que acepta *cobrarnos*, es con la tarta de queso que preparo.

Y, de paso, enseña «programación contable».

—Bueno, si así lo planteas, no hay problema —acordé con desgana a la vez en que mi tenedor pinchaba los huevos revueltos con trocitos de tocineta. Tía parecía más animada de lo normal, por yo haber aceptado a que Donovan me diera clases de italiano. Y no por el hecho de aprender algo que me serviría para cuando viajara a Europa, sino para distraerme, sacándome del letargo que me consumía.

Lo que me impactó, fue el hecho de que tía haya acordado con anterioridad para que él viniese tres veces a la semana, después de las siete de la noche, ¡y gratis! La iba a matar por aprovecharse de la buena voluntad de ese muchacho, quien cada vez me sorprendía. Mañana sería la primera clase.

El día estuvo fresco con leves vestigios de nubes oscuras en el cielo. Pasé la mañana y parte de la tarde, arrojada en la cama, sumida en la lectura. Preferí navegar entre las letras para impedir que David se metiera en mi cabeza, pues recordarlo causaba que quisiera llorar.

Tuve una leve esperanza con respecto a los dos, pero él me rechazó como si hubiese sido amenazado por alguien; su mortificación fue evidente, sufría por permanecer a mi lado y a la vez por separarme. Ese «quiero, pero no quiero», me tenía agobiada. Me hacía dudar de hasta de mí misma, porque no entendía si se debía a lo del ataque, al acoso de los medios o yo no era lo suficiente bonita para él. Sea lo que le afectara, tenía que acabar con todo aquello.

Al final, me cansé de leer, dejando el libro sobre la mesita de noche, y abandoné la habitación para dar un paseo por la playa.

—¿A dónde vas? —tía inquirió desde el patio de la casa, al fijarse que yo bajaba descalza por la escalera del balcón. Podaba unas plantas sembradas en el extremo izquierdo del cercado blanco.

—Caminaré por la playa.

—Trata de no demorarte, anunciaron lluvias para el atardecer.

Tan pronto crucé la portezuela del cercado, sentí la arena bajo mis pies. Respiré profundo el aire salino, llenando mis pulmones hasta el tope y luego soltándolo de golpe por la boca. Las nubes empezaban a ocultar el sol vespertino y yo me senté cerca de las olas que morían en la orilla, contemplando el paisaje a la distancia. En esta ocasión el ocaso no me cautivaba como solía hacerlo cada atardecer cuando lo admiraba desde mi balcón, quizás por haber perdido parte de ese encanto por culpa de los nubarrones o porque yo no estaba de humor.

Al cabo de los minutos, el cielo se tornó más oscuro, indicando una tormenta que se abría paso con gotitas que golpeaban mi rostro cada vez con mayor intensidad. Pensé en correr hacia la casa, pero opté en pasear por la playa, bajo la intensa lluvia, antojada de desligarme de las preocupaciones y las angustias, mientras que los demás huían de allí para no mojarse, después de haber disfrutado de su bronceado.

Hubo relampagueo y un azote de viento que alborotaba feroz mi cabello; aun así, seguía avanzando sin importarme si un rayo me partía en dos, solo pensaba y pensaba en David.

¡Qué rabia! Lo tuve a mi alcance y se evaporó como la pesadilla.

De él solo me quedaría el lienzo que me obsequió, puesto que su ambivalencia no aseguraba que nuestra amistad se fortalecería. Presentía que a la primera oportunidad se marcharía del condado.

Me detuve para observar las olas que se alzaban furiosas y chocaban unas con otras en un movimiento amenazador como si quisieran alzarse y aventarse contra mí para tragarme y llevarme a las profundidades del lecho marino. En ese instante no era consciente del peligro, apenas pensaba en las excusas de David. ¿Qué le pasaba? ¿Por qué se dejaba intimidar de esa manera? Yo era más valiente que él, mandaría al mundo al quinto infierno con tal de estar juntos.

Me adentré a las aguas, hasta la altura de la cintura, arriesgo de ser apaleada por la furia del Atlántico, y solté el llanto que se confundía con la lluvia.

Le ofrecí mi amistad y dudó.

Le di mis labios y los rechazó.

Le entregué mi corazón y lo rompió…

Grité a todo pulmón sin que nadie me viera o escuchara, y eso era bastante satisfactorio porque necesitaba expulsar la frustración que me envenenaba. Descargué la furia contenida en las olas que chocaban con mi cuerpo, una y otra vez, harta de mis visiones, del fantasma de Rosangela y de la indiferencia de David. Él no me quiso besar.

Traté de librarme de una de las olas que me envolvió y revolcó con violencia, haciéndome tragar agua; luché para salir de estas y caí sobre la arena, cansada y sin dejar de llorar. No supe cuánto tiempo estuve allí, tirada como un cadáver, empapada por la lluvia torrencial y el lodo a mi rededor. Lloraba desconsolada por enamorarme de un hombre inalcanzable que solo pensaba en sí mismo. Él cuidaba de su pulcra imagen, de su estatus social, de su fama… Al estar conmigo, todo por cuanto se esmeraba en mantener a la perfección se vería afectado.

Tronó el cielo, el viento azotó inclemente y yo lloré más…

Reaccioné cuando el frío se hizo insoportable y mis dientes empezaron a castañear. Ante este hecho, procuré en volver a casa, ya era hora de que abandonara la playa, el clima empeoró, siendo peligroso que permaneciera en el lugar por más tiempo. Me costaba caminar, el viento soplaba con fuerza, impidiéndome avanzar; la tormenta embravecía el océano a tal punto que parecía que un tsunami nos fuese a arrasar. Los dedos de las manos los sentía entumecidos por el frío, sin ser capaz de ver más allá de un metro de distancia; las piernas me dolían por el esfuerzo de seguir adelante, siendo en todo momento empujada hacia atrás por los ventarrones.

Entonces, una fuerte ráfaga que provenía del océano golpeó mi costado y estrelló la frente contra una de las pocas rocas que se hallaban a lo largo de la playa.

¿Tenía mala suerte?

¡Por supuesto!

Todo era vacuidad, nada observaba a mi rededor. Ni siquiera las manos cuando las alcé para verlas a centímetros de mi rostro. Para nada estaba asustada, sabía que me hallaba en una especie de umbral, brindándome una paz jamás experimentada, sentía que la oscuridad no pertenecía a ningún lugar específico, sino que era una especie de entrada a una zona de mayor vibración.

Traté de salir de la negrura que me envolvía, pero me detuve abrupto cuando una voz que reconocí enseguida me habló:

—Regresa, aún no es tu tiempo.

Busqué infructuosa entre las sombras, sin conseguir de dónde provenía. Si bien, no podía verlo, el sonido de su voz indicaba que estaba cerca.

—¿Papá, eres tú?

—Regresa —el matiz de su voz era serena. La misma que solía escuchar cuando me arrullaba entre sus brazos cuando niña.

—Quiero quedarme contigo —lo buscaba a tientas en la oscuridad.

—Tienes asuntos por resolver.

—No deseo volver.

—Tendrás que hacerlo, Allison. Hasta tú misma has pedido otra oportunidad. No la desperdicies.

—¿Cuál oportunidad?, ¡yo no he pedido nada!

Y, fue ahí que, desde la oscuridad, emergió una silueta que irradiaba una maravillosa luz dorada.

Parpadeé.

Era papá. Vestía las mismas ropas de cuando murió, las tenía intactas, sin él lucir heridas o quemaduras. La muerte no logró arrebatarle la ternura en su mirada, el fulgor que lo envolvía resaltaba la belleza de su alma.

—Te concedieron lo que otros más desean —dijo mientras se aproximaba.

—¿Quiénes?

No respondió, sino que sonrió.

—Vive, Allison. Cuando llegue tu hora, volveremos a estar juntos —la fuerza de su luz era suficiente para darme abrigo.

—¿Y eso cuándo será?

—*Falta mucho* —sonrió—, *el tiempo será benevolente contigo.*
Ni supe si le devolví la sonrisa o esbocé un gesto de sorpresa. Era extraño que ni la tristeza o cualquier sentimiento me afectara; más bien, experimentaba tranquilidad como si estuviese en paz conmigo misma, sintiéndome livianita.
—*Los extraño tanto: a ti y a mamá…*
—*Lo sabemos, estamos contigo a donde vayas* —expresó cuidando de mantener las distancias—. *Nuestro amor te acompañará siempre, por eso te pedimos que no te lamentes, estamos bien y no deseamos verte sufrir por nosotros. Vive y sé feliz. Honra la oportunidad que antes te dieron.*
—*Papá…*
—*Vive, Allison.*
—*Pero…*
—*¡Vive!*
De repente sentí que una fuerza tironeaba de mis pies, hacia abajo, sin que nada pudiera evitarlo. Me entregué sin ofrecer resistencia y, desde lejos, lo escuché exclamar:
—*¡Lucha por él!*

Al despertar, las sienes me taladraban con fuerza.

Tardé en enfocar la visión y darme cuenta dónde me hallaba. Tía permanecía sentada en una silla cerca de la cama, lucía demacrada y su mirada perdida daba la impresión de estar durmiendo con los ojos abiertos.

Noté al instante que mi brazo izquierdo tenía una intravenosa pegada, al igual que una manguerita suministrando oxígeno a través de mis fosas nasales. La cabeza me dolía; por fortuna, no me la había quebrado al estamparla contra la roca. Sin embargo, requerí hospitalización.

—¡Oh, Allison! —Tía se sobresaltó al darse cuenta de que recuperé la conciencia—. Gracias a Dios despertaste. ¡De no haber sido por David, no sé qué habría sido de ti!

Me sorprendió lo que comentó.

—¿Qué acabas de decir?

—Que faltó poco para que te perdiera, niña.

Negué con la cabeza.

—¿Quién fue el que me…?

Sonrió.

—David, querida —respondió y un gruñido de molestia se escuchó detrás de ella. Era Donovan, quien se acercó de inmediato hasta nosotras desde un punto de la habitación que no había determinado.

—¡¿David?! —jadeé atónita—. ¡¿Él me rescató?!

—¡Sí! Pobrecito... Pasó toda la noche en vela en el hospital, aguardando a que despertaras.

Me estremecí hasta lo más profundo de mi ser.

—¡¿Está aquí?! —El corazón me palpitó frenético, buscándolo con la mirada. Traté de hallarlo al rodar mis ojos por encima de los hombros de mi tía, pero Donovan, con su enorme altura, obstaculizaba mi campo visual hacia el fondo de la habitación en la que me tenían hospitalizada.

Tía señaló hacia atrás con el mentón y una sonrisa en los labios. Y, cuando se dio cuenta de que Donovan se hacía el desentendido, le ordenó con la mirada de moverse a un lado.

La sonrisa fue instantánea, David permanecía en silencio, de brazos cruzados y apoyado en el marco de la puerta de la habitación.

—Me alegro de que hayas salido intacta, Allison. ¡Casi no la cuentas! —Donovan expresó, cortando de nuevo con mi campo visual, de modo que me enfocara en él.

—«Intacta», no: *mírale eso...* —tía señaló mi frente.

Me palpé con cuidado.

¡Auch! Sentía un punzante dolor. Una enorme protuberancia sobresalía como si me hubiesen golpeado con un bate de béisbol.

Tía contó que fue un milagro que David estuviese cerca: vio lo sucedido y me rescató, llevándome enseguida al hospital. Razón por la cual levantó animosidad en Donovan, pues le desagradó que fuese mi salvador.

—¿Cuántas horas estuve inconsciente? —pregunté desorientada. Hasta lo que «soñé», tras el fuerte golpe en la roca, se tornó nubloso. Sé que había soñado con alguien importante, pero no recordaba.

Donovan rio.

—Me temo que no fueron «horas», ¡sino dos días!

—¡Tanto!

—Sí. —Tía frunció las cejas, pensativa ante lo sucedido—. Fue extraño: tus ondas cerebrales indicaban que estabas consciente, pero tu cuerpo decía lo contrario, como si estuvieras en un coma profundo.

No tenías respuesta al dolor, tus pupilas no reaccionaban a la luz. ¡Nada! Era como que te hacías la dormida y aguantabas el dolor. «Estabas y no estabas».

—Tuviste a los médicos rascándose la cabeza, ¿eh? —Donovan comentó mientras se sentaba al borde de la cama, pero apenas posó las nalgas en el colchón, tía le palmeó la rodilla para que se levantara—. ¿Qué diablos te sucedió?, nos diste un susto a todos.

Lo único que hice fue fijarme en David, quien permanecía con la mirada clavada en el piso, en un aparente enojo por mi actitud.

—Ah... *bu-bueno*, yo... perdí la noción del tiempo y, *u-un* fuerte viento me tiró contra una roca.

David alzó sus ojos inexpresivos, analizando mis palabras.

—¡No vuelvas a asustarme de esa manera! —exclamó tía, llorosa.

Noté la hostilidad de Donovan hacia David, le disgustaba su presencia. Ambos se medían con la mirada, no faltaban palabras ofensivas para indicar que entre ellos existía la enemistad desde hace tiempo. Los dos eran imponentes en físico, aunque Donovan era un poco más alto a David; aun así, este lo retaba silente. De la habitación nadie lo echaría.

—¿Ustedes dos se conocen? —Era obvio que sí, tales miradas eran para plantearse muchas conjeturas.

—Por desgracia —Donovan espetó y David hizo caso omiso a su animosidad, esbozando a cambio una sonrisa perniciosa.

—*De no ser por él*, mi sobrina no estaría viva —tía repitió lo antes dicho para que le entrara en su cabezota. Luego ella advirtió en el intercambio de miradas entre David y yo—. Voy por un café. ¿Me acompañas, Donovan? —Tal vez pensó que nosotros necesitábamos hablar, por lo que decidió darnos un poco de privacidad.

En cambio, Donovan parecía contrariado, queriendo permanecer en la habitación para evitar dejarme en compañía de alguien a quien detestaba. Pero tuvo que hacerlo al fijarse que tía le abría los ojos como si fuese su estricta madre.

Al pasar por el lado de David, ella a él le expresó:

—Nunca olvidaré lo que hiciste por *mi Ally*. Te estaré siempre agradecida. —Lo abrazó con cariño.

El resoplido molesto de Donovan no se hizo esperar.

Tía tiró del brazo de este, y David y yo por fin quedamos a solas.

Mi corazón comenzó a palpitar desenfrenado, siempre lo hacía cada vez que lo tenía cerca, y palpitó más cuando se sentó en la cama, justo a mi lado.

—Te debo la vida dos veces —expresé temblorosa, queriendo entrelazar mi mano con la de él.

David forzó una sonrisa.

—¿Qué fue lo que pasó, Allison? —su voz tenía un matiz recriminatorio.

Vacilé ante la pregunta.

—Fue el viento que me golpeó.

—El viento... —no parecía convencido—. ¿Por qué tardaste en reaccionar? El huracán empeoró hasta pasado un buen rato. Te hubiera dado tiempo de llegar a salvo a tu casa.

¡¿Huracán?!

Traté de no exteriorizar la sorpresa.

—Yo...

—¡¿En qué demonios estuviste pensando?! —increpó molesto, sus dos zafiros se tornaron fuego líquido.

Suspiré apesadumbrada, volviendo a mí todo lo desahogado en la fuerte marea.

—En ti...

Mi respuesta lo sorprendió.

—Allison, yo...

—Está bien, David —lo interrumpí—. No te lamentes, fue culpa mía. Debí haberme marchado cuando el huracán se acercaba. Me distraje... —*con mil pensamientos tristes.*

Resopló.

—¡Qué susto me diste! —Hasta él llevó su parte por mi osadía.

Avergonzada, me encogí en la cama y mordí mi labio inferior.

—Lo siento —desvié la mirada hacia mis manos, sintiendo ardor en mis mejillas—. ¿Aún somos amigos? —pregunté en tono conciliador, sin atreverme a encarar esos bellos ojos azules.

David tomó mi mano derecha, estrechándola con suavidad. El tibio contacto de su piel hizo que yo reaccionara por puro reflejo, los latidos de mi corazón adquirieron nuevas velocidades de las que dudaba otro ser humano igualara.

—Lo seremos siempre —sonrió con tristeza—. Lamento haberte lastimado.

—Lo sé... —musité sin que me gustara ese cambio de actitud: al principio parecía conquistarme, pero tras lo del incidente con la policía, ni quería atender mis llamadas telefónicas. Luego me buscó para «explicarme del porqué de su lejanía», y cuando le rogué continuar con la amistad, vaciló.

¿Por qué?

¿Por una amenaza?

¿Para no empeorar el cotilleo de los medios?

¿O se decepcionó por no considerarme atractiva?

Yo no era una supermodelo como *la jirafa* que vi aquella vez, bajándose de su auto, con sus largas piernas que le llegaban hasta el cuello y su melena rubia de princesa de cuento de hadas.

«¡Lucha por él!».

Tragué saliva por el repentino recuerdo que mi memoria trajo de manera aleatoria sobre «el sueño» que había tenido antes de recobrar la conciencia. Las palabras expresadas por esa dulce voz masculina que resonó en mi cabeza, casi me hace llorar.

¿Pedía que luchara por David?

Antes de responderme a mí misma, un hilillo de sangre empezó a surcar dentro de la manguerita de mi brazo. Lo que provocó que David palideciera, levantándose rápido de la cama y alejándose de mí como si alertara algún virus contagioso.

—¿Te enferma la sangre? —pregunté socarrona—. No te preocupes, llama a la enfermera para que cambie la bolsa de suero que se terminó —señalé hacia el intercomunicador sobre mi cabecero.

Él medio sonrió sin estar molesto de ser tomado por enclenque.

Contuvo la respiración y se acercó con cautela para oprimir el botón que comunica con Enfermería. Al cabo de un minuto, una enfermera entraba para saber qué sucedía y enseguida notó lo que debía hacer. David se alejó hasta el umbral de la puerta, tal vez para que le diera algo de aire o distraerse en otro asunto y así evitar estar cerca del hilillo de sangre.

La enfermera volvió con la bolsa de suero a reemplazar, y, mientras yo la observaba ejercer su labor, David desapareció sin darme cuenta.

Esto, lejos de entristecerme por marcharse sin despedirse ni asegurarme de volvernos a ver, estaba tranquila. Él demostró que cumpliría con su promesa de no hacerme daño. Ya sabía a qué se refería cuando dijo que me mantendría a salvo, no era solo para salvaguardar mi corazón, sino también de protegerme de cualquier peligro que me acechara.

Sonreí, divertida. David me había salvado la vida en dos oportunidades, enfrentándose a un sujeto peligroso y a la misma Madre Naturaleza; aun así, palidecía al ver un poco de sangre.

Bueno…, nadie era perfecto. Hasta los superhéroes tenían debilidades, pero él era especial.

Era todo un héroe.

Mi héroe.

Capítulo 16

Haciendo un recuento de lo que había pasado, el huracán arrancó una gran cantidad de árboles por todo Carteret.

Tomó a todos por sorpresa. No hubo muertos, pero sí muchos heridos y pérdidas materiales. Algunos vecinos no tuvieron la misma suerte, los techos de sus casas fueron parcialmente arrancados de sus bases; tanto la mía como el anticuario de tía Matilde, sufrieron los mismos estragos a las de cientos de viviendas, cuyas ventanas se quebraron por la impetuosidad del viento. Las reparamos gracias a la ayuda de Donovan y el señor Burns, quienes acudieron enseguida para evaluar los daños.

¡Ah!

Resulta que Donovan es el ahijado de dicho anciano.

Durante dos días nos quedamos sin electricidad desde Isla Esmeralda hasta Atlantic Beach, al caerse varios tendidos eléctricos. Hubo inundaciones, las carreteras y calles de los pueblos playeros de las islas de barrera, fueron las que más soportaron los embates del huracán. Las lanchas que no estuvieron bien amarradas a los muelles se soltaron y volcaron; de igual modo, las casas rodantes, estacionadas por las inmediaciones tuvieron daños menores. Las playas cerraron a los visitantes para recoger los escombros diseminados por la arena y también para asegurarse de que el oleaje fuese seguro para los bañistas. Por varios días casi no hubo tráfico vehicular y las escuelas emitieron comunicado de suspender las clases hasta nuevo aviso.

Donovan se aventuraba a visitarme, con la excusa de que, así hubiese mal tiempo, él cumpliría con sus clases de italiano. En cambio, tía se tomó el temporal con tranquilidad ante otra posible eventualidad.

La marejada se llevó por delante las cercas blancas que dividía el patio posterior con la zona de la playa; el océano casi nos pone a flotar en nuestra propia casa. Lo bueno, el mobiliario de la planta baja y la arcaica nevera se salvaron del aumento del nivel del agua, mientras nosotras estuvimos en el hospital durante el fuerte aguacero. Después de que me dieran el alta, intenté ayudar a tía con la limpieza, pero ella y Donovan se oponían a que tomara una escoba. Mi chichón —durante esos días— aún era bastante visible.

Los meteorólogos no supieron explicar a qué se debió que la lluvia se convirtiera en un huracán de Categoría 2, apenas cayó sobre la costa oeste del estado. Lo estudiaron y, según ellos, no era de preocuparse, solo un «chubasco» que le mojaría la ropa a más de uno por no tener paraguas. Pero fue peor y ya los pueblerinos pedían la cabeza de los responsables por pronosticarla mal.

El Centro Nacional de Huracanes seguía en *fase de vigilancia* por si otro venía en camino, aunque los radares climatológicos no indicaban algún vestigio de lluvia aproximarse. El cielo estaba claro y el sol despuntaba sus rayos sobre la superficie con su fulgor.

Cuando todo volvió a la «normalidad», Donovan no se apartaba de mi lado. ¡Era peor que Ryan! En más de una ocasión se mantenía pendiente de mis pasos, era atento en exceso e increíblemente tierno. Solía visitarme a diario, pese a sus múltiples compromisos con sus estudios en el Instituto de Ciencias Marinas en Morehead City y en su tienda de artículos deportivos. Siempre traía un regalo, ya fuese una flor o un poema escrito por él, que para nada rimaba, pero que era bien recibido porque venían del corazón.

Aceptaba todo de él: un libro, un abrazo, una sonrisa cálida...

Aún era temprano y mis pensamientos orbitaban alrededor de David. Sí, sí... Rayaba en lo patética, pero en mi corazón solo había espacio para él. No obstante, David no me visitaba ni me llamaba, su ausencia cada vez era más asfixiante, como si me faltara el aire para respirar. Me entristecía que no fuese sincero, poniéndose máscaras para ocultar su verdadero rostro; aquel que tanto ansiaba besar y acariciar. No permitía que viera su verdadera esencia: qué sentía, qué temía, qué amaba. Nada. Solo absoluta frialdad. Pero yo podía ver un resquicio de su auténtico rostro, y había conflicto interno.

Aún tenía grabado en mi mente el momento en que casi rocé sus labios contra los míos, la noche en que decidió que era mejor ser amigos.

Amigos...

¿Para qué querría yo su amistad si no lo podía amar? Eso era muy poco para mí. Era como lanzarle a un hambriento un mísero trozo de pan, quedaría insatisfecho y con el deseo incontrolable de querer comer más. Así me sentía con respecto a su amistad: una hambrienta posesa de amor, de deseo, de pasión que ardía en llamas cada vez que lo miraba.

Mi malestar aumentó cuando, una semana atrás, lo vi en su Lamborghini acompañado de la odiosa rubia platinada. Se bajaron, dirigiéndose hacia el Delta. Él la abrazaba con mucha familiaridad.

Yo diría que como amantes...

Ryan me contó que se llamaba Ilva Mancini, dueña de una de las mejores galerías en Nueva York y de varios edificios del condado, incluyendo el Delta. Era de las más adineradas en Carolina del Norte, después de David. Según me contaba, ambos mantenían una estrecha relación desde hacía un tiempo: ella fue la que le abrió las puertas del continente americano y le impulsó su carrera a nivel mundial. No lo dejaba solo ni a sol ni a sombra, valiéndole que él se divertía con muchas mujeres. Pero, al parecer, eso a Ilva le tenía sin cuidado.

Era inevitable sentir celos, suspirando por alguien que ni me prestaba la mínima atención. Debería de dejarlo de querer, David se preocupaba por lo suyo y yo era una chica tonta que le traía problemas.

Ahogué mis penas en el capuchino y me concentré en observar a Ryan trabajar. Los últimos días lo visitaba con frecuencia, él era bueno dándome ánimos y despejándome de las tristezas.

—¿Y sigue sin aparecer el cadáver? —preguntó un chico con voz chillona a Daphne, la mesonera, quien se había acercado a su mesa, y yo tuve que contener un mohín al notar que era el idiota que una vez trató a las chicas que estaban dentro del cafetín como «esperpentos», al compararnos con la modelo que salía con David Colbert.

El capuchino quedó congelado en mis labios, escuchando con atención lo que ese grupito comentara.

De repente me causó malestar.

Daphne respondió:

—No lo sé, pero es muy sospechoso.

—Para mí que desean ocultar algo —conjeturó un chico que usaba lentes.

—¿Ocultar qué, Cody? —la mesonera preguntó, curiosa.

El aludido se encogió de hombros.

—No sé, pero es raro: robarlo de la morgue… ¿Quién roba un cadáver?

Fruncí el ceño. Tenía un mal presentimiento.

—Qué muerte tan espantosa: atacado por un puma —dijo el chico de la voz nasal.

Comprendí al instante de *a qué cadáver* se referían: Vincent Foster.

Solo un ataque animal podría justificar el salvajismo sufrido. Lo habían destrozado.

Entonces, tuve una visión que me dejó abrumada.

Todo lo captaba en blanco y negro, estando de nuevo en los ojos de alguien. O de algo… No sé.

Era como si lo estuviese «viviendo» en ese preciso instante. La bestia salía de entre los matorrales, arrojándose con furia contra su presa. Lo único que lograba ver era sus enormes garras —mis garras— que no se asemejaban para nada a las de un felino. ¡¿Qué era eso?! ¿En qué cuerpo estaba metida? Eran como manos demasiado alargadas y fuertes, de piel seca y blanquecina, con venitas por debajo de su fina membrana. El hombre gritaba desesperado por su vida y me di cuenta de que esa víctima era Vincent. ¡Por Dios! El terror de morir destrozado por el «animal» lo llevó a luchar para protegerse, la sangre brotaba de sus manos mordisqueadas, del que le arrancaron algunos dedos, y la piel de su rostro desgarrada de un zarpazo.

Me sentí enferma, la visión que percibí me provocó náuseas y un fuerte dolor de cabeza. Parpadeé, mirando hacia los lados, nadie se dio cuenta de lo que acabó de suceder y yo agradecí que siguiera en el rango de los «normales». Por desgracia, en mi fuero interno bullían dos preguntas: ¿Qué fue lo que realmente pasó en ese lugar? ¿Qué clase de animal era?, porque era un animal, ¿no?

—Dicen que le sacaron toda la sangre.

Despabilé cuando el chico de lentes susurró al grupo y estos abrieron los ojos, desmesurados.

—¡Por supuesto que la perdió toda!, fue *la cena* del puma, por estar acampando —espetó el chico de la voz chillona, cuyo nombre desconocía.

—No estaba acampando —aclaró la mesonera. Mi hermano estuvo presente cuando levantaron el cadáver, y alcanzó a escuchar que el forense le comentaba al comisario de que le chuparon toda la sangre.

—¡¿Toda?! —el de los lentes se asombró y el otro hizo un mohín.

—Eso fue una secta satánica…

—Claro que no, Cody, fue como si…

No quise escuchar más, me alejé rápido del cafetín y, cuando saldé una manzana, las náuseas hicieron lo suyo. Me incliné sobre la acera para vomitar, las imágenes fueron demasiado fuertes, demostraron que Vincent Foster no murió bajo las fauces de un animal salvaje, sino a través de un ser que hasta Dios mismo renegó de él.

¡Claro que no!

El convencimiento de que David movió «influencias» para provocar la muerte a ese sujeto, me parecía más aceptable, pues no cuadraba lo de la «bestia», quizás él llamó a algún asesino a sueldo que estuvo disfrazado para no ser reconocido, y así al otro le dieran un escarmiento por haberme atacado. Hasta el momento no conocía la verdadera personalidad de David, era muy esquivo y su dinero bien que sería suficiente para hacer desaparecer al que quisiera.

No me convencía: ¿David un conspirador para matar?

Aunque intuía que estaba implicado. Porque, ¿cómo se explica lo sucedido aquella noche? Dudaba de que fuese una alucinación.

Tras recuperarme, caminé hacia el Delta, con la firme convicción de aclarar mis inquietudes. El deportivo de David estaba allí estacionado, no sabía a qué me enfrentaría, no quería armar un escándalo en ese edificio, ni mucho menos delante de la rubia idiota.

Tuve una idea que resultaba mejor a lo que estuve a punto de hacer. Saqué del bolso una pequeña libreta y escribí una nota, dejándola sujeta en el parabrisas del Lamborghini.

«Necesito hablar contigo esta noche. Por favor, búscame en el muelle a las 7:00 p.m. No faltes, es urgente.

Allison».

*****

Desestimando el hecho de no haber recibido alguna respuesta telefónica, llegué a la cita más temprano de lo acordado, debido a los nervios. Mi única compañía eran unos cuantos hombres al fondo del muelle que conversaban alegres mientras lograban pescar algo. Era fabulosa la vista de Isla Esmeralda y el océano Atlántico bañado por la luna. Mi casa se divisaba a lo lejos. Corría una brisa fresca, no sentía frío, aunque había procurado que David me viera mejor vestida que en las anteriores ocasiones. Tenía una cita con él, pero no una romántica, sino una en la que quizás me revelaría terribles secretos que cambiarían el resto de mi vida.

Medité sobre los acontecimientos que sucedieron después del día en que se lo llevaron a la comisaría como sospechoso principal del asesinato de Vincent y de tener que soportar los comentarios de la gente que lo consideró un héroe por salvarme de un crimen tan atroz. Tal vez fueron demasiado para él. Aunque en los días posteriores la policía lo descartó del crimen: determinaron que no existían pruebas contundentes para acusarlo, tal vez fue algún animal salvaje que mató al bastardo. Sin embargo, no pudieron establecer qué tipo de animal lo atacó, lo que cerró el caso para siempre. Parecía que estaba claro para todo el mundo, menos para mí.

Yo vi algo diferente…

Impaciente, consulté mi reloj de pulsera por los quince minutos que David llevaba de retraso. Lo más probable era que no hubiese leído la nota, quizás algún chiquillo quitó el papel del parabrisas, o, a lo mejor, decidió que no se presentaría. ¿Quién era yo para pedirle explicaciones? Era su amiga, pero… ¿realmente éramos tan amigos? ¿Lo suficiente para aclarar muchas dudas?

Me arrepentí por haberle escrito, ya que una vez más me ponía ante él en evidencia. Pero al darme la vuelta para largarme del muelle…, me encontré con David.

—Para ser inglés, la puntualidad no forma parte de ti, ¿verdad? —espeté bastante cabreada y haciendo lo posible para no escanear su elegante figura. Cielos, ¡qué bien lucía!

—Soy puntual —replicó mirándome con severidad, predispuesto a una discusión. Por lo visto, nuestra conversación no iba a ser para nada pacífica.

—¡Tengo quince minutos esperándote!

—Te observaba —moduló su temperamento. Por un instante sus ojos se enfocaron preocupados sobre mi frente, donde ya no se notaba el chichón, y, acto seguido, endureció sus zafiros para intimidarme.

—¿Por qué? —Me impactó lo que dijo.

Él frunció las cejas.

—¿Qué era lo urgente por decir? —formuló con brusquedad otra pregunta, obviando la mía.

Su malgenio me inquietó sin saber por dónde comenzar.

—Eh... Bueno... ¿Qué fue lo que sucedió esa noche?

Apretó más las cejas. Vaya que estaba enojado por haberlo citado.

—No entiendo tu pregunta.

Tomé un respiro, viéndome en la urgente necesidad de tener que mirar hacia las luces de las casas y los hoteles que brillaban a su espalda. Su mirada glacial me abrumaba, acobardándome al instante de enfrentarlo con la verdad.

—¿Qué pasó con ese sujeto? Con... Vincent Foster.

David hizo un gesto de fastidio, cansado de que le hicieran la misma pregunta una y otra vez. Primero la policía, luego sus vecinos, después los reporteros y curiosos que pasaban por su casa, y ahora para completar el cuadro: yo.

Puso los ojos en blanco y habló con aspereza.

—Ya se lo expliqué a la policía.

Negué con la cabeza, con la firme intención de mantenerme en lo que me había propuesto de no ceder y así conseguir que él fuese sincero de cualquier modo.

—Me parece que estás mintiendo.

Su mandíbula se tensó, el hielo en sus ojos se transformó en fuego y sus manos se recogieron en puños, conteniendo la rabia que estaba a punto de estallar.

—¿A qué te refieres: de que tuve algo que ver con esa muerte?

—¡No! Bueno, no lo sé...

—¡¿Dudas de mí?! —Su actitud ofendida hacía parecer que me acusaba de traicionar nuestra amistad. No quería que malinterpretara mis preguntas. Lo único que necesitaba saber era si todo fue real, si sucedió cómo lo recordaba pese a que estuve bajo «los efectos» del cloroformo.

—Le fracturaste el brazo y lo lanzaste a él contra un árbol. ¿Cómo me explicas eso?

David rio, pero su risa escondía enojo, o quizás era el nerviosismo de verse descubierto.

—Alucinabas, ¿recuerdas?

—No estoy tan segura de que *aquello* fuese una alucinación.

—Pues, sí lo era —dijo cortante.

Lo miré suspicaz, podía palpar las mentiras saliendo de sus labios, pero no era capaz de contrarrestrarlas con la verdad; razón por la cual era como confrontar la realidad con la fantasía. Aun así, era terca y poco dispuesta en aceptar explicaciones que no me parecían sólidas.

—El comisario Rosenberg me mostró fotos de Vincent con el brazo desgarrado y con marcas de colmillos en el cuello.

—¿Piensas que lo mordí?

—No. La gente dice que lo atacó un puma... —Aunque pensaba en la visión que había tenido en el cafetín: dudaba mucho de que fuese un animal salvaje.

—¿Y? —preguntó cansino—. Te dije que él había huido en su camioneta. Seguro se adentró en el bosque para esconderse, se perdió y fue atacado por el puma.

—No creo que fuese un puma.

—¿Ah no? ¿Entonces qué era: un oso?

—No lo sé. Era, era... —hice una pequeña pausa para respirar— algo diferente a las criaturas que conocemos en el planeta.

David me miró con cautela y volvió a reírse con antipatía.

—¿Qué estás diciendo, Allison, que era un marciano?

—Digo que no era una criatura normal como un puma o un oso. Ese animal no se parecía a nada que hayamos visto o que se tenga de este, noticias.

Se le borró la sonrisa del rostro.

—¿Por qué, acaso lo viste?

Deseaba hablarle de mis visiones, decirle que aquella criatura era maléfica, de grandes garras y piel transparente. Pero ¿cómo hacerlo sin que me tomara por loca? ¿Qué prueba tenía yo para demostrarlo?

—No lo vi, pero ningún animal atacaría de esa forma. ¿Cómo explicar que le hayan *chupado* toda la sangre?

—¿Quién te dijo eso?

—La gente comenta.

—La gente... ¿Y tú les creíste? ¡Por favor, no digas estupideces!

La sangre me hirvió y se me subió al rostro enseguida.

—¡YO NO DIGO ESTUPIDECES! ¡La policía tiene la prueba!

—¿Cuál prueba? —inquirió algo nervioso.

—El cuerpo de Vincent Foster. ¡No tiene sangre y está mordido!

Resopló como si fuese un toro a punto de embestir.

—Por si no lo sabes: se robaron el cuerpo de la morgue.

Tonta de mí al olvidarlo. Era cierto, los chicos en el cafetín lo comentaron. Mi prueba más fehaciente había sido extraída de manera sospechosa. No tenía más que las fotos de la policía y mi poco creíble relato de los hechos.

—¿Y tú cómo sabes?

—Salió en las noticias.

—Muy conveniente —repliqué mordaz—. Estoy segura de que estás involucrado.

—¡¿Por robarme el cadáver?! —Sus ojos echaban fuego.

—¡No! ¡Por su muerte!

Me dio la espalda y se acercó a la baranda opuesta del muelle, dándole un fuerte golpe al posadero de las manos. La resquebrajó, cayendo algunas astillas a sus pies. Esto provocó que me paralizara ante su frustración, mirando hacia los distraídos pescadores que ignoraban nuestra discusión.

—Por Dios, ¡escúchate! —se volteó a refutarme, centelleando sus ojos de furia—. Dices que un animal le bebió toda la sangre y me responsabilizas de su muerte. ¿Para esto me llamaste?, ¿para hacerme acusaciones tontas?

—Solo quiero que me des algunas respuestas, porque estoy segura de lo que vi esa noche. Y lo que vi... fue a un hombre con una tremenda fuerza, cuya herida en el abdomen no lo había detenido y que gruñía como animal enfurecido.

Suspiró derrotado.

—Esta conversación carece de sentido —dijo mientras se marchaba, sin dejarme nada aclarado.

Sus pisadas retumbaban con ira en la madera. Tuve que correr para darle alcance. David estaba por llegar a la entrada del muelle y yo sin lograr detenerlo. Tenía que quitarme la duda a como diera lugar.

—¿Quién eres?

Se detuvo en el umbral de las escaleras y se volvió a mí, taladrándome con ojos tempestuosos. No lo soporté y bajé la mirada para que su furia no me lastimara. Caminó de retorno y me encaró, colocando un dedo bajo mi mentón, haciendo que levantara la vista a la fuerza.

—Mírame, Allison. ¿Qué es lo que ves?

Vacilé ante la pregunta.

—Un hombre.

—Sí, *uno común y corriente*: sin fuerza, se doblega ante cualquier herida y no gruñe como animal —escupió agrias palabras—. ¿Tienes más preguntas?

Ante mi silencio, decidió alejarse, abatido por mis acusaciones.

—¿Por qué me evadiste todo este tiempo? —pregunté sintiéndome una colegiala; ya que estábamos riñendo como perros y gatos, me sacaría la espinita que tenía clavada en el corazón.

David se detuvo.

—Tenía asuntos por atender —habló aún él dándome la espalda.

—¿Ni siquiera una llamada?

—Tenía mis razones.

—Sí, ya vi cuáles eran tus razones… —masculló, yéndome a sentar en una de las bancas más próximas que estaban en el muelle. La maldita de la Ilva Mancini se lo estaba follando de lo lindo.

David debió caminar rápido, porque en un instante me interceptó el paso, echando chispas.

—¿Qué dijiste? —inquirió tan cerca que apenas unos centímetros nos separaban. Sus ojos furiosos y curiosos al mismo tiempo.

—Nada —traté de contenerle la mirada. En cambio, él me desafiaba con su arrogancia y su desconfianza, comportándose como un cretino que aplastaba el aplomo que reuní para confrontarlo.

—No sé por qué te molesta cuando te lo pasas muy bien acompañada —curiosamente me lo sacó en cara.

—¿Lo dices por Donovan?
—Sí.
¿Está celoso?
—Es mi amigo.
Resopló.
—Tal vez, así lo veas, pero él no te ve de la misma forma.
Sorprendida, recordé las veces en que este estuvo en casa:
Donovan, mi amigo.
Donovan, mi profesor de italiano.
Donovan, mi protector… ¿Será posible que él fuese…? *¡¿Donovan, mi enamorado?!*
—Él me ha demostrado ser un buen amigo —ratifiqué sin que me temblara la voz, aunque mi corazón palpitaba a millón.
Me estudió con detenimiento.
—Seguro…
—¡Por supuesto que sí! —Colmó mi paciencia—. ¡Incluso mejor que tú, David! Desde que lo conozco, no me ha fallado.
Desvió la mirada, sabía que yo estaba en lo cierto: él no era un buen amigo que digamos. Como todo héroe que se respete, se limitaba a sacarme de los problemas y a dejarme con las emociones en conflicto.
—Ya te dije que tengo mis razones.
—¿Cómo cuáles? —Traté de tocarle el brazo, teniéndolo tan cerca de mí, pero David retrocedió unos pasos para alejarse y yo quedé con la mano extendida en el aire, con la angustia clavada en mi pecho y sopesando su silencio—. ¿Qué secretos guardas? —formulé la pregunta con un nudo en la garganta y esperé a que contestara. Por desgracia, permanecía en silencio mientras me miraba a la cara, y eso fue más que suficiente para indicarme que, en efecto, ocultaba algo—. ¿Qué es lo que escondes?
No respondió. Más bien, parecía que él libraba una lucha interna. Se acercó a la baranda, puso sus manos empuñadas sobre esta y reclinó la cabeza.
—David… —lo llamé apesadumbrada, conteniendo las ganas fervientes de acariciarle su sedoso cabello. Me sentía como un monstruo paranoico que hiere a cuanto se le cruza por el camino. David era el primer hombre en el plano romántico que me importaba y lo estaba lastimando con especulaciones sobrenaturales.

—Ahora yo tengo una pregunta para ti —dijo con la frente aún apoyada en sus puños.

—Adelante —contuve la respiración, aguardando el dardo que me iba a lanzar.

Levantó la mirada hacia mí.

—¿Qué harías si te dijera que soy diferente a los demás?

¿Qué dijo?

Entrecerré los ojos.

—Diferente, ¿cómo?

—Diferente —se irguió y se acercó.

—A... ¿los humanos?

—Sí.

¡Diablos!

Quedé pegada al piso, observándolo perpleja. La paliza de Vincent Foster, la herida mortal en su abdomen, los ojos amarillos, las garras de la bestia...

—¿No eres humano? —Ahí es cuando las visiones que he tenido adquirían sentido.

David suspiró impaciente.

—Es una suposición, Allison. ¿Qué harías?

—Ah… —respiré aliviada—. Pues..., yo... No lo sé, supongo que me asustaría. No sé. Depende de lo que seas.

Fue doloroso percibir la decepción en él, su rostro se oscureció y sus ojos perdieron la flama interna.

—«Depende de lo que sea» —repitió la última frase.

—Sí, ya sabes: alguna criatura diabólica.

Me miró pensativo.

—Entiendo. —Apoyó una mano en la baranda y dejó que su mirada se perdiera hacia la lejanía de la playa donde se alcanzaba a ver la figura de una pareja sentada sobre la arena, besándose.

—¿Por qué lo preguntas?

Sonrió entristecido.

—Indagaba tu forma de pensar.

—¿Por qué?

Clavó la mirada sobre mí.

Con mucho resentimiento…

—¡Porque crees que tengo fuerza descomunal, que no me hieren los cuchillos que se «clavan» en mi estómago, que emito gruñidos de animal y que al parecer tengo que ver con la muerte de ese sujeto que le «chuparon» toda la sangre! —Hizo una pausa para controlarse y luego habló despacio—. Deja las historias de terror para las películas, Allison. No actúes como tonta.

Por más que se empeñara en demostrar que todo era producto de la alucinación por el cloroformo, más me convencía de que estaba por descubrir una terrible verdad.

—Lo siento, pero no puedo —fui terca.

—¿Por qué?, pensé que éramos amigos.

Reí indolente.

—¡Vaya!, ¡qué raro, no se te ve nunca la cara! —El sarcasmo me salió al instante por la rabia. Pero luego me arrepentí al recordar que él me había salvado la vida un par de veces—. David... —apacigüé la voz, esperando que lo confirmara—. ¿Somos amigos?

Apartó la mirada y respondió:

—Sí, lo somos.

Yo tenía sentimientos encontrados: profunda felicidad por su amistad y dolor porque esto no era amor.

—Como *amigo* no has sido muy bueno —le hice saber, bastante dolida de su lejanía. Tantas veces en que le marqué para saber de él y jamás devolvió una de mis llamadas.

Sin levantar la vista, esbozó una triste sonrisa. Parecía que encontró más interesante el piso manchado del muelle que mis ojos.

—Créeme que sí lo soy —aseguró con cierto quiebre en su voz.

La brisa del mar removió sutilmente su cabello. La necesidad de tocarlo era muy grande y poderosa. Levanté mis brazos hacia él, queriendo estrujarlo hasta que le dolieran los huesos, pero se percató de mis intenciones y retrocedió.

No entendí por qué lo hizo, los amigos se abrazaban como en estos momentos. Pero con él todo era diferente, tal vez por ser inglés, puesto que ellos no demuestran afecto en público, sino que son conocidos por su frialdad y poco sentido del buen humor.

—Te extrañé —expresé mientras me cruzaba de brazos, sintiendo picor por la falta de contacto—. Me hiciste falta. ¡Como amigo!, claro...

David resopló molesto y no supe qué pensar de su actitud.

¿Acaso lo había ofendido? Más bien, debería ser yo la que estuviera enojada: quise abrazarlo y él no me correspondió, intenté buscar la verdad y él se empeñó en ocultarla, impugné su amistad y él la defendió para luego confundirme con su rechazo.

¡Qué se decidiera!

—¿En serio? —Ahora era él quien hacía uso del sarcasmo—. ¿Tu *amigo* Donovan no logra distraerte?

El comentario me aturdió. ¿Podría ser más egoísta?

—¿Tanto te molesta? —Mi corazón estaba hecho un desastre.

No me respondió, pero por la expresión de su rostro era obvio que le desagradaba la amistad que sostenía con el ahijado del señor Burns.

—Donovan es tan amigo mío como lo eres tú, David. —Por lo menos la amistad de mi italiano se hacía presente.

Él avanzó hacia mí más de lo que había retrocedido.

—Si me consideras *tu amigo*, ¿por qué estas acusaciones? —escrutó de manera despiadada.

La caricia de su aliento en mi rostro contribuyó de algún modo a la necesidad de sentirlo junto a mí. Así que, me mantuve firme, luchando por no saltarle encima

—Todo fue tan raro, tan descabellado...

—¿Y por eso decidiste sospechar de mí? —Me taladraba con sus ojos azules.

—Pues..., sí.

—¡Alucinabas por el cloroformo! —exclamó contrariado—. ¡Cualquier médico te lo confirma!

—No creo que por eso haya sido...

—¡¿Por qué no me crees?!

—¡Quiero hacerlo! —Pero era tan difícil.

Nos miramos en silencio, tan solo por unos ínfimos segundos. David no dejaba de ver hacia mis labios como deseándolos de la misma forma en que yo también deseaba los suyos. Había una fuerza de atracción tan potente que tironeaba para que nos besáramos, que me sorprendió que ninguno de los dos diera el brazo a torcer, fue más el orgullo que la pasión. David se contuvo de dar el primer paso y yo no me arriesgaría a que me volviera a rechazar como lo hizo en su automóvil y en mi habitación.

—Pero no puedes… —dijo él con lamento.
—No, no puedo. Lo siento.
Suspiró apesadumbrado.
—Yo también lo siento.
Se marchó, dejándome sola en el muelle.

Capítulo 17

Dos días después.

—¿Cuándo piensas viajar a Italia, Allison? —Donovan me preguntó, sentados ambos en la banca de hierro forjado del porche, charlando animados, una vez hubo terminado las clases particulares.

—El próximo año.

—¿Por qué esperar tanto? —le causó intriga y yo solté un suspiro largo.

—Necesito pasar un tiempo con tía y organizar algunas cosas con calma. —Como averiguar a dónde fue a parar mi relicario, que aún nadie llamaba de haberlo encontrado, y también porque aguardaba a que algún día tuviese oportunidad para volver a hablar con David.

Donovan consultó un mensaje de texto que alertó su móvil y enseguida lo guardó en el bolsillo trasero de sus vaqueros, sin responder al que le había escrito. Su jeep se hallaba estacionado frente a la casa, la calle estaba solitaria, esta vez nos dio por pasar un rato sin que el océano estuviese como fondo paisajístico, pese a que Donovan se lo veía un tanto distante. Al liberarlo de su amabilidad, comprendía que él también tenía sus obligaciones y no todo orbitaba a mi rededor; aun así, insistió en permanecer unos minutos conmigo.

—¿Ya sabes dónde piensas estudiar?

—Hay varias escuelas de arte muy buenas en Roma y en Florencia —dije—, tal vez cuando las visite, me decida por una.

—Me parece bien: para cuando vayas a estudiar, viajaré contigo —reveló para mi sorpresa—. Te ayudaré a establecerte, necesitarás de alguien que te enseñe la ciudad.

—¿Y tus estudios? —No tenía intención de que él hiciera a un lado su educación superior para seguirme como perrito faldero. Yo era capaz de desenvolverme sola en cualquier parte, su despreocupación por su propio futuro era alarmante.

Donovan se encogió de hombros.

—Puedo retomarlo cuando quiera.

—Pero, te esmeras tanto en tus estudios. No lo estropees…

—Descuida. Tomaré unos cursos por allá que son buenos. Así no perderé el tiempo.

Suspiré resignada. Él haría lo que fuera por estar a mi lado, dejaría atrás todo lo importante para seguirme. Su apego hacia mí me aturdía, sin ser inevitable de compararlo con David, quien le valía lastimarme. En cambio, con Donovan era fácil de hablar sobre lo que sea, valorando cada minuto que pasamos juntos. Es un hombre que se deja querer y acepta de buen agrado lo que se le ofrece. O, más bien, espera paciente su turno a que le entregue mi corazón roto.

—Sería fabuloso —procuré forzar una sonrisa ante la idea—. Da escalofríos estar alejada de todo lo que amo… —tragué el nudo que adolecía mi garganta. El día que partiera a tierras mediterráneas, lloraría a mares.

—Matilde también te extrañará.

—Sí, ella también… —dejé que pensara que mi pesar se debía a la añoranza familiar que experimentaría, aunque del todo no estaba equivocado. Extrañaría un montón a tía Matilde: sus abrazos, sus atenciones, sus increpadas por mis ocurrencias… Me haría falta y, si no es por su empeño en permanecer en Carolina del Norte, también me la llevaría—. ¿Sabes qué es lo que voy a extrañar más de ella?

—¿La tarta de queso? Me comería una completa —expresó socarrón ante la evidente salivación de su gula.

—Tengo la receta, intentaré prepararla cuando allá me establezca.

Hizo un mohín.

—Olvídalo, Allison, me daría diarrea. Eres pésima cocinera.

—Ay, ¡qué malo eres!

En honor a la verdad, él tenía razón: tía era mi polo opuesto en referencia a las artes culinarias y la repostería. A duras penas era capaz de hervir un huevo sin crear un desastre.

En ocasiones anteriores intenté ayudarla cuando ella horneaba las deliciosas tartas para las personas que se las encargaba, pero siempre que yo ponía las manos en acción como asistente, un accidente pasaba en la cocina: el cartón de huevos se me caía al piso, quebrándose todos de una vez; la masa que pretendía esparcir sobre la mesa, me salpicaba hasta las pestañas, quedando como *Casper: el Fantasma amigable*; tropezaba con el mobiliario y regaba la leche por mi torpeza, se quemaba la comida que debía velar para que no sucediera, por estar distraída con el móvil, y el fuego que salía de las hornillas amenazaba con incendiar la casa.

Como que tendría que comer en la universidad o pasaría hambre por ser una inútil cocinera.

—Hablando de tartas… Pronto será su cumpleaños.

Donovan me miró sorprendido, habiéndolo pillado mi comentario con la guardia baja.

—¿Y cuándo es? —demostró interés.

—El 30 de mayo.

—¡Es este viernes!

—¿No lo sabías? —Debí imaginarme que los hombres eran pésimos para recordar fechas importantes.

—Mi padrino y yo le preguntábamos, pero Matilde nunca nos dijo. Ni siquiera sus amigas cercanas lo saben. Es muy esquiva.

—¿Y si le damos la sorpresa?

—Se enojará.

—La conozco, fingirá estarlo. Le agradará que tengamos ese detalle. —Ya mi cabeza fraguaba maligna el mejor agasajo de cumpleaños celebrado en el condado.

Él no parecía convencido.

—Procura invitar gente con la que ella se relacione bien, Matilde no es precisamente la persona más carismática del pueblo.

—¡Ay, yo no conozca a nadie! Solo a ti, al señor Burns y a Ryan… Ayúdame, ¿sí?

Se rascó la cabeza, bastante desanimado.

—No me pongas en esas…

—Anda, Donovan.

—No sé…

—*Por fis*, ¿sí? ¿*Síííí?*

Puso los ojos en blanco y asintió sin tener más remedio que dedicar parte de su tiempo en hacer las invitaciones.

A la mañana siguiente me levanté más temprano de lo habitual. Me enfundé unos vaqueros y una camiseta holgada y bajé de volada a la cocina para hacerle a tía el desayuno. ¿Qué tan difícil era de preparar omelet, tostadas y café? Yo la veía hacerlo cada día, ya sabía cómo se preparaba.

—Buenos di… ¿Qué haces? ¡¿Estás cocinando?! —tía, envuelta en su albornoz azul claro, preguntó sorprendida mientras yo acomodaba los platos en la mesa.

—Se me antojó cocinar.

—¿Y eso por qué?

—Porque sí.

—¿Qué sucede, Allison?

—Nada. Se me antojó cocinar…

Entrecerró los ojos con desconfianza y se sentó en la mesa como si hoy fuese el Día de los Santos Inocentes, aprensiva de que le fuese a jugar una pésima broma.

En cuanto serví el desayuno, ella agrandó los ojos ante el contenido de su plato, el aspecto de la comida distaba de verse apetitoso. Los huevos tenían la apariencia de un vómito viscoso, con un leve olorcillo a quemado del que traté de ventilar el ambiente de la planta baja para que no se percibiera.

Contuvo una mueca en cuanto probó el primer bocado.

—¿Rico?

—Sí, están… —carraspeó para aclararse la garganta, esforzándose en tragar como si hubiese mordido un puñado de espinas— un *poquitín* salado. —Alzó su taza para sorber del café y así eliminar el sabor desagradable en su paladar.

Se estremeció.

—¿Poca azúcar?

—Más bien, mucha. ¿Cuánto le echaste?

—Cuatro cucharadas.

—¿Soperas?

—Sí.

Ella me miró como expresándome en silencio, «creo que te pasaste otro *poquitín*…».

Se dio por vencida con su comida y apartó el plato para poner sus manos juntas sobre la mesa, en una pose de que me iba a abordar con mil preguntas.

—Dime, ¿qué tramas, jovencita? —inquirió como policía entrenado en esos casos. Sus anteojos rectangulares endurecían más su mirada.

Me acobardé.

—¿Yo? —deslicé las manos hacia mis muslos para cruzar los dedos y así infundirme buena suerte—. Es solo que ayer hablé con Donovan, y... Bueno, salió *sin querer* el tema de tu, eh... —tosí—, cumpleaños.

Con deliberada lentitud, ella comenzó a tamborilear sus dedos arrugados al lado de su taza de café.

—¿Y?

Dirigí la vista directo hacia el ritmo acompasado que hacía, sin saber cómo soltarle mis planes para evitar que se enojara.

—Bueno, que... decidimos —volví a toser— celebrártelo.

¡Listo, lancé la bomba atómica! Ahora restaba esperar a que tía no me dejara sorda por el sermón que me iba a dar por estar planificando festejos sin antes haberle consultado.

—¡¿Qué?! —Arqueó las cejas con incredulidad, abriendo primero los ojos desorbitados para luego entrecerrarlos con absoluta molesta—. ¡No!

Era de esperarse.

—¿Por qué no?

Ella, siendo enérgica, sonó el tope de la mesa con ambas manos para levantarse. Tomó su plato y lo llevó hasta la cesta de la basura que estaba debajo del fregadero, botando los restos de su desayuno. Pese a su gruñona actitud, aguardé a que se dignara a contestarme, seguía dándome la espalda, organizando con ademanes toscos el desorden de sartenes y cubiertos en el fregadero, mientras que, en su mente, quizás se lamentaba de que yo ya no fuese una chiquilla para darme un par de nalgadas por entrometida.

—No me gustan las fiestas de cumpleaños —dijo con brusquedad—: me recuerdan que tengo un año menos de vida.

—O un año más vivido —repliqué dispuesta a darle batalla a su tonta excusa.

Tía vaciló por un instante para luego recomponerse en el acto.

—Igual no quiero fiestas.

—¡Oh, tía, vamos! —le imploré y al instante esbocé una expresión de desconsuelo—. Di que sí…

Se cruzó de brazos, negando con la cabeza.

—No, Allison —dijo terca. Tratar de convencerla resultaba más difícil de lo que suponía. Sin embargo, yo también era peor que ella y no iba a quedar en tela de juicio mis habilidades de persuasión.

—¿Sí? —apretaba con más fuerza los dedos entrecruzados para que cambiara de parecer.

—No —el timbre de su voz era menos severo.

—¿*Síii*?

—No, Allison.

—¿*Síiiii*?

Ella vaciló y yo puse ojitos de cachorro triste.

—Bueno…

—¡*Síiiiiii*! —Emocionada, me levanté de la silla y corrí a la cocina para abrazarla. Conseguí lo que otros no pudieron.

—¡Con una condición!

—La que quieras —acepté alegre sin pensar en las consecuencias. Mi mente trabajaba a la velocidad de la luz en cuanto a cómo sería el decorado y en qué parte de la casa se haría dicho festejo.

—Haré la lista de invitados.

Mi sonrisa se congeló y deshice el abrazo.

—Pero, Donovan… Él…

—¡Pero nada! Es *mi fiesta*, ¿no? Pues se hará lo que *yo* diga.

Suspiré derrotada por no estar en posición de exigencias. Si me ponía intransigente, tía cancelaba todo sin dejarme rechistar, saliéndose con la suya.

—Está bien —dije con desgana. Sería una lista muy corta.

—Ahora, si me permites… —Tía, siendo odiosa a su manera, abanicó la mano para que me largara—, preparé el desayuno.

Hice un puchero.

—El omelet no estuvo tan mal…

Ella se volvió hacia mí y esbozó una sonrisa condescendiente.

—Cariño, te amo, pero lo que preparas es un atentado para mi estómago —manifestó arrugando la nariz—. La próxima vez, habla conmigo sin torturarme, ¿quieres?

*****

Mientras revisaba la página *Web* del anticuario para chequear por si un cliente deseaba adquirir alguna pieza antigua, vía Internet, observaba a tía Matilde reclinada sobre el mostrador, escribiendo concentrada la lista de invitados. Resultaba cómico escucharla hablar en voz baja, peleando consigo misma cual quinceañera antes de su fiesta de presentación.

—Los Yorke… Sí, *ellos sí*. El señor O´Hara… No, *ese no*, me debe dinero. —Batió el lapicero en el aire en una meditación impuesta—. Cindy y Karla, por supuesto, ¡no deben faltar! —el tono de su voz se alegró por ser estas sus amigas. Luego meditó un segundo y susurró—: Steve Reeves… Sí, es buena gente… Sí, sí… Con su esposa… —el perfil de su rostro indicaba que hizo una mueca—, aunque la *muy sangrona* no me agrade del todo. —Se acomodó los lentes y siguió con el baileoteo del lapicero contra su frente—. Esto… Sí. ¡Ya! ¡Ya! Los Contreras, Richard Norris, el comisario… *Hum*…. Mejor no… —tachó al último de la lista—. Evitemos problemas. —Escribió nuevos nombres—: Peter… Donovan… —hizo un alto, dirigiendo su mirada hacia mí—. ¿Deseas que invite a tu amigo?

Alcé los ojos por encima del monitor hacia ella.

—¿Cuál amigo? —pregunté alarmada, palpitándome furioso el corazón.

—*Ese*… El que es medio… —abanicó la mano a modo amanerado.

—Ryan, tía.

—¿Lo invito?

—Sí. Y con un acompañante. ¿Puede llevar a su… novio?

Ella me miró seria y luego asintió sin ninguna expresión en su rostro. Era chapada a la antigua, pero no obtusa.

Luego dudó no muy convencida de hacerlo.

—¿Querrá asistir a la fiesta de una vieja?

—Obvio no lo conoces: ¡Por supuesto que asistirá!

Tía continuó escribiendo su lista de invitados.

—Los Wood, los O´connor, los Criswell, los Smith… A ver, a ver… ¿Quién me falta?

Pensativa, tamborileaba el lapicero sobre su frente como si se ordenara de ese modo en incentivar su memoria, mientras yo me limitaba en observarla de reojo.

—Estoy segura de que me falta alguien. ¿Quién será? —Miró hacia las lámparas colgadas en la tienda, como si allí hallara el nombre que le faltaba y luego volvió a enfocar sus ojos sobre el papel, repasando una vez más la lista—: Los Yorke, Cindy, Karla, los Reeves, los Contreras, Peter, Donovan, Ryan Kehler *y compañía*, los Wood, los O´connor, los Criswell, los Smith… ¿Quién será el que se me está escapando? ¡*Caray*, qué escurridizo nombre! No consigo acordarme ¿quién podrá ser? ¿Quién?

Sus ojos se iluminaron en el acto.

—¡Ah, ya me acordé! ¡David Colbert!

La miré mortificada y deslicé hacia atrás la silla para levantarme. Al escuchar su nombre, sentí que el corazón se me estrujaba.

—¿A quién vas a invitar, tía?

—A David Colbert —contestó a la vez en que apuntaba en el papel—. ¿Por qué te sorprendes? —Me miró por encima de sus anteojos.

—Es solo que no creo que él asista, es un hombre muy ocupado —comenté como si nada, pese a que en más de una ocasión suplicaba a los santos una segunda oportunidad para disculparme por mis estúpidas acusaciones. Una vez recostada en mi cama y haber llorado hasta el agotamiento, medité que había sido muy impulsiva al señalarlo. ¿Qué pruebas tenía? ¿Mis visiones? ¿El cuerpo de un sujeto que desapareció de la morgue? ¿Unas fotos forenses que estaban en poder de la policía? Ni vídeos, ni testigos. ¡Nada!

Tía esbozó una mueca de inseguridad.

—¿Tú crees?

—Es mejor no invitarlo —controlé mi ansiedad para que no se diera cuenta de mi intención de mantenerlo alejado. Quería verlo, pero aún no estaba preparada para afrontarlo.

Ella pareció vacilar.

—Lo invitaré de todos modos. Sería una descortesía no hacerlo, después de todo lo que él hizo por ti. Será mi invitado de honor.

¡Ay, mi madre!

—Estoy segura de que no vendrá —me apresuré a decir en mi intento de hacerle ver que era mala idea. De presentarse, yo sería la peor anfitriona si lo tenía a él revoloteando por ahí con cara de pocos amigos.

—Será su decisión si asiste o no —expresó al encogerse de hombros—. Toma... —alargó su mano para entregarme la lista de invitados que era más larga de lo imaginado—. Que sean tarjetas en tono crema y letra modesta. No quiero que se imaginen que *botaremos la casa por la ventana*, porque no será así. ¿Entendido?

—Sí, señora.

—Deberías hacerlas tú misma, eres buena en las manualidades —sugirió, esbozando una amplia sonrisa, y yo asentí por no quedar tiempo para mandarlas a una imprenta.

—¿Cómo las quieres? —Al menos me daba cierta libertad para diseñar algo bonito.

—Sencillas.

—¿Nada en especial?

—Confío en ti. Entrégalas personalmente con suficiente anticipación para que los invitados puedan organizarse. Ya sabes cómo es la gente: «No pude asistir, porque no me mandaron la tarjeta con tiempo» —expresó con voz chillona.

Sentí un nudo en el estómago cuando leí el nombre de David, escrito en tinta azul, al final de la lista. De no ser por mi tía, yo no me habría aventurado a invitarlo, menos tener que presentarme hasta su casa a entregarle la invitación.

—¿Y si les notifico por WhatsApp? —albergaba la esperanza de no tener que ir hasta allá.

Reaccionó como si hubiese dicho una palabrota.

—¡Por supuesto que no! Allison, no seas floja. ¡Entregarás las tarjetas en las manos de cada invitado o no habrá fiesta!

—Está bien... —Olvidé que ella fue educada de una forma en la que, las invitaciones escritas, eran la norma. Por lo tanto, la idea de tener que estar llamando a los invitados o enviar mensajes de texto lo consideraba de mal gusto.

Pese al malestar de tener que enfrentarme de nuevo a esos ojos de hielo, pensaba que era una excelente excusa para arreglar las cosas con él. Si no era en esa ocasión, entonces, ¿para cuándo?

—Procura entregarlas mañana a más tardar. Mira que no queda mucho tiempo.

—Lo haré a primera hora.

—Perfecto. ¡Ya sabes…!

—Sí: «sencillas». ¿Puedo salir temprano? —consulté a la vez en que guardaba el papel en mi bolso—. Hoy las haré. Iré a la librería a comprar los materiales que necesito para diseñar las tarjetas.

—Claro, ve…

*****

—Hola, David. Sé que me equivoqué al sospechar de ti con lo de Vincent, pero… Pero… —quedé a mitad de lo que practicaba decirle a este, frente al espejo del baño. Estaba envuelta en la tolla, con el cabello húmedo y los nervios haciendo estragos en mis intestinos.

»¡Hola, David! Pasaba por aquí para… No, ¡así no! —Tomé el peine de dientes anchos, girándolo nerviosa entre los dedos.

»Hola. Tía va a cumplir años, así que te traje una tar… ¡Ay, no, suena infantil! —Desenredaba mi cabello para luego detenerme en seco—. Hola… —esbocé una amplia sonrisa del que no ocultaba la angustia reflejada en mis ojos—. ¡No! —Volvía a cepillarme con brusquedad, buscando en mi mente todas las formas posibles que me harían más fácil dirigirme a él sin meter la pata.

»David. Sé que no me quieres ver, pero… ¡No, no, no! —Tomé aire varias veces y lo soltaba con lentitud para calmar el nerviosismo.

»¿Qué tal? —Moví la mano frente al espejo, simulando un saludo informal—. Tanto tiempo sin verte, después del… ¡*Argh*, olvídalo!

Abandoné el baño, molesta por tener que pasar por semejante predicamento.

La iba a embarrar.

*****

Tras unas horas entregando las invitaciones, manejaba hacia el último punto del cual había postergado adrede. En mi desespero telefoneé a Ryan para que me acompañara; por desgracia, este tenía planes con su novio y no pensaba cambiarlo, aunque fuese para ir hasta la casa de David Colbert.

Lamenté tener que ir sola, aunque a Donovan lo deseché en el acto por la existente animosidad entre esos dos, que era mejor que se mantuvieran distantes; sea lo que fuese que pasó entre ellos, se odiaban a rabiar.

Mi auto poco a poco salía de los límites de Morehead City y Beaufort, para adentrarme por un camino boscoso y solitario que me causaba aprensión al recordarme lo sufrido *aquella noche* por Cedar Point. Conducía a baja velocidad, dándome tiempo para ordenar mis pensamientos y lo que al esquivo pintor le iba a decir, después del bochornoso interrogatorio en el muelle. Aún sin idea de hacia dónde dirigirme, David no fue específico en su dirección, solo que vivía en The Black Cat, frente a bahía Davis.

¡Caramba! Esto me tomaba más tiempo del previsto, no daba con su casa, apenas la recordaba de las tomas aéreas filmadas desde un helicóptero de la televisora principal del estado. Sé que la casa era grande; no obstante, me costaba dar con su ubicación, tuve que detenerme en un par de ocasiones para solicitar ayuda a los lugareños, pero a la persona que le preguntaba, me miraba con asombro como si les estuviese pidiendo la dirección de Belcebú.

El recorrido parecía no tener fin, apenas unas cuantas hermosas casas se vislumbraban entre los frondosos arbustos. Estas no se asemejaban a la que vi por la televisión, eran de un nivel económico más alto en referencia a las dejadas kilómetros atrás en las aldeas cercanas que eran más humildes.

—¿Dónde, *carajos*, está? —Manejaba, cansada de preguntar y recibir portazos en la cara. La gente por el sector era esquiva, apartados uno de otros por una buena distancia, ni un «sigue la ruta» o «¡por ahí!, ¡por ahí!», expresaban. Mucho dinero en sus cuentas bancarias, pero cero en amabilidad.

Justo cuando me daba por vencida, divisé a lo lejos una impresionante vivienda de tres plantas, del que reconocí enseguida se trataba de la que pertenecía a David Colbert.

Mi corazón volvió a latir como potro loco en mi pecho y mis manos temblaban sudorosas por haber llegado hasta dicha morada.

Apreté el volante y respiré profundo varias veces.

—No la vayas a cagar: entregas la tarjeta y te marchas.

¡Ah! resulta que, al estacionar frente a la calzada que da acceso a la casa…

Se me heló la sangre.

—¡¿Qué mierda es eso?! —Una escultura se hallaba en pleno jardín exterior como si fuese una emisaria del infierno—. ¡Huy, qué horrorosa!

De estar erguida, la escultura mediría dos metros cincuenta de alto. Decir que espantaría hasta las cucarachas era quedarse corto, solo a David se le ocurriría esculpir semejante atrocidad y ponerla frente a su casa como si fuese una fuente de querubines. La Calavera de la Muerte: pálida y blanquecina, estaba cubierta con su capucha negra que caía a los lados en ondas pesadas de granito, se acuclillaba en el césped, sosteniendo con una mano la tapa de un ataúd del mismo material y del que sobresalía del hoyo cavado en el suelo, esperando paciente a que alguien lo ocupara. Con la otra mano, señalaba la lápida, cuya inscripción hacía pensarlo mejor antes de dar un paso en dirección a la casa.

«Solo faltas tú».

—Qué encantadora bienvenida… —expresé anonadada. Claro mensaje que dejó allí después de que tuvieron que ahuyentar a las chicas y reporteros que acamparon en el jardín días atrás.

Una vez recuperada de la impresión que me causó la espantosa escultura, apagué el motor del auto y descendí sin quitar la vista de la fachada que admiraba. ¡Vaya! Mi mandíbula cayó abrumada. ¡Qué casota! Era más grande e imponente contemplarla en persona que a través de la pantalla de la televisión. La mansión resaltaba su color blanco entre el follaje que la rodeaba, de techos triangulares, balcones en cada nivel y enormes ventanas de vidrios polarizados que impedían la filtración del sol al interior.

No estaba rodeada por cercos ni rejas, pero tenía un camino de adoquines de fácil acceso, con grama muy verdosa que lo flanqueaba hasta la puerta principal.

Avancé hacia el fabuloso domicilio, mientras me arreglaba rápido el cabello y alisaba la blusa con nerviosismo. Me había esmerado en lucir más presentable, usando la mejor ropa que tenía en el armario. Detrás de mis lóbulos, una gota de perfume, y maquillaje que cubría mis ojeras, polvos en las mejillas para no verme pálida y un toque rosa en los labios para hacerlos más llenos.

Noté que el Lamborghini no estaba a simple vista, del que indicara que David se hallaba en casa. Puede que el deportivo estuviese guardado en el *galpón* que el propietario tenía como garaje a un costado de la mansión o este había salido, lo que rogaba fuese lo último para no verle a ese inquietante hombre la cara.

Me adentré por el camino de adoquines, sin quitarle la vista a los ojos ahuecados de la escultura acurrucada, que parecía seguirme con su huesuda mirada. Se hacía cada vez más grande y subyugante conforme yo avanzaba hacia la puerta principal como si me estuviese estudiando con su mortífera sonrisa de ultratumba.

Aprensiva de lo que pronto habría de ocurrir, toqué el timbre a la espera de que alguien abriera la puerta. Enseguida mis ojos se clavaron en un letrero de madera muy elegante, donde reseñaba el nombre con el que bautizaron la mansión.

Rosafuego.

Me sorprendió que fuese poco masculino y para nada macabro; causaba risa la falta de imaginación, habiendo una inmensidad de nombres originales que habrían adornado a la perfección la pared de la residencia. Sin embargo, David Colbert era intrigante y vaya Dios a saber por qué llamó a su vivienda de ese modo.

Tras el segundo toque al timbre, una de las ventanas se deslizó a un lado y el rostro ceñudo de una mujer de unos sesenta años, se asomó para averiguar quién llamaba a la puerta.

—¿Qué desea? —preguntó con un refinado acento británico que me desagradó. Presumía que se trataba del ama de llaves que corrió a escobazos a aquella fanaticada alocada que acosó a David durante días, tal vez confundiéndome con una de estas.

—Buenas tardes, señora. Mi nombre es Allison Owens, soy… —tragué saliva—, amiga de David Colbert. Él… ¿se encuentra en casa?

La anciana endureció más la mirada, escaneándome con desdén de la cabeza a los pies.

—El señor Colbert está ocupado en estos momentos —respondió un tanto brusca.

—¿Sería amable de llamarlo?, por favor...

Visiblemente irritada, negó con la cabeza.

—Al señor no le gusta ser molestado mientras trabaja en su estudio —espetó—. Lo que necesite hablar con él, dígame para hacerle llegar el mensaje cuando se desocupe.

Estuve tentada a marcar a su móvil, pero medité que sería infructuoso, él jamás devolvía mis llamadas.

—Entiendo... —me sorprendí de estar desilusionada por no poder verlo—. En ese caso... —extraje del bolso la tarjeta de invitación que me había esmerado en diseñar la noche anterior. Fueron pocas porque no estaban dirigidas de persona a persona, sino por familias—, le agradecería que le entregue esto —se la extendí a través de la ventana abierta y ella lo recibió como si las yemas de sus dedos se fuesen a ensuciar con el sobre que cubría la tarjeta—. Dígale, por favor, que será un honor tenerlo en la celebración. —Aunque, para mis adentros, rogaba que no le diera por aparecerse en el agasajo, así yo estaría más tranquila.

—Se lo diré.

—Gra... —la condenada anciana cerró con rudeza la ventana en mi cara—. ¡Gracias! —expresé al cristal—. Es usted muy... «amable». —Vieja, hija de... Parecía que jamás le enseñaron a tratar con educación a las personas. Por lo visto, David se inspiró en ella para esculpir la calavera del jardín.

Capítulo 18

Hileras de múltiples velitas dentro de vasitos de vidrio, indicaban a los invitados el camino a la fiesta desde la calle frontal hasta la parte trasera de la casa.

De las barandas de los balcones, tanto el de tía que daba hacia el vecindario como el mío, con vistas a la playa, ciento de lucecillas se sostenían de estas como cortinas que caían. A pesar de las discusiones que sostuve con tía por su renuencia a embellecer la casa, el decorado tenía un toque romántico.

Se alquiló una gran carpa rectangular blanca que se dispuso en un extremo del patio para ubicar las mesas que abarcarían el mismo ancho, adornado el techo con extensiones de lucecillas que recorrían desde la lámpara central hasta las cuatro esquinas que lo sostenían, dándole un efecto maravilloso. Se instaló un piso de tablas hacia el centro del patio en caso de que a alguien le dé por bailar, sin ocupar el total de la extensión de la enorme *alfombra natural* de grama verde del que tía procuraba mantener siempre podado. La orquesta de cuatro personas se ubicó cerca de la tarima, vestidos ellos en camisas blancas y pantalón caqui, listos para cuando les diéramos la orden de comenzar a tocar alguna melodía.

Hubiese preferido otra carpa por si llovía, pero Donovan comentó que no hacía falta, el meteorólogo anunció por el noticiero local que habría buen clima, el cielo estaba estrellado y el olor de la brisa marina perfumaba el ambiente.

Dos mesoneros se encargarían de atender a los invitados; los aperitivos –preparados por tía– yacían en la encimera de la cocina y el tope del muro de ladrillos, a fin de evitar que la mesa de buffet redujera el espacio en el patio. Las bebidas consistían en cócteles y vino.

Nada de cerveza ni champaña para no incrementar los gastos, la renuncia en el presupuesto era por disposición de la terca cumpleañera.

¡Ni siquiera permitió una torta de cumpleaños!

Su alegato: no estaba para soplar velas.

—¡Tía, estás hermosísima! —sonreí al verla emerger de la puerta que conecta la cocina con el patio. Se atavió en un vestido verde lima hasta más abajo de las rodillas, con mangas envolventes a modo de pétalos, y sandalias de tacón medio que le hacía juego. A diferencia de mí que traía el cabello suelto, ella usaba una peineta de piedras brillantes a un lado de la cabeza, considerando que el cabello corto y canoso no era excusa para dejar de adornarlo—. El señor Burns quedará embobado en cuanto te vea.

—¡Ay, no exageres! —Se ruborizó mientras se acomodaba con delicadeza un mechón suelto, manteniendo sus labios estirados en una sonrisa apenada—. Tú también estás hermosa, querida. Ese color te sienta bien —expresó en referencia al vestido rosa que yo usaba y cuya falda me llegaba a mitad de muslo.

Ya estábamos listas para recibir a los invitados, oré para mis adentros para que todo saliera bien y el clima no nos hiciera una trastada. En cuestión de minutos comenzaron a llegar en parejas, salvo algunos como Donovan y el señor Burns, quienes eran los únicos solitarios esa noche. Tía saludaba de buen modo a los Yorke, por ser estos los primeros en brindarle su amistad cuando ella se mudó al condado. Luego las señoras Cindy y Karla, junto a sus respectivos esposos, nos saludaron; Ryan me presentó a su novio, no había tenido oportunidad de conocerlo, ellos tenían unas semanas saliendo y era una relación con altibajos, debido a la inseguridad de Elliot de mostrarse juntos en público. Cuando le extendí a mi amigo la invitación, él me comentó que haría lo posible para que este lo acompañara, pero si se ponía intransigente, entonces asistiría solo.

La orquesta amenizaba con música suave y tropical; los invitados se hicieron presente, a excepción de David, quien brillaba por su ausencia. El condenado ni se molestó en avisar que no asistiría. Tía aún guardaba esperanzas de que se animara, consultando de vez en cuando su reloj de pulsera y levantando la mirada hacia el *camino de velitas* por donde llegaban los invitados.

La reserva que ella antes tuvo de él se disipó tras las veces en que David actuó como héroe, salvando a su sobrina de sufrir a manos de un degenerado y de morir por el azote de un huracán. Por mi parte, mis nervios estaban a flor de piel, aún insegura de si este se iba a presentar en la celebración, pese a que muy en el fondo de mi ser deseaba que apareciera para aclarar las cosas y reanudar nuestra amistad o lo que sea que haya entre los dos. Si bien, aceptaba que mi apariencia no era del agrado de la mayoría de los hombres, daba la impresión de que a David no le fui del todo indiferente.

—Te dije que no va a venir —susurré al oído de tía cuando esta fue a inspeccionar la labor de los mesoneros en la cocina.

—Claro que sí: vendrá.

—No estés tan segura, ese hombre se mantiene ocupado.

—Ya verás que sí.

—Lo dudo.

El agasajo era un éxito, todo transcurría alegre y sin inconvenientes. Los invitados la pasaban a gusto, bailando achispados por los cócteles servidos y la música que los animaba a levantarse de sus sillas para mover el esqueleto sin que los cohibiese su edad avanzada. Tía bailaba con el señor Burns, Ryan trataba de animar a Elliot, pero este cabeceaba para evitar habladurías, prefiriendo estar sentado en la mesa de los invitados. Donovan me sorprendió en lo bien que se movía y su agilidad para que yo no le pisara los pies por mi nulo sentido del ritmo. Él reía cuando levantaba mi brazo y me hacía girar sobre mí misma como si fuese un trompo, pues *su torpe pareja de baile* cerraba los ojos y lanzaba gritos divertidos, temiendo caer de bruces al sentirse mareada de tanto dar vueltas. No me compartió con nadie, ni siquiera con su padrino que pidió una pieza, pero Donovan le comentó que esa noche él sería el que acaparara mi atención.

Después de varios minutos de estar pisándole los zapatos y de aguantar mis tacones altos, le pedí sentarnos.

Nos dirigimos a la alargada mesa de los invitados, pero Donovan cambió de parecer y tomó mi mano para llevarme hasta el porche de la casa. Allí nos sentamos en la banca de hierro forjado, la calle estaba atestada de autos, la melodía de la orquesta se alcanzaba a escuchar, aunque no estridente como para que los vecinos se molestaran.

Solo dos matrimonios del sector asistieron a la celebración, el resto fue ignorado por la cotilla de la que ellos a tía siempre la tenían envuelta.

Charlamos por espacio de veinte minutos, Donovan se lo veía más animado, quizás por las cervezas que se tomó a escondidas y que trajo de contrabando, ya que su gusto difería del vino y los cócteles que se servían. Lucía casual con camisa blanca de mangas largas, llevada por encima de sus vaqueros, y sus tenis negros. En cambio, me hubiese gustado estar así de cómoda, con unos zapatos planos que no torturasen mis pies. Aunque agradecía que me otorgara el descanso, me dolían las piernas por la corredera durante el día, terminando de organizar todo para tía Matilde.

—Qué bueno haberte conocido, Allison. Eres grandiosa —expresó en una manifestación que brotó de sus labios de manera espontánea.

—Por favor…

—Hablo en serio. Desde que te vi la primera vez con la cara amoratada, supe que eras especial. Es una lástima que yo no fui el que *le voló los dientes* a ese maldito que intentó propasarse contigo.

Apenas esbocé una tímida sonrisa. Cómo habría sido todo de diferente si eso hubiese pasado, quizás en estos momentos estaría ansiando sus besos y no los del otro que vacilaba ante cualquier conflicto que amenaza su privacidad.

—*Aquel* ya tuvo su merecido —recordé sin mirarlo; aún el manoseo y palabras lascivas de Vincent Foster me causaban pesadillas.

—Lo sé —replicó con aspereza, tal vez pensando en David por ser este el que me salvó la vida.

Tomé su mano para manifestarle que, sin importar que no fuese mi salvador, se convirtió en mi mejor amigo. Ryan pasó a ser mi hermano.

—No necesitas una capa de héroe para demostrarme que eres una maravillosa persona. Así te quiero.

—Yo también te quiero —sus ojos marinos, que resaltaban salvajes de su piel bronceada, brillaban por las lucecillas que también colgaban del porche, confiriéndole un fulgor que aturdía. El silencio nos aplastó, pero solo para que nuestras miradas se entrelazaran, él sonreía y yo le devolvía el gesto por la afinidad que sentía.

No fui consciente que sus labios poco a poco se aproximaban a los míos, Donovan los apetecía y yo vacilaba en darle acceso libre o mantenerlos sellados para evitar un beso candente. Meditaba en si era lo correcto y entregarme al momento, la línea entre la amistad y la pasión estaba por romperse, si aceptaba lo que me ofrecía, las cosas entre los dos cambiarían.

Sin previo aviso, unas poderosas luces nos interrumpieron.

Llevé la mano a la altura de los ojos para protegerlos de esa incandescencia y ver quién fue el idiota que pasó frente a nosotros, enceguecándonos con los faros de su auto. Entonces, al enfocar con mucho esfuerzo…, casi me da un soponcio.

¡Mierda!

La sorpresa fue grande al descubrir al culpable.

David estacionaba su Lamborghini, a media manzana de la casa. Descendió de su auto y se aproximó con la vista clavada en nosotros como si me hubiese pillado montándole los cuernos.

Me levanté de inmediato de la banca y caminé hacia él, con Donovan pisándome los talones. Las piernas me temblaban y el corazón palpitaba con mucha fuerza. ¡Aceptó la invitación! ¡Hacía acto de presencia! Tenía oportunidad de disculparme y recuperar el trato agradable que antes sosteníamos; lo de Vincent dejó de causarme curiosidad, prefería concentrarme en la realidad y no en paranoias que podrían llevarme a la locura. Ya había hecho investigaciones, algunos videntes expresaban que las visiones no debían interpretarse de forma literal, sino que contenían significados ocultos, distorsionados con los sentimientos que las entidades manifestaron en sus decesos.

—Buenas noches —saludó formal, sus ojos severos puestos en Donovan y en mí.

—Hola, David —la voz me tembló por mi estupefacción, lucía guapo en su sencillo, pero costoso atuendo de chaqueta sastre casual y vaqueros. Opacaba a Donovan con su imponencia y del que este último ni se molestó en devolverle el saludo.

—No pensé que fueses a venir —comenté sorprendida.

—¿Esperabas a que no viniera? —replicó mordaz.

Tragué en seco.

Estaba cabreado.

—Hubiese sido mejor —Donovan espetó sin dejarme responder.

—No se preocupen, me iré pronto. —Y, a continuación, se dirigió hacia la casa.

Quedé helada sin saber qué hacer al azotarme la angustia. ¿Estaría celoso por verme con Donovan o molesto por el compromiso de asistir a lo de tía?

Por lo menos tenía que disculparme por lo del muelle.

—¡David, espera!

—Déjalo —Donovan me bloqueó el camino.

—Necesito hablarle —puede que no tuviese otra oportunidad. Una vez que este haga acto de presencia en el agasajo, todos querrán acapararlo.

—¿Podrías dejarlo para después?

—Lo siento, es importante que aclare algunas cosas con él.

—¿Aclarar qué?

Que estoy enamorada de David y que lamento haber sospechado de él, de ser una criatura demoníaca que mata criminales.

—Es personal.

Mi evasión fue como si lo hubiese insultado.

—Ten cuidado, Allison. David Colbert no es lo que tú crees.

—¿Por qué lo dices?, ¿qué sabes de él?

—Yo sé por qué te lo digo.

—¿Es por su famita de *mujeri...*?

—No es por eso.

—Entonces, ¿por qué?

Apretó los labios como si de ese modo se obligara así mismo a no revelar lo que sabía de David. O actuaba como yo cuando me enfrenté al otro: sin pruebas concretas.

—Te recuerdo que él me salvó la vida dos veces, eso dice mucho de él, ¿no crees? —Donovan iba a replicar, pero me adelanté para expresar lo siguiente—: Déjame que, por esta noche, hable con David. Luego de esto, veré que actitud tomar respecto a él. Si no deseas decirme nada, entonces no intentes detenerme ni hablar pestes de él de lo que ya sé. ¡Soy consciente que está fuera de mi alcance!

No esperé a que me otorgara el permiso, di la vuelta y me marché a toda prisa hacia la casa. En cuanto crucé *el camino de velitas* hacia el patio, David saludaba educado a las personas sentadas en la mesa bajo la carpa, estrechando sus manos mientras tía Matilde los presentaba.

Donovan no me siguió, pero al señor Burns no le pasó por alto que yo retornara sola del porche. Dejó lo que bebía sobre la mesa y se marchó hacia la calle en busca de su ahijado. Su rostro lucía contraído como si el recién llegado le disgustara.

Tras invitarlo a sentar a su lado, tía –un tanto achispada por los cócteles que ha bebido– le ofreció a David una copa de vino y él asintió con una sutil sonrisa. Ryan agrandó los ojos en cuanto me vio y, desde su asiento, elevó los pulgares a modo de «¡bien por ti!», como si lo mío con David estuviese viento en popa.

Me acerqué por la parte de atrás de la carpa, pendiente de lo que, tía y David, hablaran. Ella no se daba cuenta de mi cercanía, pero él movió su rostro una pulgada como si quisiera mirar hacia atrás.

—Mi instinto no me falló: ¡sabía que vendrías! —tía lo tuteó bastante animada de tener allí a su invitado de honor—. No tienes pinta de hacer un desplante a una dama.

¡Ja!

Sin duda, tía no lo conocía.

—Por usted, jamás, señora Brown.

Ella le sonrió coqueta, se la estaba ganando con su caballerosidad y buenas maneras.

—Qué bueno, ya sabemos para la próxima. Allison pensó que no asistirías. Aunque, si me lo preguntas..., estoy segura de que ella no deseaba que tú por acá aparecieras.

¡Ay, mi madre, la voy a matar! Esto sin duda pondría a David de peor humor.

—Sus razones tendrá.

—Cuando averigüe, te diré —le dio un cómplice codazo en su brazo—. ¿Ya la viste? No sé dónde se habrá metido, la vi hace unos minutos bailando con... ¿Dónde está? —Me buscó con la mirada y yo me escondí detrás de las lonas amarradas a modo de cortinas en uno de los pilares de la carpa, para que no me descubriera. Me costaba dar la cara debido al temor de que me rechazara en cuanto tuviésemos oportunidad de hablar a solas.

—Está afuera, la saludé al llegar —su rostro volvió a girarse levemente como si supiese que yo estaba ahí, detrás de ellos, parando la oreja como una pendeja.

Esbocé una expresión mortificada por la vergüenza que sentía. Le faltó decir que me saludó después de pillarme casi besándome con Donovan Baldassari.

—¿Y por qué ella no está colgada de tu brazo? Se muere por ti.

¡¿Qué?!

Apunta, Allison: matar hoy a tu tía.

Él tomó de su copa de vino sin hacer un comentario al respecto.

—No me parece que lo esté.

Tía sacudió su cabeza, en desacuerdo, y movió su torso en dirección a David, en una pose de que le iba a refutar su resentimiento.

—Dime, hijo: ¿por qué tú y Allison están enojados? No es que yo sea una entrometida, pero por la forma en cómo defendiste tu relación con ella en el anticuario y por las veces en que la has salvado, sugiere que algo profundo hay entre ustedes dos. ¿O estoy equivocada?

—No —respondió y mi corazón explotó, llevándome la mano al pecho. David había admitido que, lo que sentía, no era pasajero.

Sonreí ante lo escuchado, era admirable la facilidad que tía tenía para sacarle la verdad a la gente. Cuando yo confrontaba a David, él me aseguraba que la amistad era nuestra única alternativa; en cambio, con tía, le abrió su corazón y dejó ver lo que guardaba dentro: sentía por mí algo profundo.

—Entonces, ¿qué pasa? —ella inquirió con su lengua adormecida por la embriaguez—. He escuchado llorar a mi sobrina muchas veces, cree que no me doy cuenta, pero estoy muy pendiente de todo lo que le pasa: sufre por ti.

David posó los codos sobre la mesa y ocultó su rostro entre sus manos, en una aparente pesadumbre.

—No es mi intención lastimarla.

Tía Matilde rechazó que uno de los mesoneros llenara su vaso con más de su bebida frutal favorita y se enfocó en el elegante invitado que tenía a su lado.

—Mira… —posó su mano en el antebrazo de David y este se incorporó en su silla para prestar atención a lo que ella le diría—. Te agradezco que la hayas salvado, que de paso fueron dos veces. Eres algo así como su *ángel guardián*, pero si esta relación le causa a ella dolor, será mejor que salgas de su vida de una vez. No la mantengas con el alma en vilo, porque es lo peor que le harías.

David abrió la boca para replicar, pero tía se percató de mi presencia.

—¡Muchacha!, ¿qué tanto hacías afuera? Estabas desaparecida —me increpó un tanto enojada.

¡Ups!

—Discúlpame, tía, se-se me pasó el tiempo, charlaba con Donovan... —Ni quería verle la cara a David. Ya me imaginaba lo que estaría pensando: «¡Mentirosa! Se iban a besar».

—Siéntate acá, tengo algo que decirles —palmeó la silla vacía a su derecha. La que correspondía al señor Burns.

¡Ay, no, esto empeoraba! ¡¿Qué nos iba a decir, aparte de lo escuchado?!

Me rasqué la mejilla por la incomodidad y me senté en la silla. Ni David ni yo nos atrevimos a cruzar miradas ni hacer algún comentario, el ambiente se tensó de tal modo que hasta Ryan y Elliot lo percibieron.

Mortificada por lo que nos fuese a increpar, enfoqué la vista en los bonitos arreglos florales que se hallaban sobre la mesa como parte del decorado y del que no entorpecía la vista con los demás invitados sentados del otro extremo.

¡Cómo deseaba estar ebria!

Tía movió un poco su silla hacia atrás para hacérsele más fácil dirigirse a los dos.

—No soy tonta: veo tu tristeza, Allison, y también el enojo de David.

—Tía, yo...

—Déjame hablar —interrumpió tajante—. No sé hasta dónde tú estás al conocimiento de lo que le sucede a mi sobrina —se dirigió a David y este frunció las cejas, rodando sus ojos aprensivos hacia mí—. Ella ha estado en boca de todos por *lo del ataque* y por culpa de *los chismosos* del pueblo que nos señalan como si fuésemos brujas. ¡Pero no lo somos! —aclaró por si el otro lo creía factible—. Somos mujeres de bien y mi querida Allison es una buena jovencita. ¿Me estoy dando a entender? —David asintió y tía continuó con su discurso—: Bueno. Es fácil que a ella la señalen por un error que cometa en su recorrido por la vida: es curiosa, aventurera, soñadora y poseedora del don...

—Tía —la interrumpí para que no revelara mi secreto.

Me palmeó con suavidad las manos que yo tenía apretujadas sobre mis muslos a causa de la mortificación.

—Poseedora del maravilloso don de pintar. Y no te hablo de casas, ¿eh? —rio como si de un chiste se tratara—. Sino de esa facultad que tiene Allison de plasmar sus emociones en el lienzo —agregó sin que esto sorprendiera a David—. Pronto viajará a Europa para estudiar arte; aunque me hubiera gustado que fuese en Nueva York, así la tendría más cerca, pero como ella insiste…

—Tía…

—¡Ya voy al grano! —Puso los ojos en blanco por mi impaciencia—. Lo que quiero decir, señor Colbert y a ti, Allison, es que no permitiré que, *lo que acá suceda…* —señaló alternativo en dirección de David y de mí—, estropee tu futuro —ahí sus ojos envejecidos se posaron en los míos con seriedad.

—Mantengo mis planes.

David me miró, pero yo no supe leer su mirada.

No parecía disgustado ni intrigado. Nada.

—Qué bueno, me alegra. Espero que lo mantengas presente. Un bebé en estos momentos…

—¡Tía, no estoy embarazada! Ni siquiera somos novios… —chillé lo más bajito posible para que mi vergüenza no se escuchara por los demás. Ryan procuraba charlar con la señora Wood para que yo estuviese menos incómoda, mientras que Elliot distraía a la señora Karla, quienes eran las que estaban más pendiente de lo que nosotros conversábamos.

—¿Ah no?

—¡No!

—Pues, parece…

Tía se disculpó en cuanto notó que el señor Burns y Donovan hablaban con ademanes toscos, al costado de la casa. Se disculpó por tener que dejarnos unos minutos, ya que iría a averiguar qué era lo que ocasionaba el disgusto de aquellos hombres. Sin embargo, antes de marcharse, se volvió hacia David.

—Recuerda lo que te dije: no le causes dolor…

Acto seguido, se encaminó hacia donde se alineaban las velitas en el piso.

Yo aproveché para ocupar el asiento de mi tía.

—Hola —lo saludé de nuevo para romper el hielo.

—Hola —respondió seco. Comenzó a bordear su copa de vino con la yema de su dedo índice.

—¿Podemos hablar a solas? —pedí con un hilo de voz, ya que no deseaba disculparme mientras que otros aguzaban el oído.

—¿Por qué no aquí? —Su actitud de llevarme la contraria era por mera antipatía.

—¿No es evidente? —Señalé con los ojos hacia las dos ancianas cotilleras. La señora Wood sorbía de su copa, muy atenta a lo que yo dijera y la señora Karla hablaba con Elliot, pero su atención puesta en nosotros.

A David no le importó que nos escucharan, pasaba y pasaba suavemente la yema de su dedo alrededor de su copa, produciendo a su vez un sonido agudo en la boca del cristal. No me miraba, ni fruncía el ceño para demostrarme su enojo, tampoco me recriminaba lo visto en el porche o de mi estúpido interrogatorio en el muelle, estaba ahí conmigo, pero su mente en otra parte.

Cansada de estar mirando lo que hacía, me puse en pie y, decidida, me incliné hacia él para susurrarle al oído:

—Por favor, David, necesito hablar contigo. A solas…

Dejó de bordear su copa.

Se levantó de su silla y me indicó que caminara adelante para seguirme a dónde yo dispusiera conversar en privado.

En vista de que tía, el señor Burns y Donovan, aún hablaban por el pasillo que da hacia la calle, opté por llevar a David hacia la playa.

Pero antes de esto, me quité las sandalias y las dejé debajo de mi silla y luego abrí la portezuela de las cercas blancas –reemplazadas– para alejarnos de cotilleo de la gente animada y la música.

Ryan me sonrió y sus pulgares apuntaban arriba con aprobación.

Caminamos un trayecto hasta que el bullicio dejó de escucharse. David no se quitó sus zapatos de diseñador, sin importarle que la arena le ensuciaba hasta las perneras de sus vaqueros. Nos mantuvimos en silencio hasta que lo invité a sentarse conmigo en la roca donde semanas atrás mi frente se estampó contra esta por los vientos huracanados. Mi cabello se batía, tal cual como la anterior vez en la que mis largos mechones a él lo rozaban y del que después se inspiró en la Ninfa Marina.

—Ya estamos a solas —dijo para animarme a hablar.

Carraspeé, nerviosa. Trataba de recuperar la amistad que antes sostuvimos, dispuesta en aceptar sus condiciones, pero no se lo expresaría en voz alta para no reflejar dicho desespero.

Yo causé el daño: yo lo iba a reparar.

Solo esperaba que no me dejara allí, llorando.

—David, yo… —bajé la mirada hacia mis pies enterrados en la arena—, solo quiero disculparme por mi actitud infantil de *aquella vez* en el muelle. No debí acusarte…

—Está bien —fue todo lo que dijo.

Alcé la mirada, apesadumbrada, porque sentía que él estaba más lejos de lo que antes percibía.

—Lo siento —esperaba que con esas palabras enmendara haberlo ofendido.

—Está bien.

—¡No, no lo está! —Su pasividad me inquietaba, porque sus ojos de hielo indicaban que dentro de su ser el fuego se desataba por el beso que casi me dio Donovan—. Y lamento que por mi culpa las cosas entre los dos ya no sean las mismas, me dejé llevar por mis… eh… *por lo del cloroformo,* y levanté sobre ti todo tipo de sospechas.

—¿Qué tienes con Baldassari? —soltó sin más. Su voz tosca.

Parpadeé para ordenar mis pensamientos. Yo desgarrando mi alma para que me perdonara y este solo pensaba en lo del *puto beso.*

—Nada, es mi amigo. ¡Y sí! Casi nos besamos —confesé por si me lo sacaba en cara—. Pero no siento nada por él. —*No como tú.*

—¿Y por qué lo ibas a besar?

—Yo no lo iba hacer.

—Él sí. No hacías nada por apartar tus labios.

¡Dios! ¿Sería posible…?

—¿Por qué me lo reclamas? —Me impactó que estuviese más dolido por esto que por la discusión que tuvimos en el muelle.

Él me dedicó una larga mirada de la que me atrapó enseguida. Los mechones de su cabello castaño se batían suave sobre su frente, acentuando la iridiscencia de sus zafiros. Sus cejas pobladas no se fruncían para cuestionar lo que antes le dije, sino que estaban levemente arqueadas en una meditación afligida.

—¿Aún quieres mi amistad? —preguntó a cambio para evitar responderme.

Asentí y él posó la mirada en el oscuro horizonte marino.

—¿Y tú? —Esta vez necesitaba que él me asegurara que los rencores y la desconfianza quedarían en el pasado.

Su silencio casi me mata. ¿Acaso no quería mi amistad?

Me levanté de la roca y tomé un respiro para controlar la tristeza que se arremolinaba en mi pecho. Le daría las gracias por todo y me marcharía para arrancármelo del corazón.

No más sufrimiento por él.

—Está bien, David, comprendo.

Se puso en pie. Su estatura elevándose muchos centímetros por encima de mí.

—Es difícil ser tu amigo —dijo con un leve quiebre en su voz—. No me conoces, te espantarías.

—Y tú también lo harías, porque tampoco me conoces.

Su sonrisa ladina indicaba que sabía mucho más.

—¿Te quieres arriesgar?

Di un paso hacia él y me puse de puntillas.

—Ponme a prueba… —susurré acercándome demasiado a su boca, de un modo tan sensual que hasta me sorprendí.

La proximidad debió afectar a David, quien no aguantó la tentación de acortar la distancia y tomar mi rostro con ambas manos; el contacto de sus tibios dedos, me hicieron estremecer; él vaciló y yo lo animaba con la mirada a que avanzara, faltaba poco para unir nuestros labios y moverlos en una exquisita cadencia que nos hiciera gemir excitados. La decisión se abrió paso en sus dos irises, aunque no lo hizo donde yo hubiese deseado, me besó en la frente, permaneciendo así un instante. Luego sus suaves labios bajaban lento por la línea de la nariz, y, cuando fue a buscar mi boca…

—¡ALLISON! —Donovan gritó ofuscado, acercándose a nosotros a pasos agigantados.

David y yo nos separamos en el acto.

—¡Aléjate de ella, engendro! —lo empujó con fuerza, lazando a David contra el suelo por tomarlo desprevenido.

Este se paró vertiginoso con una expresión de furia reflejada en su rostro.

—¡Basta! —Me atravesé para evitar el inminente enfrentamiento entre los dos.

—¡Vamos, *demonio*, no te escondas detrás de ella! —Donovan parecía fuera de sí, su rostro lucía enrojecido por la ira.

David me apartó a un lado sin ser brusco.

—No me escondo detrás de nadie. Vete, muchacho…

—¡YA BASTA! —estallé mi garganta con todas mis fuerzas, sintiendo cada una de mis pulsaciones retumbar con potencia. Era un hecho que esos idiotas se odiaban y que vieron la oportunidad perfecta para saldar sus cuentas pendientes.

Donovan le propinó un puñetazo, pero David permaneció inmóvil sin afectarle el golpe. En cambio, él le devolvió el suyo con tanta fuerza, que Donovan cayó lejos de nosotros.

—¡DETÉNGANSE!

Justo cuando Donovan se levantaba para arrojarse contra David, tía Matilde y el señor Burns, aparecieron de pronto.

—¿Qué sucede aquí? —tía preguntó molesta. Los invitados comenzaron a aglomerarse, atraídos por los gritos que debieron escucharse desde el patio trasero de la casa.

Donovan y David se detuvieron al escucharla. Tía se aproximó hasta ellos, al parecer, la embriaguez se le había pasado por el disgusto que le causaba la escena que contemplaba.

—¿Por qué peleaban? —Demandó explicación, pero ninguno de nosotros nos atrevimos a abrir la boca—. ¡Respondan!

Silencio.

Por parte de los tres.

En vista de no podernos sacar información, su severa mirada se posó sobre mí.

—¿Allison?

—Lo siento, Matilde. Lamento haberla importunado —David intervino; su rostro desencajado por la rabia. El murmullo de los invitados indicaba que nosotros seríamos el deleite de la cotilla del día siguiente.

El señor Burns y tía rodaron sus ojos hacia Donovan que permanecía en silencio y con el labio ensangrentado. Respiraba a punto de botar juego por su nariz, su cabello lo tenía alborotado y sus ropas, llena de arena.

—Lo siento —fue todo lo que él dijo, alejándose del lugar sin dar explicaciones de lo sucedido. El señor Burns corrió detrás de su ahijado que ya lo aventajaba por unos metros.

—Allison, déjame a solas con el señor Colbert —tía pidió seria, dejando de tutear «al invitado de honor»; los demás que estaban presente, no esperaron a que ella los increpara por curiosos, también tuvieron el tacto de volver a la casa.

—Lo siento, tía, lo que tengas que decir: nos lo dice a los dos.

Me miró enojada por insistir en quedarme allí, que enseguida se cruzó de brazos bastante cabreada.

—Muy bien —expresó en un tono que indicaba, «será a tu riesgo»—. Haces todo lo contrario a lo que le pedí —le recriminó a David—. Me decepcionas.

—Señora Brown...

Levantó la mano para callarlo.

—Eternamente estaré en deuda con usted por lo que hizo por mi sobrina, pero eso no quiere decir que tenga el derecho a desequilibrar su vida. No ahora que ella ha logrado esa paz que desde hace un tiempo no tenía. Perdóname, pero no puedo permitir que la lastimes de nuevo, tal parece que entre ustedes dos no debe haber ningún tipo de relación.

David me miró y luego entornó los ojos sobre tía.

—Siempre he deseado lo mejor para ella —expresó manteniendo su voz moderada, cuidándose de no exteriorizar sus emociones.

—Cada vez que lo ve, se deprime.

—Tía...

—¿Lo vas a negar? ¡Sufres por él! Lo siento, Allison, careces de fuerza para soportar una relación con este joven.

—Las cosas no son como la percibes...

—No trates de excusar tus lágrimas a una anciana que ha vivido más que tú; puedo detectar a leguas que, *el señor Colbert*, se mueve en otras esferas. Así que —se dirigió a él—, déjala tranquila, regresa a tus galerías y noches de desenfreno con tus admiradoras. Ella no pertenece a tu mundo. Al menos, por el suficiente tiempo hasta que se le pase el capricho de lo que siente por ti. ¿Entendido?

El cúmulo de duras palabras le dio la razón a David: entre él y yo nada romántico debería haber.

—Entendido —respondió afligido.

Sin despedirse de mí, atravesó a la gente que nos rodeaba, yendo directo hacia un camino de tierra y arena ubicado entre dos casas aledañas y, del cual, era un atajo para llegar a la calle donde había dejado aparcado su auto.

—¿Adónde vas, Allison? ¡Allison!

Lo seguí, haciendo oídos sordos a mi tía que me llamaba con rudeza para que me detuviera; corría descalza, mis pies se lastimaban con las piedrecillas del camino, llorando de impotencia por lo cerca en que estuvimos de demostrarnos afecto, pero otros no querían vernos juntos por la diferencia social o moral del que lo juzgaban.

—¡David! ¡¡David!! —lo llamaba en voz alta, mortificada de que se marchara de esa manera, me costaba darle alcance, era muy veloz al caminar, tanto que desapareció de un segundo a otro de mi campo visual.

Aceleré mis piernas a máxima potencia y llegué sin aire en los pulmones hasta la calle de mi vecindario, agotada por el esfuerzo de detenerlo.

Al rodar los ojos hacia el deportivo, él ya se hallaba detrás del volante.

Un grupo de chicos fotografiaban el Lamborghini descapotado, sin que a él le importara; por lo visto, estos estuvieron tomándose *selfies*, atraídos por las líneas aerodinámicas de la impresionante carrocería. David y yo cruzamos miradas, silenciosas y lejanas, entristecidos por la barrera invisible que se interponía entre nosotros.

Ni un adiós con la mano, ni una tenue sonrisa que indicara que después hablaríamos. Encendió el motor y se marchó de allí sin mirar atrás.

Capítulo 19

Los ojos amarillos me perseguían.

Eran terribles y temibles. Peligrosos para el que se atreva a cruzarse en su camino, aunque no para mí. El felino me vigilaba desde su escondite, estaba herido y muy afligido. Quería acabar con todos sin importar nada, solo matar para así no tener que disputarme con nadie.

Desperté sobresaltada. Otra pesadilla más con esos malditos ojos rayados... Pero no podía interpretarlos como se mostraban, debía ser analítica e investigar lo que esto significaba.

¿Era sobre David por estar enojado?

Lo más probable, los sueños eran locos.

Salí de la cama antes de que el despertador alertara la hora de levantarme; casi no había dormido, lloré hasta bien entrada la madrugada, todos parecían conocer mejor a David Colbert, menos yo, que aún me mantenía en la ignorancia. Y esto me molestaba.

Faltaba poco para las seis de la mañana y me apuré en ducharme para salir temprano de casa; de ese modo, tía no me castigaría con limpiar sola el desorden de la fiesta ni me abordaría con preguntas que después terminaríamos discutiendo. Seguía molesta con ella por el sermón que le dio a David, fue muy dura con él, a pesar de que en parte tenía razón. Pero igual dolía...

Después del aceleramiento del Lamborghini, me encerré en mi habitación para no hablar con nadie. Estuve tan furiosa que, si me topaba con Donovan, le habría dado un bofetón por meterse donde no le concernía. Ya estaba grandecita para que me cuidaran el trasero, él no respetó el acuerdo de hablar esa noche con David, sino que se apareció en la playa para buscar bronca.

No obstante, Donovan se había marchado junto con su tío en el jeep; los invitados permanecieron un rato y luego cada uno se despidió de la cumpleañera. Ryan me envió un audio para averiguar qué fue lo que había pasado para que esos dos se agarraran a trompadas, pero no le devolví el mensaje, solo abracé mi almohada y lloré hasta quedarme dormida.

No desayuné, no perdí tiempo, la angustia me empujaba en manejar hacia The Black Cat y confesarle a David lo que sentía. ¡Al carajo con todos! Tenía el ímpetu para decirle que lo amaba pese a las circunstancias, pues sentía que era correspondida. Tía comentó que yo carecía de fuerzas para soportar una relación con él, ¡pero se equivocaba!, tenía la voluntad de enfrentarme al mundo y por él libraría mil batallas para obtener su amor.

Así que, pisé el pedal hasta el fondo y avancé a toda velocidad por la serpenteante vía boscosa de dicha zona.

Ningún vehículo me retrasaba, era yo y mi auto por esos parajes, las mansiones pasaban rápido por mis ventanillas, ya conociendo la ruta que debía tomar; mis ojos enfocados más allá del parabrisas con la firme determinación de que, de aquel lugar, no me iría hasta que le robara a David un apasionado beso que incendiaría su hogar y la arboleda que lo circundaba.

Manejé conteniendo las lágrimas y respirando lento para que mis latidos no me hicieran temblar las manos y así manejar con mayor seguridad. La ruta se me hizo demasiado alejada, qué lástima que no tuviese el don de la teletransportación, porque en un abrir y cerrar de ojos estaría frente a la puerta de su casa, declarando mis sentimientos. Evité llamarlo o enviarle un audio para hablar con él, previniendo que no las atendiera para evitar más problemas. Lo intuía, las palabras de mi tía fueron aplastantes, «él no era para mí», yo estaba en un nivel del que aún era considerada una bebé, cuidándome los demás de manera sobreprotectora.

Sonreí al ver la mansión blanca. ¡Por fin había llegado!

Me bajé del auto y saludé a la calavera acurrucada en el jardín, ahora menos impactada de verla. Parecía que me dijera: «¡Ah, eres la chica de la otra vez...!», sonriéndome con su hilera de sus *mortuorios* dientes, «¡Bienvenida! Espero que por acá permanezcas más tiempo».

Claro que no a dormir en su ataúd, sino en la cama del propietario...

Toqué el timbre y aguardé por la desagradable ama de llaves.

—¿Qué desea? —Esta asomó su nariz aguileña a través de la ventana.

—Buenos días, señora, disculpe llegar temprano. Necesito hablar con David.

La anciana arqueó una ceja desdeñosa.

—¿Quién es usted? —su acento extranjero se marcaba más por su antipatía.

—Allison Owens, ¿me recuerda? Hace un par de días traje una tarjeta de invitación para David.

Hizo una desabrida expresión de acordarse.

—Ah, sí... La recuerdo...

—¿Podría llamarlo, por favor? Disculpe si aún está durmiendo.

Ella sacudió la cabeza.

—El señor Colbert no se encuentra en casa.

—¿Está en el Delta? —*¿Con la rubia desteñida?* Pregunté con una punzada en el estómago, porque presentía que estaba por darme una mala noticia.

—No.

—¿Dónde, entonces? —Vieja desgraciada que yo tenía que sacarle a ella información a cucharadas.

—Viajó.

Contuve las ganas de gritarle para que lo llamara. La muy maldita lo negaba.

—Por favor, dígale que me urge hablar con él. No se va a arrepentir, se lo aseguro.

Esbozó una sonrisita desdeñosa.

—El señor viajó.

—¿Viajó? ¿Para dónde? —El dolor y la angustia se apoderaron de mí, David decidió que era mejor mantenerse alejado. Se fue por la vía más fácil, dejándome con este sentimiento que me quemaba por dentro.

—Fuera del país.

Casi lloro por esto.

—¿Volvió a Inglaterra? —Silencio, mirada glacial, sonrisa de desprecio—. Señora, por favor. ¡Por favor!, necesito saber. —Se encogió de hombros para luego dejarlos caer con pesadez—. Al menos dígame, ¿cuándo vuelve?

Casi se carcajea.

—Si no le informó a usted, que es «su amiga», menos le diré yo que no la conozco —de la manera más odiosa me sacó en cara.

Tras decir esto, cerró la ventana con rudeza.

¡Vieja, hija de…!

Casi le escupo una palabrota. El ama de llaves cuidaba de su patrón, con tanto celo, que parecía que fuese su posesiva abuela.

Volví al auto mientras meditaba hacia dónde David habría viajado. Pensé en Nueva York, del que sería el más probable, puesto que allá algunas prestigiosas galerías exhibían su arte, pero también existía la posibilidad de que haya viajado más lejos para olvidarse de mí.

Ahí no sabría cuánto tiempo tardaría en volvernos a ver.

Si es que él volvía…

—Para eso existe el móvil, pendeja —me recriminé por no haberlo llamado antes, me habría ahorrado muchos disgustos con esa mujer que competía en odiosidad con la Ilva Mancini.

Marqué su número y esperé a que la contestadora hablara por él.

Era su voz muy masculina, excusando su ausencia.

—David… Soy Allison. ¿Por qué te alejaste de mí? Por favor, vuelve. Yo… —el «te amo» casi brota de mis labios, pero no quería expresarlas a través de un dispositivo electrónico, ansiaba verlo a los ojos y tomar sus manos y confesarle que lo amaba con todo mi corazón.

No ahí, en el auto, con la calavera sonriente a poca distancia, burlándose de mí por ser tan patética.

«He visto a muchas entrar y salir, para nunca más volver. Y eso que aquellas eran bellas», sería su cruel comentario.

Volví a marcar, puesto que colgué por no tener el valor de expresar dichas palabras, más bien, me animé a disculparme por lo de la noche anterior. Yo lo comprendía, me sentía tan identificada con él como si lo conociera de toda la vida, lo que era extraño, porque ni sabía cómo se tomaba el café por las mañanas. Aun así, mi alma lo reclamaba, necesitándolo a mi lado para sentirme completa.

Esperé ansiosa a que la contestadora se activara, le diría que me apenaba el puñetazo de Donovan y el sermón que tía le espetó con rabia, pues también me sentí herida por el violento trato que le dieron en la playa. Pero mis labios temblaron y el nudo que me impedía hablar con claridad se acrecentó en mi garganta, porque mis oídos no escucharon ningún mensaje pregrabado en el móvil.

Rompí en llanto.

Eso indicaba algo...

David había colgado mi llamada.

Capítulo 20

Finales de octubre.

La primavera le dio paso al verano, y, este con el correr de los meses, cedió su temporada calurosa al otoño que se tornaba cada vez más helado.

Las visiones terroríficas y las pesadillas de los ojos gatunos cesaron, así como también el fantasma de Rosangela dejó de molestarme con sus apariciones. Tal vez al hacer aquella «advertencia» dio por concluida lo que la ataba al mundo de los vivos. Fue maravilloso que yo ya no tuviese miedo por las noches, pendiente a que ella me asustara, pues, con solo verla lograba paralizarme el corazón.

Me había cansado de tener que estar esperando a que David apareciera; durante ese tiempo estuve afligida por su ausencia, jamás me llamó ni para disculparse por su abrupta partida; en cambio, yo le dejaba un sinfín de audios y mensajes de textos del que no devolvía. Me enteraba de sus viajes por Latinoamérica a través de la prensa y los programas de espectáculos; en las redes era peor: apenas fotos de eventos pasados y comentarios de lo que hacía, nada más.

Hasta eso me negaba.

Admirarlo de lejos.

Ilva Mancini tuvo el privilegio de estar siempre con él, por ser su representante, que hasta se encargada de dar declaraciones televisadas sobre el itinerario de las exhibiciones de sus obras de arte. Los rumores de una relación amorosa saltaban después de verlos juntos y los titulares de los periódicos sensacionalistas se aventuraban en reseñar que pronto sonarían las «campanas de boda»; aunque de lo último nadie lo confirmaba, ni siquiera el mismo David.

Debido a esto, había llegado al tope de lo patético, disponiéndome a recoger el poco orgullo que me quedaba intacto, y lamí mis heridas, sonriéndole a la vida una vez más.

Unos días después del enfrentamiento en la playa, Donovan pasó por mi casa para disculparse por echar a perder el cumpleaños de tía Matilde; tuvo que aguantarse mis increpaciones, con la mirada gacha y mordiéndose la lengua para no escupir barbaridades; aún le causaba animosidad el hecho de que yo hubiese salido corriendo detrás de David y a él lo haya dejado plantado en la calle como a un idiota. Pero, resaltando lo mal que me haya portado con él, cumplía a cabalidad con su palabra. Sus visitas ocasionales levantaban mi ánimo, disfrutando de sus clases de italiano, sus charlas y caminatas por la playa que hacíamos de vez en cuando, disponiendo para mí parte de su tiempo libre.

Claro está que en plan de amigo…

Aún no sentía esa poderosa atracción como la tuve con David, al que casi le mendigué amor. Al igual que con Ryan, a quien consideraba como un hermano, a Donovan lo quería mucho, pero con él existía una afinidad más allá de la amistad o la hermandad.

Lo interesante del tiempo es cómo obraba a favor o en mi contra.

Por fortuna, fue lo primero. Al desaparecer David de mi vista, los reporteros o curiosos indeseados no volvieron a molestar. Pasé a ser de nuevo una ciudadana común, sin héroes famosos que me rescataran o acompañaran a tomar un «café».

Temprano en la mañana, Ryan me llamó al móvil para invitarme –casi forzarme– a que lo acompañara a un baile a beneficio del Cáncer de Seno, que se efectuaría en unos días. En su despecho, quería despejar su mente y relacionarse con lo mejor de Carteret, tras su discusión con Elliot por causas que yo desconocía. Sería una «mascarada», no al estilo veneciano, sino tipo Halloween. La entrada se pasaba de costosa, ¡quinientos dólares por persona! Estuve a punto de decirle que no, mi cuenta bancaria la tenía disponible para futuros planes; aun así, al recordar que mi madre padeció esa enfermedad hasta matarla, fue inevitable aceptar. El baile sería en el Oriard, el mismo hotel cinco estrellas propiedad de Ilva Mancini, ubicado en la zona más afluente de Morehead City. Casi se me doblan las rodillas al enterarme, las probabilidades de ver a David eran muy altas.

Si bien, él no suele asistir a dichos eventos, su «gira» lo mantenía ocupado fuera del país. Por lo que, la inquietud de topármelo en el salón de festejos del hotel era lejana.

Tía organizaba el desorden en el anticuario y Donovan me ayudaba con el inventario en la computadora, sin dejar él de esbozar una amplia sonrisa. Le agradaba hacerme compañía en cuanto se libraba de sus compromisos y por esto resaltaba de ser encantador, me brindaba sus conocimientos tecnológicos y se lucía como todo un caballero cuando se le requería para mover un mueble pesado.

—Allison, te dejo en compañía de Donovan. Iré a visitar a Peter que está en cama; *este jovencito* es mal enfermero —informó mientras buscaba su bolso, más arreglada y maquillada de lo normal. La ligera tonalidad en sus pómulos y párpados, y la capa mate de carmín en sus labios achispaban su mirada.

El aludido se sobresaltó detrás del computador.

—¡El cascarrabias me corrió de la casa! —se excusó sin estar enojado, pero defendiéndose de la acusación que se le imputaba.

—Está bien, tía —traté de contener la risa porque Donovan actuaba como un chiquillo cuando lo increpaban.

Ella se plantó delante del escritorio y nos miró como si nos fuese a lanzar un discurso antes de dejarnos a cargo del anticuario.

—Se portan bien, ¿entendido? —Fue una sugerencia para los dos, por si nos daba por ponernos a jugar «al doctor».

Asentí cohibida al percatarme que quedaría a solas con Donovan, pues las veces en que él me visitaba a Isla Esmeralda, tía estuvo presente, preparando la cena o espiándonos a través de la ventana de la sala o la cocina para asegurarse de que él *no tomara velocidad* demasiado rápido.

—Tía y sus comentarios… —expresé apenada, luego de que ella se marchara.

Donovan rio.

—¿Sueles ser una chica mala?, porque yo soy un chico bueno y tú serías una pésima influencia para mí. No quiero líos con mi padrino.

—¿No será al revés?

Esta vez se carcajeó.

—*Nop. La mala* eres tú…

—¡*Bfffff!*, miren a este tarado —repliqué en una fingida discusión—. A ver, joven, me han contado pestes de ti: ¿quién fue el que se robó una patrulla cuando tenía quince años, por pura diversión? ¿Quién fue el que surfeó un tsunami hace unos años?

—No fue un tsunami. Pero fue una gran ola.

—Que casi te mata.

—Solo tragué un poco de agua.

—Me contaron que pasaste una semana tras las rejas. Bonito prontuario delictivo debes tener.

—Eso fue por culpa de mi padrino que le pidió al comisario una escarmentada. Además, tú no te quedas atrás.

Arqué las cejas, airada.

—¡¿Y yo qué hice?! ¡A ver, cuenta!

Él, con cara de revelar secretos sucios, comenzó a enumerar con la mano:

—Eres desobediente, contestona y te gusta invocar a los espíritus. ¡*Buuuu!* —imitó el sonido de dichas «entidades fantasmagóricas». Días después de reconciliarnos, él me reveló que no temía al asunto de lo paranormal. En una ocasión, en su casa, escuchó a tía Matilde desahogarse llorosa con el señor Burns sobre mis visiones. Desde ese día, la carga del secreto por ser vidente se aligeró un poco.

—¡Yo no invoco a nadie!

—Ah, entonces *sí eres* desobediente y contestona…

—Cuando me cabrean.

—De paso, dices palabrotas.

—No has escuchado las que me sé: *son divinas*. ¿Te las digo?

—Paso. Más bien… —sonrió ladino—, regálame una sonrisa de las que me encantan. Cuando te enojas, luces preciosa. Pero cuando sonríes, me matas…

Y sus ojos oceánicos se trabaron con los míos.

Oh, oh…

Carraspeé fuerte para cortar la *nota romántica* que se vislumbraba estaba por surgir. Costaba trabajo tener que sostener su mirada; en cambio, él se lo veía seguro de sí mismo, del cual nunca la desviaba ni demostraba su jactancia para intimidarme. Solo quería atraparme con sus irises de fuego en una firme intención de atraerme a sus labios.

Enseguida me levanté del asiento, para «acomodar alguna escultura o lámpara» que lo necesitara o desempolvar las máscaras colgadas en la pared. Procuraba mantenerme distante sin ser evidente de mi incomodidad para no lastimarlo, aún se me hacía difícil expresarle que no albergaba el mismo afecto que él sentía por mí, pese a que jamás lo expresaba en voz alta. Era un chico moreno muy lindo, pero aún mi corazón palpitaba por otro.

Por ese motivo, él seguía trascribiendo *las ventas* y *compras* de mercancía del libro de inventario a la computadora, mientras que yo «desempolvaba» y atendía con «mucho esmero» a los clientes que entraban a la tienda, contándoles la historia de cada artículo que allí se vendía para que estos tardaran en marcharse.

—¿Te incomodo? —preguntó, tras una hora de yo estar entre las lámparas, alineándolas sobre las mesas como una obsesiva compulsiva del orden y la limpieza.

—No —apenas contesté, notando que el ambiente se tornaba sofocante, consciente de los sentimientos de este a causa de los celos hacia David, quien en una ocasión me abrió los ojos de lo que sentía por mí el atractivo profesor de italiano.

—¿Y por qué no te acercas? Aún falta algunos puntos por explicarte.

Sonreí simulando que tenía mucho por limpiar.

—¿No te cansas…? —Carraspeé para aclarar la voz—. ¿No te cansas de venir para acá? —pregunté socarrona en un intento desesperado de aliviar esa tensión sexual que tironeaba por parte de él.

Cabeceó sin tener piedad de apartar su mirada, en un aparente esfuerzo por confesar sus sentimientos.

Se levantó del escritorio y yo me inquieté.

Bordeó el mostrador para «ayudarme» a acomodar una escultura de la que me «afané» por moverla para que estuviera de cara al ventanal. Así el cliente que observara, desde el exterior hacia adentro, admirara lo que se vendía en la tienda.

—Me gusta estar aquí, porque disfruto de *ciertas compañías…* —acarició la última palabra, haciéndome sonrojar. Sus manos rozaron las mías y sonrió al ver mi nerviosismo. Luego formuló una pregunta que me tomó desprevenida—: ¿Te gustaría ir conmigo al baile que están anunciando para este fin de semana?

Ay, mi madre… Se animó a lanzarse al ataque.

—Verás...

Ni tuve oportunidad de articular palabra alguna, cuando la campanilla de la puerta principal anunciaba la presencia de la persona menos esperada.

Jadeé.

—¡¿Qué haces aquí?! —Me palpitaba el corazón como si tuviese taquicardia.

David se acercó a paso lento, fijándose en el acto de la compañía masculina que se hallaba a mi lado. Sus dos cielos se ensombrecieron en el acto, siendo obvio que no le gustó encontrarme sonriente y ruborizada al lado del chico con el que él antes se había dado de puñetazos.

—Pasé a saludarte —expresó contenido; sus ojos saltando de Donovan a mí, con una furiosa pregunta silente reflejada en estos como si pidiera explicaciones del porqué estábamos juntos, quizás imaginándose un sinfín de conversaciones románticas del que yo sostendría con Donovan a solas y del cual me hayan puesto de esa manera.

Gruñí para mis adentros.

¡Qué desparpajo! Venir con su cara bien lavada como si nada hubiese pasado entre nosotros.

—¿A saludarme? —Comenzaba a ser azotada por la rabia—. ¡¿Después de todo este tiempo?! —Crucé los brazos, escondiendo las manos empuñadas, debido a que enterraba las uñas en las palmas para contener la frustración acumulada a causa de su partida.

Él bajó un instante la mirada para que no observara su inquietud y rápido la alzó en cuanto recuró la frialdad que siempre lo caracterizaba.

—Tuve que viajar —explicó—. Discúlpame por no haberte llamado, fue un compromiso que tuve que atender...

Sonreí incrédula por su desfachatez y él le sostenía la mirada desafiante a Donovan, quien estaba por estampar otro golpe a su rival.

—¿Me permites hablar a solas? —pidió en su esfuerzo de permanecer calmado pese a las circunstancias; se lo veía que estaba por exigirle explicaciones a Donovan sobre qué hacía él en el anticuario y qué relación tenía conmigo, debido a que aquella vez, en la playa, no tuvo oportunidad de hacerlo a causa de tía Matilde y el señor Burns.

—¡No!, ¡ella está hablando conmigo! ¿O es que no te has dado cuenta? —Donovan contestó furioso, patentando su derecho de estar presente en Esplendor.

—No hablé contigo —siseó molesto. Si Donovan se atrevía en dar un paso amenazante hacia él, se arrepentiría.

Respiré profundo. La lengua me picaba con ganas de insultarlo con todas mis fuerzas por haberme hecho sufrir durante meses, pero tenía que contenerme; muchas reliquias nos rodeaban como para que esos dos se enfrentaran de nuevo.

—Ya no tiene caso... Mejor, vete. —Si hubiese llegado cuando recién se marchó, lo habría escuchado. Pero esa mortificación por saber de él dejó de lastimarme.

Sacudió la cabeza y Donovan apretó más sus puños, listo para devolverle el certero golpe que lo mandó a la lona.

—¡Qué esperas que no te largas!

—Por favor —David insistió, ignorando la ruda orden del otro y sin dejar de mirarme. Por lo visto, él también plantaría sus pies bien puestos en el piso de la tienda. De ahí nadie lo movería.

Solté el aire de los pulmones.

¡Caramba! Este David...

Pedí silente a Donovan de concederle un minuto para que escupiera lo que tuviera que decir, luego que pusiera sus patitas en la calle y se largara lo más lejos posible del condado.

—¿Hablar sobre qué?

Silencio. Aguardaba a estar conmigo a solas.

—Lo que me tengas que decir, lo harás delante de Donovan. Entre él y yo no hay secretos.

Fue como una bofetada para él.

Asintió renuente. El odio saltaba de sus gélidos ojos al comprobar que yo anteponía a Donovan como el más importante de los dos.

—¿Ni uno? —cuestionó y Donovan se envaró más.

—Ni uno —confirmé tajante.

—Ya veo... —arrastró las palabras en un tono grave que indicaba de que tendría que dar su brazo a torcer o de allí tendría que devolverse sobre sus pasos hacia su auto deportivo que se alcanzaba a ver desde la vidriera.

Entonces, su expresión furiosa cambió a una más suave, para nada dispuesto a dejarse vencer por un muchacho de pueblo.

—Cómo quieras, Allison, lo diré delante de *tu amigo*: Tuve mis motivos para marcharme y no se debieron a lo que la señora Brown o *tu amigo* me hayan impuesto.

—¿Y qué motivos fueron? —la curiosidad me golpeó.

—Acompáñame a la Gala de Beneficencia, en el Oriard, y te lo explicaré.

—¡Yo le pregunté primero! —Donovan exclamó con los dientes apretados, quien tampoco permitiría que le tomaran la delantera.

—¿Ah sí? —David me miró serio—. ¿Y ella qué le respondió? —inquirió sin esconder que ardía de celos.

—¡Que irá conmigo!

¡¿Cómo?!

Lo miré extrañada, ¿en qué momento acepté salir con él?

—Eso no es cierto —repliqué al instante, desagradándome que otros decidieran por mí como si yo fuese marioneta viviente.

Donovan palideció sin esperar una negativa de mi parte.

—Pero ibas a aceptar...

—¿Ir contigo? —David sonó burlón.

—¿Algún problema? —Se envaró, apenas unos centímetros más alto que este, pero igual de intimidante.

Me inquieté. El aire denso que circulaba en la tienda podría cortarse con una navaja, parecía que se desafiaban por un pedazo de carne

—Cálmense, chicos —exhorté—. David... —luego dirigí la mirada hacia él—, no estás en posición de venir aquí, después de *todo este tiempo*, a decirme que «te fuiste de viaje», porque tenías «un compromiso por atender».

—Lo siento, era importante...

—¿Así sería que ni siquiera me hiciste una miserable llamada? ¡Te fuiste! ¡POR CINCO LARGOS MESES! —escupí lo que me carcomía por dentro. Donovan sonreía, gozando de lo lindo mi enojo—. ¡¿Tanto te hirió lo que te dijo mi tía?! Si te dice que *te largues para siempre*: te largas sin despedirte como buen niño obediente —recriminé dolida y David bajó la mirada sin atreverse a responder—. Te odio, sufrí por ti, pensando que estabas molesto conmigo por lo de la playa y por *mis sospechas*... —Donovan arqueó una ceja sin comprender a qué me refería con lo último—. Me lastimaste con tu alejamiento, tantas noches en la que lamenté que ya no quisieras mi amistad... Mejor... —se me quebró la voz—. Mejor, márchate y déjame en paz.

—No estaba molesto contigo, Allison. —Levantó su rostro para mirarme, sin importarle que Donovan de él se burlara por tener sus ojos anegados en lágrimas. Me impresionó que tuviera tal sensibilidad cuando siempre luchó por mantener una imagen fría y distante.

Suspiré.

—Entonces, ¿por qué te marchaste? —reproché llorosa—. Dudo que sea por *esa gira que hiciste*, porque al menos me habrías avisado.

—En el Oriard te explico todo —miró de refilón a Donovan. Dicha revelación no era para los oídos de este.

Me crucé de brazos, airada.

—¿Se puede saber por qué?

Silencio.

Sus labios sellados como tumba.

Y Donovan lo pasaba bomba.

—Vete, David. —Llegué al límite de mi resistencia, él había perdido el derecho a exigir exclusividad, saldría con quien me diera la gana, lo esperé durante varias temporadas, llorando en mi cama y suspirando en la penumbra de mi cuarto. Su apariencia de realeza podría ser un imán para las mujeres que se babean a su paso, pero yo ya no caería a sus pies, dándome cuenta de que era un desalmado egoísta.

Luchar por él era soportar mucho sufrimiento.

—¿Y bien...? —Hasta Donovan estaba impaciente, rompiendo el silencio que imperaba en el anticuario.

—«Y bien», ¿qué...? —El cabreo nubló mi mente, no sabía a qué se refería.

—¿Irás conmigo al baile? —Me abordó al instante, aprovechando que yo estaba de malas pulgas con el galán del condado.

David y Donovan permanecían atentos a mi respuesta.

—Bueno, yo... —vacilé a su demanda, porque ni con él deseaba asistir a esa mascarada. De aceptar, uno sería el perdedor y el otro el ganador, y yo el premio del que este después se jactaría. No quería estar en semejante posición.

Así que, necesitando librarme de la imponencia de ellos dos, caminé hasta el mostrador y aclaré la garganta.

—Iré con Ryan Kehler.

Los ojos de David parecían dos volcanes en erupción, ardiendo más que los de Donovan.

—¿Quién es ese sujeto? —inquirió con desdén casi apretando los dientes por el inesperado nombre que les solté.

—Un amigo —expliqué sin revelar más, yéndome hacia el escritorio para mantener con este la distancia. Agradecía para mis adentros de que él no haya tenido oportunidad de conocer a mi amigo cuando estuvimos en el cafetín, porque habría deducido en el acto de que no era una cita romántica. Y yo quería que sufriera por ello.

Donovan quedó perplejo.

—¡¿Irás con él?! Pero si él es…

—¡Sí, iré con él! —lo interrumpí con rudeza. Lo que menos necesitaba era que escrutaran mis acciones.

Iría con Ryan.

¡Y punto!

David me miró disgustado y cruzó el anticuario en dos zancadas, azotando la puerta tras de sí. A través de la vidriera de la tienda, observaba que se subía al Lamborghini, estacionado detrás del mío, la puerta la cerró con fuerza y encendió el motor en un rugido que provocó que más de un peatón girase su rostro hacia el deportivo. Intentó recuperar una amistad que se fracturó hacía mucho, pero *unas venditas adhesivas* no repararían las grietas que él causó en nuestra tormentosa amistad.

Requerían de sutura.

La última decisión la tuve yo, él se lo perdió cuando tuvo la oportunidad de salir conmigo y me rechazó. Ahora que se jodiera, me tenía sin cuidado si le había herido el ego.

—¿Aún sientes algo por él?

—¿Disculpa? —la pregunta de Donovan me sobresaltó al tomarme desprevenida, pues la formuló justo a mi lado. Se había acercado al área privada de la tienda sin que me diera cuenta por estar observando a David marcharse bastante cabreado.

—¿Qué sientes por él, Allison?

—No te interesa —fui grosera mientras ordenaba con ademanes toscos los libros contables sobre el escritorio.

—Aléjate de él, no te conviene.

—¿Por qué lo dices? —Dejé lo que estaba haciendo y lo encaré con el ceño apretado, desde mi diminuta estatura, harta de las advertencias de todo el mundo.

—Yo sé por qué te lo digo: solo aléjate de él. Por tu bien.

¡Argh!

Otro que da explicaciones a medias…

—Ya estoy grandecita para cuidarme sola, ¿no crees? —Sentía que mis mejillas ardían de la rabia por la manipulación verbal al cual era sometida. ¡Claro que sabía lo que era David! Era un mujeriego que salía con rubias de ojos azules, al que le gustaba que lo idolatraran como si fuese un dios terrenal, por su fama y su virilidad endemoniada.

—No quiero que te lastime.

Ya lo hizo.

—Será mejor que te vayas. —Necesitaba llorar hasta que no tuviera más lágrimas por derramar. Después pasaría por el proceso de curación del corazón.

—Pero, Allison…

—¡VETE! —le grité y enseguida me sentí mal por ello porque él no lo decía con mala intención, solo quería protegerme de ser lastimada. Pero yo no tenía cabeza para más advertencias ni explicaciones que soltaban a cuentagotas.

Se entristeció.

Su mejor amiga fue cruel.

—Está bien. —A pesar del feo trato de haberle dado, no me sacó en cara las lágrimas que se me escaparon cuando le reclamé a David. En vez de esto, sonrió afligido y se marchó cabizbajo en su jeep descapotado que ocupaba el espacio de tía, rumbo a Beaufort.

Yo ni le di las gracias por su paciencia y por su tiempo invertido en el anticuario, apenas soportaba el nudo en la garganta que me impedía hablar con claridad por culpa de un idiota recién aparecido.

Capítulo 21

Discutía con un cliente el precio de venta de un reloj antiguo de cadena.

Era muy bonito, enchapado en plata y grabados ornamentales en su tapa, cuya fabricación data de 1930. El cliente quería obsequiar una reliquia a su abuelo, quien para esas fechas estaría por cumplir ochenta años.

Sobre el mostrador había sacado varios: tres de aleación de cobre y dos de plata, menos ostentosos al que el hombre de unos treinta años observaba indeciso. La cifra para obtenerlo le parecía excesiva, pero le comentaba sobre lo bien conservado que se hallaba el reloj y las pruebas que comprobaban su origen.

Mientras este vacilaba, yo aguardaba paciente a que se decidiera por uno de estos. A veces algunas personas tenían la disposición para pagar, rigiéndose según el dinero que dispusieron para adquirir la mercancía, a diferencia de otros que se enfrascaban en una disputa de oferta y demanda hasta conseguir rebajar dicha cifra a su conveniencia.

Debido a su indecisión, medité en que era prudente revisar el inventario existente, archivado en la computadora, de modo que me asegurara de que hubiese algún otro para ofrecer y así el nieto del octogenario se fuese satisfecho con lo adquirido. Si bien, tía solía mantener guardadas algunas antigüedades, por cuestiones de conservación, había un reloj más dentro del mostrador: el de oro, del cual el cliente rechazó de plano por ser costoso. Consideraba que su abuelo merecía un buen obsequio, pero no a expensas de su bolsillo.

Entonces, en el instante en que estaba por guardar los que tenía sobre el mostrador...

El ronroneo de un motor vehicular provocó que alzara la vista hacia la vidriera de la tienda.

Apreté los dientes para no gruñir.

David estacionaba su Lamborghini descapotado frente al Delta, en compañía de Ilva Mancini.

Él se bajó primero. Su puerta-tipo-tijera se deslizó hacia arriba y luego hacia abajo en un movimiento suave y silencioso del que causaba admiración entre los peatones que pasaban en ese momento, por el inusual modo a cómo estas se abrían en comparación a las puertas de los demás autos. Se cruzó su chaqueta sastre y la abotonó con ademanes elegantes, mientras giraba su rostro en mi dirección. Rápido desvié la mirada y simulé guardar uno de los relojes para que David —bajo sus espejuelos— no se diera cuenta de que estuve observándolo, pero el cliente pidió que dejara la colección sobre el mostrador para darle más tiempo de analizar cuál sería el más indicado a comprar.

Por encima de los hombros de este, rodé los ojos hacia aquellos, y lancé un aluvión de improperios a la mujer.

David fue caballeroso en bordear su deportivo por la parte trasera para abrirle a Ilva la puerta y le extendió la mano para ayudarla a bajar.

Ella se irguió en sus tacones y le sonrió coqueta, luciendo más hermosa a las anteriores veces en que la había visto tanto en la televisión como en persona. Los rayos solares resaltaban su cabellera rubia y su piel rosada se tornaba más blanca. Parecía una delicada muñequita de porcelana recién sacada de su precioso estuche, del que, dicho acompañante exhibía para su orgullo.

Sentí una oleada de celos que me atormentaban. La llegada de David a Carolina del Norte removió de nuevo mi mundo, azotándola como un torbellino que arrasa mis emociones a su paso, sin poder estar a salvo del caos y la confusión.

Estaba molesta con él y conmigo misma, pues ya me hacía a la idea de fortalecer mi corazón para entregarlo a otra persona, y viene este y se aparece una vez más…

—Señorita, ¿sería tan amable de mostrarme el otro? Este… —indicó el cliente a la vez en que señalaba el reloj de oro dentro del mostrador y yo lo atendí de forma automática por estar pendiente de David y de Ilva, quienes fueron abordados por dos sujetos de traje elegante, acabados de bajar de un Mercedes-Benz que no era de la zona.

Los cuatro sonrieron, aunque la sonrisa de David era por mera educación, Ilva lo presentó a los recién llegados que aparentaban ser empresarios o banqueros por su apariencia. No obstante, si del buen vestir se tratara y de titularidades ostentadas, David los aventajaba por creces. Su estampa era muy regia.

—No estoy tan seguro de cuál comprar… El de plata labrada me gusta, pero el de oro es espectacular. ¿Qué me aconseja? ¿Señorita? ¡Señorita!

—¿Eh? —Entorné los ojos hacia este, gruñendo para mis adentros por requerir de mi atención.

—¿Qué me aconseja?

—¿Qué cosa? —Ni supe qué me preguntó.

—De los relojes: ¿el de plata o el de oro? ¿Cuál compro?

Casi le espeto: «el que puedas pagar, pendejo».

Era muy quejica.

—Le aconsejo que lleve el de plata, es el más…

—Pero me parece que el de oro coincide con los gustos de mi abuelo —interrumpió en una meditación que hacía rato sopesaba sobre el accesorio masculino—. A él le fascinan los que les han pertenecido a soldados de principios del siglo 20. ¿Usted me asegura que *la historia sobre este* es cierta?

Tomé una respiración profunda para llenarme de paciencia.

—Así es, señor. Le podemos comprobar quien fue el antiguo dueño y por cuánto tiempo lo mantuvo consigo —expresé, haciendo un esfuerzo para no mirar hacia la vidriera. El grupo aún seguía frente a las puertas del Delta y el cliente nada que se decidía.

—Ah… Es oro puro, ¿no?

—Sí, señor.

—¿Tiene certificado?

—Sí.

—¿Me lo muestra?

Me llené de paciencia y busqué el documento en el archivador ubicado cerca del escritorio, para que el cliente se asegurara de que, lo que iba a adquirir, no fuese una estafa.

Se lo entregué y echó una ojeada, posando el documento sobre los relojes.

—Ahí indica el nombre del antiguo propietario.

—Sí, me doy cuenta… —respondió concentrado en la lectura.

Agradecí al cielo ese instante de silencio, y, mientras él revisaba con detenimiento cada renglón mecanografiado sobre el avalúo de la Asociación de Anticuarios, aproveché en observar a David.

Esa hija de…

Aguantándome las ganas de vociferar una increpación, empuñé las manos por la oleada de celos que *la lagartija* de *greñas desteñidas* me provocó. Acariciaba la ancha espalda de David, a la vez en que conversaba animada con este y los dos hombres que a ellos los demoraban en su ingreso al edificio. Debía ser un asunto importante, puesto que seguían ahí, bajo el fulgor del sol mañanero.

—Lo siento, he cambiado de parecer: ya no estoy interesado en ninguno. Son muy caros. Gracias.

El cliente salió apresurado del anticuario antes de que yo reaccionara. No le di importancia, puede que se haya molestado por no atenderlo de la forma correcta; aún mantenía los ojos más allá de la vidriera: Ilva seguía acariciando sugestiva la espalda a David, indicándome desde esa distancia que él era de su propiedad.

Se despidieron de los dos hombres y se perdieron por las puertas del Delta, casi juntos como si se fuesen a abrazar.

Las ganas de llorar afloraron enseguida. Una lágrima se escabulló y la limpié con rudeza, porque no deseaba estar llorando cada vez que lo pillaba en compañía de una mujer; yo también tenía derecho a ser feliz y él no iba a ser el que lo impidiera.

Procedí a guardar los relojes en el mostrador y noté enseguida que la cantidad no concordaba con la que había sacado hacía unos minutos.

¡Huy! ¿No eran siete?

Procedí a contar los relojes por si eran ideas mías: uno, dos, tres, cuatro cinco, seis…

Volví a contar. Recordaba que eran siete, estaba segura: tres de cobre, tres de plata y uno de…

Chillé.

¡No puede ser, faltaba el más costoso!

¡¡El de oro!!

Por distraída me pasaban estas cosas: mientras me lamentaba de David, en toda mi nariz me robaron.

Movida por la urgencia de recuperarlo, corrí detrás del hombre para alcanzarlo. Prefería ser noticia de prensa al otro día que soportar la *jaloneada* de oreja de tía Matilde.

—¡Hey! ¡Deténganse, ladrón! —grité en cuanto este se subía a su automóvil estacionado media manzana más abajo del anticuario—. ¡LADRÓN! —Corrí a toda carrera para que no se escapara—. ¡HEY! *¡HEEEEEEEYYYYYY, DESGRACIADOOO!* —El corazón bombeaba adrenalina, las piernas lanzaban veloces zancadas hacia el maldito que me robó el reloj, puesto que había acelerado los neumáticos para no ser atrapado—. ¡ALGUIEN QUE LO DETENGA! ¡LADRÓN! *¡¡LADRÓÓÓÓÓN!!* —El auto dejaba el humero a lo largo de la calle por la velocidad que empleaba; yo corría como si el mismo diablo me persiguiera, pero era al revés, trataba en lo posible de darle alcance, a pesar de que el sujeto llevaba la ventaja; aun así, lo perseguí por un par de manzanas hasta que ya no pude más por el agotamiento y porque el ladrón se perdió de vista al doblar por una esquina, muy a lo lejos de la vía.

¿Y ahora qué iba a hacer?

—¡Maldición! —gruñí de la impotencia por haberme visto la cara de tonta. Mucha discusión por el precio y fueron puras palabrerías para marearme mientras esperaba el momento propicio para robarme.

«Un obsequio para mi abuelo». *¡Ja!* Más bien, para el licor y las drogas que seguro compraría cuando lograra venderlo por ahí, como pudo haber sucedido con Vincent Foster, al arrancarme el relicario si hubiese tenido la oportunidad de salir vivo del ataque del puma.

Si es que fue un animal el que lo mató...

Lo peor de preparar mis oídos para una inminente increpada por parte de mi tía, era la reducción que ella haría de mi salario. Tendría que hacerme responsable de dicha pérdida.

Afligida, di la vuelta para retornar al anticuario. Y, para mi desgracia, reparé que la gente me observaba.

Genial...

Clientes, dueños de negocios, turistas... Todos por el sector se aglomeraron en las aceras para averiguar lo que sucedía y ninguno hizo algo por detener al ladrón. Murmuraban entre ellos, divertidos por mi sufrimiento, riendo y señalándome como la vez en que tuve varias visiones en la calle.

Busqué a Ryan; por desgracia, él no salió del cafetín o no estaba allí.

Clavé los ojos en el pavimento y caminé hacia el anticuario, evitando observar las miradas burlonas, no me iba a dejar a amilanar por unos idiotas que para nada sentían empatía por la gente a su rededor. Procuré caminar un tanto aprisa sin parecer *el Correcaminos*[4], mientras lanzaba mil maldiciones a ese desgraciado que logró llevarse una de las piezas más costosas que se vendía en el anticuario.

Ya llegando a mi destino, al levantar la vista…

David e Ilva se hallaban otra vez afuera del Delta.

Mierda…

Con el rostro ardiéndome como brasas, crucé la calzada en dos zancadas hacia la puerta de Esplendor, y, al entornar los ojos de refilón hacia ellos, Ilva Mancini me miraba con la rabia reflejada en sus ojos, quizás por haber tenido que seguir a David, quien debió escuchar el griterío y salió también para averiguar lo que sucedía.

Lucía contrariado, su vista clavada hacia el fondo de la calle.

Entré al anticuario y, antes de cerrar la puerta con cerrojo por los nervios que tenía, las exclamaciones de la rubia me sobresaltaron. Llamaba a David, pero este no se montó a su auto ni entró al Delta, puesto que ella gritaba en dirección calle abajo por donde este se hubo marchado en un abrir y cerrar de ojos.

*****

Tardaba en informar a mi tía. Había pasado una hora del robo y yo seguía mordiéndome las uñas, pensando qué le iba a decir por haberme descuidado. Levantaba y colgaba el auricular del teléfono del escritorio, sopesando en si inventar una historia de que me asaltaron, pero esto después empeoraría las cosas: tía era muy paranoica.

La campanilla de la puerta sonó y quedé congelada al ver a la persona que entraba con una sonrisa arrebatadora.

—¿Qué quieres? —pregunté de mala gana, imaginándome que para saciar su curiosidad.

David se acercó hasta el mostrador.

---

[4] Dibujo animado. Más información: Google.

—A devolverte esto —extrajo del bolsillo interno de la chaqueta, el objeto robado.

Jadeé.

—¡Por Dios, pero ¿cómo...?!

—Hice algunas llamadas y ellos rápido localizaron al sujeto.

—«Ellos», quiénes: ¿la policía? —Lo miraba boquiabierta y él asintió al instante—. ¡Gracias, me has salvado la vida! —*Por tercera vez...* Aunque no sabría qué explicación le daría a mi tía por la carrera frenética. Todo el mundo fue testigo.

—Debes tener más cuidado.

—Me distraje... —comenté apenada por lo tonta en que debí verme allá afuera, corriendo detrás de aquel vehículo.

Me miró pensativo.

—¿Y qué se supone logró captar tu atención para que el otro te robara sin que te dieras cuenta? —inquirió con un brillo acerado en sus ojos azules.

Tú.

—Bueno, eh... en... cosas...

—Eso no es bueno para el negocio —dijo socarrón—. Hay que estar con los sentidos en alerta.

—No se lo exprese a mi tía, porque ella me lo repetirá cada día.

Rio.

Y yo reí con él, olvidándome por ese instante en que estaba herida por haberse alejado de mí por tanto tiempo.

—Lo prometo.

Eché un vistazo hacia la vidriera por si Ilva Mancini aguardaba impaciente a que David saliera de la tienda; sin embargo, no estaba allí como perrito faldero que siempre lo seguía para «cuidarlo» de las hienas carroñeras. Ese tramo de la calle yacía solitario con apenas dos autos estacionados: el Ford y el Lamborghini.

La tortuga y la pantera.

Revisé que el reloj antiguo no haya sufrido daño por el brusco trato que le dio aquel maldito y lo coloqué dentro del estuche que lo mantiene protegido. Guardé primero el documento en el archivador y luego los demás relojes en el mostrador, pero tuve que aguardar a que David dejase en su lugar, al de oro, ya que lo había tomado para observarlo.

No preguntó por la característica que lo resaltaba y yo no quise hablar de ello para que se marchara rápido de la tienda. Mi corazón palpitaba desaforado.

—Tu pareja de baile es homosexual —comentó de repente y yo tragué saliva al sentirme ante él vulnerable.

Debí imaginarme que se encargaría de investigar quién era Ryan Kehler.

—¿Algún problema? —levantaba todos mis escudos para protegerme de los posibles flechazos. Él era caprichoso y egoísta; la mujer que lo amara estaría constantemente montada en una montaña rusa.

Aún, sosteniendo el reloj, posó sus antebrazos en el tope del mostrador para estar a la altura de mis ojos.

—Solo tengo una pregunta: ¿por qué él?

Porque me sacó las patas del barro con ustedes dos.

—Me invitó primero.

Sonrió ladino.

—Se me adelantó…

—Qué pena que no puedas ir al baile —expresé mordaz y me arrepentí en el acto porque él enseguida alzó una ceja, desafiante, como si me expresara en silencio: «allá estaré».

Se hizo incómodo el silencio, del que ninguno de los dos sabía cómo sobrellevarlo. David dejó el reloj en el mostrador y yo lo agarré rápido en un acto de reflejo, tal vez para percibir el calor corporal que dejó en este. Enfocó su atención sobre la máscara de los Diablos de Yare, colgada en la pared a mi derecha, mientras que de forma inconsciente él giraba su anillo con el pulgar.

—Quise llamarte —comentó tras unos segundos de meditación autoimpuesta.

Me costó hallar la voz.

—¿Y por qué no lo hiciste?

Bajó su mirada hacia su anillo, dejándolo de girar.

—No me creerás si te lo dijera.

Suspiré.

—Si te contara *las mías*, tampoco me creerías —expresé pensativa—. Así que ten la seguridad de que no me sorprenderá lo que me vayas a revelar.

Soltó una risa afligida.

—No estés tan segura...

Me preocupé. ¿Qué quiso decir? ¿Tan mala era su situación para no contarme nada como si fuese un secreto?

—¿Estás metido en problemas legales? —Eso tendría sentido. Su desaparición de un día para otro no se debía a la increpación de tía Matilde, sino a su vida misteriosa. Por eso la reserva del ama de llaves hacia las personas que tocaban a la puerta del domicilio: cuidaba de no perjudicar a su patrón.

—No —sonrió y esto hizo que mi preocupación incrementara.

—¿Rehabilitación? —la fama suele hacerles caer en el vicio.

—Ni soy drogadicto ni alcohólico.

¡Caramba! Si no tenía estos líos, ¿qué podría ser? ¿En qué estaría metido este hombre para que se alejara?

—¿Eres espía? —bromeé. Por supuesto que sabía que no lo era, pero ocultaba algo que podría ser siniestro.

David sonrió sin mostrarme sus deslumbrantes dientes blancos y sacudió la cabeza para responderme de esa manera.

—Entonces, ¿por qué desapareciste?

—Algún día te contaré.

—¿Por qué no ahora?

—No estás lista. —Y decidió guardar silencio.

Lo miraba atenta, esperando a que agregara algo más o justificara su esquiva actitud, pero, al observar que no daba indicios de querer seguir hablando, le dije:

—El día que me cuentes tus secretos, te diré los míos —lo forzaba a que se abriera conmigo. Si él estaba dispuesto a otorgarme su confianza, yo haría lo mismo con él.

David entornó la vista hacia mí.

—¿Qué secretos guardas?

Tanto o más que tú.

—Asuntos que para la gente común resultarían insólitas.

—«La gente común...» —repitió con una sonrisa triste; sin duda lo que guardaba en su pecho lo carcomía.

Bordeé el mostrador para que no fuese una barrera entre los dos y me ubiqué frente a él, pese a que mis ojos apenas llegaban a la altura de su pecho. A David le agradó que tuviese la iniciativa de acercarme, esbozando una sonrisa de medio lado que resultaba sexy y muy varonil, alcé mi rostro hacia él y lo encaré más decidida que nunca en que se abriera conmigo; no lo presionaría para que me expresara su amor, esa ilusión hace mucho que dejé de albergarla, solo quería confirmar una verdad que me negaba en aceptar.

—Sé que tú y yo no somos como los demás, puedo sentirlo —no sé por qué me dio por expresar semejante cosa.

—Me doy cuenta. —Me traspasó con la mirada como si a través de sus zafíreos ojos adivinara lo que yo pensaba.

Y esto me inquietó.

—¿Qué tanto sabes de mí?

Acercó su rostro hacia el mío.

Muy, muy cerca.

—Lo suficiente… —respondió acariciándome con su aliento mentolado.

Se aventuró en tomar un mechón de mi cabello que caía sobre mi hombro y lo enroscó en su dedo con extrema delicadeza, para luego volverlo a soltar y de nuevo enrollar…

—¿Qué *s-sabes*? —luchaba con todas mis fuerzas para calmar las sensaciones que él despertaba en mi cuerpo.

—¿*Oriard*? Te diré todo —sugirió mientras enroscaba y soltaba mi mechón, y mi mente comenzaba a nublarse por lo bien que se sentía.

¡Allison no caigas otra vez en sus redes!

¡Te va a romper el corazón!

Expresé para mí misma y enseguida me aparté, esquivando en el acto su mirada. Si no lo hacía le saltaba encima para comérmelo a besos.

—R-*Ryan* —tartamudeé—. Prometí ir con él.

Hizo un mohín y luego aceptó mi elección.

—Te veré allá.

Lejos de emocionarme, me produjo una fea sensación en la boca del estómago, pues él no aparenta ser de los sujetos que asisten a eventos sin ninguna compañía femenina colgada de su brazo. Lo que significa que, Ilva o la modelo, sería una de las alternativas para ese pintor inglés de talla mundial.

—Gracias por recuperar el reloj, te debo una.

Rio con ganas.

—Ten cuidado, Allison, *pronto te lo cobraré* —advirtió socarrón y sus ojos brillaron ante esa promesa.

—¿Ah sí? —¡Oh, Dios! Se lo veía divino con ese semblante relajado y natural—. ¿Y cómo piensas cobrármelo? —Airada, puse las manos en la cintura, daba gusto que los dos volviésemos a tener ese grado de confianza.

—*Hum...* —entrecerró los ojos con malicia—. Ya pensaré en algo. Me divertiré lucubrando cómo me compensarás.

Mis piernas comenzaron a flaquear.

Los flechazos de David eran potentes, atravesando cada capa del escudo levantado para protegerme de su perturbador encanto.

—¡¿Usted, otra vez?!

Nuestra burbuja se rompió ante la perplejidad de tía Matilde, en cuanto entró al anticuario.

David y yo dimos un paso atrás y nos volvimos hacia ella.

—¿Por qué volvió? —demandó saber, acercándose molesta hasta nosotros.

—Atendía diligencias —David respondió en tono neutro sin que esto sea una obligación de hacerlo, pero, así como yo le exigí explicaciones, también debía darlas a la anciana que le ordenó alejarse de su sobrina para no lastimarla.

—Tía, él estuvo de gira por Latinoamérica. Ya sabes cómo es *ese mundo...*

Me miró con severidad como expresándome en silencio, «no te metas», que ni oportunidad me dio de expresarle lo del reloj antiguo.

—Sí, me imagino... —dijo seria. La mentira era palpable, pero iba más dirigida a tía que para mí.

Se fijó en el reloj de cadena que aún estaba sobre el mostrador.

—¿Lo va a comprar? —Su lado comerciante salió a flote, pese a que no le agradaba la presencia de David en el anticuario.

Lo miré mortificada. ¡Ay, ya me iba a ganar una increpada por distraída!

—Lo que pasa es que...

—Un amigo cercano comentó que aquí tienen varios en venta —él me interrumpió para que no metiera la pata—; así que, arriesgo de causarles un disgusto, quise verlos personalmente. Los colecciono.

Tía Matilde no parecía convencida de lo que este le explicaba; aun así, se mantenía cauta.

—No me disgusta su presencia, señor Colbert —espetó mientras se dirigía hacia el escritorio—. Espero que sea *por lo que dice*, porque, en cuanto a mi sobrina, usted tendrá las puertas cerradas. ¿Se decidió por ese? —Lo miró por encima de su hombro. El cambio de tema fue abrupto, David asintió en referencia al bendito reloj y yo quería que me tragara la tierra por provocar que tuviese que comprarlo para salvarme el pellejo—. Y ¿qué le parece: le gusta?

David me miró directo a los ojos.

—Sí, *mucho*...

—Pero no va a comprarlo —ignorando el doble sentido de sus palabras, le hice ver a tía para que no se ilusionara con el dinero que ganaría con la venta.

—No es muy caro —ella se apresuró a decir a la vez en que depositaba su bolso sobre el escritorio—. Ese reloj tiene su historia: le perteneció a un soldado que sirvió en la Segunda Guerra Mundial. Era de familia adinerada. El reloj fue su amuleto para que lo protegiera. ¿Ve ese hundimiento en la tapa? —Señaló al acercarse al mostrador—. Interceptó una bala que iba dirigida a su corazón. Se salvó por haberlo guardado en el bolsillo izquierdo de su chaqueta.

—Y aún funciona —sorprendía la calidad de los relojes de antaño.

—Esta no es la maquinaria original —aclaró sonriente y yo hice una expresión de haberme acordado—, fue reemplazada por otra, pero el soldado decidió que la tapa permaneciera así, como recordatorio de la suerte que tuvo.

—Es una buena historia: lo compro.

Tía sonrió y yo me inquieté.

—David, es muy costoso —estaba terriblemente avergonzada de su gentileza.

La otra me susurró al oído:

—Trabajas aquí, porque no parece...

La sonrisa resplandeciente de David me dejó sin habla, porque la tensión que se había posado sobre sus hombros dejó de aplastarlo. No fue echado del anticuario ni amenazado con llamar a la policía por ser un acosador, más bien, escuchamos sus explicaciones y aceptamos de «buena gana» la reliquia que escogió para su colección personal.

—El precio es lo de menos; *lo que me gusta*, lo tomo.

Tragué en seco, esa fue una indirecta que me hizo palpitar a millón el corazón.

Por fortuna, tía no entendió lo que quiso decir ni a quién fue dirigida, dando palmaditas de satisfacción por el dinero que caería en su registradora.

—¿Cheque o tarjeta? —Sonreía por la pronta venta.

—Tarjeta —respondió él sin molestarse en preguntar el precio de lo que debía pagar.

—El reloj vale tres mil dólares, David. Es mucho dinero.

Me guiñó el ojo y sacó una fina billetera de cuero del bolsillo interno de su chaqueta sastre.

Extrajo de esta una tarjeta y se la entregó a tía, quien enseguida arqueó las cejas y luego me miró asombrada mientras se abanicaba con la Tarjeta Negra exclusiva para millonarios, de la que David podría comprar desde una hamburguesa hasta un avión.

Aprovechando que tía introducía los datos en el Punto de Venta del área de Caja, él se acercó a mi oído y me susurró:

—Ahora me debes dos…

Mi corazón se aceleró, fue como si hubiese hecho un pacto con el diablo: me cobraría con elevados intereses los dos favores.

Capítulo 22

Al entrar me maravillé ante el esplendor del salón de baile.

Nada tendría que envidiar a algún otro salón de las grandes ciudades, contaba con dos plantas bastante amplias, que bien albergarían setecientas personas sin problemas. El edificio era circular: la parte de arriba y la de abajo —donde se hallaba la pista de baile— se comunicaban a través de tres hermosas escaleras de madera tallada, complementadas con una continuidad de arcos que rodeaban la planta superior, en cierto modo recordándome a las construcciones romanas; alzándose estas sobre columnas que se erguían desde abajo, sosteniéndolas.

Alcé los ojos y casi alucino al ver la lámpara colgada justo en el centro del techo, conformada con muchos brazos revestidos en oro y cuentas de cristal que daba la sensación de ser muy antigua. Bajo esta, el lustroso piso de granito la reflejaba, al igual que a la gente bailando. Menos mal que los atuendos exigidos no eran de cóctel, porque si no más de un hombre estaría encantado viendo calzones.

Reparé en la tarima a un extremo de la pista y del que acogía a la orquesta que tocaba jazz. Reconocí la melodía de Tony Bennet, mi padre solía escucharla cuando llovía, estando él melancólico por mi madre. Sonreí entristecida ante esto y carraspeé para tragarme las lágrimas, para no echar a perder el momento.

Noté que los hombres llevaban en sus solapas un pequeño lazo rosado, símbolo de la lucha contra el cáncer de seno, así como también las damas, luciéndolo sus escotes. Ellas hacían gala de sus hermosos atuendos de diseñadores famosos, complementados con joyas costosas y ocultando sus facciones con máscaras y antifaces de estilo veneciano que hacían lucir la mía muy folclórica.

Mi vestido de color rojo sangre lo había comprado el día anterior, en compañía de Ryan, quien me ayudó a elegirlo, siendo este el más apropiado que resaltaba la tonalidad de mi piel y figura, del cual mi cintura se ceñía por un corpiño drapeado que la amoldaba hasta las caderas y luego se abría en una amplia falda en línea «A». Usaba zarcillos de perlas, prestados por tía Matilde, y una pequeña cartera de pedrería que hacía juego con el vestido. Las sandalias eran otro asunto, utilicé las mismas del agasajo, por no conseguir unas de mi número, pero no representaba un problema a la hora de combinar, el ruedo del faldón las tapaba sin que nadie se pillara si ya habían sido usadas.

Lo que más lamentaba era que mi relicario no colgaba de mi cuello para resaltar el escote.

Ryan me llevó a una mesa redonda para diez personas. El ambiente resultaba intimidante, sintiéndome como pez fuera del agua. La gran cantidad de invitados que asistieron al baile era impresionante, la mayoría, personajes importantes e influyentes de la sociedad: alcaldes, concejales, presentadores de televisión local, artistas y adinerados pavoneándose con sus mejores galas.

Durante la primera hora en dicho evento, bailé una pieza con Ryan y luego él —una vez sentados en la mesa— me contó sobre la discusión que sostuvo con su novio, quien siempre miraba sobre su hombro como si mantuviese una doble vida.

Hubo subastas de artículos donados por algunos invitados especiales, del que una pieza fue la más cotizada y aplaudida de la noche: el lienzo de dos metros cuadrados, cuyo estilo *levemente* macabro —para no causar desagravio por lo del evento— recaudó una cuantiosa suma de dinero.

A medida que transcurría el tiempo, mis uñas sufrían las consecuencias de mi ansiedad. De momento, David no hacía acto de presencia, lo que era bueno para mí; sin embargo, me costaba permanecer una hora más en el salón para no toparme con él y la noche se hiciera más incómoda. Sus ojos de zafiro no centelleaban por entre los invitados; por lo visto, desistió de acudir al evento.

—¿A quién no ves? —Ryan preguntó bajo su máscara de plumitas multicolores.

—A nadie. Solo observo a la gente.

—Pareces incómoda. Tranquilízate y tómate una copita de champaña para que te achispes.

—No bebo.

—Entonces, trata de sonreír. De no ser por ese antifaz se te vería la cara de pocos amigos, así espantas a cualquiera… ¿Bailamos de nuevo?

—Las sandalias me están matando.

—Excusas…

Algunos hombres se acercaron para invitarme a bailar, pero los rechacé con una sonrisa tímida, puesto que no me apetecía que un extraño pusiera sus manos en mi cintura y me hablara bonito al oído, mientras Ryan permanecía solo en la mesa. No estaría bien que lo hiciera, él me animó en asistir para distraerse de su depresión.

—¡Mira quien vino al baile! —Ryan exclamó y yo rápido seguí el trayecto de su mirada hacia la segunda planta.

Mi corazón explotó.

El muy maldito lucía regio en su traje de Armani. Usaba una máscara blanca muy al estilo del Fantasma de la Ópera, hablando con Ilva Mancini. Si bien, el rostro de esta se ocultaba bajo una máscara dorada de «bruja narizona», sabía que era ella por su prepotencia y ademanes coquetos al hablar.

Ryan lanzó un suspiró al percatarse de su presencia.

—Sí qué es extraordinario.

—¿Qué? —inquirí sin controlar el enojo, como siempre, sintiéndome una tonta por los latidos incesantes de mi corazón. Él solo juega con la chica de turno y se divierte observando la angustia que le provoca; Ilva es su constante, yo su entretenimiento temporal.

—Verlo en público.

—¿Por qué te sorprendes?

—No suele asistir a eventos en el condado —respondió—. Es la primera vez que lo veo congraciándose con la gente.

—Yo más bien lo veo «congraciándose» con esa rubia —*de mierda*. Comenté llena de inquina.

Debajo de su antifaz, Ryan entrecerró los ojos con intuición.

—Qué raro que no te invitó, porque parecía bastante interesado en ti. ¡Hasta te regaló una pintura!

Que quemaré pronto…

¿Para qué conservar algo de él, si el aprecio no era verdadero?

—Sí lo hizo, pero no acepté —respondí sin ser capaz de levantar los ojos hacia la segunda planta. No quería admitirme a mí misma que me hería verlos de esa manera tan cercana.

—¡¿Me puedes decir por qué diablos no aceptaste?!

—Porque *cierto personaje* me invitó primero —no era una queja, gozaba de su compañía. En todo caso, si no hubiese sido él, la invitación que habría aceptado sería la Donovan, solo para que David sufriera el rechazo. Aunque era ridículo pretender que él se muriera de celos al verme en los brazos de otro hombre, cuando bien, yo lo observaba feliz con esa lagartija de greñas desteñidas, sin importarle lo que pensara de él al respecto.

Ryan se conmovió y, estando aún los dos sentados alrededor de la mesa, se inclinó hacia mí y me dio un cariñoso abrazo.

—¡Oh, Allison, lo siento tanto! —Alzó su antifaz y besó mi mejilla—. Gracias por ser tan linda. Pero acepta para la próxima, ¡tarada!

—Lo tendré en cuenta para cuando me supliques que te acompañe para alguna parte.

—¿Esa es su novia? —Una de las invitadas que nos hacía compañía, comentó a la mujer que se hallaba a su lado, mientras su dedo apuntaba hacia la segunda planta.

Mi curiosidad hizo que buscara cuál era el foco de su atención, y me arrepentí por ello.

Ilva se había quitado su máscara de bruja, colgándole de los dedos, mientras le deslizaba hacia atrás la máscara a David. Le dijo algo a él y luego sus labios se fundieron en un apasionado beso que me desagradó por traerme a la realidad.

Fue un jarro de agua fría arrojado a la cara.

Ella era su constante.

Y yo su diversión temporal…

El nudo en la garganta creció y las lágrimas se acumulaban en mis ojos; qué rabia, qué frustración tan grande… El rechazo a la invitación demostró que David no perdía tiempo en rogarle a chiquillas temerosas, sino que pasaba a la siguiente que le ofreciera un deleite de sensaciones que yo no podría darle por inexperta.

—Me marcho —su descaro me lastimaba.

—¡¿*Quééééé*?! —Ryan exclamó atónito—. ¡¿Por qué?!

—No quiero estar aquí. No puedo más…

—Deja tus celos y quédate —ordenó molesto—. No le des el gusto a esa rubia idiota, que no es nada para él.

—Dijiste que llevan tiempo. —Oculté la tristeza bajo el antifaz: uno rojo con plumitas y del cual yo misma realicé.

—Más bien, es una especie de relación libre, porque al siguiente día se lo ve con otra.

Lejos de subirme los ánimos, los bajó. David carecía de amor por alguna mujer. No reparaba en emociones, solo se divertía igual que cualquier joven multimillonario soltero que se respetara.

En el fondo, luchaba con todas mis fuerzas para no llorar, siendo una bendición que el baile fuese de máscaras, con esta ocultaba la decepción de saber que él no perdería el tiempo conmigo; si le gusté, fue por un brevísimo lapso. Aunque debía darle mérito que se acercó para reconciliarnos, y, como yo no quise darle esa oportunidad, me lanzó al olvido.

—Allison... —Ryan notó mi dolor—. David Colbert es un tipo muy guapo y genial, pero si te lastima de ese modo, no vale la pena.

—No hay compromiso entre los dos, puede hacer lo que le dé la gana —expliqué un poco irritada. En efecto era así: entre David y yo no existía un compromiso que nos hiciera exclusivos. Solo amigos.

Bueno, ni eso…

—Hay otros interesados en ti: Donovan, por ejemplo.

Hice un mohín por no ser el mejor momento para ilusionarlo, David revoloteaba en mis pensamientos y no sería justo para Donovan que yo lo utilizara para olvidarlo, pese a que me estaba proponiendo querer a otro hombre.

—¿Has escuchado el refrán: «un clavo saca otro clavo»? Deberías probar… —sugirió ante mi desánimo.

La orquesta cambió de género musical, sin alejarse del estilo suave del que hasta hacía unos minutos tocaba. Muchas parejas se levantaron de sus asientos y se dirigieron hacia la pista para disfrutar de la melodía romántica que sonaba en vivo; Ryan y yo preferimos mantenernos sentados por no apetecernos estar mezclados entre estos; conversábamos de hechos que, con otras personas, solíamos ser reservados.

—No estoy interesada si alguien sale lastimado por mi culpa —le hice ver y él sacudió la cabeza de inmediato para llevarme la contraria. Su antifaz de plumitas multicolores de nuevo cubriendo sus ojos.

—Siempre en una relación alguien sufre.

—No cuando se hace de forma deliberada. —No me convertiría en la versión femenina de David Colbert. Él saltaba de chica en chica, dejando tras de sí infinidad de corazones rotos.

—Solo piénsalo.

Sopesé mis posibilidades y luego entorné la mirada hacia David, que lucía bastante animado con aquella bruja.

—Lo lamento por ti, Ryan, pero me marcho. —Me levanté arrastrando la silla y tomando el bolsito para salir rápido del salón antes de que las lágrimas me traicionaran. Seguía molesta. ¿Hasta cuándo esa tipeja le tendría las manos encima?

—¿Estás segura? —preguntó, poniéndose en pie.

Traté de convencerlo de que se quedara, aun así, fue imposible, Ryan no permitiría que me fuese sola a casa.

Mientras luchamos por esquivar a las innumerables parejas en la pista, fui interceptada por alguien que me tomó rápido del brazo.

—¡Allison, espera! —Donovan y su pareja acababan de llegar. Me sorprendió que me reconociera con el antifaz puesto.

—Hola —lo saludé.

—¿Ya se van? —Le incomodaba usar la máscara de Batman.

—Sí, voy a llevarla a su casa.

—¿Por qué? —se preocupó del tono desanimado de Ryan.

—Estoy cansada.

Donovan se percató de los ojos efusivos de Ryan, que expresaba más de lo que yo quise responder.

—¿Por qué te quieres ir, Allison?

—Ya te dije: estoy cansada.

—¡No es cierto, te quieres largar porque viste a David Colbert besarse con esa mujer! —Ryan me contradijo en el acto.

Todos me miraban entre lástima y enojo: Donovan tuvo un cierto brillo en sus ojos que le fue difícil de ocultar, la chica me escaneó con enfado y Ryan apretaba la mandíbula para contener, quizás, una palabrota por mi terquedad de no pasar una buena noche en el Oriard.

—No tienes por qué irte, Allison —Donovan expresó medio sonriente—. *Págale* con la misma moneda.

—¿Y eso cómo sería…?

Me tomó del brazo, alejándome del grupo. La chica frunció las cejas y Ryan me guiñaba el ojo, complacido.

—¿Por qué no le das un poco de su propia medicina? —comentó casi rozándome el oído con sus labios. La melodía que tocaba la orquesta invitaba a los amantes a danzar al centro de la pista.

—¿Qué quieres decir con eso, Donovan?

—Me refiero a que le demuestres que también puedes salir con otros que no sea él.

—¿Con quién? —Miré a mi rededor. No veía ningún hombre de mi agrado que sirviera para causarle celos.

—Conmigo.

Me dejó fría.

—¿Y tu pareja?

—Hablaré con ella.

—No, Donovan. ¡No lo hagas!

Ryan se confabuló en contra mía para que no me marchara del lugar. Entre él y Donovan me empujaron hasta la mesa. La chica me miraba con odio por haber sido relegada. Se sentó al lado de su pareja, en una discusión que solo era para oídos de su acompañante. Donovan no volvió a bailar con ella, del cual era una pelirroja muy hermosa con su vestido de chifón negro y escote corazón. Se mostraba con esta indiferente por estar pendiente de mí; en más de una ocasión extendió la mano para invitarme *a mover los pies* en la pista, pero me daba pena por la chica que se esmeró en lucir bonita para un tontorrón que solo tenía ojos para una menuda muchacha que no era tan agraciada.

—¡Vamos, no seas aguafiestas! —insistió sin importarle que esto enfadara a la pelirroja.

Negué con la cabeza, ya queriéndome marchar del Oriard.

—¡Anda, tarada! —Ryan por poco me tira de la silla al obligarme a levantar.

—Está bien… —dije cansina—. Una pieza. ¡Nada más! Me duelen los pies…

Nos dirigimos hasta el centro de la pista.

Donovan llevaba el ritmo de la suave melodía. Sus ojos —bajo su *batimáscara*— no se separaban de los míos, brillaban emocionados, teniéndome cerca; lo contrario al frío comportamiento con su amiga. Yo estaba abrumaba, sabía lo que él pensaba: quería vengarse y besarme.

Pero sentía que una tercera persona nos observaba.

La fuerte presencia no correspondía a Ryan sonriente o a la chica enojada, tampoco cualquiera de las personas que se divertían en el salón. Sino por alguien en particular…

Alcé la vista y vi a David, molesto. Ya no usaba la máscara después de *los lengüetazos* que se dio con esa mujer. No dejaba de mirarme, aferrándose con fuerza contra la baranda que surcaba el segundo piso. Lucía afligido, con un «por qué» reclamándome en sus bellos ojos azules. Su pesar me desconcertaba, se suponía que mi rechazo se lo tomaba mejor de lo que yo hubiese deseado, distrayéndose él con esa mujer ostentosa y con cuanta «escoba con falda» se atravesara por su camino. Entonces, ¿para qué tanto teatro? No me lo explicaba. ¿Celos? Mi compañero de baile le provocaba malestar, aunque, tal vez la rivalidad entre ellos iba más allá de la desmedida competencia para lograr la atención de una mujer.

No me pasó por alto el cambio de actitud hacia Ilva Mancini, quien algo le decía, y, a juzgar por sus gesticulaciones, lucía furiosa.

La orquesta tocaba mi canción favorita, provocando que, de forma inconsciente cerrara los ojos, imaginándome que bailaba con David, a solas, sin que nadie nos interrumpiera en el gran salón. Me aferraba a él con fuerza, sintiendo los latidos de su corazón en mi pecho; era una inmadurez de mi parte por pensar en alguien que, hasta hacía un instante, se besó con otra mujer. Pero ¿cómo razonar cuando estaba enamorada hasta la médula? Todo lo que sentía era tan apabullante, tan intenso…, que obraba sin pensar. David era un tornado Categoría 5 que revolvía mi ser, azotándome sin piedad contra el mundo; nadie estaba preparado para amarlo. Menos yo.

«*Allison*».

Un escalofrío recorrió mi espalda cuando escuché una voz masculina que me llamó suplicante para que lo atendiera.

«*¡Allison!*».

Esta vez fue más demandante.

Perturbada, abrí los ojos, sin haberme dado cuenta de que abrazaba con fuerza a Donovan y que este me devolvía el abrazo con la misma intensidad.

Huy.

—Deberíamos descansar. —Me separé de inmediato, sin querer verlo a los ojos para que no malinterpretara mi sonrojo.

—Seguro. —Me tomó de la mano, vadeando con habilidad a las parejas que seguían bailando en la pista, pero Donovan, en vez de llevarme hasta la mesa, me condujo en sentido contrario hacia las puertas del salón.

—Oye, Donovan, no me parece…

—Necesito hablar contigo a solas —explicó sin aminorar sus pisadas hacia la salida.

—¿Sobre qué?

—Sobre David.

Alcé las cejas, sorprendida.

—Vamos hacia allá… —señalé hacia un extremo del salón donde no había tanto aglomeramiento de invitados.

—Mejor en mi casa.

Esto me preocupó.

—¿Por qué? ¿Tan grave es?

Se quitó la *batimáscara* y asintió.

Si bien, su propuesta me causaba desconfianza, algo me decía que, si no aprovechaba los celos que Donovan sentía, perdería la oportunidad de que me contara todo lo que sabía sobre David. Incluso su enemistad.

Capítulo 23

Donovan explayó una sonrisa triunfal, en cuanto me quité el antifaz y acepté.

De retorno a nuestra mesa, para tomar mi bolso, me apenó que la chica se haya marchado del Oriard. Fuimos desconsiderados con ella, la dejamos ahí, plantada en la silla, mientras nosotros bailábamos muy *pegaditos*.

Al menos, no me sentiría mal por abandonar a Ryan, pues Elliot –su novio– se presentó en el salón del hotel para reconquistarlo.

Donovan y yo nos encaminamos fuera del hotel, y, justo en la salida, nos interceptó un mesonero.

—Disculpe, señor Baldassari, tiene una llamada telefónica en la Recepción.

—¿Quién? —preguntó intrigado.

—No sé, señor, dijo que era importante.

Contrariado, soltó el aire de los pulmones, por tener que atender una llamada no esperada, y luego se volvió hacia mí para expresarme que le concediera un minuto para averiguar de qué se trataba.

Me senté en un muro bajo que divide el jardín del pasillo externo. Extraje mi móvil del bolso, para consultar la hora, ya que no cargaba un reloj elegante y enseguida reparé que estaban por dar las once de la noche. A continuación, a través del espejo de la polvera, corregí un poco el maquillaje y maticé el sudor con la motita, y, estando en esas faenas, un anciano que charlaba con un grupo de hombres me guiñó el ojo y brindó a mi salud.

Me estremecí de mala manera.

¡Guácala, viejo baboso!

Decidí esperar a Donovan fuera del hotel.

Sin embargo, apenas pasaron unos segundos..., David apareció a mi espalda, sobresaltándome.

—¿Por qué estás con él? —susurró a mi oído en un tono contenido que indicaba su molestia.

—¿Y tú por qué estás con ella? —reproché con ojeriza de forma impulsiva. Ya que estábamos en plan de inquirir al otro, no tuve reparos en exteriorizar lo que sentía.

—¿Con quién? —Sonrió a la vez en que me hacía girar, al sujetarme de los hombros con suavidad para buscar mi mirada.

—¡Con Ilva! —lo grité furiosa. David respondió con un cinismo que insultaba mi inteligencia.

—Es una amiga.

Resoplé.

Hijo de la gran putísima...

—Se me olvidaba que ahora las llaman así: «amiga» —declaré mordaz, recordando cómo la había besado en la segunda planta, mientras que los demás lo celebraban como si fuesen dos estrellas de cine que exhibían su intimidad.

A David le brillaron los ojos de observar mi enojo por haberlo visto bien acompañado.

—¿Estás celosa? —Rio en un cariz elegante, pero que a mí resultó chocante por divertirse a expensas mías.

Qué descarado. Se besuqueaba en público con semejante bruja desteñida, y viene bien fresco a decirme que es «una amiga». Disfrutaba hacerme rabiar hasta los huesos o le encantaba que me sintiera insignificante.

—¿Celosa, yo? ¡Ja!

—Yo creo que sí —el condenado me tentaba a perder la cordura.

—¡Por supuesto que no!

—Sí lo estás...

Las burlas hicieron mella.

—¡NO LO ESTOY! —grité a todo pulmón con el deseo intenso de mandarlo a la luna de una patada por idiota.

David se carcajeó.

—¡Qué carácter tienes!

Mi mano hormigueaba por estamparle el bolso con violenta contra su perfecto rostro, lo único que hacía era lastimarme y burlarse de mis emociones.

Dejó de reírse, aunque su risita socarrona seguía estampada en sus labios. Me contempló con avidez de la cabeza a los pies y eso me hizo sentir desnuda.

—Esta noche luces apetitosa, dan ganas de morderte... —su voz adquirió un tono meloso que me estremeció, parecía que me quisiera arrancar el vestido de un tirón.

Lo miré perpleja.

—¿Cómo? —el comentario me dejó aturdida y por esto David rio de nuevo, la pasaba en grande al ponerme nerviosa.

—Luces hermosa, Allison.

Parpadeé.

—Pues... —sus halagos me perturbaron. El vestido rojo tipo sirena me quedaba como un guante en el cuerpo—, gracias. —Mi corazón palpitaba de alegría, aunque no se lo iba a demostrar. Tendría que vérselas para que yo volviese a caer en sus redes.

David dejó de lado las bromas para obsequiarme esa luz que se reflejaba en sus orbes cuando lo albergaba la felicidad. Se acercó vacilando un instante al darse cuenta de que yo no tenía la intención de recibir sus labios de buen agrado.

—Te extrañé.

—*Ujum.* —Me crucé de brazos para no demostrarle que para mis adentros batallaba con mis propios sentimientos.

—Hablo en serio. —Intentó acariciarme el rostro, pero rápido logré apartarme de él, aún irritada por su superficialidad a la hora de amar.

David bajo la mano en un puño, conteniendo la respiración. Había turbación en su mirada, lo que me impresionó. Al parecer no estaba acostumbrado al rechazo; siempre sus conquistas hacían lo que él les decía sin queja ni vacilación.

—Todo ha cambiado desde que te fuiste —expresé airada, apretando los dedos en mis propios brazos para mantenerme centrada en mí misma y no dejarme envolver con sus ojitos azules de cachorro abandonado.

—¿Por qué lo dices? —Me miró frunciendo las cejas—. ¿No quieres que seamos…?

—¿Amigos? ¡Ay, por favor! Está sobrevalorado ese calificativo, ¿no crees?

—No —respondió tajante.

—¡Pues, yo sí! —*Me cansé de esperar tus palabras de amor.*

David cerró los ojos, llevándose los dedos al puente de su nariz para masajearlo con suavidad, en un acto que hacía para llenarse de paciencia.

—¿Él te gusta?

Quería espetarle que sí, para que se mordiera los codos por los celos y sintiera de primera mano lo que yo sufrí cuando lo veía en compañía de otras mujeres; pero era incapaz de hacer algo así. No manipularía a Donovan para que David se arrepintiera de haber jugado con mis sentimientos, mi amigo era mejor que él y no merecía convertirse en el centro del odio de ese caprichoso hombre.

—Qué te importa. —No era mi dueño y no dejaría que me manipulara a su antojo, harta de tanto dolor.

Él me miró con severidad.

—No lo permitiré.

Jadeé molesta.

—El hecho de que te deba *dos favores*, no quiere decir que seas mi dueño, ¿entendido?

Rio.

—En eso te equivocas…

Me estremecí.

¿Qué insinuaba? ¡¿De qué modo me los iba a cobrar?!

Abrí la boca para replicar; no obstante, él lanzó otra pregunta:

—¿Te irás con él?

—Sí, ¿no es obvio?

Sus ojos echaron fuego por la rabia. Y esto provocó que yo diera un paso hacia atrás, intimidada de sus reacciones, pues me asustaba que me fuera a hacer daño. ¿Qué tanto lo conocía a él?

Casi nada.

Traté de mantenerme firme sin demostrar que quería salir corriendo despavorida.

—No deberías irte con él —sentenció con los dientes apretados.

—¿Por qué no? —Su rostro se desencajó en una expresión de tormento.

—Porque... *p-porque* no te conviene.

Me reí.

—Vaya, ¡qué raro! —exclamé mordaz—. Eso fue lo mismo que él dijo de ti.

Iba a regresarme a buscar a Donovan, cuando me sujetó los brazos con fuerza.

—¡Ni creas que permitiré que te vayas con él!

—¿Qué harás para detenerme? —Me removí con rudeza para liberarme de su agarre, pero él apretó más los dedos para impedirme que de allí me marchara.

—Lo que sea necesario, incluso, la violencia.

Quedé helada ante tal sugerencia.

—¡¿Me golpearás?!

—¡A ti, no!

En ese instante, Donovan se nos acercó, mirando a David con desconfianza.

—¿Sucede algo?

David me soltó, tensándose amenazador.

—No. Él ya se iba —dije mientras colocaba mi bolso de pedrería bajo la axila, para sobarme los brazos. David no medía su fuerza, aún sentía su rudo agarre en mi piel.

—De hecho, el que se va es él. —David rectificó sin dejar de mirarme. Sus ojos azules lucían más penetrantes que de costumbre, reflejando lo que en su fuero interno bullía y del que en cualquier momento iba a estallar.

Donovan resopló con rabia.

—¿Quién eres tú para ordenar que me vaya? —Lo empujó para provocarlo de darse a los golpes como lo hicieron en la playa, meses atrás.

Me sobresalté ante su reacción violenta.

—Chicos...

—Vete por las buenas —David siseó a punto de perder los estribos. Sus puños eran demoledores y Donovan no aguantaría otro derechazo. Lo dejaría sin dientes.

—Chicos, contrólense. —Sentía el corazón acelerado a la vez en que buscaba por el entorno por alguien que ayudara a calmarlos; por desgracia, solo estábamos los tres en esa parte del pasillo externo del hotel.

—Quiero ver que lo intentes por las malas —Donovan lo desafiaba a medirse con él por segunda vez y yo sujeté mi bolso, como un arma, temiendo que en esta ocasión mi amigo no saldría bien librado de la contienda.

David no lo pensó dos veces.

De una manera tan veloz y brutal, lo agarró del cuello y levantó con una mano como si Donovan –de un metro noventa y cien kilos– fuese una pluma. Sus pies quedaron colgados a centímetros del suelo, pataleando desesperado para plantarse en el piso.

—¡DAVID, NO! —Le pegaba con el bolso, tratando de sepáralos, la expresión de su rostro era feroz, casi animal.

Entonces, sus ojos se rasgaron y dilataron, cambiando el color zafíreo a un amarillo ámbar.

Me paralizó.

Esos ojos…

Donovan luchaba por zafarse de la mano que tanto se aferraba como un grillete alrededor de su cuello, impidiéndole respirar. Le lanzaba a David golpes a la cara, le enterraba las uñas en los brazos y trataba de abrirle los dedos para que lo soltara. Sin embargo, este seguía apretando su cuello con la firme intención de matarlo. El rostro de Donovan estaba amoratado por la falta de aire, jadeando adolorido, su enorme tamaño de repente si vio disminuido ante la sorprendente fuerza muscular de su contrincante.

Ignorando mis gritos, David hizo algo que me heló la sangre, su rostro se desdibujó y, con voz ronca, al otro le gruñó:

—¡Te irás por qué así lo ordeno! —Luego le dijo algo más al oído que no entendí.

—¡David, suéltalo! ¡SUELTALO! —Tironeaba de su brazo, sin moverlo un milímetro—. ¡Bájalo, lo estás lastimando!

Lo soltó al ver mi expresión de terror. Las piernas de Donovan se tambalearon, cayendo de rodillas al piso. Tosía, llevándose las manos a la garganta.

Me arrodillé a su lado.

—Me la pagarás —habló con voz ahogada. Intenté ayudarlo a levantarse, pero un fuerte dolor en el estómago lo doblegó—. *¡Argh!*
Me alarmé.

—¡¿Donovan qué te sucede?!

—*¡Aaaarrgggghhh...!* —Se aferró más al estómago, costándole hablar por el dolor que sentía.

—¡¿Qué tienes?! —Trataba de ayudarlo a levantarse.

—Dé...ja...me. —Me apartó y se puso en pie en su intento de mantenerse erguido; aun así, le era imposible, cayó de nuevo al piso como si le estuvieran desgarrando los órganos por dentro. Alzó la vista hacia a David, quien reía perverso, y en un esfuerzo que hizo le expresó furioso—: Esto... no se... quedará así. —Luego me miró con ojos suplicantes—. Lo...sien...to. —Logró levantarse con dificultad, yendo a toda prisa al interior del hotel, encorvado por el dolor y sintiéndose culpable de tener que dejarme a merced de David.

—¡Donovan! —lo llamé dispuesta a seguirlo, pero David lo impidió al sujetarme el brazo—. ¡Suéltame! —exclamé molesta.

—No.

—¡QUÉ ME SUELTES, TE DIGO!

—Sabes que no permitiré que te vayas con él.

—¿Qué le hiciste?

—Nada. —La culpabilidad la tenía marcada en su frente.

Lo miré furiosa.

—Algo tuviste qué hacerle: eso no fue normal.

—Tranquila*, no te lo lastimé* —sonrió con un deje de sarcasmo baiboteando en sus labios. Me percaté que sus ojos volvieron a la tonalidad azulada. No necesitaba ser adivina para darme cuenta de que David me mandaba señales de ser diferente a los demás y, por extensión, peligroso.

—Tus ojos... —lo señalé con el dedo acusador— cambiaron. Y tu voz... ¡Te escuché! No me gustó. ¡Tú...! —Su expresión divertida cambió a una sombría—. Lo levantaste con una mano —intentó hablar sin conseguirlo debido a mis imputaciones—. Hay algo raro en ti, no sé qué... *Lo único que sé,* es el hecho de haber pasado muchas cosas raras desde que te conocí.

Me soltó el brazo.

Resulta interesante ver su rostro cambiar de la sorpresa al desconcierto. Al final, la expresión que permaneció fue la de una máscara de frialdad, se dejó ver como un ser impulsivo que gozaba del dolor de los demás, reaccionando peor que Donovan cuando perdía la paciencia con los que más odiaba. David demostró que era dominante por naturaleza y también inseguro al tener que luchar contra alguien que no necesita de su encanto misterioso.

—Te dije que haría lo que fuera necesario para no dejarte ir con él —espetó sin miramientos.

Jadeé perpleja.

—¿Quién eres tú para decirme con quién debo estar, cuando te veo bien *acaramelado* con esa Ilva Mancini? —Quise morderme la lengua por echárselo en cara.

—Te dije que era una amiga.

—¡AL DIABLO CON TU AMIGA!

David sonrió.

—Menos mal que no estás celosa.

—Idiota.

Di media vuelta para marcharme del hotel. Y, mientras bajaba deprisa por las escaleras, exclamó:

—¡Te llevo a tu casa!

—¡NO! —le grité sin dejar de correr—. ¡Me iré en taxi, no necesito de un guardaespaldas! ¡Sé cuidarme sola!

—¿Cómo la vez en que casi te violan? —el muy maldito recordó y eso me hirió.

Fue un golpe bajo.

Me detuve a mitad de camino en las escaleras y me volví hacia él para lanzarle una mirada fulminante.

—¿Qué dijiste?

David cerró los ojos, lamentándose de haber dicho semejante barbaridad.

—Lo siento.

—Te agradezco que me hayas salvado la vida en dos ocasiones y me hayas ayudado con lo del reloj, pero no te quiero cerca de mí. ¡Ya no más! —expresé con un nudo en la garganta. Mi rostro ardía por la furia que sentía y mis ojos me picaban a punto de derramarse las lágrimas. No iba a permitir que me viera sucumbir al llanto.

Retomé la carrera, escaleras abajo, levantando un poco el faldón de mi vestido para evitar tropezar al pisar el ruedo de forma accidental. Mínimo me ganaría una fractura de pierna.

Cuando hubo terminado de bajar los escalones, me sorprendí al toparme de frente con él.

—¡¿Cómo bajaste tan rápido?!

—Soy veloz —contestó y ni me dio tiempo de retroceder, cuando me tomó de los hombros—. Allison, hay tanto que no sabes de mí, que no sé cómo decírtelo.

Aparté sus manos con brusquedad.

—Habla.

—No quiero perderte —dijo—. No después de todo este tiempo.

Su comentario me extrañó.

—¿Acaso me perdiste y me volviste a encontrar?

No respondió. Más bien, un prolongado silencio se apoderó de los dos y nos envolvió en una burbuja invisible.

David se aproximó, tomando mi rostro con ambas manos, sopesando mi reacción a su cercanía.

—Te esperé tanto… —susurró cerca de mis labios.

Los entreabrí para replicar, pero él me calló con un profundo besó que casi corta mi respiración.

¡Cielos! No lo podía creer. Las veces en que había soñado con devorarme sus labios se hicieron realidad.

Por desgracia, en el momento más inadecuado.

Quise separarme, pero David lo impidió al sujetarme con más fuerza, desatando sus propios besos sobre mí. Esto me impactó y aflojó hasta las piernas, era muy candente. ¡Me comía la boca con fervor! Su lengua sinuosa buscaba la mía, seduciéndola, acariciándola para que siguiera el mismo ritmo que esta llevaba.

Se tragó un grito mío en la que le habría exigido de soltarme y luego un gemido que brotó de mis labios de la manera más vergonzosa. ¡Me estaba gustando! ¡¡Y mucho!! La rabia por pillarlo con Ilva Mancini, el cabreo que me hizo pasar al notar mis celos y la violencia contra Donovan, se disiparon en una neblina mental que provocó una «amnesia temporal».

Solo atinaba a dejarme besar. Mis ojos cerrados, mis labios entreabiertos…

Mi corazón frenético por las sensaciones que él me provocaba…
Vaya que besaba bien.

Mis brazos no luchaban para librarme de sus dos grilletes, sino que cayeron lánguidos a mis costados, al igual que mi bonito bolso que yacía en el piso al perder las fuerzas para sostenerlo, mientras que mi rostro seguía aprisionado por sus cálidas manos.

Lo besaba y él me correspondía con mayor frenesí. ¡Era una locura!, ya no pensaba en nadie más, solo en lo que sentía.

Dejé de ser pudorosa, ¿para qué serlo?, el deseo comenzaba a dominar los instintos, indicándome a que me dejara llevar sin objeciones, que fuese suya en cuerpo y alma, y que no temiera; él estaba ahí para resguardarme del mal que me aquejaba, si alguien pretendía lo contrario lo lamentaría, me había convertido en su prioridad.

Perdí vergüenza de estar dando un buen espectáculo y que nos juzgaran como si fuésemos dos amantes hambrientos de pasión. David mandó al diablo nuestra amistad y demostró que también tenía los mismos sentimientos que yo albergaba.

Amor.

¡Ah!, pero las malditas visiones…

Estas se apoderaron de mí de un modo tan vertiginoso, que fue como si una vez más invadiera el cuerpo de una persona sin que esta lo supiera.

Yo estaba en la piel de un hombre…

En la de David, a juzgar por el timbre de su voz y por los pensamientos que, en ese instante, cruzaban por su mente.

Miraba a una mujer.

¡Era yo!

Aunque una versión diferente de mí: pelirroja y de ojos claros. Ambos nos hallábamos acostados sobre pieles de animales tendidas en grandes losas. No sabría describir con exactitud la habitación: era muy agreste y antigua, de grandes muros de piedra y muebles rústicos de épocas primitivas.

David observaba a esa joven detenidamente. ¡O yo lo hacía dentro del cuerpo de David, hacia mí misma! Muy raro eso…

Se quitó de encima las pieles que cubrían sus genitales y enseguida se arrodilló ante su amante. Ella —yo pelirroja— lo imitó coqueta. Sus senos y su pubis al descubierto, impudorosa de su desnudez.

Nos miramos. La mano derecha en alto y entrelazadas al frente de nuestros cuerpos, en una aparente pose de pronto hacer un juramento. El ambiente estaba en penumbras, apenas iluminada por un par de velas, cuya flama languidecía por la mecha que estaba por acabar. Sin embargo, la felicidad a ambos los rodeaba, ya no habría objeciones de terceros ni enemigos al acecho, solo ella y él…

—¿Me amarás en la eternidad sin importar nada ni nadie? —David le preguntó en un acento tosco y galopantes latidos en su pecho, cargados de profundas emociones que regocijaban su corazón.

—Lo juro —ella contestó al instante sin pensarlo dos veces, porque, lo que más deseaba, era estar con él por siempre.

—¿Me guardarás lealtad? —Sus labios muy cerca a los de ella.

—Lo juro —mi versión pelirroja ansiaba con fervor los de David. Era como si me viera en un espejo del que pronto practicaría mis besos.

—¿Me amarás más allá de la muerte? —preguntó ya estando sus labios contra los míos. O los de ella…

—Lo juro —dejó escapar un jadeo de placer. Y, en un arranque de inspiración, declaró su propio juramento—: Juro, amado mío, que ni el destino ni la muerte podrá separarnos —profesó al oído de David, mientras él bajaba sus besos por su cuello—. Así mi cuerpo se pudra y reduzca a cenizas, regresaré del más allá, reencarnaré y le haré saber cuándo mi alma vuelva a la vida para continuar amándonos por siempre.

En la visión observé la mano de David buscar el rostro de la pelirroja para que sus infinitos ojos se encontraran con los de ella.

Le obsequió una sonrisa cautivadora y esta ladeó la cabeza para darle a él acceso a la yugular. David abrió la boca y sentí que de las encías los colmillos se alargaban con rapidez. Posó su mano en la nuca de la pelirroja para sostenerla y la otra rodeó su cintura desnuda, apretándola contra él sin lastimarla.

La mordió sin ser brusco, inclinando el cuerpo de esta a un lado de modo que la mordedura fuese lo menos dolorosa, pero igual ella se removía en un aparente dolor que sentía cuando David le perforaba el cuello para llegar a su sangre.

Fue así como sellaron el pacto de amor, asumirían la responsabilidad de sus actos, ella sería también un monstruo a los ojos del Creador; aunque esto le tenía sin cuidado, porque deseaba perpetuar el amor que se profesaban hasta el fin de los tiempos. David seguía succionándole su humanidad, percibiendo que su corazón desaceleraba; a la pelirroja le costaba respirar, parpadeando en una aparente angustia por su escasa visión, debido a que se hallaba en un punto entre la vida y la muerte, pues todo lo que conocía como tal, de ahora en adelante cambiaría.

Le di un empujón para apartarme de él.

¡Huy, ¿qué fue eso?! Demasiado real para ser una visión con algún significado a interpretar.

—¿Qué pasa?

—Nada, d-debo irme. —Aturdida, recogí el bolso del piso, mientras los oídos me zumbaban y la cabeza me daba vueltas debido al mareo. Así como fui sumergida en dichas imágenes, de estas me sacaron abrupto.

—Te dije que te llevaría.

—No, yo… no quiero. —Él tenía colmillos…

—¿Por qué?, ¿qué tienes? Luces enferma. ¿Te sientes mal? —intentó acercarse, pero mi temor hacia él provocó que de inmediato lo rechazara. ¿Qué fue lo que había percibido?—. Allison… —parecía dolido porque volvíamos a lo mismo.

—¿Qué eres realmente, David? ¡No te acerques! —le ordené cuando dio un paso hacia mí y yo retrocedí para tomar uno de los taxis apostados frente al hotel, a la espera de invitados que carecían de vehículos particulares.

—Dame una razón para no hacerlo.

Ni abrí los labios para explicar, ya él me sujetaba de un brazo para retenerme.

—¡Suéltame!

—Dime, ¿por qué estás así?

—¿Qué eres?

—¿Qué sabes? —Analizaba con detenimiento mi semblante. Seguía sujetándome el brazo, aunque no con la rudeza de antes, requería de respuestas y mi bipolaridad no ayudaba.

—He visto cosas.

—¿Qué cosas? No te entiendo.

Nada dije. ¿Cómo explicarle que era una vidente sin que me tomara por loca? Aun así, me soltó y luego levantó la mirada al cielo, tal vez buscando ayuda en las estrellas. Pero aquellas no le brindarían ese apoyo que tanto necesitaba para escabullirse de la verdad que yo estaba descubriendo a través de las visiones. Él era algo que nadie creería ni en un millón de años, así tuviese las pruebas concretas. Ni yo lo creía factible, era imposible que lo fuese, lo que percibí se remontó muy en el pasado cuando la humanidad estaba en pañales.

Frustrado, se pasó las manos por su cabellera, debatiéndose quizás en sí debía confesarme lo que yo sospechaba o seguir en su constante hermetismo para guardar las apariencias.

Entonces, su vista se clavó en lo alto del hotel y su postura se paralizó en una terrible tensión.

—Allison, vete a tu casa —ordenó con un deje severo en su voz.

—Hasta que me digas lo que eres.

—Vete, por favor...

—¿Ya no quieres llevarme? —hice gala de mi sarcasmo. Se estaba volviendo un círculo vicioso que no tenía fin. Yo acosándolo: el rehuyendo. Yo rechazándolo: él buscándome—. Mira, David...

—Si aprecias tu vida: ¡vete!

—¡BIEN! —grité disgustada mientras me dirigía a uno de los taxis. Esta vez iba a ser yo la que tuviera el control de la situación y no iba a salir detrás de él para suplicarle.

Antes de subirme al auto me volví para mostrarle el dedo del medio a David y así mandarlo al quinto infierno, pero él se esfumó, dejándome allí sola sin confirmar la verdad de la cual me mortificaba desde hacía tiempo.

Me quedaba claro –para mi desgracia– que él era el oxígeno que necesitaba para respirar cada día, y, del que, sin este resultaba imposible sobrevivir. Así era David: intenso y magnético. Sin lugar a duda hacía que la mayoría de la gente cayera rendida a sus pies; un hipnotizador cuyos ojos penetrantes traspasaban hasta el alma.

Sea lo que fuese él...

Capítulo 24

—¡Aléjate!
Corría, me perseguía. Quería hacerme daño.
—¡Aléjate!, ¡no! ¡David! ¡David! ¡¡Ayúdame!! ¡Me quiere matar!
Estaba perdida, me tenía en sus manos.

Desperté sobresaltada por la pesadilla. ¡Soñaba una vez más con los atemorizantes ojos de gato! ¡¿Qué significaba eso?! ¿Peligro? Pero… ¿a quién le debía temer?

Descorrí la cobija y me levanté de la cama, maldiciendo al fantasma de Rosangela por infundirme temores. Por ella caía de nuevo en la paranoia, veía sombras moverse de forma sospechosa por los rincones. Detestaba sentirme tan asustadiza, que comenzaba a sopesar la posibilidad de marcharme de Isla Esmeralda y buscar nueva residencia en otro condado.

No obstante, prefería ignorar esas advertencias oníricas y concentrarme en el beso que David me dio a las afueras del Oriard. Permanecí sentada a un lado de la cama, azotada una vez más en la penumbra por las mil sensaciones que él me despertaba: me besó…

Toqué mis labios y sonreí. ¡Él me besó!

David estampó los suyos contra los míos de un modo tan ardiente, que por poco mi cuerpo se incendia en una espontánea combustión. El beso fue sensacional, pese a que no lo llevó más allá de lo que yo hubiese querido. Por algún motivo, decidió que debía marcharme rápido a casa.

—Tonto —masculló frustrada por su comportamiento, como si sus acciones dependieran de una balanza: «hoy la cortejo, mañana la enloquezco».

A tía le pareció raro que haya llegado temprano, pero no sospechó nada al mentirle que «me había aburrido por ser un baile elitista: mucho engreído luciendo sus cuentas bancarias». El vestido rojo yacía sobre el respaldo del sillón floreado, como si se hubiese «desmayado de *jeta*» por la borrachera. Los pies aún me dolían por los tacones de mis sandalias, que lancé lejos en cuanto pisé mi habitación. Me rasqué el lóbulo de la oreja derecha y noté que no me había quitado los zarcillos de mi tía, por haber caído sobre la almohada debido a mi turbación.

Me despojé de estos y los dejé sobre la mesita de noche, el reloj despertador me saludaba con su silente: «hola, son pasadas las dos de la mañana y sigues despierta».

Suspiré y recordé esas «orbes amarillas» que me arrancaron de los brazos de Morfeo. *Las condenadas* estuvieron orbitando en mi cabeza hasta que logré quedarme dormida y luego me persiguieron en la pesadilla para mortificarme y despertarme bañada en sudor.

Tendría que investigar si se trataba de un presagio.

Si le comentaba a mi tía, ella me arrastraría con otros videntes para hallar el significado. Y yo aún no deseaba tener contacto con otros de la misma condición.

Pero esas orbes estuvieron presente en el atractivo rostro de David: sus ojos se tornaron amarillos.

Y su fuerza...

—Lo alzó con una mano —expresé aún sorprendida de cómo tomó a Donovan del cuello y lo elevó hasta que los pies de este no tocaron el piso.

Volví a acostarme, dejándome llevar por el peso de mis propios pensamientos. En esa ocasión no estuve bajo los «efectos del cloroformo» ni bebí más de la cuenta en el baile como para alucinar. Más bien, presencié aquello estando sobria y muy consciente de lo que sucedía a mi rededor: a David le cambió el color de sus ojos y ejerció una fuerza que ni el más fornido fisiculturista sería capaz de manifestar... Eso no era normal.

De repente sentí frío y me estremecí.

¡Caramba! Alguien, que tenía tiempo sin visitarme, irrumpió en medio de la noche para amargarme la vida.

Rosangela.

—¿No te cansas de asustarme? —espeté cabreada, dispuesta a enfrentarla para que me dejara en paz.

La chica me miraba con ojos aterrados.

—Ten cuidado, ¡viene por ti! —su voz sonaba en ecos y su fisonomía ataviada en antiguas ropas, se traslucía, siendo capaz de ver en la penumbra los pliegues de las cortinas a través de ella.

—Dime de una vez: ¿quién es esa maldita persona? —Me incorporé de sopetón en la cama. No sentía el temor que tantas veces el fantasma me provocaba. El enojo nublaba mi raciocinio por todo lo que pasó durante los últimos días y las frustraciones que me llevaban por el camino de la amargura, que me descargaba hasta con los que perecieron hacía cien años.

Como un espectro aparecido en plena madrugada, levantó la fantasmagórica mano y señaló hacia las puertas del balcón.

—Él…

Preocupada, salté fuera de la cama y me acerqué para revisar de quién se trataba.

No encendí la luz para no alertar a nadie. Con movimientos sigilosos, descorrí un poco la cortina para ver hacia afuera a través del cristal de las puertas cerradas.

Lo que vi me dejó helada.

El hombre que intentó violarme meses atrás se hallaba parado en medio del patio.

Me tapé la boca para ahogar un grito.

¡Imposible! ¡Vincent Foster está vivo!

Cerré rápido la cortina y entorné los ojos hacia Rosangela para que me explicara lo que estaba sucediendo, pero ella había desaparecido.

Corrí hacia la habitación de mi tía para alertarla del peligro inminente que nos acechaba.

—¡Tía, despierta! —La zarandeaba con fuerza por tener el sueño pesado—. ¡Despierta! —chillaba angustiada de ser invadidas por un sujeto que, se suponía, debía estar muerto. Tía no abría los ojos, más bien, sus ronquidos empeoraron sin afectarle que yo prácticamente la sacudía en la cama.

Escuché un estruendo de vidrios y destrozos que provenían desde la sala-comedor.

—¡¿Qué fue eso?! —ella se sobresaltó. El ruido la despertó.

—¡*Sssssshhhhhhh...!* Hay alguien en la casa —susurré lo más bajito posible para que aquel no nos escuchara.

Tía se levantó a toda prisa, buscando la escopeta en el armario.

—Llama al 911—ordenó mientras revisaba el arma como si fuese una veterana de guerra.

Esperanzada, alcé el auricular del teléfono que se encontraba al lado de la cama, teniendo la desagradable sorpresa de que la línea estaba cortada.

—No tiene tono —dije nerviosa—. ¡¿Qué vamos a hacer?!
Ella gruñó.

—Quién sea, cortó la línea —masculló—. Y si no hay línea... —se dirigió hacia el interruptor de la luz— no hay electricidad.

Pensé en mi móvil y corrí a buscarlo, pero tía se interpuso, cerrando la puerta de la habitación.

—¡No! —susurró—. Es peligroso.

El corazón comenzó a latirme con violencia. Estábamos en una posición en la que dudaba saldríamos bien libradas. Era el clásico *cliché* en donde a la víctima la dejaban a oscuras en su propia casa y sin un medio para pedir ayuda.

Tía hurgó a tientas en el primer cajón del armario, extrayendo una caja de zapatos. La abrió y enseguida sacó un pequeño revólver para, posteriormente, cargarlo con munición.

—¿Qué es eso? —Me preocupé al entregármelo.

—Es un calibre 38, perteneció a tu tío.

—¡¿Qué se supone haré con él?! —Sentía que el arma pesaba toneladas en las palmas de mis manos.

Su expresión de frialdad me dejó aturdida.

—Matar.

—¡*Dulzuuuuraaa!* —Una voz proveniente de la planta baja nos atemorizó a las dos, Vincent Foster canturreó con una lascivia que me puso los pelos de punta—. Te me escapaste, *perrita*, esta vez *tu amiguito* no está aquí para protegerte. No sabes las ansias que tengo... —rio asqueroso—. ¿Por qué no sales? Hay algo que te quiero mostrar...

Tía Matilde accionó la escopeta como si fuese *Terminator* en bata blanca. Abrió la puerta y se dirigió a él, gritándole:

—¡También tengo algo que te quiero mostrar, hijo de puta!

Le disparó desde lo alto de las escaleras.

Por desgracia, no le atinó. La silueta negra se movía con mucha rapidez por los muebles y las paredes en la medida en que tía le disparaba. Vincent tumbaba y golpeaba cuanto objeto se encontraba en el camino. Aun así, su risa maquiavélica nos indicaba su ubicación, haciéndonos girar cada vez que se desplazaba, disfrutando él al jugar con nuestros miedos.

Tía lo seguía con el cañón de la escopeta, pero este era ágil y veloz escapando de la mira. Desapareció por unos segundos sin escuchar su risita burlona. Ambas respirábamos aceleradas, pendientes del menor indicio de su presencia.

De un punto de la casa, lo vimos surgir de entre las sombras. Tía giró rápido el cañón y logró acertarle en el pecho.

La fuerza del impacto lo lanzó contra los sillones de la sala.

Tía se mantenía a la expectativa sin dejar de apuntarle, esperando a que reaccionara de un momento a otro; podíamos verlo que yacía tendido en el piso, con la pierna izquierda elevada sobre el sofá, los cristales rotos de las ventanas de la sala y las cortinas a punto de caerse permitían de esa manera el paso de la luz del poste de la esquina, y darnos cuenta cómo este lucía.

—Lo he visto en alguna parte —comentó tía, dando un paso hacia él para verlo mejor.

—Es el sujeto que intentó violarme —le recordé—. Se supone que está muerto.

Ella lo contempló espantada, quizás recordando su rostro de las noticias de la televisión o de las macabras fotografías de la policía.

—Es obvio que no.

Al instante recordé que el cadáver fue «robado» de la morgue, y de esto fue hacía cinco meses, su rollizo cuerpo tendría que estar putrefacto o congelado para mantenerse intacto. No obstante, ¿cómo se explicaba la capacidad de caminar después del salvajismo sufrido? ¡¿Acaso nunca murió?! ¿Fue todo un teatro? ¿Y mis visiones…?

—¿Está muerto? —Miré su pecho. La sangre teñía su asquerosa camiseta con una perforación en la tela que indicaba que, en efecto, recibió el impacto de bala.

Ambas lo observamos, tenía todas las señales de estar sin vida: pálido, ojos abiertos e inexpresivos, no respiraba y su herida emanaba aguasangre por cantidades.

Nos acercamos más con precaución. Tía Matilde se adelantó, tocándole el pecho con el cañón de la escopeta para cerciorarse que estuviese muerto.

—¿Esos son colmillos?

Yo di un paso más y observé que, de entre los labios de Vincent Foster, sobresalían un par de colmillos bastante puntiagudos.

¡¿Acaso era…?!

—Huy, yo creo que… —noté un movimiento fugaz en los glóbulos oculares del gordinflón, y nada pude hacer para alertar a mi tía.

Con la pierna que yacía sobre el sofá, este le propinó una fuerte patada en el estómago que la lanzó por los aires hasta hacerla caer sobre la mesa del comedor.

—¡TÍA! —Corrí hasta ella, con desesperación, la mesa quedó destrozada por el impacto—. ¡TÍA! *¡NOOOO!* —Caí a su lado, sin estar segura de si seguía con vida.

Las risas de Vincent me alertaron, se había incorporado.

—Tú y yo tenemos un *asuntito* pendiente.

Empuñé el revolver con ambas manos, aún sin disparar por mi incapacidad de herir a alguien. Pero, en vista de lo que le hizo a mi tía, no tendría reparos de liquidarlo. Levanté el arma, sosteniéndolo con ambas manos, pues el miedo y la respiración agitada no me ayudaba a mantener el control.

Vincent alzó sus manos en señal de rendición, lo hacía más como un juego que por miedo a que lo matara. Advertí que tenía completos todos los dedos. ¡Se habían regenerado del ataque del animal! Salvo la sangre en su camiseta, no presentaba heridas ni zarpazos o mordidas; estaba ahí bien campante, sonriendo de sus fechorías.

—¿Piensas dispararme? —recriminó arrogante—. Perderás el tiempo, dulzura: las balas no me hacen daño. ¿Ves? —Se acercó hasta las ventanas rotas de la sala y alzó su camiseta para que le viera la herida del pecho.

Mi mandíbula se desencajó; en lugar de la perforación sangrante que causó la bala, tenía una cicatriz recién curada.

Lo que más me horrorizó, fueron sus ojos.

¡Los mismos del «gato» que tanto me atormentaron!

¡¿*Era él?!*

Vincent se acercó, sigiloso, disfrutando mi temor.

—¡Detente! —lo amenacé con el arma, temblando en mis manos.

Extendió los velludos brazos a los lados para desafiarme. Sus colmillos eran tan grandes a los de un animal feroz.

—Anda, dispárame. A ver si puedes...

Me puse en pie y eso hice. Disparé hacia su cabeza, pero él se movió tan rápido que ni vi hacia dónde huyó.

Respiré hondo y empuñé el revólver con más fuerza, tenía que matarlo por ser cuestión de vida o muerte, o él nos acabaría en un tronar de dedos. Así que, disparé a la nada, tratando de atinarle, y fue una suerte que lo hiciera, puesto que logré herirlo en la oreja izquierda. Vincent se sorprendió y se escondió en la oscuridad.

—Si por mí fuese, ya estarías muerta, *perra*. Pero debo llevarte conmigo —escupió con acérrimo odio.

—¿Llevarme adónde? —aprensiva, pregunté mientras apuntaba con el arma hacia todos lados, pendiente de cualquier movimiento.

Su risa se sintió por toda la casa.

—Tengo amigos que te quieren conocer.

¿«Amigos»? ¡¿Qué amigos?!

—¡No iré contigo a ninguna parte!

—No tienes alternativa —amenazó en un desconcertante tono que me heló la sangre. Estaba muy seguro de ello.

Emergió de la oscuridad tan rápido que no vi en qué momento lo tenía a mi lado. Reaccioné de puro instinto: le disparé en el rostro. Vincent se tambaleó y cruzó la sala en un segundo. Lo seguí con el cañón de la pistola, disparándole en dos oportunidades más, logrando herirlo en el brazo y la pierna.

Se escondió para escapar de mi puntería y yo no lo pensé dos veces, a través de una de las ventanas destrozadas, corrí fuera de la casa y sin aire en los pulmones. Mis piernas se batían calle abajo, gritando despavorida para que los vecinos despertaran y alertaran a la policía. Algunas casas ya tenían encendidas las luces, quizás porque sus residentes se habían levantado a causa de los disparos; sin embargo, nadie salía ni se asomaba por las ventanas, todo era quietud a excepción de mis gritos que barrían el silencio del vecindario.

Por desgracia, mi huida fue infructuosa.

—¿Adónde crees que vas?

—¡Suéltame! ¡Auxilio! —Vincent me atrapó con facilidad—. ¡ALGUIEN QUE ME AYUDE!

—Deja de gritar, nadie te va a ayudar. —Me alzó por encima de su hombro, dejándome bocabajo como si fuese saco de arena.

Lo bueno de esto, fue que su arrogancia le impidió ver que yo aún poseía el arma.

En una maniobra en la que tuve que torcer mi torso, elevé mi brazo y le disparé en la nuca.

Vincent se tambaleó, soltándome en el acto.

Caí de cabeza sobre el pavimento, raspándome la frente y las manos. Él se giró, tratando de sostenerse contra algo para no perder el equilibrio; me produjo náuseas observarlo, perdió su ojo izquierdo y el agua sanguinolenta le brotaba en grandes cantidades por la boca y por la cuenca del ojo. Trató de agarrarme sin conseguirlo, sus manos se aferraron en el aire; yo retrocedía en el pavimento conforme él avanzaba hacia mí. Accioné el gatillo de nuevo y procuré hacerlo contra su otro ojo, pero mi puntería falló de manera garrafal.

Vincent retrocedió, llevándose la mano a la cabeza.

—Vas a pagármelas —siseó con los colmillos severamente apretados. Luego giró su rostro hacia el lejano ruido que producían las sirenas de la policía, a unas cuantas manzanas de donde nos hallábamos—. ¡*Vendremos* por ti pronto! —anunció amenazador.

Y en dos zancadas se alejó de la calle.

Quedé tirada en el pavimento, temblando de miedo y llorando, ese hombre volvía a mi vida para atormentarme y lastimar a mis seres queridos.

Corrí hacia la casa, sin esperar a la policía. La angustia por saber si tía se encontraba viva o muerta era abrumadora.

—¡TÍA! —Me introduje por la ventana y me arrojé sobre ella, dejando el revólver a un lado—. ¡Oh, Dios! ¡¡TÍA!! —Presioné dos dedos sobre la yugular para percibir su pulso y al instante respiré aliviada.

Seguía con vida.

—¡ALLISON! —la más bella de las voces masculinas me llamó mortificada.

—¡¿David?! —Volví mi rostro hacia la abertura de la ventana, sin creerme que él allí se hallaba. David le dio un empujón a la puerta, de la que esta se abrió, casi saliéndose de sus bisagras.

—¿Estás bien? —Se arrodilló a mi lado a una velocidad sorprendente que ni me dio tiempo de parpadear.

—David… —sollocé, agradecida de verlo, fue el primero que acudió a mí, tras pedir ayuda, ganándole hasta la misma policía que ya frenaba frente a la casa—. ¿Cómo…? —mi voz se quebró y él reparó en mis heridas, apretujándome contra su pecho como un esposo aliviado que abraza a su mujer que se salvó de un espantoso ataque—. ¡¿Cómo llegaste tan rápido?! —formulé la pregunta que había quedado a medias debido al aturdimiento por todo lo que tía y yo padecimos a causa de ese sujeto.

—Sentí tu temor —respondió sin soltarme, sus labios los tenía pegados a mi frente, dándome pequeños besos reconfortantes.

Si bien, sus palabras resonaron en mi cabeza, no me importó, lo abracé más fuerte y lloré en su pecho por lo cerca en que estuvimos de morir. Vincent Foster era un demonio en el cuerpo de un hombre que se abocó en hacernos sufrir un infierno.

—La golpeó. Está malherida…

David me besó la cabeza y enseguida me soltó para revisarla. Las luces de las patrullas iluminaban la planta baja, mientras que las puertas de estos vehículos se abrían y cerraban mediante azotes por el abrupto descenso de los oficiales.

—Su corazón está débil —dijo con solo mirarla.

—¿Cómo sabes, si no la has tocado? —pregunté llorosa, pero él no respondió, su actitud era extraña, así como el regreso de la muerte de ese condenado sujeto—. No era humano —comenté y él alzó la mirada hacia mí—. ¿Él era un…? —Ni terminé de formular la pregunta, cuando los oficiales entraron por la puerta principal con sus armas desenfundadas y en actitud de pretender llevarnos presos.

Nos ordenaron aguardar afuera para no contaminar ni entorpecer las labores de recabar pruebas en una exploración exhaustiva que hacían por toda la casa. Tomaban fotos de los destrozos en la sala y el comedor, plasmaban las huellas dactilares que recogían del cerrojo de la puerta, por las escaleras y por donde ellos consideraran el perpetrador posó sus manos para ejecutar sus «saltos acrobáticos».

Algunos oficiales peinaban el área del patio y otros nos vigilaban por si nos daban por escapar del lugar. Un paramédico me atendía en la parte trasera de la ambulancia, mientras era observado por David, quien permanecía a mi lado como perro guardián. Ahogué un sollozó, a tía la sacaban en camilla por la puerta principal, montándola en otra unidad que había acudido tras el llamado de los mismos oficiales para que se presentaran por las víctimas que hallaron.

—¿Estará bien? —pregunté al señor que me desinfectaba la herida en mi mano derecha.

—Requiere hospitalización —dijo y luego me dejó sola al subir a la cabina grande para acomodar los implementos utilizados.

De forma inconsciente me sobé los brazos por encima de la frazada que el paramédico me entregó para abrigarme. Me dolían un poco, no por el forcejeo con Vincent ni por mi aparatosa caída al intentar huir, sino que ya lo sentía desde antes, por el brusco agarre de David al pretender detenerme a las afueras del hotel para que no fuese detrás de Donovan.

David prestó atención en cómo me masajeaba.

Atribulado, detuvo mis manos y las bajó a mi regazo, para después quitarme la frazada con cuidado, dejándola caer de mis hombros hacia atrás para revelar el porqué del dolor que yo trataba de no darle importancia. Los moretones con las formas de sus dedos comenzaban a aparecer, quedando al descubierto.

Su rostro se contrajo en una triste mueca.

Sabía que estas eran suyas.

—Lo siento —expresó apenado a la vez en que masajeaba mis brazos con delicadeza y yo cerré los ojos conteniéndome de besarlo, lograba siempre hacerme olvidar de hasta dónde me hallaba parada.

Quise agradecerle el gesto, pero el comisario Rosenberg se acercó para interrogarme sobre lo sucedido.

—Dices que Vincent Foster las atacó. ¿Está segura?

—Sí, señor.

—La casa estaba a oscuras cuando llegamos. ¿Existe la posibilidad de que se haya confundido?

—No. Lo vimos bien, le disparamos varias veces.

David permanecía en silencio, observando al paramédico terminar de curar mis raspones.

—¿Varias veces? ¿Y logró escapar con el cuerpo lleno de balas?

—Tal vez las personas que las atacaron usaron chalecos antibalas —explicó David sin que a él lo interrogaran.

—¿Usted estuvo presente?
—No.
—¿Y que hace aquí?
—Visitaba a una amiga.

El otro echó un vistazo por ambos sentidos de la calle, quizás buscando el Lamborghini, del cual no se hallaba por ahí estacionado. Frunció las cejas y consultó la hora en su reloj de pulsera. Luego se volvió hacia mí en una sonrisita desdeñosa en la que sacaba conclusiones equivocadas.

—Entonces, déjenos a solas.

David ni protestó ni de ahí se movió.

El comisario hizo amague de ordenarle que se marchara, pero su semblante palideció. Enseguida parpadeó para sacudir el aturdimiento que lo embargó por un instante y carraspeó para recobrar el temple perdido.

—No eran varias personas —dije a los dos hombres, sin que me pasara por alto la intimidación que David en el otro causaba—. Era ese sujeto: ¡Vincent!

—Una persona no pudo hacer esos destrozos.

—¡Pues, ya ves que sí! Y resistió varios impactos: inclusive le volé un ojo de un balazo.

—Vincent Foster está muerto —cuestionó mi réplica.

—Y, ¿cómo sabe usted? Ese sujeto desapareció de la morgue.

El anciano sonrió incrédulo.

—Robaron el cuerpo, y eso no quiere decir que esté vivo.

—¿Por qué no me cree?

—Muerto —comenzó a enumerar con la mano—, resiste a las balas y se desplaza a gran velocidad. ¿Es fanática de los superhéroes?

De uno en especial.

Rodé los ojos hacia David y este bajó la mirada.

—Le digo la verdad. —Menos mal que no le comenté de los colmillos y los ojos amarillos.

Uno de los uniformados le comentó algo al oído, sin que David y yo lo escucháramos. Aunque David frunció el ceño y sus ojos se alienaron como si en realidad captara lo que este al otro comentaba.

—¿Consume drogas, señorita Owens?

Explayé los ojos, estupefacta, y David lo miró con severidad.

—¿Qué pruebas tiene para acusarla de esa manera? —inquirió envarándose frente al anciano y el uniformado.

—¡Yo no consumo!, ¡puede hacerme los exámenes si quiere: estoy limpia!

—Tenga la seguridad de que se lo ordenaremos. —El comisario ignoró la hosca pregunta de David y alzó la mano para hacer una señal a uno de los agentes que nos vigilaban—. Escóltenla hasta mi patrulla.

—¡¿Qué?! —Me aferré al brazo de David para que me protegiera.

—¿Adónde la llevan, si ella no causó esto? —preguntó al comisario en cuanto el uniformado pretendía alejarme de allí como a una criminal.

—Al hospital —informó autoritario—. Y le aconsejo que no se interponga o lo esposaremos por obstruir la ley.

Sonrió perverso.

—Siempre he querido viajar en una patrulla: debe ser divertido…

Y, antes de que el comisario o el uniformado le pusiera las esposas por dárselas de chistoso, David me condujo hasta el auto de la policía y nos sentamos en el asiento trasero como si nos dispusiéramos a pagar el servicio de un taxi.

Capítulo 25

Entrando al hospital percibí una fea energía.

Era fuerte y desconcertante, sintiendo que millones de agujas invisibles perforaban mi cuerpo al mismo tiempo. Esa energía no provenía de pacientes o personas, aguardando allí, sino entidades que trataban de comunicarse conmigo, siendo el único vínculo que tendrían con el mundo de los vivos.

Me aferré al brazo de David, quien caminaba a mi lado, pese a la negativa del comisario de hacerme compañía. Atravesábamos el área de Urgencias, con varios policías abriendo y cerrando el paso para cercarnos, la gente nos observaba asombrados y retrocedían para resguardar su distancia como si los fuésemos a agredir. Yo mantenía la mirada gacha para eludir a *los que eran ignorados* por los demás, por estar incorpóreos, estos trataban con desespero de captar mi atención, eran entes que se hallaban entre mundos paralelos, del que nadie, salvo los videntes, eran capaces de detectar.

—¡Debes ayúdame a decirle a mi familia que mi vecino es mi asesino! ¡Me debía dinero, le cobre y me mató! ¡Diles! ¡DILES! —exclamó una anciana de edad muy avanzada. En su cabeza una horrorosa herida sangrante.

—Por favor, necesito expresarle a mi esposa que no fue su culpa —imploró un hombre con múltiples heridas en su cuerpo, quizás producto de un accidente automovilístico.

El comisario Rosenberg pidió información a la jefa de enfermería sobre el estado de tía Matilde, ya que había acabado de ser ingresada, y también sobre el proceso que se debía realizar con respecto a mis análisis de sangre.

Lo seguimos, a la vez en que este era guiado por la jefa hacia un ala en la planta baja a donde llevaban a los pacientes críticos.

—¡OYE, TÚ!, ¡TE ESTOY HABLANDO! ¡¡VUELVE ACÁ!! —me gritó un señor con una enorme mancha de sangre en su camisa. Le faltaba un brazo, cuyos colgajos de piel indicaban que fue desgarrado con mucha violencia.

—Te necesitamos —varios fantasmas traslúcidos me imploraron al mismo tiempo en la medida en que David y yo avanzábamos por los inmaculados pasillos—. ¡Vuelve! ¡Vuelve!

—Nadie quiere decirme qué está sucediendo —al llegar al área de emergencias, entorné la vista hacia una mujer parada cerca de un equipo de médicos que trataban de reanimar su cuerpo inerte. Había acabado de fallecer.

—¡Déjenme en paz! —grité cansada de sus demandas. No bastaba con las apariciones de Rosangela, sino que ahora tendría que lidiar con los asuntos pendientes de otros fantasmas.

—¿Estás bien? —David no comprendía a quién le gritaba. Me rodeó con su brazo para pegarme a su pecho y así mantenerme bajo su resguardo.

—¡Qué se vayan! —exclamé con un hilo de voz, ansiando que mis dones perdieran esa efectividad que me hacía particular con respecto a los demás.

—¿Quiénes? —Miraba a su rededor, buscando los causantes de mi angustia.

—No me sueltes… —apreté la frazada y me aferraba a su cuerpo con todas mis fuerzas para que él fuese mi escudo contra los ataques psíquicos de dichas entidades. Aún era una inexperta en cuanto a defenderme de estos, solo era una antena receptora que captaba sus atormentadas presencias.

Oraba para que se esfumaran de mi vista.

¡Ya no más!

¡Largo!

¡Fuera!

Que me dejaran en paz de una vez por todas.

De pronto las súplicas y los reproches de los fantasmas cesaron.

Abrí los ojos, sorprendida por el silencio, comprobando para mi alegría que estos desaparecieron.

Luego de que me llevaran a hacer unos análisis de sangre, ordenado por el comisario para determinar si estaba implicada en el ataque a mi tía, David y yo nos sentamos en la sala de espera, cerca de una hora, pendientes a que ella saliera de operación. Lucía desastrosa con mi cabello alborotado y la ropa de dormir, sucia. Lloré sintiéndome fatal de solo pensar que Vincent no tuvo reparo en golpear a una anciana. Mi única fortaleza: los brazos de David, teniéndome en su pecho y acariciándome el cabello. No me hablaba, dejaba que desahogara mi sufrimiento.

—Descuida, Allison. Me encargaré de ese sujeto —susurró con cierto matiz vengativo en su voz.

Levanté el rostro, alarmada.

—¡¿Cómo te encargarás?! —pregunté y él no respondió—. ¿Qué piensas hacer, David? —No debía enfrentarse a un hombre en extremo peligroso, pese a su propia fuerza. Vincent demostró unas habilidades que no estaba segura si David también las tenía.

—No permitiré que te haga daño.

Nos miramos. Sus sombríos ojos me indicaban que hablaba en serio. En ellos se reflejaba la rabia contenida y un deseo ardiente, casi voraz de besarme. Tenerlo tan cerca de mí, me hacía sentir protegida, manteniéndome entre la razón y la locura. Entonces recordé los besos de la noche anterior e ignoré a los oficiales que nos observaban a poca distancia.

Saqué la mano debajo de la frazada y comencé a delinear sus labios con las yemas de los dedos. David cerró los ojos por el placer que sentía y entreabrió los labios, invitándome a que lo besara. Yo quería jugar con sus reacciones. Rocé mis labios contra los suyos con suavidad, haciendo que la fricción provocara minúsculas partículas de electricidad que recorrían nuestras bocas. El preámbulo del beso provocó un sonido bajo en su garganta y una agitación en su respiración. Intentó besarme, pero me retiré enseguida, sin desear acabar con el juego tan rápido; así que sonreí y negué con la cabeza. David comprendió que el beso era mío y dejó que reiniciara mis roces una vez más. Sus manos se tensaban sobre mi espalda cada vez que vislumbraba el beso.

Un carraspeo se escuchó detrás de nosotros.

Uno de los oficiales decidió interrumpirnos.

David y yo nos acomodamos en nuestras sillas, mirándonos con ganas de devorarnos mutuamente. Y fue afortunado que no siguiéramos más allá de las caricias y los roces, porque en cuanto nos separamos, el señor Burns y Donovan llegaron corriendo hasta nosotros.

—¡Allison! ¿Estás bien? ¡¿Qué fue lo que pasó?! —Donovan preguntó angustiado, escaneándome de arriba abajo para buscar heridas.

Solté la frazada y me levanté para abrazarlo.

—Nos atacaron —chillé—. *Él* entró a la casa al partir las ventanas… —Por el rabillo del ojo, alcancé a notar que David lucía molesto por la presencia de Donovan.

—¿Quién? —El señor Burns se inquietó, sin comprender de a quién me refería.

—No me creerán. —Deshice el abrazo de mi amigo. Donovan observó las raspaduras de mi frente y las manos, y enseguida le lanzó una mirada asesina a David, indicándole en silencio que ajustarían cuentas más tarde como si fuese el culpable.

—¿Por qué no?

—Porque fue…Vincent Foster —respondí al anciano, con voz rota de tanto llorar.

Padrino y ahijado, intercambiaron miradas para luego posar sus ojos con severidad sobre David.

—¿El tipo que casi te ultraja? —El señor Burns enarcó una ceja con incredulidad—. ¿Estás segura?

—¡Sí, no estoy loca! —gruñí enojada. Parecía que les costaba creerme, porque, para todos los que estuvieron pendiente de las noticias, ese sujeto que nos atacó murió de forma trágica.

—Cálmate, Allison. —Donovan me abrazó de nuevo sin dejar que David se acercara.

—¿Cómo está Matilde? —Al señor Burns se le quebró la voz por la angustia de mantenerse en la ignorancia.

—Sufrió un fuerte… —hipé— golpe que le fracturó el cráneo. Le hicieron una resonancia magnética y tuvieron que intervenirla para evitar que el sangrado se expandiera hacia otras partes del cerebro. Y, por si fuera poco, tiene tres costillas rotas y la pierna derecha fracturada.

—¿Y tú estás bien?

—Sí, Donovan, estoy bien. Tía fue la que se llevó la peor parte.

El señor Burns enfocó sus ojos hacia los dos oficiales que se hallaban a unos pasos de nosotros, llamándole la atención que los habían asignado para vigilarnos.

—¿Qué dijo la policía al respecto? —susurró la pregunta para que estos no nos escucharan.

—No me creen —respondí agriada—. Me ordenaron hacerme una prueba toxicológica para determinar si consumo drogas. —Hice una seña con la cabeza en dirección a los oficiales que estaban allí, mirándome con recelo.

—¡¿Qué?! —Donovan y el señor Burns se sorprendieron.

—¿Por qué sospechan de ti, Allison? —Donovan no salía del asombro.

Suspiré apesadumbrada.

—Porque piensan que le hice daño a mi tía. ¡Y no fue así: le disparamos para defendernos!

—¿Le dispararon? —dudó el señor Burns—. ¿No te habrás confundido? Él está muerto...

—¡No! ¡Era él! Si hubiesen visto la sangre... —de solo recordar, me asqueaba.

—Entonces, ¿lo mataron? —Donovan indagó, clavando su vista en David, como si este fuese poseedor de todas las respuestas.

—Se escapó —dije, notando la animosidad que siempre iba dirigida hacia este—. Hay algo más...

—Dinos —Donovan me animó mientras acunaba mi rostro para besarme la frente, lo que ocasionó que David empuñara las manos.

Respiré.

—El plan de Vincent era de secuestrarme.

Me soltó enseguida y me estudió con aprensión.

—Él quería terminar lo que..., ya sabes... —la voz le tembló sin ser capaz de terminar la frase.

—No. Él no fue para *eso* —dije—. Él seguía órdenes.

—¿Cómo que «órdenes»? —se preocupó—. ¿De quién?

Miré a David que lucía pensativo y expresé:

—De «quién», no. De «quiénes».

—¿Te habló de ellos? —el señor Burns buscó captar mi atención.

—No.

—Puede que sean pandilleros... —Donovan trataba de restarle misterio al asunto, pues muchos casos ocurrieron de esa manera en Nueva York y en muchas ciudades del país. Las pandillas era un asunto serio del que la policía tenía que lidiar a menudo.

No refuté, me tomarían por loca si les dijera lo que sospechaba.

Vincent Foster no era humano.

*****

¡Qué extraña me sentía al estar sentada entre David y Donovan! La tensión surcaba el ambiente. David me tomaba de la mano, estableciendo su posición de pertenencia; en cambio, Donovan lo miraba desafiante, dispuesto a disputarle mi atención.

Me hallaba en una situación bastante incómoda y en la que nadie desearía estar en mis zapatos. No me atrevía a hablar, no sabía cómo iniciar una conversación entre ellos sin que el otro se sintiera excluido u ofendido. Pensaba con afán sobre cualquier tema en el que conversáramos a gusto sin que repercutiera en una discusión; por desgracia, por más que repasaba y repasaba, no encontraba nada que me sacara del atolladero. Solo se me cruzaba la imagen vampírica de Vincent Foster y su deseo de llevarme *Dios sabe adónde* y con quiénes. Sin embargo, el tema era difícil de abordar.

Miraba hacia los lados en busca de alguna señal que me indicara que todo estaba bien, pero no era así, ambos permanecían huraños, con las cejas fruncidas y la mandíbula tensa. Comenzaba a impacientarme, no sabía en qué momento retornaría el señor Burns del cafetín del hospital, por lo menos enfocaría un poco la atención sobre él.

—El señor Burns se demora —traté de iniciar conversación.

—Sí —los dos contestaron a la vez y no hubo más respuestas.

Movía la pierna con nerviosismo.

—¿Alguna idea de qué equipo ganará este año la Serie Mundial? —consulté y ellos se encogieron de hombros, no les apetecía hablar—. Yo pienso que los Medias Rojas —indagué para incentivarles a que dieran sus opiniones y así pasar un rato más agradable en esa fría sala de espera.

Ellos voltearon a mirarme con gesto desaprobatorio.

—¡*Yankees!* —refutaron. Al menos ese tema ambos lo compartían, aunque de esto yo poco sabía.

—Entonces, Yankees una vez más... —repetí como tonta.

—Ajá.

—Sí.

Dijeron, David y Donovan, respectivamente.

¡Rayos! Aliviar tensiones se convirtió en una tarea exhaustiva.

Me libré de la mano de David y me quité la frazada, dejándola en el respaldo de la silla. Tenía calor por la incomodidad entre los tres, así que fui hasta el filtro de agua, y, del dispensador de vasos desechables, tomé uno para beber un poco; no tenía sed, pero igual bebí dos vasos repletos, sorbiendo como si fuese sopa caliente. Hacía todos mis movimientos con lentitud de modo que quemara tiempo y me tranquilizara. Al tener la barriga llena, di la vuelta para sentarme, y fue entonces que me topé con dos pares de ojos azules –eléctricos y oceánicos–clavados sobre mí. David y Donovan se mantuvieron observándome en silencio, esto me cohibió y bajé la mirada para no establecer más contacto con ninguno de los dos.

Al sentarme entre ellos, seguían mirándome.

Si bien, ya no lucían huraños, en sus ojos de hielo y fuego un sentimiento los albergaba.

El deseo.

Donovan fue aventurero en tomarme de la mano; dicho gesto no solo molestaba a David, sino que mediante esta acción establecía que éramos amigos por sobre todas las cosas. Aun así, tuve la precaución de soltarlo sin ser brusca para evitar un enfrentamiento que después lamentaríamos, no era el lugar ni el momento; es más…, nunca debía serlo, a uno lo amaba y al otro lo apreciaba.

No obstante, fue extraño lo que sucedió a continuación, porque de un momento a otro David empezó a actuar anormal. Parecía tener alguna dolencia en el cuerpo.

—¿Estás bien? —La tonalidad dorada en su rostro y en sus manos desaparecieron para dar lugar a una desconcertante blancura espectral. Le palpé la frente para saber si tenía fiebre, pero estaba helado. La temperatura corporal descendió varios grados de manera alarmante.

—Sí —respondió para calmarme mientras se apretaba el puente de la nariz. Parecía que el dolor se concentraba en la cabeza.

—Luces enfermo, ¿seguro que estás bien?

Donovan se inclinó hacia delante para observarlo mejor.

—Enseguida vuelvo —David se levantó y salió de la sala de espera. Traté de seguirlo, pero Donovan me detuvo, sujetándome la muñeca. Los oficiales se removieron en su sitio.

—Te pueden esposar por tratar de irte sin permiso.

—Necesito saber qué le sucede —susurré para que los uniformados no me escucharan.

—No. Debes dejarlo solo.

—¿Por qué?

El señor Burns regresó con un café y un periódico debajo del brazo. Donovan se levantó para hablar a solas con él. No lograba escucharlos, aun así, notaba que ambos lucían molestos.

Me dieron ganas de correr detrás de David, necesitaba saber qué tenía y si algún médico lo estaba atendiendo. Me maldije por no tener conmigo el móvil; debí pedirle a uno de los oficiales que me permitiera buscarlo en mi habitación para no estar incomunicada, pero ¿qué iba yo a saber que todo ese lío se armaría?

*****

Pasamos la noche en vela. Esta vez Donovan se ocupó en abrazarme y expresarme palabras esperanzadoras. Extrañaba los brazos de David, quien no volvió al hospital. Su repentina debilidad era preocupante, siendo él un hombre joven y fuerte. Verlo en esas condiciones me resultaba desconcertante, tal vez su ilusoria vitalidad se vio diezmada por su habitual ritmo de vida o yo qué sé lo que él tomaba para ostentar semejante fuerza.

Porque no podía ser que…

¡*Nah!*

Me negaba a que lo fuese.

En cuanto amaneció a tía Matilde la trasladaron desde la Sala de Urgencias a la habitación de recuperación en el tercer piso. Fui la primera en entrar luego de que despertara, pasada las once de la mañana, siendo vigilada por un agente que no me quitaba el ojo de encima. Lo bueno, es que no me prohibió acercarme, pues mantenía las distancias según sus indicaciones.

Tía tenía una venda que le cubría la cabeza, con hematomas y laceraciones en todo el cuerpo. Su pierna derecha estaba enyesada desde el pie hasta debajo de la rodilla y sostenida en el aire mediante un cabestrillo. Fue bueno que su cadera no se fracturara y el daño fuese peor, aún la mantenían intubada para permitirle respirar. El ritmo de los latidos de su corazón se escuchaba a través de un monitor cardíaco al que la mantenían conectada.

Apenas abría los ojos, adolorida, lamentándose con quejidos y tratando de palpar qué tenía introducido en la boca.

—Tranquila, eso te ayuda a respirar mejor. —Ella me miró aterrada—. No te preocupes —le sonreí—, estamos a salvo. *Él* no volverá a hacernos daño.

Treinta minutos pasaron después de que uno de los oficiales que nos custodiaban se comunicara a través de su móvil, cuando, el comisario Rosenberg, entró a la habitación junto con dos detectives malencarados. Intentó interrogarla, pero el médico que la operó se enteró por las enfermeras de la incursión de la policía, ordenando al comisario que era mejor aguardar a que tía recobrara mejor el sentido, aún seguía obnubilada por la anestesia, siendo conveniente postergar el interrogatorio para más tarde o para el siguiente día, según cómo ella se recuperara.

La espera era agotadora.

Por períodos cortos tía dormía y luego despertaba entre quejidos de dolor y sobresaltos. El señor Burns, Donovan y yo, permanecimos en el pasillo frente a la habitación mientras el personal médico lo permitía. Nos turnábamos por horas, alternando para que ella no quedara sola, Donovan o el señor Burns me traían comida, yo tenía prohibido alejarme del lugar hasta que el comisario dijera lo contrario; si desobedecía, me mantenían bajo encarcelamiento preventivo y eso era peor a estar sentada en una silla de hospital hasta que a tía le dieran el alta.

Donovan sugirió que fuese a descansar a Beaufort, cuando la policía así lo permitiera, pero ni por un segundo me separaría de tía Matilde. A rastras tendrían que sacarme de allí para alejarme.

Debido a cómo yo lucía: empijamada y en pantuflas de hospital, optó él por marcharse a su casa para buscar ropa de una tal *Marianna,* para que me cambiara.

El nombre de la chica quedó resonando en mi cabeza, siendo la primera vez que lo escuchaba. ¿Una novia o amiga? Conocía todos sus amigos y, de dicha mujer, nada sabía. Me sorprendió, él me había contado casi todo de su vida: sus estudios en el Instituto De Ciencias Marinas en Morehead City, su tienda de artículos deportivos cerca de su casa, el dinero extra que ganaba como instructor de kayak de mar y, su pasatiempo favorito, que consistía en ser un excelente surfista. Por lo que, si descubría algo nuevo de él sería un gran acontecimiento.

No me atreví a llevarle la contraria de usar ropas ajenas, no me permitieron usar las mías, mi casa la sellaron hasta que la investigación concluyera. El señor Burns y yo permanecimos sentados cerca de la puerta de la habitación de tía Matilde, mientras esperábamos a que ella se recuperara. Aun así, tuve un aliciente que me hizo sentir bien en el acto.

Mi misterioso héroe apareció de la nada.

—¡David! —exclamé al verlo. El señor Burns lo miró de soslayo, levantándose de la silla, yendo al baño para no tener que saludarlo. No entendía por qué tanto odio, pero evité preguntar y David ignoró su mirada, sentándose a mi lado—. ¿Qué te pasó que te fuiste ayer tan rápido?

—No me sentía bien.

—¿Y por qué te marchaste del hospital?, ¿no crees que aquí hay suficientes médicos para atenderte?

Vaciló.

—Bueno... yo... Lo siento.

—No te disculpes —lo abracé, necesitando de su calidez. Parecía mentira que estuve a punto de ser secuestrada por un hombre que se supone murió hacía varias semanas. Lo peor de todo, es su conocimiento sobre mí: sabía dónde residía y mi relación con David Colbert. Por eso, no sé por qué tenía la sensación de que aquel «cadáver caminante» se relacionaba con él de alguna manera. Pero ¿cómo revivió? ¿Fue real lo que vimos?

Vincent era...

Sí, debía serlo por más que resulte inverosímil: trepaba por las paredes, saltaba muy alto, poseía fuerza extraordinaria.

Igual que David...

¿Y los colmillos?

A David no le vi ese par de dagas sobresaliendo de sus encías. Aunque sí en la visión que de él tuve con la pelirroja, sin ignorar los benditos ojos amarillos a causa de sus celos…

Esos no fueron los de un humano.

Ya no existía la excusa de la alucinación. Tía y yo vimos a Vincent desplazarse como ningún humano es capaz de hacerlo, recordando en el acto mis pesadillas y visiones, de la cual revoloteaban en mi mente una serie de preguntas que carecían de respuestas lógicas.

¿Cómo revivió?

¿Por qué tenía colmillos?

¿Qué lo hacía movilizarse con tanta velocidad?

¿Qué era él?

Lo sabía, pero me costaba aceptarlo. Vincent era lo que muchos adictos a la lectura de seres paranormales lo señalarían como un vampiro.

Capítulo 26

Mediados de diciembre.

El mes se anunció con pocas expectativas. Mis análisis toxicológicos arrojaron que no consumía ninguna clase de drogas, como para que me hubiese vuelto loca y atentara contra mi tía. De momento, retiraron los oficiales que me vigilaban, sin que esto me excusara de estar bajo la mirilla de la ley. El comisario no nos tenía a David y a mí en buena estima, pues continuábamos dando de qué hablar por el condado, esta vez por un intento de homicidio y «secuestro», del que ni una prueba señalaba a un posible culpable. Solo David y yo estuvimos presente en el lugar de los hechos, con una historia fantasiosa sacada de las películas.

La salud de tía mejoraba poco a poco, en comparación a cómo estuvo seis semanas atrás. Le dieron el alta unos días después y el resto lo continuó recuperándose en casa del señor Burns; alquilamos una cama ortopédica para que pasara más cómoda sus noches al dormir; aunque muy difícil para ella, dado el dolor que sentía en las costillas y la pierna.

Por desgracia, nos fue imposible retornar a mi casa por los destrozos y debido a que nada sabíamos del paradero de Vincent Foster. Para la policía fue una broma cruel de gente perversa con la que supuestamente yo mantenía algún tipo de relación. Pero, en ningún momento creyeron que se trataba de un «cadáver robado» que buscaba venganza. Para mí, se trataba del ataque de un vampiro.

¿Qué otro nombre le daría a una persona que poseía semejante fuerza, velocidad y colmillos?

Vaya que siempre estuve equivocada al pensar que esas criaturas pertenecían a los mitos.

Y eso me hizo pensar en David, en sus ojos cambiantes de color, en su fuerza extraordinaria y en los extraños sucesos que transcurrieron afuera del Oriard y de aquella noche, cuando me rescató en Cedar Point, habiendo él sobrevivido «de milagro» a una puñalada en el estómago que casi le costó la vida.

Entonces, él... Sacudí la cabeza. *No, no...*

Se diferenciaban: Vincent era un demonio y David un ángel.

Aun así, preocupada recordé la «herida» que el fantasma de Rosangela tenía en su cuello. ¡Era una mordida!

¿Sería posible que hacía cien años hubiese perecido a manos de un vampiro y no de su supuesto «novio»?

Jadeé.

¡Claro que sí! Murió a causa de un ser de la noche. ¡Ella me advirtió más de una vez de la inminente amenaza! Y, en esta ocasión, correspondía a Vincent Foster, quien nos atacó. Ese sujeto estuvo merodeándome como animal al acecho. Rosangela tuvo la facultad de ver el futuro. Quizás al ser un ente que se movía entre el mundo de los vivos y de los muertos, tenía acceso a los hechos que ocurrirían ante de manifestarse.

Suspiré y el temor me invadió al instante.

Si Vincent era un vampiro y todo lo que vi esa noche fue real, entonces... ¿quiénes eran los sujetos que me querían secuestrar?

¡¿Más vampiros?!

Y ¡¿por qué razón?! ¿Por venganza de haber causado la muerte a ese criminal? ¿Por David haberme defendido? O ese sujeto mintió y actuó solo para aterrorizarme...

Lo más probable.

Temblé. La noche se cernía sobre Isla Esmeralda. Así que procuré en darme prisas en hacer las maletas para tía y para mí. Durante esas semanas, tuve suficientes mudas de ropa que Donovan, siendo amable, me ofreció de su hermana de la que nunca hablaba: la misteriosa Marianna. Tía fue la que menos requirió prendas de vestir, tan solo unas cuantas batas de dormir que el señor Burns le compró, por estar la mayor parte del tiempo recostada en la cama.

David me pidió que viviésemos en su casa hasta que tía se recuperara y atraparan a los culpables. Pero rechacé su tentadora oferta, ella no aceptaría importunarlo, no le tenía la suficiente confianza como para abusar de su hospitalidad. Si por mí fuese, estaríamos disfrutando de sus atenciones. Me llamaba con frecuencia al móvil que me obsequió y envió a través de un mensajero, puesto que el mío quedó olvidado en la mesita de noche.

Por encima de toda precaución excesiva para monitorearme, hablábamos durante horas sobre tonterías; nunca se cansaba de ofrecerme su casa y yo, cada vez menos firme de tener que rechazarlo. No me visitaba, ni siquiera con la excusa de ver a una convaleciente. Los reporteros y las *fans* enloquecidas por los nuevos acontecimientos le hacían la vida imposible. Además, procuraba no acercarse a Beaufort; no decía cuáles eran los motivos por el que no tenía permitido pisar el hogar del señor Burns, ni por qué de tanta enemistad entre ellos; algo de lo que tampoco los otros estaban dispuestos a explicarme. En lo que sí se pusieron de acuerdo esos tres hombres, incluso mi tía, era que yo no debía abrir el anticuario ni andar sola por ahí sin importar la hora, así estuviese con Ryan. David me lo recordaba a menudo y era persistente en que permaneciera dentro de la casa del señor Burns.

Pronto el invierno nos caería encima; sin bien, la temperatura descendía, el intenso frío no nos golpeaba como yo pensé que lo haría. Apenas llegaba a los 10°C, haciéndonos vislumbrar que pasaríamos una estación diferente. Mis gruesos abrigos tendrían que esperar en el armario hasta otra ocasión en que el clima lo requiriese; al parecer, en el condado de Carteret estaría la nieve ausente un año más para mi tristeza, pues indicaba que no tendríamos una blanca Navidad.

—¡Todo es mi culpa! —Arrojé la blusa dentro de la maleta—. Si yo no hubiese venido a vivir con ella, tal vez esto no habría pasado.

—Tú no la tienes —Donovan luchaba con cerrar la tapa de mi maleta por estar repleta—. Esta casa la heredaste de tu padre; además, ¿adónde irías? Tu madrastra te echó de la otra casa. ¿Qué podías hacer?

Suspiré.

—Quedarme en Nueva York: contaba con dinero para hacerlo.

Dejó lo que hacía y me tomó de los hombros con delicadeza. Venció su aprensión y me acompañó para buscar más ropa, puesto que no estábamos seguros hasta cuándo la paranoia nos comandaría y porque, tía y yo, ya no estábamos dispuestas a seguir abusando de otras personas por su generosidad.

—Matilde es tu único familiar, tenían tiempo que no se veían. Es natural que hubieses deseado quedarte con ella.

—Tengo miedo de que él vuelva por nosotras y nos cause daño —sollocé—. Quizás, sea mejor que nos regresemos a Nueva York.

Su ceño se frunció.

—¡Qué dices, Allison, no lo vamos a permitir!

—Pero, Donovan, ¡temo por ti, por el señor Burns, por mis amigos! Por... Por David... Temo que Vincent Foster quiera vengarse con algunos de ustedes.

Sus ojos se tornaron oscuros y sus manos se aferraron un poco más sobre mis hombros.

—Por mí no te preocupes, ni por Peter, estamos preparados para cualquier circunstancia que se presente. Y, en cuanto a David... —sonrió displicente—, ni te preocupes.

—¡Saldría lastimado! —repliqué—. No me lo perdonaría si algo le sucediera.

El comentario lo sorprendió de mala manera.

—¡¿A él?! —Rio con rabia—. Te aseguro que ese bastardo es la última persona por la que te deberías preocupar.

Me inquietó. ¿Qué hacía diferente a David como para que su integridad física no fuese importante, en especial contra un vampiro?

El rescate en la carretera.

El hotel.

Los ojos amarillos.

La fuerza...

—Aun así, tengo miedo.

—Vámonos, se hace tarde. —Sin replicar a lo que expresé, se llevó las dos maletas hasta su jeep, cansado de tanto melodrama.

Mientras tanto, tomé el móvil que dejé en la mesita de noche y lo guardé en mi bolso, junto con el obsequiado por David.

Alcé la vista y miré por última vez mi habitación. Suspiré. No sabía para cuándo retornaría, la policía levantó el cerco que nos mantenía alejados de la casa, pero en esta aún no era seguro vivir.

De repente...

Hubo gritos enojados en el piso inferior.

Bajé a toda prisa, deteniéndome en el descanso de las escaleras. Donovan y David discutían en la entrada principal. Más bien, Donovan monopolizaba la discusión, David permanecía en silencio, mirándolo casi desafiante; el simple hecho de sacarle de las casillas le parecía divertido.

—¡David, ¿qué haces aquí?! —pregunté nerviosa, consciente de que Donovan pugnaba por caerle a los golpes. ¿Acaso nos había seguido o nos mantuvo vigilados?

—Vine por ti —respondió monocorde, luciendo un soberbio traje de corte elegante que resaltaba su virilidad. Era joven, pero con ese atuendo parecía de más edad.

—¿Adónde la vas a llevar? —inquirió el otro contrariado por el atrevimiento de pasar por mí como si tuviese derechos de marido.

—A mi casa —su tranquilidad era de tener cuidado, denotaba que su seguridad antecedía la violencia, pues se mantenía contenido.

Donovan resopló.

—Qué pena, porque ella vendrá conmigo. —Se abrió paso con las maletas en cada mano hacia la calle. El Lamborghini se hallaba estacionado delante del rústico.

David se hizo a un lado, sin retirarse del todo de la puerta principal que a duras penas se sostenía de las bisagras, y yo bajé deprisa las escaleras, con el corazón acelerado, yendo detrás de Donovan.

Me tomó del brazo.

—Allison, no vayas con él —me suplicó—. Necesito hablar contigo, es importante.

—¡Claro que no! —Donovan, a punto de meter las maletas a la parte posterior del jeep, las arrojó a la calzada para retornar a pasos agigantados y separarme de su rival—. ¡Suéltala!

Ni siquiera tuvo tiempo de apartarme, cuando David –con la mano libre– lo dio un certero empujón en el pecho. Donovan cayó en la acera que da acceso a la casa, golpeándose la cabeza.

Intenté socorrerlo, pero David lo impidió, su mano se aferraba con fuerza en mi brazo.

—¡Donovan! —Luché por zafarme de él—. ¡Suéltame! —grité inundada en lágrimas por ser tan vil.

David me soltó, permitiendo que me acercara a Donovan. Corrí angustiada, arrodillándome a su lado, no veía que él reaccionara, yacía tirado bocarriba con los ojos cerrados como si hubiese perdido la consciencia.

—¿Estás bien? —Palpé su cabeza en busca de heridas, siendo un hecho factible de que no era un contendiente que se media de igual forma.

Sus ojos se abrieron para mi alivio.

—Sí… —respondió adolorido y yo miré en el acto a David con severidad.

—¡Bruto, casi lo matas!

Este no reaccionó, su mirada estaba vacía y sin remordimientos.

—Apenas lo empujé —se excusó sin alterar su voz. Él solo agredía si lo provocaban, era frío y despiadado al mismo tiempo.

—Pues, mide tus fuerzas —Donovan le espetó mientras se sobaba la parte posterior de la cabeza. Lo ayudé a levantarse; de no estar mareado por el golpe, él le habría caído encima a David para vengarse. Ambos eran muy impulsivos.

Se soltó de mí para no demostrar debilidad. Sacudió el polvo en sus vaqueros y luego agarró las maletas y las arrojó al jeep, sin dejar de echar miradas iracundas hacia el inglés a quien no toleraba ver ni en pintura.

—Vámonos, Allison.

Lo pensé un segundo y comprendí que no debía marcharme a Beaufort.

Negué con la cabeza, sintiendo que lo más sensato era estar al lado de David.

Él me buscó para hablar.

—No, Donovan. Iré con él.

Los ojos de mi amigo se abrieron desmesurados.

—¡¿Qué?! —exclamó perplejo de mi decisión—. Pero…

—Por favor, entiéndeme —lo interrumpí—. Necesito aclarar algunas cosas…

Frunció las cejas, enojado.

—¿Qué necesitas «aclarar»? ¡Yo te daré las respuestas que te urgen saber!

No lo creía. Tuvo tiempo de hacerlo y no lo hizo.

—Confía en mí.

—Lo siento, Allison, sé de lo que él es capaz.

El comentario provocó que David empuñara las manos, conteniéndose de lanzarle un puñetazo por infundirme temores en la cabeza.

—No le haré nada —siseó—, ni siquiera *le hincaré* el diente, si eso es lo que te preocupa.

¿Hincar?

Ellos estaban por enfrentarse y yo no podía permitir que llegaran a peores términos.

—Escúchame, Donovan, porque no lo voy a repetir: retornaré a Beaufort en cuanto termine de hablar con él.

—¡¿Y por qué en su casa?! —inquirió enojado—. Deberían hacerlo en un restaurante o en un lugar público, ¿no te parece?

Más bien, hubiese sido apropiado en la mía, pero, por la forma en cómo esta lucía: paredes perforadas por impactos de bala, la mesa del comedor destrozada, las ventanas de la sala tapadas con tablas clavadas a la pared debido a los cristales rotos y un sinfín de figuras de cerámica de mi tía quebradas en el piso. Mal lugar para hablar.

Sopesé la sugerencia de mi amigo.

—Un restaurante es buena idea —acepté—. ¿Verdad, David?

—Seguro —restó importancia. En sus labios, un deje de triunfo.

Sin embargo, Donovan no permitiría dejarme partir sin antes sacar más información.

—Bien, pero necesito saber a cuál van a ir.

—¿Para qué? Deja la desconfianza —repliqué para patentar mi voluntad. Todos opinaban sobre mis acciones y mis pensamientos, y ninguno se molestaba en escuchar. Esta vez, aunque me equivocara, tomaría mis propias decisiones.

—¡Está bien! —resopló por la frustración de no haber sido capaz de convencerme de llevarme de retorno a su casa. Luego dirigió sus ojos con odio hacia David—. Más te vale que no le pongas un dedo encima —lo amenazó sin que le temblara la voz.

David sonrió con suficiencia.

—Le pondré *todos* los que ella quiera.

Donovan corrió hacia David para propinarle un puñetazo, pero no pudo. Este era bueno para esquivar los golpes.

—¡BASTA! —grité exasperada. Ambos dejaron la riña al oírme tan molesta—. Tú, al auto. ¡Ya! —Señalé a David con el dedo—. Y tú, Donovan Baldassari, vete a casa, que nos vemos al rato. ¿Entendido?

Él tensó la mandíbula para luego hablar:

—Entendido —masculló con bastante reticencia.

En cuanto volviera, me aguardaría la increpada del siglo por parte de tía Matilde, del señor Burns y, lo más seguro, que de Donovan Baldassari, por no hacer caso a las múltiples advertencias que tanto me repitieron.

David era un tema tabú para ellos.

Capítulo 27

La noche estaba por caer.

Durante el trayecto hacia el restaurante –que por cierto David no dijo cuál– manejó a una velocidad «moderada».

Fue considerado para que mis nervios no quedaran desechos sobre el asiento. Su anillo golpeaba el volante sin parar, en una acción que solía hacer debido a su estado de ansiedad y así descargar la tensión que sobre él se cernía.

Después de atravesar el puente de Atlantic Beach, David giró hacia el este; parecía que íbamos a cenar en Costa Cristal, en alguno de los tantos lugares donde se servía comida de mar en Beaufort.

Pero no fue así.

Mantuvo el rumbo y esto me preocupó sobremanera, su sonrisa un tanto maliciosa se asomaba por la comisura de sus labios, como si fuese un chiquillo travieso.

—¿Adónde me llevas? —pregunté abrumada, nos sumergíamos en el camino boscoso, dejando atrás Isla Esmeralda, Morehead City y Beaufort.

—A mi casa —respondió con un deje de triunfo en su voz.

—¿Por qué? —Me removí en el asiento—. Creí que íbamos a cenar en un restaurante —por lo visto, pretendía cobrarse los dos favores que le debía.

Me miró y una chispa de fuego fulguró en sus ojos.

—No es un buen lugar para lo que tenemos que hablar —dijo enronquecido y, al instante, mi corazón saltó como loco dentro de mi pecho.

¡Al parecer, sí!

—¿Crees que sea *bu-buena* idea? —tartamudeé por la mortificación de que a él le valiera un carajo llevarle la contraria a Donovan; haría lo que considerara debía hacer según sus reglas.

Sonrió.

—Por supuesto, *es la más apropiada* para responder a todas tus preguntas.

Me estremecí, estaba dispuesto a contarme todo, después de tanto que lo presioné, que, al final, conseguí que me dijera la verdad.

Pero ¿qué lo hizo cambiar de opinión?

Mi corazón, que ya lo tenía palpitándome en la tráquea, cayó al fondo del estómago. Alguna razón tendría de peso para hacerlo.

Y una saltaba a la vista.

—¿Cómo supiste que me hallaba en Isla Esmeralda? —Dudaba de que el señor Burns o tía Matilde le dieran la información. Ellos procuraban mantener distancia con este y evitaban que yo me viese involucrada en lo que sea que él me propusiera.

—Eh… —vaciló—. Los vi salir de Beaufort. Iba a visitarte…

«*¡¿Visitarme?!*».

Me sorprendió por dos hechos:

La primera: David se había animado a pisar el domicilio de unas personas que lo aborrecían.

Y la otra: actuaba como un enfermo de celos.

Tardamos poco en surcar The Black Cat. La comunidad se hallaba algo retirada de las demás poblaciones aledañas que, en la medida en que nos adentrábamos por el área boscosa, las majestuosas residencias del sector se vislumbraban entre la arboleda.

Al llegar a la última…, David se estacionó a un lado del camino que da acceso hacia la mansión blanca de ventanas polarizadas.

Tuve que esperar a que él me abriera la puerta del auto, a menos que me ganara una reprimenda de su parte por no dejarlo comportarse de forma caballerosa. Luego posó su mano en mi espalda y me animó a avanzar hacia la puerta principal, en una rozagante expresión que me ponía la piel de gallina. Mientras avanzábamos, la Calavera de la Muerte me sonrió una vez más desde el jardín, apoyada esta junto a la lápida que espantaba a las pobres almas que les daba por pasar a fisgonear lo que hacía el gran pintor inglés en su morada.

—Bonita… —expresé más que todo para aliviar la tensión en mis hombros. ¿Habré sido imprudente de aceptar venir a solas con él?

—¿Quieres una para tu casa? —preguntó socarrón—. Te aseguro que los demás te dejarán en paz.

Reí nerviosa y él ensanchó más su sonrisa matadora. ¡Por supuesto que esa era la intención de dicha escultura de granito negro y mármol blanco: ¡de espantar!

El ama de llaves fue diligente en abrir la puerta principal antes de que David pusiera una llave en el cerrojo o tocase el timbre; la mujer ya nos aguardaba en el umbral a que entrásemos a la casa.

—Bienvenida —tras saludar a su patrón, la anciana hizo alarde de su «cortesía» al dirigirse a mí con su marcado acento británico y ese aire pedante que la caracteriza. Para nada disimulaba en mirarme con cara de águila arpía, por aparecerme de nuevo allí y esta vez en compañía del hombre que le paga a ella el salario. Le di las gracias con una sonrisa forzada y del que esta me devolvió bastante desabrida. Era muy odiosa; sin embargo, sus facciones refinadas y el pelo canoso que, en otrora, fue en extremo rubio, indicaba que debió ser muy guapa en su juventud.

Me sobresalté cuando cerró la puerta con fuerza detrás de mí.

David giró los ojos con severidad hacia la mujer.

—Gracias, Rebecca. Te puedes ir —expresó cortés a pesar de los reprochables actos del ama de llaves, quien se marchó, pisando fuerte hasta el fondo del corredor.

Luego David dirigió sus orbes hacia mí. Su mirada cambió a una más relajada.

—Discúlpala, no le gustan los extraños.

Me encogí de hombros para restarle importancia, la pésima educación de esa amargada no me iba a echar a perder el momento.

—Válgame, David, tu casa es impactante. —Por dentro, la decoración era sencilla y de buen gusto. A simple vista, los muebles aparentaban ser del alcance monetario de una persona común, pues no fueron elaborados para *las posaderas* de un millonario; más bien, eran viejos como de los años treinta o cuarenta, aunque en perfecto estado. La sala era muy espaciosa con esos ventanales que impedían el paso de los rayos solares, y rodeada de colecciones de magníficas esculturas étnicas, traídas de sus viajes por los continentes.

Al notar mi interés por el arte que ostentaba en su hogar, David me dio un *mini tour*.

Explicó el origen y lo que representa cada una de estas con respecto a sus religiones; en especial, *la diosa Shivá* de la India, que me cautivó. Su figura humana, cabellos enmarañados y cuatro brazos, danzaba –dentro de un círculo de fuego– el baile de la creación y destrucción del mundo, mientras pisotea a su vez a un enano que simboliza la ignorancia de los humanos.

La estatua la tenía exhibida en una de las mesitas rinconeras; de un metro de alto aproximado y realizada en bronce con detalles dorados o pátinas de oro, ocasionando que esta fuese la más soberbia entre las exhibidas.

Casi tropiezo con una columna tipo-mesa ubicada a un extremo de la sala, en donde un escudo redondo de material de cuero muy duro y una espada de dimensiones cortas reposaban sobre el tope de esta, del cual permitía que se apreciara sus formas de tiempos romanos. Este lugar parecía un museo, desde luego, sin estar el ambiente atestado como el anticuario de tía Matilde.

Me llamó la atención una escultura en particular que me hizo pensar al instante en el nombre que David le dio a la casa.

Sobre la repisa de una tosca chimenea, unas lenguas de fuego talladas en cristal de cuarzo se retorcían entre sí, quemando algo en su interior.

Vaya… Verla allí, tan solitaria y exquisita, contrastaba sobre las obras rudimentarias que la rodeaban.

Si bien, la ordinariez *del medio que proporciona calor*, construido en roca volcánica en su forma más simple y del que, quizás, estuvo pensado para el gusto de un hombre que no se detenía a admirar la arquitectura y decoración de la casa, no se aplicaba en David, quien se beneficiaba en resaltar cada arte como la que yo observaba, demostrando ante los demás que tenía un gusto más refinado que su antiguo propietario.

Me acerqué deleitada de la moderna escultura.

Qué belleza…

Dentro de *las lenguas cristalinas* había una rosa, cuyo tallo carecía de espinas, también moldeada en cristal del tamaño a una rosa natural y con cierto realismo.

De inmediato recordé que en una ocasión vi en una de las galerías de Nueva York, la hermosa pintura de una flor blanca en llamas. Por supuesto, una genial obra macabra de David Colbert. Era tal cual a la rosa blanca arrebujada por el fuego que la devoraba, con la diferencia de que aquella sangraba por el tallo y los pétalos, dejando un charco de sangre a sus pies.

La acaricié con mucho cuidado de no estrellarla contra el piso de madera. Seguía con las yemas de los dedos las líneas de sus formas; meditando el significado que tendría la escultura cristalina y la pintura de *la rosa en llamas*. Quizás y, era lo más seguro, el fuego –imperturbable e inclemente– consumía la belleza natural que encontraba a su paso.

De forma inconsciente –con la otra mano– toqué mi pecho para sentir mi relicario y esbocé una mueca entristecida, al no hallar la rosa de ópalo blanco colgada de mi cuello, el maldito de Vincent Foster me la había robado y ahora la policía la tenía como prueba de un delito. Quién sabe hasta cuando la tendrían en su poder, porque la extrañaba mucho. Allí estaba la foto original de mis padres, conmigo en brazos...

Volviendo a enfocarme en la escultura cristalina, algo me decía que mis conjeturas eran equivocadas.

La composición de esta simbolizaba algo más y no era la destrucción de la Madre Naturaleza.

Entonces, ¿qué era?

Me sobresalté cuando sentí a David detrás de mí.

Cielos...Me había olvidado de él. Toda mi piel se erizó conforme este inhalaba y exhalaba el aire que circulaba entre los dos sobre mi nuca. Lo hacía tan calmado que parecía que la cercanía no lo afectaba.

Yo era incapaz de decir lo mismo, mi cuerpo por completo temblaba como hoja de papel azotada por el viento.

Bordeando el costado de mi hombro, David alzó su mano en dirección hacia la escultura, acariciándola del mismo modo en cómo yo lo hacía.

—Es hermosa —dije temblorosa—. Y rara...

—¿Por qué lo dices? —preguntó con parsimonia, y el sonido de su voz retumbó en mis oídos causando estragos.

—Pues, parece que fuese… —Ni sabía de qué manera interpretarla.

—Fuese, ¿qué…? —apremió con ansiedad la respuesta a la vez en que sus dedos se deslizaban muy lentamente a milímetros de los míos para seguir las formas de las ondulantes lenguas de fuego.

—Es… ¿alguna remembranza?

Hizo un breve silencio y luego respondió:

—Sí. Es un amor perdido.

Recordé el día en que hablamos en Cocoa Rock.

—¿Tu esposa?

—Sí.

Me volví hacia él.

—¡¿Murió quemada?! Pensé que… Pensé que la asesinaron. —Eso fue lo que aquella vez me dijo, que hasta migraña le causó al habérmelo compartido.

Sus ojos se oscurecieron.

—Y lo fue: murió de la peor forma. —La chispa de fuego que vi en el auto, ya no la reflejaban sus dos zafiros, sino que, en su lugar una mirada sombría la reemplazaba.

—¿Atraparon al asesino?

Se alejó con la vista clavada en el piso y, cuando saldó unos pasos entre nosotros, se detuvo sin voltear a mirarme.

—Asesinos. Y digamos que se hizo justicia —dijo con rudeza, provocando un escalofrío en todo mi cuerpo.

—¿Qué quisiste decir con eso, David?

—La cena ya está lista, señor —comentó el ama de llaves de lo más inoportuna al entrar a la sala para anunciar la hora de ir a comer.

Él se giró, extendiéndome la mano para llevarme hasta el comedor. La tomé por cortesía, para luego soltarla, pero David me la sujetó con firmeza, impidiendo que de él me zafara.

La avinagrada mujer nos esperaba al lado de dos jóvenes asistentes, en elegante uniforme de vestido negro y delantal blanco, paradas al lado del aparador. El mueble era de caoba tallada, y, sobre este, tres charolas del más lustroso bronce se hallaban cubiertas con sus tapas abovedadas.

La mesa del comedor me quitó el aliento.

¡Válgame! David no se andaba con nimiedades.

Tenía las dimensiones para doce comensales y de un ancho en la que bien dos personas comerían juntas hacia los cabeceros, sin tocarse los codos. La mesa era de caoba, sin diseño ornamental, pero bastante pulida, al igual que las sillas, cuyo tapizado en los asientos se confundía con el color vinotinto de la madera.

Alcé la vista hacia el techo y contemplé una gran lámpara circular de bronce con diez bombillas cubiertas con tulipas de alabastro. Se alzaba sobre la mesa mediante gruesas cadenas que la sostenían y con burdos diseños que en nada estropeaba el esquema del ambiente. Me agradó ver cuatro maravillosos candelabros de bronce de tres puntas y velas largas a lo largo de la mesa, complementándose de manera acertada con la lámpara del techo y con un decorado muy al estilo medieval, sin que la «da luz eléctrica» echase a perder la ilusión.

El bronce dominaba los espacios en lámparas, candelabros, obras de arte…

Aun así, no entendía por qué tanta formalidad para una cena en la que se aclararían asuntos que tal vez nos lastimarían.

David separó la silla para que me sentara en el extremo sur de la mesa y luego él se ubicó en la del norte y ocupó su lugar.

No me agradó la lejanía, hubiese preferido estar más cerca de él.

David se percató de mi descontento.

—¿Algo te disgusta? —observaba inquieto que la mesa haya sido decorada de forma correcta.

Eché una ojeada a la anciana, y fue mejor no haberlo hecho, seguía molesta.

—No… Todo está bonito…

No parecía convencido.

Intercambió una silente mirada con el ama de llaves y esta sutil se encogió de hombros, ignorando mi aparente disconformidad. Me parecía adivinar en los pensamientos de la anciana un: «¿de qué se queja? Jamás volverá a comer como los reyes».

—Le ruego me dispense si esto no es de tu gusto —David expresó apenado—, nos esforzamos para homenajearte.

—¡Claro que me gusta! ¡¡La mesa, todo está hermoso!! No, no… discúlpame tú por ser tan expresiva, es solo que…

—Por favor, Allison, dime qué te incomoda.

Sonreí apenada.

—La lejanía —confesé con la vista clavada en mi plato llano—. Tú allá y yo… acá…

Escuché un tronar de dedos y, al instante, las dos asistentes se movilizaron rápido para llevar los platos vacíos de David hacia la silla que colinda a mi derecha.

Mis mejillas ardían de la vergüenza por los contratiempos que causaba, pero me encantó que él se sentara a mi lado.

—No debiste… —yo quedaba a la cabecera, mientras que el anfitrión se tuvo que adaptar a la quejica invitada.

—Todo sea para complacerte —sonrió en cuanto se sentó—. ¿Ahora te gusta? La cercanía…

Asentí sonriente.

Mi mirada gacha.

Ruborizada…

—Gracias, eres muy amable.

Tomó mi mano y besó el dorso con delicadeza, ocasionado que casi sufriera un infarto por la llamarada que encendía en mi ser.

—Fue un placer…

Carraspeé, ni me atrevía a mirar de nuevo a la anciana, debía estar lanzando maldiciones en su fuero interno.

Nos sirvieron la cena: langostinos rebozados en coco y salsa agridulce. Muy sencilla y romántica a la vez para una pareja que prometía pasar al siguiente nivel. David aguardó a que fuese la primera en probar bocado, así lo hice y mi paladar estalló de júbilo por los sabores de la deliciosa gastronomía.

Expresé mis felicitaciones al chef o a la persona que lo preparó y seguí comiendo sin que el ama de llaves aminorase mi apetito por su hosca actitud hacia mí.

Noté que David nada probaba, solo charlaba sobre asuntos que no venían a cuento, a la vez en que revolvía con lentitud su comida, triturando en trocitos los langostinos con los cubiertos. Lo primero que abordó fue en lo complicado de que su colección de esculturas haya sido de mi agrado, luego comentó algunas experiencias que tuvo en Argentina sobre una de sus exhibiciones: una señora vomitó en la galería y otra casi le arroja a la cara agua bendita. Su arte macabro no era para todo el mundo.

Mientras tanto, yo trataba de hallar el momento apropiado para hablar sobre el vampirismo de Vincent Foster, pero era incómodo hacerlo con un público femenino presente; me cohibía interrogarlo, cosquilleándome las preguntas en la punta de la lengua, muriéndose por salir de mis labios. En cambio, David aparentaba estar a gusto, hablando sin cesar de otros temas.

—¿Por qué no comes? —pregunté en voz baja, de modo que las mujeres no me escucharan.

David no respondió, sino que me sonrió. Con el tenedor pinchó un langostino rebosado y enseguida se lo llevó a la boca. Y fue un desacierto que lo hubiera hecho: tosió y su semblante palideció.

Me dio la impresión de que no le gustó, aun así, se disculpó por su espasmódica reacción, limpiándose con elegancia los labios con la servilleta de seda que tenía depositada en su regazo. Enseguida tomó dos bocados más y los engulló con rapidez al tiempo en que cerraba sus ojos.

No me pasó por alto que la señora Hopkins se inquietó.

Sin embargo, ella se mantuvo en su sitio, sufriendo en silencio de un modo que la hacía lucir como madre sobreprotectora, dando la impresión de querer correr hasta David para darle palmaditas en la espalda para que no se atragantara con lo ingerido.

Después de cenar, él me tomó de la mano y me llevó hasta el jardín posterior de la casa. Me condujo hasta unas sillas plegables que estaban en medio del patio y, antes de que me sentara, quedé embobada al ver un yate anclado al fondo del muelle de la bahía.

—Vaya, ¡qué hermo…! ¿David? —Lancé miradas por mi rededor, de repente me vi sola en el exterior, asumiendo que él se devolvió a la casa por la puerta que conecta a la cocina.

Me senté en una de las sillas plegables, sin estar recostada, aguardando a que David retornara de donde sea que tuvo que atender alguna urgencia o llamado telefónico que le avisaron las empleadas y del que ni me di cuenta. Esto me hizo lamentar de no haber traído mi bolso, que dejé colgado en la silla del comedor. Mientras él se ocupaba de algún asunto, yo estaría revisando el móvil que había dejado en Isla Esmeralda por si tenía mensajes sin leer o audios sin escuchar, y también el obsequiado por David. Era gracioso tener dos móviles y en ese momento no tenerlos al alcance.

Así que, sin tener más opción, presté atención al espectacular yate que se hallaba frente a mis ojos.

La embarcación, de líneas deportivas y modernas, era de cuatro pisos de alto y con una longitud aproximada de unos 30 o 35 metros de eslora. Quitaba el aliento, imaginándome lo sensacional que sería surcar los mares allí; me aguantaría las náuseas por el mareo, pero valdría la pena la experiencia.

Pese a tener las luces apagadas, las que iluminaban el muelle permitía que lo apreciara sin problemas. Unos cuantos millones de dólares tuvo que haberle costado a David y del que, lo más probable, Hacienda le cobraba sus impuestos al lujo.

Los noticieros nunca mostraron el yate cuando sus helicópteros sobrevolaron a poca distancia la casa para filmarla después de la invasión de las chicas.

—¿Te gustaría navegar? —David preguntó en el instante en que retornó del interior de la casa.

Alcé la vista hacia él, lucía un tanto demacrado y su cabello ligeramente húmedo como si se hubiese aventado agua a la cara. Sonrió a medias, sin disculparse por su ausencia ni explicar cuál fue el motivo de dejarme allí un rato a solas.

Estuve a punto de decirle que me encantaría navegar a través de las oscuras aguas de bahía Davis, pero luego pensé en la conversación que teníamos pendiente.

—Lo único que quiero es que hablemos.

—¿Tan impaciente estás por marcharte?

—No, David —puse los ojos en blanco ante lo expresado—, es solo que no estaré aquí toda la noche esperando a que te decidas a contarme todo.

Se sentó en la silla que estaba a mi lado y yo me acomodé hacia él, de modo que quedamos frente a frente, con nuestras rodillas casi rozándose.

—Bien… Hablemos —se dio por vencido.

Resulta que ninguno de los dos inició la conversación. Yo me moría por preguntarle sobre el misterio que envolvía la muerte de aquel sujeto, y él en silencio. Me invadía la cobardía por no atreverme a enfadarlo como aquella noche en el muelle.

—Habla de una vez, David —insté impaciente. Tenía que presionarlo o él jamás me revelaría sobre dichos acontecimientos.

Pero su silencio indicó un hecho lamentable.

—¡Ay, no! —exclamé enojada—. ¡¿Me manipulaste para alejarme de Donovan?! —Fue demasiado bello para ser cierto, me vio la cara de boba—. Es eso, ¿no? ¡Eres un idiota! ¿Acaso no sabes que mi tía está hospedada en su casa, recuperándose de las heridas? ¡Yo vivo con él!

Se removió en su asiento.

—Puedo mandar por ella —dijo—, pediré una ambulancia y la traerán sin problemas. Aquí las dos estarán mejor atendidas.

Reí incrédula. David a todo le tenía solución.

—Ya te dije que mi tía no lo permitirá.

—¡Quédate tú! —se desesperó.

Un fuego se arremolinó en mi pecho al darme cuenta de que David me necesitaba a su lado con urgencia.

—¡No! —Contenía la alegría al tener la seguridad de que él albergaba un sentimiento más fuerte hacia mí—. ¿Qué te pasa? No puedo hacer eso. ¿Olvidas que donde ella esté, yo estaré? —Eso era verdad, no dejaría a mi tía botada en otro lugar para retozar con mi apuesto pretendiente.

Él desvió la mirada a lo lejos.

Hacia el yate.

—Lo sé.

—¿Y por qué me trajiste a sabiendas de que no aceptaría?

—¡Porque no te quiero cerca de él! —gruñó retornando su mirada con severidad.

Me estremeció y casi se me explota el corazón. Sus celos lo hacían reaccionar de un modo infantil.

—¿Y por qué? —Quería oír sus razones, pero él apretó sus labios para no decir nada. Aun así, le sacaría la verdad a como diera lugar—. Dime, David, ¿por qué no quieres que esté cerca de Donovan? —insistí a riesgo de su enojo.

—Por temor —reveló en voz baja y con la mirada posada en su regazo.

¡Listo!

Ahí estaba parte de su misterio.

—¡¿Por temor?! —Me incliné un poco hacia adelante—. ¿Qué es lo que tanto temes?, si se puede saber...

Vaciló un instante.

—De... perderte. Que me veas con... asco.

Sus palabras me inquietaron.

—¿Por qué habría de sentir eso de ti?

David se levantó de la silla y enseguida hincó una rodilla en el piso, tomándome las manos.

—Estoy dispuesto en hacer lo que sea por retenerte a mi lado. No permitiré que te separen de mí.

Lo miré extrañada. ¿A qué se debía ese repentino temor?

Quise levantarme y David lo impidió al sujetarme el rostro con ambas manos para atraerme hacia él.

—Haré lo que sea, Allison. *¡Lo que sea!* por retenerte...

Intenté separarme, pero la fuerza que ejercía sobre mí me mantenía a escasos centímetros de sus labios.

Capítulo 28

Ocurrió algo que no me esperaba.

No sé si fue por las copas de vino blanco que tomé durante la cena, pues juraría que David me hablaba de forma telepática y que sus ojos cambiaron de color como lo hizo a las afueras del Oriard.

«*Allison, presta atención a mis palabras* —"habló" de modo que mis sentidos se nublaran—: *olvida tu deseo de preguntarme sobre Vincent Foster y lo que viste esa noche. Olvida lo que estés sintiendo por Donovan. Y olvídate de todos y viaja conmigo, lejos*».

Ni parpadeaba, impactada por sus palabras.

¿Qué pretendía con imponerme semejante orden?

—¡No! —exclamé enojada y David me miró perplejo—. No haré lo que me estás pidiendo, porque es importante para mí. Ahora, si no estás dispuesto a sincerarte conmigo, nada tengo que hacer aquí. Así que... —le di unas palmaditas al dorso de sus manos— será mejor que me sueltes y me lleves a Beaufort.

David liberó mi rostro al instante, su actitud enojada indicaba que no quería hacerme caso.

Volvió a su asiento, cruzándose de brazos y con la vista clavada en el hermoso yate. Parecía un adolescente enfurruñado por no tener lo que se le antojaba: un juguete sexual se le escapaba de las manos.

—Pediré un taxi —dije sin dejarme intimidar. Si él se lo proponía, me encerraba.

Pretendí levantarme para buscar mi bolso, pero David me sujetó para impedirlo.

—Yo te llevaré.

—Bien. Iré por mi bolso.

Caminé rumbo a la puerta trasera que da acceso a la cocina, mientras él se quedaba atrás, cabizbajo y pensativo. El ama de llaves observaba a las chicas recoger la vajilla de la mesa. Todas se sorprendieron al verme entrar al comedor.

—¿Se marcha «da señorita»? —preguntó la anciana, con el entusiasmo de verme lejos de Rosafuego.

—Sí, señora, ya me marcho.

—Muy bien, no queda otra que expresarle: *que le vaya bien*. —Volvió su atención hacia las chicas y yo tuve que contener las ganas de arrancarle la cabeza por antipática.

Tomé el bolso de la silla y salí por la puerta principal, echando chispas hasta por las orejas, ya que no deseaba encontrarme de nuevo con esa desagradable señora y sus mordaces comentarios. David me esperaba recostado sobre la puerta del copiloto del Lamborghini. Algo en él captó mi atención, era esa sonrisa maliciosa que suele tener cuando se sale con la suya. Cavilé qué podría ser, la noche no fue para nada exitosa, más bien, una pérdida de tiempo y esfuerzo.

Conforme avanzábamos por la oscuridad de la carretera arbolada, David mantenía esa sonrisa que resultaba bastante odiosa.

—¿Qué es lo que te causa gracia? —pregunté en un esfuerzo de no gritarle.

Detuvo el Lamborghini y sonrió triunfal.

—No podemos avanzar.

—¿Por qué no?

Señaló al frente.

¡Ay, mamá!

Las luces de los faros del deportivo iluminaban dos portentosos árboles caídos que obstaculizaban el camino.

Se hallaban atravesados de un modo, que era imposible moverlos o rodearlos para seguir avanzando por la vía. Para colmos de males, no existía una calle alterna en la que nos desviáramos por otro sector, así nos tomara más tiempo en llegar a destino. Estábamos atrapados en la parte más alejada del exclusivo vecindario, su vecino más cercano se hallaba justo del otro lado.

Carajo…

Comprendí que estaba a su merced.

—Tendrás que pasar la noche en mi casa, esos árboles los quitarán hasta mañana.
—¡¿Qué?! ¡No haré eso!
—No tienes alternativa.
—¡Por supuesto que sí! Llamaré a Donovan, vendrá hasta este punto y podré irme con él.

Reaccionó como si lo hubiera abofeteado.

—¡¿Estás dispuesta a pasar por encima de esos árboles para alejarte de mí?! —inquirió dolido.

Ya que no me quieres decir nada...

—Es lo mejor.
—Es pésima idea, pronto caerá una tormenta.
—No pronosticaron lluvias para el día de hoy —refuté mientras me cruzaba de brazos.

Parecía mentira, lo acabé de decir y un fuerte estruendo se escuchó en el cielo.

David esbozó una amplia sonrisa y puso el auto en reversa, girándolo después en dirección hacia la mansión.

Menos mal que el Lamborghini tenía puesto el techo de lona, la lluvia arreciaba con tanta fuerza que empezaba a granizar. David aminoró la velocidad y pidió que me cruzara el cinturón de seguridad por si patinaba el vehículo. Los dos limpiaparabrisas parecían dos bates de béisbol que golpeaban coordinados los granizos que caía sobre el cristal; uno para el este, otro para el oeste. Quita y quita...

Miré hacia el techo de lona esperando que un trozo de hielo la perforara y me golpeara la cabeza.

—Qué granizada tan particular... —David comentó pensativo, extrañado del abrupto cambio climático. Ahora ya no sonreía por salirse con la suya, la tormenta que aumentaba su vigor dejó de ser su cómplice para crearnos nuevos inconvenientes.

Tardamos en devolvernos, previniendo salirnos del camino y chocar con un árbol, puesto que casi no se veía por donde conducía. Aun así, logramos llegar a salvo. Rosafuego se hallaba en oscuridad. Los choques de nubes en el cielo iluminaban la casa por segundos; los rayos me sobresaltaban y ensordecían con cada estridencia. El granizo castigaba inmisericorde a la Calavera de la Muerte que yacía acuclillada bajo la capucha que la envolvía.

David estacionó frente al garaje y se bajó para abrir el portón de forma manual por no haber electricidad. Corrió de retorno hacia el Lamborghini y luego entramos a una oscuridad que parecía la boca del lobo.

Tras entrar al garaje, encendió la luz del interior del auto y me regaló una sonrisa magnífica. Se sacudió el cabello y las gotas de agua salpicaron mi brazo izquierdo.

—Lo siento —se disculpó y me limpió con una delicadeza que cortó mi respiración.

Esto provocó una descarga eléctrica peor a la que en el cielo surcaba, recorriéndome la piel hasta erizarla. Mi corazón se aceleró y David sonrió una vez más por ponerme a mil.

Sentí que en mí algo cambió o se encendió, porque hasta mi sangre ardía por la repentina fiebre que me azotaba. No me reconocía, la pena o la vergüenza no me cohibía, más bien, el deseo me impulsaba en abalanzarme sobre él y besarlo con furia.

Y, eso fue lo que hice. Pasando por encima de la consola central que nos dividía, le rodeé el cuello para pegar mis labios contra los suyos y que supiera de esa manera lo que era amar a una neoyorquina-cabeza-loca.

Él se paralizó un instante, sorprendido de mi reacción, pero luego aferró sus manos en torno a mi cintura, atrayéndome hacia él para que me sentara sobre sus piernas a horcajadas.

Nos dimos un beso cargado de lujuria. Nuestras lenguas se enredaban y mandaban oleadas de placer que viajaban directo a nuestros genitales, haciéndonos «palpitar». Respirábamos entrecortados. Mi torso quedaba aprisionado entre su pecho y el volante a mi espalda, pues nos faltaba espacio para «maniobrar»; aun así, David se las arregló para reclinar hacia atrás su asiento y así acariciarnos con mayor comodidad.

Me sujetó de las caderas e hizo que me moviera sobre su miembro. Estaba contenido dentro del pantalón, había crecido considerablemente.

Mi entrepierna rozó su masculinidad, mientras que mis labios saboreaban los suyos con la misma cadencia con la que movía mi pelvis contra la de él. David gimió ronco en mi boca y yo sentí que su dureza estaba por abrirse paso a través de nuestros vaqueros.

Era deliciosa la posición en la que me hallaba, incitándolo a que se irguiera más y me perforara la vagina. Rozaba y rozaba por encima de las ropas, llevada por el goce que otorga la posición; me gustaba estar sobre él, besándolo, acariciando su fibrosa musculatura bajo su chaqueta y camisa, deleitándome de sus jadeos, de su vulnerabilidad al dejarse llevar por lo que yo le causaba.

David tanteó hacia el espejo del parabrisas que se hallaba detrás de mí, para apagar *las luces de lectura*, y enseguida nos envolvió la oscuridad.

Buscó desesperado en desabotonarme la blusa y yo me paralicé de lo que había provocado.

No era el lugar apropiado para perder la virginidad.

—David, aquí no… —Había matado a la fiera y le tenía miedo al cuero. Mis complejos me ganaban la partida.

Encendió de nuevo la luz del auto. Sus irises tenían un ligero tono que juraría lucían un tanto doradas y su pecho subía y bajaba en una respiración agitada.

—Está bien: «aquí no». —Pero su voz cargada de lujuria me indicaba que lo dejaríamos para más tarde.

Bajé de sus piernas y me tercié el bolso, esperando a que abriera la puerta. Sin embargo, David se tomó su tiempo para apaciguar el fuego dentro de su ser. Cerró los ojos y respiró profundo un par de veces como si estuviese meditando, necesitaba «enfriarse» antes de que el ama de llaves y las asistentes se percataran de su erección.

El corazón me palpitaba como un tambor. ¡Yo lo había excitado! Me sentía extraña y poderosa, y a la vez avergonzada. ¡Qué mezcla de sentimientos! Como si un ángel me reprochara en el oído derecho y un diablillo me felicitara en el izquierdo por haber tentado a un semidiós.

David —ya aplacado— apagó la luz, sin haber buscado alguna linterna en la guantera o hacer uso de la linternilla de su móvil.

Ni siquiera me dio oportunidad de encender la mía, ya que fue rápido en bajarse del auto y abrirme la puerta. Su velocidad siempre me asombraba, rodeándome al instante la cintura y aferrándola contra él para evitar que me tropezara. Causaba extrañeza que, siendo tan adinerado, su hogar careciera de luces de emergencia que sirvieran de respaldo para esos imprevistos.

Entramos a un pequeño vestíbulo que estaba «más claro» con respecto a las otras estancias.

De lejos divisé algunas luces flotar por los pasillos en dirección a la cocina; al principio me sobresalté pensado que iba a ser abordada por los fantasmas residentes de la casa, del que hasta el momento no los percibía; por fortuna, era el ama de llaves quien sostenía un candelabro individual.

Una de las chicas se aproximó a nosotros para iluminarnos.

—Un rayo cayó cerca —informó en voz baja. Tenía en cada mano una vela. David pidió que le entregara una de estas.

Mi corazón no se cansada de palpitar con fuerza, preocupada por la reacción de tía Matilde y la furia de Donovan.

Intenté llamarlo; por desgracia, mi móvil y el de David estaban muertos. Aunque tuve suerte, porque había un teléfono en la casa que no fue afectado por la tormenta eléctrica.

David me llevó a la biblioteca y esperó a que me comunicara.

—*¿Unos árboles? No creo eso, de seguro esa lacra hizo algo para retenerte. Iré por ti.*

—No, Donovan, no quiero que vengas, no hay electricidad —expresé a través del auricular que debía ser más viejo al que tía tenía en su habitación. El teléfono era de disco.

—*¿Cómo que no tienen?*

—Al parecer, un rayo dejó al sector sin electricidad.

—*Esa no me la creo.*

—¡Estoy diciendo la verdad!

—*Iré por ti.*

—Dije que no. El camino está peligroso, no hay luz y está granizando.

—*¡¿Granizando?!*

Hubo un prolongado silencio del cual pensé que se había caído la llamada.

—¿Hola?, ¿Donovan?

—*¿Estás segura?*

Casi me rio por su estúpida pregunta.

—Sí...

—*Por acá ni siquiera está lloviendo. El cielo está despejado y lleno de estrellas.*

—¿No? Vaya, qué raro… —Me sorprendió, Beaufort estaba a escasos minutos de The Black Cat—. Por esta parte, sí. ¡Y mucho!

—*Aguarda, iré por ti.*

—Cielos, Donovan… No quiero que sufras un accidente por mi culpa.

—*¡No me importa!*

—¡¡Pues, a mí sí!! —lo grité. Me fijé que David frunció las cejas, mientras hojeaba un libro que tenía sobre su escritorio, en un acto que hacía de «no escuchar» la conversación.

—*No pienso dejarte sola con él.*

—No estaré… —tapé la bocina, procurando que David no escuchara— a solas con él: la señora Hopkins, que es el ama de llaves, vive aquí.

—*Valiente compañía…*

—Donovan, por favor, comprende que…

David pidió el auricular y se lo llevó de inmediato al oído para expresarle lo siguiente:

—Allison estará bien, solo pasará la noche en mi casa. Mañana la llevaré de regreso, sana y salva. —Guardó silencio, escuchando tal vez una retahíla de insultos—. No podemos salir con esta tormenta, es peligroso. —Del auricular se alcanzaban a escuchar algunas palabras poco aptas para menores de edad—. No le pasará nada. ¡No compares, no es lo mismo!, *ella* así lo quiso.

¿«Ella»?

¿De quién estaban hablando? ¿De mí?

Luego David entornó sus ojos, buscando mi mirada.

—También me importa, no la lastimaré. ¿Me comprendes? —Lo que expresó con tanta firmeza me estremeció.

Me entregó el auricular.

—*Pase lo que pase: no le hagas caso a sus palabras. No permitas bajo ningún motivo que él te mire directo a los ojos. ¡Evítalo!*

—¿Por qué? —Mi corazón latía desaforado, David ya me había envuelto en su mirada tras la cena.

—*Solo, hazme caso: no lo permitas. Si por alguna razón sientes miedo, llámame. No importa la hora; si está lloviendo, granizando, te buscaré.*

—¿Y cómo piensas hacerlo si la vía está obstaculizada?

—Iré en helicóptero, si es preciso.

Reí ante su ocurrencia y David apretó la mandíbula. Se separó de mí, dando la vuelta para tomar un libro de la colección que tenía en sus estanterías.

—Entendido. Pero ya verás que no hará falta —manifesté muy segura de que me hallaba en buenas manos. Aun así, recordé que debía rendirle cuentas a alguien más—. ¿Donovan?

—*¿Sí?*

—Tía, si ella pregunta por mí…

—*Le dije que te acostaste temprano, porque lo del empaque de las maletas te causó estrés y te dolió la cabeza. Ella entendió, ahora está dormida.*

—Qué bueno. Te agradezco esa.

—*No lo hagas. Mañana te busco apenas quiten esos malditos árboles.*

—En ese caso, nos vemos mañana.

—*¿Allison?* —Me llamó por última vez para que captara su atención.

—¿Sí?

—*Te amo.*

Me quedé en el sitio, sintiéndome expuesta frente a David, sin saber cómo responder para no lastimar a ninguno de los dos.

—Yo también te… quiero —dije lo más bajito posible y esto ocasionó que David frunciera más las cejas, visiblemente molesto.

Colgué el auricular, mi corazón se me iba a salir del pecho, muy consciente de que durante el resto de la noche nadie me impediría estar a solas con él.

—Donovan te importa, ¿verdad? —habló con pesar.

—Sí —respondí a la vez en que dejaba mi bolso sobre el escritorio.

David se acercó y mis piernas comenzaron a temblar.

—Descuida, no le pasará nada.

Me aparté en cuanto él levantó la mano para acariciarme el cabello. Tenía miedo de perder el control como hice en el auto. Actué de manera desinhibida.

—¿Dónde voy a dormir?

Sonrió malicioso.

—Conmigo.

Sentí un golpe en el pecho.

¿Sería capaz de compartir la cama con David?

Lo pensé y sonreí.

¡Claro que sí! Al demonio con todos, yo me acostaría con ese hombre.

Sin embargo, era increíble que, estando a solas, rodeados de tantos libros y con toda la noche para tener sexo, me viniera a picar el gusanillo de la curiosidad sobre Vincent Foster. Ya no tenía el pretexto de formular las preguntas con delicadeza; por un momento pensé que él confesaría algo escabroso con respecto a los ataques que sufrí, pero me equivoqué. En cambio, me confesó que estaba dispuesto a todo para mantenerme a su lado.

Esto me preocupó.

¿Permitiría que al siguiente día me marchara con Donovan?

Y, si no era así… ¿Se enfrentaría a este?

David me prometió que me regresaría a casa, pero ¿cumpliría con su palabra? ¿Tanto me necesitaba? No dijo que me amaba, como lo manifestó Donovan al teléfono, y eso dejaba mucho que desear, demostraba más obsesión que amor.

Acerqué el reloj de mi muñeca al candelabro para ver la hora.

10:15 pm.

Rayos… Indicaba que pronto me iría a la habitación y perdería la oportunidad de resolver el enigma que envuelve a David y a Vincent Foster.

—¿Cansada? —Estudió mi semblante—. ¿Te quieres ir a dormir?

—No, la verdad es que no tengo sueño. Yo… —callé por estar abrumada. Me arriesgaba al ridículo por carecer de pruebas contundentes, la posible aparición vampírica de aquel sujeto no era suficiente, nada respaldaba dicha historia, ni siquiera tía recordaba con exactitud lo que ocurrido cuando a este le disparó.

Entonces, ¿qué haría?

¿Confrontarlo?

Me mordí el labio inferior. Tenía que hacerlo, en cuestión de horas me iría sin saber si tendría otra oportunidad de pisar Rosafuego.

—Dime —me instó. Sus ojos clavados en mis labios.

Respiré profundo.

—¿Tuviste algo que ver con…?

—El dormitorio de «la invitada» está listo, señor. —La inoportuna entrada de la anciana no se hizo esperar.

¡¿Y a esa mujer quién le dijo que me preparara una habitación aparte?! ¡Yo quería dormir con el dueño de la casa, no en una habitación de huéspedes!

—Gracias, Rebecca.

David me tomó de la mano y salimos de la biblioteca. La electricidad llegó de improviso, la casa se iluminó por completo, resurgiendo de la oscuridad que se la había tragado. Al ama de llaves y a las dos muchachas no las volví a ver, ambos subíamos por las fabulosas escaleras hacia el piso superior sin que otros nos censuraran.

Yo estaba más decidida en aclarar mis dudas y en dejar atrás mis preocupaciones. Lo confrontaría y que sea lo que Dios quisiera, también necesitaba definir mis sentimientos, puede que ame a David sin importar nada o, tal vez, sea fascinación o morbosa curiosidad por el velo de misterio que lo envolvía. Sentía temor porque ese idealismo hacia él de repente fuese pura bulla; no obstante, era algo que tenía que enfrentar a riesgo de que después me odiara por el interrogatorio al que lo habría de someter.

Me lo debía a mí misma.

Capítulo 29

Reconocí un macabro estilo familiar en el cuadro colgado en el pasillo del segundo piso.

—¿Es tuya? —pregunté. La pintura era interesante y no se quedaba atrás con las que aprecié en sus exhibiciones.

—Sí. —No se detuvo a hablar de esta como lo hacen tantos pintores que se sienten orgullosos de sus obras de arte. En cambio, pasó de largo y me llevó a una habitación cercana de la que causó una buena impresión por la delicadeza en cómo la amoblaron para una dama de gusto exquisito—. Aquí te quedarás —sonrió—. Mi dormitorio está frente al tuyo por si necesitas algo.

El rubor tiñó mis mejillas.

—David... —resaltaba por ser amable y caballeroso con respecto a lo que ocurrió en el garaje, pero era el momento y mi corazón retumbaba de los nervios—, necesitamos hablar...

Se tensó.

—¿Sobre qué? —se hizo el desentendido, permitiendo que pasara al interior de la habitación de huéspedes.

Cohibida, me senté al borde de la cama, de cobertor crema y cojines a juego, y carraspeé para que mi voz no saliera temblorosa por la incómoda situación.

—Sobre Vincent Foster —dije—. Él... ¿Sabes lo que era él?

—Un criminal —respondió con parquedad, mientras se cruzaba de brazos y reclinaba su hombro contra el marco de la puerta, en una despreocupada pose de propietario reservado.

Negué con la cabeza.

—Me refiero a que «si sabes» lo que era él en realidad.

David permanecía en silencio. El cielo seguía en una guerra de nubes furiosas y ruidosas que retumbaban por instantes las paredes de la casa. La lluvia continuaba, pero el sonido del golpeteo del granizo ya no se escuchaba. Sin embargo, dentro de la habitación, estaba por desatarse una tormenta peor a la que afuera se libraba.

Enfocó sus ojos hacia mis manos que tamborileaban inquietas sobre mis piernas y contestó:

—No entiendo qué me quieres decir.

Por lo visto tenía que sacarle a él la verdad a cucharadas.

—En el hospital no les comenté lo que vi de él.

Sus cejas se fruncieron.

—¿Cómo qué…?

Bajé la mirada.

—Como colmillos y ojos amarillos…

David se carcajeó.

—No creas todo lo que veas, quizás este usó colmillos falsos y lentillas.

—Lo pensé —convine, hasta cierto punto tenía razón—. Pero ¿cómo explicas que él siga con vida, cuando se supone un «puma» lo mató?

—Lo confundiste con otro —se le borró la sonrisa socarrona de los labios—. Algún tipo parecido…

—¿Tía también? —Empuñé las manos sobre el cobertor, odiando que me tomara por tonta—. ¡Ella lo vio!

—La oscuridad nos hace jugarretas —refutó con voz endurecida—. Tal vez ese tipo se parecía a Vincent Foster.

—No, David. ¡Era él y estaba vivo! ¡Tenía grandes colmillos y ojos demoníacos!

—Te jugaron una broma pesada.

Sentía que la rabia se arremolinaba en mi pecho, sin dejarme respirar. David no me creía o se hacía el loco, pues tenía la leve impresión de disimular muy bien dicho conocimiento.

—¿Te parece que patear a mi tía fue una broma pesada? —pregunté a la vez en que me levantaba molesta de la cama por dudar siempre de mí.

—Allison… —descruzó sus brazos y entró a la habitación, visiblemente avergonzado.

—¡Vincent Foster es un vampiro! —lancé mi sospecha como cubeta de agua fría a su cara.

David palideció.

—No lo es.

—¡SÍ, LO ES! —grité a todo pulmón. Luego enmudecí al verme encolerizada. Respiré hondo varias veces para recuperar la compostura—. David... —hice otra profunda respiración, esforzándome en bajar el tono agresivo de mi voz—. La noche en que me rescataste en Cedar Point, fue la última vez de él como humano.

Apretó el puente de su nariz y cerró los ojos conteniendo el repentino cambio de humor.

—¿Volvemos a lo mismo? —enojado, arrastró las palabras.

—No mientas más, por favor —lloré—. ¡Háblame! —Me acerqué a él y le toqué el brazo izquierdo—. Confía en mí, es demasiado tarde para secretos. ¡Admítelo de una vez!

—Eh... yo... —esquivó la mirada.

Lamenté que siguiera en su hermetismo, urgía que me dijera la verdad de una vez, así resultase espeluznante; porque si un hombre era capaz de regresar de la muerte, no era nada bueno; menos, si David de algún modo estaba involucrado.

—Será mejor que me digas la verdad, o si no...

—¿O SI NO QUÉ? —me gritó por primera vez por haberlo amenazado—. ¿QUÉ HARÁS? —Asustada, retrocedí dos pasos de su violenta reacción—. Cuéntales a todos lo que viste esa noche, te reto a que lo hagas. Vamos a ver si te creen; ya piensan que estás igual de loca que tu tía.

Lo miré furiosa, David me había lastimado.

Pero se percató de su error.

—Lo siento —se disculpó en voz baja.

—Sí, tú siempre lo sientes... —sollocé—. Y no sé si «lo sientes» en realidad.

Caminé hacia la puerta.

—¡Espera! —Me interceptó con rapidez—. Te diré todo.

—¡Bien! —Me planté molesta ante él—. Habla. —Él se apartó dirigiéndose hacia la puerta—. ¡David! —Era increíble lo que iba a hacer, se iba a marchar para dejarme encerrada en la habitación y evadir mis preguntas.

—¿Qué quieres saber? —Cerró la puerta bajo llave y se volvió hacia mí para aclarar mis dudas. Su mirada altiva, sus irises más claras de lo normal.

Respiré aliviada, le haría frente a la verdad.

—Esa noche en Cedar Point, no alucié por cloroformo, ¿cierto?

—Así es.

—Esto quiere decir que... ¡¿todo pasó?! Tu fuerza, la herida en el estómago, los gruñidos, tus ojos... —observé que sus gélidas orbes tenían ahora la tonalidad de un felino. Asintió y yo jadeé ante su aceptación de los hechos—. ¡¿Por qué me mentiste?! —Estaba perpleja.

—Es complicado.

—Él no huyó... —comenté para mí misma, recordando de pronto lo que David me dijo esa vez en el auto: logró escapar al adentrarse al Bosque Croatan.

Endureció la mirada.

—No.

—¡¿Lo mataste?!

—¡Se lo merecía! —exclamó con los dientes severamente apretados, reflejando en estos la rabia que aún sentía por lo que aquel pretendió hacer conmigo.

Quedé abismada. ¿Qué tal este?, se la había dado de indignado por mi acusación... Merecía un aplauso por su dramática actuación.

—Pero, la policía... ¡Ellos te van a encarcelar cuando se enteren!

—No saben nada —rio displicente sin valerle un carajo que después se metiera en problemas.

—¿Qué le hiciste a ese hombre que regresó de la muerte?

David enmudeció. Sus ojos de hielo se tornaron tenebrosos, tal vez, evocando esa noche en la que volcó contra Vincent su furia.

—Lo destrocé.

Casi me da un soponcio.

—¿Eres un...? —Por primera vez veía su verdadera naturaleza.

—Ven... —tomó mi mano y la haló con suavidad para llevarme hacia la puerta.

—¿Adónde me llevas?

—Confía en mí. —Con la mano libre, descorrió el cerrojo del pomo y enseguida abrió la puerta.

Sin revelar nada más, me condujo a través del pasillo; doblamos a la izquierda y subimos por las escaleras hacia el tercer piso. Allí cruzamos hasta el fondo del pasillo a la derecha. David se detuvo frente a una puerta de dimensiones más grandes que las del resto de la casa. Me soltó la mano y sacó de nuevo la llave del bolsillo del pantalón, introduciéndola en la cerradura.

—Eres la primera persona que entra aquí.

Alcé una ceja.

—¿Ni siquiera tu ama de llaves?

—*Ni siquiera* ella. —Sonrió abriendo la puerta y sin molestarse por mi pregunta mordaz. La anciana daba la impresión de entrometerse en los asuntos privados del dueño de la casa.

Jadeé sorprendida de buena manera al apreciar el interior.

La habitación era muy espaciosa y con grandes ventanales, carecía de muebles convencionales, a excepción de un precioso sofá de cuero negro. Algunas pinturas –sin sus marcos– se apilaban en el piso de madera, una detrás de la otra, como aguardando una próxima exhibición o tal vez fueron desechadas por no gustarle a él, el resultado. Varios caballetes sostenían cuadros cubiertos con sábanas de lino blanco, rodeados de grotescas esculturas que dominaban el espacio físico, mientras que otras las mantenían retiradas del ojo escrutador, pasando aún por el proceso del esculpido.

El ruido de la cerradura ocasionó que me girara hacia la puerta y me inquietara.

—¿Por qué echas llave?

—Para que no entre nadie —respondió malicioso.

—O para que nadie salga —repliqué nerviosa, desconfiando de sus actos. Ya me estaba arrepintiendo de haberlo forzado a hablar.

David hizo caso omiso al miedo que se apoderaba de mí, señaló el gran retrato colgado al fondo del estudio y del que cubría gran parte de la pared.

La sorpresa fue grande al acercarme y observar que la mujer de la pintura era idéntica a mí.

—¡Vaya! —exclamé aturdida—. Ella…

—Se llamaba Sophie Lemoine —interrumpió con voz serena—. Mi difunta esposa.

Pasmada, comprendí en el acto del porqué él siempre se relacionaba con mujeres de una determinada apariencia física.

Ella fue rubia.

El cuadro tenía unas dimensiones de tres metros de alto por dos de ancho. No era una pintura macabra, ni surrealista como la que él me obsequió. La pintura era el retrato fiel de su esposa, con rasgos tan parecidos a los míos que cualquiera diría que fui yo la que posó para David, con peluca rubia y lentillas azul celeste. Su rostro era pálido y de mirada altiva, pintada de cuerpo entero, con un vestido largo y muy antiguo. El cabello lo mantenía recogido en trenzas y enrollado en círculos, tapando las orejas al estilo Princesa Leia de *La Guerra de las Galaxias*. Las trenzas estaban cubiertas con una malla de hilos dorados, y, en el medio de la frente, una diadema con piedras preciosas rodeaba la cabeza.

Mareada, me aparté de David.

¡¿Acaso era una broma?!

Frunció las cejas, dolido por mi actitud temerosa. Se llevó las manos a los bolsillos de su pantalón; su vista se perdía de nuevo en el retrato de la mujer.

—Conocí a Sophie en 1430 a sus dieciséis años.

¡¿*Qué?!* Ni podía hablar por lo atónita en que me dejó la fecha que reveló.

—Nos enamoramos —continuó—. La convertí en «una de nosotros» y permanecimos juntos por ciento ochenta años, hasta que la perdí.

Mi corazón se congeló, a la vez que en mi mente sacaba dichas cuentas.

—¡¿Ciento ochenta años?! Entonces, eres...

—Un vampiro —confirmó para mi horror.

Ahí estaba yo, con un extraordinario ser que me confesaba, sin pelos en la lengua, su pasado.

—¡¿Vampiro?! —Ya sospechaba de él, pero nunca lo acepté o me hice la desentendida, siempre buscando alguna excusa que me explicara todo. Debí dejarme guiar por mis instintos, David era peligroso.

—¿Quieres ver cómo lucimos en realidad, Allison? —Sus zafíreos ojos brillaron con cierta maldad.

Tragué saliva. La pregunta me inquietó, porque, sin dejar que me negara, presencié la más temible transformación de su cuerpo.

Ninguna película ni libro de vampiros nos preparan para recibir semejante visión. Sus ojos se rasgaron y cambiaron a un amarillo salvaje. ¡Eran los mismos del gato que muchas veces aparecieron en mis visiones y que tanto me atemorizaron! La piel de su cuerpo cambió a una blanquecina que se asemejaba a la de un espectro; de sus encías, cuatro colmillos se alargaban. Advertí que los de arriba eran mucho más largos que los de abajo. Y, para rematar la espantosa metamorfosis vampírica: los dedos de sus manos eran alargados, rematados en filosas uñas que parecían garras de águila. ¡Las que destrozaron a Vincent Foster en el bosque!

Retrocedí y tropecé con uno de los caballetes a mi espalda. Caí al piso. Una de las esculturas casi me aplasta, por fortuna, David la apartó con un golpe de revés. Emitía un sonido gutural como los felinos al acecho.

—Esto es lo que soy —expresó con una voz gruesa de demonio salido de los infiernos.

¡Virgen santa!

Dejé de respirar, careciendo de fuerzas para levantarme del piso, tratando de deslizarme de espaldas y con el corazón a punto de estallar por la impresión.

David permaneció en silencio en una posición lista para atacarme. El gruñido bajo en su garganta se intensificó y yo casi me muero del susto.

Las piernas dejaron de responder para ponerme de pie y salir despavorida. Buscaba algo que me sirviera de defensa contra este; la única arma factible que se hallaba a mi alcance era la madera destrozada del caballete. Tan solo tenía que levantarme un poco y hacerme de una estaca para herirlo. Sin embargo, el miedo era algo serio, cuanto más luchaba por levantarme y sacar de debajo de mí, un trozo de madera, más el peso de mi cuerpo dominaba por permanecer pegado al piso.

Desistí cuando David se deslizó hacia mí como un felino.

Mi corazón palpitaba por los nervios. Volví a buscar a mi rededor por otra pieza de madera y, para mi suerte, en el piso había un fragmento alargado de la escultura rota, a un metro de mi cabeza.

Estiré el brazo para alcanzarlo, pero las puntas de mis dedos apenas lo rozaban. Me arrastré un poco y logré aferrarme a este con fuerzas.

David rio de forma atemorizante.

—¡¿Vas a atacarme con eso?! —Sin herirme los dedos, me arrebató el fragmento en un segundo, arrojándolo al otro extremo de la habitación.

Reuní las fuerzas necesarias para levantarme y correr despavorida, pero tropecé con los escombros de la escultura, esparcidos en el piso.

David intentó acercarse, levantando su espantosa mano para tocar mi rostro. Cerré los ojos, muerta del susto.

—Mírame, Allison —ordenó sin ser rudo—. No temas, no te lastimaré.

Abrí los ojos. David permanecía inmóvil frente a mí, tratando una vez más de acariciarme. Pensé que sufriría un infarto y me aparté de su mano transformada.

Él no intentó tocarme más, se alejó al verme asustada.

—Me temes —su gruesa voz tenía un matiz de afirmación y dolor—. Tu silencio dice mucho —se lamentó y yo fui incapaz de replicarle. ¿Cómo hacerlo si estaba aterrorizada?—. Temes lo que soy.

Era extraño que dijera «lo que soy» como si lo conociera a la perfección, y, la verdad, nada sabía de él.

Luché para encontrar mi voz.

—Te confieso que un *p-poco*... ¡Pero no cómo crees! —rápido me adelanté a decir, tratando de reparar cualquier ofensa—. Estoy asustada, aunque más por la impresión que por..., ya sabes... —lo señalé de arriba abajo, sorprendida al darme cuenta de que mi temor de ser asesinada pasó a segundo plano.

Sonrió.

—Tú no... —volvió a su «estado normal», como si fuese obra de una vieja cámara de filmación que retrocedía su cinta: las garras se encogieron, las venas que se traslucían bajo su dermis se difuminaron y su tonalidad se tornó broncínea.

Sus irises demoniacas ahora eran zafíreas.

—Claro que no —sonreí ya más tranquila—. Solo que no vuelvas a mostrarme esos colmillos. Dan miedo.

Extendió la mano para ayudarme a levantar.

350

Vacilé, para luego aceptarla, pese a que su mirada ya no me resultaba amenazadora.

—Procuraré no hacerlo —expresó con su melodioso acento extranjero.

—Gracias.

Intenté soltarme de su mano, pero él no lo permitió.

—¿Qué dicen tus visiones de mí?

Lo miré perpleja.

—¿Mis visiones? —Mi voz salió forzada por la impresión— ¡¿Desde cuándo lo sabes?!

—Desde el hospital.

¡Obvio! Sería tonto si no se hubiese dado cuenta de que tenía la facultad de ver entidades que aún no cruzaban al otro lado. ¡Yo le pedía que *ellos* se alejaran!

—Son confusas —revelé—: veo los ojos de un animal peligroso, dispuesto a matar por lo suyo.

—Exacto. Y no permitiré que nada ni nadie me aparte de ti. —Apretó mi mano con suavidad para hacérmelo entender.

Comprendí que aquellos ojos de gato que observaba en mis visiones y en mis pesadillas no fueron los de Vincent Foster, sino los de David.

Pensé en mi amigo.

—¿Donovan sabe que eres vampiro? —No me era de extrañar, su animosa actitud y los comentarios que escupía, daban a entender que conocía aspectos escabrosos de su rival.

—Desde hace varios años.

Me impactó que Donovan estuviese enterado de esa trama de mitos vampíricos. ¡Con razón tanta sobreprotección! Sabía el peligro que implicaba estar cerca de un vampiro, que me hacía a la idea de la frustración que debió sentir cuando me puse necia e insistí en que me dejara hablar a solas con él en una «cena».

—¿Cómo se conocieron?

Desvió la mirada hacia la puerta del estudio.

—En casa de Peter, cuando él era un adolescente de trece años. Fuimos amigos, luego… —enmudeció y bajó la mirada a nuestras manos entrelazadas.

La flama de la curiosidad se incrementó.

—¿Qué sucedió entre ustedes dos? —Busqué sus ojos.

—Problemas por su hermana.

Sus impactantes palabras me hicieron recordar que, tanto Donovan como el señor Burns, jamás hablaron de ella. Era un tema tabú.

—¿Qué problemas tuviste con Marianna Baldassari?

David me soltó la mano para agacharse y recoger un fragmento grande de la escultura caída, llevándola hasta un extremo del estudio para que no estorbara.

—Prefiero no hablar de ello —dijo sin mirarme, huyendo de ese modo de la pregunta.

¿Y pretendía que lo dejara pasar por alto?

—¿Qué le hiciste? —La curiosidad era abrumadora, pero él no respondió—. ¿Qué sucedió con ella, David?

—Está en Londres —reveló ante mi insistencia.

—¡¿Se fue de la casa?! —No era para tanto. Muchas chicas declaraban su independencia, tras cumplir la mayoría de edad. La aventura de viajar al extranjero y adquirir experiencias que, bajo el yugo familiar, jamás lograrían.

—Ajá… —desvió la mirada. Recogía otros fragmentos, acumulándolos en dicho espacio.

Fruncí el ceño.

—¿Donovan te odia porque ella se fue por tu culpa?

—Sí.

Todo encajaba en su lugar.

—Por eso él no quería que yo estuviera cerca de ti: por temor a que me hicieras daño y me largara del condado.

David me miró con intensidad.

—Jamás te lastimaría.

Acepté lo que dijo, pese a que tenía la certeza de que David era peligroso, pero también creía que no me haría daño.

—¿Ese es el motivo por el que insistías en que no aceptara la invitación de Donovan al Baile de Beneficencia? —Tantos aspectos importantes que lo envolvían y se me ocurría resaltar ese hecho.

—Evitaba que revelara mi secreto, también porque no quería verte cerca de él. ¡Te quería para mí!

Una ola de calor recorrió mi cuerpo al ver los celos asomarse en sus ojos azules.

—Aun así, te presentaste tras abandonarme… —hice alusión a los cinco meses en la que me sentí muy sola—. Te lloré, te esperé, te llamé tantas veces… Pensé que te marchaste por mi culpa. Me apaleaste los sentimientos, David.

Se entristeció.

—Perdón.

—¿Por qué desapareciste por tanto tiempo?

David observó el desastre en el estudio, dándose tiempo para revelar sus verdaderas razones.

Estuve a punto de insistir con la pregunta, pero él se dirigió hacia el sofá negro. Lo seguí y me acomodé a su lado, aguardando paciente a que se deshiciera de su frialdad y abriera su pecho a mi calidez.

El cuadro de Sophie, sobre nosotros.

—Para protegerte —dijo sin mirarme a los ojos—. Te expuse a mis enemigos.

Cielos…

—¿Son…? ¿Son los mismos que ordenaron secuestrarme? —Esto me preocupó, la amenaza de Vincent aún latía en mis neuronas y estrujaba mi corazón.

Asintió, manteniendo la vista clavada en el león rampante del majestuoso anillo en su mano izquierda.

—Ahora entiendo tu actitud al querer alejarte de mí: descubriste que había más vampiros en el condado, cuando el cuerpo de Vincent Foster fue robado de la morgue.

—Tenía que asegurarme de que nada malo te pasara —explicó—. Si te mantenía a mi lado, te hacía blanco fácil para ellos. Cuando supe lo del cuerpo de Vincent Foster, sospeché. Entré a la morgue sin que los humanos se diesen cuenta y capté el olor de dos vampiros que estuvieron allí. Se lo llevaron y no para aprovecharse de lo que había en sus venas, carecía de sangre, lo que indicaba que pronto sería convertido.

»Los vampiros no roban cadáveres, a menos que deseen aumentar su aquelarre.

—¿No pensaste en que me pondrías en peligro al dejarme? —reproché al instante. Tanto cuidarme y me dejó en un parpadeo.

Negó enfático con la cabeza.

—Algunos amigos te protegieron —reveló—. Debía marcharme y arrastrar a los invasores fuera del país, para cazarlos. Inventé una excusa de modo que los distrajeran: una gira por cada museo de arte por Latinoamérica. Mis enemigos sabrían que me hallaba lejos, haciéndoles creer que tenían dominio de la situación, que me vigilaban sin darme cuenta.

Y yo lanzando maldiciones por él supuestamente haberse marchado por la increpada de tía Matilde…

Tarada.

Sus ojos se alzaron hacia los míos y se encontraron con la pasión desbordante que me envolvía.

—Allison, te amo.

Sonreí, mareada por las dos poderosas palabras que me profesó. *Me amaba.*

Enseguida lo abracé, fui necia al sospechar de él de manera equivocada, David me amaba más de lo imaginado, se había alejado de mí para protegerme, deshaciendo nuestra amistad en una actuación que resultó creíble. La historia de su prolongada ausencia fue abrumadora, sin dejar pasar por alto el hecho de que contaba con «amigos» que lo ayudaban cuando más lo necesitaba, vigilándome y protegiéndome sin que yo tuviese idea de la presencia de estos.

—También te amo —expresé el sentimiento contenido en mi corazón.

David me apretujó.

No nos besamos. Por alguna razón, él no buscó mis labios o esperaba que yo fuese la que diera el primer paso. El susto de muerte que me dio con su tenebrosa transformación, lo hacía precavido. Aun así, yo tampoco era capaz de asaltar esos labios carnosos. Si lo hacía, me descontrolaba.

Deshice el abrazo y alcé la vista hacia el retrato.

La chica plasmada era mi propia imagen. Se reía de mí por haberlo puesto en entredicho. Parecía que yo hubiese posado disfrazada para David; era demasiada coincidencia que tuviera alguna semejanza con su antiguo amor. Pero cada diablo tenía su doble y yo no era la excepción.

—La chica de la pintura… —conduje el tema hacia ella.

—Eres tú —reveló, mirando el retrato. Esta vez no hablaba en tercera persona.

Mi mandíbula cayó. Con razón mis sentimientos hacia él eran profundos. ¡Lo amaba desde otra época! El amor que le tenía se afianzaba hasta el alma.

Incluso, ¡lo había reconocido en el anticuario!

—¿Por qué la tienes escondida? —Casi se me escapa una sonrisa de satisfacción de solo pensar en la cantidad de mujeres que pasaron por su vida y no dejaron huella. La pintura no era más que una evidencia de lo que fui y del grado de importancia que llegué a ocupar en su corazón.

—Porque no me interesa que nadie la vea.

—¿Cuándo la pintaste? —Observaba pasmada los atuendos de la vampira en el lienzo y en el espectacular anillo de rubí que adornaba uno de sus dedos marmóreos. ¡A esa mujer le gustaron las joyas ostentosas!

—Poco tiempo después de su… *de tu muerte.*

Tuve una extraña sensación. Miraba y miraba el retrato de esa mujer y algo no me cuadraba.

¿Qué era?

La detallaba, prestando atención a la tonalidad extremadamente clara de sus ojos azules, de su piel blanca, de su cabello rubio.

Rubio…

Ahí recordé la visión que tuve mientras David me besaba a las afueras del Oriard.

¿Y la pelirroja?

«Juro, amado mío, que ni el destino ni la muerte podrá separarnos. Así mi cuerpo se pudra y reduzca a cenizas, regresaré del más allá, reencarnaré y le haré saber cuándo mi alma vuelva a la vida para continuar amándonos por siempre».

Dicha mujer que vi en aquella visión, desnuda entre tapetes de pieles de animales, fue la que le juró a él amor eterno. Los colmillos de su amante perforaron su cuello, en un acuerdo de sangre de permanecer juntos sin importar que la muerte se interpusiera.

Rodé los ojos en busca de otro lienzo del que haya pasado por alto, pero ahí solo yacía colgado el de la chica de cabellos rubios.

No le pregunté por esta a David, puede que fuese la misma de la que, por estar cabreada a causa de los celos de verlo *besuquearse* con Ilva Mancini, el cabello de aquella versión mía, haya cambiado de color en la visión.

A parte de simbolizar pasión, el rojo también interpretaba furia.

Sonreí, ¿habrá alguien en el mundo que igualase una conversación como la que sostenía con David?

Pensé en la *rosa de cristal* sobre la chimenea y de lo que él me dijo referente a su esposa. O sea, yo.

Que murió quemada.

—Por Dios… —el recuerdo de nuestro encuentro en el semáforo saltó al instante—. ¿Me percibiste cuando llegué al condado por primera vez?

Sonrió.

—Enloquecí de alegría, salí de prisa en el auto para buscarte.

—¡Y por poco me atropellas!

Ambos nos reímos por el comentario. Esperar con ansiedad durante muchos años la llegada de un ser amado, para luego atropellarlo como perro en carretera no era algo muy romántico que digamos.

David me atrapó con su mirada, siendo obvio que se había cansado de esperar por un beso, pero me levanté rápido del sofá sin permitir que su cercanía nublara mi juicio.

—De no haberme mudado a Isla Esmeralda, ¿cómo ibas a ubicarme si no sabías dónde vivía?

Esbozó un mohín.

El beso tendría que esperar.

—Cuando naciste, yo vivía en… Londres. Desde allá percibí tu alma renacer. Fue algo muy fuerte, no sé cómo describirlo, una sensación que me guio hasta Norteamérica. Me tomó algún tiempo hallarte, pero te rastreé hasta Nueva York.

Se levantó del sofá sin perder cada paso que yo daba para esquivar los escombros en el piso.

—¿Alguna vez me viste?

Caminó hacia mí antes de responder.

—No. Te perdí el rastro.

—¿Por qué? —Retrocedí hasta la mesa de los pinceles.

David dejó de perseguirme para observar la pintura.

—Tras tu reencarnación, tu aroma cambió. El hecho de que tuvieras nuevos padres hacía que tu tipo de sangre no fuese la misma. Además... —me miró—, no sabía tu nombre ni dirección. Nada que me sirviera para encontrarte.

—Salvo que vivía en la ciudad —dije—. Y ¿por qué te marchaste de Nueva York si percibías que yo estaba allá? ¿Por qué te mudaste a Carteret?

Se encogió de hombros.

—No lo sé, un presentimiento.

—Vaya...

Tomé un pincel de cerdas gruesas para huir del magnetismo de su mirada. David dio un paso al frente, cada vez se aproximaba a mí.

Me acorraló contra la pared, sintiendo su aliento en mi cuello.

Esto causó que me sintiera indefensa ante su fuerza. David emitía sonidos guturales como el ronroneo placentero de un gato cuando se le acaricia.

—Me gusta tu nuevo olor... —aspiró profundo—. La mezcla de ADN de diferentes razas hace que tu sangre adquiera un atrayente aroma. —Ubicó sus manos a cada lado de mi cabeza y recostó su cuerpo, dejándome aprisionada contra la pared—. *Mmmmn...* Y apetitoso...

—Estás asustándome. —No supe qué hacer.

—Deberías. —Rio sin apartar sus labios de mi garganta.

—David... —Intenté empujarlo, pero el peso de su cuerpo me dominaba—. ¡David, apártate!

No me dio espacio, más bien, me miró como un felino antes de devorarse a su presa. En este caso: de pretender comerme a besos. No obstante, no tenía miedo de estar allí encerrada bajo llave con un vampiro inestable que destrozaba mis nervios con sus insinuaciones. Lo empujé para huir de su calor y del delicioso aroma que su cuerpo emanaba. Debía ser fuerte y llenarme de autocontrol para saciar todas mis preguntas.

David me soltó, como quién suelta un pajarito enjaulado. Pero tenía la leve impresión de que lo hacía solo para divertirse, pues no tardaría en atraparme de nuevo entre sus brazos, tal cual lo hacía un gato cuando jugaba con un canario antes de devorarlo.

Caminé deprisa hacia el retrato para mantener una distancia prudente entre los dos.

—No tienes idea de lo afortunada y única que eres entre los de tu especie y la mía —expresó—. Pero, temo por ti, Allison. Temo lo que te pueda suceder.

Si antes no me aterró el hecho de que otros vampiros querían cazarme, ahora sí.

—¿Por qué tanta preocupación?

Su mandíbula se tensó y lo pensó un instante.

—Algunos no verán con buenos ojos a un vampiro reencarnado en humano, se sentirán amenazados; menos cuando tu *sang*... —calló *ipso facto*.

Esperé a que continuara y él no lo hizo.

—¿En qué puedo ser una amenaza?

Vaciló en contestar, pero optó por hacerlo de una forma que me dejó estupefacta:

«*El fin del vampirismo*».

Mis ojos se abrieron perplejos.

—¡¿Có...?! ¡¿Cómo hiciste eso?! —Se comunicó con telepatía. Era la voz que escuché en el Baile de Beneficencia, llamándome con lamento por estar bailando con Donovan, aunque no la misma que me exigía largarme cuando estuve en el Cocoa Rock, almorzando con Ryan. Esta última pertenecía a una voz más envejecida.

—Estamos conectados.

—«Conectados...», ¿cómo?

Debido a su tardanza para responder, me volví hacia *mi antigua y rubia imagen* que sonreía con todo su esplendor desde lo alto de la pared. Me estaba sumergiendo en un mundo de sombras, cada vez más tenebroso.

—¿Cómo mi reencarnación...?

David puso el dedo en sus labios para que me silenciara.

«*Habla con tu mente*».

Sonreí incrédula.

—No soy telépata.

«*No lo eres. Solo te comunicas conmigo. Inténtalo*».

—Pero, yo...

«*Hazlo*» —me animó.

Lo pensé: ¿qué tendría que perder? Era una vidente que veía fantasmas. ¿Por qué no comunicarme con un vampiro telepáticamente?

«¿*Me escuchas?*».

Sonrió y asintió.

Increíble...

Entonces, le formulé la pregunta que quedó inconclusa:

«*¿Cómo mi reencarnación puede repercutir en la extinción de los vampiros? ¡No soy un veneno andante que digamos!*». —Ya que no quería responder a la primera pregunta, que fuese a esa.

Él suspiró.

«*Representas la esperanza para cientos de vampiros que sueñan en convertirse de nuevo en humanos*».

Vaya que esto me dejó impresionada.

Pero antes de que le formulara otra pregunta, él utilizó sus cuerdas vocales y expresó lo siguiente:

—Tardaste en volver, Sophie —su melancolía era evidente.

—Allison —lo corregí, molesta por confundir mi nombre—. *En esta vida*, mi nombre es Allison.

Sonrió.

—«Allison» —acarició el nombre con seducción.

Y, sin verlo venir..., me besó.

Su velocidad me tomó con la guardia baja. Tardé unos segundos en reaccionar y ser consciente de lo que sucedía. Sus besos me quemaban, siendo un calor bastante placentero. Él los pedía con urgencia, quizás cansado de esperar por mi reencarnación. Ardía en deseos de consumir el amor que tanto contenía; todo comenzaba a adquirir sentido: la extraña sensación de conocerlo sin saber de dónde y del aroma de su piel tan familiar, no era más que un recuerdo impreso, dormido en mi alma por mucho tiempo y que despertó tan solo con su presencia.

Al instante se puso en alerta.

Se separó y miró a su rededor.

—¿Qué sucede? —me inquieté.

David se tensó, gruñendo por lo bajo. Tenía la mirada rígida. Nunca le había visto esa expresión.

Capítulo 30

Miré a los lados, buscando qué lo había alterado; solo nos rodeaba escombros y una quietud de que todo estaba bien.

Pero no era así.

David me miró preocupado y enseguida supe que estábamos en problemas.

—¡Vamos! —exclamó con voz grave.

—¿Por qué?, ¿qué sucede?

Él no contestó, me tomó del brazo y tiró de mí con fuerza fuera del estudio y me arrastró en dirección a la cocina. Me costaba llevar la rapidez de sus pasos.

Me soltó en cuanto llegamos a una puerta semioculta entre la despensa y la nevera.

—¿Tu ama de llaves y las chicas…? —Temí por ellas; no las veía por ningún lado. Si algunos ladrones entraron a Rosafuego, serían capaces de hacerles daño.

—Ya están resguardadas —dijo mientras abría la puerta.

Fruncí el ceño. Qué poco se interesaba por ellas.

David me alzó en brazos como a una niña pequeña; el interior de dicha «habitación» estaba oscuro. Bajó al vuelo, sin encender la luz. Ahogué un grito y enterré con fuerza las uñas en sus hombros en cuanto se lanzó al vacío. Él no se quejó por esto de dolor, me depositó con delicadeza en el piso y encendió la luz al final de la escalera.

—Pudiste encenderla arriba —qué coraje me dio por casi cagarme del susto. Fue como caer a un abismo.

David sonrió apenado.

—Lo siento.

El lugar era un sótano donde almacenaba miles de botellas polvorientas de vino, apiladas de forma horizontal, unas sobre otras en sus respectivas medialunas. No era el refugio más seguro para protegernos de los delincuentes.

Sin embargo, David deslizó una de las botellas ubicadas en el extremo sur de las estanterías y, lo que vi, me sorprendió.

Las botellas comenzaron a balancearse como si algún movimiento telúrico las hiciera vibrar de esa manera. El estante se abrió como dos puertas que dan paso a su interior.

Fruncí las cejas al ver que detrás de estas no se escondía nada, salvo un muro de bloques.

—¿Y ahora qué hacemos? —pregunté al borde de un ataque de nervios.

—Espera y verás. —Dio un leve golpe con el pie en el bloque inferior, justo al ras del suelo.

El muro se deslizó hacia un lado.

Detrás se escondía una puerta de seguridad que podría compararse a las que resguardan el dinero en las bóvedas de los bancos. Hacia el lado izquierdo se hallaba un pequeño tablero alfanumérico que indicaba que el acceso no iba a ser tan fácil. David marcó una clave, lo que para mí fue imposible de leer, sus dedos se movían con tal rapidez que se volvieron borrosos.

La puerta se abrió emitiendo un sonido seco.

Al entrar, las luces se encendieron de forma automática. La bóveda tenía unas dimensiones de cinco por diez metros de largo. Dentro había todo tipo de armas colgadas a ambos lados de las paredes este y oeste. Era todo un arsenal como para defender una fortaleza.

—Te quedarás aquí —ordenó a la vez en que tomaba varias armas de una pared.

—¡¿Qué?! —Me sobresalté—. ¡¿Aquí encerrada?! —¡Moriría de claustrofobia! Todos mis locos temores comenzarían a desfilar.

—Sí —respondió sin mirarme, su atención puesta sobre lo que hacía. Las armas que tomaba las depositaba sobre una mesa que se hallaba en el centro de la bóveda.

—¡Claro que no!

—No hay discusión.

—¿Qué haces? —Causaba aprensión cómo se abastecía para un eventual enfrentamiento. ¿Requería de tantas armas para espantar ladrones?

Si es que lo eran…

—¿Qué crees que hago? —inquirió mordaz, su voz era imperturbable mientras buscaba sobre una repisa varias cajas de municiones de diferentes calibres para cargar el arsenal seleccionado.

—¡David, es peligroso! —Si tomaba todo tipo de medidas, era porque dichos «perpetradores» no eran simples ladrones—. ¡No vayas, quédate conmigo! —dije entre sollozos, acercándome a él.

—No puedo, tengo que detenerlos. —Me apartó sin importarle que estuviera desecha por los nervios y se quitó la chaqueta para estar más cómodo, arrojándola al piso. Luego tomó un revólver y lo guardó en la pretina trasera del pantalón. Fue hasta la repisa buscando más munición como si no fuesen suficientes con las que ya tenía sobre la mesa.

—¡Llama a tus amigos, no te enfrentes a ellos solo!

Rio con cierto desenfado y yo quedé paralizada. ¿Acaso esos sujetos que cuidaron de mí durante meses ya estaban en Rosafuego?

Tal vez estos se llevaron al ama de llaves y a las chicas. Las estarían protegiendo de los que invadían su hogar.

—Por favor, quédate, es peligroso si te enfrentas a ellos —supliqué con el alma en vilo. Pero él puso la pierna derecha sobre la silla y levantó la pernera del pantalón, para amarrar a su tobillo una pequeña funda con el arma incluida—. David, no me dejes sola —lloré, él permanecía callado sin decir nada—. ¡David, no! —Lo tomé con fuerza de los brazos, intentando hacerlo reaccionar—. ¡Por favor, *por favor*, no vayas!

Hizo pausa en lo que hacía. Me miró con pesar y secó las lágrimas que corrían por mis mejillas.

—Tranquila, este lugar es seguro. La puerta y la bóveda son de titanio: es impenetrable.

Luego tomó una pistola, la revisó de modo que su accionar estuviese en perfecto estado. Buscó las balas correspondientes, la cargó y me la entregó.

—¡¿Y esto?! —pregunté abrumada. Mis ojos desorbitados.

—Es una Beretta —respondió como si necesitara saber el modelo para calmar mis pobres nervios.

—No la quiero —se la devolví, molesta.

—Insisto. —Volvió a ponerla entre mis manos.

—¡¿Para qué la necesito?!

—Por si llegan a entrar.

—«Por si...» —quedé sin aliento—. ¡¿Ellos pueden hacerlo?! ¿No es que es impenetrable?! —Estaba horrorizada, al parecer, el titanio sería poco efectivo para mantenerme protegida.

—Solo si pasan por encima de mi cadáver —dijo pronosticando la peor de las situaciones. Pero lamentó haber dicho eso. Me tomó de los hombros y expresó en voz baja—: Allison, toda mi vida he estado en una lucha constante y siempre he salido victorioso. Además... —sonrió en un vano intento de tranquilizarme—, en peores condiciones he estado. Así que descuida, estaré bien.

Resoplé.

—Algo me dice que no. —Tenía la misma sensación de cuando mi padre murió.

Por breves segundos, David permaneció en silencio, tal vez sopesando las posibilidades de no volvernos a ver. Con ambas manos tomó mi rostro, y, antes de besarme, susurró tan cerca que sus labios rozaban los míos.

—Te amo.

—Yo también te amo, David —respondí con el corazón golpeándome el pecho.

Sonrió y me apretujó, besándome con frenesí. Mis lágrimas humedecían nuestras mejillas, sin querer que la historia se repitiera, y no después de habernos reencontrado tras siglos de desamor.

Me apartó y tomó un arma de la mesa.

—No, no, ¡no te vayas, David! ¡No lo hagas! —Suplicaba en un hilo de voz— ¡Por favor, no! ¡¡Por favor!! —pensaba y pensaba el modo para retenerlo—. ¡DAVID!

Sin hacer caso a mis ruegos, salió deprisa de la bóveda, cerrando tras de sí la gruesa puerta metálica.

—¡DAVID! ¡David, no vayas, quédate! ¡DAVID! —Aporreaba el frío metal que impedía que saliera de allí—. ¡DAVID!

Mis súplicas eran desoídas.

Gritaba para que recapacitara, pero él me había dejado sola allí, con mis angustias. Lloraba de lo que su impulsividad le cobraría, no debía actuar como un héroe, por más vampiro que fuese y amigos de la misma especie tuviese, había otros como él y, tal vez, armados hasta los dientes.

Abatida, caí al piso, temblorosa y sin fuerzas. El encierro era devastador, nada podía hacer al respecto. Se enfrentaría a unos hombres que llegaron con intenciones de matar.

Al instante me di cuenta de los monitores que se hallaban cerca de la puerta. Eran de plasma y se alzaban en una pared de acero inoxidable. El conjunto de pantallas correspondía a cada rincón de la casa, vigilada bajo el escrutinio del lente óptico, incluso fuera de la bóveda.

La poca intimidad era escandalosa en caso de tener huéspedes.

¿Acaso David era un mirón?

Deseché la idea.

Enseguida me sobresalté al ver en el monitor superior, justo el que mostraba las imágenes de la sala, a cinco sujetos que irrumpieron a través de las ventanas polarizadas.

La pantalla no reflejaba nítido las figuras de ninguno de los invasores, ni la de David; sus manos y rostros lucían borrosos, pero el resto de lo que se captaba —sus ropas y armas— se veían a la perfección.

Uno de los sujetos era regordete y, por su forma de moverse, me revelaba de que se trataba de Vincent Foster.

—Oh, Dios... —me horroricé.

Golpes.

Disparos.

Espadas...

Atentaban ellos contra la vida de David y, los malditos «amigos» de este, nada que hacían acto de presencia.

Había destrucción total: esculturas convertidas en polvo, puertas hecha añicos, paredes perforadas por los disparos. La furia enardecida sobre mi vampiro, los invasores arremetían con brutalidad.

No obstante, uno a uno caía, sorprendiéndome la manera en cómo morían, extinguiéndose los invasores en puro fuego, como una «autocombustión».

Yo no veía a Vincent Foster; las cámaras no lo captaban, tal vez ese cobarde abandonó Rosafuego al observar que solo quedaban él y un gigante corpulento para enfrentarse a David.

Por estar buscándolo entre los monitores, no me fijé que, en el área de la cocina, *el corpulento* se abalanzaba sobre el hombre que amaba, clavándole los colmillos en el cuello.

—¡David! —chillé mortificada por la desigual lucha, el enorme vampiro lo superaba en fuerza—. ¡¿Qué hago?! —Deslicé los dedos por el borde del monitor que los mostraba, a ver si existía algún botón que me permitiera escuchar; el enfrentamiento se desataba en un silencio aterrador, si lograba activar el audio, quizás habría un modo de animar a David para que no se dejase vencer.

Nada hallé.

Así que traté por todos los medios de salir de la bóveda. No temía a la muerte; a fin de cuentas, si David moría, yo quería morir con él. Intenté buscar alguna palanca que me permitiera abandonar la bóveda, escudriñando y palpando la puerta de titanio, pero por dentro ni un dispositivo había para desbloquear los cerrojos.

Impotente, me arrojé al piso, arrepentida de no haber hecho algo más para detenerlo, negándome en mirar hacia los monitores para que su muerte no fuese la última imagen que mi mente albergara. Lloré desconsolada. ¿Qué podría hacer yo, una simple y débil mortal, para ayudarlo? No sería más que un estorbo para él, aun así, daría mi vida si eso hacía que aquel monstruo se detuviera de su despiadada mordida.

No sé cuánto tiempo permanecí sentada, pegada a la puerta de titanio, pero el hecho de estar ahí encerrada en esa especie de búnker, esperando el desenlace, hacía que los minutos fuesen eternos.

Permanecía aovillada, abrazando con fuerza las piernas contra mi pecho, queriendo escapar y proyectarme ante David para ayudarlo de alguna manera.

Entonces, mi cuerpo experimentó una sensación de abandono como si mi alma se hubiese salido.

Flotaba, sin verme a mí misma, ni siquiera a mi rededor, hallándome en otra parte, más allá de Rosafuego...

¡¿Dónde estaba?!

Abismada, miré a los lados, y, al tener plena conciencia de mi situación, reparé que ya no estaba sentada en el piso revestido de titanio, sino en uno pavimentado de grandes losas de un lugar desconocido que era muy extraño y antiguo.

A mi parecer, era una especie de vestíbulo o antesala que daba a varios salones a la vez, donde los rayos solares no se filtraban debido a que las ventanas se mantenían cerradas por persianas metálicas.

¿Qué clase de tenebroso lugar había ido a parar?

¿Sufría de una visión?

Daba la impresión de que este no era el caso, más bien, lo que antes sentí: desdoblamiento del alma.

David, Donovan, el señor Burns, mi tía… Todos me debían muchas explicaciones.

¿Cómo pude hacerlo?

—Cielos… —musité angustiada—. Quería salir de la bóveda, pero no tan lejos… —A juzgar por lo que observaba, era un castillo rudimentario, de muros gruesos y abovedados techos.

Al ponerme en pie y darme la vuelta, me topé con la espalda ancha y musculosa de un hombre que me daba la espalda.

¡Ay, carajo, era un vampiro!

Rápido retrocedí para alejarme, asustada de haberme delatado al hablar. Pero enseguida me percaté que este no me escuchó ni notó mi presencia. Percibía su inmortalidad, él miraba hacia el exterior a través de una ventana polarizada de esa parte del vestíbulo.

Ahí fue que me sorprendí al fijarme que era de día.

¿Y esto? ¿Era una visión del futuro?

O mi alma se había proyectado hasta un lugar en el que las horas estaban adelantadas con respecto al condado de Carteret.

¿Será?

Di unos pasos para asegurarme y comprobar que, efectivamente, el cielo se notaba más claro.

¡Oh, Dios! ¡¿Cómo fui a parar a ese lugar y dónde me hallaba para que allí fuese de día?!

¿Estaba del otro lado del planeta?

En Carteret apenas pasaban de las diez de la noche y en el resto del continente la diferencia horaria no era tal como para que el sol estuviese en lo alto del firmamento.

¡¿Y ahora qué iba a hacer?! ¿Cómo saldría de allí?

Si bien, temí ser descubierta, ese hombre parecía estar ausente, como si yo no estuviese invadiendo su hogar. ¡Y estaba a la vista!, ¡¿por qué no podía verme?! ¿Acaso era una visión que obtenía a través de David o del corpulento que lo mordía? Si era así, ¿qué significaba?

Aunque esta visión era diferente en comparación a las anteriores: yo no estaba *en los ojos de nadie*, sino que me hallaba ahí... con un desconocido...

Como si el vampiro hubiese notado mi presencia, se giró de inmediato, observando su entorno.

Mi mandíbula cayó al piso.

¡Válgame! La hermosura de este se comparaba con la de mi amado David. Su cabello negro era sedoso y corto, contrastando con la blancura de su piel; sus ojos marrones, tan intensos y enigmáticos, me inquietaban, y sus labios carnosos serían capaces de despertar la pasión en cualquier mujer, sin contar con la fuerza de su musculatura y la imponencia de su estatura.

Observé cada detalle de su ser. Era perfecto. Un digno espécimen masculino, pese a no ser humano. Por lo visto, un líder, quizás propietario del temible castillo y quién sabe de cuántos más. Percibía en él la misma sensación de cuando estaba al lado de David, el vampiro era muy antiguo, poderoso y familiar. Aparte de eso, también percibía que deseaba venganza, pretendiendo cobrarse la pérdida de un ser amado, alguien de su pasado.

El hombre me desconcertó, pues era dueño de millones de almas y todas humanas.

¿Cómo era posible?

Concentré todo mi poder psíquico en él, y lo que percibí era el dominio que ejercía sobre varias naciones. Sin embargo, el vampiro deseaba más; ya de por sí dominaba buena parte de Europa del Este y deseaba extender la propiedad hacia el continente americano, justo hacia la parte norte. La parte perteneciente a...

Desperté sobresaltada al escuchar fuertes golpes en la puerta de la bóveda.

¡Rayos! ¡¿Qué fue eso?! Estaba aturdida, sin saber si fue una visión o un sueño.

Los golpes en la puerta volvieron a captar mi atención.

—¡David!

Emocionada, me levanté y corrí hacia el monitor para asegurarme de que era él. Pero lo que me mostró la cámara que vigilaba la bodega de vinos, no era la borrosa figura de David, sino la espantosa distorsión de Vincent Foster.

Al borde de un colapso nervioso, dirigí la mirada hacia el monitor que vigilaba la cocina.

La peor visión se presentó ante mí.

El corpulento vampiro sometía a David en el piso. Ambos luchaban por ser quien tuviese control del gran cuchillo que se debatía entre sus manos.

Y en ese momento ocurrió lo peor.

A mi vampiro.

A mi amado David…

Le perforaron el corazón.

Capítulo 31

—¡NOOOOOO!

Mis piernas perdieron las fuerzas, cayendo al piso. El desconsuelo por su muerte era abrumador. Los invasores se salieron con la suya, destruyendo al enemigo en su propia morada.

—¡TÚ, NO! ¡DAVID! ¡No, No! ¡¡ESTÁS VIVO!! —expresé, negándome a perder la esperanza.

Llorosa, me levanté a observar el monitor: un cúmulo de cenizas en el piso de la cocina indicaba que un vampiro había perecido y el corpulento no se hallaba por ningún lado. Pero no lo daba por perdido, la telepatía sería el último recurso para comunicarme con David.

«¿Me escuchas? ¿David?». —Aguardé, consternada, a que me contestara, y lo que recibí fue un doloroso silencio mental.

No obstante, nuestra telepatía aún no se ha puesto en práctica, sin tener idea de qué tan efectiva sería.

«Dime, ¿estás bien?».

Resoplé.

—¡Por supuesto que no, tonta, lo acaban de apuñalar! —me recriminé en voz alta.

«¿David? Dav... ¿David? —El silencio era insoportable—. ¡DAVID, CONTÉSTAME!». —¿Puede un vampiro sobrevivir a una puñalada en el corazón?

Era un hecho: David estaba muerto.

Lloré enojada porque nunca podría vengarlo ni denunciarlo a la policía. ¿Quién me creería? ¡Me tomarían por loca! ¿David asesinado por vampiros? Y ¿dónde dejaron el cadáver? Me llamarían lunática y al manicomio iría a parar.

Mis ojos rodaron hacia la puerta de titanio.

El silencio era abrumador. No el que me mataba por dentro, este silencio era de otro tipo, uno inquietante que me hacía erizar la piel y advertirme que seguía en peligro.

Por estar inmersa en el dolor, no reparé en que los ruidos atronadores provocados por Vincent habían cesado.

¿Iría por su compañero para entre los dos derribar la puerta de titanio?

Lo más probable. Ningún metal sería lo suficiente poderoso para soportar los violentos aporreos de un par de seres de la noche que se propusieron acabar con uno de ellos que vivía en paz entre los humanos.

Al instante me sobresalté cuando la puerta se accionó.

¡Mierda! Lograron dar con la clave y ahora era mi turno de morir.

En una reacción de reflejo, empuñé la pistola en dirección hacia la entrada. Temblaba. Lucharía hasta el final, ya que no moriría sin antes pelear.

La puerta se abría con lentitud y apunté, lista a volarles la tapa de los sesos a esos sujetos.

Mi dedo rozaba el gatillo.

—Allison...

Quedé paralizada al verlo.

De todos los casos imposibles que a un ser le ocurriera, este sin duda era el más extraordinario.

Mi vampiro cayó desplomado al piso.

—¡David! —Ni supe en qué momento tiré la pistola y lo tenía acunado en mis brazos. Sus ojos amarillos clamaban por ayuda, David trataba de articular palabras, pero le costaba. Se rasgó la camisa, mostrándome la herida—. ¡Oh, por Dios! —Abrí los ojos como platos, fijándome en la pieza metálica que rozaba el corazón. Una parte del cuchillo quedó ahí adherido, acercando a David cada vez más a la muerte.

—Extráelo... —Su cuerpo empezaba a convulsionar.

—¡No sé cómo hacerlo! —chillé angustiada. El vampiro corpulento debió partirlo para que este no fuese capaz de extraerlo.

Señaló con dificultad hacia una repisa con diversas herramientas al fondo de la bóveda.

Acomodé con delicadeza a David en el piso metálico y corrí para tomar lo que parecía unas tenazas de hierro. Lloraba ante la posibilidad de no poderlo ayudar. ¡Yo no era ningún médico o enfermera! Y lo que estaba por hacer quizás lo mataría.

—Haz...lo —pidió en cuanto volví a su lado con la herramienta para que lo sacara de su suplicio.

De repente fui consciente de que, quizás, Vincent Foster volvería al sótano; no lo vi morir a través de los monitores, era un vampiro escurridizo y cobarde que aprovecharía la vulnerabilidad en la que nos hallábamos. Sin embargo, David –debilitado– tomó mi mentón y lo movió hacia él para expresarme en medio de respiraciones entrecortadas que aquel sujeto huyó de Rosafuego.

Por lo pronto, yo debía actuar con frialdad y ayudar a David en lo que me pedía.

Acerqué la tenaza hasta el borde del metal y empecé a sacar con cuidado la hoja del cuchillo.

—*¡Arrrrrrrrghhhhh!* —profirió un atronador grito que me ensordeció, su cuerpo se retorcía de dolor, la sangre diluida comenzaba a salir con mayor énfasis y amenazaba con desangrarlo. Vacilé por un instante, pero él me alentó a continuar. El sudor perlaba mi frente, apretando los labios y cerrando los ojos para no ver lo que hacía.

Sentía la hoja ceder y deslizarse fuera de la herida.

David jadeó aliviado.

—Necesito sangre...

Parpadeé. Su pedido me inquietó, pues necesitaba sangre humana con mucha urgencia para revitalizarse, y la mía era la única disponible en ese momento. No me agradaba la idea de ser drenada, aun así, lo haría por David.

Dejé la tenaza junto con la hoja del cuchillo en el piso y acerqué el brazo tembloroso para que me mordiera.

—¡NO! —Lo apartó con brusquedad—. ¡¿Estás lo...ca?!

—¡Necesitas sangre!

Señaló hacia una segunda puerta de titanio y yo, confundida, dirigí la mirada en dirección hacia el punto que señalaba.

No la había visto antes.

—Allí hay sufi...cien...te... —dijo con voz cansada.

Caminé hacia allá, preguntándome qué encontraría detrás de esta. Tal vez, seres humanos atrapados por su condición de ser, poseedores del único alimento que revitalizaba a los vampiros.

—¿Cuál es la clave? —pregunté al observar el tablero alfanumérico ubicado al lado izquierdo de la puerta interna, con el mismo dispositivo de seguridad a la anterior.

David hizo un esfuerzo para responder:

—Ally… 01… 04…

Marqué la clave. La puerta se abrió rápido, encendiéndose en el interior las luces de forma automática.

Lo que vi, me dejó de piedra.

La segunda bóveda era más amplia que la primera. Con dos enormes refrigeradores, de doble puerta de vidrio cada uno, apostados contra la pared a mi izquierda. Eran de los que se utilizan en los bancos de sangre. Ambos pegados uno al lado del otro, dándole un tamaño desproporcionado.

Intenté abrir una de las puertas de los refrigeradores, por desgracia, estaba bajo llave.

Miré hacia la parte superior. Justo encima de esta se hallaba un sistema de seguridad que permitía el acceso a la sangre a determinadas personas. En este caso a David.

—¡No la puedo abrir! ¡Necesito la clave!

David la dijo, pero no le entendí.

Corrí hasta él.

—Repítela.

Tomó aliento y la repitió:

—Humanidad…

Sencillo y obvio.

Me precipité hacia la bóveda. Marqué la clave en el tablero del refrigerador del extremo izquierdo. Una lucecilla roja cambió a una tonalidad verde claro, accionando un leve pitido. De inmediato tiré de la manija y extraje varias bolsas de sangre de los cientos que tenía almacenadas.

Corrí de retorno y lo ayudé a reclinarse.

Le acerqué una de las bolsas. David la desgarró con sus dientes y bebió con rapidez.

Sentí náuseas, pero no me aparté de su lado. En cambio, apoyé su cabeza contra mi regazo para que estuviese cómodo. David bebía con desespero, dependiendo de esto su vida; cada gota de sangre que salía de la comisura de sus labios caía directo sobre su camisa y mis muslos.

Mientras calmaba su sed, yo meditaba aprensiva de qué modo él obtuvo la sangre. Puede que la haya hurtado o negociado con algún distribuidor corrupto que aceptó su dinero a cambio para abastecerlo, extrayéndola de aquellas edificaciones antes mencionadas o de hospitales donde se enviaban para pacientes críticos que sufrieron terribles accidentes o requerían operación.

Quería pensar esto y no que la tomó directo de sus víctimas.

Esto sí que me horrorizaría.

Después de haber bebido las bolsas que le llevé, se desmayó.

Alcé la mirada hacia el monitor que mostraba la cocina y deduje con obviedad que las cenizas mortuorias pertenecían al vampiro corpulento. David de algún modo se deshizo de él.

Pasé quince largos minutos observándolo inconsciente. Sabía que estaba vivo, lo sentía respirar, aunque eran respiraciones pausadas. No mostraba ningún tipo de señal de dolor, se hallaba sereno. Dicha visión era intimidante, parecía una fiera salvaje que, tras su ataque, descansaba con la panza llena de sangre.

En vista de que el tiempo pasaba y David no reaccionaba, la curiosidad me embargó.

Retiré con cuidado parte de la camisa hecha jirones. La herida del pecho cicatrizaba con rapidez, quedando una línea rosada en su lugar; lo que para un humano le hubiese tomado días…, él sanaba en cuestiones de minutos.

Traté de tocarla, pero David me sujetó la mano con fuerza.

—¡*Aaaaayyy*! —chillé adolorida.

Me soltó rápido. Casi me la fractura.

—Lo siento —musitó a la vez en que abría los ojos, apenado por su instintiva reacción.

Luego de un rato, se levantó adolorido, la herida aún seguía en proceso de cicatrización en su cuerpo. Lo ayudé a estabilizarse, preguntándome para mis adentros hacia dónde lo debía llevar.

Divisé que, en la segunda bóveda, había un sofá de cuero negro. David pasó un brazo por encima de mis hombros, dejándose llevar.

Apoyado en mí, se quitó los zapatos con los mismos pies y luego con dificultad se deshizo de la destrozada camisa. Se recostó sobre el mullido mueble, agotado por el dolor y por la lucha que enfrentó. Me senté a su lado, observando el juego de cicatrices en su pecho. Las balas y el cuchillo desfiguraron su anatomía.

No resistí la tentación de tocar sus cicatrices, pero me detuve, temerosa de que volviera a lastimarme.

David notó mi reacción, y, en silencio, tomó mi mano para besarla.

—Lo siento.

—Descuida —sonreí para restarle importancia, considerando de mayor valor que haya sobrevivido al ataque de sus enemigos.

Me regaló una tenue sonrisa. Sus ojos volvieron a la tonalidad azulada que tanto amaba. Respiró y cerró los párpados, quedándose dormido por el agotamiento.

Observé el entorno y temí que Vincent Foster haya huido para buscar refuerzos. Así que, sin pensarlo dos veces, corrí hacia la bóveda principal, cerrando la puerta de titanio.

Luego recordé que no podía abrirse por dentro.

—David va a matarme cuando despierte —expresé para mí misma. Pero era una preocupación que dejaría para después.

Noté la chaqueta de este en el piso y la recogí, retornando a la segunda bóveda.

Lo arropé con esta y después me senté a los pies del sofá negro, justo a la cabecera de David, mientras seguía pensativa a todo lo acontecido; si bien, era más de lo que un humano soportaría, yo no era del todo «común y corriente». Sería valiente por él.

David permanecía desfallecido, tumbado bocarriba, con su pantalón ensangrentado y las heridas en proceso de sanación. Admiraba su físico. No era un hombre cuyos músculos los tenía inflados a causa de los esteroides o el exceso de ejercicios. Más bien, lucía como los modelos de las portadas de las revistas. Era sorprendente que, con tantos siglos vividos en la Tierra, entre luchas y guerras continuas, y escondiendo su verdadera naturaleza a los humanos, su apariencia física no superaba los veinticinco años.

Sonreí. Su «mortalidad» era pura fachada y pronto no podría servirle para mezclarse con el resto del mundo. ¿Por cuánto tiempo fingiría esa apariencia juvenil?

La gente sospecharía tan pronto sobrepasara los cuarenta años. La cirugía estética sería la primera excusa, y ¿luego qué: maquillaje rejuvenecedor?

Verlo dormir era muy extraño, su aparente calma lo hacía lucir indefenso. Todos esos mitos de que los vampiros dormían en ataúdes o en criptas, eran ridículos, pues dos pisos más arriba había una cama donde descansaba luego de fingir una vida «normal».

Pensar en la comodidad de su cama, hizo que mi cuerpo se tensara. Al igual que él, yo también necesitaba descansar y recobrar energías. Cerré los ojos, percibiendo con mayor intensidad el aroma que expelía su piel, mezclado con sangre. *Cielos…* El trajín de la noche me pasó factura, estando adolorida y cansada, la cabeza me daba vueltas y el sueño poco a poco me sumergía en un agradable sopor.

*****

Desperté al sentir el contacto de unos dedos tibios que acariciaban mi rostro. Eran suaves, sugerentes, llenos de cariño.

Abrí los ojos y David me miraba deleitado.

—Hola, dormilona —susurró con socarronería. Seguía recostado en el sofá.

—¡David! —Levanté la cabeza y noté enseguida que él ya no estaba arropado con la chaqueta sastre, sino que yo la tenía—. ¿Cómo estás? —Mi caballero sin armadura la posó sobre mis hombros en algún momento en que me quedé dormida.

—Ya estoy bien…

Mis lágrimas se deslizaron de felicidad, su pecho desnudo estaba libre de cicatrices, lo toqué y él se estremeció—. Lo siento —exclamé avergonzada por mi atrevimiento, mi mano se había alargado hacia él de forma inconsciente.

Sonrió y tomó mi mano, llevándola de nuevo a su pecho. Me guiaba a tocar las partes que estuvieron heridas.

—Sano rápido —dijo—. Pero, la de aquí… —llevó mi mano a su corazón—, todavía no sana.

—¿Aún te duele? —Temí que las secuelas internas de esa lucha sangrienta, afectara sus órganos. Una puñalada no era una nimiedad, fue un caso en extremo grave.

—Desde hace cuatrocientos años —expresó, siendo difícil determinar cuánta tristeza albergaba su corazón.

Nuestras miradas quedaron atrapadas.

David al instante se sentó en el sofá y me sujetó de los brazos, atrayéndome hacia él de un tirón. La acción del movimiento provocó que quedara a horcajadas sobre sus piernas. Jugueteaba con un mechón que caía sobre mi rostro. Lo tomó con cuidado, llevándolo detrás de mi oreja. El contacto de las yemas de sus dedos ocasionó que me estremeciera; rio malicioso al comprobar lo sensible que yo era a las caricias. Comenzó a besarme por el nacimiento del cuello, recorriendo mi extensión hasta el mentón. Sentí la urgente necesidad de besarlo hasta dejarlo sin aliento.

Lo besé apasionada y David correspondió de buena gana.

—Te amo —susurró al ras de mis labios.

Sonreí como tonta, siendo lo único que podía hacer. Aun así, no retribuí a su declaración, al percatarme de la existencia de una tercera puerta.

David siguió mi mirada.

Sin decir nada, me hizo a un lado y se levantó para dirigirse hacia el panel alfanumérico, que también estaba a un lado de la puerta de titanio.

Marcó con lentitud la clave correspondiente:

Sophie180.

Arqueé las cejas, meditando que, para *la segunda* utilizó el diminutivo de Allison, y, para *la tercera*, el de la chica del cuadro. Por alguna razón me inquietaba saber cuál era la clave de la «primera puerta». ¿Alguna otra chica?

Pensé en la pelirroja.

¿Será posible que…? Mis conjeturas se borraron de un plumazo en cuanto David tomó la manilla y la haló hacia él para abrir la puerta. Oré en mi fuero interno para que, lo de allí dentro no me escandalizara, pese a que él era un vampiro que daba buenas y malas sorpresas. La primera bóveda era de armas, la segunda –con mi nombre- era de sangre, y, la tercera –la de Sophie– quién sabe qué.

Aun así, al igual que las dos anteriores, el sonido metálico de la última puerta y el encendido automático de las luces en el interior y el sistema de ventilación del recinto no se hicieron esperar.

Apreté los párpados, asustada de lo que pronto vería.
Por favor, diosito *que no haya humanos encerrados.*
—¿Vas a entrar con los ojos cerrados? —preguntó socarrón.
Los abrí, sujetándome de su brazo, para lo que me aguardaría.
¡Wow!
Quedé maravillada.

Esa sección no correspondía a la decoración tosca del área de las armas, ni a lo tétrico del área de la sangre. Era sin lugar a duda: el área del tesoro.

Hermosas joyas con la más exquisita orfebrería reposaban sobre bases de cuello de terciopelo negro. Se desplegaban como una especie de exhibición de alguna prestigiosa joyería neoyorquina. Cada expositor estaba ubicado sobre un conglomerado de rectángulos de madera. Era un mobiliario de grandes dimensiones que casi le daba la vuelta a la bóveda.

Las joyas parecían que hubiesen pertenecido a la realeza. Espectaculares gargantillas, hermosas tiaras, maravillosas diademas y majestuosos collares.

Me toqué el pecho como si tuviese el relicario y lo extrañé con pesar, imaginando en lo insignificante que luciría al lado de toda esa magnificencia. La rosa repujada era como yo: simple, sin nada más que resaltar, carecía de brillo o piedras preciosas, ni nada costoso que la hiciera merecedora de un lugar entre dicha exhibición. Por desgracia, tuvo la suficiente belleza para que Vincent Foster me la arrebatara.

—Todo esto es tuyo —David manifestó al tiempo que me conducía al interior.

Agrandé los ojos.

—¡¿Qué?! —No lo podía creer.

—Te perteneció como Sophie, y ahora es tuyo.

Me dejó muda.

David se acercó hasta una de las bases, tomando una gargantilla de diamantes y esmeraldas. Se ubicó detrás de mí y yo moví a un lado mi alborotada cabellera para que él la pusiera con delicadeza.

Abrumada, me miré en un espejo de cuerpo entero. La gargantilla pagaría toda mi carrera de arte en Europa y sobraría dinero como para vivir sin trabajar un buen tiempo.

—¡Vaya! —La palpé—. ¡Es muy hermosa!

—Ahora te pertenece —reiteró, dándome un beso en el lóbulo de la oreja.

Alcé los ojos para encontrarme con los suyos, a través del espejo, y expresarle las gracias. Pero me estremeció la deformidad de su rostro. Me dejó estática, recordando su imagen borrosa en la cámara de vigilancia. David carecía de reflejo, solo su ropa se apreciaba.

Contuve las ganas de preguntarle por ese defecto que tenían los vampiros. En cambio, enfoqué el aturdimiento en el hermoso collar que colgaba en mi cuello.

—¿Siempre las mantienes contigo?

Me giró hacia él.

—En realidad las he mantenido en otro país. Todas tus pertenencias me traían malos recuerdos.

Me extrañó que no explicara sobre la distorsión de su imagen, o asumió que yo sabía sobre sus limitaciones como vampiro.

—¿Y la pintura en el estudio? —Fue más urgente preguntar esto que comentarle lo del espejo.

—Una excepción, un lujo que me permití.

—Entiendo… Pero, ahora ¿cómo…?

—Ahora… —suspiró—. Ahora están aquí, aguardando por ti. Las hice traer desde Madrid cuando sentí tu reencarnación. Quería tener todo preparado para cuando te volviera a ver.

Lo observé.

—¿Hiciste todo esto? Digo…, la decoración. —Asintió con precaución y yo sonreí, sintiéndome bendecida—. La carpintería se te da muy bien —expresé sonriente. David revistió con sus propias manos cada centímetro de la bóveda.

Sonrió orgulloso.

Recorrí con la mirada las joyas, reconociendo al instante la diadema que Sophie lució en su frente. ¡Era espectacular! Y esto me hizo meditar en que no era lo mismo verla plasmada en un lienzo que en persona.

Sin embargo, tuve una extraña sensación al fijarme que faltaba una joya especial.

El anillo con el enorme rubí que ella tanto ostentaba.

Brillaba por su ausencia y era una lástima, porque me hubiera gustado observarla de cerca; tal vez se perdió en el fuego que consumió a Sophie o fue arrebatado de sus dedos antes de haber sido quemada.

Suspiré resignada y enfoqué los ojos hacia las puertas de un armario, la curiosidad por saber qué guardada detrás de estas, hizo que me olvidara de la ausencia del hermoso anillo.

Pedí permiso a David y este aceptó resplandeciente. Le gustaba mi curiosidad, sintiéndose complacido de que todo me encantara.

Abrí una puerta, teniendo cuidado de no estropear nada.

Jadeé impactada.

Lo guardado dentro, no eran joyas o esculturas de otras naciones. Era algo más personal, con lo que una mujer no saldría a la calle si no los tuviera puesto.

Mis antiguos ropajes.

Enormes vestidos con sus más finos bordados, yacían colgados uno tras otro en acolchadas perchas de tonos rosas.

—No pretenderás que vaya a usar eso, ¿verdad?

Sus carcajadas retumbaron entre las capas de paredes de madera y titanio que nos rodeaban.

—¡Claro que no! Solo deseaba conservar tu esencia.

Pegué la nariz sobre uno de los vestidos, mi antiguo olor era agradable: suave, dulce, matizado con el aroma de diferentes especias.

—Huele bien —expresé—. Es una lástima que el olor haya cambiado.

Levanté el escote de mi blusa y la olí.

Apestaba.

David no me quitó el ojo de encima y sonrió seductor.

—Me gusta tu nuevo olor. Es… —recorrió con su nariz, mi cuello— excitante.

El ritmo de mi corazón aumentó, teniendo él la capacidad de hacerme olvidar hasta de mi propio nombre.

Enfoqué la vista hacia los hermosos vestidos que esperaban a que los probaran una vez más.

—¡Cómo pesan! —exclamé mientras sacaba uno de estos.

Y, justo cuando lo pegaba a mi cuerpo para verme en el espejo… Las visiones volvieron a mí, sin anunciarse.

Pelea, rugido, sangre…

Un encuentro encarnizado entre dos vampiros salvajes se llevaba a cabo en algún destruido lugar. Las imágenes pasaban ante mis ojos en fracciones de segundos sin poderlas definir.

Una vez más me hallaba en un castillo medieval, rodeada esta vez de docenas de vampiros, con ojos de gato, terroríficos y enardecidos por la sed y las ganas de matar. Todo pasaba en fracciones de segundo ante mis ojos, las imágenes que percibía inundaban mi mente, me mareaba, pero tenía que ser fuerte, allí luchaba David por su vida...

Me tambaleé al librarme de la visión de su pasado.

—¿Allison? —David se preocupó, yo apenas era capaz de sostenerme en pie. Todo comenzó a dar vueltas a mi rededor como si estuviese montada en un trompo para niños que se salió de control, porque algún travieso lo puso a girar para que me mareara.

Mis piernas se tornaron débiles y mi vampiro me agarró con rapidez, impidiendo que cayera al piso.

Capítulo 32

—¡Allison!

Me llamaba consternado, dándome leves palmaditas en el rostro. Yacía semisentada mientras mi cabeza reposaba en el brazo que logró atajarme de darme un buen porrazo.

—¡Allison, ¿qué tienes?! ¿Qué te pasa? ¡Pequeña, por favor, despierta!

No perdí del todo la conciencia, solo tuve un bajón del que me aturdió, sin ser capaz de hablar.

David me alzó en vilo y corrió conmigo a una velocidad inverosímil, atravesando las tres bóvedas, a la vez en que me preguntaba en mi fuero interno en qué momento él abrió la primera puerta.

¡¿Se podía abrir por dentro?!

La verdad era que ignoraba cómo lo hizo, yo carecía de fuerzas hasta para pensar.

Pegada a su hombro, giré la cabeza hacia un lado y observé la bodega de vinos. Vincent Foster en su afán de querer entrar a donde me encontraba encerrada, causó un desastre; el fuerte olor a uvas maceradas y madera quemada se percibió en cuanto salimos, la impresionante colección de botellas de vino se hallaba destruida y su contenido esparcido por el piso.

Al pasar por el desorden de la cocina, alcancé a ver el cúmulo de cenizas del vampiro corpulento.

Cerré los ojos por un segundo y, al volverlos a abrir, estábamos atravesando la sala. David subió rápido por la escalera principal y me llevó a su habitación, recostándome enseguida en la cama.

—Allison, perdóname —expresó compungido, mientras se sentaba a mi lado y retiraba mechones de mi cabello para despejar mi rostro.

Lo miré, atontada. La debilidad impedía que me valiera por mí misma.

—¿Qué me…?

—Te desmayaste —explicó con angustia en su voz, dando leves fricciones a mis manos por sentirlas frías.

Hice un mohín, las neuronas me taladraban.

—¿Qué hora es? —Ni tenía idea del tiempo que transcurrimos en el sótano hasta que él recobró la conciencia.

—Temprano —explicó en cuanto lanzaba sobre mí el cobertor extendido del otro extremo de la cama para arroparme. Mis zapatos ya estaban en el piso. David era muy rápido en sus movimientos—. Te prepararé el desayuno.

Me senté de golpe.

—¡¿El desayuno?! —Al parecer, había pasado la noche con él, del cual estuvimos a merced de los acontecimientos sin que nadie osara traspasar el umbral de la puerta de titanio.

David se carcajeó.

—Caímos rendidos…

Asentí. Vaya que nos venció el sueño.

Un peso que no era aplastante, pero sí un tanto inquietante, lo sentía en mi pecho y reparé que se trataba del ostentoso collar que seguía colgado en mi cuello. Me lo quité y se lo entregué para que lo guardara, no era bueno dejarlo por ahí a la vista.

David lo guardó en alguna parte de su armario.

Por otro lado, mi estómago rugió por el hambre que me atacaba, por lo visto requería de una buena tanda de alimentos para recobrar mis energías.

—¿Adónde crees que vas? —preguntó de retorno cuando intenté levantarme de la cama. Su mano derecha sostenía un sobre de manila.

—A la cocina —dije sin quitarle la mirada de lo que traía consigo.

—Mantente recostada —impidió que me pusiera de pie al empujarme hacia atrás con suavidad para recostarme—. Ahora es mi turno cuidar de ti.

Tras expresar esto, besó mi frente y dejó el sobre en la mesita de noche para salir de la habitación.

Sopesé echarle un vistazo a lo que guardaba en su interior. Intuía de qué se trataba, pero temía abrirlo. Si lo hacía, me ganaría el enojo de David por mi curiosidad y también porque confirmaría la decisión que él había tomado.

Pasaron cinco minutos y él traía el desayuno: sándwich de pavo y jugo de naranja. Lo suficiente para reanimarme.

—Es el primero que preparo —dijo sonriente. Para ser novato, en la cocina se lucía.

Lo devoré todo.

Y, al instante…, sentí náuseas.

—¿Allison? —se alarmó.

Llevé una mano al estómago y la otra a la boca, con la terrible sensación de que iba a desparramar lo ingerido sobre el cobertor. Me levanté urgida y David señaló hacia el cuarto del armario donde se hallaba el baño; corrí deprisa sin fijarme en el área de vestir, solo me enfocaba en la puerta que estaba al fondo y el la abrió en un parpadeo para que yo me clavara de cabeza sobre el inodoro. Unas cuantas arcadas fueron suficientes para devolverlo todo.

—Comiste rápido —increpó sin estar enojado, siendo amable en sostenerme el cabello para que no cayera en la taza y se untara de vómito.

—Tenía muchas horas sin comer —convine, limpiándome la comisura de los labios. Me dirigí al lavabo. David giró la llave del grifo para que me enjuagara la boca, y, al levantar la vista de nuevo hacia él, sostenía un cepillo de dientes—. Espero sea nuevo —dije un tanto asqueada de compartir algo tan íntimo. Tenía mis manías…

—Siempre tengo reservas —sonrió socarrón.

Lo estudié con la mirada. ¿Reservas para él o para sus conquistas?

Después de terminar de cepillarme los dientes, David me levantó en brazos, llevándome hasta la cama. No permitió que caminara, estaba tan mareada que bien caería de bruces en el piso.

—Toma —extendió el vaso con jugo de naranja que aún no bebía.

—No quiero —sentí repulsión.

—Debes hacerlo, necesitas consumir alimento.

—Ya desayuné…

—Acabas de dejarlo todo en el inodoro. Anda, tómatelo.

Me levanté un poco, sosteniéndome del codo. David acercó el vaso hasta mis labios, de modo que bebiera sin problemas.

—Con lentitud —dijo—. No quiero que vuelvas a vomitar.

Arrugué la nariz, sin gustarme la idea de tener que volver a correr al baño.

Recosté la cabeza sobre las mullidas almohadas. Si bien, me sentía un poco mejor, seguía débil.

David –un tanto inquieto– se sentó de nuevo a mi lado, leyendo en sus ojos que quería decirme algo.

—¿Qué pasa? —lo insté a hablar y él bajó la mirada, tomándome la mano. Dicha acción me preocupó, reflejaba que estaba por darme una mala noticia.

—Prométeme que seguirás adelante, pase lo que pase.

Me senté al instante.

—¿Por qué lo dices? —Su comentario me consternó. Pero él no respondió, sino que acomodó las almohadas a mi espalda para que estuviese mejor—. David... —comencé a preocuparme. Por lo visto era más grave de lo que pensaba.

—Promételo —insistió. En sus bellos ojos las lágrimas comenzaban a agolparse.

—Eh... ¡¿Por qué?!

Suspiró y respondió:

—Todas mis posesiones ahora te pertenecen, dispón de ellas cuando lo creas necesario. Si llego a faltar..., quiero que sigas con tu vida.

La conversación se tornó sombría. Hacía nada que estábamos en la bóveda del tesoro, admirando la belleza de las joyas y, de repente, nos encontramos en su habitación haciendo planes para un futuro incierto.

Busqué su mirada.

—David no me gusta que hables así, parece que te estuvieras despidiendo.

—Tomo medidas, Allison —respondió, cabizbajo.

Mi corazón dio un vuelco.

—¡¿Qué piensas hacer?! —inquirí con un hilo de voz y él se mantuvo hermético—. ¡Dime! —Para que dijera esto era porque, *lo que pensaba hacer*, no tendría un final feliz.

Me miró. Sus ojos sombríos.

—¡No permitiré que te hagan daño! Si debo morir... —enmudeció al percatarse de que revelaba más de la cuenta.

Oh, por Dios...

—¡Ni se te ocurra dejarme! ¡No te lo perdonaré! —lloré. ¿Cómo saldría adelante sin él? Estaría incompleta por el resto de mis días. Después de haber conseguido el verdadero amor, me negaba a estar sola otra vez. David no podía crear un revuelo en mi vida y salir como si nada hubiese pasado.

—No me importa morir por ti.

—¡Pero a mí, sí! —lo grité—. Deja de decir estupideces.

—Lo siento —endureció su mirada—, necesito saber que te mantendrás fuerte.

—¡No quiero estar sola! —Me crucé de brazos bastante cabreada por su locura de enfrentarse a otros sin medir las consecuencias que aquello traería.

—No lo estarás. Te lo puedo asegurar.

Resoplé furiosa.

—Podré estar rodeada por mil personas, aun así, estaré sola porque me faltarás tú.

Frunció las cejas. Le había colmado la paciencia.

—¡Prométeme que seguirás adelante! —gruñó por mi reticencia de aceptar los hechos. Me obligaba a olvidarlo.

—¡ESTÁ BIEN! ¿Contento?

Asintió pesaroso y luego acarició mi rostro, moviendo su pulgar con suavidad desde la mejilla hasta mis labios.

—Me hubiera gustado haberte encontrado antes...

Suspiré.

También lamentaba ese hecho.

—El tiempo que hemos tenido ha sido maravilloso —dije en una triste sonrisa—. Solo espero que sigamos juntos por muchos años.

Leía en sus vibrantes ojos azules, la ansiedad por tenerme entre sus brazos y besarme. Aunque también me daba cuenta de que deseaba algo más...

Se reclinó y me besó apasionado.

¡Oh! Llevado por el deseo, David me deslizó sobre el colchón para estar tendido sobre mí. Se complacía ante la errática respiración que me causaba. Sus besos eran frenéticos, expresando el amor contenido, mientras yo lo acariciaba, palmeando cada fracción de su espalda desnuda. David temblaba cada vez que lo tocaba, como si dejara en él un rastro que lo quemaba a medida que lo rozaba. Nuestros torsos se unían, consumiéndonos en un fuego mutuo, recorriendo cada uno con caricias y besos impacientes por el ansia de amar en una desesperada acción de reconocernos y recuperar el tiempo perdido.

David fue más allá... Con un movimiento ligero, me desabotonó la blusa.

Dejé de besarlo, mirándolo nerviosa.

—¿Quieres que me detenga? —preguntó consternado. Sus pupilas dilatas.

—No... —las mejillas me ardían por lo que iba a revelar—. Solo quiero que tú... Bueno..., lo que pasa es que es mi...

Sonrió.

—Entiendo.

Procuró ir más despacio, con una lentitud exquisita que me provocaba el ansia de que me devorara de una vez. Sentí la punta de su lengua humedecer el contorno de mis labios, pidiendo permiso para un beso más candente, más íntimo... No lo pensé dos veces, entreabrí la boca para que me robara hasta el alma. Al sentir el húmedo roce, solté un jadeo bajo en la garganta, cargado del placer más extremo, pues sus besos eran enloquecedores. Las lenguas bailaban sin pudor, prestas a despertar cada terminación nerviosa en nuestros cuerpos.

Enrollé las piernas en torno a sus caderas y me aferré a él como una boa constrictora, muy consciente de que su miembro creció, ansioso por sumergirse en mis profundidades. David gruñía excitado, restregándome su dura masculinidad, haciéndose insoportable prolongar por más tiempo el momento culmen, las ropas nos estorbaban y el deseo de perder la cordura era apremiante.

Con agilidad él removía el ojal de cada uno de los botones de la blusa. Mi sujetador quedó a la vista en cuanto terminó con el último. David sonrió al percatarse que el broche de este estaba en la parte frontal.

—Me encanta cuando me lo ponen fácil... —dijo socarrón y yo contuve la respiración mientras observaba cómo liberaba mis senos, elevándose como dos turgentes montañas—. Maravillosos... —dio un leve apretón al izquierdo.

Jadeé, mis pezones se pusieron duros al tacto.

—Chúpalos —pedí sin atisbo de vergüenza, quería sentir sus labios alrededor de estos, muriéndome en ser tomada de mil formas diferentes por ese adonis del inframundo.

David sonrió ladino y enseguida acató la orden.

Se llevó a la boca el que oprimió.

¡Oh, cuánto placer!

Era alucinante el modo en cómo sus labios se afianzaban con devoción en el pezón. Lo apretaba, chupaba y luego tiraba de él como si tuviera hambre. Gemía con gran satisfacción, encantado de lo que degustaba. Su lengua bailaba con parsimonia alrededor de la areola, humedeciéndola y midiendo su circunferencia como si fuese relevante tener que hacerlo para luego hacerme gemir en voz alta.

—David... —Me arqueaba y retorcía como gata en celo, amamantando a mi hombre. Ningún de los dos pezones quedó sin ser atendido. Mientras chupaba uno, el otro era masajeado.

Luego sentí su mano recorrer la curvatura de mi cintura y detenerse justo en el botón de mi pantalón. Lo desabotonó sin dilación, deslizando hacia abajo la cremallera.

La prenda fue removida con rapidez de mis piernas.

David sonrió deleitado, la braga trasparentaba el escaso vello púbico que tenía, agradeciendo en mi fuero interno mantener una rutina de belleza.

—Hermosa —rozaba con las yemas de los dedos la fina tela, prometiendo que me despojaría de esta para invadir mis carnosidades.

Me estremecí y mis piernas se abrieron de forma automática, con esa hambre voraz de ser follada.

David gruñó y acercó su boca a mi húmedo centro, dejando un casto beso por encima de la prenda íntima. Luego, tomó cada extremo de la braga y la removió de mi cuerpo con delicadeza.

Tras desnudarme, se levantó de la cama para bajarse el pantalón. Sus manos temblaban, queriendo liberar la bestia que tenía dentro.

Y, justo cuando disponía a deshacerse de su calzoncillo...

—¡Espera! —lo detuve.
Me miró consternado.
—¿Cambiaste de parecer?
Me mordí el labio inferior a la vez en que mis mejillas ardían por lo que pronto haría, lo había fantaseado y aprovecharía esa noche para que se hiciera realidad.
—Solo quiero quitártelo...
Desnudar a David.
Él sonrió ladino.
—¿Quién soy yo para privarte de semejante placer? —expresó con voz ronca.
Me arrodillé sobre el colchón y terminé de quitarme la blusa y el sujetador que pendía de mis hombros para que no me estorbaran cuando fuese mi turno. Quería darle a él una bonita imagen de su incipiente amante, por lo que procuraba que todo fuese perfecto.
—Acuéstate —le pedí y él agrandó los ojos, encantado.
Obedeció, acomodándose bocarriba a lo largo de la cama, siendo casi una alucinación observar la tonicidad de su torso y sus musculosas piernas, que lo hacían lucir como un semidiós dedicado a la lujuria. *Su bulto* estaba a punto de reventar su ropa interior, empujando hacia arriba para liberarse y desatar la locura en mi vagina.
Me mordí una vez más el labio de forma seductora, pues el momento hacía que me comportara desinhibida. David cerró los ojos en cuanto comencé a acariciarle con extrema lentitud las piernas desde los tobillos hasta los muslos; mis manos viajaban con delicadeza, buscando el premio para disfrutarlo mientras mi corazón palpitaba frenético; si alguien me hubiese dicho, días atrás, que David y yo estaríamos *en cueros* a punto de tener sexo, no le habría creído.
Con cuidado, tomé la cinturilla del calzoncillo y lo deslicé como él hizo con mi braga.
Lento, lento, muy lento...
Entonces, lo conocí por completo.
—¡Oh, por Dios! —exclamé asombrada y David abrió los ojos, tenso por si me había asustado—. ¡Eres perfecto!
Sonrió jactancioso. El muy desgraciado tenía lo suyo: ostentaba un monstruo gigante que me arrancaría mil orgasmos.

—Tal perfección merece un beso —ronroneé sin reconocerme. Y, sin que él lo viera venir…, le di uno en la punta del pene.

Gimió excitado.

Su miembro se erguía, imponente y duro, esperando a que le diera un buen servicio.

Sin embargo, mi inexperiencia en tal faena me tenía un poco abrumada. *Cielos…* Quería hacerlo, probarlo y dejarlo desecho en la cama. Pero ¿cómo hacía para desenvolverme, cuál amante apasionada, si no había conocido hombre alguno en mi vida? Mis experiencias se limitaban a caricias y besos en la butaca de un cine o en el automóvil de un adolescente con las hormonas alborotadas, jamás estuve con un hombre como David.

Se dio cuenta de mi predicamento.

Sin decirme nada, me extendió la mano y tiró de mí para que quedara debajo de él.

—Tenemos toda la vida por delante —susurró—. Ya habrá tiempo para eso…

Me besó e hizo que mi vagina se humedeciera al instante. Su erección reposaba sobre mi vientre en un estado de febril deseo. Mis piernas se abrieron, esperando a que él encontrara el camino hacia el nirvana, no nos preocupaba que a sus enemigos les dieran por volver a atacarnos. Ese era nuestro momento y nadie nos lo quitaría.

—¿Preparada? —preguntó con la respiración entrecortada. Sus ojos se rasgaron y sus colmillos sobresalían de las encías. El vampiro luchaba por ganarle la partida a su parte «humana».

Yo no temía. David me esperó por siglos, como para dejarse llevar por su lado salvaje. Así que, asentí nerviosa, aferrando las manos sobre sus hombros, esperando a que me tomara.

Se acomodó entre *mis pliegues* y, con la mirada, me indicó que era hora.

—¿Rápido o lento? —lanzó una segunda pregunta. Procuraba que yo no sufriera por el desvirgo.

Lo medité. ¿Qué era mejor? Si él lo hacía rápido, me dolería. Si era lento, el dolor no sería tan fuerte, pero se prolongaría.

Cielos, por la que teníamos que pasar las mujeres.

—¿Qué me dice tu experiencia? —Mi corazón a punto de explotar por la expectativa.

David sonrió.

—La experiencia me dice que cada mujer es diferente. Y tú, mi amada Allison, eres especial...

Se restregó un poco más, del modo que hizo que me lubricara lo suficiente para recibirlo sin problemas.

Y me penetró.

Gemí adolorida, necesitó de una estocada para desgarrarme el himen.

Enterré las uñas en sus hombros y me tensé. David esperó a que me relajara. Me cubrió con pequeños besos y palabras dulces, mientras yo respiraba profundo y oraba a que la dolencia se calmara y rápido el placer se abriera paso.

—Ámame... —le pedí entre jadeos.

David asintió y sus caderas comenzaron a moverse sin afanes; él lo había dicho: ya habría tiempo para comportarnos como amantes lunáticos.

Los gemidos eran audibles en la habitación, la delicia y el dolor se hallaban tomados de la mano, era nuestra primera vez, a pesar de que él se acostó con media población femenina. Pero era nuestro primer encuentro y le agradecía por ser tan perfecto.

Sentí el filo de unas uñas alargadas y mortales recorriendo sin lastimar mi espalda. David gruñó anunciando una pronta liberación, sus manos transformadas se enterraron en el colchón y aumentó el ritmo de sus embestidas, sin ser despiadado. Hacía lo posible para evitarme el suplicio de la iniciación.

El orgasmo llegó y ambos gemimos extasiados. David se corrió y me llenó por dentro.

*****

—A tía le dará un infarto si me ve así... —comenté enrollada en la toalla, mientras observaba mis ropas ensangrentadas en el piso, habiéndose estas manchado por la sangre que David bebió de las que tenía almacenada en el sótano.

Él me escaneó, se detuvo un instante en la zona de mi pelvis como si notara lo que internamente me pasaba y luego se dirigió al inmenso armario, sacando una de sus camisas para que me cambiara.

Ante este hecho, evité comentarle que sangraba un poquito como si estuviese terminando el ciclo de la menstruación, el himen fue perforado y aún me parecía sentir su pene entre mis piernas. Aunque, el breve dolor vaginal contrastaba para bien con el enorme placer que sentí después durante el coito que sostuvimos los dos. David tuvo la paciencia suficiente para que no sufriera con el desvirgo.

—Ahora no le dará —dijo al entregarme su prenda sin hacer referencia a mi escaso sangrado. Puede que lo supiese y para no empeorar mi vergüenza, se hacía el desentendido.

Parpadeé atónita.

¿Qué quiso decir?

—David, ¿tú no pensarás…?

—Para allá vamos —confirmó, aún con la mano extendida, esperando a que tomara la camisa.

—¡No! —Me preocupé—. ¡Los pondremos en peligro! —No sé por qué asumí que nos alejaríamos de Carteret para que aquellos vampiros desgraciados no nos dieran alcance ni atentaran contra nuestros seres queridos.

Negó con la cabeza.

—Tranquila, Peter nos ayudará. Además, Matilde y *tu Donovan*, estarán protegidos.

Le arrebaté la camisa con rudeza. A David no le importaba el bienestar de ellos.

Debido a mi enojo, tomó el sobre en la mesita de noche y un móvil diferente al que usaba, y se dirigió a la puerta.

—Te espero afuera —comentó a la vez en que tomaba la perilla, dispuesto a dejarme sola para que me terminara de vestir. No caería en discusiones conmigo a causa de unas personas que lo tenían entre ceja y ceja por su naturaleza.

Respiré profundo para calmarme.

¡Caramba!

Ya parecía un ave de mal agüero que, donde me posaba, traía desgracias.

Contuve las ganas de llorar y me puse la camisa de David, cubriéndome hasta los muslos. Calcé mis zapatos y me recogí el cabello en una coleta que, por fortuna, tenía una gomita elástica en el bolsillo de mis mugrosos vaqueros, que sirvió para enrollarlo. Sonreí al ver mi bolso reposado en un sillón, David debió haberlo traído de la biblioteca cuando lo dejé sobre el escritorio la noche anterior. Lo tomé y me lo tercié, aliviada de tener mis dos móviles, debido a que en algún momento los necesitaría para comunicarme con mi tía y los dos hombres que nos tendieron la mano.

Salí de la habitación y él aguardaba por mí, con su espalda recostada en la pared frontal del pasillo. Me tomó de la mano para encaminarnos escaleras abajo.

Justo a mitad de camino, David sufrió un repentino mareo que, de no sujetarse con rapidez del pasamano, rodaba por las escaleras.

—¡Por Dios, David! —Lo sujeté con rapidez—. ¿Estás bien? —Sus brazos estaban helados como los de un cadáver.

—Sí, solo estoy un poco débil... —sonrió con el ánimo de tranquilizarme, pero no lo consiguió.

—¿Necesitas beber sangre? Puedo buscarte...

Negó con la cabeza.

—Dame un minuto. —Se sentó en los escalones y recostó la frente sobre sus rodillas. Su debilidad me desconcertó, aún faltaba mucho para que recuperara por completo sus fuerzas.

Me senté a su lado y advertí en su palidez.

—No es la primera vez que te sucede esto, ¿cierto? —recordé el malestar que sufrió en Cocoa Rock y en el hospital; sin embargo, él no respondió. Tan hermético como siempre—. Te ves mal, deberías recostarte.

Intenté levantarlo para que me siguiera a su habitación, pero se incorporó como si el repentino mareo jamás lo hubiese afectado.

—Estoy bien, ya me siento mejor.

Se agachó para recoger el sobre de manila y yo observé que sus mejillas de nuevo adquirieron color.

—¿Seguro? Podemos irnos más tarde —sugerí. Si bien, era imperativo irnos pronto de Rosafuego, tenía miedo de que, durante la huida, David se viera en aprietos por un bajón glicémico.

—Ni loco. Nos vamos de aquí —replicó y tomó mi mano. El calor en su cuerpo se sentía una vez más.

Al ver los rayos del sol entrar por las ventanas destrozadas de la sala, me hizo pensar en el talón de Aquiles de los vampiros.

Más bien, el de los vampiros «comunes».

—David, ¿cómo haces para salir en pleno día?

Sonrió un tanto irónico.

—Eso se lo debo a Peter.

—¿El señor Burns? ¿Cómo?

—Luego te explico.

Tan pronto salimos de la casa, vimos una camioneta Nissan, mal aparcada detrás del Lamborghini, con las puertas abiertas debido a la salida repentina de sus pasajeros. Los cinco vampiros que irrumpieron en Rosafuego, viajaron dentro de la *pick-up,* para darnos muerte.

Los sujetos destrozaron el Lamborghini, eliminando así nuestro medio de transporte para huir de allí, o simplemente les dio la gana. Me extrañó que la policía no hiciera acto de presencia, aunque el hecho de estar un poco alejados de la civilización tuviera algo que ver.

—¿Y ahora qué hacemos?

—Sígueme.

Nos dirigimos hacia el garaje y presionó un dispositivo en su llavero. La puerta se abrió hacia arriba en un instante.

Jadeé.

—Vaya… —Había un todoterreno negro de apariencia agresiva. La noche de la tormenta no me permitió percatarme de su existencia—. ¡Qué Hummer tan impresionante! —exclamé maravillada—. ¿La trajeron del futuro?

La sonrisa de suficiencia de David no se hizo esperar.

—Es un modelo no comercial —explicó—, el prototipo original era plateado, pero ese color no me gustó.

Nos subimos de inmediato, casi me tocó trepar a mi asiento. Pero, David, riendo entre dientes, me ayudó a subir.

Prácticamente me trató de enana.

—Por Dios… —Estaba embobada, sintiéndome como si estuviese dentro de la cabina de un avión. Era el típico vehículo *vampirista*: alta gama, temible, negro…

David guardó el sobre de manila en la guantera y yo evité preguntar por su contenido; si lo hacía, lloraría. Luego hizo una llamada a un tal «Horacio» sobre mantener protegidas al ama de llaves y a las chicas. Ellas fueron rescatadas a tiempo por sus amigos.

«Amigos» que nunca llegué a ver.

David accionó un botón escondido en el panel de control y, al hacerlo, todo comenzó a iluminarse, incluyendo el sistema de navegación GPS. La voz sensual de una mujer se escuchó, dándole la bienvenida. La «computadora» o lo que fuese, le daba un informe detallado y gráfico del estado del vehículo.

Aunque estaba encantada, observándolo todo, no permitiría que me distrajera. Aún procesaba la idea de que el señor Burns tuviese algo que ver con su habilidad para soportar los rayos solares. Intuía que la amistad entre esos dos surgió mucho antes de mi nacimiento y de cualquiera de los jóvenes que vivían en el condado.

—¿Vas a contarme lo del señor Burns? —pregunté con la curiosidad aguijoneándome. ¿Qué hizo ese anciano para que los rayos solares no lastimaran a David?

Mi amado vampiro dirigió su mirada más allá del parabrisas.

Capítulo 33

—No es mucho lo que pueda decir de Peter.

Dijo y luego se tomó unos segundos, quizás para recordar su pasado.

—Nos conocimos hace treinta y cinco años en Boston —continuó en la medida en que el vehículo abandonaba sin afanes el garaje—. Fue atacado por varios humanos que intentaban robarle. Uno de ellos le disparó en el brazo. Yo pasaba cerca y olí la sangre; despertó mi sed, pero no bebí de él. Sin embargo, lo hice con la de los otros… De ahí en adelante, es historia.

—¿Y si el señor Burns te hubiese amenazado con denunciar que eras un vampiro? —pregunté mientras me terciaba el cinturón de seguridad. Ya surcábamos la vía arbolada en dirección a Beaufort.

Un brillo de ferocidad se asomó en sus ojos azules.

—Lo mataba.

—¡Por Dios! —Estaba perturbada—. Entonces, ¿por qué arriesgaste tu secreto al salvarle la vida?

Se encogió de hombros.

—Sentí que debía hacerlo. Supongo que era el destino.

—¿Por qué el destino?

—Porque si no fuese por él, no podría salir durante el día.

El día... De nuevo colándose su virtud para resistir el sol.

—¿Cómo haces para salir durante el día sin afectarte?

David miró hacia el cielo, sonrió y respondió:

—Luego de conocerme, Peter se interesó por el ocultismo. Viajó por el mundo, recopilando información sobre los vampiros y la brujería. Un día dio con un conjuro que permitía movilizarme en pleno día, sin sufrir quemaduras. Eso me cambió la vida.

Agrandé los ojos.

—¡¿El señor Burns es brujo?!

David sonrió.

—Difícil de creer, ¿no?

Asentí perpleja.

A parte de esto, David no dejaba de tomar medidas extras que lo protegieran del sol. Todos los vidrios, tanto de su casa como de sus autos, estaban polarizados. Los años en que estuvo sumergido en las tinieblas hicieron que no perdiera la costumbre de andarse con cuidado. Hasta necesitaba de los servicios de Ilva Mancini para relacionarse con los humanos, reconociendo que él lo hacía bien por su propia cuenta.

Pero la enemistad que surgió entre ellos me intrigaba.

—¿Lo que sucedió con la hermana de Donovan es la causa de tanto odio?

Se tensó sobre el volante.

—Creyeron que la manipulé.

—No es para tanto: Marianna es una mujer adulta que necesitaba olvidarte. —Él no replicó, se concentraba en la carretera—. ¿Por qué recurrimos al señor Burns? —Algo malo debía estar sucediéndole como para tragarse el orgullo.

—Porque cada vez permanezco menos tiempo bajo el sol —comentó.

—¿Qué tan malo es, David? —lo miré desconcertada.

Sus labios sellados. Siempre dejándome con la inquietud.

Observé el camino. Los portentosos árboles ya no impedían el paso. Yacían a un lado de la vía sin que repercutiera un peligro para los conductores. No obstante, quedaban vestigios de la granizada de la noche anterior, y David condujo a baja velocidad hasta que dejamos atrás los linderos de The Black Cat. Por alguna extraña razón la tormenta no arreció sobre las demás poblaciones, solo la privilegiada comunidad de ricachones se vio afectada.

Permanecimos en silencio. Una vez dejada atrás la zona, el Hummer volaba sobre el pavimento, emitiendo estruendosos ruidos con su motor. Era como el Lamborghini: ruidoso y veloz. Su velocímetro alcanzaba los doscientos kilómetros por hora, manteniéndome pegada en el asiento.

David manejaba despreocupado, sumergido en sus propios pensamientos. La voz de la «mujer» en la consola central alertaba que sobrepasaba los límites de velocidad impuestos por las autoridades locales. Pero él poco caso le hacía a la computadora parlanchina y yo me preguntaba ¿para qué demonios la tenía si la ignoraba tanto?

Entramos a Beaufort y David tomó la calle que debía conducirnos hasta la morada del señor Burns. Se estacionó casi montándose sobre la acera. Se bajó para abrirme la puerta; la caballerosidad no debía olvidarse jamás.

No dejaba de mirarme, algo le preocupaba y no se atrevía a exteriorizarlo. Percibía que nada tenía que ver el enojo de Donovan o de tía; en todo caso, deberían estar agradecidos porque él estaba ahí siempre para salvarme la vida.

Antes de que yo tocara el timbre de la puerta, David apretó los ojos y se llevó las manos a las sienes como si un repentino dolor de cabeza lo taladrara con fuerza.

—¿Estás bien? —Me preocupé y él asintió, simulando que era una tontería. Pero su malestar se hacía frecuente—. ¿Necesitas sangre? —Debí insistir en que bebiera un poco antes de marcharnos de Rosafuego.

—No tengo sed.

Lo dejé pasar, tal vez eran resquicios de dolor por las heridas internas que seguían en proceso de recuperación.

Alcé la mano para tocar el timbre, pero David lo impidió.

Me dio una mirada lúgubre.

—Si esto no sale bien…

—Calla, no quiero escuchar —volvíamos a lo mismo.

—Es importante para mí saber que te encontrarás bien —insistió y yo sollocé, daba la impresión de estar despidiéndose—. Lo siento —se apiadó de mi angustia, envolviéndome en sus brazos—. Tengo que estar seguro —quería irse a la guerra con tranquilidad.

No lo iba a permitir.

Me separé molesta para tocar el timbre.

Al instante, la puerta se abrió con un Donovan muy enfurecido.

—¿DÓNDE ESTABAN USTEDES? —gritó a todo pulmón—. ¡ESA CASA ESTABA DESTROZADA!

Tragué saliva.

Por lo visto, había ido a Rosafuego a buscarme tan pronto removieron los troncos de la carretera. Y tuvo que hacerlo cuando David y yo estuvimos encerrados en las bóvedas, porque, de haberse aparecido en el momento en que teníamos sexo, lo hubiésemos escuchado. Los gritos de este, exigiendo mi presencia, habrían provocado que retumbaran hasta las paredes.

—Donovan…

—¡¿Qué te pasó?! —Se preocupó, escaneándome con la mirada—. ¡¿Por qué estás vestida así?! —No le gustó que trajera como única indumentaria una camisa masculina—. ¡¿Qué le hiciste?! —Se abalanzó sobre David para golpearlo.

—¡Detente, Donovan! —Temía que mi vampiro lo lastimara.

David gruñó y le propinó un puñetazo. Un humano jamás sería rival para él.

Donovan cayó al piso, con el labio ensangrentado. Pero no se iba a dar por vencido con facilidad.

Se levantó, presto a dar una buena pelea.

—¡Basta! —lo grité consternada. Si no lo detenía, David lo mataba. Y hasta ahí llegaba la ayuda que necesitábamos del señor Burns.

Donovan se detuvo, respirando como toro embravecido.

—Lo haré por ti —siseó—. Porque si fuese por mí…, le parto la cara a esa rata de alcantarilla.

David esbozó una sonrisa displicente.

—No podrías, aunque yo tuviese los brazos atados.

—Algún día me la pagarás… —enrojeció de la ira.

Puse los ojos en blanco cansada de tanta testosterona. Se trataban como perros y gatos.

—Vamos, David. —Era hora de entrar a la casa y enfrentar la situación. Tendría que aguantarse la increpada de tía Matilde por su sobrina haber pasado la noche con él y soportar la animosidad del anciano de lo que él haya cometido contra este.

Donovan reaccionó de inmediato y bloqueó el paso.

—¡Él no pondrá un pie dentro!

—Hazte a un lado, necesitamos hablar con el señor Burns —le pedí, tratando de mantener la calma.

Me miró con precaución.

—¿Por qué?

—No te concierne —David espetó con bastante inquina.

Donovan resopló.

—Yo creo que sí. ¡Esta es mi casa!

Suspiré. *Este chico…*

—No hay tiempo para explicaciones. ¡Déjalo entrar! —lo increpé y él negó con la cabeza—. *¡Uf!* ¡Está bien! —perdí la paciencia—. ¿Quieres saber? ¡Nos atacaron!

—¡¿Qué?! —Se molestó—. *¡Pezzo di merda*, dijiste que Allison estaría bien! Fue… —me miró de refilón—. ¿Vincent?

David asintió.

—Y otros vampiros más... —comenté cansina.

—¡¿Tú…?! —Se impactó de que yo supiese el secretísimo tema de los vampiros—. ¡¿Desde cuándo sabes?!

—Te dije que necesitaba aclarar algunos asuntos con David, tenía mis sospechas, pero no estaba segura.

Lanzó una sonrisa despectiva.

—¿Ahora entiendes por qué no quería que estuvieras cerca de él?

—Él no me... tocó. —Me sonrojé al recordar lo que hicimos en la cama—. *«¡Ni te atrevas a reír, David!»* —lo amenacé cuando vi por el rabillo del ojo que se curvaban sus labios peligrosamente—. Él no me ha lastimado —traté de disimular la vergüenza.

—Puedo darme cuenta —graznó. Luego dirigió sus fieros ojos hacia David—. ¿Los vampiros...?

—Exterminados.

—*Benne* —quedó satisfecho.

Intenté ingresar a la casa y el condenado de Donovan medio cerró la puerta para impedirlo.

—Él no va a entrar —dijo categórico, sin dar su brazo a torcer pese a las circunstancias.

—¡Déjanos pasar!

—A ti, sí. A él, no. —Se vengaba por mi ausencia.

«Lo voy a golpear si no se quita» —amenazó David. Sus manos empuñadas.

«No ganamos nada con ponernos violentos —le hice razonar—. *Recuerda que necesitas al señor Burns».*

David hizo amague de replicar, pero se contuvo.

399

—No entiendes, ¡él está débil! —revelé a Donovan para que se apiadara, y este movió los ojos hacia la mancha de nacimiento que David tenía en la mano derecha.

—¿Para qué? ¡Por mí que se largue al infierno!

«*Lo mataré*». —Era cuestión de tiempo para que David sacara a flote sus rasgos vampíricos y le diera a Donovan una golpiza.

«*¡Cálmate!*».

—¡Donovan, por favor! —Si tenía que arrodillarme para implorarle, con gusto lo haría.

Por fortuna, no fue necesario.

—Déjelos pasar —el señor Burns expresó detrás de él.

Donovan explayó la puerta y se hizo a un lado para que pudiéramos pasar.

Entré primero, y, cuando David pretendió ingresar..., se estrelló contra algo invisible que lo lanzó hacia atrás con violencia.

Cayó cerca del Hummer.

—¡David! —Corrí hacia él para ayudarlo a levantar—. ¡¿Qué te sucedió?!

«*Tu amiguito quiere morirse hoy*».

Miré a Donovan sin comprender. ¿Qué le hizo él? Sus risas perniciosas indicaban que le había jugado una broma pesada.

—¡Quita *el mojo*! —gruñó mi vampiro refiriéndose a algo de lo que yo ignoraba.

—¡Te dije que los dejaras entrar! —el señor Burns lo reprendió con severidad.

Desde la parte interna de la casa, el anciano alzó la mano hacia la parte superior del marco de la puerta y bajó lo que era una bolsita de terciopelo negro, anudada. Esperó a que entráramos. David lo hizo un poco receloso de recibir otra desagradable sorpresa. Sus puños se apretaban con ganas de golpear a su rival por hacerle pasar un mal rato.

Caminamos hasta la sala, observando cómo el señor Burns volvía a poner en su lugar *el mojo*.

«*¿Qué es eso?*» —pregunté a David con la mente en caso de que los residentes de la casa no nos quisieran informar.

«*Protección* —dijo—. *No permite que ningún vampiro pueda entrar, mientras* el mojo *esté pegado a cualquier lindero de la casa*».

Arqueé las cejas, sorprendida.

«¿Así es cómo nos va a ayudar el señor Burns: mantenernos escondidos?». —La ayuda me parecía insuficiente.

«Es solo la punta del iceberg» —comentó, y eso me dejó pensando qué otros «artilugios» estaban regados por la casa sin que me hubiese dado cuenta.

El señor Burns cerró la puerta y se volvió hacia David, con expresión severa.

—¿A qué viniste?

—A causar problemas —Donovan espetó, lanzándole una mirada cargada de odio. Una palabra desafiante por parte del otro y se agarraban a los puños.

—No te pregunté a ti —lo recriminó el anciano por entrometido, en su mirada se reflejaba de que habían hablado de esto con anterioridad, pero que, al parecer, terminaban discutiendo.

—Rosafuego fue invadida, y yo… —David le devolvió una mirada dura a Donovan, no quería que él se enterara de su debilidad—estoy perdiendo la resistencia al sol.

El señor Burns lo observó.

—¿Desde cuándo?

—Desde hace ocho meses.

Justo el tiempo que yo tenía en Carteret.

De pronto, él palideció y se tambaleó.

—David, ¿qué te pasa? —Traté de socorrerlo, él rápido buscó el apoyo del respaldo del sillón que se hallaba cerca.

El señor Burns y Donovan intercambiaron miradas silenciosas y, del que juraría, hasta complacidas. Lo sujeté deprisa para que no cayera al piso. Su piel estaba fría. La debilidad apareció en el momento menos propicio, cuando sus enemigos se encontraban al acecho. David no podría enfrentarse a ellos en ese lamentable estado que empeoró como un cáncer que lo devoraba por dentro.

Por fortuna, el señor Burns se apiadó y lo ayudó a sentarse en el sillón del que se sostenía.

Donovan permanecía en su lugar con la mirada altiva y llena de satisfacción por lo que a David le sucedía. Me acuclillé a sus pies, mis manos se posaron temblorosas y solícitas sobre sus rodillas, el corazón lo tenía lleno de incertidumbre por no poderlo ayudar.

«¿Necesitas sangre?» —la angustiante pregunta se hacía rutinaria.

«No». —Sus ojos permanecían cerrados y su cabeza recostada contra el respaldo del sillón.

«Deberías probar un poco, tal vez te ayude». —Una mordidita no me haría daño.

Los labios de David se curvaron hacia arriba, en una sonrisa casi endiablada.

«De quién quieres que la tome: ¿de Peter o Donovan?» —fue sarcástico.

«¡De mí!» —exclamé enojada. Seguía comportándose como un idiota.

«En ese caso: no la quiero».

Pretendí replicar, pero se levantó del asiento, recuperado de la misma forma en cómo lo hizo en la escalera de su casa: rápido y desconcertante. La bronceada tonalidad de su piel lo cubrió de nuevo, al igual que el calor de su cuerpo. Ya no tenía esa cadavérica palidez, sino que hasta sus mejillas lucían más rozagantes que las mías.

El señor Burns se rascó su mentón, pensativo.

—¿El tiempo de exposición al sol es cada vez más corto? —preguntó, echando un vistazo a la «marca de nacimiento» de David. La estrella roja.

—Sí.

—El Conjuro Solar está llegando a su fin —concluyó tras meditar con cierta preocupación.

—Pensé que era permanente. —David lo cuestionó y miró la figura en su piel. Se había opacado como si el color que la caracterizaba se estuviese borrando.

—Por lo que veo, no.

—¿Por cuánto tiempo estaré debilitado?

—Ni idea.

—¿Puedes ayudarlo, Señor Burns? —la ansiedad comenzaba a azotarme, nos enfrentábamos a un caso del que nadie estaba preparado.

—¡NO! —Donovan protestó—. Que se pudra en el...

—¡¡Donovan!!

—Lo siento, padrino, ¡pero él nos ha jodido siempre! ¡¿Por qué tenemos que ayudarlo?!

—Porque sí. Confía en mí.

—Ese no es un buen motivo —cuestionó molesto, cruzándose de brazos.

«Recuérdame patearle el trasero cuando todo termine» —David expresó con aversión, ante la constante renuencia de Donovan de ayudarlo.

«No te enfrentes a aquella gente, te herirán...» —El terror me invadía al pensar que él no estaba en condiciones para un enfrentamiento mortal. Ni fuerzas tendría para gruñir si la dichosa estrella se borraba del dorso de su mano.

David apretó la mandíbula, simulando tranquilidad. Ni el señor Burns ni Donovan estaban al tanto de nuestra telepatía.

«Alguien debe detenerlos» —replicó eludiendo mi mirada.

«¿Y tus amigos? ¡Deja que ellos peleen por ti!».

Encausó los ojos de retornó y elevó «la voz mental» para exclamar enojado:

«¡Yo peleo mis batallas!».

«¡¡Estás débil!!» —chillé casi escupiendo la frustración que sentía. ¡Qué necio era ese hombre, pretendiendo dárselas de héroe solitario! Hasta Superman tuvo ayuda con sus amigos de la Liga de la Justicia.

Me abrazó con delicadeza, haciendo que todas mis terminaciones nerviosas se dispararan. Por lo general, sus abrazos me descontrolaban sin decoro; aun así, en esta ocasión, despertó en mí una inquietud que me desconcertaba, pues no comprendía hasta qué magnitud estábamos en dificultades.

—¿Habrá alguna posibilidad de que esta locura termine?

Los residentes de la casa dejaron de discutir y nos miraron. A Donovan no le gustó que estuviésemos abrazados.

—Sí: matándolos —expresó este como si se tratara de exterminar cucarachas.

—¿Hay alguna manera de que ustedes se entiendan? —la pregunta la dirigí a David, quien era el único capaz de remediar la situación que padecíamos.

—¿Hablar? —resopló mordaz—. No lo creo.

El señor Burns se preocupó.

—¿Tienes idea de quiénes puedan ser?

David deshizo el abrazo y caminó hasta la chimenea. Lo pensó un momento y luego respondió:

—Sí.

—¿Quiénes son? —Me acerqué a él.

—Alguien que no pensé volverme a encontrar.

—¿Y cómo piensas hacerle frente? —No habría que ser un genio para determinar que dicho vampiro era de temer.

—Tengo mis medios —contestó despreocupado.

¡Por supuesto que los tenía! *Aquellos amigos* y el enorme contingente de armas almacenadas en la bóveda.

No obstante, era insuficiente.

—¡Te mataran! —Le sacudí los brazos con fuerza. No estaba para peleas.

Me inmovilizó al tomarme de las muñecas.

—No es la primera vez que enfrento a mis enemigos —me hizo ver sin reflejar preocupación. O eso aparentaba.

—Pero, ahora estás débil —refuté—. Eso hace la diferencia, ¿no?

—He estado en peores condiciones —sonrió sin humor y soltándome las muñecas—. Además, tengo mi gente.

—¿«Tu gente»? —Sonó un poco posesivo como si sus «amigos» le pertenecieran.

Donovan, intrigado, rodó los ojos hacia su padrino.

—¿Su gente? —A él también le llamó la atención. Pero el anciano se mantuvo en silencio; quiénes fuesen los amigos de David, causó la animadversión de Donovan y el misterio en el señor Burns—. ¿A qué «gente» se refiere? —insistía sin dejar pasar por alto este detalle.

—Súbditos. —El otro reveló con encono y esto nos dejó a Donovan y a mí, perplejos.

¡¿David con súbditos?!

—¿Acaso eres…? —inquirió pasmado.

—Un Grigori —David respondió, jactancioso.

Donovan amplió los ojos y tiró de mi brazo para mantenerme lejos de su alcance.

Mi mandíbula cayó al piso ante la pregunta que se formulaba en mi cabeza.

¿Grigori?

¿Qué diablos era eso?

Capítulo 34

—¡¿Por qué no dijiste nada?!

Donovan increpó al señor Burns. Ni él sabía todo de David.

—Fue un juramento que hice hace años —respondió el anciano y el otro resopló, teniéndome pegada a su cuerpo como si estuviese en peligro.

—A ellos no hay que deberles ningún juramento —escupió—. ¡Son parásitos que se alimentan de humanos!

David gruñó con ganas de arrancarle los brazos para que me soltara. Estaba por perder el control.

—Le debo mi vida.

—¡¿Y por eso tienes que ayudarlo?! ¡Míralo, es un rey de vampiros, no te necesita!

—¡Basta! —el anciano lo hizo callar—. No tengo por qué excusarme ante ti.

Todo esto me dejó perpleja.

¿Rey?

Donovan abrió la boca para replicar, pero yo intervine en la discusión:

—Un momento... —miré a David, azorada—. ¿Rey de los vampiros? David... ¡¿eres un rey?!

Él suspiró derrotado.

—Los Grigoris somos la primera casta de vampiros.

—¡Y también ángeles caídos! Hasta el Cielo los rechazó por ser ratas de alcantarilla —Donovan escupió, siendo claro que él era poseedor de dicha información en referencia a esos seres inmortales. Pero no que su examigo perteneciera a la realeza vampírica.

Jadeé, estupefacta.

¡¿Qué?! ¡¿Ángel caído y rey de los vampiros?!

A David se le olvidó revelarme esos pequeños detalles de su vida.

Observé su rostro y noté cierto dolor infligido en sus ojos. Una mirada de tristeza que me hacía dar a entender que le urgía preguntarme algo. Pero lo hizo de la única forma en que solo yo lo escuchaba:

«*¿Allison, te repugno?*».

Su pregunta me tomó desprevenida, pues era algo que no esperé que me llegase a preguntar.

«*No. Solo estoy impresionada*».

«*Entonces, ¿por qué sigues en sus brazos?* —Su mirada se tensó, mientras me gritaba telepáticamente—: *¡No hagas que a él se los arranque!*».

Comprendí el porqué de su abatimiento. Los celos lo carcomían de la peor forma.

«*¡NO TE ATREVAS!*».

«*Aléjate de él, si no quieres que ocurra una desgracia*». —Sus manos se empuñaron amenazadoras.

«*No eres mi dueño*» —fruncí las cejas, contrariada. Se pasaba de la raya con sus inseguridades.

«*Lo soy* —entrecerró los ojos—. *Hicimos un pacto*».

«*¿Qué pacto?*». —No entendía a qué se refería—. «*¿David, qué pacto?*» —insistí perturbada por no responderme con rapidez.

Rodó los ojos hacia la chimenea, eludiendo mi mirada.

«*Antes de convertirte en vampira, juraste ser mía por la eternidad. Podrías morir mil veces, pero siempre volverías a mí*».

Pensé en la visión en el hotel: sí había pasado.

Pero el juramento lo hizo la pelirroja…

¿No?

«*Como "Sophie" te amé con intensidad…*» —Había nacido de nuevo para seguir amándonos.

David esbozó una sonrisa despectiva como si no le hubiese cumplido con el juramento. Y eso me erizó la piel. No obstante, nuestra conversación mental nos mantuvo abstraídos sin darnos cuenta de que el señor Burns y Donovan, nos observaban en silencio. Tal vez pensando que, *nuestro mutismo*, se debía a un momento de incómoda tensión. Pero lo que ellos ignoraban, era que en nuestras mentes se libraba una batalla de celos.

De repente, una visión se apoderó de mí. Fue tan vertiginosa que pensé que era real.

Ahí me hallaba yo, dentro del cuerpo de David...

Él estaba tirado en el piso en serio peligro de muerte. Lo percibía enfermo y tembloroso como si agonizara. Era un suceso del pasado; aun así, me causaba angustia captar desde sus ojos lo que en aquel entonces sufrió. Gemía adolorido por unos golpes que le propinaron y del cual yo no los sentía, pues era un recuerdo que espiaba sin querer. Nadie lo socorría, lo mantenían confinado en un sombrío lugar que no sabría identificar, si era una celda o una mazmorra. Sangraba, dándome cuenta de este hecho al observar que él se miraba las manos lastimadas por la tortura padecida. Los dedos se los habían fracturado y quemado, inmovilizados por el mismo dolor.

Aun así..., David no temía lo que le pasara al llegar el amanecer. El Ángel de la Muerte, que por largos siglos él odió por ser su peor enemigo, al llevarse en dos ocasiones a la mujer que amaba, por fin vendría por él y harían las paces.

Se había preparado para morir.

Caí al piso, mareada.

Donovan y David se sobresaltaron, arrodillándose a mi lado.

—¿Allison? —Mi ángel se angustió, retirándome el cabello que me cubría el rostro, apenas consciente de lo que sucedía en mi entorno—. ¿Qué te sucede?

—¡¿Qué le pasa?!

—No ha comido desde ayer —David le respondió a Donovan, quien se preocupó en el acto. La rivalidad entre los dos se esfumó tras mi desvanecimiento.

—¡Tú sí que sabes atender a tus novias: las matas de hambre! —la rivalidad volvió...

—¿Se te olvida que nos atacaron? —le recordó con ojeriza.

—Por tu culpa ella está así.

—Le preparé algo —el señor Burns comentó. Sus pasos se alejaban de la sala.

—*Aaaarhgg...* —Abrí los ojos y me quejé adolorida. Las neuronas me taladraban la cabeza ante el hecho de que David había amado a otra mujer que estuvo en su corazón muchos años antes de Sophie Lemoine.

Me levantó en brazos y depositó con cuidado sobre el sofá.

—Tranquila, pequeña, ya se te pasará —hincó una rodilla en el piso para ponerse a mi altura y así colmarme de castos besos.

Pero lo percibido lo tenía presente por ser una realidad.

Me senté de inmediato.

—¡David! —Lo abracé con fuerza, obligándolo a sentarse en el sofá—. ¡No quiero que luches, no te irá bien! —Puede que «lo visto» haya sucedido hacía siglos, pero me daba la mala espina de que era como un presagio. Algo malo a él le iba a suceder si lo dejaba partir.

—¿Tuviste una visión, Allison? —Donovan intuía mi angustia y yo asentí, llorosa. Me llamaba la atención de haberse percatado de ello.

David se liberó de mis brazos y se levantó del sofá.

—¡No voy a esconderme como un cobarde! —exclamó con rudeza, alejándose de mí, del cual Donovan parecía satisfecho por su alteración. Comprendía bien que este no podría enfrentarse a un contingente de vampiros.

—David, no se trata de que seas o no un cobarde —repliqué mientras me levantaba del asiento, pese a que seguía un poco mareada—. Se trata de que te puedan matar, ¡y lo harán si les das la oportunidad!

Frunció las cejas.

—Si lo que quieren es muerte: muerte tendrán —sentenció de un modo que me heló la sangre.

—¡¿Cómo puedes ser tan estúpido?! —lo grité desconcertada, saldando rápido la distancia entre los dos.

—Sí…, yo también me he hecho esa pregunta muchas veces —Donovan comentó en un tono bastante mordaz.

—Haré lo que sea necesario para protegerte —David ignoró al otro y me tomó el rostro con ambas manos, sin importarle que nos viera—. Incluso, daría la vida por ti…

Eso me chocó.

—¡NO QUIERO QUE LO HAGAS! —Le aparté las manos con rudeza—. ¡TE QUIERO VIVO JUNTO A MÍ Y PARA SIEMPRE!

Lo expresado provocó que Donovan se marchara de la sala, casi tropezándose con el señor Burns que llegaba con una bandeja cargada de comida, preocupado de lo que ocurrió en su ausencia.

—Te amo, Allison, pero no pondré tu vida en peligro.

—Yo también te amo. ¡Así que deja de decir sandeces, porque de aquí no te irás!

David se envaró. Haría lo que fuese por mí, pero que le impusieran órdenes que no quería acatar, era otro asunto.

—¿Cómo piensas detenerme? —inquirió desafiante. Su imponente estatura y musculatura demostraban que nadie tendría la suficiente fuerza para detenerlo. Si bien, me veía pequeñita frente a él con esa actitud beligerante, alcé la vista para enfrentarme a sus avasallantes ojos azules; el vampiro era muy terco y decidido a marcharse a luchar sin medir las consecuencias.

El señor Burns se sintió la quinta pata de la mesa, por lo que procuró dejarnos a solas, lo que le agradecí, porque no soportaría a otro tonto que le estuviera secundando sus ideas suicidas.

—No podría —musité, bajando la mirada. A David se le haría fácil pasar por encima de mí como un camión a alta velocidad, imposible de detener.

Suspiró y me alzó el mentón buscando mi mirada.

—No iré solo —dijo—. ¿Debo recordarte que tengo *mi gente*?

Apenas asentí.

—¿Dónde están ellos? —quise saber. El ama de llaves y las dos asistentes desaparecieron sin ser evidente que aquellos sujetos se hayan presentado en la casa. De otro modo, algunos de estos se habrían quedado para proteger a su «rey» de la invasión de sus enemigos.

Más bien, lo dejaron a su suerte.

—Por todo Carteret —explicó con parquedad—. En cuanto anochezca, los cazamos.

Dios mío, al anochecer…

—¿Tienes muchos hombres a tu servicio? —Esperaba que fuese así y no pura palabrería para reflejar una realidad diferente a la actual. Algunas personas mentían por seguridad y otras lo hacían por diversión. Si David exageró en estos hechos, pronto sufriría por bocón.

—Lo suficiente para acabar con todos —sonrió—. No te preocupes, pequeña, mis hombres están muy bien entrenados.

Me tranquilizó en parte. Al menos, no pelearía en desventaja contra aquellos invasores: su gente lo defendería a capa y espada.

—¿Qué sucederá al acabarse el conjuro? —Esta circunstancia aún me causaba aprensión; gracias a este, él era capaz de disfrutar de las bondades del día. Pero, en la medida en que llegaba a su fin, se debilitaba.

—Volveré a la normalidad, supongo —contestó a la vez en que acariciaba mi cabellera. Lo hacía como quien calma a un cachorro asustadizo

La normalidad...

¿Cuál era «la normalidad» para un vampiro?

¿Caminar en la penumbra y beber sangre humana?

—Deberías hablar con los otros que son como tú. Los... Grigoris. Busca su ayuda. —Sacudió la cabeza de forma enérgica—. ¿No querrían ayudarte? —Al parecer, entre reyes no se tienden la mano.

—Tengo aliados —expresó—, pero no es necesario recurrir a ellos.

—¿Por qué no?

—Porque los Grigoris somos autosuficientes.

—¡Qué estupidez! —gruñí cabreada—. Te van a patear el culo por tu orgullo.

—Aunque lo solicite, no hay tiempo. Esto lo resuelvo por mi propia cuenta como lo debe hacer un Grigori.

Como lo hace un sujeto que se encamina a la muerte..., medité profundamente mortificada.

—¡Debe haber un modo de evitar ese enfrentamiento!

—No la hay. ¡Los voy a matar! ¡Y punto! —exclamó tajante. Sus ojos adquiriendo un perturbador matiz felino.

No quiso hablar más, no pretendía perder el tiempo en algo que ya era un hecho irremediable: la muerte de sus enemigos o la suya. Y, si era nuestro último momento, juntos, él lo aprovecharía.

Me rodeó la cintura, apretándome contra su cuerpo, y yo tuve que ponerme de puntillas para rodearle el cuello con mis manos. Lo besé apasionada, necesitando de su aliento una vez más. Me volví adicta a sus besos, a su olor y a su piel.

Un impertinente carraspeo se escuchó a los pocos minutos.

David y yo nos separamos muy a nuestro pesar, aún con las ansias de sentirnos con fervor.

—Allison, ven, necesitas comer y descansar —pidió el señor Burns, de retorno, ya sin la bandeja de comida. Nuestro tiempo a solas se había acabado.

«No, David, no quiero apartarme de tu lado» —lo abracé, deseando que con eso fuese suficiente para detenerlo.

«Descansa, Allison. Yo te seguiré más tarde».

Y él pensaba que me iba a tragar ese cuento.

«No es cierto. Te marcharás» —repliqué llorosa, mi rostro se escondió en su pecho.

«No te preocupes, necesito hablar con Peter».

Asentí. Tenía razón, estaba débil y le urgía toda la ayuda posible para recuperar sus fuerzas.

—Allison. —El señor Burns se acercó, tomándome del brazo—. Vamos, él también necesita descansar.

Miré a David, con el temor de no volverlo a ver. Aún tenía esa sensación de despedida-tipo-película-con-final-triste.

«Te amo».

«También te amo. Duerme bien» —expresó con una sonrisa fingida.

Luego el señor Burns me rodeó los hombros con su brazo izquierdo, mientras me conducía hasta la habitación de Marianna.

Mi habitación.

—Come y duerme un poco. Verás que en cuanto descanses, te sentirás mejor —expresó con cálida voz, sin que en su mirada se reflejara el enojo por haber traído un vampiro a su casa.

Sonreí entristecida y él, siendo muy dulce, me besó en la frente, tal vez recordándole a la hermana de Donovan por no haberla protegido cuando pudo hacerlo.

Cerró la puerta tras de sí, dejándome sola con mi agonía. Las lágrimas se me desbordaron, impotente de no haber sido capaz de detener a David. Tarde o temprano él se marcharía.

La bandeja con la comida reposaba sobre la mesita de noche.

Sin que me quedara más remedio, arrastré los pies y me senté en la cama para probar algo. El señor Burns sirvió huevos rancheros con pan tostado y jugo de naranja. Había uvas y manzanas por si me apetecía.

Comí con calma, previniendo futuras náuseas.

Observé mi entorno mientras terminaba el «segundo desayuno» del día. Era una habitación pequeña, con todas las comodidades. La decoración correspondía a la típica chica que le gusta el lujo: televisor y computadora de última generación, una costosa bicicleta estática para mantenerse en forma, y aire acondicionado.

Ni una fotografía de la propietaria se apreciaba en toda la casa. Pero percibía que David colmó a esa chica de regalos por ser hermosa.

Me atacaron los celos.

¿Hasta dónde habría llegado la amistad con ella?

Unos suaves golpes en la puerta me sacaron de mis atormentados pensamientos.

—Adelante —emocionada, permití el acceso. Al parecer, David decidió visitarme antes de marcharse.

La puerta se abrió y Donovan asomó la cabeza.

—¿Puedo pasar? —preguntó con mejor semblante.

Asentí, tratando en lo posible de ocultar la decepción. David seguía en la sala, charlando con el señor Burns.

—Por supuesto, pasa. —Terminé de tomar el jugo de naranja y me levanté de la cama.

Él entró y enseguida dio un vistazo a la habitación, por ser la primera vez en que ponía un pie dentro desde que yo la ocupaba. O, al menos, desde que estaba presente. La maleta que empaqué el día anterior reposaba sobre la cama, aguardando a que colgara mis ropas en el armario.

—¿Te ha gustado la habitación? —preguntó sonriente como si fuese un tema que sirviera para romper el hielo.

Puse los ojos en blanco y sonreí, simulando la incomodidad de no darse él por vencido.

—Ya conoces mi respuesta: me lo has preguntado un millón de veces.

—Sabes que es tuya.

—Solo por el tiempo en que tía… —¡huy! —se recupere… —La zozobra de lo que le pasará a David, si no acata razones, ocasionó que ni me acordara de tía Matilde.

—Es tuya por el tiempo que desees —Donovan expresó sin notar mi predicamento. Él solo pensaba el modo de prolongar mi estadía en Beaufort.

No le respondí, la preocupación por mi querida *segunda madre* me embargó.

—Donovan, ¿qué ha dicho mi tía? ¿Ya está enterada de que pasé la noche con…?

Hizo un mohín.

Por lo visto: sí.

—Prepárate porque te va a matar en cuanto te vea.

Gemí, azorada.

De esa no me libraba nadie.

Donovan abrió el alhajero que reposaba sobre la cómoda. La suave melodía acunó nuestros oídos de forma agradable. Su rostro reflejaba una nostalgia abrumadora que indicaba cuánto extrañaba a su hermana mayor.

—¿Por qué nunca me hablas de Marianna? —Era hora de tocar el tema. Siempre que lo abordaba, su temperamento cambiaba.

Cerró de golpe el pequeño cofre y la melodía se cortó con brusquedad.

—Es complicado.

Deseaba saciar mi curiosidad, pese a que no tenía idea de cómo formular las preguntas sin que él se molestara. Pero me arriesgaría al comentarle lo poco que de ella sabía.

—David me contó algo...

Entrecerró los ojos con recelo.

—¿Sí? —El buen semblante se esfumó—. ¿Te contó que la sedujo sin importar que fuese mi hermana? ¿Qué nos traicionó al llevársela de la casa y que fue el culpable de su muerte? ¿Te contó eso?

Sentí un repentino vértigo que casi me tumba al piso.

¡¿David causó su muerte?!

Me senté en la cama, las náuseas amenazaban con expulsar los alimentos ingeridos. Donovan no se dio cuenta, debido a que simulé la debilidad para evitar crear alarma por una rabieta, ni mucho menos alterar a David, quien le reventaría a este la cara.

—¡No es cierto! —chillé, negándome en que fuese tan vil—. Él me dijo...

—¿Qué te dijo? —se disgustó—. ¿Qué nunca la tocó? ¿Qué no la hirió ni la enamoró?

Ni fui capaz de replicar. Me costaba aceptar lo que decía.

Al verme llorar, Donovan se avergonzó y se dejó caer a mi lado.

—Lo siento, Allison —dijo en voz baja—. No debí desahogarme contigo de esa manera.

Esbocé una triste sonrisa.

—¿Quieres hablarme de ella? —Mi curiosidad aguijoneaba para saber cómo fue la relación de esa chica con David.

Él suspiró.

—Marianna tenía veintiséis años cuando tuvo que hacerse cargo de un niño de trece —reveló—. Vinimos a América con la esperanza de alejarme de los problemas; pero, ya ves…, al llegar aquí… —sonrió entristecido— fue cuando los verdaderos problemas comenzaron.

»Después de un par de semanas de mudarnos a Beaufort, David llegó a casa. Peter lo presentó. Marianna se enamoró de él y por unos meses salieron a escondidas —apretó la mandíbula con enojo—. De haber sabido que él la lastimaría, yo lo hubiera matado.

—Ella lo deseó… ¡No morir! Eh…, lo que quiero decir, es que Marianna quiso amarlo…

Donovan lanzó una sonrisa sarcástica.

—David Colbert tiene el don de desplegar encanto para atraer a cualquier persona, según lo que se proponga. Si quiere un amigo: es el mejor. Si quiere un aliado: lo busca. Si quiere una amante: la seduce. Si quiere que seas la cena: te caza.

Lloré. Me describía una persona sin sentimientos que se valía de artimañas para manipular a su antojo a todo aquel que caía rendido a sus pies. Yo vi un indicio de esa actitud cuando no sabía quién era él en realidad. Pero dichas circunstancias que atravesamos demostraron que mi ángel era más que eso.

—Me cuesta ver a David de esa forma.

—Te lo aseguro: es así.

—¿Hace cuánto que ella murió?

Suspiró.

—Pronto serán ocho años.

—¿En Londres? —Por eso se odiaban, porque ella abandonó a la familia para ir detrás de un amor no correspondido. Tuvo la mala suerte de encontrar la muerte, ya sea por su propia mano o provocada por un lamentable suceso.

—¡¿Londres?! —Se levantó, molesto—. En Londres, no. ¡Murió aquí, en Beaufort, por culpa de ese infeliz! —tronó con todo su ser. La bombilla del techo se iluminó con un aumento de energía que nadie le dio y luego explotó. El reloj despertador sobre la cómoda se quemó y el olor a cortocircuito, contaminó el ambiente en el acto.

¡¿Qué fue eso?!

Donovan respiró profundo para calmarse.

—Descansa, Allison. —Caminó hacia la puerta, cortando con el tema David-Marianna. Y, antes de tomar el pomo, se giró hacia mí, hablándome despacio—: No confíes en él. Por tu bien, no lo hagas. Un vampiro no cambia su naturaleza: son asesinos despiadados.

—¡Él no es un asesino! —repliqué sin aceptar lo que dijo.

—Sí, lo es —expresó con frialdad—. ¡Y tú bien que lo sabes!

Se marchó de la habitación, dejándome con muchas dudas.

Me arrojé llorando sobre las almohadas. Sabía que David en el pasado fue un vampiro amante de la caza y, por extensión, asesinaba sin remordimientos. Ahora, él transformó su vida, adaptándose a los tiempos modernos, siendo «más civilizado» y «menos peligroso» para la humanidad. Entonces, no entendía por qué aquellas palabras que se repetían en mi mente me sonaban tan huecas.

¿Acaso era un asesino?

¿Lo era?

Me quité los zapatos y luego descorrí el edredón para arrebujarme, cerrando enseguida los ojos cansados de tanto llorar. Me dejé llevar por el sueño que pugnaba por dominarme y sacarme de la cruda realidad que tanto me desconcertaba.

No...

David no era un asesino.

Capítulo 35

—Allison, despierta.

—¿David? —Abrí los ojos al sonido de una voz masculina y luego enfoqué decepcionada sobre el que me había llamado.

—Él está bien —Donovan masculló agriado por yo estar más pendiente del otro que, lo primero que pronunciaba tras despertar, era el nombre del sujeto que él tanto detestaba.

Miré mi reloj de pulsera.

—Cielos, apenas dormí veinte minutos y me siento como si hubiese dormido horas...

—Me alegra saber eso —sonrió sin que la alegría llegara a sus ojos—. Soportarás lo que viene.

—¿Por qué lo dices? —intuía que algo importante estaba por suceder.

—Nos tenemos que marchar.

—¿Adónde? —Me levanté de la cama, calzándome los zapatos. La preocupación comenzaba a oprimir mi pecho.

—A Nueva York.

—¿Por qué? —Quedé tiesa en el sitio—. ¿Qué dice David, está de acuerdo?

—Eh... sí... —se rascó la mejilla—. Él nos quiere allá.

Entrecerré los ojos con suspicacia. En ciertos aspectos, Donovan era un sujeto relajado, pero en ese instante se lo veía inquieto.

—Se marchó, ¿no es así? —Asintió sin mirarme a los ojos—. ¡Por Dios! —grité—. ¡Le dije que no se marchara! ¡¿Por qué no lo detuvieron?!

Resopló.

—¿Cómo? Es un necio.

—¡Me hubieran despertado!

—Él no quiso.

Me crucé de brazos, molesta.

—¿Y desde cuándo ustedes hacen lo que él les pide? —lo cuestioné y enseguida usé la telepatía: *«¿David, por qué te marchaste sin avisar?».*

No respondió.

Ninguno de los dos.

Corrí hacia la puerta, pero Donovan me bloqueó el camino.

—¡Apártate!

—No. —Las palmas de sus manos se posicionaron con firmeza en cada extremo de la puerta, como un obstáculo de un metro noventa que se empeñó en fregarme ese día la paciencia.

—¡Qué te apartes! —Intenté hacerlo a un lado. Parecía una estrella de mar: abierto de brazos y piernas.

—Primero me escuchas.

—No quiero. ¡Apártate! —Le golpeé el pecho con los puños que para nada causaba en este dolor. Sus abultados pectorales bajo su camiseta amortiguaban mis golpes.

—¡Escúchame! —Agarró mis muñecas—. Si él no se marchaba, *ellos* lo buscarían, y tarde o temprano darían con nosotros. ¡Y ahí sí que estaríamos en serias dificultades!

Me removí para liberarme de sus manos, sin conseguirlo.

—¡Lo matarán! —Chillé, impotente de comprobar que a nadie le importaba que aquellos seres lo mataran—. *«¡David, no estás en condiciones de pelear! ¡¡Regresa!!»* —imploraba solo para él sin que Donovan supiese de dicho lazo extrasensorial que recién, David y yo, habíamos adquirido.

Pero seguía en su constante silencio.

—¡POR DIOS! —Donovan me sacudió con rudeza para que reaccionara—. ¡Es un vampiro antiguo y no está solo! ¡¡Él sabe lo que hace!!

Dejé de forcejear y él me soltó al darme por vencida, debido a que nada conseguiría con luchar o gritar para que me dejara salir de la habitación, estaría ahí hasta que le diera a David la ventaja de marcharse lejos, en busca de los que invadieron su hogar e intentaron asesinarnos.

Abatida, me senté al borde de la cama.

«Por favor, David..., regresa —insistía en llamarlo—. *No te hagas el desentendido conmigo».*

Donovan se sentó a mi lado, quizás creyendo él que yo me lamentaba en mi fuero interno de haber sido abandonada; sin embargo, utilizaría todos los recursos que tuviese al alcance para que David recapacitara.

—Tenemos que irnos pronto si queremos estar protegidos bajo la luz del día —aplacó el tono de su voz, sin tener caso de seguir gritándome.

—Tía no está en condiciones de viajar. —Buscaba un pretexto para quedarme.

—Es una emergencia —se impacientó—. Corremos peligro.

Fue bueno que lo expusiera de ese modo, entendía que más de una vida estaría en mis manos.

—¿Qué le vamos a decir? —Abordar el tema no sería nada fácil. Tendría que ser una mentira muy bien detallada para que ella nada sospechara.

Donovan sonrió como si la pregunta fuese obvia y comprendí muy a mi pesar.

—No, no, no..., ¡qué va! ¡Le dará un infarto!

—¿Conoces una mejor forma de sacarla de aquí en una hora?

—¡¿Una hora?! —Me levanté azorada—. ¡Imposible, tía no se moverá de aquí ni por un terremoto!

—Pero, sí por vampiros —replicó—. Así que ve a su habitación, despiértala y cuéntale toda la historia mientras haré mis maletas.

Caminó hacia la puerta sin darme oportunidad de meditarlo.

—Donovan... —lo llamé antes de cruzar el umbral—. ¿Cómo le digo?

Se encogió de hombros.

—Se directa, no te andes con rodeos. Muchas veces es la mejor forma de soltar una noticia cuando es de vida o muerte.

—¿Sí? —Me crucé de brazos, airada—. ¿Por qué no se lo dices tú?

—No es mi tía —replicó muy campante y se marchó, dejándome con el dilema.

Me cambié de ropa sin dejar de llamar a David mediante la telepatía. Por desgracia, él seguía ignorando mis súplicas, envolviéndose en un mutismo mental que me costaba traspasar.

Chequeé los dos móviles y reparé en que tenía varias llamadas perdidas de Ryan y algunos audios en el que me recriminaba por no contestarle. Estaba preocupado, pues no hablábamos desde que me visitó hacía unos días. La versión que le dimos a él, del porqué tía y yo nos hospedábamos en casa del señor Burns, si el asunto con la policía ya estaba aclarado, era por motivos de seguridad. Una mentirilla a medias. Ryan nada sabía, pero se había enterado del ataque del lunático que casi nos manda al cementerio y del que no fue atrapado.

Tercié mi bolso y rodé la maleta hacia el pasillo; al salir, Donovan y el señor Burns ya estaban listos con su respectivo equipaje.

Miré al anciano, esperando que me librara de la desafortunada tarea de hablar con mi tía.

—Descuida, iremos los tres —me animó para mi mortificación.

Cuando entramos a la habitación, tía Matilde ya estaba despierta, intentando agarrar las muletas que se encontraban cerca de la cama. Usaba su gracioso gorro de florecitas para ocultar el feo corte de pelo que le hicieron gratis en el hospital para operarla. Ya había pasado más de un mes, y el cabello no le crecía con la rapidez que ella deseaba.

—¡Por Dios, Matilde! —El señor Burns corrió para ayudarla—. Permíteme…

Ella lo apartó a manotazos. Odiaba sentirse desvalida.

—¡No necesito ayuda para que me lleven al baño! —gruñó disimulando muy bien el dolor en las costillas. El señor Burns se hizo a un lado para que se desenvolviera sola.

Tía se encontró con mis ojos azorados.

—Contigo tengo que hablar, jovencita —me señaló autoritaria—. ¿Dónde pasaste la noche? —inquirió y yo perdí los colores del rostro y hasta el habla. Me iba a caer una buena reprimenda—. ¡Dime! Porque escuché por ahí... —miró de reojo a los dos hombres— que andabas con David Colbert.

Negué con la cabeza.

—Lo que pasa es que...

—No me digas que has estado ocupada en el anticuario, porque ya llamé a la señora Jordan y me dijo que ha permanecido cerrado. —Echó una mirada fulminante al señor Burns y luego a Donovan por haberle mentido. La señora Jordan tenía una inmobiliaria al lado del anticuario. ¿Quién mejor que esa mujer para informarle?

—David me invitó a cenar. Y, entonces...

—¿Te quedaste en su casa? Si me dices que fue por la tormenta, no te voy a creer.

La excusa que pensaba utilizar se fue al desagüe. La granizada que azotó a The Black Cat y la caída de los árboles no eran un invento sacado de la manga, sino que, por muy fantástico que sonara, era cierto. Lástima que no tuviese manera de comprobarlo, suponía que David o sus hombres debieron mover dichos troncos.

Tía no pasó por alto que los tres la mirábamos con cautela.

—Hablen —demandó, dirigiéndose a mí.

—Eh... *y-yo*...

—Vamos, díselo —Donovan me instó y yo hice un mohín por los nervios. ¿Cómo se supone le iba a dar semejante noticia?

Tía sonó la pata de la muleta contra el suelo de madera.

—¿Qué sucede? ¿Por qué tanto secreteo?

—Matilde —el anciano intercedió debido a mi tartamudeo—, hay algo importante que debemos decirte.

Ella notó nuestra preocupación.

—¿Cuál es el problema?

El señor Burns puso la mano sobre su hombro.

—Nos conocemos desde hace diez años, ¿no? —Trataba de que asimilara poco a poco lo que estaba por contarle.

—Ajá... —afirmó aprensiva.

—Somos personas honestas y bastantes cuerdas, y... en todo este tiempo te demostramos que somos serios *en lo paranormal*, ¿verdad?

—Sí... —nos vio con recelo a los tres—. ¿A qué viene el tema a colación?

Suspiré.

—Tía, lo que pasa es que... —había reunido la valentía para terminar de decir lo que, con tanto rodeo, el señor Burns quería contar.

Por desgracia, tía me interrumpió.

—¡Ay!, ¿es Rosangela? Te ha estado molestando, ¿no es así?

Su conclusión fue errada.

—¡No! Para nada... —esbocé una sonrisa acartonada, deseando para mis adentros que esa hubiese sido la noticia. El fantasma solo aparecía para darme advertencias y luego se desvanecía en medio de la noche.

—Bien... —suspiró impaciente—, díganme de una vez qué rayos sucede.

El señor Burns tragó saliva como si lo fuesen a fusilar. Sus anteojos caían en la punta de su rechoncha nariz por el movimiento brusco que hizo para protegerse de mi tía cuando pretendió ayudarla a levantar de la cama.

—Siéntate primero, por favor —le pidió con zozobra, pero tía alzó una muleta de forma amenazante, muy predispuesta de lo que pronto se iba a enterar.

—No voy a sentarme hasta que me digan lo que está sucediendo.

—Corremos peligro —Donovan la alertó sin más. ¿Quería saber? ¡Pues le diría!

Tía abrió los ojos de par en par y a mí me dieron ganas de darle un pescozón a ese grandulón por ser tan bruto.

—¡¿Y eso por qué?!

—¿Recuerdas a Vincent Foster, tía, la noche en que se apareció en la casa?

Por instinto, se llevó la mano a las costillas.

—Desdichadamente...

—¿Recuerdas que nos preguntamos por qué estaba vivo?

Frunció el ceño.

—Sí, me acuerdo un poco...

Miré a Donovan, aprensiva, y él asintió para que continuara. Dejaron en mí en revelarle los verdaderos motivos de todo lo padecido. Por lo visto, no me quedaba otro remedio que *soltar la sopa*.

Abrí la boca, pero de mis labios nada salía.

—Hay una explicación para eso —el señor Burns se adelantó debido a que yo carecía de valor para hablar.

—¿Ah sí?, ¿cuál?

—Es un vampiro —Donovan le reveló a mi tía en su impulsiva manera de decir las cosas.

Preocupada, esperé a que gritara de horror, pero su reacción me dejó perpleja, se carcajeó como si de un chiste se tratara y eso le ocasionó que le dolieran las costillas.

En el acto dejó de reírse cuando observó que manteníamos expresiones serias.

—Bueno si es una broma: es mala.

Suspiré.

—Por desgracia, no lo es —expresé a la vez en que le tomaba la mano a Donovan y la apretaba para sentirme apoyada. Él se estremeció y me devolvió el apretón, indicándome de que no estaba sola.

Tía enarcó una ceja, escrutadora.

—¿Están ebrios? —Nos olfateó y en el acto los tres negamos con la cabeza—. Muy bien, ¿qué es lo que está pasando? Ya me están molestando.

El señor Burns, carraspeó:

—Hay un grupo de vampiros que están disputándose el territorio de... de...

—David —Donovan terminó de decir por su padrino.

—Y él se marchó a matarlos —alternó este, hablando atropelladlo—, aunque nosotros tenemos que...

—Huir por si las moscas —intervino Donovan.

—Claro que por el momento estamos a salvo —el señor Burns le hizo ver—, porque...

—Estamos a plena luz del día —Donovan, agregó—, pero...

—Si nos cae la noche... —siguió el señor Burns.

—La jodimos —concluyó mi amigo.

—¡¿*Quééé*...?! —Tía Matilde arrugó la cara, desconcertada.

El señor Burns trató de buscar las palabras adecuadas para que le entendiera sin que sufriera un colapso nervioso.

—Mira, Matilde, hace tiempo que sabemos de la existencia de vampiros, y son peligrosos.

Ella nos miró con incredulidad. Necesitó ayuda para sentarse en la cama, aún aferrada a las muletas. Al parecer, su pierna enyesada le dolía.

—¿Có...? ¿Qué...? ¿Vamp...? —Sus labios balbuceaban preguntas inconclusas, quizás, recordando el ataque de Vincent. Ella no logró atinarle un balazo. Y era buena en su puntería.

—Sé que suena insólito —dije—. Y, por increíble que esto sea, es cierto: los vampiros existen y están en Carteret.

Tía alzó una mano para que me callara.

—Me cuesta creerlo. Lo siento.

Sonreí para mis adentros, puesto que resultaba gracioso que no me creyera, cuando era de las personas que contrataban «cazafantasmas» para librar su casa de espíritus penantes.

Solté a Donovan y me senté al lado de mi tía, posando mi mano sobre la de ella que tenía en su regazo.

—¿Por qué no nos crees? Durante años has vivido entre fantasmas y tienes una sobrina vidente.

—Por la sencilla razón de que es imposible que los vampiros existan.

—¡Existen! —los tres exclamamos a la vez.

Ella cerró los ojos, negándose a creer, y yo llegué al tope de la paciencia.

—Piensa en lo que sucedió la noche en que Vincent nos atacó —le recordé—. Cómo él trepaba las paredes y los disparos no lo mataron. Piensa en las fotografías que nos mostró el comisario Rosenberg: su cuerpo fracturado, la mordedura en el cuello… ¿La viste? Tenía perforaciones hechas por colmillos. ¡Estaba muerto! Lo vio la policía, los forenses y los testigos que se aparecieron por el Croatan. Si lo meditamos, nuestra única evidencia para convencerte es el mismo Vincent Foster.

Tía estaba a punto de gritar. Apoyó su frente en las muletas, en un afán por controlarse.

—¿Qué es lo que ellos quieren?

—Dominio.

—¿Dominio de qué…? —levantó la mirada, abatida hacia el señor Burns que le había contestado sin pelos en la lengua.

—Del territorio de David.

Por lo visto, el tiempo que *este* permaneció hablando con el señor Burns lo había puesto al tanto de todo.

Tía frunció el ceño, extrañada.

—Peter, que yo sepa: el señor Colbert no tiene terrenos en Carolina del Norte.

—No son «tierras» lo que están disputándose —aclaró—, sino el dominio *de los que habitan* dentro de las mismas.

—¡Ay, no! —lanzó una exclamación de asombro—. ¡¿Es narcotraficante?!

El señor Burns suspiró impaciente.

—¡No, Matilde, algo peor!

—¿Y qué es peor que eso?

—Es por el control de la sangre.

Hizo un mohín.

—Seré tonta o no entiendo nada. ¿Qué me quieren decir?

—Lo que pasa es que David es... Él es... —vacilé, costándome decir la verdad.

—Un vampiro —Donovan terminó de mala gana lo que yo tenía atragantado en la garganta.

Lo miré con ojos asesinos, ¡lo mataría después!

—¿Podrías dejar de interrumpir? —De haber seguido aferrada a su mano, le hubiese clavado las uñas. Aunque fue bueno que lo hiciera, tía Matilde por primera vez quedó muda—. David no es un vampiro común —continué—. Me ama, y, de no ser por él, estaría muerta.

Ella se llevó la mano al entrecejo, asimilándolo todo, y aproveché ese momento de perturbación para terminar de convencerla.

—Por mi culpa —dije—, Vincent Foster murió y desea vengarse, matándome. —*Él y otros más*. Porque algo me decía que era una antigua venganza hacia David.

Enseguida, tía rodó los ojos hacia mí.

—¡¿Por tu culpa?!

Vacilé antes de contestar.

—David lo mató, tratando de salvarme —revelé mientras miraba con aprensión las muletas a la cual se aferraba tanto.

Su sorpresa fue grande.

—¡¿Qué?! ¿Él fue el que lo mordió y lo mató a golpes? Entonces, ¿no fue un puma?

—Así es —Donovan confirmó desdeñoso.

El rostro de tía reflejó desconcierto.

—¡Oh, por Dios! —Jadeó—. ¡¿Qué clase de ser hace algo así?!

—Un vampiro —Donovan se dio el gusto de responder.

Le lancé a él una fea mirada, deseando propinarle un puñetazo por metido.

—¿Me estás queriendo decir que todo este tiempo me estuviste mintiendo para salir con un vampiro?

¡Huy!

—Me enteré hace poco, tía...

—¿Cuándo? —Se aferró con más fuerza a las muletas.

Me levanté de la cama y busqué refugió detrás de Donovan, por si acaso le daba por repartir *muletazos* a diestra y siniestra. Tía era muy impulsiva cuando estaba cabreada.

—Ayer...

Cambió de colores.

Su rostro se tornó rojo como un volcán a punto de erupción.

—¡¿Estás loca?! —Sonó las muletas contra el piso, por la estupidez de su sobrina al salir con un sujeto en extremo peligroso.

—Él no me haría daño —lo defendí muy segura de lo que manifestaba.

—Yo no lo creo, mira lo que le hizo a ese hombre: ¡lo despedazó!

—¡Fue para defenderme, intentó violarme!

—¡¿Matándolo a golpes?!

—¡Por Dios, tía! ¡Vincent era un asesino violador de mujeres! ¡¡Entiéndelo!!

—¡NO ES...! —Aspiró profundo y se llevó la mano a las costillas para calmarse—. No es excusa para matar a alguien de esa forma. David Colbert no es quién para hacer el papel de juez y ejecutor. Debió llamar a la policía.

Cielos...

—Tienes razón —convine pese a su terquedad—. Pero debes comprender que él reaccionó así porque me ama.

Resopló.

—Seguro...

—Nos amamos, tía.

No me di cuenta, hasta que fue demasiado tarde, que cada palabra profesada lastimaba a Donovan.

—Me cuesta trabajo aceptar que te hayas enamorado de un vampiro —expresó ella con rudeza—. No pudiste enamorarte de alguien normal, como... ¿Donovan? —lo señaló.

Rodé los ojos hacia él y luego bajé la mirada. No había planeado enamorarme de un ángel caído, la suerte no estuvo del lado de mi amigo, a este le faltó tiempo para llegar a mi corazón. Era más que seguro de que yo habría correspondido a sus afectos, si David no hubiese abandonado Nueva York para refugiarse en Carteret.

—Matilde, no podemos permanecer más tiempo en esta casa —dijo el señor Burns—. Debemos marcharnos cuanto antes.

Tía asintió y trató de apoyarse con las muletas.

—Muy bien, nos vamos.

Capítulo 36

Antes de montarnos en el avión, me negué a viajar.

Aún seguía necia por mantenerme cerca de David, como si mi proximidad de algún modo lo ayudara. Donovan estuvo a punto de alzarme sobre sus hombros y subirme a la fuerza a la cabina sin importarle nada. Hicimos varias escalas, pues desde Carteret no había vuelos directos hasta Nueva York. Lloré durante el viaje, David era cruel al dejarme padecer el infierno sola, no respondía a mi llamado telepático.

¿Era mucho trabajo decirme que estaba bien?

Me preocupaba lo que halláramos en la Gran Manzana. Teníamos que comenzar de cero. Donovan abandonó sus estudios, su negocio y a sus amigos. Además, yo sentía una profunda pena por no avisar a Ryan del peligro que se aproximaba. ¿Cómo hacerlo sin que me creyera lunática?

Aunque, según el señor Burns, él ni los demás correrían peligro, puesto que no eran el objetivo, sino nosotros.

Cuando llegamos al Aeropuerto LaGuardia, tuve la desagradable sorpresa de que Ilva Mancini nos esperaba en una limusina negra de nueve metros de largo. Nos informó que David la había llamado para que nos llevara a una de sus propiedades para hospedarnos. Tía se sorprendió por el recibimiento, sin tomarlo a mal, ella ignoraba hasta dónde llegaba el poder de David. Yo fui la única persona que no lo tomó bien, miraba con tanta hostilidad a esa mujer, que sería capaz de matarla.

El segundo domicilio de mi ángel estaba en la zona más exclusiva de Manhattan, en un lujoso edificio de cuarenta y cinco pisos.

La representante de David nos condujo hasta un enorme penthouse de dos plantas; rodeado de esculturas y piezas de orfebrería.

Donovan me comentó que algunas de esas esculturas fueron realizadas por su hermana, y, esto provocó que los celos me atizaran, puesto que David las conservaba consigo después de tantos años. Marianna siempre fue su más grande admiradora y aprendió con él a elaborar magníficas obras de arte; el señor Burns también tenía algunas muestras de su trabajo artesanal, pese a que no hablaba de estas, sino que las mantenía como si rellenara los espacios de su casa. De momento, él y su ahijado acordaron en permanecer con nosotras mientras David y sus hombres acababan con los vampiros invasores. Después de eso, se regresaban a Beaufort.

Me sorprendió ver que el anciano sacaba de su maleta el sobre de manila que David extrajo de su armario. Se lo dio a Ilva, quien, sin expresión alguna, lo recibió al instante.

A través de Donovan me enteré de que el asunto de «la herencia», quedaba en manos de esa mujer; se encargaría de finiquitar todo lo concerniente a los trámites y procedimientos legales para que yo me posesionara de la fortuna de David.

—Les mostraré sus habitaciones —dijo ella en tono neutral. Era antipática como persona, pero profesional en cuanto a cumplir con las órdenes de su cliente.

El señor Burns y Donovan se sentían incómodos. De no ser porque ellos estaban ahí para protegernos, no hubiesen puesto un pie dentro. Pero ¿qué podían hacer cuando el mejor lugar para resguardarnos de vampiros era la morada de un Grigori?

El penthouse estaba rodeado por cámaras de seguridad de circuito cerrado y vigilancia las veinticuatro horas, con seres que no pensamos nos iríamos a topar en la ciudad. Los reconocimos al llegar, apostados estos entre las sombras, asemejándose a las estatuas de cera, inmóviles e imperceptibles al ojo humano si se lo proponían. Eran «sombras que solo vigilaban…».

Después de darnos un baño y de cambiarnos de ropa, Ilva ordenó al personal doméstico en servir una buena cena. Comimos sin apetito, pendientes por saber de David. Lo peor, era que *la lagartija* no nos brindaba ningún tipo de información.

Nos retiramos a descansar a pesar de que era temprano. Me tocó la habitación de David: amplia, oscura y moderna, con alguna que otra escultura étnica sirviendo de decoración. Una de sus pinturas macabras ocupaba buena parte de la pared que comunica con el baño, del cual un horroroso demonio devoraba los cuerpos de sus aterradas víctimas. Parecía una escena del infierno. Aun así, no restaba comodidad ni encanto a la habitación. Allí David tenía todo lo esencial para olvidarse del entorno mientras que, a sus pies, muchos metros más abajo, el mundo ignoraba al que arriba dormía las horas diurnas.

Me acosté y luego encendí la enorme televisión de plasma pegada en la pared frente a la cama. Pulsé los canales del control remoto, buscando noticias provenientes de Carolina del Norte; por desgracia, nada informaban de los sucesos que allá acontecía.

Apagué la televisión y me enrollé en el cobertor, el olor de mi vampiro se mantenía impregnado en las almohadas. Enterré la nariz en la que tenía a mi lado, abrazándola como si fuese él; no me cambié de ropas, la sensación de que algo estaba por suceder seguía inquietándome. Sentía frío y la calefacción poco calor ofrecía. Me puse un suéter y volví a la cama mientras usaba la telepatía una vez más, pero David seguía sin responder. El más vil silencio del que iba a cobrarme algún día.

Dos toques suaves a la puerta anunciaban a una persona y enseguida supe de quién se trataba.

—Adelante. —Encendí la luz de la lámpara de la mesita de noche y acomodé mi espalda contra las almohadas, siendo evidente que no me dejaría dormir hasta averiguar lo que pensaba.

—¿Se puede? —Donovan abrió la puerta y asomó la cabeza con expresión cautelosa, ya habíamos discutido en la habitación de Marianna, del que prevenía que en esta ocasión no fuese así.

—Sí.

Entró relajado.

—¿Cómo te sientes? —Se preocupaba por mi pésimo estado anímico. En el aeropuerto y durante el vuelo no probé refrigerio, encerrada en mis propios pensamientos por estar enojada con todos.

—Bien... —mentí sin mirarlo a los ojos.

Donovan se sentó a los pies de la cama. Sus ojos oceánicos se cruzaron con la pintura macabra.

Hizo un gesto de desdén.

—Parece que *tu novio chupasangre* se hizo un autorretrato —se contuvo de reírse al notar que mi ceño se fruncía por su desagradable comentario—. Él estará bien —manifestó sin mucha seguridad para aligerar tensiones. Su cabello lo tenía húmedo y olía bien por haberse recién perfumado. Esta vez usaba una camiseta negra con el estampado de Metálica en la parte frontal y unos vaqueros rotos en las rodillas. Todo un veinteañero con sueños y vicisitudes.

Suspiré con un nudo en la garganta.

—No sé, Donovan. Tengo esta inquietud...

—Es un vampiro fuerte.

—Está débil, ese conjuro le está mermando las fuerzas.

—Saldrá de esta —sonrió para quitar importancia a mis preocupaciones.

—Eso espero... —quería tener esa firmeza, pero las constantes palpitaciones en mi pecho ahogaban la esperanza de que todo saliera bien.

Donovan se acercó. Su mano se dejó caer sobre la mía, que yacía reposando en mi regazo cubierto bajo el cobertor.

—Allison... —se ruborizó y desvió la mirada hacia la pintura de David; sus ojos ya no brillaban con la intensidad de antes, lucían ansiosos y vacilantes. Intentaba decirme algo, pero no se atrevía.

—Dime —lo alenté.

—Te amo —expresó con fervor, al rodar sus ojos hacia mí.

Caramba...

Me mordí los labios, lamentándome de que tocara de nuevo ese tema, porque no era capaz de corresponderle de la misma manera.

—Donovan, yo...

Sus ojos se cristalizaron con dolor.

—Si David no te hubiese enamorado..., tú... ¿me habrías amado? —interrumpió, aprensivo de mi negativa.

—Lo más probable —contesté y él sonrió como si tuviera esperanzas.

—El bastardo tiene suerte —arrastró las palabras—. Hay quiénes nacen con estrellas y quiénes *estrellados*...

La comparación entre David y Donovan me recordó cuando yo, en una ocasión, me descalifiqué frente a la altísima modelo que se pavoneó, bajándose del descapotable negro. En ese entonces me sentí como un patito feo.

—Donovan: eres encantador, inteligente, sexy...

—Pero no me amas —se adelantó sin dejarme terminar—. ¿De qué me sirven esos atributos si no te tengo?

—Te quiero como amigo.

—No es así cómo deseo que me quieras —graznó.

—Lo siento, es todo lo que te puedo ofrecer.

Una pequeña lágrima se le escapó al cerrar los ojos, comprendiendo que esta batalla del amor la había perdido antes de iniciarla.

Alzó la mano, simulando arreglarse el cabello, y la secó.

—No entiendo por qué lo amas: es un *chupasangre*.

—Lo amo sin importar lo que sea. —No necesitaba que me lo recordara, David luchaba contra su instinto y era mejor que muchos vampiros que se dejaban llevar por la sed de sangre.

Resopló.

—¿Te das cuenta de que tarde o temprano tendrás que enfrentarte al vampirismo de David? ¡Se volverá en tu contra! —advirtió—. Él no podrá evadir la maldición por más tiempo.

La maldición...

¿Haber caído del cielo fue una maldición?

Y ¿por qué lo hizo?

O, mejor dicho: ¿por quién? ¿La pelirroja o la rubia?

Si es que este fue su verdadero motivo...

Asentí apesadumbrada, dándole la razón. Si mi ángel pensó que un conjuro le ayudaría a congraciarse con la luz del día y no pagar un alto precio por ello, se había equivocado.

—Lamento no poder ayudarlo —dije entristecida. De ser bruja, buscaría entre todos los libros de magia y hechicería hasta dar con un conjuro que lo hiciera humano; de ese modo, el sol sería su amigo y los dos no tendríamos por qué justificar lo que sentíamos el uno por el otro.

Donovan se disgustó.

—No te lamentes por él, no necesita de tu last...

Un ruido ensordecedor se escuchó en el piso inferior.

Donovan y yo saltamos fuera de la cama.

—¡¿Qué fue esa explosión?! —El corazón me palpitaba azorado.

—No creo que lo sea —expresó, yendo a toda prisa en abrir la puerta—. Quédate aquí, voy a investigar qué fue lo que pasó.

Alcancé a ver que el señor Burns corría detrás de Donovan y tía pronunció mi nombre, angustiada desde el fondo de su habitación.

Acudí a su llamado, tratando de calmarla. Sus nervios estaban deshechos, se había levantado de la cama sin sostenerse de las muletas. No usaba sus pijamas, al igual que yo, la azotaba la intranquilidad debido a que se hospedaba en el apartamento de un vampiro perseguido por enemigos peligrosos.

Iba a ayudarla a que de nuevo se recostara, cuando Donovan y el señor Burns retornaron con las caras pálidas.

—¡Ese *chupasangre* viene por ti! —advirtió Donovan visiblemente preocupado del que pretendía llevarme lejos de allí.

Casi me vuelve la alegría al rostro, pero la expresión de terror que tenían los dos me indicaba que no se trataba del que pensaba.

—¿Quién es? —Imaginaba de quien se trataba.

—¡Vincent! —Donovan respondió lo más bajo que sus cuerdas vocales le permitieron para exclamar.

Me tapé la boca con las manos, ahogando un grito.

«¡David!, ¡*Vincent está en el penthouse!*» —el llamado telepático fue instantáneo.

Sin embargo, ni esa información hizo que él me respondiera. A dónde haya ido, nuestro lazo telepático no alcanzaba.

—¡Muevan las piernas, tenemos que largarnos antes de que se den cuenta!

—¿«Se den...»? —Me petrifiqué—. ¡¿Son más, Donovan?!

«¡David!».

—¡Oh, por Dios! —tía se horrorizó mientras el señor Burns le entregaba a ella el abrigo que esta dejó sobre la cama, la ayudó a ponérselo y después le alcanzó las muletas para salir deprisa de la habitación. Donovan encabezó la huida a través del pasillo de la segunda planta, encontrándose a medio camino con Ilva –pistola en mano– y dos chicas del servicio que lucían aterrorizadas.

—Entraron por la terraza.

—¡¿Cómo nos encontraron?! —inquirí a la mujer, pero esta me dedicó una mirada desdeñosa.

—Es obvio que rastrearon el hedor de tu perfume barato. —Hasta en situaciones adversas era una víbora.

—Mira, lagartija...

—¡No es hora de discusiones! —el señor Burns nos afanó—. ¡Tenemos que irnos de aquí!

—¿Por dónde?, ¡la única salida está bloqueada por esos tipos! —replicó enojada una de las chicas.

—¡María, tranquila! —Ilva la increpó con severidad—. *Nuestros muchachos* no van a permitir que nos lastimen. Si tenemos que cruzar la sala en medio de todos ellos para huir, lo haremos.

—Pero...

—¡Suficiente! —la calló autoritaria. Luego rodó los ojos hacia el señor Burns y Donovan—. ¿Alguno de ustedes sabe disparar? Nunca he sido buena con las armas...

—Yo. —Donovan le extendió la mano para que se la entregara.

—Procura disparar al corazón o a la cabeza —dijo ella—. Eso los debilita.

—Está bien. —Revisó que el arma estuviese cargada y la accionó. Se escuchaban ruidos ensordecedores de objetos que se partían, ventanas que se quebraban, disparos y choques metálicos que no entendía qué podrían ser. *«¡David, nos atacan! ¡¡Ayúdanos!!»*, supliqué y esperé sin respuesta alguna. David debía de estar luchando, pues me ignoraba.

Donovan alzó el arma con ambas manos y apuntó hacia delante, listo ante cualquier eventualidad.

Bajamos a tropel por las escaleras. Tía tuvo que dejar las muletas en el piso para bajar apoyada de los hombros del señor Burns y del mío. En la sala se desataba una contienda entre vampiros buenos y malos. Y, entre ellos, Vincent Foster.

Corrimos hacia la puerta principal que había sido derribada por uno de los intrusos. Por desgracia, Vincent nos captó y saltó, interponiéndose en nuestro camino.

Las chicas gritaron. Tía, el señor Burns y yo, caímos al piso.

—¿Adónde creen que van? —sonrió maquiavélico. Me agarró del cuello y levantó de un tirón—. ¡Contigo tengo una cuenta pendiente! —Sus colmillos se alargaron a la vez en que sus gruesos dedos me dejaban sin respiración.

Observaba desconcertada que su ojo izquierdo se había regenerado de la vez en que le disparé en Isla Esmeralda. Aquel balazo poco daño le causó; los vampiros tenían la habilidad de regenerar partes de su cuerpo, menos la cabeza decapitada y el corazón perforado.

—¡SUÉLTALA! —Donovan descargó todas las balas de su pistola en el cuerpo del gordo.

Caí al piso, golpeándome la cabeza y enseguida Vincent se precipitó sobre él. Pero una vampira asiática se interpuso y lo lanzó de un puñetazo contra el arco que divide la sala del comedor.

El golpe fue tan fuerte que derribó parte del arco.

La vampira corrió hasta Vincent para no darle oportunidad de recuperarse. Lo malo fue que ella no se dio cuenta de que otra vampira —una afroamericana— se acercó rápido y la decapitó con su espada. Vincent estaba herido con varios cortes profundos y balazos en los brazos y las piernas. Tenía que beber sangre humana si deseaba regenerarse antes de que aparecieran más refuerzos para ayudarnos. Y nosotros éramos los humanos más próximos para saciarse.

Me levanté adolorida. Las chicas e Ilva gritaban aterradas de la encarnecida invasión, el señor Burns trató de ayudar a mi tía a ponerse en pie, en la medida en que la vampira afroamericana perfilaba los dientes para morder a Donovan.

Aun así, este tenía una bala en la recámara del arma, y le disparó en el entrecejo.

La vampira se desplomó, al caer patas arriba.

Donovan ayudó a tía y salimos del penthouse a todo galope, dejando a los vampiros enfrascados en una encarnizada pelea.

—¡No responde! —Ilva intentaba comunicarse con alguien a través de su móvil. De seguro, David.

Durante la carrera, una de las chicas se cayó. El señor Burns intentó ayudarla a levantarse, pero tuvo que dejarla tirada cuando la afroamericana —con un orificio sangrante en el entrecejo— le saltó encima, mordiéndola en el cuello.

Logramos escapar en cuanto entramos al ascensor y, antes de que las puertas se cerraran, Vincent apareció de pronto, sacando por los cabellos a Ilva Mancini.

Los gritos aterrorizados de tía y María retumbaron mientras el ascensor descendía.

Capítulo 37

—¡Jesús, María y José!, ¡¿qué eran ellos?!

María gritó, corriendo detrás de nosotros, una vez cruzamos las puertas de salida del edificio.

—¿Les vieron los colmillos?, ¿los vieron?

Ninguno quiso responder, teníamos el alma en vilo.

—Peter, ¿qué vamos a hacer? —tía Matilde preguntó estando alzada en los brazos de Donovan.

—No lo sé. —El aludido respondió asustado y eso me preocupó, porque no teníamos idea de hacia dónde ir y a quiénes recurrir para pedir ayuda. Eso vampiros nos darían alcance en un parpadeo.

Estábamos solos.

Donovan se detuvo frente a la Lincoln negra, bajando a mi tía con cuidado para no lastimar su pierna y sus costillas. El señor Burns golpeó con sus nudillos la ventanilla del copiloto. Dio varios toques enérgicos y, al instante, el cristal rodó hacia abajo, mostrando el rostro del chofer que estaba en el otro asiento.

—¿La señora Mancini?

—No nos acompañará —le respondió a este sin revelar lo que en realidad le sucedió. ¿Para qué decirle que estaba muerta? Perderíamos tiempo en explicaciones.

Los ruidos y griteríos que provenían del interior del edificio llamaron la atención del chofer.

—¿Qué sucede?

—Están... atracando —el señor Burns prefirió reservarse la verdad porque era más inconcebible que la misma mentira.

—¿Llamaron a la policía?

—¡Abra la puerta! —Donovan lo gritó impaciente. Tía se apoyaba sobre él para no caerse.

Al instante, el seguro de la puerta se levantó, dejando que nos metiéramos presurosos al vehículo.

Dentro, la limusina era espaciosa.

Tía fue ayudada por Donovan para acomodarse en el asiento principal, quedando sentada casi debajo de la ventanilla del techo solar como toda una reina. Donovan y yo nos sentamos en el extremo opuesto, dándole la espalda al chofer. El señor Burns se sentó al lado de mi tía y María en la parte lateral, con sus pies rozando el hermoso minibar ubicado frente a ella.

El vidrio divisorio –a mi espalda– bajó poco a poco para mostrar los ojos escrutadores del chofer.

—Oigan, yo no me puedo ir sin la señora…

—¡ARRANCA EL AUTO! —Donovan ordenó enérgico, en unas aparentes ganas de saltar hacia la cabina y ponerse él detrás del volante por la tardanza del hombre en arrancar la limusina.

Este lo miró con expresión cautelosa y le dijo:

—No sé qué es lo que está pasando, pero... —enmudeció cuando un bulto grande cayó con fuerza sobre el capó—. ¡Cristo! —exclamó sorprendido.

Tía, María y yo, gritamos a la vez.

El bulto sobre la limusina era uno de los vampiros vigilantes que se ocultaba entre las sombras del vestíbulo cuando llegamos.

Sin expresión de dolor, con los ojos fieros y sus colmillos perfilándose, se levantó con tal velocidad que apenas dejó una sombra oscura a su paso. Gracias a Dios por los vampiros buenos que nos protegían.

El chofer jadeó al ver a un hombre transformar su rostro como si fuese un demonio y luego desaparecer a una velocidad inigualable.

—¡¿Eso es un...?! —enmudeció al comprender lo que era—. ¡No, no, yo me largo de aquí! —Se bajó con rapidez. Por lo visto, ni él ni las chicas, al servicio de Ilva Mancini, estuvieron al tanto de la existencia de los vampiros.

—¡Espere! ¿Adónde va? —Donovan le gritó por huir este despavorido y sin mirar hacia atrás, corriendo como si su vida dependiera de ello.

María quiso hacer lo mismo que el chofer, pero el señor Burns la detuvo a tiempo de no golpearse contra el pavimento. Donovan había saltado rápido hacia la cabina para tomar el asiento del piloto. Encendió el motor y, en un chirriar de neumáticos, el vehículo aceleró, sacudiéndonos a todos en los asientos.

Miré hacia el edificio y en su interior divisé fuego.

Donovan tuvo problemas para esquivar a los curiosos que se agolpaban imprudentes en la calle ante el tiroteo que se escuchaba. Huir por las calles de Manhattan en limusina era toda una proeza, y más si nuestro «nuevo chofer» desconocía las desviaciones y atajos que utilizamos para escapar sin problemas y no quedar atrapados en el tráfico.

Volteé a mirar a Donovan y este me preguntó:

—¿Alguna idea de hacia dónde ir?

Me mordí los labios, pensando cuál sería el mejor escondite sin tener que exponer más vidas, ya que era pésima idea recurrir a algún amigo ni refugiarnos en las iglesias por considerarlas inseguras. ¿Qué tanto les afectaría a los vampiros el suelo sagrado? También los hoteles quedaban descartados, serían los primeros lugares que buscarían sin amilanarlos los miles de estos ubicados por toda la ciudad, era cuestión de tiempo que nos encontraran. Si tan solo David usara la telepatía, tal vez nos orientara a otra zona resguardada por su gente. Sin embargo, no se comunicaba ni yo podía telefonearlo.

—¡Ve al museo Guggenheim! ¡Está cerca de aquí! —respondió el señor Burns desde el fondo de la limusina.

Donovan lo miró por el espejo retrovisor del parabrisas mientras manejaba a la velocidad máxima que los demás vehículos que hallaba a su paso le permitían.

—¿Museo? ¿Qué harán *esos bohemios* por nosotros?

—Conozco gente que nos ayudará —comentó y a continuación extrajo el móvil del bolsillo interno de su abrigo y comenzó a marcar un número.

—¿Nos recibirán a esta hora? —Donovan lo ponía en duda.

La idea me resultaba de lo más descabellada. El edificio era uno de los lugares más emblemáticos y modernos de la ciudad, aun así, los trabajadores de aquel lugar en nada nos protegerían, a menos que golpearan a los vampiros con las obras de arte que allá exhibían.

Le indiqué a Donovan que bajara por la Avenida Lexington y cruzara por la calle 73 hasta la Avenida Madison. Hacíamos pericias para evitar el congestionamiento vehicular y que pudiésemos llegar lo antes posible a nuestro destino. Observé al señor Burns hablar muy misterioso con su interlocutor, como cuidando de mí sus expresiones. Mucho secreteo para lo que ya sabíamos.

Al momento en que la limusina doblaba por una esquina, sentimos un fuerte golpe en el techo.

Todos nos sobresaltamos asustados, sabíamos lo que representaba. El violento salto de un vampiro.

La pregunta era: ¿amigo o enemigo?

En todo caso, estábamos indefensos. La única arma que poseíamos era la que Ilva le entregó a Donovan para defendernos. Por desgracia, él la descargó sobre el cuerpo de Vincent para liberarme.

La ventanilla del techo se quebró, producido por un fuerte golpe, y, al instante, el torso de un gordo se asomó a través de esta.

La risa de Vincent nos paralizó el corazón. Era un enemigo.

Gracias a Dios que la ventanilla solar era estrecha, ya que impedía que él se metiera por completo al interior. Su gruesa complexión lo mantuvo con medio cuerpo fuera. María se encogió sobre el asiento, gritando horrorizada. Tía se aferró a la puerta, sopesando la idea de tener que saltar fuera del vehículo en movimiento. El señor Burns le pateó la cara a este sin conseguir siquiera lastimarlo un poco.

Furioso, Vincent fracturó la pierna del señor Burns. Los gritos de dolor superaron los aterrorizados de María y tía Matilde. No contento con el daño causado al anciano, el vampiro se estiró un poco y tiró de la pierna fracturada para darle a él un puñetazo en la cara.

El señor Burns quedó desmayado en el piso tapizado.

—¡PETER! —tía gritó angustiada.

«¡*David, nos atacan!* —lanzaba mi telepatía con desesperación.

Donovan manejaba con muchísima velocidad y zigzagueando en un intento por sacudir al vampiro del vehículo. Tratamos de sujetarnos a lo que fuese para no golpearnos la cabeza y los brazos. María intentó abrir la puerta para tirarse del vehículo, pero Vincent giró su torso y la atrapó, sacándola con rapidez por la ventanilla solar.

Un grito escalofriante se escuchó de ella, seguido del lúgubre silencio que precede a la muerte.

La sangre se me heló al ver cómo ese monstruo lanzó su cuerpo inerte al pavimento. Varios vehículos pasaron por encima de María, sin ser capaces de frenar a tiempo. Los que lograron hacerlo, colisionaron entre sí para evitar atropellarla.

«¡*DAVID, VEN PRONTO! ¡VINCENT VA A MATARNOS!*» —suplicaba y él nada que daba una respuesta a cambio.

El aludido volvió a meter su grueso torso por la ventanilla solar tratando de agarrarnos; por fortuna, sus regordetes brazos no nos alcanzaban. Debido a esto, optó por desgarrar el techo con fuerza para hacer un agujero más grande.

Donovan lanzó una sarta de palabrotas y aceleró.

—¿Dónde está el *chupasangre*? —se preocupó. Casi atropella a un transeúnte que iba a cruzar el rayado de la calle.

—Sigue en el... ¡Oh, Dios! —Me encogí sobre el asiento cuando Vincent estiró el brazo hacia mí.

Su garra me buscaba y yo me lancé dentro de la cabina para evitar ser atrapada.

Sus pisadas se desplazaron hacia nosotros, sin él ser capaz de entrar a través de la ventanilla, por los bruscos movimientos de la limusina. Había sangre alrededor del marco abollado por los cristales que debieron haberle cortado las lonjas de su rolliza cintura y su brazo. Trataba de atraparme como un gato gordo que quería devorase el canarito enjaulado, sus garras eran mortales cuchillas que desgarraban piel y metal.

Apenas faltaba un par de manzanas para llegar al museo y estar a salvo. Pero el techo –arriba de Donovan– se agujereó de un golpe.

—¡Cuidado!

Donovan se encogió y estrelló la limusina contra un Cadillac rojo y luego siguió conduciendo. Las piernas de Vincent resbalaron sobre el parabrisas y se afianzaron sobre el capó. La mano en el hueco recién creado le permitió sostenerse.

Entonces, con su fuerza, desprendió esa parte del techo.

Donovan no tuvo tiempo de encogerse. Vincent lo sujetó por el cuello, sacándole medio torso para morderle el cuello.

—¡No, déjalo! —chillé mortificada, tironeando de la pierna de Donovan para salvarlo. El auto seguía su trayectoria, sin conductor.

«¡*David, ayúdanos!*».

Buscaba con desespero algo que me permitiera liberar a Donovan, disponiendo de escasos minutos antes de que Vincent le drenara por completo la sangre. Miré hacia la guantera y rogué al cielo encontrar un arma. La abrí y estaba vacía. Donovan comenzaba a desfallecer, sus manos dejaban de producir resistencia y cayeron languidecidas.

Pero un estruendo nos sacudió.

Vincent salió expulsado tres metros hasta estrellarse sobre uno de los autos estacionados. Donovan cayó inconsciente sobre el asiento.

La limosina había chocado.

—¡Oh, no, Donovan! —Me angustié, ignoraba si seguía con vida—. ¡Donovan! —Lo revisé—. ¡Por Dios, Donovan! —Sangraba por el cuello, le había desgarrado la piel al morderlo.

Apreté la herida para contener la sangre y esto era insuficiente, así que me quité el suéter y lo enrollé, poniéndolo sobre la herida.

«¡David, respóndeme, deja de luchar y ven a ayudarnos! ¡TE NECESITAMOS!».

Tantas súplicas mentales comenzaron a preocuparme.

¿Qué le pasaba a David?

Dudaba de si la telepatía se sostenía desde grandes distancias; de ser así… ¿por qué no fui capaz de comunicarme con él en Carteret?

—¡Allison! ¡Allison! —Tía me llamaba angustiada desde los asientos posteriores.

—¡Estoy bien! —Traté de sonar lo más calmada posible sin conseguirlo. Luego miré hacia afuera, en busca de alguna persona que nos socorriera, pero la calle estaba solitaria. La limosina quedó atravesada, de modo que obstaculizaba el tráfico y ni un histérico conductor tocaba la bocina o se bajaba de su auto para increparnos—. ¡Donovan está malherido, Vincent lo mordió! —lloré impotente de que ese condenado vampiro siempre nos daba cacería y nadie lo detenía. Ni siquiera David ha sido capaz.

—¡Oh, Dios! —tía rompió en llanto por el desespero de estar inermes ante los acontecimientos. Ni un policía, nadie que gritara por ayuda.

—*Arrrrgghh…*

Al menos, algo bueno sucedía.

—¡Peter! —El señor Burns recuperaba la conciencia, quejándose de dolor—. ¿Querido, estás bien?

—Sí...

Rápido recordé que seguíamos en peligro. Rodé los ojos hacia el lugar donde cayó Vincent, pero este desapareció.

Sin dejar de ejercer presión sobre el cuello de Donovan, lo busqué en todas direcciones. No lo veía por ningún lado. Mi corazón no dejaba de latir con fuerza, la pesadilla no terminaba y yo seguía inmersa entre el terror y la zozobra.

—Allison, pediré ayuda —dijo tía decidida en salir de la limosina.

—¡No, quédate dentro!, ¡permanezcan quietos y callados!

Busqué el móvil de Donovan entre sus ropas, debido a que, por huir del penthouse, dejé mi bolso en la habitación que me hospedaron, al igual que mi tía con sus pertenencias. Me arriesgaría en llamar a David, él tenía que saber lo que nos sucedía, debía parar su guerra y venir a rescatarnos.

Cielos... Donovan no lo traía consigo.

Sin embargo, no era el único que disponía de dicha telefonía.

—¿Señor Burns, puede lanzarme su móvil?

Soportando la fractura en su pierna, se incorporó sobre el asiento lateral y se deslizó hacia mí, en un gesto de dolor. La nariz la tenía inflamada y sangrándole. Me dio pena hacerle pasar por ese predicamento, pero nos urgía hacer la llamada.

Me lo entregó sin preguntar.

Y, antes de marcar..., Vincent arrancó la puerta del copiloto, con mucha violencia.

—¡Hola, dulzura! —ronroneó el asqueroso. Me sujetó del brazo y me lanzó sobre su hombro como un saco de cemento.

—¡Suéltame! —grité aterrorizada, me tenía en sus manos—. «¡David! ¡David!». —¡¿Qué le pasaba, que no me contestaba?!

Tía y el señor Burns gritaban, pidiendo ayuda e insultando al vampiro para que me soltara. Al menos, ellos no morirían por mi culpa, solo lamentaba que Donovan haya sido mordido.

Traté de escapar, pataleando con fuerza. Vincent corría tan rápido que nadie reparaba en nosotros, su físico lejos de entorpecerle, demostraba resistencia, trepaba y saltaba por encima del tejado de los edificios, cada vez alejándonos más de la Gran Manzana.

Aun así, sin importar el contratiempo, haría lo necesario para detenerlo.

Le mordí el costado izquierdo, apretando los dientes hasta que me temblara la mandíbula.

—¡*Aggggrrhhh!* —Me arrojó al piso para librarse de mis dientes—. —Agradece que no te puedo matar, pero te voy a dejar *bien calladita*.

Sin esperármelo, me dio un bofetón con el dorso de la mano.

Vi estrellas y luego oscuridad.

Capítulo 38

—Tenías que ser tú, burro ignorante, el que causó todo ese lío.

Gruñó una voz femenina mientras yo me mantenía aovillada y con los ojos cerrados, fingiendo que seguía inconsciente por el golpe propinado por el vampiro. Me habían acabado de depositar en un lugar frío que se bamboleaba y del que captaba el olor a salitre.

—No es mi…

—¡Cállate! —la mujer ordenó a Vincent, quien trató de defenderse de la dura acusación—. ¡Hasan enfureció al ver las noticias! —exclamó cerca de mí—. Fuiste imprudente al morder al chico delante de tantos humanos. ¿Acaso no estás enterado de que estos poseen móviles con cámaras de vídeo incorporadas? ¡Te filmaron desde los edificios! No solo llamaste la atención de estos, sino que atrajiste la de los Grigoris y la Hermandad. ¡Ahora todo el mundo estará sobre nosotros!

—Iraima, yo pensé que ya no importaba el secreto…

—¡Nos importa hasta que hayamos triunfado! Así que prepara tu cabezota porque te la van a arrancar.

Vincent trató de replicar, pero enseguida la mujer lo intimidó con su gruñido.

Esto me animó en abrí los ojos, aún temerosa de lo que me encontraría, ya que había escuchado varias voces susurrantes a mi rededor.

Temblé.

Oh, Dios…

Controlé en lo posible de no chillar por el temor que me embargaba.

Varios sujetos se hallaban sentados casi sobre mí, sus pies prácticamente me encarcelaban para que no huyera, habiéndome arrojado en el piso de un navío ligero, sin ataduras ni vendas del cual después luchara o viera hacia dónde nos dirigíamos, pues solo era un cervatillo entre leones… Dichos hombres se mecían en sus respectivos asientos debido a que surcábamos las aguas a gran velocidad en medio de la noche; sus fisonomías no se apreciaban, apenas sus oscuras siluetas y sus cabellos que se batían por la brisa marina. Deducía que se trataban de vampiros y Vincent se hallaba entre ellos, lloriqueando por lo que el tal Hasan le haría.

—Hey, ¿estás bien? —la mujer que respondía al nombre de «Iraima», me zarandeó el hombro con delicadeza.

Asentí sin expresarle que el frío me calaba hasta los huesos. Más me valía no enojarlos, porque ignoraba qué tan perversos eran esos sujetos que, tal vez, podrían cerrarme la boca con otro certero golpe por quejica.

—No contento con *cagarla* en Nueva York, decides estropear a la chica —reprendió la vampira.

El ruido de un motor retumbaba en mi cabeza, causándome dolor. Me llevé la mano hacia la mejilla lastimada y ahogué un quejido lastimero.

El maldito me golpeó fuerte.

—A esa asquerosa humana apenas la toqué —Vincent masculló con ojeriza y yo sonreí a pesar de la situación. Las acciones de este serían castigadas por imprudente.

—David te va a arrancar la cabeza cuando te encuentre —le hice ver a riesgo de ganarme un golpe y esforzándome a la vez de no convulsionar por carecer de un abrigo que me protegiera de las bajas temperaturas. Mis dientes comenzaban a tiritar.

Todos se carcajearon.

Mi advertencia les hizo gracia.

—Te vas a llevar una sorpresita —comentó él, divertido. Y esto me borró de un plumazo mi sonrisa pérfida. ¿Hacia dónde, carajos, ellos me llevaban?

—¡Cállate, bocón! —la mujer le gritó a ese desgraciado ser. Según lo que lograba de esta observar, era bajita y con una rudeza en su voz que le confería cierta autoridad sobre los que le acompañaban.

Enseguida fui consciente de que, dicho navío, era una lancha de diseño deportivo, pilotado por una vampira alta mientras que los demás permanecían cómodamente sentados, observando el paisaje marino. Eran cinco, incluyendo al barrigón de Vincent Foster. Las probabilidades de escapar de ellos eran nulas.

Surcamos el río Hudson, con la nocturna ciudad neoyorquina alzándose a nuestro rededor. Desembocamos en el Atlántico después de varios minutos, y, a lo lejos, las luces de un yate solitario se alcanzaban a ver, apartado del continente y de las islas aledañas. Menos mal que a esos vampiros no se les ocurrió la idea de nadar hasta allá, porque moriría de hipotermia.

En la medida en que nos aproximábamos, Vincent se removía en su asiento, preocupado por tener que enfrentarse a la furia de su jefe. Ignoraba quién de los dos estaba más atemorizado, si él por meter la pata o yo por ser el nuevo amor de David Colbert.

Tan pronto la lancha se acercó por la popa del yate, no hubo necesidad de que bajaran la escalera colgante o alguna compuerta. Los vampiros saltaron hacia arriba, conmigo en brazos. Solo la vampira llamada «Yelena», permanecía en la lancha para anclarla al yate de alguna manera. El tamaño de la embarcación me sorprendió, era tres veces más grande y el doble de alto al yate de mi amado vampiro, superándolo en cada línea y diseño de construcción. Hasta alcancé a ver las hélices de un helicóptero en la parte superior.

Cruzamos la cubierta, siendo aguardados por una pareja de vampiros. Me miraban como si estuviesen sedientos.

—Ivanka. Sergey —Iraima los saludó con cortesía. Ellos devolvieron el saludo de la misma forma y nos permitieron pasar.

Yelena se unió rápido al grupo y fue prudente en flanquearme. Iraima se hizo al otro lado, dispuesta a dar pelea al vampiro que osara clavarme los colmillos, yo no era presa para ellos, sino para alguien más.

Observé las facciones de las dos vampiras. Ninguna era bonita, más bien, lucían como soldados de un regimiento apartado del que les hacía falta una buena ducha. Yelena –la alta– daba la impresión de ser rusa, muy blanca y rubia... En cambio, Iraima –la bajita– parecía latina. Hasta su acento delataba que provenía de Colombia o Venezuela.

Esta me tomó del brazo y me llevó hacia el interior. Ingresamos a un ascensor de cristal. Todos nos introdujimos en este, a excepción de la pareja sedienta que quedó vigilando la cubierta. Ascendimos dos pisos y ya nos aguardaba otra «comitiva». Por fortuna, estos no requerían de sangre o lo disimulaban bien por su entrenamiento. Nos guiaron en silencio hasta una puerta donde dos grandotes e intimidantes guardaespaldas, la custodiaban. Uno de ellos se hizo a un lado y dio libre paso. Los latidos de mi corazón retumbaron con fuerza en mi pecho, sintiéndome una condenada a muerte que se encaminaba hacia la silla eléctrica.

Entramos.

Válgame...

¿Cómo describir la impresión que sentí al ver el camarote de mi verdugo?

Absoluta fascinación.

La comodidad y el lujo eran un distintivo en los seres de la noche. El camarote era amplio y refinado, decorado al buen estilo marroquí: cojines, jarrones, hermosas lámparas, muebles autóctonos de líneas simples y alfombras multicolores que cubrían pisos y paredes.

Sentado en un extenso sofá y, en medio de dos sexys vampiras, se hallaba el famoso Hasan, en pijama, escrutándome en silencio con sus amedrentadores ojos negros. Era un vampiro alto y fornido, de rostro severo.

No era el que yo vi antes en aquel tenebroso castillo...

Tres sujetos asiáticos aguardaban cerca de un enorme televisor de 3D. Las vampiras usaban lentes polarizados para ver la imagen en la pantalla. Uno de los asiáticos —el más bajo— tenía la mirada asustada como si también estuviese rindiendo cuentas. Miré en dirección a Vincent, quien permanecía agarrado de unos sujetos llamados Aquiles y Vladimir. Al entornar la vista de nuevo hacia Hasan, concluí con obviedad, que ese era el vampiro que deseaba ver morir a David y apropiarse de sus terrenos.

Iraima me empujó hacia delante, haciendo que yo diera dos torpes pasos hacia el propietario del yate.

—Así que esta es la humana por la que el Grigori perdió la cabeza —Hasan rompió el silencio de manera displicente, mientras acariciaba la pierna de una de sus amantes.

Lo que dijo me dejó de piedra.

¡¿Perdió...?!

—¡ASESINO! —grité con todo el dolor de mi alma. Con razón David no respondía a mis llamados telepáticos: estaba muerto.

El vampiro se deslizó hacia mí a gran velocidad.

—Oh, *sí* que lo soy... —me olfateó casi pegando su nariz en mi cuello—. Soy el más grande asesino con el que te hayas cruzado en tu vida —siseó con ese acento del Medio Oriente.

Enseguida sus ojos se apartaron de los míos y se clavaron enojados sobre los de Vincent, yendo hasta este para propinarle un golpe de revés en el rostro.

—¡Estúpido! —lo reprendió bastante enojado—. ¡Por ti tenemos a los Grigoris pisándonos los talones!

Vincent cayó contra Aquiles y Yelena. Un hermoso biombo y varios jarrones de barro se estrellaron en el piso alfombrado.

—¡Hice lo que me ordenó: atrapé a la chica! —Se refugió detrás de Iraima para que lo protegiera.

Hasan gruñó.

—¿Y tenías que acabar con el edificio para atrapar a una mortal? —cuestionó, acercándose a este a gran velocidad. Iraima se apartó antes de que la fuerza de «su jefe» se volviese contra ella—. ¡Creí que serías útil, pero solo has sido un estorbo!

—Perdóneme, mi señor —suplicó lloroso, temblando de la cabeza a los pies. Era el único, cuya complexión rolliza desentonaba con las del resto que lucían en forma, como si su vampirismo fuese un error.

Hasan le extendió la mano a Iraima para que le entregara la espada que tenía envainada en su cinto.

Los vampiros asiáticos se inquietaron.

—¡Había muchos guardianes, más de los que suponíamos! —Vincent chilló, en él ya no se reflejaba esa soberbia que demostró las veces en que nos atacó. Se lo veía tan reducido...

—Nos dejaste al descubierto por una mortal común —Hasan ignoraba sus explicaciones mientras empuñaba la espada.

—Esa chica... —Vincent me señaló tembloroso—. ¡Esa chica no es común!

—Solo es humana —escupió el otro de mala gana.

—¡No! ¡Ella puede saber en qué lugar está un vampiro, es muy buena con la pistola!

—¡¡Nosotros también!!

—Mi señor...

—¡SILENCIO! —Hasan levantó la espada, situándola debajo del mentón de su torpe lacayo.

—En lo único en que ella nos sirve, es para utilizarla en contra del Grigori.

Sonreí. ¡David estaba vivo!

Hasan bajó la espada y giró sus oscuros ojos hacia mí, en cuanto notó mi felicidad.

Pestañeé nerviosa al verlo aproximarse.

—El Ejército Rojo nos colaboró para cazar al Grigori que casi echa a perder nuestros planes —reveló—. Sus hombres fueron buenos en el combate, pero no contaron con que éramos numerosos. ¡Los aniquilamos a todos! David es fuerte, dando golpes, sus colmillos casi me desgarran el cuello. —Se llevó la mano a los cuatro orificios que tardaban en cicatrizar—. Lo bueno es que los años no pasan en vano, se está haciendo viejo —se burló—, sus fuerzas lo abandonaron en buen momento.

Llevé las manos a la boca para ahogar un sollozo. El resto de los vampiros se carcajearon. Las «damas de compañía» se quitaron los lentes polarizados y se acomodaron sobre los almohadones del sofá, contagiadas por las risas.

Hasan dio otro paso para quedar cerca de mí, inclinando su rostro a mi altura para intimidarme. Me escaneó con sus dos abismos a la vez en que olfateaba desde su escasa distancia la sangre que corría por mis venas.

—Serías una vampira perfecta, lo que es una pena tener que deshacerme de algo tan precioso como tú —acarició mi mejilla, y la punta de su espada arañó la alfombra como indicándome que de ahí yo no pasaba.

Así que eso era todo: moriría en un barco, mordida y decapitada por ese vampiro.

—¿Qué espera? —lo desafié—. ¡Hágalo, máteme! —No le iba a dar el placer de suplicar.

Hasan sonrió despectivo.

—No será por mi mano, sino por la de *él* —comentó con satisfacción, teniendo sus siniestras risas eco en los demás vampiros que allí se hallaban presente.

Me dejó fría. Quería que David fuese el que asesinara a la mujer de la que él estaba enamorado, para que después se doblegara por la mortificación de sus actos.

—Perderás tu tiempo —siseé—. Él nunca me lastimará.

—¿Crees que no? —rio—. Ya verás que cuando la sed sea insoportable, no te reconocerá.

—¡Monstruo!

Hasan entrecerró los ojos.

—¿Yo? —volvió a reír—. Hay otros que son peores... ¿Sabías que *tu monstruo* cazaba más por deporte que por sed? —se burló—. Le gustaba ver sangre en sus víctimas. Era su delirio. Acabó con todo un pueblo en una noche, solo por diversión.

Iraima y los demás se burlaron de mi perplejidad.

—¡Mentira! —chillé furiosa. Sabía que David dependía de la sangre porque no tenía alternativa, pero no lo creía capaz de semejante barbaridad—. ¿Por qué hace esto? ¿Qué le hizo él para que usted lo odie tanto?

—¡MATÓ A MI HERMANO! —gritó con todo su ser—. ¡Solo porque bebió de un insignificante mortal de su propiedad! ¡De ese asqueroso pueblo donde tú vives!

¿De dónde yo vivo?

Jadeé.

¡¿Isla Esmeralda?!

Imposible...

¿Acaso...?

¡Mierda! ¡¿Acaso fue el que mató a Rosangela?!

—Desde hace cien años he querido pagarle a él con la misma moneda —continuó confirmando mis sospechas—. ¡Gracias a mí, *tu monstruo* conquistó los territorios americanos! ¡¿Y cómo me lo agradeció?! ¡DECAPITANDO A MI CARNE Y SANGRE!

»Pero, el que es paciente, es bien recompensado —bajó el tono furioso de su voz como un bipolar—. Y, ahora tengo en mis manos a la mujer que él ama.

Me tomó del brazo y tiró de mí con brusquedad hacia la puerta.

—¿Adónde me llevas? —el terror me atenazó. No solo se trataba de invadir los dominios de David, sino que la venganza también tenía cabida.

—¿Quieres verlo? Al Grigori le dará *gusto* verte...

Miré de refilón a Vincent que suspiraba aliviado. Al parecer, Hasan no planeaba matarlo sino castigarlo. Era increíble que ese hombre prefiriera matarme y perdonarle la vida a un ser tan despreciable como ese desgraciado.

Al momento de abandonar el camarote, Hasan se detuvo, entregándome a uno de los que custodian la puerta.

—Se me olvidaba... —se separó de mí en un segundo, alborotándome el cabello con el aire que se desprendía por su velocidad. Al instante, escuché los horrorizados chillidos de Vincent y luego los murmullos se alzaron, tras iluminarse el camarote con el fogonazo que debió emerger de su cuerpo inerte al incinerarse. El alivio de que ya no me hostigaría con sus amenazas ni me acecharía en la oscuridad era impactante. Me sentí horrible, no debería alegrarme de su muerte, pero no podía evitarlo, en cierto modo se hizo justicia.

Hasan no esperó a que las llamas se extinguieran en el camarote. Se apresuró en salir, arrastrándome consigo a lo largo del pasillo. Iraima, Yelena y las dos amantes, lo siguieron. Mi corazón latía atormentado, pronto vería a David y no en las condiciones que hubiese deseado. Sabía que estaba malherido y que era imperativo que bebiera sangre humana, yo era la única que poseía ese preciado líquido escarlata en varios kilómetros a la redonda, preguntándome en mi fuero interno de si su amor por mí era lo suficientemente fuerte como para que el deseo por alimentarse de mis venas no lo enloqueciera. Por desgracia, era una respuesta que pronto comprobaría en persona.

Descendimos casi hasta el casco y nos detuvimos en la primera puerta que nos topamos. Hasan ordenó a uno de los dos sujetos que la custodiaban para que la abrieran.

Lo que vi... me conmocionó.

David se hallaba encadenado de pies y manos en unas barras incrustadas contra el techo y el piso de la celda.

Oh, por Dios... Su torso desnudo tenía innumerables mordidas que, al parecer, tardaban en cicatrizar. Le clavaron una espada en su estómago y un puñal cerca del corazón.

Lloré mortificada, cuánto debió sufrir…, cuánto dolor soportaba… Presentaba perforaciones de balas en los brazos y las piernas, por lo visto esos malditos seres jugaron con él, tiro al blanco.

No veía su rostro, su cabeza inclinada hacia abajo me impedía saber si estaba inconsciente.

Lloré. Ansiaba liberarlo de sus cadenas y quitarle de su cuerpo las armas blancas que lo aquejaban. Quería ser su salvadora y no convertirme en su cena.

—¡David! —sollocé—. ¡¿Qué te han hecho?!

Él no levantó la cabeza. Lo oía gruñir en voz baja, sus manos se crisparon y su cuerpo se tensó al instante.

—Te hemos traído algo de beber… —Hasan canturreó, tirándome al piso cerca de él, para que estuviese a su alcance.

David olfateó mi proximidad y enseguida entornó sus ojos amarillos con ferocidad.

No me reconoció.

—¡David, no! —Me impacté al verlo. La perfecta tonalidad de su bronceado dorado había desaparecido, dejando una palidez que me desconcertaba. Ni cuando se convirtió en aquella abominable criatura, me desconcertó tanto. En esta ocasión su piel era demasiado blanca, incluso, más que el de los vampiros que nos observaban. Las finas venas se traslucían en su rostro, tenía un aspecto fantasmal, la excesiva luz artificial del camarote hacía que sus ojos de gato se rayaran y se vieran atemorizantes, hundidos y ojerosos.

Llenos de sed…

—¡Soy Allison! *«Amor, no me lastimes»*.

No funcionó.

Me ignoró.

David trató de lanzarse para morderme; por fortuna, las cadenas que lo sujetaban emitieron una descarga eléctrica, dominándolo de inmediato. El grito de dolor que exclamó me estremeció. Hasan rio complacido al ver que su venganza pronto se cumpliría, nada más tendría que aflojar las cadenas que lo contenían en su sitio, para que David me saltara encima.

En medio del terror, recordé algo:

Si David saciaba su sed, sus heridas se regenerarían y se fortalecería. Eso haría que se liberara de las cadenas con facilidad. Si bien, no sabría decir si recuperaría la lucidez, les daría muerte a sus enemigos.

Eso era un hecho.

Entonces, ¿para qué Hasan se arriesgaba en alimentarlo, si eso implicaba un desastre? ¿Tanto deseaba que David me matara, que no le importaba si él de esa no escapaba? ¿Acaso quería una última pelea? ¿Le afectaría a David mi muerte? ¿Se percataría de ello?

Las cuatro vampiras que nos siguieron se retiraron.

—Te estaré esperando, Grigori —Hasan expresó con una sonrisita malvada en sus labios, siendo el último en retirarse de la celda—. Ya sabes dónde encontrarme…

Cerró la puerta tras de sí, y los cerrojos se clavaron en el marco de la puerta.

Quedé encerrada con David.

Lentamente rodé los ojos hacia él cuando gruñó como felino al acecho.

Tragué en seco.

Batió las cadenas con fuerza y esperó por otra descarga eléctrica. Pero no ocurrió, más bien, empuñó las manos y tiró de estas hacia abajo para arrancar desde los cimientos sus ataduras. Lo intentó varias veces, y, en cada ocasión, las cadenas cedían.

Me arrastré fuera de su alcance y pegué la espalda contra la pared para levantarme.

¿Qué hacía?

¿Cómo escapaba?

Me sentía como un ratoncito a punto de ser devorada por un hambriento felino. David liberó su brazo derecho, tomándose un tiempo para recuperarse. El corazón me latía desaforado, mis últimos segundos de vida estaban contados y acabaría destrozada por el ser que más amaba.

Clavé los ojos hacia las ventanillas de la celda. Era otra vía alterna que me permitiría escapar.

Corrí hacia una de estas.

—¡NO! —David gritó, y, lo próximo que sentí, fue una descarga eléctrica que me lanzó lejos.

Al recobrar la conciencia, tenía a David a mi lado, con las cadenas arrancadas y los grilletes aún ceñidos a sus tobillos y muñecas como si fuesen gruesos brazaletes. Estaba liberado, ya no tenía la espada en el estómago ni el puñal clavado en su pecho. Me miraba sediento, con ganas de morderme.

Reaccioné, tratando de levantarme rápido, pero me tomó del tobillo y arrastró con violencia para que yo quedara justo debajo de él.

—David, no, soy Allison. ¡Detente!

Gruñó amenazante y me sujetó con fuerza de las muñecas, llevándolas a la altura de mi cabeza. Emitía sonidos guturales a la vez en que me olfateaba, rozando la punta de su nariz desde el nacimiento de mi busto hasta la hendidura de la clavícula para saborearme la piel.

—No lo hagas, te arrepentirás. —*Mi corazón a punto de explotar, temiendo que me mordiera. En otra ocasión hubiese sido excitante, en cambio, en estas circunstancias en la que perdió el juicio, era terrorífico.*

—Tu sangre me reclama...

—¡Me matarás! —*forcejeé desesperada por liberarme.*

David acercó sus labios hasta mi oído para susurrarme:

—Perdóname...

Acto seguido, me mordió el cuello...

—¡NOOOO! ¡NO ME MUERDAS! ¡NO!

—¡Allison!

—¡No, aléjate! ¡No, no, no!

—¡Allison, reacciona! ¡ALLISON!

Abrí los ojos, hallándome tendida en el piso. El cuerpo me hormigueaba. David me gritaba angustiado, aún encadenado a los barrotes del techo y el piso.

—¿Estás bien? —preguntó angustiado y yo tomé conciencia de lo que ocurría. No fue una pesadilla ni una visión premonitoria, fue más bien un temor escondido que salió a flote en el peor de los momentos.

Extraño y aterrador.

—David... —intenté levantarme, pero mi cuerpo no respondía. Jadeaba, costándome hasta respirar, todo me daba vueltas por estar aturdida a causa del choque eléctrico.

—¡Allison! —Tiró con fuerza de la cadena del otro brazo, reventándola en el acto.

David cayó al piso y tuvo que apoyar las manos hacia delante para no golpear su pecho y enterrar más las armas que tenía clavadas en su ser. Ambos nos hallábamos débiles e inermes a los acontecimientos, que mis lágrimas no dejaban de bañar mis mejillas. Tras liberar sus brazos, respiró profundo varias veces y se incorporó de rodillas. Sus tobillos seguían encadenados; sin embargo, se concentró en remover de su cuerpo la espada y el puñal.

Primero se arrancó de un tirón, la del estómago, provocando que gritara de dolor. Después cerró los ojos, esperó un instante para recobrar aliento; los abrió, me miró y los volvió a cerrar para tomar con ambas manos el puñal que estaba cerca de su corazón. Lo hizo con lentitud, gritando y contorsionando el rostro, hasta que finalmente logró extraerlo. Perdió la conciencia al desplomarse bocabajo.

La *aguasangre* tiñendo el piso.

—¡David! —Lloré, arrastrándome a él como si estuviese inválida—. ¡David! —Desesperada, le agité el brazo—. ¡David! ¡Vamos, abre los ojos! —Un quejido lastimero brotaba de su garganta—. Oh, Dios, ¡David! ¡Respóndeme! ¡¡Abre los ojos!!

Poco a poco él los abría hacia mí. Los dos tendidos en el piso.

Uno más débil que el otro.

—Allison… —Su mano, fría y temblorosa, buscó la mía y la aferró como si de esto dependiera nuestras vidas. Advertí que la «estrella roja» en el dorso de su mano derecha había desaparecido—. Lo… siento…

—¿Por qué te disculpas? —pregunté aprensiva. Los moribundos solían pedir perdón de sus pecados antes de morir.

—Por… hacerte pasar… por todo esto…

—No lo hagas, no es tu culpa.

—Pero, lo es… —su voz se apagó y de nuevo perdió la conciencia.

Lloré como si él hubiese muerto, aunque seguía entre los vivos. ¡Y no por mucho!

Tenía que buscar el modo de ayudarlo sin que mi vida corriera peligro. Solté su mano y, con dificultad, me senté para buscar algún otro medio que nos liberara. Rodé los ojos hacia la puerta, no era una salida factible, estaba bajo llave y de seguro electrificada.

Miré hacia las ventanillas…

Más que descartadas.

Observé el puñal ensangrentado y entendí que la única salvación, la tenía dentro de mi cuerpo.

Tomé el arma blanca con la mano temblorosa y limpié la hoja en mi pantalón varias veces para evitar que una gota de su sangre se mezclara con la mía. Luego puse el borde filoso sobre mi antebrazo izquierdo, contuve la respiración, apreté el puñal con firmeza y, a continuación, me corté la piel lo más profundo que fui capaz de soportar.

Proferí un angustiante grito de dolor.

La sangre comenzó a emanar en grandes cantidades. Arrastré la cadera hacia David y me puse de rodillas. Giré su cuerpo bocarriba para ofrecerle la sangre. Sus piernas quedaron entrecruzadas por los grilletes que lo mantenían aún encadenado por los tobillos. Le abrí la boca y apreté la herida para que saliera más flujo de sangre.

¡Cómo dolía!

Su boca se llenaba de mi sangre que escurría por la comisura de los labios. David no bebía ni reaccionaba al sabor y yo no podía darme el lujo de desangrarme en vano.

Comencé a sentirme mareada y eso no me detuvo para seguir suministrándole del vital líquido. Dejé que mi sangre bañara e inundara todas sus heridas. Las del pecho, la del estómago, las piernas, los brazos... Puse especial atención en la herida cercana al corazón, consideré que esta era la más delicada y la que casi lo mata. Luego volví a llevar mi antebrazo hacia sus labios y seguí apretando para que el borboteo siguiera cayendo dentro de su boca.

Sudé frío y mi visión se nubló. El corazón me palpitaba errático, sin poder sostenerme sobre las rodillas por más tiempo, debido a la debilidad que experimentaba. Ya no aguantaba más... Todo giraba y giraba a mi rededor como si las paredes me fuesen a caer encima. Perdí hasta el aliento, jadeaba por aire...

La sangre que le ofrecí a David fue demasiada.

Lo último que vi antes de desmayarme sobre su pecho, fueron sus temibles ojos de gato que me miraron perplejos.

Capítulo 39

Un ruido a lo lejos se escuchaba...

Extraño.

Incomprensible.

Temible.

Acompañado de una sensación insoportable que me hacía convulsionar.

Frío

Líquido.

Incómodo.

Estaba atrapada en una oscuridad que nada me dejaba ver, salvo múltiples y minúsculos destellos blancos que cubrían desde muy arriba toda la extensión de mi cuerpo. Alargué el brazo para tocarlos, pero sentí un latigazo espantoso que laceró mi piel. Me encogí, escondiendo el brazo de aquello que me produjo semejante dolor. Me quejé y lloré sin reconocer mi propia voz. Sentía que flotaba y me arrastraban a una impresionante velocidad hacia un punto indeterminado, recordándome de una sensación olvidada en el pasado.

El arrastre terminó, para luego experimentar otra sensación.

Granulado.

Ondulado.

Placentero.

El frío empeoró al sentir la brisa nocturna y el goteo de lo que parecía ser una ligera lluvia que caía sobre mi rostro. Eso me despabiló y sacó del desvanecimiento. Abrí los ojos con pesadez y lo primero que enfoqué, fue la mirada preocupada de un ángel hermoso que me llamaba mortificado. La melodía de su voz denotaba nerviosismo y clamaba mi atención con urgencia.

—¡Allison! ¡Amor vuelve a mí, por favor!

Desperté en la orilla de una playa. David estaba sobre mí, sacudiéndome los hombros, el movimiento frenético de sus manos hacía que la humedad de su cabello cayera en mi rostro como un rocío.

—David..., ¿estás... bien? —A pesar del frío, el alivio era grandioso al notar que sus heridas sanaron.

Él esbozó una sonrisa languidecida, apreciándola gracias a unas luces que provenían desde algún punto cercano que iluminaban escasamente esa parte de la playa.

—Lo mismo digo.

No supe si sonreí o hice un mohín. Ni siquiera tenía fuerzas para llorar o fruncir el ceño por estar enojada, apenas respiraba por inercia, entumecida de la cabeza a los pies. Todo ocurrió tan rápido, tan violento..., que parecía estar aún sumergida en una pesadilla.

—Te llamé tantas veces... —mi voz se apagaba—. No me contestabas...

—Lo siento, no traía conmigo el móvil.

Reí con desaliento.

—Tonto, no me *reffffiero* a eso.

—¡Ah! —comprendió lo que quería decir.

—¿Por qué no me respondías? —Busqué palpar su rostro, pero la debilidad y el frío en mi cuerpo, lo impedían. Mi mano cayó languidecida sobre mi estómago.

—Allison, yo también intenté comunicarme contigo —expresó sin apartarse, extrañado de lo que nos sucedía.

Me desconcertó.

—¿Qué pasó, *po-por qué... p-ppperdimos* nuestra *ttt-telepatía*? —mis palabras salían tiritantes a causa del frío. Desde que me atraparon no había tenido sosiego, pasaba de una situación mala a una peor.

Negó con la cabeza y esto hizo que nuevas gotas de agua cayeran sobre mi rostro.

—No lo sé. Imagino que por... —enmudeció, pensativo. Aún él sobre mí, acariciando mis mejillas.

—¿Tiene algo que ver el *co-conjuro*?

—Puede ser —se encogió de hombros—. No estoy seguro.

Yo quise estar segura.

«¿Cuál es tu segundo nombre?» —pregunté sin sonreír. No quería que adivinara lo que intentaba hacer. Tenía que descartar si la distancia entre los dos era un factor esencial para comunicarnos con la mente.

No respondió.

Estaba pegada a él. ¡Justo debajo de él! y no me escuchó. Entonces, la distancia no era el problema. Era en efecto, el conjuro.

Me entristecí.

—¿Por qué esa cara, Allison? —se inquietó. Mi ángel hacía de capa protectora contra el mundo que me lastimaba. Alejó un poco el rostro del mío y apoyó el peso de su cuerpo en sus manos, manteniendo la postura arriba de mí, evitando aplastarme.

—Te acabo de hablar telepáticamente y no *m-me* respondiste —dije con pesar.

—Lo siento...

—Yo también —forcé una sonrisa para apartarle la tristeza que se notaba en su voz—. Perdimos algo importante.

—No te lamentes, al menos estamos juntos —sonrió.

Aun así, me daba pena darle una mala noticia.

—Ilva..., *e-ella*... está muerta. Vincent...

David se tensó ante la noticia. Frunció las cejas entre un abatimiento de tristeza y odio puro. Tantos vampiros custodiando el edificio y ninguno logró salvarla del asqueroso obeso que, tal vez, la dejó sin una gota de sangre.

—Lo mataré en cuanto lo vea —siseó con rudeza.

—Se te adelantaron. Hasan... *l-lo* decapitó.

Sus labios se curvaron en una sonrisa siniestra.

—¿Esos eran los chillidos? —se burló. Debía estar haciendo referencia al instante en que Vincent imploró por su vida en el camarote, mientras él estuvo encadenado y herido en su celda—. Hasan me quitó la satisfacción de descuartizarlo con mis propias manos —agregó sin que su malestar me causara absurdos celos. Ilva fue una persona que le sirvió a cabalidad como representante y como amiga. Le dio cariño y esta sabía que no obtendría más de él, salvo sexo. Ella lo disfrutó y le toleró las chicas de turno que desfilaban en sus narices con frecuencia. Ilva, al igual que el ama de llaves, debieron sufrir en silencio por el escaso amor que David les daba, las amaba a su modo, sin ofrecerles el amor que tanto necesitaban.

Reuní fuerza en mi brazo bueno y acaricié su gélido rostro.

—Temí tanto perderte...

David recostó su cabeza sobre mi pecho, al observar que estaba bien, me abrazó con dulzura y yo lo sentí mojado. Enseguida me palpé el cabello y las ropas, igual que él de empapada. No dije nada, comprendí al instante que, una vez que sufrí la descarga eléctrica, debió haberme sacado del yate y nadado conmigo a cuestas hasta la orilla.

Aún me inquietaba que me haya gruñido en el camarote.

—Si Hasan, *hu-hubiese* querido ver cómo me matabas, tú... tú...

Suspiró, impregnándome con su aliento.

—Te habría mordido —respondió sorprendiéndome. No me di cuenta de hasta dónde él era capaz para sobrevivir—. ¡Aunque no te mataría! —se apresuró a decir—. Hasan es tan torpe que no recuerda que un Grigori se recupera con una ínfima parte de sangre.

Recordé la cantidad de bolsas que se bebió en la bóveda.

—Necesitaste *m-mucha* de tu reserva para recuperarte *cu-cuando* te hirieron en tu *c-casa*.

—La bebí porque la había.

—Sí, *ppp-pero*...

—Tu sangre es muy nutritiva —bromeó.

—¡Vaya! —Puse los ojos en blanco—. Me alegra *sss-saberlo*.

—No vuelvas hacerlo —endureció el tono de su voz—. Pude haberte matado.

Fruncí el ceño por lo contradictorio que se escuchó.

—No lo hiciste —acaricié sus cabellos mojados—. Además, lo necesitabas.

—Sí. Y no quiero volver a pasar por aquello. No sé si podré resistirme al sabor de tu sangre de nuevo.

—Dijiste *q-que* los Grigoris se recuperan con *un poquito* de sangre.

Asintió, dándome la razón.

—Depende de qué tan herido pueda estar —explicó—. Y yo estaba muy herido, Allison. Ellos querían enloquecerme...

Cielos... Tal como lo presumí.

—Aun así, te resististe a beber de mi sangre.

—Porque te amo —expresó, pegándome más a su cuerpo—. Eso me dio fuerza para resistir.

Bastaron esas hermosas palabras para que todo valiera la pena.

—David, *e-estoy* dispuesta a dar hasta la *ú-última* gota de mi sangre para *ssss-salvarte* la *vi-vida*.

Su mano empezó a recorrer la línea de mi brazo izquierdo hasta llegar a la herida que estaba vendada con un retazo de tela que él tomó de alguna parte de la celda.

—Gracias —musitó—. Eres muy valiente.

—Siempre a la orden… —besé su frente y rodé mis ojos hacia el firmamento para agradecer también por la buena fortuna que corrimos los dos.

Él: por sobrevivir a Hasan y tener la fuerza de voluntad para superar el deseo de la sangre.

Yo: por sobrevivir a una jauría de asesinos vengativos y a la sed de mi amado vampiro.

Me maravilló el cielo estrellado con cientos de diminutos diamantes refulgentes que iluminaban la negrura de la noche. Era como si cada ángel tuviese una pequeña linterna y se asomara por su ventana para vigilar a la humanidad. En cambio, tenía mi propio ángel custodio pendiente de mi bienestar, que, de tanto vigilarme, se cayó del cielo por accidente, pues no concebía de otra forma el hecho de que él abandonara tal divinidad.

—Te marchaste sin despedirte —lo recriminé, teniendo que sacarme esa espinita que lastimaba mi corazón o en algún momento lo escupiría con rabia. Me hizo creer que lo haría y abandonó la casa del señor Burns, sin un adiós que brotara de sus labios.

David tardó segundos en responder.

—No tuve el valor.

—No *vu-vuelvas a-a* separarte de mí de *eee-esa* manera.

—No lo haré, lo prometo.

Se levantó tan pronto notó que empeoró mi tiritar.

Me alzó en vilo y luego me estampó un gran beso en los labios, feliz de tenerme de nuevo entre sus brazos. Esto ocasionó que me estremeciera azorada, ya que no sentía ese calor que me quemaba al besarme; sus labios, cual témpanos de hielo, me abrumaban. Aunque suponía que se debía al frío de la noche y a la sumergida en el océano, que descendieron su temperatura corporal.

En todo caso, me inquietó.

Si bien, David recobró sus fuerzas al probar mi sangre, ya no tenía el mismo aspecto de antes, seguía pálido y con una blancura que denotaba enfermedad, tal vez requiriendo recostarse y descansar. Esas horas de batallas y torturas, para él fueron demasiadas.

—Necesitas entrar en calor… —dijo con doble sentido y yo asentí sin replicar a su insinuación—. Qué lástima no poder disfrutar de esta playa…

Casi se me paraliza el corazón. Mi ángel me miraba con deseo, en un lugar perfecto para una noche de pasión, y yo con mucho frío.

Sin embargo, David me hizo caer en la cuenta de algo.

—¿Dónde estamos?

—Long Island —sonrió—. En playa Jones.

Siendo sostenida por él, miré a los lados y luego hacia el oscuro horizonte. En efecto, el yate de Hasan seguía iluminando el océano. Un punto luminoso que brillaba destacando en la inmensidad del Atlántico. David nadó en línea recta hacia las tierras más próximas que nos recibirían sin peligro aparente. Estábamos a una hora de la ciudad de Nueva York. Playa Jones se extendía por diez kilómetros de hermosas arenas blancas y grandes centros deportivos y culturales. Después de todo, llegar hasta su apartamento, a su velocidad, era un pequeño paseo.

Escuchamos a lo lejos un helicóptero.

Alarmados, alzamos la vista y la dirigimos en dirección hacia donde provenía el sonido rotatorio.

David entrecerró los ojos para ver mejor. Las luces del helicóptero dieron varias vueltas alrededor del yate y luego, sin demoras, voló rasante sobre las aguas hacia nosotros, iluminando con los reflectores su paso sobre la oscuridad del océano. Temí que fuese Hasan o uno de sus hombres que se rezagaron para darnos muerte, pero David no se tensó ni gruñó como las veces en que estuvimos en peligro. Al contrario, se mantenía tranquilo sin dejar de mirar hacia el aparato.

Pronto el haz de luz nos rodeó y quedamos expuestos a ellos. El helicóptero descendió cerca y el movimiento de las hélices produjo que la arena de la playa se levantara y se adhiriera más a nuestra piel y ropas mojadas.

Dos sujetos se bajaron enseguida, uno de ellos corrió encorvado hacia nosotros. A medida que se aproximaba, mi corazón latía fuerte al ver de quién se trataba.

—¡Donovan! —Me removí de los brazos de David para que me bajara. Él así lo hizo y yo planté mis pies descalzos en la arena y corrí al encuentro de mi amigo.

—¡Allison! —gritó de felicidad—. ¡Por Dios, estás bien!

—¡Oh, Donovan! —salté sobre él y le rodeé el cuello, estando de puntillas para alcanzarlo—. Pensé que no te volvería a ver.

Se rio.

—No te librarás de mí con facilidad —dijo jubiloso, correspondiendo a mi abrazo fraternal.

Lo solté al recordar que Vincent casi lo mata. Era una suerte que la mordida no le quitara su humanidad, solo si el vampiro compartía su sangre inmortal.

En este caso, no ocurrió.

—Perdona debo haberte lastimado —expresé apenada. Más bien fui yo la que se lastimó al abrazarlo. La herida en mi brazo izquierdo me palpitaba.

—No lo hiciste —se agachó un poco y llevó mi mano hasta su cuello—. Siente…

Palpé la piel de su cuello, con incredulidad. Donovan no tenía herida alguna.

—Pero ¿cómo…?

—Después te digo… —respondió evasivo en cuanto David se aproximó.

Al instante observó el rostro de este con la misma impresión que tuve cuando lo vi encadenado en el yate. La luz del helicóptero acentuaba esa palidez tan alarmante y parecida al de los vampiros en el penthouse. Ambos se miraron serios, pero no hubo intercambio de amenazadoras palabras. Solo un apretón de manos.

Era sorprendente verlos en esa condición de aliados, viviendo uno de mis sueños en el que mi amado ángel y mi amigo del alma, hicieran las paces. Así que, abracé de nuevo a Donovan, porque no creí que lo volviese a ver con vida.

—No *sss-sabes* lo feliz que me *ha-haces* —comenté y él me apretujó, alzando mis pies por encima de la arena.

—Es un alivio saber que no te lastimó. Aunque... —miró la venda improvisada en mi brazo— no saliste bien librada.

—Fue un accidente. David *fff-fue q-quien* me vendo...

—Ya veo —masculló de mala gana sin estar convencido de mi mentira. Sus ojos azules se entristecieron de repente—. Pensé que lo pasarías mal...

—No me mordieron, gracias a Dios.

—Lo que quiero decir —bajó la mirada—, si *aquel* no *te tocó*. Ya sabes...

Traduciendo lo que dijo: Vincent no me violó cuando me atrapó.

David intentó tomarme de la mano, pero Donovan, haciéndose el desentendido, me arrebató de su lado, al rodearme los hombros con su brazo. Me llevó hacia el helicóptero donde nos esperaba *la otra figura alta* que se había bajado. David no protestó ni gruñó, lo que fue sorprendente, permanecía rezagado unos pasos detrás de nosotros, siguiéndonos.

—¡ORON, TE PRESENTO A ALLISON! —Donovan elevó la voz para hacerse escuchar por encima del ruido que producía el rotor de las hélices.

Quedé paralizada. Fue de lo más extraña la sensación que sentí hacia ese sujeto. Como de pertenencia...

—¡SÉ QUIÉN ES! —gritó el hombre a la vez en que me estrechaba la mano con firmeza—. ¡ES UN PLACER CONOCERLA AL FIN, JOVEN ALLISON! ¡ME ALEGRA QUE ESTÉ BIEN!

—¡GRACIAS, SEÑOR! —respondí igual de fuerte.

—¡NO ME LLAMES «SEÑOR»! ¡LLAMAME ORON!

El hombre debía tener unos sesenta años. Alto y delgado, de escaso cabello grisáceo, rostro huesudo y anguloso, que denotaba una sonrisa siniestra cada vez que esos labios delgados y sin vida se estiraban. Sus redondeados anteojos se ladeaban un poco sobre el morro de la nariz aguileña y, por los cuales, no divisaba los ojos por culpa de los cristales que irradiaban parte de la luz de los reflectores.

Se parecía al sujeto de *Poltergeist*[5].

Al viejo del sombrero...

---

[5] Película de terror y misterio. 1982.

Donovan me ayudó a subir al helicóptero.

Dentro, el ruido era menos estruendoso y la calefacción me abrigó de pronto. Fue un alivio que agradeció mi martirizado cuerpo, cuya temperatura corporal estaba por hacerme colapsar.

Un chico con medio rostro tatuado me extendió la mano para presentarse:

—Santiago, hola —saludó sin mucho formalismo.

—Allison, ¿qué tal?

El chico señaló uno de los tres asientos posteriores para que me sentara. Donovan se sentó junto a la ventanilla y yo a su lado.

El piloto me sonrió y saludó con una leve inclinación de cabeza. Fue amable en ofrecerme su chaqueta que, por cierto, me quedaba inmensa; de igual modo se la acepté.

Miré a mi ángel que seguía estático frente aquel hombre. Oron extendió su mano para estrechársela y él retrocedió.

—¿David? —lo llamé preocupada. El sol comenzaba a anunciarse desde el horizonte y yo temía por él. No quería que me dejara una vez más.

Me miró y enseguida sonrió con tranquilidad. Subió en un segundo y se sentó a mi derecha.

Reparé en la pernera de su pantalón.

Estaba rasgada.

Observé mi vendaje y comprobé que era la misma tela.

Al instante, las aletas de su nariz se movieron, olfateando el aire que circulaba entre nosotros. David enfocó la vista hacia los puestos delanteros, frunció las cejas y miró de retorno a Donovan, con mirada interrogante. No comprendí por qué olisqueaba de esa forma como perro sabueso, pero no podía preguntárselo a falta de telepatía y menos formularla en voz alta para que alguno de los presentes se alterara.

Ay, mamá...

Del mismo modo en el hospital, me hallaba sentada en medio de los dos. Donovan y David, intercambiaban miradas rayadas que denotaban celos y odio. Esta vez ni me preocupé en buscar un tema de conversación, la situación que atravesábamos era más que suficiente para hablar sin parar de retorno a casa o para permanecer callados y pensativos.

El chico —Santiago— se ubicó en el único asiento que se hallaba frente a nosotros y Oron se dirigió al asiento del copiloto. La luz de la cabina iluminaba a la perfección las cicatrices que sanaron en el pecho desnudo de David. Las mordidas de los vampiros eran las que se negaban en sanar con rapidez, eran las más feas y las más dolorosas, lo hacían lucir como un salvaje que libró una pelea encarnecida con uno de los suyos.

Donovan me estrechó la mano sin dejar de sonreír y yo rápido entorné los ojos hacia David, quien clavó la vista en las manos entrelazadas. No quería ni imaginar qué estaría pasando por su cabeza; de poder usar la telepatía, me estaría ordenando que lo soltara. Se veía a leguas que los celos lo martirizaban.

Estando malencarado, Santiago miraba a David con fijación, no le hacía ninguna gracia estar sentado frente a un vampiro ni mucho menos tener que ayudarlo. Su mano se deslizó lenta hacia el interior de su chaqueta de imitación de cuero negro, aferrándose a algo que ahí tenía oculto. David rodó los ojos en esa dirección y luego los entornó con ferocidad sobre el muchacho.

—Tranquilo, Santiago —Oron lo calmó sin que lo viésemos asomar la nariz hacia nosotros.

El aludido sacó la mano del interior de su chaqueta y la posó empuñada sobre su pierna. Donovan y yo nos miramos en silencio, clavamos los ojos sobre David que lucía molesto, y luego solté su mano, evitando así en que se armara un zafarrancho dentro del helicóptero; David era muy posesivo y el ambiente ya estaba tenso por lo que sería imprudente de mi parte, ser la causante de semejante discordia.

Capítulo 40

Durante el vuelo de retorno a la ciudad de Nueva York, Donovan me puso al tanto de que, a mi tía y a su padrino, los mantenían en el sótano de un edificio antiguo ubicado en el Bronx.

Esto me alegró y relajó enseguida, puesto que ya no tendría que preocuparme por ellos, estaban en las buenas manos de unas amigables personas que los protegerían y curarían de sus heridas.

Llegamos al helipuerto del centro de Manhattan, allí nos esperaba una furgoneta que nos conduciría hacia nuestro nuevo escondite. Esta vez David tuvo la velocidad de rodearme con su brazo para que Donovan no tuviese la oportunidad de separarme de él. Al bajarse el señor Oron del helicóptero, traía consigo el suéter que me quité para cubrirle la herida a Donovan en la limusina. Miré a David y, a juzgar por su impávida reacción, él ya se había percatado de a quién le pertenecían las manchas de sangre impregnadas en mi suéter.

Subimos a la furgoneta, el chofer y un acompañante se asombraron sin dar crédito a sus ojos. David y yo nos sentamos en el asiento de la segunda fila, aferrándome a él para que supieran que era «amigo»; en cambio, los hombres intercambiaron miradas estupefactas como si yo hubiese cometido un delito. Los ignoré, recostando mi cabeza en el pecho de mi querido vampiro y cerré los ojos por sentir los párpados pesados. El aire de sus pulmones me mecía de forma placentera y los latidos de su corazón resonaban suaves a mi oído. Las yemas frías de los dedos de David acariciaban mi cabello húmedo en una cariñosa acción para que me relajara, pues aún seguía tensa por cómo nos hallábamos.

—Duerme... —fue lo último que escuché de él antes de caer rendida entre sus brazos.

*****

—¡Allison! ¡Allison, cariño! —escuché una voz familiar que me llamaba entre sollozos. Pero no fui capaz de responderle; más bien, sentí que me depositaban con suavidad sobre una superficie mullida y confortable.

—Casi no la cuenta...

La voz enojada de Donovan me espabiló al instante. Intenté replicarle para que se callara, reconociendo en el acto de que la mujer que sollozaba era tía Matilde. No obstante, cuando abrí la boca para expresar que ya no peligraba, me quitaron la chaqueta del piloto y luego comenzaron a desnudarme.

Esto provocó que abriera los ojos y me sentara de sopetón, hallándome de repente en la cama de una habitación que olía a rancio y a sudor.

—¿Cariño, estás bien?, ¿te lastimaron?

—No... —respondí aturdida, impidiendo que me despojaran de las ropas, a pesar de que Donovan, Santiago y dos sujetos más, me daban la espalda para no ver cómo me desvestían. David era el único que se encargaba de vigilar para que los hombres que se hallaban presente no les diera por mirar sobre sus hombros hacia mí.

—¡¿Qué te pasó?! —tía preguntó por la herida en mi brazo.

—Me caí... —expliqué sin mirarla a los ojos, a la vez en que lanzaba mis pies fuera de la cama para levantarme. Por fortuna, nadie replicó a mi mentira, sabían muy bien que era para no alterarla.

Tía me obligó a sentarme y yo me opuse, puesto que no deseaba desvestirme frente a los demás. Pero era para atender la herida en mi brazo. Una chica –que resultó ser la hermana de Santiago— sostenía en sus manos una vasija con un mejunje pastoso y oloroso que me aplicó en el corte. No vi al señor Burns ni tampoco a Oron. Suponía que el sujeto misterioso estaría cuidando del anciano en otra habitación, lo que lamentaba que este haya sufrido por mi culpa.

Luego la chica me prestó una camiseta, vaqueros y unas zapatillas deportivas un poco desgastadas, pues yo lucía harapienta y descalza por haber perdido mis zapatos; las aguas del Atlántico se los tragaron después de que David escapara del barco conmigo a cuesta.

Las zapatillas me quedaron un número más grande, al igual que los vaqueros, del que tuve que darle un par de vueltas al dobladillo de las perneras, para no pisarlas.

La muchacha –de unos veintitantos años– era unos diez centímetros más alta que yo y un tanto voluptuosa. Mis ropas seguían húmedas y eran una amenaza para contraer pulmonía si seguía usándolas. Por desgracia, la ropa interior debía permanecer *en su lugar* a falta de sustituto. Me cambié en el cuarto de baño y Donovan se rio por algo que no entendí. Sufrí al vestirme, el lugar era sucio y oscuro. La bombilla no funcionaba y el hedor a cañería me pegaba en el olfato.

Salí y me acosté en la única cama que existía, ya que necesitaba descansar y reponer energías. Varios pares de ojos me rodeaban con atención, alegres y curiosos, complacidos de tenerme entre ellos. Solo un par resaltaban de aquel feliz grupo, estos no estaban a gusto y se apartaron al punto más retirado de la habitación, evitando el contacto con los demás; mirando con desconfianza a Santiago, quien también le devolvía la misma hosca expresión por considerarlo peligroso.

Percibí en David que deseaba estar a solas conmigo, aunque fuese por un breve instante, molesto de ver a todos tan cerca de mí y él sin poder acercarse.

Observé el entorno.

No había paredes divisorias para darnos privacidad.

Todo era de un ambiente lúgubre y en mal estado, habiéndome ellos informado con anterioridad de que era un refugio subterráneo ubicado en alguna parte del Bronx y que se utilizaba para casos de emergencia. No logré determinar la localidad exacta por haberme quedado dormida en los brazos de mi vampiro, debido a que el cansancio me había vencido. Pero suponía que el edificio que nos resguardaba –arriba de nosotros– estaría bien custodiado.

—¿Tienes hambre? —tía consultó sin dejar de sonreír, en una clara demostración de haber estado antes sumida en la desesperación por mi captura. El alivio en ella la hacía lucir regocijante.

—¡Mucha! —Para nada me apetecía pasar otro día con el estómago vacío.

La hermana de Santiago se apresuró en traerme un tazón humeante en una bandeja. Era muy amable al atenderme.

—¡¿Qué es eso?! —Clavé los ojos con aprensión al ver semejante contenido.

Parecía vómito.

—Fororo —respondió la chica con una gran sonrisa.

Hice un mohín.

—Eso es... ¿comida de bebé?

—No. Es un alimento muy nutritivo.

—Sí que lo es… —corroboró tía, sonriéndome.

Alcé los ojos por encima de los hombros de Donovan. David tenía las cejas fruncidas, observando la cabellera y la pierna derecha de mi tía, que se movía nerviosa contra la cama.

—¡Tía, tu pierna! ¿Por qué no la tienes enyesada? —Mi aturdimiento había impedido que me diera cuenta de este hecho que hasta me avergoncé.

Ella sonrió, guiñándome el ojo.

—Lo sabrás en cuanto termines de comer «el fororo».

Miré la masa y me revolvió el estómago.

—¿Qué tiene que ver eso con tu pierna?

Suspiró.

—Resulta, querida, que Gloria, la jovencita aquí presente —señaló a la chica que me sirvió el tazón—, es muy buena con los remedios caseros. No solo me curó la pierna y las costillas rotas, sino que también desapareció la cicatriz de la operación en mi cabeza y me creció el cabello, ¿ves? —Se tomó un mechón canoso como si no me hubiese dado cuenta—. Es sorprendente, en minutos le curó el cuello a Donovan, y la pierna de Peter y la mía en un par de horas. ¿Puedes creerlo? ¡Ni las costillas me duelen!

David se acercó para abordarla.

—¿Qué remedio casero es ese? —preguntó en un tono que sonó un tanto rudo.

—Uno que a ti no te importa.

—¡Donovan! —lo increpé por olvidarse de las paces que antes hicieron—. No hay que ser grosero.

*****

Donovan me contó lo que ocurrió después de que Vincent me alejara de ellos: los amigos del señor Burns llegaron antes que la policía. Oron fue la persona que el anciano llamó; se movilizaron con agilidad, limpiando la «escena del crimen» en el penthouse. También, desaparecieron la limusina y «hablaron» con los testigos, borrando las imágenes de sus móviles. No dejaron ninguna evidencia que nos relacionara con algún ataque vampírico, que ni siquiera nos devolvieron nuestras maletas.

Los cuerpos de Ilva, María y la otra chica del servicio doméstico, los llevaron a un lugar desconocido. En cuanto a Donovan..., él se recuperó rápido por el asqueroso «fororo» que le dieron de comer. La mordida no lo convertiría en vampiro, sino se hubiese manifestado, pero la pérdida de sangre casi le causa la muerte.

Por otro lado, el humor de tía cambió, le afectaba la presencia de David. No era capaz de verlo a los ojos, ni se atrevía a dirigirle la palabra. Era para ella un vampiro peligroso, enamorado de su sobrina. Permaneció a mi lado como una fiera que cuida a sus cachorros, impidiendo que él se me acercara. Para rematar, Santiago y Donovan, servían de guardaespaldas, flanqueando a ambos lados de la cama. David evitó un enfrentamiento y comprendió que era cuestión de tiempo para que yo estallara, sabía muy bien que no permitiría que me mantuvieran apartada de él contra mi voluntad.

Se sentó en un viejo sillón. Se lo veía agotado, la falta de sueño le pasaba factura.

Me levanté de la cama, haciendo caso omiso de las quejas de tía. Haría como aquel refrán: «Si la montaña no va a Mahoma: Mahoma va a la montaña». Y así lo hice... Me arrebujé en la manta y fui a encontrarme con los brazos de David, sentándome sobre su regazo sin importarme un bledo que tía se escandalizara, que Donovan se enfadara, que Santiago se inquietara o que Gloria se asustara. Él me acunó en sus brazos y me besó en la frente. Donovan pateó una silla y David gruñó por lo bajo. Tía se sentó como buena guardiana cerca de nosotros, al igual que Donovan que no dejaba de vernos bastante ofuscado.

Pero ¿qué se creían ellos? ¿Pensaban que era la primera vez que abrazaba a ese hermoso vampiro?

Tontos. No se daban cuenta que, al igual que David con la sangre, yo necesitaba de sus abrazos para sentirme fortalecida. ¿Acaso no sabían que era mi oxígeno, la razón de mi existir? ¿Por qué no lo comprendían?

Santiago arrastró la silla de una pequeña mesa y la ubicó al lado de la puerta principal. Gloria, en un intento de socavar el malhumor de Donovan, se sentó a su lado y comenzó a hablar sin parar de cuanto tema se le cruzaba por la cabeza.

Resultaba muy confortable estar en los brazos de David. Los pausados latidos de su corazón eran una canción de cuna para mis oídos, relajándome y recordándome que él me pertenecía. Enterré el rostro en su cuello, dejándome impregnar por su dulce esencia corporal. Su pantalón estaba seco, pero su piel seguía igual de fría. Lo arropé con la manta, y sin que nadie se diese cuenta, bajo esta deslicé con cuidado mi mano por su torso desnudo. Me moría por volver a sentir una vez más la perfecta musculatura de su anatomía, dibujando con mis dedos los cuadros de su abdomen definido.

David se estremeció.

—¿Qué haces? —susurró a mi oído. No le respondí, continué *delineándolo* de forma osada. David comenzó a respirar profundo y casi deja escapar un gemido de placer—. Detente... —dijo sin mucha convicción.

Negué con la cabeza, siguiendo el trazo muscular. Pero David me sujetó la mano para que dejara mis caricias. Entreabrí los ojos y eché un vistazo para saber si alguno de los presentes se dio cuenta. Por fortuna, el parloteo de Gloria los mantuvo a todos distraídos; tanto así, que hasta Santiago comenzó a cabecear sobre la silla.

David llevó mi mano fuera de la manta y la depositó sobre mi regazo, dándole leves palmaditas para que me quedara quietecita.

—Pórtate bien —volvió a susurrar.

Hice un puchero.

—Está bien.

Soltó una exhalación, acariciándome la mano. Bajé la mirada y quedé pensativa al ver que «la mancha de nacimiento» de su mano derecha había desaparecido.

—¿Qué pasó con «tu estrella»? —Acaricié el lugar donde antes se hallaba, pero él no comprendió—. La mancha en forma de estrella.

—Bueno… —empuñó la mano y la miró—, lo que pasa es que no era de nacimiento…

—¿Ah no? ¿Entonces…?

—Era un símbolo que representaba de que la noche ya no formaría parte de mí. Al neutralizarse el conjuro, la mancha se borra.

Fruncí el ceño.

—Eso quiere decir que tú ya no…

—Podré salir durante el día —completó.

—Lo siento.

Esbozó una sonrisa entristecida, permaneciendo pensativo mientras me acariciaba el brazo lastimado.

—¿Te duele? —preguntó.

Lo palpé por encima de la venda cambiada.

No sentí dolor.

—Qué raro…

Curiosa, quité el vendaje con cuidado y reparé en que el mejunje se absorbió. Y, para mi sorpresa, la piel de la herida estaba lisa como si nunca me hubiese cortado con el puñal.

—¡Sí qué es extraordinario! —elevé un poco la voz—. ¿Qué logró curarla: el mejunje o el fororo?

—Ambos —Gloria respondió al escucharme—. Pero el mejunje agiliza la curación.

Tía se tocó la pierna y enseguida la abordó, preguntándole:

—¿Por qué no lo aplicaste a ninguno de nosotros?

Gloria le sonrió.

—No estaba listo —dijo—. Mi abuela me lo entregó hace unos minutos, cuando se enteró de *la paciente* que vendría.

Donovan seguía enojado y Gloria prosiguió con sus historias, atrapando para la desdicha de todos, su atención.

—¿Qué contendrá ese ungüento? —susurré. Fue una pregunta que formulé solo para David, ya que no quería que los demás nos escucharan. Lástima que ya no podamos comunicarnos mediante la telepatía.

David levantó mi brazo, cerró los ojos y pegó la nariz a la piel, olfateándome.

—Es la mezcla de varias hierbas y raíces.

Arqueé las cejas, perpleja.

—¿Lo sabes con solo oler la piel?

—Sí —sonrió—. Se puede percibir muy bien.

—Y qué captaste.

—Sábila, hiedra terrestre, aloe vera, mandrágora, y... —me olfateó de nuevo—, creo que... —siguió olfateando— no sé, no logro dar con el último ingrediente.

Tal vez el que hacía milagros.

Reí por lo bajo. Era consciente de que los vampiros tenían buen olfato, ¡pero no tanto!

Donovan nos escrutó con la mirada. Por desgracia, para él, Gloria volvió a atrapar su atención cuando se fijó en su ceño apretado.

—Necesitamos hablar —dijo David, tenso por el malhumor de mi amigo.

Oh, no. Esas benditas palabras.

—Dime —esperé con aprensión.

Hizo una breve pausa.

—Pronto, tú y yo... —calló al escuchar el golpeteo en la puerta principal.

Santiago, que estaba con la cabeza reclinada hacia atrás, se sobresaltó y casi cae de la silla. Se levantó rápido, asomándose por la ventanilla de la puerta para ver quién tocó. Respiró aliviado y procedió a remover los cerrojos.

Donovan se levantó de la silla, en cuanto Oron y el señor Burns entraban con expresiones preocupadas

—¿Hasta cuándo permanecerás con nosotros? —preguntó el señor Burns a David. Su pierna fracturada por completo curada.

David y yo nos levantamos de inmediato.

—Hasta el anochecer —respondió.

—¡¿Qué?! —solté la manta y lo abracé—. ¡David, no me dejes!

Deshizo el abrazo y buscó mi mirada llorosa. Sus dos zafiros, gélidos bajo la mortecina bombilla del ruinoso techo.

—Para estar contigo, debo matar a Hasan —replicó con frialdad y esto me impactó.

—Pero ¡no sabes adónde huyó!

—Sí, lo sé.

Recordé lo que Hasan le dijo antes de abandonar el camarote: «Te estaré esperando, Grigori. Ya sabes dónde encontrarme».

—¡No lo hagas! Puede ser una trampa.

Endureció la mirada.

—Si él se entera de que sigues con vida, vendrá por ti de nuevo —comentó—. No puedo correr riesgos a que te lastime.

—¿Sabes dónde encontrarlo? —Oron inquirió, dando un paso hacia adelante y David asintió a la vez en que se alejaba de este—. ¿Dónde?

No respondió.

Oron soltó una sonrisa sarcástica.

—Eres muy reservado, *Agathodaemon* —espetó—. No das información, ni por que sean tus peores enemigos.

—Los problemas de los vampiros: los resolvemos los vampiros —siseó con desdén, demostrándole a todos el desmedido orgullo de los seres de la noche.

Donovan resopló y Oron, con su torcida sonrisa, expresó:

—Resulta que los humanos estamos en medio de sus problemas.

—Lo sé, pero no pueden intervenir.

—¡Nos consideran tan inferiores, que nos creen incapaces de enfrentarlos!

—No es por eso —David replicó a Donovan, quien lanzó su acérrimo comentario—. Solo que a los Grigoris nos disgusta que los humanos interfieran en nuestros asuntos. Antes preferimos morir que pedirles ayuda.

—No entiendo: eres un Grigori. ¿Qué haces aquí? —Oron le sacó en cara el hecho de estar entre ellos, protegido en un mugroso sótano de barrio.

David trabó sus ojos sobre mí.

—Necesitaba asegurarme de que ella estaría bien.

—Está en buenas manos —aseguró Oron—. La Hermandad la protege.

Recordé el reproche de Iraima a Vincent. Su imprudencia atrajo la atención de los Grigoris y «la Hermandad».

—Ahora lo sé —David corroboró sin dejar de mirarme apesadumbrado—. Me tranquiliza saber que, con ustedes, nadie la tocará. Ni siquiera los de mi especie.

Los dos ancianos asintieron, dándole la razón.

—Estarás por tu cuenta en cuanto nos marchemos —le informó el misterioso sujeto que nos ayudó.

—Bien.

Lo que dijo ese anciano desgarbado me inquietó.

—¿Marcharnos adónde, señor Oron? —me angustié.

—Lejos, joven Allison —respondió monocorde—. Permanecerás con nosotros hasta que todo haya acabado.

Le tomé la mano a David.

—Sí, pero ¿adónde? —insistí aprensiva—. ¿Tú sabes, David?

Negó con la cabeza.

—Por tu seguridad no podemos revelar el paradero —comentó Donovan sin que nadie pidiera su opinión.

Explayé los ojos.

—De modo que tú estás enterado y él no, ¿por qué?

—Él ya lo dijo: «por tu seguridad». No es prudente que yo lo sepa, Allison —David explicó a la vez en que apretaba suave mi mano para reafirmar ese hecho.

Con un movimiento brusco, la retiré de él.

—En caso de que te atrapen, ¿verdad? —sondeé, sintiendo una opresión en mi pecho. Si aquellos seres lo vencían, lo torturarían hasta hacerle revelar mi paradero y luego se encargarían de enloquecerlo para que me asesinara por su propia mano. Hasan quería vengar a su hermano.

David bajo la mirada.

—Es mejor así.

Oron consultó la hora y se dirigió a Santiago:

—Prepara todo, hijo, que nos marchamos.

El aludido asintió y, sin perder tiempo, abandonó el lugar en compañía de Gloria. Tía y el señor Burns siguieron a los hermanos, sin despedirse de David. Donovan aguardó por mí, pero yo me rehusé sin antes intercambiar unas palabritas con mi vampiro.

—¿Puedo hablar con David a solas?

El señor Oron asintió e hizo un gesto a Donovan para que saliera con él del refugio.

Este dejó la puerta abierta y yo me apresuré a cerrarla.

Respiré profundo.

—¿De esto era lo que *necesitábamos hablar* antes de que nos interrumpieran?
—Sí.
No le creí del todo, había algo más.
—¡¿Me piensas dejar?!
—Entiende por qué lo hago —expresó, posando las manos sobre mis hombros, pero yo las sacudí de mala gana.
—¡No quiero entender!
Suspiró entristecido.
—Allison..., si yo no vuelvo...
—¡CALLATE! —Ya sabía lo que diría.
—Escúchame —volvió a posar sus manos sobre mis hombros y esta vez fui incapaz de librarme de él—: te amo. Pero si no vuelvo, tendrás que seguir con tu vida. ¡Prométemelo!
Me crucé de brazos, enojada.
—¿Y si no quiero?
—Promételo, necesito estar seguro de que cumplirás. —Negué con el rostro bañado en lágrimas—. ¡Promételo! —insistió.
—¡ESTÁ BIEN! —lo grité—. Lo prometo.
Me abrazó y enseguida me besó.
Ni siquiera tuvimos tiempo para profundizar el beso, cuando Donovan tocó y me llamó detrás de la puerta.
—Es hora, Allison.
Llorando, busqué la chaqueta del piloto que estaba sobre la cama. Besé a David y corrí para abrir la puerta.
Lo dejé solo en la habitación.

Capítulo 41

Mi corazón se desgarró en dos cuando dejé a David en el sótano, esperando a que el resto de las horas del día pasaran.

Una parte de mí se quedó con él y la otra –destrozada– se marchó con los demás. Donovan me tomó de la mano y, sin hablar, me llevó hasta la furgoneta que temprano nos había trasladado desde el helipuerto hasta el refugio. Tía y el señor Burns ya se hallaban sentados en el primer *asiento alargado* del vehículo. Oron nos esperaba al lado de la puerta del copiloto; no vi a Santiago, pero Gloria me acribillaba con una mirada asesina al fijarse que Donovan me sujetaba la mano.

Me ubiqué en la segunda fila de los asientos de respaldo bajo de la furgoneta, y, antes de que Donovan me siguiera, Gloria le estampó un beso en la boca, tomándolo desprevenido.

—Eh... Gracias —musitó el pobre, avergonzado.

Ella le sonrió, diciéndole algo al oído. Donovan arqueó las cejas y asintió tímido.

Al subirse y sentarse a mi lado, su rostro estaba tan colorado que parecía que la sangre se le hubiese subido a la cabeza. El señor Burns se volvió hacia este y entrecerró los ojos con suspicacia, sonriéndole socarrón; tía hizo su particular gesto de desaprobación y yo eché un vistazo hacia Gloria que, sin despedirse de mí, cerró la puerta con fuerza. Oron a esta le dijo algo en voz baja y luego le dio un cariñoso beso en la frente para despedirse. Se sentó él en el asiento del copiloto y la furgoneta en el acto se puso en marcha, dándome cuenta de que el chofer era Santiago.

El resto de los hombres quedaron en el lugar, tal vez para vigilar a David en caso de que cazara por el vecindario al anochecer.

El señor Burns se percató de mi preocupación, al mirarme por encima de su hombro.

—Descuida, solo están allí por precaución.

—¿«Precaución» de qué? —casi escupo la pregunta. Por supuesto que sabía a qué se refería.

—De no matar humanos.

—Él no lo hará —repliqué con ojeriza, por la desconfianza que siempre les inspiraba.

—Ya no es un vampiro diurno —dijo—. Su sed pudo haber empeorado.

De ser así, yo estaría muerta, medité para mí misma. David me habría drenado toda la sangre hacía mucho tiempo. No lo hizo ni cuando estuvo al borde de la muerte en la bóveda ni en la celda del yate, su fuerza de voluntad era incuestionable.

—Se equivoca, él logró controlarse cuando me... —enmudecí, no era algo que a tía le agradara escuchar.

En el instante en que me terciaba la chaqueta que aún sostenía del piloto del helicóptero, el señor Burns observó mi brazo izquierdo e impidió que lo hiciera al lanzar su brazo hacia atrás.

Lo intuía.

—Dime, Allison: ¿cómo te heriste?

Bajé la mirada hacia donde estuvo la herida.

—Ah... —palpé la piel lisa del brazo y enseguida lo metí por la manga de la chaqueta—, me corté por accidente...

—¿Cómo? —inquirió en un fruncir de cejas.

Contuve de espetar una palabrota. A ese anciano entrometido debíamos explicarle hasta los mínimos detalles de cada paso que dábamos.

—¿Qué importancia tiene? —Donovan intercedió sin entender de hacia dónde, su padrino, pretendía llevar la conversación. La furgoneta abandonaba los linderos custodiados por los jóvenes pandilleros del sector, quienes colaboraban a que nadie, diferente a nuestra especie invadiera dichos terrenos.

—Cuando llegaron al sótano —dijo el anciano en voz baja—, David presentaba muchas cicatrices recién curadas en todo su cuerpo y tú con una herida de cinco centímetros de largo. Por la forma en cómo estuvo sesgada, diría que te la provocaste.

Tía se sobresaltó en el asiento, girando su torso en mi dirección como si le hubiesen pinchado el trasero.

—¡¿Que ella qué...?!

—¿Le diste sangre a ese hijo de puta? —El rostro de Donovan enrojeció por su enojo.

Santiago explayó los ojos a través del espejo retrovisor del parabrisas, incrédulo de lo escuchado, mientras que, con ademanes tranquilos, Oron sacó un paquete de cigarrillos del bolsillo interno de su gabardina, como si lo descubierto por el señor Burns, él ya lo intuía.

—Lo necesitaba... —respondí sin atreverme a mirar a nadie a los ojos, perdiéndose mis manos temblorosas dentro de los puños de la chaqueta para que no notaran mi nerviosismo. Comprendía que era una pobre excusa, habiéndome arriesgado en intentar salvar a un vampiro malherido, pero se trataba de David y yo no lo iba a dejar morir.

—Y ahora qué eres —tía recriminó ofuscada—: ¿el suministro de alimento de ese sujeto?

—¿Qué tanto bebió? —continuó el señor Burns con sus indagatorias, acorralándome junto con los demás a que revelara cada aspecto que hice en las horas aciagas en que estuve con David.

—Eh... —recordé los borbotones de sangre sobre las heridas y dentro de su boca—. No sé..., me desmayé. —Ni del carajo les iba a comentar. Pegarían el grito al cielo.

Tía, desconcertada, se llevó las manos al rostro y el señor Burns se acomodó en su asiento, lanzándome una mirada escrutadora.

—Hay algo que siempre te he querido preguntar —comentó este desde el asiento delantero—, pero no hallaba la forma.

—Usted dirá... —dije un poco a la defensiva mientras observaba al señor Oron darle vueltas al paquete de cigarrillos desde el asiento del copiloto, en una actitud «distraída», pero que era evidente que paraba la oreja al interrogatorio que se efectuaba desde los asientos posteriores.

—David y tú han mantenido alguna especie de... ¿contacto extrasensorial?

Todos me observaron con atención.

Hasta Santiago que en ese momento tomaba una vía muy transitada.

—¿Por qué lo pregunta? —traté de darle largas al asunto, puesto que, David y yo, aún teníamos que conversar sobre esa facultad que gozamos durante un breve lapso y del que extrañaba por ese lazo que nos mantuvo atados de manera especial.

Oron se levantó de su asiento y, encorvado, se movilizó por el pasillito de la furgoneta para sentarse en la segunda fila donde me hallaba sentada junto con Donovan. Le pidió a este para que se moviera hacia el asiento de atrás que estaba desocupado, y enseguida el anciano se hizo a mi lado.

Posó su huesuda mano sobre mi cabeza.

—¡Hey! ¿Qué hace? —Me molestó su atrevimiento.

—*Hum*... —cerró los ojos para concentrarse y permaneció así unos segundos—. Sí, lo tienen. Bueno... —sonriendo, me miró con desdén— lo tuvieron...

Me sorprendió que lo percibiera.

¿Quién era él en realidad?

¿Otro vidente?

—¿De qué están hablando? —tía Matilde inquirió al instante, lanzando sus miradas preocupadas hacia mí.

Oron le respondió:

—La joven Allison mantuvo telepatía con el Grigori vampiro.

Tía jadeó.

—¡¿Desde cuándo?!

—Desde hace unos días —reveló él con una pasivo-agresividad que me desagradaba—. Y me atrevo en asegurar que el *Agathodaemon* la captaba desde su nacimiento.

—¿Por qué no dijiste nada, Allison? —Los ojos de tía se inyectaron de sangre y yo deseé en mi fuero interno de aún tener ese don para que David me sacara del atolladero.

—No quise revelarlo —dije—, no pensé que me fuesen a creer.

Donovan dio un puñetazo a su muslo y yo me sobresalté por su violenta reacción.

—¡Demonios, Allison! ¡Debiste hablar!

—¿Para qué? La telepatía no causó ningún daño a nadie —le comenté en mi mediocre intento de justificar el error.

Se cruzó de brazos y miró hacia la ventanilla a su derecha.

—Ahora entiendo las veces en que *te lo pasabas en la luna*: te comunicabas con él.

Evité replicar porque tenía razón. En cambio, masajeaba mis manos en mi regazo para controlar el ataque de ansiedad que me estaba sobrepasando por estar bajo el escrutinio de todos. El señor Burns fue intuitivo al captar mi «telepatía» antes de yo haberlo manifestado a los demás. O, tal vez, se lo insinuó el señor Oron, quien aparentaba saber más de mí de lo que yo misma suponía.

—Señor Burns, David y yo *fuimos pareja* hace cuatrocientos años —revelé manteniendo la vista en mis manos nerviosas—. ¿Tendrá esto que ver con que podamos comunicarnos con la mente?

—¡¿Pareja de hace cuánto?!

—De otra vida, tía… —oraba para que el señor Burns o ese flacucho sujeto de nariz de pajarraco no le dijeran que me había acostado en *esta vida* con David Colbert. Me ganaría un pescozón por alborotada.

No obstante, el señor Burns negó con la cabeza.

—Entonces…

—Eso se debe a tu tipo de sangre.

Lo miré perpleja, sin ser consciente por dónde la furgoneta rodaba. Mi atención solo estaba puesta en este, quien –bajo sus anteojos– explicaba con absoluta paciencia el motivo de lo que me unía a mi adorado vampiro.

—Mi sangre es común: soy A-positivo —respondí extrañada y los dos ancianos sonrieron condescendientes—. ¿Qué es lo gracioso? —Me sonrojé, pensando que había dicho una estupidez.

—No se trata del tipo de sangre, sino *lo que hay* en tu sangre.

—No entiendo, señor Burns.

Suspiró.

—¿David te comentó algo al respecto? —Sacudí la cabeza y el anciano continuó—: Tu sangre tiene un gen muy raro que solo unos cuántos de los siete mil millones de seres humanos en el mundo, lo poseen. Tú eres una de ellos.

Parpadeé.

—¿Y qué hay en mi sangre? —David de esto nada me reveló.

—El Código Aural.

—¿Aural? ¿Y eso qué es? —Donovan preguntó a su padrino desde el último asiento. Ni siquiera él sabía de este hecho.

—Es una especie de genotipo que Dios otorgó a los Grigoris: Vigilantes de la humanidad. Los fortalecieron para que no pecaran como aquellos ángeles que cayeron por primera vez a la Tierra. El Código Aural fue creado como defensa innata ante las constantes tentaciones de los demonios. Aunque, si me lo preguntan: de nada les sirvió. Satán se las ingenió para que ellos pecaran.

—Allison... ¿Ella es un...?

—No, joven Donovan —el señor Oron contestó, aún él sentado a mi lado—. La joven Allison es tan mortal como el resto de los humanos. Salvo algunas ventajas...

—¿Cómo cuáles?

Oron me sonrió y respondió al otro en un tono orgulloso.

—Es una Portadora.

—¿Qué es eso? —la voz de Donovan retumbó en mis orejas, al inclinarse hacia nosotros.

El anciano, sin volverse hacia este, explicó:

—Los Portadores poseen dicho gen: desarrollan dones que superan toda comprensión humana. Han pasado cien años desde que el último hombre nació con esa bendición.

Fruncí el ceño.

Algo no me cuadraba.

—No entiendo, señor Oron. ¿Cómo es que un humano nace con ese «código» si no es un ángel? —pregunté aprensiva al elevar mi mirada hacia el perfil aguileño del anciano.

—Llámame «Oron» —corrigió para que lo tuteara, siendo incómodo puesto que él no lo hacía conmigo. Sin embargo, prorrogó la respuesta, al sentarse de nuevo en el asiento del copiloto, de modo que, desde allí, él observara los rostros impactados de todos. Le gustaba causar zozobra.

—Para que el gen aparezca en un humano, este debe ser mordido por un Grigori vampiro —agregó—. ¡Solo por ellos! No importa si este queda vivo o muerto, basta que su sangre haya sido contaminada con la saliva de «los Caídos», para que el Código entre en su cuerpo y se afiance en su alma.

»El humano que sobreviva a la mordida, no desarrollará poderes ni nada particular. Vivirá normal: se casará, procreará, envejecerá, morirá… No trasmitirá el gen ni a sus hijos ni a sus nietos, ni a ningún otro miembro de la familia. El Código esperará por el sujeto en cuestión hasta que haya fallecido. Ahí es cuando el alma del «infectado» iniciará un proceso de evolución; permanecerá a la espera hasta que el tiempo sea perfecto para su reencarnación. Es ahí cuando El Código Aural se activará en los nuevos Portadores.

»¡Pero! —elevó un poco la voz—. Si el humano es convertido en vampiro y luego muere, sin importar la causa, el Código no se le trasmite. ¡Se perderá! El alma del vampiro no podrá reencarnar. ¡Está maldito!

Intenté formular una pregunta, pero él me interrumpió.

—Con usted sucedió diferente, joven Allison: el *Agathodaemon* la convirtió en vampira y el Código no se perdió. Por una circunstancia que no podemos explicar, se afianzó en su alma; esperó mientras estuvo en la oscuridad hasta que logró reencarnar y evolucionar en una Portadora del Gen Sagrado.

Luego no mostró los cigarrillos que mantenía entre sus manos.

—Les importa si fumo.

—¡Sí! —contestamos todos al unísono. No deseábamos volutas de humo a nuestro alrededor.

Oron, con desaliento, guardó el paquete de cigarrillos y añadió:

—El Código puede hacerles la vida fácil o tornarla un infierno. Deben prepararse física, mental y espiritualmente para resistir la responsabilidad que requiere ser un Portador. Percibirán el mundo con nuevos ojos y escucharán los lamentos de la Madre Naturaleza. Extraño, ¿no?

—¿Y si no quiero?

Oron me miró sorprendido.

—Usted no es la que decide, sino el Código.

—¿Y si le hago saber que no lo quiero?

—Demasiado tarde, ya está en usted: nació con este.

Resoplé.

—Así que, las personas que nacen con el gen: están benditas o malditas.

Medio esbozó una sonrisa.

—Bueno eso es relativo —dijo—. Si está protegida por la Hermandad, es una bendición. Pero si es atrapada por los Nocturnos…, es una maldición.

Me dejó pensativa. Mencionaba a esa dichosa «hermandad» como si en realidad sus integrantes estuviesen vivos.

—¿Los Portadores también se comunican telepáticamente con los vampiros? —Por eso el misterio.

Donovan, quien ya estaba de vuelta en su anterior asiento, escupió una palabrota sin un atisbo de vergüenza hacia los tres ancianos.

—No —Oron ignoró la vulgaridad de mi amigo—. Hasta ahora has sido la primera vampira reencarnada con el Código. Algunos de los Portadores tienen habilidades telepáticas, pero ninguno es capaz de comunicarse con estos del modo en cómo tú lo haces con el *Agathodaemon*.

El término me llamó la atención.

—¿Qué significa?

Oron no comprendió.

—Eso: *agatato… agato*.

—*Agathodaemon*. Significa: demonio bueno. —Donovan resopló y yo me sorprendí de buena manera—. No se confunda, joven Allison —agregó ante mi alegría—. Está escrito que un vampiro tiene prohibido amar a un miembro de la Hermandad de Fuego.

Tía y yo intercambiamos miradas interrogantes.

—Se refiere, ¿a los Portadores?

Oron asintió a mi pregunta y yo enseguida observé los rostros inexpresivos del señor Burns y de Donovan. Por lo visto, estos estaban al conocimiento de esa hermandad.

—¿Por qué lo prohíben, si el mismo Código procede de los Grigoris? —Clavé los ojos sobre ese señor misterioso.

Arqueando las cejas y con una expresión de querer dar una explicación científica digna de la NASA, él se acomodó en su asiento para responder:

—Porque el Portador que esté con un vampiro terminará convirtiéndose en uno de ellos.

—¿Y si el Portador quiere? —impugné su retórica.

Se encogió de hombros.

—Acabará con el Código. Aunque la Hermandad no lo permitirá.

Entrecerré los ojos.

—¿Y esa gente qué se ha creído para impedírmelo? —grazné—. ¡Estaré con David de una u otra forma!

Al darme cuenta de mi impulsiva reacción, miré a Donovan, y este se concentraba en observar a través de la ventanilla de pasillo. Sus ojos denotaban el profundo dolor que yo le producía cada vez que manifestaba mi amor por David.

—¡Allison, tranquilízate! —el señor Burns me increpó—. ¡No debes hablarle de ese modo!

Resoplé.

—¿Por qué?

—Porque él es, es...

—Un «hermano» —Oron respondió sin mirarme. Sus ojos clavados más allá del parabrisas.

Quedé congelada.

—¡¿Eres un Portador?! —No me parecía tan anciano, pero él asintió solemne—. Usted dijo que el último que nació con *ese código* fue hace cien años. —Lo observé impactada—. ¿Qué edad tiene usted?

El aludido rodó sus ojos hacia mí, sonriéndome.

—¿No le han dicho que la edad no se pregunta?

Como si le importara.

—En serio: ¿qué edad tiene usted?

Oron, con una actitud socarrona, me respondió:

—Ciento cuarenta y tres.

Donovan, tía y yo, quedamos perplejos.

—¡Parece de sesenta! —exclamó tía, asombrada—. ¡Vas a tener que decirme el secreto!

Él le mostró toda la extensión de sus dientes amarillos.

—Gracias, hermosa dama, pero lamento informarle que tendrás que nacer con el Código Aural.

Tía se desanimó.

—Y yo que pensé que era el fororo...

—El Código Aural retarda el envejecimiento —explicó y luego se carcajeó por mi estupefacción.

—Yo no me siento ni más fuerte, ni más ágil, ni más inteligente que las demás personas —observé.

—No tienes por qué: eres tan normal como cualquier otro ser humano.

—Seguro... —masculle—. Tan normal que veo fantasmas, tengo telepatía con un vampiro y me saldrán las canas muy tarde.

—Es un atributo del Código Aural para el Portador.

—Si así envejecemos, debe haber miles como nosotros, ¿cierto?

Oron y el señor Burns negaron con la cabeza.

—Te lo explico de esta forma —dijo Oron—: En el siglo 17, nacieron ochenta Portadores; en el 18, treinta. En el 19, doce. Y en el siglo 20, tan solo nacieron tres: tú y dos más...

—Cada vez son menos nacimientos.

—¿Ahora entiendes por qué no permitimos que los vampiros se relacionen con los Portadores?

—¿Y eso a qué se debe? —Donovan estaba igual de impactado que yo.

Oron suspiró.

Precedía malas noticias.

—A las guerras, la contaminación ambiental, la falta de fe, la corrupción... Podría seguir con la lista por más de una hora.

Era increíble cómo el hombre, en su arrogancia, desequilibró el ritmo natural de las cosas. La magia intervenía de algún modo en el nacimiento de los Portadores del Código Aural.

Al cabo de unos minutos, nos bajamos en la peor parte del Bronx, donde la abuela de Santiago y Gloria nos recibió en la puerta que da acceso a un viejo edificio de tres pisos. Seguíamos en el mismo distrito, habiéndonos equivocado todos –a excepción de Oron– que abandonaríamos la ciudad por vía aérea para que los enemigos de David no nos rastrearan. A tía le causó aprensión la cantidad de pandilleros que había por el vecindario; aunque, según el otro, ninguno de estos se atrevería a molestarnos, pues nos protegerían de cualquier eventualidad.

Hasta el anochecer estuvimos refugiados en el apartamento de la señora Reyes, mientras los pandilleros y el señor Oron aseguraban el área. Ignoraba en qué les colaboraría ese anciano a esos muchachos de expresiones duras y tatuajes en sus brazos y rostros, pero suponía que impartiendo órdenes como un general retirado a las tropas de un comando callejero.

Por otro lado, Santiago nos consiguió «prestado» un vehículo para que Oron, Donovan y yo, pasáramos desapercibidos por las calles y avenidas de la ciudad.

Al principio me negué a separarme de tía Matilde, puesto que, ella y el señor Burns, permanecerían allí hasta que *sus protectores* consideraran que podrían retornar a sus respectivos hogares. Pero el «viejo Portador» nos advirtió que permanecer juntas era un gran inconveniente; si por mala suerte, llegásemos a ser atrapados por los seguidores de Hasan, de seguro eliminarían a los que ellos no necesitaran: tía y el señor Burns.

Encargué a Santiago para que le devolviera a *Bulldog* —que así apodaban al piloto del helicóptero— su chaqueta, debido a que Gloria me entregó un abrigo más acorde con mi menuda estatura; era uno de los que a ella le quedaban pequeños y me lo cedió a regañadientes por petición de su abuela. La actitud de la nieta había cambiado de forma radical en cuanto observaba que Donovan a ella la ignoraba por estar pendiente de mí.

Nos marchamos entre lágrimas y abrazos.

El contacto a través del móvil o las redes sociales se descartó por motivos de seguridad. Oron se mantenía hermético de hacia dónde nos dirigiríamos; desde el asiento del copiloto le daba vagas indicaciones a Donovan —quien manejaba— para que este no supiera con antelación la ruta que debía tomar.

—Cruza por la Avenida Jerome —dijo—. Tomaremos el metro.

—¡¿Qué?! —Donovan y yo exclamamos perplejos. Escapar por el subterráneo, no era algo que ambos considerásemos «muy seguro» que digamos. Dejamos el auto abandonado a unos metros de la estación e ingresamos al andén para tomar la Línea 4. Donovan aguardaba intranquilo a que el metro no nos hiciera esperar demasiado, mientras que Oron les echaba una mirada a las cámaras de vigilancia puestas en algunos puntos estratégicos del andén, y de estas comenzaron a emanar chispas.

Las personas que también esperaban por el metro, de repente se comportaban de manera extraña, estando paralizadas como si sus mentes estuviesen obnubiladas.

Luego Oron hizo algo estúpido: saltó a los rieles sin temor de morir arrollado, ni preocupado de que alguien alertara a seguridad.

Donovan y yo nos miramos atónitos. La gente parecía ensimismada, concentrada en sus propios pensamientos y sin prestar la mínima atención a lo que ocurría a escasos metros de ellos.

—¿Qué esperan, por qué no bajan? —Oron nos animó como si estar entre los rieles no representara ningún peligro.

—¡¿Estás loco?! —Donovan lo gritó—. ¡No vamos a bajar a que nos arrolle un tren!

—Van a tener que hacerlo, esta es la única vía de acceso.

Fruncí las cejas.

—¿El único «acceso» adónde? —inquirí con aprensión, puesto que, los rieles solo conducían hacia los oscuros túneles.

—Al lugar al que vamos —respondió en una actitud de estar aguardando paciente a que lo siguiéramos.

Donovan puso los ojos en blanco, cansado de las evasivas de ese sujeto. Abrió la boca para replicar, pero los rieles comenzaron a cargarse de electricidad y, al instante, el pitido del metro anunciaba su proximidad.

—¡Sube! —Se inclinó hacia Oron para extenderle la mano y este solo atinó a mirar los rieles del mismo modo en cómo lo hizo con las cámaras de vigilancia, para nada temeroso de estar en medio de la vía de un transporte que pesaba toneladas e iba a unos 25 kilómetros por hora—. ¡*Carajo*, sube, que te volverán mierda!

El Portador alzó la mirada hacia Donovan y le tomó la mano.

Por desgracia, el muy maldito, en vez de salvar su vida, tiró con fuerza hacia él, provocando que el otro cayera a los rieles.

—¡Donovan! —grité mortificada de la maldad de ese anciano. Al parecer, pretendía cometer un asesinato-suicidio.

—¡¿QUÉ TE PASA?! —Donovan lo gritó con ganas de golpearlo, al trastabillar por la caída. Aun así, fue un alivio que él no rozara los rieles; de lo contrario, en esos momentos estaría frito.

Sin embargo, hacia el fondo del túnel, las luces del metro iban en aumento conforme se acercaba hacia ellos.

—¡Oron, se acerca el tren, vamos a morir! —Donovan intentó subirse al andén, pero Oron puso la mano sobre su nuca, aturdiéndolo enseguida.

—¡¿Qué le hizo?! —exigí saber. Este quedó estático y con la mirada perdida.

El sonido del metro se escuchaba más cerca.

—Será mejor que saltes y me ayudes con él.

—¡Pediré ayuda!

—¡Salta ahora o tu amigo morirá arrollado! —amenazó como un lunático dispuesto a salirse con la suya.

—No se atreva… —siseé sin dejar de ver hacia el túnel.

—¿Quiere apostar? —desafió con una sonrisa desdeñosa. Su rostro enjuto adquirió la apariencia de la Calavera de la Muerte. Era siniestro.

¿Qué otra opción me quedaba?

Gruñí y salté con cuidado, procurando no pisar los rieles para evitar electrocutarme. Tomé el brazo izquierdo de Donovan y lo pasé por encima de mis hombros para ayudar a sostenerlo, Oron hizo lo mismo con el otro, y, a continuación, los tres nos introdujimos a la boca del túnel que él señaló.

—Señor Oron... —lo llamé, tratando de pegarme con Donovan a la pared. Mi corazón palpitaba acelerado entre el miedo y los sobresaltos, el metro avanzaba hacia nosotros a una velocidad alarmante.

—Ya casi vamos a llegar —instó a seguir avanzando, sin ser consciente del peligro que corríamos.

—Lo tenemos encima. ¡Vamos a morir! —chillé en cuanto las luces del metro me encegueciaron al aumentar su intensidad.

El señor Oron soltó el brazo de Donovan y se separó para ubicarse en el centro del túnel. Y, en una lunática acción, levantó la palma de su mano para que el metro, que pitaba con fuerza, se detuviera.

—¡Señor Oron! —Esperé lo peor. Ese sujeto estaba mal de la cabeza.

Lo extraño de la situación, fue que el metro se estrelló contra una pared invisible, haciendo que los pasajeros cayeran contra el piso de los vagones. Las luces del túnel y del metro, parpadearon y se apagaron, envolviéndonos a todos en una oscuridad absoluta.

—¡Vamos!

Está loco.

—¡No veo nada!

—No hace falta, joven Allison —dijo con seguridad—. No se suelte.

Caminamos pegados a la pared del túnel, escuchando los quejidos y lloriqueos de los pasajeros que golpeaban asustados las ventanas y las puertas de los vagones, del que yo ignoraba si se habían descarrilado por culpa de ese viejo loco. Donovan comenzó a recobrar el dominio de su conciencia, preguntando dónde se hallaba, pero al escuchar los griteríos de los pasajeros se percató de lo que pasaba.

—¿Cómo es que...? —enmudeció sin dar crédito a sus oídos, prescindiendo del apoyo que le brindábamos para desplazarnos con él.

Ninguno de los dos le informamos al respecto. Más bien, avanzamos unos cuantos metros, con Oron a la cabeza y yo cerrando el paso.

Nos detuvimos y luego escuché el crujir de las bisagras de una puerta al abrirse.

—¡¿Es una recámara oculta?!
—Así es —Oron me respondió en un deje engreído en su voz.
—No sabía de la existencia de estas en los túneles…

Rio ante mi asombro.

—¡Oh, *sí* que las hay!

Entramos deprisa, encendiéndose casi al instante una bombilla con luz mortecina en el interior.

Antes de que Oron cerrara la puerta, noté que tanto el túnel como el metro, se iluminaron al mismo tiempo, liberándose este último de la fuerza que lo comprimía por completo en su lugar. Los pasajeros jadearon aliviados por el susto que se llevaron y yo oré en mi fuero interno para que ninguno haya sufrido heridas por los golpes que se dieron.

Tras esto, me giré en redondo al reparar en la recámara.

La piel de mis brazos se erizó por la intensa sensación que de repente me envolvió. Nada allí había de alarmante para que tuviese cuidado, apenas era un espacio reducido de unos tres metros cuadrado y con un amasijo de tuberías por todos lados. El oxígeno era respirable, libre de humedad y el calor soportable. Aun así, intuía que era un lugar especial para la dichosa hermandad de la que tanto pregonaba Oron. Quizás un punto de encuentro con otros sujetos o un escondite temporal como en el que estuve en aquel sótano mugroso.

Sin notar mis conjeturas, Oron consultó la hora en su reloj de pulsera y se sentó en el piso.

Donovan y yo no creíamos lo que veíamos.

—No pensará que nos ocultaremos aquí...

—Por supuesto que no, joven Donovan —sonrió como si este hubiese dicho una estupidez—. Solo aguardaremos.

—¿«Aguardaremos»? —pregunté, ya cansada de desplazarme de un lugar a otro como si fuésemos nómadas.

Él extrajo de su gabardina, la cajetilla dorada de cigarrillos y un encendedor del mismo color, y, antes de siquiera abrir fuego...

—Lo patearé si se atreve a fumar uno de esos aquí adentro.

—Como ordene... —guardó los cigarrillos y enseguida reclinó la espalda contra la pared, sin haberse ofendido por la amenaza de Donovan.

—¿A quién tenemos que aguardar, señor Oron? —pregunté mientras meditaba que cada vez los escondites, *aprueba de vampiros*, eran más pequeños.

—Ya le dije que me tutees —volvió a corregirme, manteniendo los ojos cerrados para descansar un rato.

Puse los ojos en blanco.

—Lo siento, pero me cuesta si *usted* me trata con formalismos. —Aparte de que era un anciano.

Sus labios se estiraron en una sonrisa socarrona.

—Es costumbre de los Portadores llamarnos por el nombre de pila. Somos «hermanos».

Evité llevarle la contraria, debido a que solía aplicarme el «joven Allison», cada vez que se dirigía a mí.

Síp. Loco hasta más no poder.

—¿A quién tenemos que aguardar, *Oron*? —repetí la pregunta para que no se hiciera el desentendido. Por algo nos llevó allí.

—A nadie.

—¡¿Cómo que «a nadie»?! —repliqué furiosa—. Entonces, ¿qué es lo que debemos aguardar? —dudaba que para ganar tiempo mientras David se encargaba de sus enemigos. La recámara distaba de ser un fortín en el que nos permitiríamos permanecer allí por una temporada indefinida.

—A que sea la hora.

—¿La hora de qué...? —Donovan también se impacientaba.

—La hora en que abra el portal.

Intercambié miradas silenciosas con mi amigo, al parecer, ese sujeto tenía las tuercas de la cabeza bien sueltas. Hacía y decía cada disparate...

Observé la estrecha recamara, buscando algún dispositivo o mecanismo que accionara una especie de compuerta secreta, como ocurrió en el sótano en casa de David. Con la punta del pie, golpeaba las bases de las paredes apertrechadas de tuberías, y palpaba con cuidado entre los escondrijos, intentando encontrar «la palanca» que la hiciera abrir.

—¿Allison qué haces? —Donovan se acercó a mi lado.

—No tengo ninguna intención de aguardar hasta que abra el dichoso «portal».

Oron rio por lo bajo y yo le lancé una mirada glacial.

—¿Va a decirnos cómo se abre?

—No puedo.

—¿Por qué no? —exigió Donovan.

—Yo no lo creé.

—¿No sabe cómo se abre? —pregunté desanimada.

Él se encogió de hombros.

—Solo sé la hora...

Donovan y yo esperamos a que nos dijera.

—¡Dinos! ¿A qué hora abre? —grité con impaciencia.

—*Hum* —miró su reloj—. Faltan dos horas.

Donovan consultó el suyo.

—¿El portal abre a las nueve de la noche?

—Ajá.

—¡¿Tanto vamos a esperar?! —resoplé.

—Sí.

Genial... Al parecer, un dispositivo electrónico se cronometraba para que el portal abriera a esa hora.

Donovan y yo nos sentamos en la pared contraría a Oron. Recliné mi cabeza en su hombro y pensé en David. Donovan entrelazó su mano con la mía, sin intercambiar palabra alguna.

Ahí ocurrió algo extraño. Me sentí conectada a él, como si nuestras almas se hubiesen reencontrado.

Un escalofrío me recorrió desde las manos aferradas hasta extenderse por todo mi cuerpo. Por la forma en cómo Donovan se estremeció, juraría que hasta él mismo lo sintió.

Oron nos observó sin hacer ningún comentario al respecto, estirando sus labios en una sonrisa complacida.

—¿Sentiste eso? —Donovan se sorprendió.

—Sí...

Permanecimos con las manos entrelazadas, sintiéndonos uno solo. Cerré los ojos y me aferré al amor que sentía por mi ángel, concentrándome en sus electrizantes ojos azules, en la sensualidad de sus labios carnosos, en la intensidad de su mirada eterna y en el ardor que sentía cada vez que me abrazaba.

Tanto fue que me concentré, que de pronto me vi invadida por imágenes tridimensionales de David luchando en la penumbra de un bosque congelado.

Capítulo 42

—¡David!

Solté la mano de Donovan al sobresaltarme.

Y esto ocasionó que las imágenes se desvanecieran al instante.

—¿Qué pasa, Allison? —Donovan se preocupó.

—¿Visiones de *su novio vampiro*, joven Allison? —Oron me estudió con esa soterrada hostilidad que lo caracterizaba.

—Eh... —vacilé por no estar segura de lo percibido—. No sé, fueron muy reales como si yo estuviese con él. Había mucha nieve...

Pensativo, Oron se llevó la mano a la barbilla.

—*Hum*, creo que te conectaste con el *Agathodaemon*.

Parpadeé, sorprendida.

—¡¿Me está diciendo que, *lo que vi*, él lo está viviendo en estos momentos?! —¡Carajo! De modo que no fue una visión de su pasado, sino una especie de clarividencia.

—Sí.

Cerré los ojos, tratando de establecer un nuevo contacto con David, emocionada de informarle a él dónde nos hallábamos y también para preguntarle de si estaba bien y si pronto vendría por mí.

Pero no funcionó.

—No puedo, ¿qué pasa? —me llené de frustración.

—Tómele la mano a su amigo... —Oron indicó en un tonito que me daba la impresión de estar molesto por mi inexperiencia en ese campo extrasensorial.

Donovan me extendió la mano, sin hacer preguntas. La tomé sin comprender por qué razón él se convirtió en una pieza fundamental para vincularme con David.

Enseguida, la clarividencia o «las imágenes tridimensionales» reverberaron dentro de mi cabeza.

Jadeé.

¿Habrá otro lugar más inexpugnable que aquel solitario bosque de coníferas abrazado por la furia de la nieve?

Daba la escalofriante sensación de hallarme parada en medio del Ártico, con la diferencia de que lo surcaban millones de gélidos árboles. Mis ojos se perdieron a lo lejos, sin haber señal de vida humana o un camino por donde transitaran los autos y del cual yo siguiera hasta dar con alguien que me orientara; más bien, ni las luces de alguna aldea se vislumbraban, pues la mano destructiva del hombre en nada afectó esa inclemente naturaleza.

Me sobresalté al percatarme que el abrigo que traía puesto no era suficiente para protegerme del crudo invierno.

Caí en la cuenta de que no sentía frío.

Al estar en *esta condición*, no sufría de los rigores de los seres vivientes, debido a que mi cuerpo mortal yacía sentado en la recámara del túnel, tomado de la mano de Donovan.

Aun así, algo me sacó del ensimismamiento.

Rodé los ojos hacia una colina.

Vi a un hombre. Uno que yo conocía…

Contuve la alegría y, aprensiva, caminé hacia él para asegurarme de que no estuviese herido ni nada por el estilo que lo enloqueciera por la sed para revitalizarse. David me daba la espalda, observando hacia un punto vacío. Se había cambiado de ropas, mimetizándose gracias a estas con la blancura de la nieve, como si fuese las ropas habituales de un ser celestial que bajó del cielo a inspeccionar los terrenos de su Creador. Lo llamé, pletórica de felicidad en cuanto llegué a su lado, pero él no me escuchó. Respiraba acelerado por la lucha que, quizás, acabó de librar; mantenía el ceño fruncido en una dura expresión de hallarse allí para confrontar a los que invadieron sus propiedades y osaron en atacar a sus seres queridos. Rápido, eché un vistazo a mi rededor, en caso de estar en medio de una contienda; sin embargo, nadie amenazaba ni gruñía a ese rey de vampiros por no contar con la protección de sus hombres, se lo veía imponente desde la cima como si de forma silenciosa les manifestara a aquellos que él era indestructible.

Medité: ¿Dónde se encontraba? ¿Qué bosque era ese?

Dudaba que fuese el Croatan, difería mucho de este, su flora era muy variada y más accesible a los visitantes. Además, por allá aún no nevaba…

¿Estaría en Alaska?

O…

—David —lo llamé para captar su atención—. ¡David! Caramba… —en el acto comprendí que me había olvidado una vez más de que mi presencia solo era espiritual y no física.

Tras un minuto de estar mirando hacia la nada, él levantó las manos como dando señales a lo lejos a otra persona que yo no alcanzaba a ver desde mi sitio.

Me llamó la atención que sus piernas estaban enterradas hasta las rodillas. Miré las mías y sonreí, parecía que flotara, haciéndome sentir como Jesucristo caminando sobre las aguas.

David bajó la mirada, buscando algo. Se inclinó y escarbó un poco en la nieve, extrayendo una espada con una preciosa gema escarlata en el mango. La observó un rato y luego la envainó a su costado izquierdo.

Permanecí a su lado con unas ganas enormes de acariciar su espalda y brindarle así mi apoyo, pues no tenía prisas por volver al túnel; por desgracia, sería un gesto que él no sentiría.

—*¿Dónde estás?*

Huy. Me sorprendió escuchar la grave voz de Oron en mi cabeza.

Miré a los lados, solo estábamos David y yo. Nadie más.

—*¿Dónde, joven Allison?, ¿en qué lugar te encuentras?* —insistió el anciano. Y, ahí comprendí que, a pesar de haberme «salido» de mi cuerpo como si fuese un fantasma, este escuchaba lo que yo comentaba en mi «aparición».

—No sé —dije en voz alta, esperanzada de que David me escuchara—. Estoy en un bosque de coníferas; todo cubierto de nieve…

Oron no volvió a hablar y David no reaccionó a mi voz.

Entonces, mi vampiro giró su cuerpo en mi dirección.

En vano mi corazón saltó de alegría al pensar que este era capaz de verme, pero sus ojos siguieron de largo por encima de mi cabeza. Estaban fijos e inexpresivos, hacia un punto distante del cielo, a mi espalda.

Curiosa, me giré sobre los talones, siguiendo el trayecto de su mirada, temerosa de que fuese un helicóptero que pretendía atacarlo desde las alturas.

¡*Wow!* Arqueé las cejas y mi mandíbula casi cae a mis pies. Lo que vi, fue lo más extraordinario que se manifiesta en la Tierra.

La Aurora.

—¡Oh, por Dios!

—*¿Qué pasa, Allison?* —la voz de Donovan urgió en mi cabeza. Percatándome al instante del hecho de que, lo más probable, era que yo debía estar allá, en el túnel, como si estuviese hablando «dormida».

—¡Es hermoso!

—*¿Qué es «hermoso»?* —inquirió Oron, a quien también le azotó la curiosidad.

—La Aurora... —sonreí como boba sin saber si *mis labios físicos* también sonreían. Aunque ignoraba si se trataba de la Boreal o la Austral.

—*¡¿La Aurora?!* —Donovan se extrañó—. *¡¿Dónde demonios estás?!*

—*En Siberia* —respondió Oron sin que se haya guiado por algún detalle que yo haya suministrado de mi ubicación exacta.

Me sorprendió.

¡¿Siberia?!

Miré a David que seguía admirando la ondulante estela verde esmeralda en el cielo y luego la entorné hacia ese firmamento que para nada indicaba si pronto estaba por amanecer.

Siberia...

Lo revelado por Oron me dejó pasmada, ¿cómo era posible? ¡Me hallaba en los linderos de Rusia como si me hubiese teletransportado! Por supuesto, no era el caso, no me había materializado. Era un fantasma por así decirlo... Y, estaba allí, en Siberia, habiendo salido de mi cuerpo postrado –al lado de Donovan– en Nueva York, para aparecer en un parpadeo del otro lado del planeta.

¿Qué era este don?

Dejé para después formular en voz alta esa pregunta al Portador y observé la estela.

Por lo visto, admiraba la Aurora Boreal.

Sonreí.

Dios nos demostraba qué tan insignificantes somos como seres humanos y qué tan afortunados al presenciar los fenómenos naturales.

Jamás en mi vida presencié semejante belleza, salvo en las programaciones de televisión y en la Internet. Admirar esas asombrosas estelas de luces resplandecientes sobre el cielo, no tenía precio. Su magnífico color serpenteaba el firmamento con una gracia exquisita.

Me llenó de paz y felicidad, y, de haber estado en mi cuerpo, hubiese llorado un mar de lágrimas por la profunda emoción que me inspirada.

Volví a mirar a David y caí en la cuenta de que él tuvo que utilizar alguna aeronave privada para que lo llevase rápido a ese distante punto geográfico.

No obstante, me costaba dejar de observarlo. La inexpresividad en su rostro desapareció tan pronto una leve sonrisa se asomó en sus labios. Su expresión se dulcificó y se entristeció al mismo tiempo por algo que se manifestaba en su fuero interno.

—Allison... —susurró para sí mismo—. Ojalá estuvieras aquí para presenciarlo.

Suspiré. ¿Cómo explicar la enorme felicidad que embargó mi corazón? Sin importar la distancia, las batallas que él enfrentara, David pensaba en mí.

—Lo estoy, amor —levanté la mano para acariciar su rostro, pero me detuve al ser consciente que esto de nada me serviría. Él no me sentiría.

—*¿Estás hablando con él?* —la ruda pregunta de Donovan, me cortó la nota.

—No —contesté molesta—. No puede verme ni oírme.

Por fortuna, no lo volví a escuchar, ni siquiera a Oron.

Mis ojos se posaron una vez más sobre David y lamenté que su rostro se endureciera de nuevo. Con su mano izquierda empuñó el mango de la espada envainada en ese costado, volviendo a la cruda realidad. Si deseaba estar en paz, conmigo a su lado, debía exterminar a sus enemigos.

David me dio la espalda, emprendiendo la carrera en un segundo, sin cometer el pecado de dejarme allí abandonada.

—¡David! —lo llamé de forma infructuosa y luego lancé una palabrota que, lo más probable, Oron me habría tachado por vulgar.

No fui capaz de seguirlo así estuviese en mi proyección astral. ¡David corría más rápido que un auto! Y me atrevería en asegurar que hasta de la velocidad máxima de un Lamborghini.

Tuve que limitarme a observar cómo la nieve se levantaba a su paso, sus pies parecían aspas que ocasionaban que esta se expulsara por los aires, despejando así un camino para que otros lo siguieran. Si bien, el «camino surcado» era de fácil acceso, comprendí con pesar que era imposible recorrerlo por la distancia. Si aquello era Siberia, tendría que recorrer medio continente, y yo comenzaba a sufrir de una especie de *agotamiento fantasmal*.

Estando parada allí, en la colina, con la Aurora Boreal a mi espalda y la inmensidad del bosque congelado frente a mí, sopesaba el modo en cómo debía volver a mi cuerpo.

Cerré los ojos y me concentré en el túnel.

Nada ocurrió.

¡Ay, mamá!

Ansiosa, traté de relajarme y respiré profundo con la intensión de conectar con mi cuerpo físico.

Me reí.

¿Respirar?

Solo era un alma proyectada, sin la necesidad de hacer uso de mis pulmones.

Sacudí los brazos, las piernas, moví la cabeza a los lados y cerré los ojos, ya asustada de ver que seguía en el mismo lugar.

Nada.

—Donovan, no puedo volver —mi voz se escuchó temblorosa.

—*¿Por qué?* —se preocupó.

—No lo sé. Algo me retiene aquí.

—*Suéltele la mano, joven Donovan.*

Él debió de obedecerle a Oron, porque en ese preciso instante me hallaba con ellos en cuerpo y alma.

Abrí los ojos, mi frente aún la tenía reclinada sobre el hombro de Donovan. Oron me miraba ceñudo, listo para atacarme con incontables preguntas.

—¿Hacia dónde se marchó el Grigori vampiro? —El asalto fue rápido.

Me encogí de hombros.

—Yo qué voy a saber: todo estaba cubierto de nieve.
—¿No vio hacia qué sentido se fue?
—Hacia los árboles.
Oron puso los ojos en blanco, reflejando su impaciencia, y Donovan permanecía pensativo.
—Me refiero, a si se marchó hacia el norte, al sur, al este... ¿Había sol o luna?
—Eh..., luna.
—¿En qué posición estaba?
—En el cielo, ¿no?
Donovan se rio. Ya sabía por qué el Portador hacía tantas preguntas: deseaba a detalle *el paradero general* de los vampiros, y eso era algo que yo no le daría por nada del mundo. Tenía la firme convicción de que sería imprudente revelar, aunque fuese una ínfima parte de su ubicación. De todos modos..., ¿qué revelaría?
—Tu lealtad hacia el Grigori vampiro, me sorprende —Oron expresó, endureciendo la mirada con desaprobación.
—No tengo nada que decir —repliqué—, salvo que él se hallaba solo en aquel bosque.
—*Hum*, ya veo.
A dicha discusión, Donovan se mantuvo de brazos cruzados, conteniendo la rabia a punto de explotar, y del que me sorprendía que permaneciera distante. Algo le molestaba y lo incomodaba sobremanera; no exteriorizaba sus sentimientos; no delante de Oron, quien se convirtió en una persona que inspiraba desconfianza.
—¿Qué te pasa? —pregunté al oído.
Él se removió un poco.
—Nada —contestó y luego guardó silencio, rodando los ojos hacia las tuberías, arriba de nosotros.
—Ese «nada», te tiene mal —buscaba sonsacarle una sonrisa mientras le golpeaba su brazo con mi codo, para paliar la animosidad que se sembraba en su corazón. Tenía mal carácter y hasta posesivo, pero era un buen amigo.
Apenas sonrió entristecido y Oron resopló displicente, observando nuestra camaradería.
—Al joven Donovan, le han roto el corazón —expresó sin importar la vergüenza que a este le ocasionara.

Viejo desgraciado…, mascullé para mis adentros, pues también causó que me sintiera miserable, porque mi amigo sabía quién lo había lastimado.

—Lo siento —le susurré, queriendo amarlo sin reservas y entregarme a él como se merecía. Pero mi corazón ya tenía dueño. Y era un precioso ángel caído…

Me recliné en su fornido hombro, sintiendo la calidez de su atlético cuerpo. No me recriminaba, pese a su desdicha, ni me sacaba en cara los problemas que hemos enfrentado. Ante todo, era un caballero, o por lo menos tenía la cortesía de no discutir el tema a los cuatro vientos.

Donovan giró su muñeca para consultar la hora.

—Las ocho en punto —dijo.

¡¿Las ocho?!

Era impresionante cómo el tiempo volaba, ¡había transcurrido una hora y ni me di cuenta! Daba la impresión de haber pasado unos diez o quince minutos mientras estuve «ausente».

Durante un largo rato los tres nos mantuvimos sumergidos en nuestros propios pensamientos, asemejándonos a los pasajeros del andén que quedaron dominados bajo el influjo del Portador. Oron estaba pensativo, preocupado por la terrible responsabilidad de llevar a buen resguardo un nuevo aporte a esa hermandad; Donovan se hallaba entre el deber de protegerme y su deseo de patear traseros vampíricos, y yo urgida por saber de David.

Si bien, necesitaba una vez más de proyectarme hasta él, ignoraba de si fuese capaz de rastrearlo hasta el lugar donde se habría dirigido, o tendría el infortunio de caer de nuevo en medio de aquel bosque congelado.

¿Qué debía hacer?

En silencio, desplacé mi mano hacia Donovan, sin levantar la vista, ya que me costaba enfrentar la tristeza de su mirada. Pero era vital obtener a través de este la energía suficiente para «sacar» mi alma del cuerpo a voluntad.

—¡No! —Apartó la mano con rudeza.

Oron frunció las cejas.

—¿Piensas volver a él, joven Allison?

—Sí —dije sin ser capaz de ver a los ojos a los dos.

—No debería, es peligroso.
—¿Por qué?

Oron extendió las piernas y cruzó los tobillos para responder con calma:

—Proyectarse no es algo que se debe tomar a la ligera: *el viajero* tiene la obligación de cuidarse para no volverse adicto. Cada vez que se «desdobla», pierde la necesidad de querer volver a incorporarse a su cuerpo, pues reconoce que ya no lo necesita, es su prisión, lo limita como tal.

—No creo que eso pase conmigo…

—Ni pienses que eres la excepción: perdimos el alma de muchos Portadores. El hecho de que seas la primera Portadora en *desdoblarse* sin entrenamiento, no te hace inmune a sus efectos colaterales.

—¿Cuáles son esos efectos? —Donovan me robó la pregunta.

Oron suspiró.

—Debilidad extrema y descontrol en las facultades psíquicas… La telequinesis, por citar un ejemplo, desaparece durante el transcurso de varios días o por varios meses, dependiendo del tiempo en que se deja vacío el cuerpo.

—¿Cada cuánto es prudente hacerlo?

Donovan me lanzó una mirada inquisitiva por mi creciente interés a dicho tema. Y, debido a esto, el reprimido sentimiento de ira que con tanto esfuerzo controló, surgió al instante.

—¿Insistes en lo mismo? —espetó—. ¿No entiendes que es peligroso? ¡NO ESTÁS PREPARADA! —La luz de la bombilla del techo titiló a la sobrecarga de emociones.

Por fortuna no explotó o hubiésemos quedado a oscuras.

Tuvimos que prescindir de los móviles, al entregárselos a tía Matilde y al señor Burns, para evitar que algún dispositivo electrónico nos rastreara.

Abrí los ojos como platos, se hacían continuos esos extraños sucesos que a él le acompañaban luego de un arranque de rabia. Oron lo observó y sonrió sin hacer comentario alguno, como si supiese de qué se trataba.

—Correré el riesgo de ser necesario —contesté a sabiendas de ganarme otra increpada de su parte.

—Tú lo dijiste: «de ser necesario». No hay ninguna necesidad de arriesgar la vida.

El anciano casi le aplaude a Donovan, quien trataba de mantenerme pegada en *la recámara*, por lo que, levantó la mano para pedir la palabra.

—Es seguro si lo hace custodiada —dijo—. Los que murieron, lo hicieron por estar sin apoyo.

—¿Cómo debe hacerse? —Se me escapó una gran sonrisa, creí por un segundo que trataría de infundirme temor, e hizo todo lo contrario, lo que causó en el otro que resoplara molesto.

—Como lo hiciste antes; pero le advierto: será por un breve lapso. El contacto directo con otro Portador ayuda al «viajero» a estar anclado en el plano terrestre. Los Portadores o el Portador, le recordará que debe volver a su cuerpo físico, de prolongarse el tiempo.

—Como sucedió con Donovan —dije—. Él me ayudó a volver.

Este gruñó.

—¿Acaso no escuchaste que *estiró la pata* más de un Portador por estar desdoblándose?

—Sí, pero te tengo de ancla...

—¡NO! —me gritó—. ¡Es peligroso! ¿O me va a decir que no, Oron? —Lo fulminó con la mirada.

—No se lo discuto —concedió—. Llega un momento en que el «viajero» no quiere volver. Aun así, no será el caso de la joven Allison, ella no se hará adicta tan rápido.

Agradecí sus palabras de apoyo. Por lo visto, garantizaba la vida a los que de él dependían.

Caí en la cuenta de que existían *dos personas más* con la misma situación en la que yo me hallaba. Tal vez no tan extremo: escondiéndose estos dentro de un túnel. Pero algo me decía que, lo más probable, estarían temerosos de sus destinos.

—Oron, ¿dónde están los otros nuevos Portadores? Porque usted dijo que eran tres...

El aludido sonrió.

—Uno ya está con la Hermandad y *el otro*... —miró a Donovan enseguida— está a tu lado.

Donovan y yo nos miramos, atónitos.

—Yo no soy... —apenas habló—. Imposible.

—¿Por qué crees que permití que vinieras con nosotros?

Vaciló.

—Pensé que era para... protegerla. —Oron sacudió la cabeza—. Pero, yo... ¡Yo no tengo las mismas habilidades de Allison! No soy telépata ni me proyecto como ella...

—Es psíquico.

Jadeé impresionada.

—¡¿*Quééé?!* —Con razón era tan intuitivo—. ¿Por qué no me dijiste? —lo reproché, pude haber tenido a esa persona que comprendería las veces en que me sentía sola por las visiones y las apariciones de Rosangela, pero guardó el secreto para protegerse así mismo.

—Mi padrino me lo pidió —contestó, eludiendo la mirada.

Fruncí el ceño. Él me ha estado vigilado a través de sus percepciones.

—Oron, ¿no estarán equivocados? Digo, no soy como Allison...

—Mis años me han enseñado que las mujeres se desarrollan más rápido como Portadores —este expresó—. ¿Acaso no hablan y maduran primero que los hombres? —Suspiró, palmeando con añoranza el bolsillo donde tenía la caja de cigarrillos.

—¿Por qué no abrió *la jeta*? —Donovan inquirió enojado de saber que él era uno de los nuevos Portadores.

Oron lo observó y luego respondió:

—Con usted tuvimos cuidado.

—¿Por qué?

—Sus emociones afectan su entorno.

—No me disculparé por mi carácter —espetó en desacuerdo.

—No me refiero a eso... —el anciano rodó los ojos hacia la bombilla del techo que a duras penas nos iluminaba.

Donovan le lanzó otra pregunta:

—¿Mi padrino lo sabe? —El hombre asintió—. ¡¿Y no me dijo nada?! —Se levantó y comenzó a caminar como león enjaulado.

—Así se lo ordené —confesó—. Es una gran responsabilidad educar a un joven Portador.

Impresionante, Donovan y yo éramos «hermanos aurales» que nacimos para un bien mayor.

—Por eso es, por lo que *escuchaba* a Donovan mientras estuve fuera de mi cuerpo —comenté—, pero... ¿por qué a usted también, si no me sujetaba la mano?

Sonrió.

—El Portador desarrolla la clariaudiencia cuando se proyecta; incluso, es capaz de escuchar el entorno donde está su cuerpo abandonado.

—Entonces, ¿puedo volver a él? —Empecé a ver la luz de la esperanza.

—¡NO! —el grito atronador de Donovan cohibió a Oron de abrir la boca para contestar.

Me levanté, yendo a su lado.

—Donovan...

—No, Allison. No entiendo por qué este viejo loco está tan interesado en ayudarte. ¿Qué es lo que busca?

¿Qué busca? Los escondites de los vampiros.

—Solo quiere ayudarme —mentí.

—¡No me tomes por tonto!

—Lo siento, yo no... —quedé fría cuando una lágrima comenzó a surcar su mejilla—. Donovan... —me atrapó la mano al yo pretender limpiársela.

—No necesito tu lástima.

—Sé que no, pero me duele verte así —sentía que de pronto las paredes de la recámara se estrechaban. El armazón con el que este se enfundó para enfrentarse a mí se cayó dejándolo inerme.

—¿Por qué tenías que amar a ese engendro? —musitó al girar sus ojos y trabarlos sobre los míos con dolor.

Oron, aún sentado en el piso e incómodo por la situación, arqueó las cejas y enfocó la vista hacia las tuberías del techo para contarlas.

—Lo siento, ya ves, lo amo desde otra vida. Era algo inevitable.

—Él te hará daño. Es un vampiro.

Suspiré.

—Hasta el momento no lo ha hecho.

—«Hasta el momento» —repitió desdeñoso.

—David es diferente.

—¡Bebe sangre! —argumentó convincente—. Los vampiros matan por placer. No conviven con los humanos, no es natural en ellos.

—Tienes razón, Donovan —concedí—. Los vampiros *son lo que son*, y es imposible que cambien de la noche a la mañana. Aun así, David lleva décadas luchando por cambiar y no sé hasta qué punto sea capaz de controlarse, pero tienes que reconocer que él está dispuesto a todo por mantenerme a salvo.

Resopló en desacuerdo.

—No estés tan segura.

Decidí no seguir replicando, terminaríamos enemistándonos, pues para nada yo quería reconocer que David tenía el instinto de un depredador; sin embargo, él ha demostrado un control incuestionable con mi sangre. Nunca me dobleó para saciarse de mí, ni cuando tuvo la excusa de fortalecerse por sus heridas; ni Hasan ni nadie pudieron orillarlo a comportarse como un salvaje.

Así que defendería al hombre que yo amaba, así los demás dudaran de sus acciones.

—Donovan —extendí la mano para que la tomara—, por favor...
—Él permanecía imperturbable, manteniéndose de brazos cruzados para negarme la posibilidad de proyectarme de nuevo—. Donovan... —insistí a punto de llorar.

—¡NO! —gritó.

Las lágrimas brotaron sin poderlas contener.

—Donovan...

—Yo lo haré —Oron ofreció su mano en cuanto se puso en pie.

Di un paso hacia él, pero Donovan me tomó del brazo.

—¡Está bien! —exclamó con impaciencia.

Agradecida le rodeé el cuello con mis brazos y le besé la mejilla. Donovan se sonrojó y luego nos sentamos de nuevo en el piso. Entrelacé mi mano con la suya y él la apretó suave para demostrarme que también estaba dispuesto a todo por mí.

Oron se sentó a mi otro lado. Levantó su mano, ofreciéndomela por segunda vez, con una sonrisa que denotaba confianza.

—Entre más Portadores te custodien, joven Allison, mejor.

Tomada de la mano de dos Portadores, me sentí segura. Cerré los ojos y respiré profundo. Ya sabía qué hacer para desdoblarme; aun así, ignoraba de cómo hacer para aparecer donde se hallaba David.

—Oron, ¿cómo hago...?

—Concéntrese en lo que sientes por él —adivinó mi inquietud—. Deje que el amor del Grigori vampiro la llame y la lleve a él. —La mano de Donovan se tensó a mi izquierda—. Estamos listos, joven Allison, respira profundo y exhala.

Me acomodé y recliné un poco la cabeza, posándola sobre el hombro de Donovan.

Ahí comprobé que no estaba preparada para lo que vendría.

En medio de la penumbra, me hallé bajo los techos abovedados de un castillo tenebroso que había recorrido con anterioridad.

—No puede ser... —dije para mí misma.

—*¿Qué pasa, Allison?* —Donovan se inquietó en mi cabeza.

Tuve cuidado de no dar mucha información.

—Nada. Ratas. —Por cosa curiosa aparecí en el sitio exacto de cuando me proyecté por primera vez al estar encerrada en la bóveda: el amplísimo vestíbulo donde vi a aquel inquietante vampiro de cabello negro y ojos marrones.

¿Qué hacía David en ese lugar?

—*¿Dónde te encuentras?* —Donovan seguía impaciente por saber. Aunque me extrañaba que no fuese Oron quien preguntara.

—Estoy... —¿Qué decir para no delatar dónde me encontraba y que sonara convincente?—. Estoy en una especie de... fortaleza.

Esperé por el millón de preguntas de Oron, pero este permanecía en silencio.

—*¿Estás sola?*

Rodé los ojos a mi rededor. No estaba sola.

—Estoy sola, Donovan —mentí.

—*Avanza. Ten cuidado de que no te vean.*

—Descuida, chico.

Me tensé. Parecía que en el castillo hubiesen convocado una convención de vampiros. ¡Eran como cuarenta! Conversaban tan bajo, que habría que estar en medio de ellos para escucharlos.

En la medida en que me acercaba, captaba vestigios de varios idiomas: alemán, francés, español, portugués y otro difícil de comprender, en la que me atrevía a jurar que era ruso. Pero el idioma que más dominaban era el inglés y dichas palabras inconexas que yo alcanzaba a escuchar de alguno de esos sujetos, relataban sobre «rebeldes», «anarquía» y «muerte».

Caminé a través del amplio vestíbulo, sin dejar de temer. Un reloj de péndulo, que se veía bastante antiguo, marcaba las nueve de la mañana. El cielo aclaraba y los rayos de sol se anunciaban con timidez a pesar de la hora del día. Algunos vampiros miraron hacia los ventanales, susurrando con más ahínco y sin percibirse preocupados de ser incinerados por el astro rey, pues se protegían a través de ventanales polarizados de enormes proporciones.

Me asombró la diferencia de horario entre Nueva York y Siberia.

¡Trece horas!

En esa parte del mundo las noches parecían ser largas y los días cortos y grises...

Subí por las escaleras. Arriba estaba menos atestada que la planta baja. Solo guardianes aglomerados y armados hasta los dientes frente a un par de puertas dobles. Unas donde, detrás de estas, se escuchaban voces amortiguadas.

A paso lento me acerqué hasta los guardianes, procurando no rozarles. No quería arriesgarme a que, por alguna cuestión de sus sentidos vampíricos, me percibieran y luego de un golpe me pusieran a dormir por la eternidad. Así que, pegué el oído a la puerta para oír lo que adentro discutían con tanto misterio. Las voces seguían estando mitigadas y eran incoherentes. Murmullos inentendibles. Oron se equivocó al asegurar que el Portador desarrollaba la clariaudiencia. ¿O solo se aplica para escuchar a los humanos y los ruidos alrededor de mi cuerpo?

En todo caso, no me servía de mucho.

Me reí de mí misma, escuchando detrás de las puertas, como vieja chismosa, cuando era capaz de estar presente sin que nadie advirtiera mi presencia.

—Bueno, ahí vamos... —Tomé la manija de la puerta para abrirla; por desgracia, mi mano la traspasó. No era corpórea y eso representaba un problema.

Ay, no...

¿Cómo se supone iba a entrar?

Lo pensé, buscando una posibilidad. Si era incorpórea, no tendría problemas para traspasar la puerta.

Reconocía que era tonto hacerlo, contuve la respiración y cerré los ojos.

Levanté las manos hacia delante y conté mientras caminaba.
Uno... dos... tres...
Abrí los ojos.
¡Dios!
¡¡David!!

Capítulo 43

David se hallaba frente a una plataforma semicircular con once colosales sillas de piedra.

Los respaldos de estas tenían cinceladas portentosas lenguas de fuego y eran tan alargadas, que no me extrañaría que midieran tres o cuatro metros de altura. Eran como tronos de otro universo, grandiosos y magníficos, que en nada se asemejaban al de los reyes humanos. El gran salón estaba repleto de vampiros; sin embargo, ninguno se aventuraba a sentarse sobre estas.

En la parte más alta del respaldo de cada una, se hallaba imponente el blasón de los Grigoris, recordando su superioridad a los súbditos. Animales comunes y seres mitológicos, eran los emblemas representativos de cada Casa Real: la bravura del jabalí, la vigilancia del dragón, la maldad de la arpía, la peligrosidad de la serpiente, la inmortalidad del fénix, la ferocidad del lobo, la velocidad del tigre, la preeminencia del águila, la fuerza del oso, la templanza del minotauro y la majestuosidad del león.

Debajo de cada blasón había algo escrito, de modo que se leyera con facilidad desde cierta distancia.

Avancé directo hacia el centro del salón, observando la soberbia de aquellos vampiros que, por sus atuendos, juzgaba me hallaba ante los líderes de las diferentes Casas Reales. Pero estos que aguardaban allí no eran Grigoris; de eso no cabía la menor duda, pues de ninguno percibía la «divinidad» propia de un ángel caído.

Me aproximé a David, ubicándome tan cerca de él, que casi le rozaba el brazo izquierdo.

Él no hablaba con nadie.

Su mirada emulaba al bosque congelado: frío e inexpresivo. Los presentes lo observaban con detenimiento, aunque no con desprecio, más bien con temor y respeto, eso se palpaba.

La puerta del fondo del salón se abrió y de allí emergieron diez hermosos y majestuosos vampiros.

Los Grigoris.

Me sorprendió que, entre ellos, hubiese dos mujeres. *Válgame...* ¿Quién lo diría? Oron y el señor Burns no me hablaron de la caída de ángeles femeninos.

Estos eran tan altos como David, de rasgos perfectos y de mirada intensa, ataviados con una pesada capa púrpura que les llegaba hasta el piso: el color de la nobleza. Cada uno de ellos avanzó enfilado hacia las colosales sillas. Se veían diminutos al sentarse sobre estas y sin dejar de ser amenazadores para cualquiera de los presentes, a excepción de David, que no demostraba temor alguno.

Los vampiros hincaron una rodilla en el piso en sumisión, apenas los vieron aparecer. David se mantenía en pie, firme, saludándolos con una leve inclinación de cabeza.

Un asiento quedó libre: el suyo, ubicándose de primero a mi derecha.

Me impresionó leer con claridad su nombre en antiguo.

«Dah-veed»

Comencé a leer en cada trono —después del nombre de mi ángel— y en el sentido contrario a como interpreté los blasones cincelados, arriba de sus cabezas: Needar, Liad, Meretz, Thaumiel, Raveh, Amara, Azael, Cali, Beliar, Ulrik.

Suspiré y enfoqué los ojos hacia el centro.

En medio de ellos se hallaba el dueño del castillo, el vampiro que vi en mi proyección.

El salón se sumió en un absoluto silencio. La presencia de esos poderosos vampiros inspiraba miedo. Parecía mentira que en el pasado hayan sido ángeles custodios de los humanos, y, ahora, eran los vigilantes de su propia especie, gobernándolos desde la oscuridad de sus reinos.

¿Por qué estaban allí?

Para que «esos Eternos» se presentaran rápido, solo implicaba algo de suma importancia. Por lo visto, convocados por el mismo David para discutir la situación.

Estaba segura de que los hombres de Hasan debieron intentar detenerlo, persiguiéndolo hasta la congelada frontera, y del que murieron bajo su espada, sin encarar un juicio.

—*Estás muy callada. ¿Qué sucede?* —Donovan inquirió a la vez en que apretaba un poco la mano que me sujetaba para captar mi atención.

—Hay una reunión de vampiros —evité revelar el rango de poder de cada uno de ellos—. No sé de qué hablan, creo que se trata de la invasión a los territorios de David.

El silencio de Oron comenzaba a preocuparme.

Entonces, el dueño del *blasón del lobo* se levantó de su silla.

Raveh.

—Estamos listo para el veredicto —anunciaba con soterrado odio a los asistentes. Debajo de su túnica púrpura, semiabierta, se alcanzaba a ver que usaba un elegante traje cruzado, de doble abotonadura, y corbata de seda gris plata que complementaba la indumentaria.

David, con aplomo, dio un paso hacia delante y el vampiro moreno en una aparente sonrisita triunfal, empuñó sus manos.

—Se te concederá la petición —le expresó—: pelearás a muerte contra Hasan y sus hombres. Solo y sin armas.

¡¿Qué?!

—¡Eso no es justo! —chillé enojada.

—*¿Qué, Allison?* —Donovan se inquietó.

—David peleará contra varios vampiros.

Hubo un breve silencio y luego un resoplido.

—*No creo que sea un impedimento. Recuerda lo que es...*

—Un Grigori.

—*Exacto.*

Si bien, David destrozaría con sus propias manos a cualquiera de sus enemigos, sin importar qué tan rápidos y fuertes sean, no escapaba al hecho de estar en desventaja.

—El enfrentamiento será en los calabozos del castillo —anunció Raveh—. El vencedor conservará los dominios de América del Norte y Europa Occidental, sin que nadie se oponga.

David no protestó, firme en su postura soberana.

Los Grigoris se levantaron de sus descomunales asientos y se marcharon, dejando una sombra púrpura a su paso.

Hubo una ola de murmullos en el salón, del que, a continuación, David fue escoltado hacia los calabozos por una veintena de guardias uniformados de negro. Procuré estar lo más cerca posible de él, lo que ocasionó que más de uno me traspasara sin darse cuenta. La experiencia de sangre, tripas y huesos era desagradable.

David con ninguno habló, solo se dejaba llevar. Lucía tranquilo y, desde lejos…

Una vampira de rostro preocupado se abrió paso a codazos entre la multitud que los rodeaba.

—David, ¡¿por qué no objetaste?! ¡No me parece justo! —manifestó esta con la voz quebrada, expresando en alto lo que yo no podía replicar.

David la miró y le obsequió una sonrisa entristecida.

—No te preocupes, Marianna, estaré bien —dijo sin dejar de caminar hacia los calabozos.

¡¿Marianna?! Me detuve, pasmada. El desfile de huesos y tripas no se hicieron esperar sin afectarme.

Marianna, la «fallecida» hermana de Donovan Baldassari, estaba allí brindando apoyo a David como si fuese su mujer. ¡Era una vampira! Por eso Donovan lo odiaba tanto… Él la había mordido para convertirla en una de su propia especie.

Pronto los celos que tanto aborrecía comenzaron a superarme. La mujer era hermosa, de ondulados cabellos castaños que le caían a la perfección a mitad de espalda, y con unos enormes ojos azules oceánicos, idénticos a los de su hermano menor.

Al igual que Donovan, Marianna tenía la misma fuerza apasionante en la mirada y el arrojo para luchar por lo que amaba. Me extrañó verla entre los líderes y no con los vampiros de menor rango en el vestíbulo. Tal vez se hallaba allí por orden expresa de David, que deseaba que estuviese a su lado.

Ella y yo no…

Menos mal que no grité al verla, porque de lo contrario tendría a Donovan martillándome con sus furiosas preguntas.

—¡No me gusta, David, no me gusta para nada! —Marianna sollozó—. Tengo un mal presentimiento.

David le regaló un guiño.

¡¿Qué rayos fue eso?!

Desconcertada por ese gesto cariñoso, descendimos los peldaños de una escalera de piedra que se doblaba en espiral hasta dar muy abajo del subterráneo. Luego transitamos sin prisas a través de un largo pasillo del que una poderosa pared de titanio que reflejaba sus siluetas de forma borrosa nos bloqueaba el camino.

La mía era la única que no se reflejaba en esta, por no estar allí en cuerpo presente.

Un vampiro caminó hasta el tablero que estaba a la derecha y tecleó una clave, tan rápido, que apenas vi la mano. Hubo un pitido y una luz verde se encendió en el acto. La pared metálica se abría en dos como las puertas de un ascensor.

—David... —Marianna se acercó, pero él no le sonrió, sino que le acarició el rostro, y esto paralizó mi corazón. David tenía algo con ella—. Te amo —susurró esta contra sus labios, para después besarlo con vehemencia.

¿De cuántas formas se moría en un minuto? Yo morí de mil formas diferentes cuando lo vi corresponder a sus besos.

Sobra decir la terrible decepción que me ocasionó. David para nada fue sincero conmigo; por un lado, me profesaba amor, y, por el otro..., me engañaba con otra.

Debí estar advertida, el tigre jamás pierde sus rayas.

Gracias a Dios o *a quién fuese* que desde el cielo vio mi sufrimiento, hizo que un sonoro carraspeo –allí– los interrumpiera.

—Perdone, mi señor. Debe ingresar al calabozo, sin demoras —comentó un vampiro, reverenciado.

David asintió, dejando a Marianna llorando entre la muchedumbre que aún los rodeaba.

—¡Te amo! —exclamó ella justo antes de que las puertas se cerraran, pero él bajó la mirada, apesadumbrado, evitando responderle. Era muy duro tener que corresponder a ese gesto delante de los que, quizás, deseaban que él muriera allá dentro.

Gruñí en mi fuero interno, si no lo mataba Hasan o su gente, yo misma lo haría cuando volviera.

Qué infiel...

Los dos ingresamos al subterráneo, con la terrible expectativa de lo que allí encontrásemos. Sin tomar en cuenta su falta de palabra, yo quería permanecer a su lado, sin muchas ganas de tener que esperar junto con el resto de los vampiros a que saliera el vencedor; de lo contrario, enloquecería de los nervios.

David avanzó con lentitud, moviendo sus felinos ojos en todas direcciones. Sus pupilas se dilataron para ver mejor en la penumbra, rastreando con la mirada cualquier indicio que le advirtiera que sus enemigos lo rodeaban. No sabía si mi *corazón físico* latía desbocado, aun así, lo sentía frenético en mi pecho etéreo.

Recorrimos sigilosos los estrechos pasillos de altos muros de piedra, como si estuviésemos dentro de un laberinto y fuésemos ratas de laboratorio del que otros nos observaban desde la comodidad de sus asientos ubicados en los «pisos superiores». Era consciente de que David debía enfrentarse solo y sin armas para defender lo que era suyo por derecho propio, era la orden que aquellos Grigoris le impusieron pese a su solicitud; aun así, si él luchaba: yo también lo haría. Así fuese de corazón.

El lugar apenas se iluminaba mediante antorchas cuyas llamas languidecían por cada rincón. Ahí fue en que reparé en las cámaras de vigilancia en las esquinas y a mitad de los alargados pasillos, siendo monitoreados para que los Grigoris disfrutaran del enfrentamiento desde alguna habitación del castillo.

Después de saldar unos quince metros, nos encontramos con varias puertas de titanio, cuyas dimensiones eran menos anchas a las de una puerta común.

Las celdas.

David se tensó y rugió feroz al olfatear el aire, las puertas estaban cerradas, y, desde su interior, comenzaron a golpear con fuerza.

Estas se abrieron ante un *cliqueo automático* en las cerraduras.

Sin querer, me aferré al brazo de David, pero mis manos incorpóreas pasaron de largo. Aun así, él se estremeció y yo me emocioné un poco al pensar que me había sentido.

No obstante, se recompuso de inmediato en cuanto surgieron sus enemigos desde las prisiones.

Los primeros que salieron de sus respectivas celdas fueron los que vi en la popa del barco:

Ivanka y Sergey.

Luego emergieron de las que estaban contiguas: Hasan, Yelena y Aquiles.

Todos con fieros ojos de gato, del que cada uno sostenía espadas, hachas, armas de fuego y hasta granadas.

¡No lo podía creer!

¡¿Cinco contra uno?! Clara desventaja para mi vampiro.

No entendía por qué estos estaban armados, cuando apenas dieron el veredicto. O se debía a que, con su increíble velocidad, todo ocurría con rapidez.

En todo caso, hacían trampa.

Lo extrañó fue que no vi a Iraima entre ellos, la vampira bajita que reprendió a Vincent en la lancha. Lo más probable, David tuvo que haberle dado muerte, tal vez en el bosque siberiano o en alguna otra parte de camino al castillo tenebroso.

Hasan gritó para iniciar el combate y Aquiles fue el primero que saltó sobre David, apuntando la espada enfilada hacia su corazón.

David lo esquivó, pasando la espada a centímetros de su cuerpo. Quedé paralizada contra el muro a mi espalda cuando los vampiros se abalanzaron sobre él. David corrió a su vampírica velocidad, tenía que salir de la posición de desventaja en la que se encontraba, los demás lo persiguieron con sus rugidos atronadores y los colmillos reclamando Sangre Real.

Corrí a mi patética velocidad. Escuchaba por los pasillos los disparos y el sonido que hacían los metales cuando chocaban con los muros.

—Oh, Dios, ¡lo van a matar!

—¿*Allison?* —Donovan me llamó, preocupado.

—¡Están luchando, son muchos contra él solo! —exclamé angustiada—. ¡Donovan, lo van a matar!

—*Tranquilízate, Allison. ¡Piensa! Es un Grigori y a esos vampiros no se les mata con facilidad.*

El temor por David hizo que me transportara a su lado, desapareciendo y apareciendo en un parpadeo. Ni supe cómo lo hice…

Yelena le lanzó una granada, del que este evadió al saltar tan alto, que la pequeña bomba impactó en el pecho de Sergey que se hallaba detrás de él.

El sujeto estalló en mil pedazos. Muchas lenguas de fuego se incendiaron al instante hasta pulverizarlo.

David rugió, saltando de un muro a otro con bastante agilidad, logrando arrebatarle la espada a Aquiles y, con esta, partió al hombre en dos por la cintura.

Ivanka y Yelena se le abalanzaron como energúmenas, dolidas por la muerte de sus compañeros. Hasan se acercó sigiloso por la espalda de David, mientras que este luchaba contra las vampiras.

—¡CUIDADO! —le advertí en el momento justo en que Hasan levantaba la espada para cortarle la cabeza.

—*¡Allison!* —Donovan gritó—. *¡Allison!*

Lo ignoré, pues observaba a David girarse sobre sus talones para interceptar la espada de Hasan con la suya. Ambos metales chocaron con fuerza, provocando que rechinaran y salieran chispas.

—*¡Allison! ¡Allison! ¡ALLISON!* —los desesperados gritos de Donovan retumbaban en mi cabeza.

—*Ella está bien* —Oron trataba de tranquilizarlo—. *Déjala en paz, nada puede lastimarla.*

—*Voy a soltarle la mano.*

—¡No! —grité—. ¡No te atrevas, Donovan! —Perdería el contacto con David si lo hiciera.

—*No se lo permitiré* —aseguró Oron, comportándose por esa vez como mi aliado.

Mi amado vampiro volvió a desaparecer, en su rápida acción de perseguir a Hasan, y yo tuve que volver a concentrarme para dejarme arrastrar hasta ellos como el habitual «fantasma silencioso» que se cuela en los salones o calabozos sin ser invitado.

Logré alcanzarlos en un abrir y cerrar de ojos. En esta ocasión, David fue herido por dos impactos de bala: una en el hombro izquierdo y otra le atravesó la mano derecha. Aun así, fue capaz de arrancar la columna vertebral a una de las vampiras.

—¡YELENA! —Ivanka gritó sobrecogida por su amiga—. ¡Morirás, Grigori!

Ella y Hasan se unieron para debilitarlo. Los dos luchaban a la vez contra David, sin darle tregua a respirar. Las espadas caían contra este; una por su extremo derecho y el otro por el izquierdo, tratando de cortarle alguna extremidad, pero David se defendía como un excelente espadachín que contrarrestaba los golpes de las mortales armas, los metales rechinaban, haciendo eco por los penumbrosos pasillos del subterráneo.

Y, durante esa continua lucha sanguinaria, ocurrió algo que yo no me esperaba…

Ni siquiera mi vampiro, por la cara de sorpresa que puso cuando, sin previo aviso, recibió una descarga eléctrica de un tercer vampiro que se hallaba detrás de mí.

Los rayos me atravesaron sin lastimarme, quemando la piel y la ropa de mi amado. David gritó de dolor y cayó doblegado al piso. Me volteé a ver quién era el que le disparaba los rayos incandescentes y, con sorpresa, comprobé que una vez más ese vampiro aparecía para atormentarme la vida.

Vincent Foster.

Qué desgracia…, este no murió en el barco. Por lo visto, fue una sucia treta para engañarnos, y, quien pago, tuvo que ser aquel vampiro asiático de mirada asustada.

El condenado gordinflón esbozaba una desagradable sonrisa, portando entre sus manos un arma de alta tecnología que era una mezcla entre una bazuca y una de doble cañón.

Ivanka sacó una pistola de la pretina trasera de su pantalón y le disparó a David en la frente.

—¡No! —La herida provocó que perdiera la consciencia.

Vincent siguió con las ráfagas eléctricas, mientras que, Hasan e Ivanka, alzaron las espadas para acabar con su vida.

Me paralicé. Iba a morir… ¡Él iba a morir y yo, ahí, de testigo, sin nada que hacer por ayudarlo!

¡No! ¡NO! Llorosa, empuñé mis manos –físicas e incorpóreas– y apreté los dientes para nada dispuesta a permitir que ellos lo mataran. Lo amaba, era parte de mí y tendrían que acabar conmigo primero para lograr su cometido.

Pese a la desventaja en la que nos hallábamos, una fuerza tremenda se arremolinó dentro de mi ser, siendo después expulsada como si fuese una onda expansiva.

Los dos vampiros fueron lanzados por los aires hasta golpearse contra el muro más alejado.

Las ráfagas de rayos —detrás de mí— se detuvieron de pronto.

—Pero ¡¿cómo...?! —la perpleja voz de Vincent me puso en alerta y en seguida me giré a él, quien se levantaba del piso por haber sido también alcanzado por las ondas golpeadoras—. ¡¿Tú?! —Asustado, dio dos pasos hacia atrás—. ¡Lo sabía! *Eres una de ellos.* —Levantó el arma, listo para dispararme—. ¡Te voy a rostizar!

Los rayos eléctricos me atravesaron y dieron directo al pecho de Ivanka, quien se recuperaba del impacto sufrido, dejándola por completo desintegrada.

David recobró la consciencia, levantándose adolorido. Sus ojos de gato se entrecerraron y sus colmillos se perfilaron en dirección a Vincent.

La herida en su frente aún abierta…

—¡ALTO O DISPARO, ANCIANO! —gritó este, pero David se hizo un borrón, dejando una estela blanca a su paso. En una fracción de segundo, desarmó al vampiro, estrellando el arma con fuerza contra el muro a su lado.

—¿Adónde vas? —Se interpuso en el camino cuando Vincent intentó escapar.

Lo agarró del cuello y elevó con una mano hasta que los pies de Vincent quedaron suspendidos en el aire, del mismo modo en cómo David hizo con Donovan frente al Oriard, llevado por el ataque de celos. Aunque en esta ocasión, a él lo motivaba la defensa de sus dominios.

—Esto es por Ilva —siseó al atraer su rostro hacia él para gruñirle más cerca.

—¡*Arrrrrrggghhhh!* —Vincent chilló adolorido en cuanto la mano libre de su contraparte, le arrancó el corazón, siendo el órgano palpitante destripado en su puño.

David soltó el cuerpo inerte y enseguida las lenguas de fuego emergieron hasta acabar con la existencia del vampiro.

Luego él notó mi presencia.

Sus ojos se agrandaron, estupefacto de verme allí en medio de ese laberinto de muros de piedras y calabozos, y yo no cabía en la dicha de que todo haya terminado. Le sonreí, sus dos felinos irises cambiaron de color y volvieron a la tonalidad que tanto amaba.

Azules como el cielo.

Pero no obtuve en respuesta la misma sonrisa, sino que él me escrutó en silencio y luego esbozó un gesto despectivo.

—Por fin, Portadora…

Parpadeé perpleja.

—¡¿Tú sabías…?!

—Te dije que eras especial.

La piel se me erizó de fea manera cuando me miró con severidad.

—¿David?

—¿*Allison*?

—*Déjala, Donovan.*

—¡HAZTE A UN LADO, ALLISON! —David rugió atronador, clavando su mirada por encima de mi cabeza hacia alguien que se hallaba detrás de mí.

Esto causó que me girara sobre mis talones y jadeara al descubrir la razón de su violenta reacción.

Hice un mohín. Debí darme con una piedra en los dientes cuando dije que todo había terminado. David salió disparado hacia el fondo del pasillo al mortífero encuentro de Hasan, quien corría a él tan veloz como una bala. El impacto de los dos vampiros se escuchó como la colisión de dos camiones.

Se perdieron al doblar una esquina. Se escuchaban golpes contra los muros. Rugidos, golpes y más golpes.

Corrí hasta ellos, pero desaparecieron.

Casi volví a emprender la carrera, cuando recordé que era capaz de desplazarme siguiendo sus sentimientos.

En este caso: su odio.

Una vez más cerré los ojos, y, al abrirlos, un cuchillo volaba en mi dirección. De estar en mi cuerpo, lo tendría clavado en la frente.

David y Hasan luchaban como perros salvajes, arremetiéndose entre ellos, dentro de una celda de tortura que parecía propia de la Edad Media y cuyos instrumentos harían cantar a cualquiera con tan solo verlos.

Una de las cámaras de vigilancia captaba para «los Eternos», toda la contienda, dándoles el mejor espectáculo de sus vidas.

¡Carajo!

Me preocupaba el hecho de que, si Vincent fue capaz de verme, lo más seguro era que ellos también. Ignoraba qué repercusiones caerían después sobre mi vampiro; de todos modos, procuré estar fuera del alcance del lente óptico, ubicándome donde ninguna de estas me filmara con facilidad.

David me vio y, preocupado, entornó la vista hacia la cámara que giraba sin perderse un instante la pelea.

Tomó una especie de martillo y lo lanzó hacia esta, haciéndola añicos.

Hasan enfocó sus ojos sobre mí y se asombró.

—¡Eres una Portadora!

—Sí y no vivirás para contarlo —David saltó sobre este para arrancarle la cabeza.

Giré el rostro para no ver cómo lo mataba, mientras escuchaba los gritos del sujeto que pretendió acabar con él. Fueron segundos que se me hicieron interminables hasta que sentí el calor del fuego que envolvió a Hasan, tras su muerte.

Volví a mirar y me llevé la mano al pecho. De ese arrogante hombre, nada quedó.

Sin temor a equivocarme, por fin todo terminó. Solo esperaba que los Grigoris no lastimaran a uno de los suyos por mi culpa.

—David...

Intenté correr hacia él, pero me gritó:

—¡Desaparece!

—Dav...

—¡AHORA!

Capítulo 44

Cumplí su orden, pidiendo a mis dos acompañantes para que me soltaran las manos.

Y, en el acto...

Abrí los ojos, hallándome en la recámara. Ya no estaba con David en aquel castillo donde tuvo que medirse contra varios para patentar que él era merecedor de su título nobiliario, sino que mi alma se devolvió a su refugio, siendo atacada por una marejada de sentimientos que provocaron el llanto.

Me aferré a los brazos de Donovan, descargando mi sufrimiento. David fue un infame al engañarme con Marianna Baldassari, y, debido a ello, no tuve el valor para decirle a mi amigo que su hermana seguía siendo la amante de su peor enemigo y que era vampira.

¿O sí sabía?

El beso que ellos se dieron me golpeaba la cabeza, matándome el hecho de que David correspondía a las atenciones de otra mujer. Era confusa su forma de actuar. ¿Por qué se molestó en salvarme la vida incontables veces si no me amaba? ¿O es que lo único que le importaba era salvar a *la Portadora* para fines personales?

Tenía sentido.

Me engañó. Su amor por mí fue una farsa. Un método mezquino que utilizó para engatusarme. Donovan tuvo razón en asegurar que «él *era lo que era* y que nada le importaba salvo sus propios intereses». Llevaba dos mil quinientos años de relaciones continuas con mujeres de todas las razas y naciones, sin importar si eran vampiras o humanas, las utilizaba para satisfacer sus bajos instintos.

—¿Lo mataron? —Donovan preguntó sin ocultar la felicidad en su voz.

Lloré por otro largo minuto, ahí sentada en el piso con él, y le contesté:

—No... —hipé—. Los mató a todos. —Hipé de nuevo y seguí llorando con más sentimiento.

A Donovan se le escapó una risita desalentadora.

—Entonces, ¿por qué lloras? Deberías estar contenta porque los venció —dijo con cierta reticencia a la vez en que me acariciaba el cabello.

Asentí, secándome las lágrimas. Oron seguía en un mutismo inquietante. Se lo veía preocupado, sin dejar de consultar la hora en su reloj cada cinco minutos.

—¿Qué estamos esperando?, ya todo acabo. ¿Por qué seguimos aquí escondidos?

—La paciencia es una virtud, joven Donovan —expresó al mirarlo por encima de sus anteojos redondos, manteniéndose aún sentado a mi lado.

El otro ni alcanzó a emitir protesta alguna, cuando una luz emergió de forma repentina en la pared a mi derecha.

Los tres nos levantamos de inmediato. Eso indicaba que pasaron las dos horas para que se abriera el portal.

Oron sonrió.

El punto de luz blanquecina fue expandiéndose hasta ocupar toda la extensión de la pared. Era demasiado incandescente, iluminando cada rincón de la recámara. Nos deslumbró, envolviéndonos en un aire frío y bullicioso, tirando de nosotros para arrastrarnos a su interior.

Donovan se aferró a las tuberías con una mano y me agarró con su brazo libre para evitar que yo fuese succionada. En cambio, Oron se mantenía firme, su gabardina se batía con fuerza hacia la intensa luz.

—¡El portal se ha abierto! —anunció con obviedad. El aire silbante lo obligaba a elevar la voz—. ¡Podemos pasar! —Nos animó, pero Donovan y yo quedamos paralizados—. ¡No hay qué temer! —Aseguró y avanzó un paso hacia la luz—. ¡Vamos! —Extendió la mano para que lo siguiéramos.

—¿Hacia dónde vamos a ir? —Donovan desconfió con la misma fuerza de voz ya que el ruido que emitía «la luz» era como el de un tornado.

El viejo Portador amplió la sonrisa.

—¡Hacia la Hermandad!

—¡Pero, ya no es necesario! ¡Estoy a salvo! —manifesté estupefacta.

—¡Lo estarás cuando cruces el portal! —replicó—. ¡La Hermandad está ansiosa por conocerlos!

Desconfié sin ganas de lanzarme a ciegas hacia lo desconocido.

—¿Cuánto tiempo permaneceremos allá? —pregunté aprensiva de lo que nos aguardaría del otro lado. Había visto algunas series televisivas en la que, al cruzar un portal, nada bueno les pasaba a los protagonistas.

Hasta los monstruos los perseguía.

—¡*El que se requiera* para entrenarlos!

Lo que quiere decir: permaneceremos allá por tiempo indefinido.

—¿Podemos pensarlo? —sugerí y Donovan asintió, estando de acuerdo, pues los dos no estábamos convencidos de marcharnos a un lugar del que nada sabíamos.

Oron frunció las cejas y negó con la cabeza.

—¡Pronto cerrará el portal y habrá que esperar dos meses más para que vuelva a abrir!

—¡En ese caso...! —me adelanté a decir—. ¡Danos ese tiempo para organizarnos y despedirnos de nuestros familiares como debe ser! —Aparte de que tenía unas cuantas palabritas para intercambiar con cierto vampiro infiel.

¡La que le iba a armar!

Estando vacilante, Oron miró hacia donde provenía *el vendaval*, lo meditó un instante y luego accedió.

—¡Tienen dos meses! —recordó—. ¡Sin prórrogas! ¡Luego iré por ustedes y nos marcharemos! ¿Entendido?

—¡Entendido! —Donovan y yo convenimos a la vez.

Y, tras decir esto...

El portal se cerró, dejándonos de nuevo a los tres sumidos bajo la luz mortecina de la bombilla del techo de la recámara.

*****

Sin que la negativa de tía, me detuviera, asumí los gastos de reparación de la casa. Era lo correcto, era mía y fui la causante de semejante devastación. Retornamos a Isla Esmeralda y, durante las siguientes dos semanas, no tuve noticias de David. Pasamos la Navidad y el Fin de Año, y yo me quedé con las ganas de celebrar esos días con él, de cantar villancicos frente al árbol decorado y tomar ponche, así él se limitase solo a acompañarme. Lo peor era que el plazo otorgado por Oron, se acortaba cada vez más. Ordenó que Donovan y yo nos mantuviésemos resguardados hasta la fecha de partida.

Lo bueno de la espera, fue que el comisario Rosenberg me devolvió el relicario. Algo me decía que la mano de Oron estaba implicada, pues el caso de Vincent Foster seguía abierto.

Suspiré. Pronto me iría lejos sin poder hablar con David. Sabía que él estaba bien, lo percibía, pero quería que me dijera a la cara que no me amaba. Era capaz de soportarlo; si le gustaba tener más de una relación a la vez, también quería saberlo, dependía mucho de su amor y eso me asustaba, porque, si no correspondía con la misma pasión y el amor que yo sentía por él, no valía la pena amarlo.

Por otro lado, *su gente* se encargó de suministrarle una «coartada» para librarlo de la muerte de Ilva Mancini y las chicas. De alguna forma, vampiros y Portadores trabajaron juntos para el engaño.

En cuanto al fantasma de Rosangela, no se volvió a aparecer. Ella se marchó al mundo de los muertos, dejándome con una inquietud: ¿por qué David se molestó tanto por su muerte? Entendía que los humanos que vivieran dentro de sus dominios, «les pertenecía». La sangre que corriera por sus venas era el alimento que los revitalizaría y les perpetuaría la vida. Pero ella fue una mortal común, sin dones extrasensoriales que la hicieran especial. Una mujer que jamás resaltó entre el vulgo.

A menos que ellos hubiesen sido amigos…

El pecho se me oprimió y, como tonta, sentí celos de una muerta. Aunque, Rosangela en ningún momento me advirtió sobre David o me puso al tanto sobre una supuesta amistad que hubo entre los dos. Tal vez a él no le gustaba que tomaran sin su permiso lo que se hallaba en sus dominios.

Respiré profundo y miré el entorno.

Estaba sola en la casa. Tía salió a cenar con el señor Burns; Donovan quiso hacerme compañía, pero me negué, no quería que nadie me molestara, necesitaba poner mis sentimientos en orden. El móvil repicaba con insistencia sobre la mesita de noche, lo ignoré, pensando que sería Donovan con su insistencia de hacerme comprender de los peligros de amar a un Grigori; o era Ryan tratando de convencerme para ir a bailar.

Antes de arrebujarme en las mantas y cerrar los ojos para conciliar el sueño, pese a ser tan temprano, tocaron el timbre de la puerta principal.

Extrañada, consulté la hora en el reloj despertador.

8:15 p.m.

¿Quién podría ser?

¿Donovan?

¿Ryan?

¿O tía Matilde?

Y si no eran ellos…, entonces, ¿quién?

Las persecuciones que sufrimos hicieron estragos en mi sistema nervioso y en mi cordura.

Aprensiva, bajé las escaleras y quedé estática en el último escalón. ¿Era prudente atender la «visita»? ¿Y si era alguien que me quería hacer daño?

Sin embargo, una voz extranjera me erizó la piel.

—Sé que estás ahí, Allison, abre la puerta.

¡David!

No contesté.

Mi corazón comenzó a palpitar desaforado, costándome respirar con normalidad. Tantos días pendiente de su llegada y se aparece justo cuando me hallaba de un humor de perros.

El timbre sonó con la insistencia de hacer enloquecer al más calmado del planeta. Respiré profundo, y, antes de tomar el pomo de la puerta para abrirle, él agregó:

—Necesitamos hablar.

¡Rayos!

¡Cómo odiaba esas palabras!

Cada vez que alguno de los dos la expresábamos, implicaban momentos desagradables.

Permanecí muda. Mis pobres tímpanos estaban siendo taladrados por el timbre. Por lo que, me llené de valor y abrí la puerta. Si David quería hablar conmigo, primero tendría que escuchar lo que le diría.

Lo enfrenté.

Pero la magnífica vista que este me brindaba era para quitarle el aliento a cualquiera que tuviese sangre en las venas.

Cielos…

Se lo veía sexy en sus vaqueros clásico y su camiseta negra de *Calvin Klein*, haciendo que su pálida piel se viese más blanca que nunca. Ni que hablar de sus ardientes labios carnosos que ahora se apreciaban como una apetitosa manzana que invitaba a que le diera un gran mordisco.

Faltó poco para caer hechizada a sus pies.

—¿Puedo pasar? —consultó un tanto nervioso. En él ninguna herida o quemadura se vislumbraba; por lo menos, las visibles, tanto el de la frente como el de la mano derecha en las que sufrió un balazo, sanaron, siendo suficiente esas dos semanas para regenerarse.

—Seguro —permití para que entrara.

Al pasar por mi lado, el aroma de su esencia natural me impregnó la nariz y nubló el cerebro, pues me había amargado por haber prescindido durante esos días de percibir su aroma, sentir su piel y disfrutar de sus besos.

Aunque, pensándolo bien…

Lo que en realidad me amargó eran los enormes cuernos clavados en la cabeza.

Así que, con toda la frialdad posible del que sería capaz de soportar, cerré la puerta y me planté frente a él para verle la cara de mentiroso.

—Allison, discúlpame por…

¡*Plash*!

La fuerte bofetada que le propiné, lo interrumpió.

David se llevó la mano al rostro, viéndome asombrado. No se esperaba ese recibimiento de mi parte.

Qué pretendía, ¿recibirlo con un beso?

¡*Ja*!

—¡Mentiroso! —Sentía que mi sangre hervía de la rabia por ser otra de las que se dejó embaucar por sus melosas palabras.

—Allison…

—¡Infiel!

David abrió los ojos, perplejo.

—¿¿Qué?!

—¡Te vi! —Le apunté con el dedo acusador—. Vi cuando la besaste delante de todos. ¡CASI LE METES LA LENGUA HASTA LA GARGANTA!

—Allison, yo... —me sujetó los hombros—. Déjame que te explique.

—¡NO! —Aparté con rudeza sus frías manos—. Me engañaste.

—Eso no es verdad —replicó desesperado por mantener su aparente fidelidad, tratando en lo posible de desestimar lo que presencié en aquel subterráneo.

—¿Ah no? —lo reté bastante airada—. No es verdad que mantuviste una relación con Marianna Baldassari e Ilva Mancini, ¿ah? ¿Vas a negarlo?

Titubeó. Era como negar que la noche era oscura y la luna blanca. La verdad estaba ahí, implícita para todo el mundo.

—Eso fue antes de encontrarte…

¡Cómo me dieron ganas de estamparle otra bofetada!

No se debía confiar en un vampiro.

—¡Mentira! —Era hora de desahogarme—. Transformaste a Marianna Baldassari en una vampira porque te gustaba. ¡Me dijiste que ella se marchó a Londres! —Por supuesto, era solo de atar cabos—. Claro, qué va a estar haciendo aquí, en el condado, te daría problemas, ¿no? Una vampira neonata difícil de controlar. Ella no se fue por desamor. Ella se marchó porque ¡*tú!* se lo ordenaste. ¡La mandaste a tu Casa Real! ¡A TU VERDADERA CASA!

El rostro de David se transformó en pura agonía.

—Allison, te juro que...

—No lo hagas —lo interrumpí poniendo la mano en alto—. No jures en vano. Admítelo.

—Es cierto que tuve algo con ella, pero quedó en el pasado.

Vampiro mentiroso. Ella corrió a él para abrazarlo y besarlo como una mujer enamorada que aún no ha terminado su relación amorosa.

—¿Por qué no me dijiste que la transformaste en vampira? —A ver con qué historia iba a salir.

—No sabía cómo decírtelo.

—Seguro... —masapullé al cruzarme de brazos, a punto de explotar por la rabia—. Eres igual a esos marineros que se dedican a tener una novia en cada puerto —comparé desdeñosa—. Con la diferencia de que tú tienes *una amante* por cada una de tus ciudades. Deben ser muchas...

Suspiró impaciente.

—No me he relacionado con ninguna desde que te conocí.

Este hijo de...

—¿Y qué me dices de los besos que te diste con Ilva en el Baile de Beneficencia?

—Estaba molesto —dijo al esquivar mi mirada. Clara señal de utilizar la vieja excusa de estar de malas pulgas por su ego de macho herido.

—«Molesto...» —reí mordaz—. Entonces, ¿cada vez que te molestas busca una mujer para besuquearte?

—¡No! —se angustió—. ¡Pensé que sentías algo por Donovan!

—¡YO TE AMO, NO LO PONGAS EN DUDA!

—¡¡No estaba seguro en ese entonces!! Tenía miedo y actué como un idiota.

—Sí que lo hiciste. Y volviste hacerlo en el castillo, delante de todos esos vampiros. ¡Bravo! —Aplaudí cargada de resquemor por verme la cara de idiota. En ese aspecto jamás fue sincero, dándole la razón a otros, quienes me advirtieron desde hacía tiempo de su doble moral.

Apretó el puente de su nariz, para llenarse de paciencia.

—Allison... —se tomó un segundo para responder—. La besé porque no quería hacerle un desplante.

Resoplé.

—Esa sí que está buena —escupí un sarcasmo bastante crudo—: la besaste porque no querías hacerle pasar un mal rato a la *vampirita*. *Hum...* —chasqueé los labios—. Pobrecita la inocente y tonta niñita. Habrá que pagarle a ella unas consultas con un terapeuta para que le trate los traumas creados.

—No tienes que ser tan mordaz, Allison, no te queda bien —su voz se endureció porque yo no pretendía comerme sus mentiras. Ya tenía la panza llena de tantas que él me zampó.

—¡Lo seré porque me da la gana! —Perdí todo atisbo de buenos modales, espetando lo primero que se me pasó por la cabeza. Mis neuronas hacían corto circuito debido al cabreo que me azotaba por tener que padecer de esos malditos celos. Luego respiré hondo para controlarme y bajé la mirada a mis pies cuando las lágrimas me traicionaban, ya que quería mantenerme firme ante él, pero me sentía sobrepasada por la decepción—. Me rompiste el corazón —expresé dolida, y, sin más, comencé a llorar sin lograr controlarme.

David me acunó el rostro con sus manos.

—Allison, te amo. Te amo. Te amo... —secaba las lágrimas con cada beso que me daba en el rostro—. Perdóname, amor.

—Vete —forcejeaba para liberarme—. No me busques más.

—No me apartes de tu lado —suplicó, ejerciendo fuerza en su agarre. Su aliento acariciaba mis labios.

—Debiste pensarlo al besarla —repliqué molesta—. Vete.

Negó con la cabeza, y, con esto, sus labios rozaron los míos con delicadeza, ocasionando que los choques eléctricos recorrieran mi espina dorsal.

—No te librarás de mí con facilidad —susurró contra mi boca en una posesión que me hizo palpitar feroz el corazón y temblar las piernas. Mi rostro lo tenía levemente elevado hacia él para tenerme a su alcance de manera que no pudiera esquivar la mirada ni huir de su cercanía.

Traté de recomponerme y hacerle pagar el dolor ocasionado.

—Fíjate cómo lo hago —lo empujé con ambas manos, liberándome de él, y enseguida le di la espalda para disponerme a subir las escaleras y dejarlo solo en el vestíbulo.

—¡No! —Ni me dio oportunidad de dar un paso para alejarme, cuando me tomó del brazo y tiró de mí hacia él sin ser rudo.

—¡Vete... de... mi... casa! —Batía el brazo con fuerza para zafarme de su agarre.

—No —su respuesta fue tajante, no me iba a obedecer.

—¡Vete! —chillé, urgida de subir disparada a mi habitación. No quería caer de nuevo en sus redes.

—¡NO! ¡¡VAS A ESCUCHARME!! —su rugido me paralizó, temiendo que él haya perdido el control y le diera por estamparme violento contra la pared a mi espalda.

No obstante, se arrepintió de haberme gritado.

Me soltó el brazo y se alejó para tranquilizarme.

—Lo siento, me desesperé…

Asentí sin verle a los ojos, muda por la impresión y esperando a que mi corazón volviera a latir.

—Allison —continuó hablando esta vez más calmado—, cuando besé a Marianna, no era a *ella* a quien besaba. —Guardó silencio y esperó por mi réplica, y como vio que yo seguía en mi mutismo, prosiguió—: Pensé que no lo lograría, que moriría sin decirte cuánto te amaba. —Dio un paso hacia mí, sopesando mi reacción—. Y ella estaba allá, preocupada, diciéndome que me amaba. Yo solo te imaginaba en su angustia, me mataba pensar de que estuvieses asustada, escondida al lado de Donovan, siendo él quien te consolaba y protegía, y del que luego él sería el que ocupara mi lugar. Que me… —avanzó otro paso—. Que me olvidarías… —repitió a la vez en que notó mi serenidad—. Por eso no me resistí al beso de Marianna. Créeme, Allison, si te digo que era a ti a quien besaba.

Por increíble que parezca, le creí.

Levanté el rostro echa un mar de lágrimas. Mis brazos se alzaron hacia él sin habérselo ordenado. Ellos buscaban lo que yo tanto deseaba en las últimas semanas: su cariño. Mi necesidad fue en aumento en la medida en que pasaban los días; lo extrañé horrores y me irrité de pensar que otra mujer me arrebató su amor. Por fortuna, me equivoqué. Su explicación fue más que suficiente para perdonarlo y olvidarme del incidente. Con sus palabras me dejaba en claro que me amaba y me necesitaba del mismo modo en que yo lo necesitaba a él.

David saldó rápido los pasos que faltaban para abrazarme y me apretó tan fuerte contra su pecho, que casi corta mi respiración. Luego buscó mis labios y estampó un tosco beso que era más por desesperación que por pasión. Sentí correr unas lágrimas que me surcaban las mejillas, pero no eran las mías. Él sollozaba en silencio, desahogando el miedo y la tristeza que sintió al ver que por poco me perdía. No limpié sus lágrimas, dejé que me bañaran, que su esencia cristalina recorriera el mismo camino que recorrieron las mías.

De pronto sentí que tocaba el relicario.

—Te dije que lo recuperarías —expresó en voz baja, una vez liberó mis labios de los suyos.

Me llevé la mano a la cadena, rozando sus dedos, impactada por no haber sorpresa en sus palabras. Me lo decía como si estuviese ratificando un hecho.

—¡¿Tuviste algo que ver?!

Sonrió socarrón y esto me confirmó lo que le había preguntado asombrada.

Por supuesto: ¡hipnosis!

De modo que no fue Oron, quien tuvo ese detalle hacia *la nueva Portadora* de su dichosa hermandad, sino David, al utilizar ese recurso vampírico para que el comisario Rosenberg me lo devolviera sin problemas.

—Gracias —le sonreí y él soltó el relicario para acariciarme el rostro. El contacto de las frías yemas de sus manos mandaba oleadas de descargas eléctricas a mi piel que se erizaba, sintiéndola arder. Quería que me tocara todo el cuerpo del mismo modo en cómo lo hacía con mis mejillas ruborizadas. Me estremecí y mi corazón se agitó frenético, pasando por mi mente múltiples pensamientos pecaminosos de tenerlo a él sobre mí.

Pero mi falta de experiencia en ese *campo amatorio* me dejaba en claro que tendría que andarme con cuidado, ya que me encontraba frente a un ser sexual que me aventajaba por siglos y siglos, y no quería ser la que menos le hubiese dado una buena noche de placer.

Bajé la mirada para que no notara mi rubor y lo aprreté con más fuerza. Ahora que todo estaba dicho, ya nada nos separaría.

¿O sí?

Pensé en los Grigoris.

—¿Por qué pediste que me marchara del calabozo?

—Porque temí que te percibieran como yo lo hice —explicó al pegarme más a su cuerpo como si fuese insuficiente estar allí, en medio del vestíbulo, entrelazados en un emotivo abrazo.

Me avergoncé de haberlo espiado de esa forma.

—Sé que debías luchar solo contra ellos, pero yo no fui capaz de quedarme de brazos cruzados y ver cómo te mataban.

Se carcajeó.

—No me refiero a «eso».

—¿Ah no? —me inquietó—. Entonces, ¿a qué?

—A que, *te sentí* —respondió en voz baja de una manera cómplice para que nadie, que estuviese por ahí parando la oreja, lo escuchara.

Fruncí el ceño. Parecía que él pasaba por alto el hecho de que me pillaron tres vampiros más.

—Pero, Hasan, Ivanka y Vincent, no me «sintieron». ¡Me vieron!

Asintió.

—Lo que quiero decir, es que te escuché.

Al instante recordé que lo había alertado cuando Hasan intentó acercarse por su espalda para matarlo.

Jadeé impresionada.

—¡Me escuchaste! —Esbocé una amplia sonrisa. Antes de poder manifestar mi alma en el pasillo, él fue el único vampiro que reaccionó a mi advertencia. Hasan y los otros no me escucharon ni me sintieron. Eso significaba que la telepatía seguía inmersa en nosotros.

«David... —haría la prueba—, *¿me escuchas?*».

Silencio.

Él acariciaba mi cabellera, pero no me contestaba.

Qué tristeza.

Contuve de expresar un lamento. Por lo visto, nuestra telepatía no funcionaba. Puede que la desesperación fue lo que causó que nuestro «lazo mental» se hubiese conectado por un breve instante.

Y, sin perder la esperanza, lo intenté por segunda vez.

«*Te amo*».

Nada.

No me respondió. Seguía abrazado a mí, dejando que sus dedos se perdieran en mi cabellera.

Intenté una vez más para asegurarme.

«*Eres mi vampiro favorito*» —expresé en un tono socarrón. Aun así, el mutismo seguía presente en él.

Desilusionada, aferré más mis brazos a su torso; de ahora en adelante tenía que conformarme con nuestras conversaciones normales. Aunque no me quejaba, estas siempre eran de lo más interesante.

Ya por última vez y a sabiendas de que jamás volveríamos a tener esa telepatía, jugué un poco con él, solo para divertirme. Total, ¿qué perdería?, ¿la vergüenza?

No lo creía.

«*¿Quieres sexo?*» —sonreí. Si supiera lo que acabé de proponerle...

Su mano se detuvo y su respiración se cortó.

Ups.

Me tensé, enrojeciéndose mi rostro hasta más no poder. ¿Acaso él me...?

—Sí —dijo con la voz entrecortada. O, más bien diría yo que... ¿excitada?

Huy.

—Creí *q-que* no me *escu-cuchabas*. —Las mejillas me ardían una barbaridad.

David me mostró su deslumbrante sonrisa.

—Lo siento. ¿Te avergoncé?

—Eh... ¡*Nop*! —Traté de mantener la compostura para evitar que se burlara de mi predicamento. Semejante propuesta le había expresado y resultó que el muy picarón me escuchaba a la perfección, siendo él, el que jugó conmigo.

—¿Segura? —Me escrutó con sus dos cielos suspicaces—. Porque estás ruborizada.

—¡Oh, no, no! ¡Para nada! ¿Yo? *¡Ja!* No estoy avergonzada, la verdad... —la terrible vergüenza me hizo hablar como lora borracha—, es que yo estaba comprobando si tú... tú... *po-podías* escucharme... ¡Como dijiste que me habías escuchado! Pues yo supuse que tú... —Él rozó sus labios por el nacimiento de mi cuello, y esto hizo que se me escapara un jadeo en mi garganta.

—Así te quería ver... —susurró a mi oído—. ¿Tu tía?

—No está —respondí sin poderlo mirar a los ojos—. Pasará la noche fuera.

Rio con mucha malicia.

—Perfecto... —su voz era suave, demasiado sensual—. Tendremos la casa solo para los dos. —De nuevo jadeé cuando lamió la piel de mi cuello.

Lo rodeé con mis brazos.

—Así es. —Era un hecho, sería suya una vez más—. ¿Te puedo hacer una pregunta personal? —los nervios me hacían curiosa.

—Sí —permitió al darme un beso debajo del mentón. Eso hizo que casi perdiera la memoria.

—¿Cuál es tu segundo nombre? —Por más que investigara en la red, nunca aparecía reseñado su nombre completo.

Sonrió ladino y acto seguido me alzó en vilo, dejando colgada la respuesta a mi pregunta para más tarde.

Así que, sin tomar ninguna previsión de ser visto por terceras personas, corrió hasta arriba a su vampírica velocidad y nos sumergimos en la intimidad de mi habitación. David me dejó sobre mis propios pies y procedió a desnudarme con nerviosismo, teniendo cierto afán por llevarme a la cama y enredarse entre mis piernas. En cambio, yo quería prolongar el momento para que sus caricias y besos fuesen más lentos y atrevidos, del cual apreciaría con mayor detenimiento al palpar cada fibra de su dura musculatura, al bailar con su pecaminosa lengua y al saborear sus labios carnosos hasta que mi hambre por él dijese «ya es suficiente».

No sé cómo me las arreglé para que David quedara tendido en la cama, bocarriba, no había un filtro de luz que se colara por las puertas del balcón o la que daba hacia el pasillo; la cuestión, era que la oscuridad me permitía en cierto modo, atreverme a hacer lo que antes no fui capaz en nuestra primera vez. Su delicioso aroma me envolvía e invitaba a dejar atrás el pudor, sin ganas de comportarme como puritana, mucho menos como una inexperta.

David ya estaba desnudo, listo para el «combate», sería una pelea cuerpo a cuerpo, piel con piel, alma con alma... Una lucha en la que no habría un ganador o un perdedor, sino que sería la conquista del corazón, la afirmación de nuestro amor, del que a través de los siglos pasaron por guerras, sangre y muerte.

Como en la anterior vez, me arrodillé a su lado y comencé a acariciarle las piernas.

A pesar de mi incapacidad de verlo, debido a las luces apagadas, lo *sentía* muy bien. Se estremecía bajo mis roces, gimiendo en voz baja. Apenas era un susurro inaudible que me taladraba los oídos de buena manera, cada vez que lo hacía un escalofrío recorría mi espalda. Era muy excitante.

Mis manos llegaron hasta su miembro erecto, sintiendo una leve humedad en el glande. David estaba como un volcán a punto de hacer erupción.

Suspiré. Qué lástima no poder apreciar la extensión de su falo, porque, según lo que tocaba, era muy largo.

—No tienes que hacerlo —su voz enronquecida reverberó en la oscuridad, tal vez asumiendo que me había cohibido.

Reí.

Apenas calentaba motores.

—La cuestión, David, es que *te quiero probar*...

Su pene –en mi mano– palpitó.

—Entonces, buen provecho... —ronroneó lujurioso, olvidándose de esa caballerosidad inglesa que lo caracterizaba. Ahora, daría paso a los deseos primitivos de un hombre poderoso.

Humedecí los labios y entreabrí la boca para recibirlo.

David jadeó.

Lo saboreaba como si estuviese chupando una paleta de helado. Una dura, palpitante y jugosa.

Prácticamente *me comía* a David Colbert.

—¡Sí...! —expresaba entrecortado como si le estuviese fallando la respiración, mientras que yo me dejaba llevar por los instintos, succionando, mordiéndolo con suavidad. ¡No me reconocía!, su ardiente virilidad me demostraba que estaba bien encaminada, lo llevaba a alcanzar un potente orgasmo.

Entre *jaloneo* y *jaloneo*, recordé la respuesta pendiente.

—No me has respondido. ¿Cuál es tu segundo nombre? —Chupé un poco más y él gruñó extasiado.

—Es..., es... —le costaba hablar debido a que mi lengua lubricaba toda su extensión.

Sonreí. El pobre se entregó a mí por completo.

—Dime —apremié su respuesta. David no era de los que proporcionaban la información fácilmente. Pasó por muchas torturas a lo largo de su vida, se enfrentó a tiranos que pretendieron eliminarlo y apoderarse de sus tierras, y a todos ellos los venció. No obstante, «la destreza» de una mujer en la cama lo dominaba. Se olvidó de su linaje, de su poderío, de su eternidad, convirtiéndose en una madeja moldeable para mi gusto personal. Lo tenía donde quería.

—Estoy que me... —se ahogó en sus palabras y gimió.

Comprendí lo que me quería decir:

Estaba por *correrse*.

Retiré mis labios de su miembro, habiéndome aventurado más de la cuenta. Su advertencia hizo que lo amara más, fue considerado.

—¿Me dejarás con la curiosidad? —pregunté mientras me acomodaba sobre él para cabalgarlo. Si no terminaba de darle placer con mi boca, sería con mi cuerpo.

Comencé por mover las caderas con sensualidad. David se aferró a mis nalgas, magreándolas con un poco de rudeza. Jadeaba y se tensaba cada vez más en la medida que yo aumentaba el ritmo a una velocidad brutal, lo que ocasionaba que el cabecero de la cama golpeara la pared con inclemencia. En esta ocasión habría destrozos en mi residencia, y no por culpa de terceras personas...

Una gota de sudor se deslizó entre mis senos y descendió hasta perderse más abajo de mi vientre. Arqueé la espalda sintiendo que desfallecía de placer, mi ángel resistía, erguido y potente como el mástil de un velero.

—Dilo... —insistí. No me quedaría con la curiosidad.

Entonces, justo antes de que nuestros sentidos se desbocaran, justo antes de que el nirvana nos alcanzara y justo antes de que su hombría explotara...

Me respondió:

—William.

Epílogo

Futuro...

—¡Egoísta! —grité sin un atisbo de miedo, algo dentro de mí emergía dándome valor para enfrentarlo—. ¡No te lo perdonaré!

—¡No me importa, no te irás! —Una lágrima impertinente surcó su mejilla. Sus ojos de gato se inundaron, adquiriendo un brillo aturdidor que hacía que se viera mucho más salvaje.

David rugió con ferocidad y yo hui playa abajo, consciente de que correr de nada me valdría; en un borrón él desapareció de donde se hallaba y reapareció justo delante de mí, lo que hizo que me estrellara contra su pecho y cayera de espalda en la arena.

—¡Todo cambiará entre los dos si me muerdes! —lo amenacé para que se percatara de sus violentos actos. Si lo hacía, lo odiaría con todo mi ser.

Rio amedrentador.

—Por supuesto que cambiarán: serás *mía* para siempre.

¡Dios! ¿Cómo defenderme de una fuerza avasallante que deseaba acabar con lo bueno y maravilloso que la vida me otorgó?

David se abalanzó sobre mí, como una mole, limitándome solo a mirar sus encarnecidos colmillos cerrarse sobre mi cuello.

Continuará en:
La Hermandad de Fuego
Libro 2

Glosario según el libro

Agathodaemon: Según los Portadores, vampiro bueno.

Blasón: Escudo representativo de cada Casa Real. Suelen identificarse con un animal mitológico o de la fauna salvaje.

Casa Real: Todos los terrenos y posesiones que tiene un Grigori, incluyendo a los humanos y vampiros a su servicio. Existen once Casas Reales en total y cada una tiene mil años de haber sido conformadas.

Casta: Clase o condición social al que pertenece un vampiro. Según la antigüedad y prestigio, se determina su nivel de importancia dentro de la comunidad vampírica.

Clariaudiencia: Capacidad que desarrolla el Portador cuando su alma se desdobla. Puede oír todo alrededor del cuerpo «abandonado», mientras esté proyectado en otros lugares.

Conjuro Solar: Una «estrella roja» entre el dedo pulgar y el índice de la mano derecha, indica que un vampiro se beneficia de dicho conjuro, teniendo la capacidad de exponerse a la luz del día.

Ejército Rojo: Guerreros bajo el mando de Raveh, Grigori de la Casa del Lobo.

Grigoris: Segunda hueste de ángeles caídos, considerados «la realeza» de los vampiros. Son antiguos, superando los dos mil quinientos años. Originalmente fueron 144, pero el número se redujo con los siglos, debido a las guerras entre ellos y los Portadores.

Hermandad de Fuego: El conjunto de todos los Portadores residentes bajo un mismo techo. Son poderosos y pueden enfrentar sin problemas la fuerza y velocidad de un vampiro.

Mojo: Bolsita de tela, rellena de hierbas, fluidos corporales y demás «artilugios mágicos» para mantener a los vampiros alejados.

Neonato: Vampiro recién convertido.

Portadores: Humanos que en vidas pasadas fueron mordidos por vampiros y reencarnados en seres con dones especiales. Pueden vivir hasta trescientos años.

Proyección Astral: Capacidad que tiene un Portador de desdoblar su alma y aparecer como una «entidad» en cualquier parte del mundo, por tiempo limitado.

Casas Reales

La Casa del Jabalí: Ulrik
La Casa del Dragón: Beliar
La Casa de la Arpía: Cali
La Casa de la Serpiente: Azael
La Casa del Fénix: Amara
La Casa del Lobo: Raveh
La Casa del Tigre: Thaumiel
La Casa del Águila: Meretz
La Casa del Oso: Liad
La Casa del Minotauro: Needar
La Casa del León: David

Sobre la autora

Síguela a través de sus redes sociales

Instagram: @marthamolina07

Facebook personal: Martha Molina (Autora)

Grupo Facebook: Novelas de Martha Molina

Pinterest: @marthamolina0711

Índice

Prólogo 7
Capítulo 1 12
Capítulo 2 20
Capítulo 3 29
Capítulo 4 43
Capítulo 5 55
Capítulo 6 66
Capítulo 7 77
Capítulo 8 84
Capítulo 9 99
Capítulo 10 109
Capítulo 11 124
Capítulo 12 131
Capítulo 13 149
Capítulo 14 167
Capítulo 15 182
Capítulo 16 194
Capítulo 17 209
Capítulo 18 223
Capítulo 19 239
Capítulo 20 244
Capítulo 21 255
Capítulo 22 268

Capítulo 23	277
Capítulo 24	290
Capítulo 25	302
Capítulo 26	313
Capítulo 27	321
Capítulo 28	333
Capítulo 29	343
Capítulo 30	360
Capítulo 31	369
Capítulo 32	381
Capítulo 33	395
Capítulo 34	405
Capítulo 35	416
Capítulo 36	427
Capítulo 37	435
Capítulo 38	443
Capítulo 39	456
Capítulo 40	466
Capítulo 41	477
Capítulo 42	494
Capítulo 43	510
Capítulo 44	522
Epílogo	538
Glosario según el libro	539
Casas Reales	541
Sobre la autora	542

Made in the USA
Middletown, DE
07 November 2023